BASTEI LÜBBE

Von Julie Garwood erschienen bei BASTEI-LÜBBE:

11726 Auf Befehl des Königs
11988 Geliebter Barbar
12019 Die Braut des Normannen
12195 Erwachende Leidenschaft
12227 Die standhafte Witwe

JULIE GARWOOD

Die Rache des Marquis

Geliebte Feindin

BASTEI LÜBBE

BASTEI-LÜBBE-TASCHENBUCH
Band 12286

Die Rache des Marquis
Titel der amerikanischen Originalausgabe:
The Guardian Angel

Geliebte Feindin
Titel der amerikanischen Originalausgabe:
The Gift

Herausgeber des Sammelbandes:
Gustav Lübbe Verlag GmbH, Bergisch Gladbach
Printed in Great Britain, Februar 1995
Einbandgestaltung: Roland Winkler
Titelfoto: Daeni Pino 527, Agentur Thomas Schlück
Satz: Bosbach & Siebel Print Media Concept, Lindlar
Druck und Bindung: Cox & Wyman, Ltd.
ISBN 3-404-12286-0

Julie Garwood

Die Rache des Marquis

Aus dem Englischen
von Eva Malsch

BASTEI
LÜBBE

1

LONDON, 1815

Geduldig wartete der Jäger auf seine Beute.

Es war ein gefährliches Täuschungsmanöver, auf das sich der Marquis von Cainewood eingelassen hatte. Der berüchtigte Pagan von der Shallow's Wharf würde gewiß davon erfahren, daß sich ein anderer für ihn ausgab. Das mußte ihn aus seinem Versteck locken, denn sein ungeheurer Stolz würde nicht zulassen, daß seine Untaten als Verdienst eines anderen galten. Sicher würde der Pirat versuchen, Rache zu üben. Mit dieser Möglichkeit rechnete Caine. Und er wollte Pagan schnappen, sobald dieser auftauchte. Dann würde die Legende endlich zerstört werden.

Der Marquis hatte keine Wahl. Die Spinne wollte einfach nicht aus ihrem Netz kriechen. Niemand ließ sich bestechen. Nein, es gab keinen Judas unter den Seeleuten. Und das war erstaunlich, denn die meisten Männer von niedrigem Stand hätten ihre Mütter für die Summe verkauft, die er bot. Doch die Seeleute lehnten das Gold ab und blieben der Legende treu, jeder aus seinen eigenen persönlichen Gründen. Caine, von Natur aus ein Zyniker und reich an schlechten Erfahrungen, hielt Angst für das wahre Motiv, Angst und Aberglauben.

Ein Mythos umgab den Piraten wie eine Schutzmauer. Niemand hatte ihn je gesehen. Sein Schiff, die *Emerald*, wurde oft beobachtet, wie es über das Wasser flog. Und der Anblick dieser düsteren Schönheit weckte Angst in den Aristokraten mit den prallen Börsen, veranlaßte das gemeine Gesindel zu boshaftem Kichern und die Armen zu Dankgebeten, denn Pagan teilte sein Diebesgut stets mit den Menschen, die vom Glück weniger begünstigt wurden.

Wann immer das magische Schiff gesichtet wurde, konnte niemand auch nur ein einziges Besatzungsmitglied an Bord beschreiben. Das gab den Spekulationen und der Bewunderung für den Phantompiraten ständig neue Nahrung

Seine Raubzüge beschränkten sich nicht auf das Meer. Offenbar liebte er die Abwechslung, und seine Aktivitäten an Land erregten sogar noch größere Empörung. Pagan bestahl nur die vornehme Gesellschaft. Und um zu verhindern, daß seine mitternächtlichen Überfälle auf arglose Leute irgend jemand anderem angedichtet wurden, hinterließ er seine persönliche Visitenkarte in Form einer langstieligen weißen Rose. Wenn sein Opfer morgens erwachte, fand es die Blume neben sich auf dem Kissen. Allein der Anblick dieser Rose genügte manchmal, um erwachsene Männer in Ohnmacht sinken zu lassen.

Natürlich wurde er von den Armen vergöttert und als romantischer Held gefeiert. Auch die Kirche war ihm wohl gesinnt. Häufig stellte er Truhen voll Gold und Juwelen ins Vestibül neben die Kollektenschüssel und legte eine weiße Rose darauf, damit die Priester auch wußten, für wen sie beten sollten. Dem Bischof fiel es sehr schwer, den Piraten zu verdammen. Andererseits hütete er sich, ihn zu lobpreisen, denn dadurch hätte er sich den Zorn einflußreicher Aristokraten zugezogen. Und so nannte er ihn einfach nur »Pagan, den Schlingel«, ein Spitzename, den gewisse Kreise grinsend und augenzwinkernd auszusprechen pflegten.

Das Kriegsministerium hatte keine solche Zurückhaltung geübt und ein Kopfgeld auf den Piraten ausgesetzt – eine Summe, die von Caine verdoppelt worden war. Er jagte den Bastard aus persönlichen Gründen und vertrat den Standpunkt, daß der angestrebte Erfolg alle Mittel rechtfertigen würde. Auge um Auge, Zahn um Zahn. Er wollte Pagan töten.

Ironischerweise paßten die beiden Gegner gut zusammen. Das gewöhnliche Volk fürchtete den Marquis. Mit seiner Arbeit für die Regierung hatte er sich eine eigene finstere Legende eingehandelt. Wären die Umstände anders gewesen, hätte Pagan es nicht gewagt, Caines Zorn herauszufordern, hätte dieser ihn vielleicht weiterhin gewähren lassen. Aber diese Gunst hatte der Pirat mit einer Todsünde verwirkt.

Abend für Abend ging Caine in eine Kneipe namens »Taugenichts« inmitten der Londoner Slums. Das Lokal wurde von berüchtigten Hafenarbeitern frequentiert. Er setzte sich stets an einen Ecksitz, den breiten Rücken durch eine Steinmauer vor heimtückischen Angriffen geschützt, und wartete geduldig auf Pagan.

In dieser zwielichtigen Umgebung bewegte er sich mit der Selbstverständlichkeit eines Mannes, der auf eine dunkle Vergangenheit zurückblickte. In den Slums hatte ein Adelstitel nichts zu bedeuten. Sein Überleben hing einzig von seiner Größe, seiner Kraft und seinem Kampfgeist ab. Allein schon seine muskulösen Schultern und Schenkel konnten so manchen potentiellen Widersacher abschrecken. Er war dunkelhaarig, hatte eine bronzefarbene Haut, und seine Augen zeigten die Farbe eines Wolkenhimmels. Früher hatten seine Augen die Herzen feiner Damen höher schlagen lassen. Jetzt wich die zarte Weiblichkeit vor seinem kalten, ausdruckslosen Blick zurück. Man munkelte, abgrundtiefer Haß habe den Marquis von Cainewood in Stein verwandelt, und dem stimmte er vorbehaltlos zu.

Nachdem er beschlossen hatte, Pagans Rolle zu spielen, erkannte er, wie schwierig es war, dieses Täuschungsmanöver durchzuführen. Falls die Gerüchte zutrafen, floß adeliges Blut in Pagans Adern, und er hatte sich der Piraterie verschrieben, um seinen aufwendigen Lebensstil zu finanzieren. Diese Klatschgeschichten nutzte Caine zu seinem Vorteil. Als er zum erstenmal in die Taverne gegangen war, hatte er seinen kostbarsten Anzug getragen und eine kleine weiße Rose am Revers seines Dinnerjacketts befestigt – eine prahlerische Geste, die natürlich sofort die gewünschte Aufmerksamkeit erregte.

Um sich den nötigen Respekt zu verschaffen, hatte er seinen scharfen Degen zücken müssen. Wenn er auch wie ein Gentleman gekleidet war, focht er ohne Ehre und Anstand. Bald bewunderten ihn die Männer. In wenigen Minuten hatte er ihre

Hochachtung erworben und ihnen Todesängste eingejagt. Ein etwas mutiger Bursche erkundigte sich stotternd, ob das Gerede stimme, daß er tatsächlich Pagan sei. Caine antwortete nicht, aber sein Grinsen verriet, wie gut ihm die Frage gefiel. Und als er dem Tavernenwirt erklärte, daß dieser Seemann verdammt schlau sei, zog man daraus die unvermeidlichen Schlüsse. Bis zum Wochenende breitete sich die Kunde von Pagans allabendlichen Besuchen im »Taugenichts« wie ein Lauffeuer aus.

Monk, der kahlköpfige Ire, der die Kneipe bei einer betrügerischen Kartenpartie gewonnen hatte, saß gegen Ende der Öffnungszeit meistens neben Caine. Als einziger wußte er über das Täuschungsmanöver Bescheid, und er billigte Caines Plan uneingeschränkt, da ihm bekannt war, welche Greueltaten Pagan an der Familie des Marquis begangen hatte. Außerdem blühte das Geschäft, weil jeder einen Blick auf den Piraten werfen wollte. Monk, in erster Linie auf seinen Profit bedacht, verlangte ungeheuerliche Preise für sein verwässertes Ale.

Seine Haare hatte er schon vor Jahren verloren, aber orangerote Brauen machten diesen Mangel wett. Buschig und gekräuselt wanden sie sich wie Efeuranken über die sommersprossige Stirn, die er nun in Falten zog, um den Marquis sein Mitgefühl zu zeigen.

Es war fast drei Uhr morgens, die Sperrstunde längst überschritten. Nur zwei andere Gäste saßen noch vor ihren Getränken. Als sie einen verschlafenen Abschiedsgruß gerülpst und das Weite gesucht hatten, wandte sich Monk zu Caine. »Sie sind geduldiger als ein Floh auf einem mageren Hund. Nacht für Nacht sitzen Sie hier. Hoffentlich lassen Sie sich nicht entmutigen«, fügte er hinzu, goß dem Marquis Brandy ein und nahm einen großen Schluck aus der Flasche. »Aber Sie werden ihn kriegen, Caine, daran zweifle ich nicht. So wie ich's sehe, wird er erst mal ein paar von seinen Männern herschicken, mit dem Befehl, Ihnen aufzulauern. Deshalb rate ich Ihnen, stets auf Ihren Rücken aufzupassen, wenn Sie hier weggehen.« Kichernd fuhr Monk fort: »Pagan legt großen Wert auf seinen Ruf, und Ihre Komödie müßte seine Haare allmählich grau färben. Sicher wird er bald auftauchen. Ich wette, morgen abend kommt er.«

Caine nickte, obwohl Monk seine allnächtliche Ansprache stets mit dieser Prophezeiung beendete.

»Und dann werden Sie ihn zerquetschen wie eine Wanze, Caine.« Der Marquis nippte an seinem Glas, zum ersten Mal an diesem Abend, und lehnte sich an die Wand. »Ja, ich werde ihn kriegen.«

Die rauhe Stimme jagte einen Schauer über Monks Rücken. Gerade wollte er Caine beipflichten, als die Tür aufflog. Der Wirt drehte sich halb auf seinem Stuhl um und beabsichtigte, den späten Gast auf die Sperrstunde hinzuweisen. Doch dann konnte er nur noch Luft schnappen. Nach einer Weile fand er seine Sprache wieder und flüsterte: »Heilige Mutter Gottes, hat sich ein Engel zu uns verirrt?«

Der Eingang befand sich in Caines Blickfeld. Obwohl er keine Reaktion erkennen ließ, staunte er ebenso wie Monk, und sein Herz begann plötzlich schneller zu schlagen.

Die Frau, die hereingekommen war, sah tatsächlich wie ein Engel aus, und er wagte nicht zu blinzeln, aus Angst, die Vision könnte sich in Luft auflösen, wenn er die Lider nur für einen Sekundenbruchteil schließen würde. Die Frau war unglaublich schön. Vor allem ihre Augen fesselten ihn. So grün wie mein heimatliches Tal in einer klaren, mondhellen Nacht, dachte er. Sie starrte ihn an, und er starrte zurück.

Fast eine volle Minute verstrich, während sie einander musterten. Dann kam sie auf den Tisch zu, und die Kapuze ihres schwarzen Umhangs fiel auf die Schultern. Caines Atem stockte, denn im Kerzenschein schimmerte das üppige kupferrote Haar wie Feuer.

Ihre Kleidung befand sich in erbärmlichem Zustand. Die Qualität des Capes deutete zwar auf einen gewissen Wohlstand hin, aber an einer Seite klaffte ein Riß, als wäre es mit einem Messer aufgeschlitzt worden. Ein Teil des grünen Satinfutters hing in Fetzen vom Saum herab. Caines Neugier wuchs. Sein Blick kehrte zum Gesicht der jungen Frau zurück, und er entdeckte leichte Aufschürfungen an der rechten Wange, eine kleine Schnittwunde in der vollen Unterlippe und Schmutzflecken auf der Stirn.

Wenn sie ein Engel ist, muß sie soeben der Hölle einen Besuch abgestattet haben, überlegte er. Aber obwohl sie den Kampf mit dem Satan vermutlich verloren hatte, sah sie immer noch zauberhaft aus – viel zu hübsch für Caines Seelenfrieden. Angespannt wartete er auf eine Erklärung.

Sie blieb vor dem runden Tisch stehen und betrachtete die weiße Rose an Caines Revers. Der Engel war sichtlich verängstigt, die Hände umklammerten einen weißen Beutel, und Caine sah mehrere Narben an den schmalen Fingern.

Was er von dieser Frau halten sollte, wußte er nicht. Aber er wollte keinesfalls, daß sie sich vor ihm fürchtete. Diese Erkenntnis bewog ihn, die Stirn zu runzeln. »Sind Sie allein?« fragte er brüsk.

»Ja.«

»Um diese Zeit, in diesem Stadtteil?«

»Ja, sind Sie Pagan?« Ihre Stimme war ein heiseres Wispern.

»Sehen Sie mich an, wenn ich mit Ihnen spreche!«

Sie gehorchte und schaute unverwandt auf die Rose. »Bitte, antworten Sie, Sir, Sind Sie Pagan? Ich muß mit dem Piraten reden. Es ist sehr wichtig.«

»Ich bin Pagan.«

»Man sagt, Sie würden alles tun – für einen angemessenen Preis. Stimmt das?«

»Allerdings«, bestätigte Caine. »Was wollen Sie von mir?«

Sie ließ den Beutel auf den Tisch fallen. Das Zugband öffnete sich und Münzen rollten hervor. Monk stieß einen leisen Pfiff aus.

»Dreißig Stück«, verkündete sie, den Blick immer noch gesenkt.

Caine hob die Brauen. »Dreißig Silberstücke?«

Schüchtern nickte sie. »Genügt das? Mehr habe ich nicht.«

»Und wen wollen Sie verraten?«

Verwirrt schüttelte sie den Kopf. »O nein, Sir, Sie mißverstehen mich. Ich will niemanden verraten. Ein Judas bin ich nicht.«

Die Frage hatte sie anscheinend tief gekränkt. »Mein Irrtum ist wohl verständlich«, verteidigte er sich. Wie ihr Stirnrunzeln bekundete, war sie anderer Meinung, und er gelobte sich, sein Temperament zu zügeln. »Also, was wollen Sie?«

»Daß Sie jemanden töten, bitte.«

»Ah ...«, erwiederte er gedehnt. Seine Enttäuschung war fast schmerzlich. Sie sah so unschuldig aus, so verletzlich. Und trotzdem bat sie ihn in sanftem Ton, einen Mord zu verüben. »Und wer soll das Opfer sein? Vielleicht Ihr Ehegatte?« Der Zynismus in seiner Stimme klang so scharf wie ein Nagel, der über eine Schiefertafel kratzt. Doch das schien sie nicht zu stören.

»Nein.«

»Sie sind also unverheiratet?«

»Spielt das eine Rolle?«

»O ja«, entgegnete er leise.

»Ich bin nicht verheiratet.«

»Und wen soll ich töten? Ihren Vater? Ihren Bruder?« Wieder schüttelte sie den Kopf, und Caine beugte sich langsam vor, beinahe am Ende seiner Geduld. »Ich bin es müde, Ihnen Fragen zu stellen. Erklären Sie endlich, was Sie wünschen.« Er hatte sich gezwungen, sie grob anzuherrschen, um ihr Angst einzujagen und ihr zu entlocken, was sie beabsichtigte. Aber die erhoffte Wirkung seiner harten Stimme blieb aus. Ein rebellischer Ausdruck trat in die grünen Augen. Offenbar besaß das verschüchterte Kätzchen sogar einen gewissen Kampfgeist.

»Ehe ich Ihnen genauere Hinweise gebe, müßten Sie sich bereit finden, diese Aufgabe zu übernehmen.«

»Aufgabe?« wiederholte er ungläubig. »Ich soll jemanden umbringen, und das bezeichnen Sie als 'Aufgabe'?«

»Ja.«

Sie weigerte sich immer noch, ihm in die Augen zu schauen, was ihn immer heftiger irritierte. »Also gut, ich bin einverstanden«, log er. Während sie erleichtert aufatmete, fragte er: »Also, wer ist das Opfer?«

Da hob sie den Kopf, und beim Anblick ihres gequälten Gesichtsausdruckes krampfte sich Caines Herz zusammen. Das Bedürfnis, sie zu umarmen und zu trösten, überwältigte ihn fast. Dann ärgerte er sich über seine Schwäche. Welch ein lächerlicher Wunsch ... Zum Teufel, diese Frau heuerte ihn an, um jemanden ermorden zu lassen. »Nun, wen soll ich töten?«

Sie holte tief Luft. »Mich.«

2

»Heilige Mutter Gottes!« hauchte Monk. »Das meinen Sie doch nicht ernst, liebe Lady.«

Ohne Caine aus den Augen zu lassen, antwortete sie dem Tavernenwirt: »Ich meine es sogar sehr ernst, guter Mann. Glauben Sie, ich hätte mich mitten in der Nacht hierher gewagt, wenn es anders wäre?«

»Anscheinend haben Sie den Verstand verloren«, bemerkte Caine.

»Keineswegs. Wenn dies zuträfe, wäre alles viel leichter.«

»Ich verstehe.« Mühsam beherrschte er sich, und der Impuls, sie anzubrüllen, bereitete ihm Halsschmerzen.

»Und wann soll ich diese – diese ...«

»Aufgabe?«

Er nickte. »Wann soll ich diese Aufgabe erledigen?«

»Jetzt.«

»Jetzt?«

»Wenn es Ihnen recht ist, Mylord.«

»Wenn es mir recht ist?«

»Oh, tut mir leid«, flüsterte sie, »ich wollte Sie nicht erzürnen.«

»Warum glauben Sie, mich zu erzürnen?«

»Weil Sie so schreien.«

Er mußte ihr recht geben und seufzte tief auf. Zum erstenmal seit langer Zeit war er außer Fassung geraten. Um eine Entschuldigung für diese Schande zu finden, sagte er sich, daß ein solch ungeheuerliches Ansinnen jeden halbwegs vernünftigen Menschen völlig überrumpeln mußte. Die Frau sah so aufrichtig aus – und so zerbrechlich. Um Himmels willen, auf der Nase hatte sie auch noch Sommersprossen! Sie sollte um diese Stunde daheim sein, hinter Schloß und Riegel, im Schoß einer liebevollen Familie, statt hier in dieser schäbigen Kneipe zu stehen und seelenruhig ihre eigene Ermordung zu erörtern.

»Ich sehe, in welch eine unangenehme Lage ich Sie gebracht habe, und ich bitte Sie um Verzeihung, Pagan. Haben Sie noch nie eine Frau getötet?« Echtes Mitgefühl schwang in ihrer Stimme mit.

»Nein, ich habe noch nie eine Frau getötet«, stieß er zwischen zusammengebissenen Zähnen hervor. »Aber für alles gibt's ein erstes Mal – oder?«

Diese Worte meinte er ironisch, aber sie wurden ernst genommen. »Das ist genau die richtige Geisteshaltung«, lobte sie, und jetzt lächelte sie wirklich und wahrhaftig. »Sicher wird es nicht allzu schwierig sein. Natürlich helfe ich Ihnen.«

Am liebsten hätte er seine Stirn auf die Tischplatte geschlagen, immer wieder. »Sie helfen mir?« würgte er hervor.

»Gewiß.«

»Sie sind verrückt.«

»O nein – aber verzweifelt. Es muß so schnell wie möglich geschehen. Glauben Sie, daß Sie sich beeilen und Ihr Glas austrinken könnten?«

»Warum so schnell?«

»Weil sie mich bald suchen werden, vielleicht schon heute nacht. Mein Tod ist unausweichlich. Entweder sterbe ich von Ihrer Hand, Pagan – oder diese Leute meucheln mich. Und ich möchte mein Ende selbst bestimmen, das verstehen Sie doch?«

»Warum bringen Sie sich nicht selber um?« platzte Monk heraus. »Wäre das nicht einfacher, als jemanden zu beauftragen?«

»Um Gottes willen, Monk, Sie dürfen sie nicht auch noch ermutigen!«

»Das will ich gar nicht. Ich versuche nur zu begreifen, warum eine so hübsche Lady sterben will.«

»Oh, ich könnte mir niemals das Leben nehmen«, erklärte sie. »Das wäre eine Sünde. Jemand anders muß es tun. Das sehen Sie doch ein?«

Jetzt hatte Caine endgültig die Nase voll. Er sprang hoch, warf seinen Stuhl um und stützte seine großen Hände auf die Tischplatte. »Nein, ich sehe gar nichts ein, aber ehe diese Nacht zu Ende geht, wird mir alles klar sein, das schwöre ich. Fangen wir ganz von vorn an. Am besten nennen Sie erst mal Ihren Namen.«

»Warum?«

»Das gehört zu meinen kleinen Regeln«, fauchte er sie an.

»Ich töte nur Leute, die ich kenne. Also, wie heißen Sie?«

»Das ist eine dumme Regel.«

»Antworten Sie!«

»Jade.«

»Verdammt, ich will Ihren richtigen Namen hören!« donnerte er.

»Verdammt, das ist mein richtiger Name!« erwiderte sie ungehalten.

»Und das meinen Sie ernst?«

»Natürlich.« Sie zuckte die Achseln. »Ich heiße nun mal Jade.«

»Ungewöhnlich. Aber es paßt zu Ihnen. Sie sind ja auch eine ungewöhnliche Frau.«

»Ihre Meinung über mich ist bedeutungslos, Sir. Ich habe Ihnen einen Auftrag erteilt, das ist alles. Verhören Sie alle Ihre Opfer so intensiv, bevor Sie ihnen den Garaus machen?«

Er ignorierte ihren durchdringenden Blick. »Nennen Sie Ihren Zunamen, ehe ich Sie erdrossele.«

»Sie dürfen mich nicht erdrosseln. Auf diese Art will ich nicht sterben. Und ich bin es, die hier den Preis bezahlt, falls Sie's vergessen haben.«

»Wie hätten Sie's denn gern?« spottete Caine. »Ach, zum Teufel, ich möchte es gar nicht wissen.«

»Aber Sie müssen es wissen«, protestierte sie. »Wie können Sie mich töten, wenn Sie keine Ahnung haben, welche Methode ich bevorzuge?«

»Das werden wir später besprechen, Jade. Eins nach dem anderen. Warten Ihre Eltern zu Hause auf Sie?«

»Das ist unwahrscheinlich.«

»Warum?«

»Sie sind beide tot.«

Er schloß die Augen und zählte bis zehn. »Sie stehen also ganz allein auf der Welt?«

»Nein.«

»Nein?«

Jade seufzte ungeduldig. »Ich habe einen Bruder. Aber mehr werde ich Ihnen nicht verraten, Pagan. Das wäre zu riskant.«

»Warum, Miß?« fragte Monk.

»Je mehr er über mich weiß, desto schwerer wird ihm seine Aufgabe fallen. Ich glaube, es ist schlimm, jemanden töten zu müssen, den man mag, nicht wahr, Sir?«

»Ich mußte noch nie jemanden töten, den ich mag«, gab Monk zu. »Eigentlich habe ich überhaupt noch niemanden getötet. Aber Ihre Theorie erscheint mir sinnvoll.«

Caine mußte sich sehr zusammennehmen, um nicht wieder zu brüllen. »Das wird gewiß keine Probleme aufwerfen, Jade. Im Moment kann ich Sie nicht ausstehen.«

Sie wich einen Schritt zurück. »Warum nicht? Ich habe Sie nicht halb so schwer beleidigt wie Sie mich. Oder sind Sie einfach nur von Natur aus griesgräming, Pagan.«

»Nennen Sie mich nicht Pagan.«

»Wieso nicht?«

»Das ist gefährlich, Miß – falls jemand lauscht«, erklärte Monk hastig, als er sah, wie wütend Caine geworden war. In seinem Kinn zuckte ein Muskel. Er besaß ein wildes Temperament, und in ihrer Unschuld reizte sie ihn unwissentlich bis zur Weißglut. Wenn er die Beherrschung verlor, würde er vermutlich ihren Wunsch erfüllen und sie zu Tode erschrecken.

»Und wie soll ich ihn nennen?« fragte sie

»Caine.«

Sie schnaufte undamenhaft. »Caine! Und er findet, daß ich einen ungewöhnlichen Namen habe.«

Caine umfaßte ihr Kinn und zwang sie, ihn anzusehen. »Wie heißt Ihr Bruder?«

»Nathan.«

»Und wo ist er jetzt?«

»Unterwegs – in dringenden geschäftlichen Angelegenheiten.«

»In welchen?«

Sie schlug seine Hand beiseite, ehe sie erwiderte: »Schiffahrtsgeschäfte.«

»Wann kommt er zurück?«

Erbost starrte sie ihn an. »In zwei Wochen. Und nun will ich nichts mehr sagen. Wann werden Sie endlich aufhören, mich zu belästigen und statt dessen Ihren Auftrag ausführen?«

»Wo wohnen Sie, Jade?«

»Sir, Ihre endlosen Fragen bereiten mir Kopfschmerzen. Ich bin es nicht gewöhnt, mich von Männern anbrüllen zu lassen.«

Caine warf einen Blick auf Monk und verdrehte die Augen. »Diese dumme Frau will, daß ich sie umbringe, und beklagt sich über Kopfweh!«

Plötzlich packte sie ihn am Kinn und drehte sein Gesicht zu sich herum, womit sie absichtlich sein Verhalten von vorhin nachahmte. Ihre Kühnheit verblüffte ihn so sehr, daß er sie gewähren ließ. »Jetzt bin ich daran!« rief sie und ließ ihn los. »Ich stelle hier die Fragen, und Sie werden antworten. Von mir bekommen Sie nämlich die Silbermünzen. Die erste und wichtigste Frage lautet – werden Sie mich wirklich töten? Ihr Zögern und dieses gräßliche Verhör beunruhigen mich.«

»Bevor ich eine Entscheidung treffe, müssen Sie meine Neugier befriedigen.«

»Nein.«

»Dann werde ich Sie nicht töten.«

»Sie Schurke!« kreischte sie. »Ehe Sie wußten, wer Ihr Opfer sein soll, haben Sie mir ein Versprechen gegeben!«

»Das war gelogen.«

Entrüstet schrie sie auf. »Sie enttäuschen mich zutiefst. Ein Mann von Ehre würde sein Wort nicht so leicht brechen. Schämen Sie sich!«

»Ich habe nie behauptet, ich sei ein Ehrenmann.«

»Nein, Miß, das hat er nicht«, warf Monk ein.

Ihre Augen schienen grüne Flammen zu sprühen, ihre Hände, auf den Tisch gestützt, berührten beinahe Caines Fingerspitzen. »Man sagte mir, Pagan würde stets sein Wort halten.«

»Offensichtlich wurden Sie falsch informiert.«

Ihr Gesicht war dicht vor seinem, und er versuchte sich auf das Gespräch zu konzentrieren. Dabei wurde er von ihrem wunderbaren Duft gestört – so sauber, so frisch, so feminin. Er wollte noch etwas sagen, doch ihm fehlten die Worte. Noch nie hatte ihm eine Frau so energisch Paroli geboten. Die Damen der guten Gesellschaft pflegten die Köpfe einzuziehen, wenn er sein Mißvergnügen zeigte. Jade war anders. Ohne mit der Wimper zu zucken, hielt sie seinem Blick stand. Plötzlich verspürte er einen heftigen Lachreiz, wenn er auch nicht die leiseste Ahnung hatte, warum. Jades Wahnsinn mußte ansteckend sein.

»Sie müßten am Galgen baumeln, nachdem Sie mich so übel reingelegt haben», meinte sie. »Dabei sehen Sie gar nicht wie ein Betrüger aus. Ein so abscheuliches Benehmen hätte ich Ihnen nicht zugetraut.«

Jade wollte sich vom Tisch entfernen, aber Caine hielt ihre Hände fest. Er beugte sich noch tiefer hinab, bis seine Lippen beinahe ihre Stirn streiften. »Ich bin ein Pirat, Madam. Und ein Pirat benimmt sich nun mal abscheulich.«

Er wartete auf einen weiteren Wutanfall, doch statt dessen brach sie in Tränen aus. Auf diesen Gefühlsausbruch war er nicht vorbereitet. Während er sein Taschentuch hervorzog, sprang Monk auf, um Jade zu trösten. Ungeschickt tätschelte er ihre Schulter. »Ist ja schon gut. Weinen Sie nicht, Miß.«

»Das ist alles nur seine Schuld«, schluchzte sie. »Ich bat ihn doch nur um einen kleinen Gefallen, der seine kostbare Zeit gewiß nicht übermäßig beansprucht hätte. Aber nein, mit so was darf man ihn nicht behelligen. Und dabei erbot ich mich sogar zu warten, bis er sein Glas leeren würde«, fuhr sie klagend fort. »Und ich war bereit, ihn anständig zu entlohnen.«

Monk starrte den Marquis vorwurfsvoll an. »Jetzt haben Sie die arme Lady aber wirklich sehr betrübt.« Er riß das Taschentuch aus Caines Hand und betupfte linkisch die Tränen auf Jades Wangen. »Alles wird wieder gut, Miß«, gurrte er.

»Nein«, widersprach sie, die Stimme von dem Leinentuch gedämpft, das Monk ihr unter die Nase hielt. »Wissen Sie, daß ich noch nie im Leben irgendwen um etwas gebeten habe? Und jetzt, wo ich's zum erstenmal tue, wird mir mein Wunsch abgeschlagen. Heutzutage will niemand mehr auf ehrliche Weise sein Geld verdienen. Nein, da stehlen die Leute lieber. Eine Schande ist das, nicht wahr?«

Caine verschlug es die Sprache. Sollte er sie in die Arme nehmen und ihr Trost spenden – oder sie bei den Schultern packen und sie schütteln, bis sie zur Vernunft kam? Eins stand jedenfalls fest – wenn Monk ihn noch lange so böse anschaute, würde er ihm das Nasenbein brechen.

»Miß, es ist wohl kaum eine ehrliche Arbeit, Geld von einer Lady zu nehmen und sie dann umzubringen«, argumentierte der Wirt und streichelte ihren Rücken, um den sanften Tadel noch zu mildern.

»Natürlich ist das ehrliche Arbeit – wenn die Lady den Tod wünscht.«

Monk machte eine kurze Pause, um sich an der Schläfe zu kratzen. »Da hat sie recht, oder?« fragte er den Marquis.

»Um Himmels willen … Was tun Sie denn da?« fragte er den Marquis.

»Um Himmels willen … Was tun Sie denn da?« fragte Caine, als Jade ihre Münzen einzusammeln begann.

»Ich gehe. Verzeihen Sie, daß ich Sie belästigt habe, Pagan oder Caine, oder wie immer Sie heißen.« Sie band den Beutel zu und steckte ihn in die Tasche ihres Umhangs.

Als sie sich zur Tür wandte, rief Caine ihr nach: »Wohin gehen Sie?«

»Das braucht Sie nicht zu interessieren. Aber da ich nicht so unhöflich bin wie Sie, teile ich Ihnen mit, daß ich woanders Hilfe suchen werde. So leicht gebe ich nicht auf. Ehe der Morgen graut, werde ich jemanden finden, der bereit ist, mich zu töten.«

An der Tür holte er sie ein. Er legte ihr die Hände auf die Schultern und drehte sie zu sich herum. Sobald er sie berührte, fing sie wieder zu weinen an. In seiner Verwirrung folgte er einem übermächtigen Impuls und riß sie unsanft in die Arme. Damit öffnete er die Tränenschleusen noch weiter. Das Gesicht an seine starke Brust gedrückt, entschuldigt sie sich für ihr undamenhaftes Benehmen, immer wieder von wildem Schluchzen unterbrochen.

Er wartete, bis sie sich wieder einigermaßen gefaßt hatte. Im Augenblick konnte er ohnehin nicht vernünftig mit ihr sprechen. Und da sie so laut weinte, hätte sie vermutlich kein Wort verstanden. Nachdem sie ihn um Vergebung gebeten hatte, schob sie ihm die Schuld an ihrem gegenwärtigen Zustand zu. Noch nie war er einer so entnervenden Frau begegnet.

Aber wie warm und weich sie sich anfühlte... Normalerweise verabscheute er weinende Frauen. Aber diese da wollte er nicht mehr loslassen.

Beim Abklingen ihrer emotionalen Erregung bekam sie einen Schluckauf wie ein Betrunkener. Es war höchste Zeit für ein paar klärende Worte. »Jade, so schlimm, wie Sie glauben, kann es doch gar nicht sein. Morgen werden Sie mir danken, weil ich Ihr Ansinnen abgelehnt habe.«

»Morgen bin ich tot.«

»Nein«, erwiderte er und drückte sie an sich. »Das werde ich verhindern.«

»Meinen Bruder dürfte es ziemlich enttäuschen, wenn ich sterbe.«

»Das kann ich mir vorstellen«, bemerkte Caine trocken.

»Aber ich bin zu schwach, um diese Leute zu bekämpfen. Das sind ganz gemeine Männer, und ich fürchte, sie werden mich mißbrauchen, bevor sie mich ermorden. Und einen solchen Tod will ich nicht erleiden. Das wäre würdelos.«

»Sie möchten also in Würde sterben? Wie ein Soldat auf dem Schlachtfeld?«

»Man soll mich nicht als Feigling in Erinnerung behalten.«

»Könnte Ihr Bruder Ihre Probleme lösen, wenn er zurückkäme?«

»O ja.« Sie lehnte wieder ihre Wange an Caines Brust. »Nathan würde mich beschützen. Seit Papas Tod sorgt er für mich. Und er ist ein sehr starker Mann.«

»Dann werde ich bis zur Heimkehr Ihres Bruders auf Sie aufpassen. Ich gebe Ihnen mein Wort.«

Es dauerte eine ganze Weile, bis Jade auf seinen Vorschlag reagierte. Er glaubte, sie würde mühsam nach Worten suchen, von tiefer Dankbarkeit überwältigt. Aber dann befreite sie sich aus seinen Armen und schaute zu ihm auf – keineswegs dankbar, sondern ärgerlich.

»Ihr Wort zählt nicht viel, Sir. Vorhin haben Sie's gebrochen. Erst wollten Sie mich töten, dann besannen Sie sich anders.«

»Das kann man nicht vergleichen.«

»Sie meinen es also ernst?«

»Natürlich, wie Sie erklärt haben, wird Ihr Bruder in zwei Wochen zurückkehren und Ihre Sicherheit gewährleisten. In zwei Wochen – das stimmt doch?«

»Vielleicht kommt er noch früher. Aber Sie sind ein Pirat. Sie können es nicht riskieren, mich zwei Wochen lang zu beschützen. Auf Ihren Kopf ist ein Preis ausgesetzt. Wenn Sie getötet werden, möchte ich nicht die Verantwortung übernehmen.«

»Sie scheinen nicht viel von meinen Fähigkeiten zu halten.«

»Warum sollte ich? Sie haben doch bewiesen, daß man den Gerüchten nicht glauben darf, die über Sie kursieren. Wahrscheinlich stimmt es auch nicht, daß Sie weiße Rosen auf die Kissen Ihrer Opfer legen.«

Caine seufzte. »Tun Sie nicht so, als hätte ich Sie maßlos enttäuscht.«

»Genau das haben Sie aber! Sie sind kein Ehrenmann. Außerdem bezweifle ich, daß Sie stark genug sind, um es mit meinen Feinden aufzunehmen. Und mit Ihren breiten Schultern würden Sie eine großartige Zielscheibe abgeben. Nein, tut mir leid. Für eine solche Aufgabe eignen Sie sich einfach nicht.«

Am liebsten hätte er sie erwürgt. Sie wandte sich wieder ab, und in seiner Verblüffung über ihr Verhalten ließ er sie beinahe gehen. Diesmal holte er sie erst ein, als sie den Gehsteig vor der Tür erreicht hatte. Energisch zog er sie in die Taverne zurück. »Monk, Sie werden niemandem erzählen, was hier vorgefallen ist. Geben Sie mir Ihr Wort?«

»Warum sollte er, wenn Sie Ihr Wort so sorglos brechen?« fragte Jade. »Ein Gentleman stellt keine Forderungen, die er selbst nicht erfüllen kann. Hat Ihre Mama Ihnen keine Manieren beigebracht?«

Caine strich mit einer Fingerspitze über ihre Wange.»Ich bin kein Gentleman, sondern ein Pirat, und das macht einen gewaltigen Unterschied.«

Sobald er sie anfaßte, schien sie zu versteinern. Das verstand er nicht. Als er die Hand sinken ließ, erwachte Jade sofort aus ihrer Erstarrung. »Ja, da besteht allerdings ein Unterschied«, gab sie zu. »Sagen Sie, Caine – könnte ich Sie so in Wut bringen, daß Sie mich töten würden?«

»Dieser Gedanke hat einen gewissen Reiz.« Er streckte wieder eine Hand nach ihr aus, und sie wich rasch zurück.

»Fassen Sie mich nicht an! Das dürfen Sie nicht!«

»Wieso nicht?«

»Ich hasse es, berührt zu werden.«

»Und wie soll ich Sie dann töten?«

Offenbar erkannte sie nicht, daß er scherzte. »Mit einer Pistole.« Mißtrauisch musterte sie ihn. »Sie haben doch eine?«

»Gewiß. Und wohin soll ich ...«

»Hierhin. Ein gezielter Schuß ins Herz ... Natürlich müssen Sie ganz genau treffen. Eine Verzögerung würde mir mißfallen.«

»Klar, sowas käme nie in Frage.« Seine Mundwinkel zuckten.

»Wie können Sie das komisch finden?« zischte Jade. »Zufällig sprechen wir über meinen Tod!«

»Ich amüsiere mich ja gar nicht, ich versuche nur, richtig wütend zu werden. Darf ich Sie vorher vergewaltigen?«

Sie holte tief Atem, bevor sie antwortete. »Nein.«

»Schade«, meinte er und ignorierte ihre erboste Miene.

»Sir, sind Ihre Eltern vielleicht Vetter und Kusine ersten Grades? Sie führen sich auf wie ein Schwachsinniger. Und wenn Sie an keiner geistigen Störung leiden, scheinen Sie der kaltblütigste Mann zu sein, der mir je untergekommen ist. Sie benehmen sich einfach schändlich!«

Ihre Augen blitzten in so einem intensiven Grün, wie Caine es noch nie gesehen hatte. Es funkelte, als hätten tausend Smaragde zu Jades Gunsten auf ihre Farbenpracht verzichtet.

»Ich bezweifle, daß Sie in ernsthafter Gefahr schweben«, bemerkte er. »Die Feinde, die Ihnen nach dem Leben trachten, könnten ja auch Ihrer übererregbaren Phantasie entsprungen sein.«

»Oh, ich verachte Sie, Caine«, flüsterte sie. »Und was Ihre alberne Vermutung betrifft ...«

»Heben wir uns diese Diskussion für später auf, Jetzt bin ich nicht in der richtigen Stimmung dafür. Ich will kein Wort mehr über Ihren angeblich unentrinnbaren Tod hören. Und wenn Sie mich noch lange mit Ihren großen Augen anstarren, werde ich Sie küssen, um Sie von ihren dummen Sorgen abzulenken.«

»Mich küssen?« Sie blinzelte erstaunt. »Wieso, um alles in der Welt, sollten Sie den Wunsch verspüren, mich zu küssen!«

»Ich habe nicht die leiseste Ahnung«, gestand er.

»Sie würden jemanden küssen, den Sie nicht ausstehen können?«

»Ich denke schon«, erwiderte er grinsend.

»Sie arroganter, anmaßender ...«

Seelenruhig unterbrach er Jade und wandte sich wieder an den Wirt, ohne sie aus den Augen zu lassen. »Nun, habe ich Ihr Wort, Monk?«

»Klar, ich erzähle niemandem, was heute nacht geschehen ist, Caine. Aber wie wir beide wissen, wird Ihr Freund Lyon, ehe die Sonne sinkt, irgendwas wittern und die Wahrheit aus mir rausquetschen. Deshalb will ich Sie lieber schon mal warnen.«

Caine nickte. Der Marquis von Lyonwood war tatsächlich

ein guter Freund, dem er rückhaltlos vertraute. Bei verschiedenen Regierungsaufträgen hatten sie zusammengearbeitet. »Ja, er wird was merken. Aber seine junge Ehefrau und sein Sohn müßten ihn erst mal zur Genüge beschäftigen. Außerdem – wenn er hört, in welche Situation ich geraten bin, wird er schweigen. Falls er Fragen stellt, können Sie offen mit ihm sprechen. Aber ansonsten mit niemandem – nicht einmal mit Rhone«, mahnte er und nannte den Namen von Lyons engstem Freund.»Trotz all seiner Verdienste – Rhone redet zuviel.«

»Gut, er soll nichts erfahren. Aber ich flehe Sie an, Caine – halten Sie mich über die Sache mit der kleinen Lady auf dem laufenden.«

»Monk?« Jade zog die Aufmerksamkeit der beiden Männer wieder auf sich. »Sie besitzen nicht zufällig eine Pistole?«

Ihre Stimme klang viel zu eifrig, so daß Caine sofort wußte, was sie plante. Die Gedanken eines Engels waren so leicht zu lesen wie ein lateinischer Text. »Er hat keine, und er wird's auch nicht tun«, verkündete er.

»Was werde ich nicht tun?« fragte Monk.

»Sie werden Jade nicht erschießen – oder?«

»Natürlich nicht«, beteuerte der Wirt hastig und riß seinen Blick mühsam von der schönen Frau los.

»Werden Sie von Ihrer Kutsche abgeholt, Jade?« fragte Caine.

»Nein«, erwiderte sie ungeduldig. »Ich habe eine Droschke gemietet. Wie Sie sich denken können, lag es nicht in meiner Absicht, heute nacht nach Hause zurückzukehren.«

»Dann nehmen wir meinen Wagen.« Er packte ihren Arm und führte sie vor das Haus, gefolgt von Monk. Draußen befreite sie sich aus Caines Griff und hob einen großen grauen Ranzen vom Gehsteig auf. »Da ist alles drin, was ich besitze«, erklärte sie. »Ich komme direkt vom Land.«

»Sie lassen Ihre Sachen auf der Straße liegen – damit jeder sie stehlen kann?«

»Ich wollte bestohlen werden.« Jade sprach in dem Ton einer Lehrerin, die einem begriffsstutzigen Schüler Binsenweisheiten einzutrichtern versucht. »Sicher wären meine Kleider irgendeiner armen Seele willkommen gewesen. Ich hätte sie ja nicht mehr gebraucht, wenn Sie …«

»Genug!« fuhr er sie an. »Sie werden nie mehr von dieser idiotischen Idee reden, sich umbringen zu lassen – verstanden?« Als sie nicht schnell genug antwortete, packte er sie an den Haaren. Sie stieß einen schrillen Schrei aus, und Caine entdeckte eine große Beule über ihrem Ohr. »Großer Gott, Jade, wo haben Sie das her?«

»Rühren Sie's nicht an!« rief sie, als er die Beule betasten wollte. »Es tut immer noch weh.«

»Kein Wunder.« Caines Hand sank hinab. »Was ist geschehen?«

»Ich bin im Haus meines Bruders an einer Teppichkante hängengeblieben und die Teppe hinuntergefallen. Und dabei habe ich mir den Kopf an einem Pfosten gestoßen. Das hat mir beinahe den Wind aus den Segeln genommen.«

Den Wind aus den Segeln? Caine fand diese Ausdrucksweise ziemlich seltsam, nahm sich aber nicht die Zeit, darüber nachzudenken. »Sie hätten sterben können. Sind Sie immer so ungeschickt?«

»Ich bin niemals ungeschickt«, entgegnete sie. »Normalerweise benehme ich mich sehr damenhaft. O Gott, sind Sie rüde …«

»Und was ist passiert, nachdem Sie gestürzt sind?« wollte Monk wissen.

Jade zuckte die Achseln. »Ich bin spazieren gegangen, um wieder einen klaren Kopf zu bekommen. Und da sind sie natürlich hinter mir hergekommen.«

»Natürlich?« fragte Monk, und Caine murmelte gleichzeitig: »Wer – sie?«

Jade runzelte die Stirn. »Die Männer, die ich beobachtet habe, als sie den elegant gekleideten Gentleman umbrachten. Um Himmels willen, passen Sie doch auf! Das habe ich sicher schon einmal erwähnt.«

»Bestimmt nicht.« Monk schüttelte den Kopf. »Daran würde ich mich erinnern.«

»Sie wurden Zeugin eines Mordes?« erkundigte sich Caine. »Nein, Jade, davon haben Sie nichts erzählt.«

»Ich wollte es aber.« Ärgerlich verschränkte sie die Arme vor der Brust. »Alles hätte ich erklärt, wenn Sie nicht mit mir gestritten und mich abgelenkt hätten. Es ist also Ihre Schuld, daß ich es vergessen habe.«

»Haben Sie den Mord gesehen, bevor Sie sich den Kopf anstießen, oder nacher?« fragte Caine.

Monk wandte sich zu ihm. »Meinen Sie, es war ein adeliger Gentleman, der da umgebracht wurde?«

»Vorher ...«, erwiderte Jade. »Nein, nachher. Zumindest glaube ich, daß ich erst nachher hinuntergefallen bin ... Oh, ich entsinne mich nicht mehr. Es pocht so heftig in meinen Schläfen. Verschonen Sie mich endlich mit Ihren Fragen, Sir.«

»Nun beginne ich alles zu verstehen«, sagte Caine zu Monk, dann sah er wieder Jade an. »Trugen Sie zum Zeitpunkt des Mißgeschicks diesen Umhang?«

»Ja«, bestätigte sie verwirrt, »aber was ...«

»Bei dem Sturz zerriß er, und Sie verletzten Ihr Gesicht, nicht wahr?«

Seine Stimme klang etwas zu herablassend für Jades Geschmack. »Würden Sie mir verraten, was Sie angeblich zu verstehen beginnen?«

»Ganz einfach, Sie haben ein Trauma erlitten, Jade. Deshalb können Sie nicht mehr logisch denken – wenn ich auch betonen muß, daß das die wenigsten Frauen können, nicht einmal im Normalzustand. Wenn Sie sich ein paar Tage lang Ruhe gönnen, werden Sie erkennen, daß Ihre Phantasie Ihnen einen Streich gespielt hat, und Sie werden sich nur noch den Kopf darüber zerbrechen, welch ein Kleid Sie auf Ihrem nächsten Ball tragen sollen.«

»Meine Phantasie spielt mir keinen Streich!«

»Sie sind doch ganz verwirrt, Jade.«

»Bin ich nicht!«

»Hören Sie auf zu schreien!« befahl Caine. »Wenn Sie mal überlegen ...« Seufzend unterbrach er sich. »Aber jetzt sind Sie zu konfus, um nachzudenken. Wir warten, bis Sie sich besserfühlen.«

»Er hat recht, Miß«, murmelte Monk. »Hätten Sie den Mord an einem adeligen Gentleman beobachtet, wäre die Neuigkeit sofort in diesen Stadtteil gedrungen. Die Täter hätten mit ihrer Schlauheit geprahlt. Hören Sie jetzt auf Caine. Er weiß, was am besten ist.«

»Aber wenn er glaubt, ich würde mir nur einbilden, ich wäre in Gefahr, braucht er mich nicht zu beschützen.«

»Oh, doch!« widersprach Caine. »Wenigstens weiß ich jetzt, wovor ich Sie schützen muß.« Ehe Jade weitere Einwände erheben konnte, fuhr er fort: »Ob's Ihnen gefällt oder nicht – Sie stellen eine Gefahr dar, bis Sie sich wieder erholt haben. Es wäre unvereinbar mit meinem Gewissen, wenn ich Sie jetzt Ihrem Schicksal überließe.« Er lächelte sanft. »Ich schütze Sie sozusagen vor sich selbst. Geben Sie mir Ihren Ranzen.«

Sie versuchte ihr Gepäck an sich zu nehmen, ehe Caine danach greifen konnte, und es kam zu einer Art Tauziehen, das er gewann. »Um Gottes willen, was steckt denn da drin?« rief er. »Dieses Ding muß mehr wiegen als Sie.«

»Es enthält mein gesamtes Eigentum. Wenn's Ihnen zu schwer ist, trage ich's selbst.«

Caine schüttelte den Kopf und umfaßte ihre Hand. »Kommen Sie. Meine Kutsche wartet zwei Häuserblocks weiter vorn. Sie müssen endlich ins Bett. Gute Nacht, Monk.«

»Auf bald, Caine«, verabschiedete sich der Wirt.

Abrupt blieb sie stehen. »In wessen Bett?«

Er seufzte laut genug, um die Betrunkenen zu wecken, die am Straßenrand lagen. »In Ihrem eigenen Interesse. Für Ihre Tugend besteht keine Gefahr. Ich gehe nie mit Jungfrauen ins Bett, und mit Ihnen schon gar nicht.«

Caine glaubte, dieses Versprechen würde sie beschwichtigen. Natürlich war es eine halbe Lüge. Er wollte sie küssen – wenn auch nur, um für ein paar Minuten segensreiches Schweigen zu erwirken.

»Gehört das zu Ihren kleinen Regeln?« fragte sie. »Niemals mit einer Jungfrau zu schlafen?«

Beleidigt starrte sie ihn an, und er wußte nicht, was er davon halten sollte. »Genau. Ebensowenig gehe ich mit dummen Frauen ins Bett, die ich nicht sonderlich mag. Also sind Sie in meiner Obhut völlig sicher.« Zu allem Überfluß grinste er.

»Ich glaube, allmählich beginne ich Sie zu hassen«, murmelte sie. »Bei mir sind Sie auch sicher, Caine. Niemals würde ich Ihnen gestatten, mich anzufassen.«

»Gut.«

»Ja, sehr gut«, bestätigte sie, um das letzte Wort zu haben. »Und wenn Sie nicht aufhören, mich mit sich zu zerren, schreie ich Ihren Namen laut in die Welt hinaus, Pagan – bis die Polizei Sie schnappt!«

»Ich bin nicht Pagan.«

»Was?«

Sie stolperte, stürzte beinahe, und er hielt sie fest. »Ich sagte – ich bin nicht Pagan.«

»Wer zum Teufel sind Sie denn dann?«

Sie hatten die Kutsche erreicht. Aber Jade weigerte sich einzusteigen, ehe er nicht die Frage beantwortet hatte, und schlug seine hilfreichen Hände beiseite. Schließlich gab er nach, warf ihren Ranzen dem Fahrer zu und verkündete: »Ich heiße wirklich Caine, und ich bin der Marquis von Cainewood. Würden Sie sich jetzt in den Wagen begeben? Dies ist weder die richtige Zeit noch der passende Ort für eine längere Diskussion. Unterwegs werde ich Ihnen alles erklären.«

»Versprechen Sie's?«

»Ja!« fauchte er.

Offenbar glaubte sie ihm nicht. Sie verschränkte die Arme vor der Brust. »Schande über Sie, Caine! Wie konnten Sie so tun, als wären Sie dieser edle Pirat!«

»Der Bastard mag alles mögliche sein, Jade, aber er ist ganz gewiß nicht edel.«

»Wieso sagen Sie das? Wahrscheinlich kennen Sie ihn gar nicht. Ist Ihr eigenes Leben so unglücklich, daß Sie vorgeben müssen ...«

Er unterbrach sie, indem er unsanft ihren Arm umklammerte. Mit der anderen Hand riß er die Blume von seinem Revers und schleuderte sie zu Boden. Dann hob er Jade hoch und stieß sie in die Kutsche.

Sobald sich das Fahrzeug in Bewegung setzte, wurde es im Innern dunkel, und Jade konnte Caines gerunzelte Stirn nicht mehr sehen, was sie als höchst angenehm empfand. Und er sah ihr Lächeln ebensowenig.

Eine Zeitlang schwiegen sie, und Jade nutzte diese Atempause, um sich zu fassen, während Caine seine Nerven beruhigte. Schließlich fragte sie: »Warum spielen Sie den Piraten?«

»Um ihn aus seinem Versteck zu locken und dann zur Strecke zu bringen.«

»Wieso?«

»Das erzäle ich Ihnen später.« Er glaubte, sein schroffer Tonfall würde sie von weiteren Fragen abhalten. Aber er irrte sich.

»Sie sind mir böse, weil ich Sie bei dieser Jagd gestört habe, nicht wahr?«

Caine seufzte ungeduldig. »Sie haben mich nicht gestört. Bis jetzt war ich erfolglos. Aber wenn Ihr Problem gelöst ist, will ich meine Jagd fortsetzen. Keine Sorge, Jade. Letzten Endes werde ich mein Ziel erreichen.«

Sie machte sich keine Sorgen, aber das konnte sie ihm natürlich nicht sagen. Caine hatte gar nicht versagt. Er war in die Taverne gegangen, um Pagan aus der Reserve zu locken. Und genau das hatte er getan.

Erfreut über ihre Leistung, lehnte sie sich zurück. Auch ihr Bruder würde sich hochzufrieden zeigen.

3

Die Tränen waren eine hübsche Zugabe gewesen. Der spontane Gefühlsausbruch hatte Jade selbst genauso überrascht wie Caine. Eigentlich hatte sie nicht geplant, typisch weibliche Schwäche zu mimen, um ihn aus der Kneipe zu lotsen. Aber als sie sah, wie sehr es ihn bestürzte, eine Frau in diesem beklagenswerten Zustand zu sehen, weinte sie natürlich um so heftiger, woraufhin Caine völlig hilflos wirkte. Sie hatte gar nicht gewußt, daß sie so wundervolle schauspielerische Talente besaß. Es erforderte eine gewisse Konzentration, auf Befehl zu weinen, aber dieses Problem hatte sie bravourös gelöst. Wenn sie sich ernsthaft bemühte, konnte sie wahrscheinlich schneller in Tränen ausbrechen, als ein Gentleman seinen Hut fallen ließ.Sie schämte sich kein bißchen für ihr Verhalten. Verzweifelte Situationen verlangten verzweifelte Maßnahmen. Das pflegte Black Harry wenigstens zu behaupten. Wie hätte ihr Adoptivonkel angesichts jener Szene gelacht… In all den gemeinsamen Jahren hatte er sie niemals weinen sehen, nicht einmal, als die Peitsche seines Feindes McKindry auf ihren Rücken geklatscht war. Es hatte wie Feuer gebrannt, aber kein einziger Schmerzenslaut war über Jades Lippen gekommen. McKindry konnte nur ein einziges Mal zuschlagen, ehe Harry ihn über die Reling warf. Ihr Onkel war so wütend, daß er sogar selber über Bord sprang, um den Schurken zu erledigen. Aber McKindry konnte besser schwimmen. Kraftvoll hatte er die Wellen durchpflügt, um die französische Küste anzusteuern.

Natürlich würde Black Harry einen weiteren Wutanfall bekommen, wenn er ahnen würde, was Jade jetzt beabsichtigte. Die Haut würde er ihr abziehen. Aber es war ihr unmöglich gewesen, ihm den Plan zu erklären. Ihr hatte einfach die Zeit gefehlt, um zur Insel zu segeln und ihn einzuweihen. Und es kam auf jede Minute an. Caines Leben stand auf dem Spiel.

Jade wußte alles über den Marquis von Cainewood. Ein widersprüchlicher Mensch – derb und urwüchsig, aber auch ein Ehrenmann. Vom ersten bis zum letzten Wort hatte sie den Bericht über ihn gelesen und sich jede Einzelheit gemerkt. Sie besaß die geradezu unheimliche Gabe, alles automatisch auswendig zu lernen, was sie las. Eine äußerst nützliche Fähigkeit…

Es war schwierig gewesen, den eindrucksvollen Bericht aus dem Kriegsministerium zu holen, aber nicht unmöglich. Selbstverständlich hatten sich die Informationen unter Verschluß befunden. Daß sie jedes Schloß öffnen konnte, erfüllte Jade mit ganz besonderem Stolz. Beim dritten Versuch hatte sie die Akte Caine in ihren Besitz gebracht.

Leider wurde nirgends in diesem Bericht erwähnt, welch ein hübscher Teufel Caine war. Der Ausdruck »skrupellos« kam bei der Schilderung seiner Aktivitäten häufig vor, aber die Wörter »gewinnend« oder »faszinierend« fehlten. Die Akte enthielt auch keinen Hinweis auf seine imposante Körpergröße.

Jade erinnerte sich an ihr Unbehagen, als sie festgestellt hatte, wie seine Vorgesetzten ihn nannten – »Jäger«. Aber bei ihrer weiteren Lektüre verstand sie, wieso man ihn so getauft hatte. Caine gab niemals auf. Einmal hatte er sich trotz äußerst schlechter Chancen mit der Geduld und Ausdauer eines Kriegers aus grauer Vorzeit an seine Gegner herangepirscht und letzten Endes den Sieg davongetragen.

An dem Tag, an dem er über den Tod seines Bruders Colin informiert worden war, hatte er den Dienst quittiert. Der letzten Eintragung seines Beraters zufolge, eines gewissen Sir Michael Richards, billigte Caines Vater diese Entscheidung vorbehaltlos. Der Herzog von Williamshire hatte soeben einen Sohn ans Vaterland verloren und wollte nicht auch noch den zweiten betrauern. Richards vermerkte auch, Caine habe bis zu jenem Tag nicht geahnt, daß auch sein jüngerer Bruder für die Regierung tätig gewesen war.

Colin und Caine stammten aus einer großen Familie. Außer den beiden Söhnen gab es noch vier Töchter. Die Kinder taten ihr Bestes, um füreinander und die Eltern zu sorgen. Wie in der Akte mehrmals betont wurde, war vor allem Caine der geborene Beschützer. Ob er diese Eigenschaft als Tugend oder Makel betrachtete, interessierte Jade nicht. Sie wollte einfach nur ihren Vorteil daraus ziehen.

Natürlich hatte sie beabsichtigt, Caine zu mögen. Immerhin war er der Bruder Colins, den sie sehr schätzte, seit sie ihn aus dem Meer gefischt und er sie gebeten hatte, zuerst ihren Bruder zu retten. Ja, sie war darauf vorbereitet gewesen, Caine zu mögen – aber nicht auf die körperliche Anziehungskraft, die er auf sie ausübte. So etwas hatte sie nie zuvor erlebt, und es beunruhigte sie, denn er würde sie vermutlich überwältigen, wenn sie ihm eine Gelegenheit dazu geben würde.

Um sich dagegen zu wappnen, legt‿ sie ein Verhalten an den Tag, das ihn ihrer Meinung nach abschrecken mußte. Wenn sie nicht wie ein Kind heulte, jammerte sie. Die meisten Männen haßten undisziplinierte Frauen, nicht wahr? Jedenfalls hoffte sie das. Die Umstände zwangen sie dazu, die nächsten zwei Wochen bei Caine zu verbringen. Dann würde es vorbei sein. Sie würde in ihr gewohntes Leben zurückkehren – und er würde wieder wie gewohnt den Damen nachstellen.

Es war sehr wichtig, ihn glauben zu machen, daß er sie beschützte. Nur so vermochte sie für seine Sicherheit zu sorgen. Seine Überzeugung von der Unterlegenheit aller Frauen, vermutlich aus der Existenz vier kleiner Schwestern gewonnen, erleichterte Jades Plan. Außerdem baute sie auf ihre Männer, die sie bei Caines Landsitz erwarteten. Sie versteckten sich im Wald ringsum und würden Caine ohne sein Wissen Rückendeckung geben.

Die Briefe standen im Mittelpunkt des Manövers, und jetzt wünschte Jade inständig, sie hätte sie nie gefunden. Aber was geschehen war, ließ sich nicht ändern. Und es erschien ihr sinnlos, Reue zu empfinden. Damit würde sie nur Gedanken und Gefühle verschwenden. Und es lag ihr fern, irgend etwas zu vergeuden. Sie mußte ihren Weg gehen. Als sie ihrem Bruder Nathan die Briefe des Vaters gezeigt hatte, war der Stein ins Rollen gekommen. Sie hatte sich diese Suppe eingebrockt und würde sie auch auslöffeln.

Jetzt verdrängte Jade ihre Sorgen. Unwillkürlich hatte sie Caine Zeit zum Nachdenken gegeben. Und das Schweigen konnte ihr Feind werden. Sie mußte Caine daran hindern, irgendwelche Schlüsse zu ziehen, und mußte ihn beschäftigen. »Was ...«, begann sie.

»Still, meine Süße«, befahl er. »Hören Sie das?

»Dieses seltsame Quietschen? Ich wollte es gerade erwähnen.«

»Es ist eher ein hartnäckiges Knirschen... Miller! rief er durch das Fenster. »Halten Sie an!«

Ruckartig blieb der Wagen stehen, als das linke Hinterrad zerbrach. Jade wäre zu Boden gefallen, hätte Caine sie nicht umarmt. Einige Sekunden lang drückte er sie an sich, dann flüsterte er: »Ein schlecht gewählter Zeitpunkt, nicht wahr?

»Oder ein erfolgloser Trick.«

Diese Bemerkung würdigte er keiner Antwort. »Warten Sie im Wagen, ich werde sehen, was ich tun kann.«

»Seien Sie vorsichtig!« warnte sie. »Vielleicht lauert Ihnen irgendwer auf.«

Seufzend öffnete er die Tür. »Gut, ich werde aufpassen.«

Sobald er die Tür hinter sich geschlossen hatte, stieß Jade sie wieder auf und kletterte hinaus. Der Kutscher stand neben seinem Arbeitgeber. »Ich begreife das nicht, Mylord. Vor jeder Fahrt überprüfe ich die Räder.«

»Es ist nicht Ihre Schuld, Miller«, entgegnete Caine. »Der Wagen steht weit genug am Straßenrand, so daß wir ihn über Nacht hierlassen können. Schirren Sie das Pferd los. Ich ...« Er unterbrach sich, als er Jade und den Dolch in ihrer Hand entdeckte. Beinahe hätte er gelacht. »Stecken Sie das Ding wieder weg, Mädchen. Sie werden sich womöglich verletzen.«

Sie schob die Waffe in ihre Kleidertasche. »Caine, wir geben prächtige Zielscheiben ab.«

»Dann setzen Sie sich wieder in die Kutsche«, schlug er vor.

Sie tat so, als hätte sie nichts gehört. »Miller, hat sich jemand an diesem Rad zu schaffen gemacht?«

Der Fahrer hockte sich neben die Achse. »Das nehme ich an. Schauen Sie, Mylord – die Einschnitte am Radkreuz ...«

Jade wandte sich zu Caine. »Was tun wir jetzt?

»Wir reiten auf dem Pferd.«

»Und der arme Miller? Wenn wir ihn hier allein lassen, werden diese Schurken über ihn herfallen.«

»Das ist schon in Ordnung, Miß«, warf der Kutscher ein. »Meine Brandyflasche wird mich warm halten. Ich setze mich in den Wagen und warte, bis Broley mich holt.«

»Wer ist Broley?«

»Einer von den Tigern.«

Jade wußte nicht, wovon Miller redete. »Sie sind mit einem Tiger befreundet?«

Caine grinste. »Broley arbeitete für mich. Das erkläre ich Ihnen später.«

»Wir sollten eine Droschke mieten«, meinte sie. »Dann könnten wir alle zusammen fahren und müßten uns nicht um Miller sorgen.«

»Um diese Zeit finden wir bestimmt keine Droschke.«

»Und was ist mit Monks gemütlicher Taverne? Warum warten wir nicht dort, bis es hell wird?«

»Nein. Monk hat die Kneipe sicher schon zugesperrt und ist heimgegangen.«

»Außerdem sind wir schon ziemlich weit weg vom 'Taugenichts', Mylady«, warf Miller ein.

Während er das Pferd losmachte, griff Jade nach Caines Hand und trat näher zu ihm. »Ich glaube, ich weiß, was mit dem Rad geschehen ist. Es müssen dieselben Männer gewesen sein, die …«

»Still, alles wird wieder gut.«

»Wie können Sie das wissen?«

Ihre Stimme klang verängstigt, und er versuchte sie zu beruhigen. »Das verraten mir meine Instinkte«, prahlte er. »Meine Süße, Ihre Phantasie geht wieder mal mit Ihnen durch …«

»Zu spät«, konterte Jade. »O Gott! meine Phantasie!«

Der Pistolenschuß krachte im selben Moment, in dem sie sich gegen Caine warf und ihn aus dem Gleichgewicht brachte. Er hörte die Kugel pfeifen, die dicht an seinem Ohr vorbeistrich. Jade hatte ihm das Leben gerettet – wenn er auch bezweifelte, daß dies mit Absicht geschehen war.

Er umklammerte ihre Hand noch fester und sprang hinter sie, während er Miller mit einem durchdringenden Schrei warnte. Dann begann er zu laufen und schob Jade vor sich her, um sie mit seinem breiten Rücken abzuschirmen.

Mehrere Schüsse knallten, und Jade vernahm die donnernden Schritte der Verfolger. Es klang so, als versuchte eine Herde wilder Pferde, die Flüchtlinge niederzutrampeln. Sie verlor die Orientierung, aber Caine schien sich in dieser Gegend gut auszukennen. Er zerrte sie durch ein Gassengewirr, bis sie Seitenstechen bekam und kaum noch atmen konnte. Als sie taumelnd gegen ihn sank, hob er sie auf die Arme, ohne sein Tempo zu drosseln.

Noch lange, nachdem die Geräusche der Feinde verhallt waren, stürmte er weiter. Auf einer alten Themsebrücke blieb er endlich stehen. Er lehnte sich an das wackelige Geländer und drückte Jade an sich. »Das war knapp. Verdammt, meine Instinkte haben mich im Stich gelassen. Ich war völlig ahnungslos.«

Bei dieser Bemerkung keuchte er kein bißchen, und sie staunte über sein Durchhaltevermögen. Ihr eigenes Herz pochte immer noch heftig von der Anstrengung. »Laufen Sie oft durch solche Gassen, Caine?

Diese Frage kam ihm ziemlich seltsam vor. »Nein – warum?«

»Sie müssen gar nicht nach Atem ringen. Und wir sind kein einziges Mal in eine Sackgasse geraten. Sie kennen diese Stadt sehr gut, nicht wahr!«

»Ich denke schon«, antwortete er mit einem Schulterzucken, das Jade beinahe über das Geländer warf. Erschrocken umklammerte sie seinen Hals und merkte erst in diesem Augenblick, daß er sie immer noch auf den Armen trug.

»Sie können mich jetzt runterlassen. Wir haben die Verfolger abgeschüttelt.«

»Da bin ich mir nicht so sicher.«

»Ich habe Ihnen doch schon erklärt, daß ich mich nicht gern anfassen lasse. Stellen Sie mich auf die Füße.« Prüfend starrte sie in sein Gesicht. »Sie geben mir doch nicht die Schuld an Ihren mangelhaften Instinkten?«

»Nein. Was für verrückte Fragen Ihnen einfallen, Jade!«

»Nun, ich bin nicht in der Stimmung, mit Ihnen zu streiten. Entschuldigen Sie sich, und ich werde Ihnen verzeihen.«

»Ich soll mich entschuldigen?« Ungläubig hob er die Brauen. »Wofür?«

»Sie sagten doch, ich wäre völlig verwirrt und hätte eine zu lebhafte Phantasie. Und Sie haben mir noch andere Beleidigungen zugemutet.«

Caine entschuldigte sich nicht, aber er lächelte. Sie bemerkte ein Grübchen in seiner linken Wange, und ihre Herzschläge beschleunigten sich schon wieder.

»Wir stehen auf einer Londoner Brücke, in einem berüchtigten Stadtteil, von üblen Halsabschneidern gejagt. Und Sie haben keine anderen Sorgen, als mir eine Entschuldigung zu entlocken. Meine Süße, Sie sind tatsächlich nicht ganz bei Trost.«

»Ich entschuldige mich immer, wenn ich Unrecht getan habe.«

Entgeistert schaute er sie an, und sie mußte lächeln. Er war wirklich ein attraktiver Bursche. Das Mondlicht milderte seine kantigen Züge, und sein Stirnrunzeln störte Jade nicht mehr so sehr. Sie wünschte sogar, er würde ihr Lächeln erwidern. Statt dessen fragte er: »Können Sie schwimmen?«

Sie starrte auf seinen Mund und fand, daß sie noch nie so schöne weiße Zähne gesehen hatte. Ungeduldig schüttelte er sie. »Können Sie schwimmen?« Seine Stimme nahm ein drängenden Klang an.

»Ja.« Sie gähnte undamenhaft. »Warum?«

Anstelle einer Antwort warf er sie über seine rechte Schulter und stieg auf das Geländer. Ihr langes Haar streifte den hinteren Rand seiner Stiefel. »Zum Teufel, was treiben Sie denn?« kreischte sie und hielt sich an seinem Jackett fest. »Lassen Sie mich runter!«

»Die Brückenenden sind blockiert. Holen Sie tief Atem, Jade, ich bleibe dicht hinter Ihnen.«

Sie fand gerade noch Zeit, einen Wutschrei auszustoßen, dessen Echo im schwarzen Nachtschatten verhallte, bevor Caine sie vom Geländer warf. Plötzlich flog sie durch beißenden Wind, und ihr fiel gerade noch rechtzeitig ein, den Mund zu schließen, ehe das eisige Wasser über ihrem Kopf zusammenschlug. Ihre Lungen schmerzten. Unwillkürlich öffnete sie die Lippen, preßte sie aber sofort wieder zusammen, als sie einen widerlich fauligen Geschmack wahrnahm.

Energisch gelobte sie sich, nicht in dieser Kloake zu ertrinken. Nein, sie würde am Leben bleiben – zumindest, bis sie ihren neuen Beschützer wiederfand und ihn ertränken konnte. Etwas streifte ihr Bein, und sie wurde von schrecklicher Angst erfaßt. In ihrer Verwirrung bildete sie sich ein, Haie hätten es auf sie abgesehen.

Dann schlang Caine einen Arm um ihre Taille, die starke Strömung riß sie beide unter die Brücke, weg von den Feinden, die nach ihnen suchten. Jade versuchte auf Caines Schultern zu klettern, und er befahl: »Halten Sie still!«

Verzweifelt umklammerte sie seinen Hals. »Die Haie, Caine!« flüsterte sie. »Die werden uns schnappen!«

Der Würgegriff verriet ihm, wie nahe sie daran war, den letzten Rest Fassung zu verlieren. »Hier gibt's keine Haie. Nichts könnte in diesem Wasser überleben.«

»Sind Sie sicher?«

»Ja. ein bißchen müssen Sie sich noch zusammenreißen, meine Süße. Bald können wir aus dieser Jauche steigen.«

Seine sanfte Stimme beruhigte sie ein wenig. Sie erdrosselte ihn immer noch beinahe, aber der Griff hatte sich etwas gelockert.

Eine gute Meile trieben sie flußabwärts. Endlich zog Caine Jade auf eine grasbewachsene Böschung. Sie fror zu sehr und fühlte sich zu elend, um ihm wegen seines Benehmens Vorwürfe zu machen. Nicht einmal richtig wimmern konnte sie. Dazu klapperten ihre Zähne viel zu heftig. Nach einer Weile stammelte sie: »Ich – ich stinke wie ein toter Fisch.«

»Genau«, stimmte Caine belustigt zu.

»Sie auch, Sie – Sie Hochstapler!«

»Hochstapler?« wiederholte er, zog sein Jackett aus und warf es zu Boden. »Was meinen Sie damit?«

Jade versuchte, das Wasser aus ihrem Kleidersaum zu wringen und strich die nassen Haarsträhnen nach hinten, die ihr die Sicht versperrten. »Tun Sie nicht so unschuldig!« Sie gab ihre unzureichenden Bemühungen auf, schlug die Arme um ihre Taille und tat ihr Bestes, um sich ein wenig zu wärmen. »Sie haben sich für den Piraten Pagan ausgegeben. Aber der würde niemals eine vornehme Dame in die Themse schmeißen.«

»Jade, unter diesen Umständen habe ich die einzig richtige Maßnahme getroffen«, verteidigte er sich.

»Ich habe meinen Umhang verloren!« klagte sie.

»Ich kaufe Ihnen einen neuen.«

»Aber in der Tasche stecken meine Silbermünzen. Nun?«

»Nun – was?«

»Bringen Sie mir den Umhang.«

»Was?«

»Holen Sie ihn. Ich warte hier.«

»Das meinen Sie doch nicht ernst.«

»Völlig ernst. Wir wurden nur eine Meile den Fluß hinabgetrieben, Caine. Sicher werden Sie nicht allzu lange brauchen.«

»Nein.«

»Wie bitte?«

»Ich würde den Umhang niemals finden. Wahrscheinlich liegt er inzwischen auf dem Grund der Themse.«

Jade wischte sich über die Augenwinkel. »Jetzt bin ich völlig verarmt – durch ihre Schuld.«

»Fangen Sie nicht schon wieder an!« mahnte er hastig, weil er ahnte, daß sie den Tränen nahe war. »Jetzt fehlt uns die Zeit für hysterische Anfälle oder Jammereien, obwohl das offenbar die zwei einzigen Tätigkeiten sind, die sie großartig beherrschen.« Er hörte, wie sie empört nach Luft schnappte, und grinste. Ihr Temperament schien zurückzukehren. »Haben Sie Ihre Schuhe noch an, oder muß ich Sie tragen?«

»Wie soll ich das wissen? Meine Füße sind ganz gefühllos.«

»Dann schauen Sie nach, verdammt!«

»Ja, verdammt«, murmelte sie und gehorchte. »Ich habe meine Schuhe noch an. Nun? Werden Sie sich jetzt entschuldigen?«

»Nein, das werde ich nicht, und senken Sie bitte Ihre Stimme, Jade. Wollen Sie alle Gauner von London auf unsere Fährte locken.?«

»Nein«, wisperte sie und rückte näher an ihn heran. »Caine? Was hätten Sie getan, wenn ich nicht hätte schwimmen können?«

»Dasselbe. Aber dann wären wir zusammen in den Fluß gesprungen.«

»Ich bin ja gar nicht gesprungen! Aber lassen wir das. Ich friere. Was machen wir jetzt?«

Er zog Jade auf die Beine und stieg mit ihr die Böschung hinauf. »Wir gehen zum Stadthaus meines Freundes. Das liegt näher als meines.«

»Sie vergessen Ihr Jackett!« erinnerte sie ihn. Ehe er ihr sagen konnte, daß sie es liegen lassen solle, rannte sie zurück, wrang mit ihren gefühllosen Fingern so viel Wasser heraus wie möglich und eilte zu Caine zurück, der einen Arm um ihre Schultern legte. Sie wischte sich Wasser aus den Augen. »Ich sehe grauenhaft aus, nicht wahr?«

»Sie riechen noch viel schlimmer«, erwiderte er fröhlich, drückte sie fast freundschaftlich an sich und fügte hinzu: »Eher wie verfaultes Schweinefleisch als wie ein toter Fisch.«Jade würgte, und er preßte rasch eine Hand auf ihren Mund. »Wenn Sie jetzt Ihr Abendessen ausspucken, werde ich sehr böse. Ich habe schon genug Ärger mit Ihnen, also sollten Sie die Situation nicht zusätzlich komplizieren.«

Sie biß ihn in die Hand, was mit einem Fluch quittiert wurde, aber Caine ließ sie wenigstens los. »Ich habe nichts zu Abend gegessen, weil ich mit leerem Magen sterben wollte.«

»Vielleicht werden Sie trotz allem sterben«, murmelte er. »Seien Sie jetzt still und lassen Sie mich nachdenken.« Doch dann konnte er sich die Frage nicht verkneifen. »Warum zum Teufel wollten Sie mit leerem Magen sterben?«

»Manchen Leuten wird übel, wenn sie sich fürchten. Ich dachte, das könnte mir auch passieren – vor Ihren Augen ... Ach, reden wir nicht mehr darüber. Ich wollte einfach nicht in völlig besudeltem Zustand vor meinen Schöpfer treten, das ist alles.«

»Ich hätte nicht fragen sollen. Kommen Sie jetzt. In Lyons Haus können Sie ein heißes Bad nehmen. Dann werden Sie sich besser fühlen.«

»Ist Lyon der Freund, den Monk erwähnt hat – der, der sich in alles einmischt?«

»Lyon mischt sich nie in etwas ein.«

»Monk sagte, Lyon würde herausfinden, was in dieser Nacht geschehen ist. Das klingt doch nach Einmischung.«

»Sie werden Lyon mögen.«

»Wenn er Ihr Freund ist, hege ich da gewisse Zweifel. Aber ich werde versuchen, ihn zu mögen.«

Schweigend setzten sie ihren Weg fort. Caine war jetzt auf der Hut, und Jade machte sich nicht halb so viele Sorgen, wie sie vorgab. Nach einer Weile fragte sie:»Was tun wir, wenn wir gebadet haben?«

»Dann werden Sie sich hinsetzen und mir alles erzählen, was Ihnen widerfahren ist.«

»Das habe ich bereits getan. Aber Sie glauben mir nicht, was?«

»Nein«, gab er zu.

»Sie sind nun mal gegen mich eingenommen, Caine, also werden Sie gar nichts glauben, was ich Ihnen sage. Warum sollte ich mich dann überhaupt noch bemühen?«

»Ich bin nicht gegen Sie eingenommen«, protestierte er. Er war merklich irritiert und beschloß, sich in keinen neuen Streit verwickeln zu lassen. Er führte Jade durch ein weiteres Labyrinth aus Hintergassen, und als sie die Eingangsstufen eines imposanten roten Ziegelhauses erreichten, fühlte sie sich so erschöpft, daß sie beinahe echte Tränen vergossen hätte.

Caine klopfte beharrlich an die Tür, bis sie von einem Riesen mit unheimlicher Narbe auf der Stirn geöffnet wurde. Offensichtlich hatte der Mann geschlafen und war sichtlich ungehalten über die Störung. Jade warf nur einen kurzen Blick auf sein mürrisches Gesicht, dann rückte sie näher zu Caine heran. Der Mann, den sie für Lyon hielt, trug nur Kniehosen. Seine beängstigende Miene verwandelte sich sofort in einen Ausdruck ehrlicher Überraschung, als er den Besucher erkannte. »

Caine? Was um Himmels willen… Kommt rein!« Er trat vor, in der Absicht, Caines Arm zu nehmen, dann besann er sich abrupt anders. Offenbar hatte er bemerkt, wie die beiden ungeladenen Gäste rochen.

Verlegen sah Jade ihren Begleiter an, um zu bekunden, daß sie ihm die alleinige Schuld an ihrem peinliche Zustand gab.

Dann betrat sie die Halle mit dem schwarzweißen Fliesenboden. Eine schöne Frau eilte eine gewundene Treppe herab, langes silberblondes Haar wehte hinter ihr her. Sie sah so bezaubernd aus, daß Jade sich noch elender fühlte.

Hastig machte Caine alle miteinander bekannt, während Jade zu Boden starrte. »Lyon und seine Frau Christina – und das ist Jade.«

»Was ist denn mit euch beiden passiert?« fragte Lyon.

Da hob Jade den Kopf und schüttelte nasse Haarsträhnen aus den Augen, wobei mehrere Tropfen auf die polierten Fliesen fielen. »Er hat mich in die Themse geworfen.«

»Er hat – was?« Lyon mußte sich ein Grinsen verkneifen, denn soeben hatte er in Jades verfilztem Haar etwas entdeckt, das wie ein abgenagtes Hühnerbein aussah.

»Caine hat mich in die Themse geworfen«, wiederholte sie.

»Tatsächlich?« rief Christina verblüfft.

Jade wandte sich zu ihr. »O ja. Und danach hat er nicht einmal um Verzeihung gebeten.« Plötzlich brach sie in Tränen aus. »Alles ist seine Schuld! Erst hat er sein Wagenrad verloren, dann seine Instinkte. Und mein Plan war viel besser. Aber das wollte er einfach nicht einsehen.«

»Fangen Sie nicht schon wieder damit an!« warnte Caine.

»Warum hast du das arme Kind in die Themse geworfen?« Mit ausgestreckten Armen ging Christina zu Jade. »Sie müssen ja bis auf die Knochen frieren!« Abrupt hielt sie inne, als sie zu nahe an das Mädchen herankam, und wich zurück.»Es war nötig«, erläuterte Caine und ignorierte Jades zornigen Blick.

»Ich glaube, ich hasse ihn«, teile Jade der Hausherrin mit. »Und es ist mir egal, ob er Ihr Freund ist oder nicht. Ich halte ihn für einen rüden Schurken!«

»Ja, manchmal kann er ein Schurke sein«, stimmte Christina zu, »aber er hat auch nette Eigenschaften.«

»Die müßte ich erst mal kennenlernen.« wisperte Jade.

Christina rümpfte die Nase, holte tief Luft, dann legte sie einen Arm um Jades Taille. »Kommen Sie, wir kriegen Sie schon wieder sauber. Ich glaube, die Küche wird uns heute nacht die besten Dienste leisten. Lyon, weck doch das Personal. Wir brauchen heißes Wasser.« Sie wandte sich wieder zu Jade. »Was für einen ungewöhnlichen Namen Sie haben ! Aber er gefällt mir.«

»Er hat sich darüber lustig gemacht«, flüsterte Jade laut genug, so daß Caine es hören konnte.

Er verdrehte die Augen und rief: »Ich habe mich nicht über Ihren Namen lustig gemacht! Christina, ich schwöre, seit ich diese Frau kenne, tut sie nichts anderes als weinen und jammern.«

Sie warf ihm einen vernichtenden Blick zu, dann ließ sie sich von Christina in den hinteren Teil des Hauses führen. Die beiden Männer schauten ihnen nach.

»Da hören Sie's, Lady Christina!« klagte Jade. »Ständig beleidigt er mich. Dabei habe ich ihn nur um einen kleinen Gefallen gebeten!«

»Und er hat sich geweigert, Ihnen zu helfen? Das sieht Caine gar nicht ähnlich. Normalerweise ist er sehr freundlich.«

»Ich bot ihm sogar alle meine Silbermünzen an. Jetzt bin ich völlig verarmt. Er warf nämlich auch mein Cape in die Themse, und das Geld steckte in der Tasche.«

Christina schüttelte den Kopf. An der Ecke des Küchentrakts blieb sie stehen, um vorwurfsvoll in Caines Richtung zu schauen. »Wie ungalant!«

Eifrig stimmte Jade zu, während sie weitergingen.

»Um welchen Gefallen hat sie dich denn gebeten?« fragte Lyon.

»Ach, das war nichts Besonderes«, erwiderte Caine gedehnt, bückte sich und zog seine nassen Stiefel aus.»Ich sollte sie nur umbringen.«

Lyon brach in lautes Gelächter aus, verstummte aber sofort, als er merkte, daß sein Freund nicht scherzte.

»Sie wollte noch vor Tagesanbruch sterben.«

»Nein!«

»Aber sie erlaubte mir, vorher meinen Brandy auszutrinken.«

»Sehr rücksichtsvoll von ihr.«

Die zwei Männer grinsten, und Caine bemerkte: »Nun

glaubt deine Frau, ich sei ein Monstrum, weil ich Jade enttäuscht habe.«

»Christina weiß ja nicht, welchen Wunsch du dem Mädchen abgeschlagen hast.«

Caine warf seine Stiefel in die Mitte der Halle und ließ ihnen die Socken folgen. »Ich könnte mich immer noch anders besinnen und Jades Bitte erfüllen«, meinte er trocken. »Verdammt, meine Lieblingsstiefel sind ruiniert.«

Der Hausherr lehnte sich an einen Torbogen und bebachtete, wie Caine aus dem Hemd schlüpfte. »Du wärst unfähig, sie zu töten. Außerdem hat sie's sicher nicht ernst gemeint. Sie wirkt ziemlich verängstigt. Ich kann mir nicht vorstellen...«

»Sie wurde Zeugin eines Mordes«, unterbrach ihn Caine. »Und jetzt sind ein paar Leute hinter ihr her, die sie offenbar zum Schweigen bringen wollen. Mehr weiß ich nicht, aber ich möchte mich so bald wie möglich über die Einzelheiten informieren. Je eher ich das Problem löse, desto schneller werde ich Jade los.«

Da Caine so wütend dreinschaute, unterdrückte Lyon seinen Lachreiz. »Sie bringt dich schrecklich durcheinander, was?«

»Warum sollte mich eine Frau durcheinanderbringen?«

»Weil du mitten in meiner Halle die Hose runtergelassen hast. Deshalb glaube ich, daß du einigermaßen verwirrt bist.«

»Ich brauche einen Brandy.« Caine begann seine Hose wieder hochzuziehen – zu spät, denn in diesem Moment schlenderte Christina an ihm vorbei, lächelte ihren Mann an und stieg die Treppe hinauf, ohne einen Kommentar zu der unzureichenden Bekleidung des Gastes abzugeben.

Lyon genoß die Verlegenheit seines Freundes in vollen Zügen. In einer solchen Verfassung hatte er Caine noch nie gesehen. »Geh in die Bibliothek, auf dem Sideboard findest du eine Karaffe Brandy. Bediene dich, ich lasse inzwischen ein Bad für dich vorbereiten. Großer Gott, du stinkst grauenhaft!«

Ohne zu zögern, befolgte Caine den Vorschlag. Der Brandy erwärmte ihn, und das Feuer, das er im Kamin entzündete, vertrieb die Kälte vollends aus seinen Gliedern.

Christina ließ Jade allein, nachdem die Wanne mit dampfendem Wasser gefüllt worden war. Zuvor hatte sie dem Mädchen geholfen, das Haar in einem Eimer voll Wasser mit Rosenduft zu waschen.

Rasch zog Jade ihre nassen Kleider aus, die Finger immer noch gefühllos vor Kälte. Doch sie nahm sich genug Zeit, um den Dolch aus der schmalen Tasche zu ziehen und auf einen Stuhl neben der Wanne zu legen – eine Vorsichtsmaßnahme, falls sich jemand von hinten an sie heranschleichen sollte. Dann stieg sie ins warme Wasser und seufzte vor Vergnügen.

Zweimal seifte sie sich ein, bis sie glaubte, wirklich sauber zu sein. Als sie aus der Wanne aufstand, kam Christina zurück und entdeckte eine lange, gezackte Narbe an Jades Rücken. Erschrocken schrie sie auf.

Jade ergriff das Badetuch, das über der Stuhllehne hing, wickelte sich hinein und stieg aus der Wanne. »Stimmt was nicht?« fragte sie herausfordernd. Würde die blonde Frau es wagen, die Narbe zu erwähnen?

Aber Christina erwiderte: »Alles in Ordnung.« Sie hatte auch den Dolch bemerkt. Nun trat sie näher, um ihn genauer zu betrachten, und Jade wurde rot vor Verlegenheit. Wie sollte sie ihrer Gastgeberin erklären, warum eine vornehme Lady eine solche Waffe bei sich trug? Sie war einfach zu müde, um eine plausible Lüge zu erfinden.

»Meiner ist viel schärfer.«

Jade blinzelte verwirrt. »Wie bitte?«

»Mein Dolch ist viel schärfer. Ich benutze einen Spezialstein. Soll ich Ihre Klinge auch schleifen.«

»Das – das wäre nett.«

»Verwahren Sie ihren Dolch unterm Kissen, wenn Sie schlafen, oder neben sich?« fragte Christina in beiläufigem Ton.

»Unterm Kissen.«

»Ich auch. Da kommt man leichter dran, nicht wahr?«

»Ja – aber warum ...«

»Ich bringe Ihren Dolch nach oben und verstecke ihn unter Ihrem Kissen. Und morgen schleife ich ihn«, versprach Christina.

»Sie sind sehr freundlich. Ich wußte gar nicht, daß auch andere Damen Dolche besitzen.«

Anmutig zuckte Christina die Achseln. »Die meisten haben wohl keinen.« Sie reichte Jade ein blütenweißes Nachthemd und einen passenden Morgenmantel und half ihr, beides anzuziehen. »Jetzt lege ich den Dolch nicht mehr unter mein Kissen, Lyon beschützt mich. Sicher werden Sie bald auch auf Ihre Waffe verzichten.«

Vergeblich versuchte Jade, den Sinn dieser Worte zu erkennen. »Wieso glauben Sie das?«

»Es ist Ihr Schicksal. Natürlich müssen Sie erst einmal lernen, Caine zu vertrauen.«

»Unmöglich!« platzte Jade heraus. »Ich traue niemandem.« Sie las in Christinas bestürztem Blick, daß sie wohl etwas zu heftig reagiert hatte, und fügte rasch hinzu: »Ich weiß nicht recht, wovon Sie sprechen, Lady Christina, denn ich kenne Caine kaum. Warum sollte ich ihm vertrauen?«

»Bitte, nennen Sie mich nicht Lady. Setzen Sie sich ans Feuer, dann werde ich Ihr Haar entwirren.« Sie rückte einen Stuhl vor den Kamin und drückte Jade darauf. »Ich habe nicht viele Freunde in England.«

»Tatsächlich nicht?«

»Es ist meine Schuld. Ich bin so ungeduldig. Die Damen hier kommen mir so anmaßend vor. Aber Sie sind anders.«

»Wie können Sie das wissen?«

»Weil Sie einen Dolch bei sich tragen. Möchten Sie meine Freundin sein?

Jade zögerte. »So lange, wie Sie es wünschen.«

Nachdenklich musterte Christina die schöne junge Frau. »Sie meinen – wenn ich Sie näher kenne, werde ich keinen Wert mehr auf Ihre Freundschaft legen?«

Jade schlang die zitternden Hände ineinander. »Ich habe keine Zeit für Freundinnen.«

»Ich habe die Narbe auf Ihrem Rücken gesehen. Natürlich werde ich Caine nichts davon erzählen. Aber er wird's bemerken, wenn er mit ihnen ins Bett geht. Sie tragen ein Merkmal der Ehre ...« Jade wäre aufgesprungen, hätte Christina sie nicht an den Schultern festgehalten. »Oh, ich wollte Sie keinesfalls beleidigen, und Sie brauchen sich nicht zu schämen, wenn ...«

»Caine wird nicht mit mir ins Bett gehen. Ich mag ihn doch gar nicht.«

Christina lächelte. »Wir sind Freundinnen, nicht wahr?«

»Ja.«

»Dann dürfen Sie mich nicht belügen. Sie mögen Caine. Das las ich in Ihren Augen, als Sie ihn anschauten, und Ihr zorniges Stirnrunzeln war nur gespielt. Geben Sie doch wenigstens zu, daß er hübsch ist. Die Damen finden ihn sehr anziehend.«

»Ja. er ist attraktiv«, gab Jade seufzend zu. »Und ein Schürzenjäger, nicht wahr?«

»Lyon und ich haben ihn noch nie zweimal mit derselben Frau gesehen. Aber die meisten Männer sind Schürzenjäger, ehe sie heiraten.«

»Das weiß ich nicht. Ich habe bisher kaum eine Gelegenheit gefunden, mich mit Männern anzufreunden. Dafür fehlte mir die Zeit.«

Christina ergriff eine Bürste und begann damit über Jades üppige Locken zu streichen. »Sie haben wunderbares Haar – wie rotes Feuer.«

»Ihr Haar ist viel schöner, Christina. Und die Männer bevorzugen Blondinen.«

Christina wechselte das Thema. »Ich glaube, heute nacht sind Sie Ihrem Schicksal begegnet.«

Weil Jade nicht das Herz hatte, ihr zu widersprechen, sagte sie nur: »Wenn Sie meinen ...«

Als Christina die Beule entdeckte, bekam sie dieselbe Lüge zu hören, die Caine aufgetischt worden war. Jade bedauerte es, die nette Frau täuschen zu müssen, tröstete sich aber mit ihren lauteren Beweggründen. Außerdem hätte die Wahrheit ihre neue Freundin nur aufgeregt.

»Sie müssen das Leben einer Kriegerin führen, nicht wahr, Jade?«

»Einer – was?«

»Einer Kriegerin«, wiederholte Christina. «Sie waren lange allein, und deshalb trauen Sie niemandem.«

Jade zuckte die Schultern. »Vielleicht.«

»Jetzt sollten wir zu unseren Männern gehen.«

»Lyon ist Ihr Mann – aber Caine nicht meiner«, protestierte Jade. »Und ich möchte lieber ins Bett, wenn Sie nichts dagegen haben.«

»Inzwischen wird Caine gebadet haben und sich erfrischt fühlen. Sicher will er Ihnen Fragen stellen, zusammen mit Lyon, und Sie erst danach schlafen lassen. Männer können sehr eigensinnig sein, und es ist besser, sich hin und wieder ihren Wünschen zu fügen. Dann sind sie umgänglicher. Glauben Sie mir, ich weiß, wovon ich rede.«

Jade verknotete die Schärpe ihres Morgenmantels, folgte Christina und versuchte, sich gegen das bevorstehende Wortgefecht zu wappnen. Als sie die Bibliothek betrat, sah sie Caine an der Schreibtischkante lehnen. Die Stirn gerunzelt, schaute er ihr entgegen, und sie erwiderte den Blick genauso mürrisch. Wenn er bloß nicht so hübsch wäre … Die braune Kniehose, die Lyon ihm geliehen hatte, saß unanständig eng. Ein weißes Baumwollhemd bedeckte die breiten Schultern.

Sie setzte sich auf ein goldgelbes Sofa, und Christina reichte ihr ein Glas Brandy. »Trinken Sie das, es wird Sie wärmen.«

Vorsichtig nahm Jade einen Schluck und leerte das Glas erst, nachdem sie sich an den scharfen Geschmack des Alkohols gewöhnt hatte.

Zufrieden nickte Christina, und Jade fühlte sich plötzlich viel besser – und auch sehr schläfrig. Sie legte den Kopf an die Sofalehne und schloß die Augen.

»Schlafen Sie nicht ein!« befahl Caine. »Ich muß Sie befragen.«

Ohne die Lider zu heben, entgegnete sie: »Ich schlafe nicht ein, aber wenn ich die Augen geschlossen halte, muß ich Ihr böses Gesicht nicht anschauen, das meinen inneren Frieden stören würde. Warum haben Sie sich als Pagan ausgegeben?«

Zunächst herrschte tiefes Schweigen, dann rief Lyon: »Er hat – was?«

»Er hat sich als Pagan ausgegeben«, wiederholte Jade. »Ich weiß nicht, wie viele andere berühmte Leute er schon dargestellt hat. Offenbar leidet Ihr Freund an geistiger Verwirrung.«Caine sah aus, als wollte er sie erwürgen, und Christina unterdrückte ein Lächeln. »Lyon, so aufgeregt habe ich unseren Freund noch nie erlebt.«

»Ich auch nicht«, entgegnet ihr Mann.

Caine hinderte ihn mit einem vernichtenden Blick an weiteren Äußerungen und murmelte: »Das ist unter diesen Umständen nicht verwunderlich.«

»Allerdings bezweifle ich, daß er jemals als Napoleon aufgetreten ist«, bemerkte Jade und hob die Lider. »Dafür ist er zu groß, und jeder weiß, wie Napoleon aussieht.«

»Genug!« brüllte Caine, holte tief Luft und fuhr in etwas sanfterem Ton fort: »Ich werde erklären, warum ich Pagan gemimt habe, wenn Sie alle Ereignisse schildern, die zu dieser unglückseligen Nacht geführt haben.«

»Sie tun so, als wäre alles nur meine Schuld!« klagte sie.

Sekundenlang schloß er die Augen. »Ich mache Ihnen ja gar keine Vorwürfe.«

»Doch! Sie benehmen sich einfach umöglich. Ich habe soviel durchgemacht, und Sie zeigen überhaupt kein Mitleid.«

Caine zählte bis zehn, dann gelang es ihm, einen Wutschrei zurückzuhalten.

»Erzählen Sie doch Ihre Geschichte, von Anfang an«, schlug Lyon vor.

Jade beachtete ihn nicht. Ihre Aufmerksamkeit konzentrierte sich auf Caine, der für ihren Geschmack immer noch ein bißchen zu beherrscht wirkte. »Wenn Sie nicht endlich etwas Mitgefühl und Verständnis für mich zeigen, schreie ich.«

»Sie schreien ohnehin schon«, konterte er grinsend.

Sie atmete tief durch und entschloß sich zu einer anderen Taktik. »Diese schrecklichen Männer haben alles zerstört. Gerade war das schöne Heim meines Bruders renoviert worden – und da mußten Sie es ruinieren. Ich kann Ihnen gar nicht sagen, wie enttäuscht Nathan sein wird, wenn er das erfährt. Oh, hören

Sie auf, mich so anzustarren, Caine! Es ist mir egal, ob Sie mir glauben oder nicht.«

»Aber Jade …«

»Reden Sie nicht mit mir!«

»Offenbar hast du die Kontrolle über diese Diskussion verloren, Caine«, meinte Lyon.

»Die hatte ich nie. Jade, wir müssen miteinander sprechen. Ja«, fügte er hastig hinzu, als sie ihn unterbrechen wollte, »ich weiß. Sie haben viel durchgemacht. Das will ich berücksichtigen.«

Er glaubte, seine sanfte Stimme würde sie beruhigen. Aber dann sah er ihre gerunzelte Stirn und wußte, daß seine Bemühungen fehlgeschlagen waren. »Warum müssen Sie immer so herablassend tun?« zischte sie.

Caine wandte sich zu Lyon. »Findest du mich herablassend?«

Lyon zuckte die Achseln, und Christina nickte. »Wenn Jade diesen Eindruck gewonnen hat, muß wohl was dran sein.«

»Sie behandeln mich wie eine Schwachsinnige, Caine!« jammerte Jade. »Nicht wahr, Christina?«

»Da Sie meine Freundin sind, stimme ich Ihnen natürlich zu«, antwortete die Hausherrin.

»Danke. Ich bin kein Kind mehr, Caine.«

»Das ist mir bereits aufgefallen.«

Sein träges Grinsen brachte sie in Wut, und sie fürchtete, ihm gegenüber an Boden zu verlieren, während sie vergeblich versuchte, ihn aus dem Gleichgewicht zu bringen. »Wissen Sie, was am schlimmsten war? Diese Männer zündeten die schöne Kutsche meines Bruders an.«

»Und das war am schlimmsten?«

»Zufällig saß ich drin, Sir!«

Er schüttelte den Kopf. »Soll ich Ihnen tatsächlich glauben, daß Sie im Wagen waren, als er Feuer fing?«

Jade sprang auf, stemmte die Hände in die Hüften und kreischte: »Er fing Feuer, er wurde in Brand gesteckt …« Zerknirscht drehte sie sich zu den Gastgebern um. »Bitte, verzeihen Sie meine mangelnde Selbstbeherrschung. Normalerweise schreie ich nicht so.« Sie setzte sich wieder und schloß die

Augen. »Es kümmert mich nicht, was er glaubt. Heute nacht kann ich nicht darüber reden. Ich bin zu verzweifelt, Caine. Sie müssen bis morgen warten, ehe Sie mir weitere Fragen stellen.«

Er gab es auf. Diese Frau hatte wirklich eine dramatische Begabung. Jetzt legte sie eine Hand an die Stirn und seufzte abgrundtief. Im Augenblick war es unmöglich, vernünftig mit ihr zu reden. Er setzte sich neben sie auf das Sofa und legte einen Arm um ihre Schultern.

»Ich entsinne mich, Ihnen erklärt zu haben, daß ich nicht angefaßt werden möchte«, stöhnte sie, während er sie an sich drückte.

Christine lächelte ihren Mann an und wisperte: »Das Schicksal nimmt seinen Lauf. Wir wollen die beiden allein lassen. Jade, Ihr Schlafzimmer ist das erste links vom Treppenabsatz, und deins liegt nebenan, Caine.« sie zog ihren widerstrebenden Ehemann auf die Beine.

»Ich will wissen, was mit Jade passiert ist«, protestierte er. »Ein bißchen bleibe ich noch.«

»Morgen kannst du deine Neugier noch genügend befriedigen. In ein paar Stunden wird Dakota uns wecken. Du brauchst deinen Schlaf.«

»Wer ist Dakota?« fragte Jade und lächelte, als sie sah, wie liebevoll sich die beiden anschauten. Neid stieg in ihr auf, den sie rasch verdrängte. Es war sinnlos, Wünsche zu verspüren, die sich nie erfüllen würden.

»Unser Sohn«, erklärte Lyon, »fast sechs Monate alt. Morgen früh werden Sie unseren kleinen Krieger kennenlernen.«

Nach dem Versprechen fiel die Tür hinter dem Ehepaar ins Schloß, und Jade war mit Caine allein. Sofort versuchte sie von ihm wegzurücken, aber er hielt sie fest. »Ich wollte mich nicht über Sie lustig machen, ich versuche nur, Ihre Situation logisch zu beurteilen. Wie Sie zugeben müssen, war diese Nacht etwas schwierig. Ich bin es nicht gewöhnt, daß feine Damen mich so nett bitten, ich möge sie umbringen.«

Lächelnd wandte sie sich zu ihm. »Sie fanden mich nett?«

Er nickte langsam. Ihr Mund war so nahe, so reizvoll. Ehe

er sich zurückhalten konnte, neigte er sich zu ihr und hauchte einen Kuß auf Ihre Lippen.

»Warum haben Sie das getan?« flüsterte sie atemlos.

Caine grinste. »Weil ich Lust dazu hatte.« Er drückte ihren Kopf an seine Schulter, um nicht zu einem weiteren Kuß verleitet zu werden. »Anscheinend sind Sie durch die Hölle gegangen. Wir werden unser Gespräch morgen fortsetzen. Wenn Sie ausgeruht sind, lösen wir das Problem gemeinsam.«

»Das ist sehr rücksichtsvoll von Ihnen.« Ihre Stimme klang maßlos erleichtert. »Aber würden Sie mir bitte noch verraten, warum Sie sich als Pagan ausgegeben haben? Sie sagten, Sie wollten ihn aus seinem Versteck locken, und ich verstehe nicht…«

»Ich wollte seinen Stolz verletzen und ihn so wütend machen, daß er zu mir kommen würde. Wenn jemand so täte, als wäre er ich… Ach, zum Teufel, es ist so albern.« Geistesabwesend verschlang er die Finger in Jades seidigen Locken. »Alles andere habe ich schon versucht. Nicht einmal mit Geld konnte ich was ausrichten. Keiner läßt sich bestechen.«

»Warum wollen Sie Pagan sehen?«

»Ich möchte ihn töten.«

Ihr Atem stockte. »Und wenn er jemand anders an seiner Stelle zu Ihnen schickt – würden Sie den auch umbringen?«

»Ja.«

»Ist das Ihr Beruf? Verdienen Sie Ihren Lebensunterhalt damit, Menschen ins Jenseits zu befördern?«

Sie starrte ins Feuer, aber er sah die Tränen in ihren Augen.

»Nein, Jade.«

»Aber Sie haben schon einmal getötet?«

»Nur wenn es nötig war.«

»Ich habe noch niemanden umgebracht.«

Er lächelte. »Das dachte ich mir.«

»Halten Sie es für nötig, diesen Piraten zu töten?«

»Ja.« Er gab seiner Stimme einen harten Klang, in der Hoffnung, Jade von weiteren Fragen abzuhalten. »Und seine verdammten Anhänger werde ich auch töten, wenn das die einzige Möglichkeit ist, an ihn heranzukommen.«

»O Caine, ich wünschte, Sie würden niemanden umbringen!« Wieder war sie den Tränen nahe.

Er lehnte sich in die Kissen zurück und schloß die Augen. »Sie sind eine feine Lady, Jade. So was können Sie nicht verstehen.«

»Dann erklären Sie's mir«, flehte sie. »Pagan hat so viele wundervolle Dinge getan. Es wäre Sünde, wenn Sie ...«

»Was hat er getan?« fiel er ihr ins Wort.

»Sicher haben Sie schon gehört, daß der Pirat den Großteil seiner Beute den Armen schenkt. Und dank seiner großzügigen Spende konnte in unserem Dorf ein neuer Kirchturm gebaut werden.«

»Eine Spende?« Caine schüttelte den Kopf. Welch eine lächerliche Formulierung ... »Der Mann ist nichts weiter als ein ganz gewöhnlicher Dieb. Er bestiehlt die Reichen ...«

»Natürlich bestiehlt er die Reichen.«

»Was soll das heißen?«

»Er nimmt ihnen nur was weg, weil sie so viel besitzen – und weil sie das bißchen, das er ihnen entwendet, nicht vermissen. Und den Armen kann er ja nichts stehlen.«

»Sie scheinen eine ganze Menge über den Piraten zu wissen, Jade.«

»Alle Leute reden über Pagans Abenteuer. Er ist ja so romantisch ...«

»Offenbar glauben Sie, er müßte zum Ritter geschlagen werden.«

»Das wäre eine gute Idee.« Sie rieb ihre Wange an Caines Schulter. »Man behauptet, Pagan habe noch niemandem was zuleide getan. Deshalb finde ich es nicht richtig, daß Sie Jagd auf ihn machen.«

»Wenn Sie denken, er hätte noch niemanden ermordet, warum sind Sie dann zu ihm gekommen, um sich töten zu lassen? Oder erinnern Sie sich nicht mehr daran?«

»Doch. Wenn ich Ihnen meinen wirklichen Plan verrate – versprechen Sie dann, mich nicht auszulachen?«

»Ich gebe Ihnen mein Wort«, sagte Caine, erstaunt über ihre plötzliche Scheu.

»Ich habe gehofft, daß, wenn er mich nicht töten würde, er vielleicht bereit wäre, mich auf sein wunderbares Schiff mitzunehmen und bis zur Rückkehr meines Bruders zu beschützen.«

»Wäre dieser Wunsch in Erfüllung gegangen, hätten sie Tag und Nacht um Gottes Gnade beten müssen. Offenbar haben Sie zu viele phantasievolle Geschichten gehört. Übrigens irren sie sich. Der Bastard hat zumindest ein Menschenleben auf dem Gewissen.«

»Wen hat er getötet?«

Er schwieg und starrte ins Kaminfeuer. Als er endlich antwortete, klang seine Stimme eisig. »Pagan hat meinen Bruder Colin ermordet.«

4

»O Caine, es tut mir so leid«, flüsterte Jade. »Sicher vermissen Sie Colin ganz schrecklich. War er älter oder jünger als Sie?«

»Jünger.«

»Und wann starb er?«

»Vor ein paar Monaten.«

»Das muß für Ihre Familie furchtbar gewesen sein. Leben Ihre Eltern noch?«

Caine nickte. »Meinem Vater fällt es besonders schwer, Colins Tod hinzunehmen. Er hat alles aufgegeben.«

»Ich verstehe nicht …«

»Früher war er politisch sehr aktiv. Vor allem setzte er sich für die Armen ein und erwirkte viele Maßnahmen, die ihnen das Leben erleichterten.«

»Zum Beispiel?« Sie hatte seine Hand ergriffen und drückte sie an sich, aber er bezweifelte, daß ihr dies zu Bewußtsein kam. Wahrscheinlich war es nur ein instinktiver Versuch, ihm Trost zu spenden. Wie auch immer – er fand die Berührung sehr angenehm. »Sie wollten mir erklären, wie Ihr Papa den Armen geholfen hat«, erinnerte sie ihn.

»Unter anderem verhinderte er eine Steuererhöhung.«

»Und jetzt vernachlässigt er seine Pflichten?«

»Er hat alles aufgegeben – die Politik, die Familie, seine Freunde, die Clubs. Und er liest nicht einmal mehr Zeitungen. Tag für Tag schließt er sich in seinem Arbeitszimmer ein und grübelt. Ich glaube, wenn Pagan seine Strafe gefunden hat, wird mein Vater vielleicht … Ach, zum Teufel, ich weiß es nicht. Im Augenblick ist er völlig niedergeschlagen.«

»Sind Sie so wie Ihr Vater? Kämpfen Sie auch für die Armen? Ich glaube, Sie haben ein besonderes Talent dazu, andere Menschen zu beschützen.«

»Warum sagen Sie das?«Natürlich durfte sie nicht verraten, daß Sie seine Akte gelesen hatte. »Weil Sie mich unter Ihre Fittiche genommen haben. Und ich denke, Sie würden allen Armen und Hilflosen Ihren Beistand anbieten. Allerdings war ich noch nicht arm, als ich Sie kennenlernte.«

»Fangen Sie schon wieder an, diesen Silbermünzen nachzuweinen?«

Weil er lächelte, wußte sie, daß er sich nicht über sie ärgerte. »Nein, ich wollte Sie nur daran erinnern. Sie sind also wie Ihr Vater?«

»In gewisser Hinsicht gleiche ich ihm.«

»Aber er hat sich von der Welt zurückgezogen, während Sie auf Rache sinnen. Das sind doch völlig unterschiedliche Reaktionen.«

»Ja.«

»Ich verstehe, warum Ihr Vater mit dem Leben abgeschlossen hat.«

»Tatsächlich?«

»Weil Väter ihre Söhne nicht verlieren dürften.«

»Nein, im Normalfall sterben sie vor den Söhnen.«

»Natürlich nach einem langen, glücklichen Erdendasein«, ergänzte Jade.

Diese Worte klangen so aufrichtig, daß er ihr nicht widersprechen wollte. »So ist es.«

»Sie glauben also, Pagan hat Ihren Bruder getötet? Sind Sie da ganz sicher?«

»O ja. Ich habe es von höchster Stelle erfahren.«

»Und wie hat Pagan ihn getötet?«

»Um Himmels willen, Jade, ich will nicht darüber reden. Ich habe Ihnen schon viel zuviel erzählt.«

»Tut mir leid, wenn ich Sie aufgeregt habe.« Sie rückte von ihm weg und schaute in seine Augen.

Die Sorge in ihrem Blick weckte Schuldgefühle in Caines Herzen, und er bereute seinen schroffen Tonfall. »Colin wurde auf hoher See ermordet.«

»Und irgend jemand war so freundlich, ihn zur Beerdigung nach Hause zu bringen?«

»Nein.«

»Wie können Sie dann wissen, daß er tot ist? Womöglich wurde er an den Strand einer einsamen Insel gespült oder ...«

»Man schickte mir einen Beweis.«

»Welchen Beweis? Und wer hat ihn geschickt?«

Er begriff Jades Interesse nicht und beschloß, das Gespräch zu beenden. »Der Beweis kam vom Kriegsministerium. Und jetzt hören Sie auf, mich mit Fragen zu bestürmen.«

»Ja, selbstverständlich«, flüsterte Jade. »Bitte, verzeichen Sie, daß ich in Ihre Privatsphäre eingedrungen bin.« Sie gähnte herzhaft. »Caine, lange dürfen wir nicht hierbleiben, sonst bringen wir Ihre Freunde in Gefahr.«

»Da stimme ich Ihnen zu. Wir bleiben nur diese Nacht.«

Er schaute wieder in die Flammen und schmiedete Pläne, während Jade einschlief, eng an ihn gekuschelt. Dankbar für die wohltuende Stille, zögerte er, ins Bett zu gehen, weil es ihm viel zu sehr gefiel, diese unmögliche Frau an sich zu drücken. Unwillkürlich küßte er ihre Schläfe.

Erst als das Feuer zu glühender Asche herabgebrannt war und Kälte ins Zimmer kroch, erhob er sich. Jade schreckte aus dem Schlaf hoch und sprang auf. Er wollte sie nach oben tragen, doch als er sie auf die Arme zu nehmen versuchte, stieß sie seine Hände weg. Seufzend umfaßte er ihre Schultern und führte sie die Treppe hinauf. Dabei versuchte er zu ignorieren, wie schön sie aussah. Ihr Haar war fast getrocknet und ringelte sich schmeichelnd um ihr

Gesicht. Und er bemühte sich auch, nicht daran zu denken, daß sie nur ein dünnes Nachthemd und einen Morgenmantel anhatte. Er öffnete ihre Schlafzimmertür, dann wandte er sich zu seiner.

»Caine?« wisperte sie schläfrig. »Sie lassen mich doch nicht im Stich?«

Diese Frage war beleidigend. Er drehte sich erbost um, aber als er die Angst in ihren Augen las, sprach er nicht aus, was ihm auf der Zunge lag. »Nein, ich verlasse Sie nicht.«

Sie nickte und wollte anscheinend noch etwas sagen, doch dann warf sie ihm abrupt die Tür vor der Nase zu.

Christina hatte das angrenzende Zimmer für Caine hergerichtet. Die Bettdecke war einladend zurückgeschlagen, im Kamin knisterte ein Feuer. So weich und bequem das Bett auch war, er fand keinen Schlaf. Rastlos wälzte er sich umher und verfluchte seine mangelnde Disziplin, weil es ihm einfach nicht gelang, die grünäugige Verführerin aus seinen Gedanken zu verbannen.«

Er verstand nicht, warum er sie so heiß begehrte. Das ergab keinen Sinn. Wo er doch launische, unlogische, verheulte junge Damen nicht ausstehen konnte …

Doch er war einfach zu erschöpft, um klar zu denken. Und es widersprach seinen Gewohnheiten, Zurückhaltung üben zu müssen. Caine nahm sich einfach, was er wollte. Allerdings war er in den letzten Jahren etwas bequemer geworden. Er mußte nicht mehr auf die Jagd gehen, die Frauen kamen zu ihm, um sich willig hinzugeben. Ohne Bedenken zu hegen oder Reue zu empfinden, genoß er, was ihm offeriert wurde. Und er machte seinen Bettgefährtinnen auch gar nichts vor. Niemals verbrachte er ganze Nächte mit seinen Liebhaberinnen, weil er wußte, daß sie sonst am Morgen Forderungen an ihn stellen und sich in albernen Hoffnungen wiegen würden.

Trotzdem begehrte er Jade. O Gott, das war völlig verrückt. Als er sie niesen hörte, sprang er sofort aus dem Bett und schlüpfte in seine Hose, ersparte sich aber die Mühe, sie zuzuknöpfen. Nun hatte er einen Grund, in Jades Zimmer zu gehen. Vielleicht brauchte sie noch eine Decke. Die Nachtluft war kalt. Es könnte auch ein Feuer ausgebrochen sein. Wie der Lichtstreifen unter Jades Tür verriet, mußte sie eingeschlafen sein, ohne die Kerzen gelöscht zu haben.

Besorgt öffnete er die Tür. Auf den Anblick, der sich ihm bot, war er ganz und gar nicht vorbereitet. Jade lag auf dem Bauch, das glänzende Haar über den Rücken gebreitet. Die Augen fest geschlossen, war ihm das schöne Gesicht zugewandt. Gleichmäßige Atemzüge verrieten, daß sie tief und fest schlummerte – splitterfasernackt. Das Nachthemd hing über dem Stuhl neben dem Bett, die Decke hatte sie zu Boden geworfen.

Die kleine Lady mußte sehr sinnlich sein, wenn sie es bevorzugte, nackt zu schlafen. Sie erschien ihm wie eine goldene Göttin – mit wohlgeformten langen Beinen. Plötzlich stellte er sich vor, diese Beine wären um seine Hüften geschlungen, und er stöhnte beinahe. Von heftigem Verlangen erfaßt, näherte er sich dem Bett. Da entdeckte er die lange, dünne Narbe auf Jades Rücken, die er sofort erkannte. Er selbst hatte eine ähnliche an einem hinteren Oberschenkel. Es gab nur eine einzige Waffe, die solche gezackten Wunden verursachen konnte – eine Peitsche.

Irgend jemand hatte Jade ausgepeitscht. Caine war verblüfft und zornig zugleich. Das Alter der Narbe schätzte er anhand der verblaßten Ränder auf fünf Jahre. Das machte die ungeheuerliche Tat noch schlimmer. Als Jade so schrecklich mißhandelt worden war, mußte sie noch ein Kind gewesen sein.

Sollte er sie wecken und nach dem Namen des Bastards fragen? Sie begann im Schlaf zu stöhnen und bewegte sich unruhig. Offenbar wurde sie von einem bösen Traum heimgesucht. Nun nieste sie wieder, dann wimmerte sie leise.

Seufzend ergriff er das Nachthemd und wandte sich wieder zu dem Engel, den er dummerweise in seine Obhut genommen hatte. Er versuchte, sich mit der Komik der Situation zu trösten. Zum erstenmal in seinem Leben würde er einer Frau das Nachthemd an –und nicht ausziehen.

Als er sich über sie beugte, sah er aus einem Augenwinkel Stahl blitzen. Instinktiv wehrte er den Angriff mit einem kraftvollen Schlag seines linken Arms ab, der Jades Handgelenk traf. Der Dolch flog quer durch den Raum und landete klirrend vor dem Kamin.

Jade kniete im Bett und kreischte: »Schleichen Sie sich nie wieder an mich ran! Großer Gott, ich hätte Sie erstechen können!«

»Gehen Sie nie wieder mit einer Waffe auf mich los!« brüllte Caine, nicht weniger wütend. »Sonst bringe ich Sie um!«

Diese Drohung schien sie kein bißchen einzuschüchtern. Offenbar verstand sie nicht, in welcher Gefahr sie geschwebt hatte, sonst hätte sie zumindest versucht, Zerknirschung zu zeigen.

Jade hatte ihre Nacktheit vergessen – er aber nicht. Ihre langen kupferroten Locken verdeckten die runden, vollen Brüste mit den harten, rosigen Knospen nur teilweise. Vor Ärger keuchte sie, die heftigen Atemzüge hoben und senkten den schmalen Brustkorb in einem fast hypnotisierenden Rhythmus.

Caine kam sich wie ein Schurke vor, weil er das bemerkte, aber dann stachelte Jade seinen Zorn von neuem an. »Sie werden mich nicht töten. Darüber haben wir bereits gesprochen.«

Verblüfft starrte er sie an. »Sie fürchten sich gar nicht vor mir?«

Anmutig flogen die Locken um ihre Schultern, als sie den Kopf schüttelte. »Warum sollte ich? Sie sind doch mein Beschützer, Sir.«

Diese Provokation war zuviel. Er packte ihre Hände und warf sie unsanft auf die Matratze. Dann warf er sich über sie und schob ein Knie zwischen ihre Schenkel, so daß sie nicht nach ihm treten konnte. Er traute ihr durchaus die Gemeinheit zu, ihn in einen Eunuchen zu verwandeln, falls sie eine Gelegenheit dazu fände. »Ich glaube, es wird höchste Zeit für mich, Ihnen ein paar Grundregeln beizubringen«, stieß er zwischen zusammengebissenen Zähnen hervor.

Sie hielt die Luft an, als sie seine nackte Brust auf ihrer spürte. Anscheinend merkte sie nun, daß sie kein Nachthemd trug. Verdammt, wie weich und wunderbar sie sich anfühlte. Am liebsten hätte er das Gesicht an ihrem Hals vergraben und sie geliebt, voll zärtlicher Leidenschaft. Und sie würde ihm gehören, das gelobte er sich. Aber sie sollte ihn begehren und um Erfüllung anflehen, statt undamenhafte Obszönitäten in sein Ohr zu murmeln, wie sie es im Moment tat. »Um Himmels willen, wo haben Sie solche Wörter gelernt?« fragte er, als sie ihm die erstaunlichsten Racheakte androhte.

»Von Ihnen!« log sie. »Würden Sie jetzt von mir runtersteigen, Sie – Sie verdammtes Warzenschwein?« Obwohl sie sich so mutig gab, schwang Angst in ihrer zitternden Stimme mit. Darauf nahm Caine sofort Rücksicht. Langsam und widerstrebend glitt er zur Seite. Dabei streiften die Spitzen ihrer Brüste seine nackte Haut, und er stöhnte. Jades Busen war bereit für ihn, selbst wenn sie ihn verabscheute – bereit, geküßt zu werden …

»Caine?«

Er lag jetzt neben ihr, auf einen Ellbogen gestützt, um ihr Gesicht betrachten zu können. Ihre gerunzelte Stirn brachte ihn in neue Wut.

Die widersprüchlichsten Gefühle kämpften in ihr. Sie müßte ihm grollen, das wußte sie. Aber das dunkle Kraushaar auf seiner Brust hatte sie so angenehm und aufregend gekitzelt. Und der Anblick der harten Muskeln in seinen Oberarmen nahm ihr den Atem. Natürlich darf ich ihn nicht merken lassen, was in mir vorgeht, sagte sie sich. Ich muß Zorn zeigen. Und Angst.

»Auf diese Weise wollen Sie mich also beschützen?« fragte sie.

»Nein.«

»Caine …«

»Sie sehen so aus, als wollten Sie mich küssen.«

»Das möchte ich tatsächlich«, gab er zu.

Sie schüttelte den Kopf, aber er beendete diese Bewegung, indem er ihr Kinn umfaßte. »Aber Sie mögen mich doch gar nicht«, flüsterte sie. »Das haben Sie mir versichert. Sind Sie jetzt anderen Sinnes geworden?«

Caine mußte lächeln, als er die Verwirrung in ihren Augen las.

»Nein.«

»Warum wollen Sie mich dann küssen?«

»Das kann ich nicht erklären. Vielleicht, weil Sie nackt sind, und weil ich Ihre weiche Haut spüre. Oder …«

»Nur einmal.«

Er verstand nicht, was sie meinte, bemerkte aber die Verlegenheit, die ihr das Blut in die Wangen trieb. »Einmal? Was, Jade?«

»Sie dürfen mich küssen, aber nur einmal. Dann müssen Sie mein Zimmer verlassen.«

»Ich soll Sie küssen?« Seine Stimme klang so zärtlich, daß es ihm wie eine Liebkosung erschien.

Atemlos starrte sie auf seinen Mund. Wie mochte es sein, von ihm geküßte zu werden – richtig geküßt? Neugier besiegte Jades Bedenken. »Ja«, wisperte sie.

Es war ein sehr besitzergreifender Kuß. Caines Zunge spielte mit ihrer. Jade hatte nicht gewußt, daß ein Mann eine Frau auf diese Art küssen konnte, aber es gefiel ihr. Und sie fand es wahnsinnig aufregend. Erst als ihre Zunge die Zärtlichkeiten scheu erwiderte, wurde sein Kuß etwas sanfter. An ihrem Schenkel fühlte sie das harte Zeichen seines Verlangens, das sich immer wieder an sie drängte, im selben Rhythmus, in dem seine Zunge in ihrem Mund umherglitt. Heiße Wellen begannen sich in ihrem Bauch auszubreiten.

Sie konnte ihn einfach nicht abwehren. Sein Mund drohte ihr den Verstand zu rauben, und sie sehnte sich nach noch intensiveren Zärtlichkeiten. Um ihren Kopf festzuhalten, hatte er die Finger in ihr Haar geschlungen, doch das war gar nicht nötig. Sie klammerte sich an ihn.

Caine wußte, daß er aufhören mußte, sonst würde er den letzten Rest seiner Beherrschung verlieren. Er richtete sich auf, und Jade grub die Fingernägel in seine Schultern, um ihn wieder zu sich hinabzuziehen. Doch er widerstand der unausgesprochenen Einladung. Er schaute in die leuchtenden grünen Augen, und was er da sah, erfüllte ihn mit männlicher Befriedigung.

»Du schmeckst wie Zucker und Honig.«

»Wirklich?«

»O ja.« Seine Lippen streiften ihre. »Und nach Brandy.« Rastlos wand sie sich umher, und er befahl: »Beweg deine Hüften nicht so heftig!« Er biß die Zähne zusammen, um sich gegen diese unschuldige Provokation zu wappnen.

»Caine?«

»Ja?«

»Nur zweimal – einverstanden?«

Jetzt mußte er nicht mehr fragen, was sie meinte. Sie erlaubte ihm, sie noch einmal zu küssen. Und er konnte es nicht ablehnen. Nach einem langen, leidenschaftlichen Kuß starrte er wieder in ihre Augen und triumphierte. Ihr Blick war verschleiert, sie begehrte ihn ebenso wie er sie.

»Caine?«

»Nicht mehr.«

»Hat es dir mißfallen?« flüsterte sie bestürzt.

»Ganz im Gegenteil.«

»Warum willst du dann nicht …«

Er streichelte ihre Schultern, und die Anstrengung, die ihn seine Selbstkontrolle kostete, wurde fast schmerzhaft. »Wenn ich dich noch mal küsse, kann ich nicht versprechen, es dabei bewenden zu lassen. Möchtest du das riskieren, Jade?«

Ehe sie antworten konnte, rückte er von ihr weg. »Es war nicht anständig von mir, das zu fragen, solange du dich in diesem Zustand befindest.«

»In welchem Zustand?«

Caine seufzte tief auf. »Ich denke, daß ich dir schließlich die Unschuld rauben werde; also solltest du deine Entscheidung treffen, bevor dein Gehirn von Verlangen umnebelt ist.« Er zog die Brauen zusammen, als sie sich erneut umherwand. »Wenn du nicht damit aufhörst, wird es jetzt gleich passieren, das schwöre ich dir. Ich bin nicht aus Eisen.«

Sofort erstarrte sie. Er stand vom Bett auf, obwohl es ihm sehr schwerfiel, und half ihr sogar, das Nachthemd anzuziehen. Den Dolch gab er ihr nicht zurück, so inständig sie auch beteuerte, sie würde ihn nie wieder gegen ihn erheben. »Ich habe tief geschlafen, und du bist herangeschlichen wie ein Dieb«, verteidigte sie ihren Angriff. »Da mußte ich mich doch schützen.«

Er zerrte sie vom Bett hoch und führte sie zur Tür.

»Du hattest einen Alptraum, nicht wahr?«

»Vielleicht. Ich erinnere mich nicht. Wohin gehen wir?«

»Du wirst bei mir schlafen. Dann mußt du nicht mehr befürchten, es könnte sich jemand an dich heranpirschen.«

»Ich glaube, in meinem eigenen Zimmer bin ich weniger gefährdet.«

»Glaubst du etwa, du wärst unfähig, deine Finger von mir zu lassen?«

»Natürlich werde ich mich mit aller Macht beherrschen müssen«, seufzte sie, »sonst würde ich am Galgen enden. Mord wird in diesem Teil der Welt immer noch mit Tod bestraft.«

Caine lachte. »Wenn ich dich anfasse, wirst du nicht mehr an Mord denken.«

»Einen Beschützer dürfte es nicht nach seinem Schützling gelüsten.«

»Und wie ist es mit dir? Begehrst du deinen Beschützer?«

»Das weiß ich nicht. Du übst eine starke Anziehungskraft auf mich aus, aber ich war noch nie mit einem Mann im Bett, und ich habe keine Ahnung, ob ich wirklich so sehr nach dir verlange. Wie auch immer, meine Gefühle beunruhigen mich. Morgen muß ich mir einen anderen Beschützer suchen – einen, der mich nicht so verwirrt.«

Sie wollte sich von seinem Griff befreien und zu ihrem Bett zurückkehren, aber er schwang sie über seine Schultern und trug sie durch die Verbindungstür in sein Zimmer.

»Wie kannst du es wagen, mich so zu behandeln?« schimpfte sie entrüstet. »Ich bin kein Mehlsack! Laß mich sofort runter, du Bastard!«

»Bastard? Solche Ausdrücke sollten nicht zum Wortschatz einer Dame zählen.« Caine warf sie auf sein Bett. Da er erwartet hatte, sie würde sofort aufspringen und einen Fluchtveruch unternehmen, war er angenehm überrascht, als sie unter die Decke kroch. Sie rückte das Kissen unter ihrem Kopf zurecht und drapierte sich das Haar um die Schultern. Der Kontrast zwischen den roten Locken und dem jungfräulich weißen Nachthemd wirkte bezaubernd. Soeben hatte ihn diese Frau »Bastard« genannt, und nun sah sie wieder wie ein Engel aus. Seufzend löschte er die Kerzen.

»Ich bin eine Dame«, beteuerte Jade, als er sich neben sie legte. »Aber du machst mich oft so wütend. Nur deshalb ...«

Als sie verstummte, fragte er: »Deshalb drückst du dich manchmal so unfein aus?«

»Ja.« Unsicher fügte sie hinzu: »Muß ich mich entschuldigen?«

Caine unterdrückte seinen Lachreiz. »Ich fürchte, das könnte ich nicht ernst nehmen.« Er drehte sich auf die Seite und versuchte sie zu umarmen. Aber sie stieß ihn weg, und da legte er sich wieder auf den Rücken, verschränkte die Hände hinter dem Kopf und starrte ins Dunkel – unfähig, seine Gedanken von dem warmen, weichen Körper neben sich loszureißen. Jade war die ungewöhnlichste Frau, die er kannte. Immer wieder belustigte sie ihn – und im nächsten Augenblick brachte sie ihn so in Wut, daß er sie anbrüllen wollte. Was er für sie empfand, verstand er selber nicht. Eins stand jedenfalls fest – sie begehrte ihn, das hatte er bei jenen heißen Küssen bemerkt. »Jade?«

Seine rauhe Stimme jagte ihr einen Schauer über ihre Glieder. »Ja?«

»Es ist seltsam, nicht wahr?«

»Was?« Ein Lächeln klang in ihrer Frage mit.

»Wir teilen dieses Bett, ohne uns zu berühren. Du fühlst dich doch wohl bei mir?«

»Ja, Caine. Tut die Liebe weh?«

»Nein. Nur wenn man jemanden ganz und gar lieben möchte und es nicht tun kann.«

»Oh ... Dann scheine ich dich nicht sonderlich zu begehren, Caine, denn ich habe überhaupt keine Schmerzen.« Jade traf diese Feststellung in entnervend heiterem Ton.»Schlaf jetzt.«

Sie spürte, wie er sich wieder zu ihr wandte, und wartete atemlos auf einen Kuß. Doch sie wurde bitter enttäuscht.

Auf einen Ellbogen gestützt, starrte Caine ihr ins Gesicht, und sie zwang sich zu einer fröhlichen Miene – für den Fall, daß er die Augen einer Katze besaß und in pechschwarzer Finsternis sehen konnte. »Jade, wo hast du die Peitschennarbe auf deinem Rücken her?«

»Von einer Peitsche.« Entschlossen widerstand sie der Versuchung, sich an seinen warmen Körper zu schmiegen.

»Antworte!«

»Wieso weißt du, daß es eine Peitschennarbe ist?«

»Weil ich so eine ähnliche am Schenkel habe.«

»Und wie bist du dazu gekommen?«

»Quittierst du jede Frage mit einer Gegenfrage? Woher hast du deine Narbe?

»Das ist meine Privatsache. Caine, bald wird es hell, und ich habe einen ziemlich anstrengenden Tag hinter mir.«

»Also gut, du kannst mir morgen von dieser Privatsache erzählen.« Ehe sie ihn abwehren konnte, schlang er einen Arm um ihre Taille und hielt sie fest. Sein Kinn berührte ihren Scheitel, seine harten Schenkel ihre Hüfte. »Ist dir warm genug?

»Ja. Und dir?«

»Mir auch.«

»Du wirst dich doch anständig benehmen?« neckte sie ihn.

»Wahrscheinlich. Jedenfalls würde ich nichts tun, was du nicht willst.«

»Und wenn du denkst, ich will es – und wenn das gar nicht stimmt …«

»Ich werde dir nicht zu nahe treten, bevor du mir nicht deine ausdrückliche Erlaubnis erteilt hast. Das verspreche ich.«

Nie zuvor hatte sie ein netteres Versprechen gehört. Es klang so aufrichtig, und sie wußte, daß er es ernst meinte. »Caine, weißt du, was ich soeben erkannt habe? Du bist ein echter Gentleman.«

Doch er war bereits eingeschlummert, und sie beschloß, seinem Beispiel zu folgen. Mit einem wohligen Seufzer legte sie einen Arm um seine Brust.

Eine knappe Stunde später erwachte Caine, als Jade im Schlaf aufschrie. Sie murmelte etwas vor sich hin, das er nicht verstand. Dann schrie sie wieder, und er rüttelte sie wach. Als er ihr das Haar aus dem Gesicht strich, spürte er Tränen auf ihren Wangen. »Meine Süße, du hattest einen Alptraum. Jetzt ist alles gut. Bei mir bist du sicher. Er streichelte ihren Rücken, bis sich ihre verkrampften Muskeln lockerten. Was hast du geträumt?«

»Von Haien«, wisperte sie unglücklich.

»Von Haien?« Caine traute seinen Ohren nicht.

Sie schob den Kopf unter sein Kinn. »Ich bin so müde. Jetzt erinnere ich mich nicht mehr an meinen bösen Traum. Halt mich fest. Ich will schlafen.«

Ihre Stimme bebte immer noch, und er wußte, daß sie log. Sie erinnerte sich ganz genau an den Alptraum. Aber er wollte sie nicht weiter bedrängen, und so küßte er ihre Stirn und drückte sie an sich.

Jade merkte, als er wieder einschlief. Langsam und vorsichtig befreite sie sich aus seinen Armen und rückte zum Bettrand. Ihr Herz schlug wie rasend. Caine glaubte, sie hätte nur geträumt. War es ein Alptraum, wenn man etwas ein zweites Mal erlebte? Würde sie das Grauen je vergessen – und ihre Angst vor dem Wasser verlieren? Tränen brannten in ihren Augen, und sie bekämpfte mühsam die Versuchung, sich wieder an Caine zu schmiegen. Es war so einfach, ihm zu vertrauen, sich bedingungslos auf ihn zu verlassen!

Warum mißtraute ihm dann sein Bruder?

5

Caine erwachte, von heißem Verlangen nach Jade erfüllt. Das Nachthemd war zu ihren Schenkeln hochgerutscht. Ihr rechtes Bein lag über seinen Hüften, ihr Knie berührte die pulsierende Härte seiner Erregung. Aus Rücksicht auf Jades Gefühle hatte er im Bett die Hose anbehalten, doch die erwies sich als unzureichende Barriere gegen den weichen, weiblichen Körper.

Ihre Wange ruhte auf seiner nackten Brust. Jade atmete tief und gleichmäßig mit leicht geöffneten Lippen. Er betrachtete die langen schwarzen Wimpern, die Sommersprossen auf der zarten Nase, bis sein Verlangen schmerzhaft wurde. Der Entschluß, sich von ihr zu entfernen, fiel ihm sehr schwer. Als er sie auf den Rücken zu drehen versuchte, merkte er, daß sie seine Hand festhielt und offenbar auch gar nicht loslassen wollte.

Gewaltsam mußte er sich von ihren Fingern befreien. In dieser Nacht hatte sie ihn Bastard genannt. Und nun klammerte sie sich an ihn. Wenn sie erwachte, würde sie ihm sicher wieder mit Vorsicht begegnen. Doch im Schlaf konnte sie ihre Verletzlichkeit nicht verbergen, und das freute ihn.

Während er seinen Engel anschaute, gelobte er sich, sie vor allem Unheil zu bewahren. Mit seinem Leben wollte er sie verteidigen. Solange er ihr Beschützer war. Oder wünschte er, daß sie bei ihm blieb? Noch viel länger? In zwei Wochen würde Nathan heimkehren und wieder für seine Schwester sorgen. Würde Caine es über sich bringen, sie gehen zu lassen? Auf diese Frage wußte er keine Antwort, wußte nur, daß ihm der Gedanke an eine Trennung das Herz zusammenkrampfte. Mehr mochte er sich nicht eingestehen.

Wenn man mit einer halbnackten Schönheit im Bett lag, konnte man auch gar nicht klar denken. Er küßte ihre Stirn und beschloß, seine Überlegungen auf später zu verschieben, dann befreite er sich behutsam von ihr und stand auf. Er wusch sich, zog die von Lyon entliehenen Sachen an und weckte Jade. Als er sie rüttelte, schlug sie nach ihm. »Alles ist in Ordnung«, flüsterte er besänftigend. »Jetzt mußt du raus aus den Federn.«

Sie setzte sich auf, wurde feuerrot und zog sich die Decke bis zum Kinn. Diese schamhafte Geste war überflüssig angesichts der Tatsache, daß er sie in der vergangenen Nacht völlig hüllenlos gesehen hatte. Aber er entschied, das vorerst nicht zu erwähnen.

»Bitte, verzeih mein Benehmen«, wisperte sie schlaftrunken. »Ich bin es nicht gewöhnt, von einem Mann geweckt zu werden.«

»Das will ich auch nicht hoffen.«

»Warum nicht?« Verwirrt hob sie die Brauen.

»Tu nicht so naiv!«

Jade schaute ihn immer noch verständnislos an. Er beugte sich hinab und drückte seine Lippen auf ihre. Der Kuß war vorbei, ehe sie ihn erwidern konnte. »Warum hast du das getan, Caine?«

»Weil ich es wollte.«

Er wandte sich zur Tür, und Jade rief ihm nach: »Wohin gehst du?«

»Nach unten. Wir treffen uns im Speisezimmer. Sicher hat Christina im Nebenraum ein paar Kleider für dich bereitgelegt.«

»O Gott – sie muß glauben, daß wir …« Die Tür fiel ins Schloß und unterbrach Jades entsetztes Flüstern. Sie hörte Caine pfeifen, während er die Treppe hinabstieg, und sank in die Kissen zurück. Der flüchtige Kuß hatte sie tief erschüttert – ebenso wie die Befürchtung, seine Freunde könnten sie als Hure betrachten. Und warum machte sie sich deshalb Sorgen? Wenn das Manöver vorbei war, würde sie diese Leute nie wiedersehen. Trotzdem – Christina wollte ihre Freundin sein. Und deshalb kam es Jade so vor, als hätte sie die nette Frau hintergangen.

»Ich werde einfach erklären, es sei nichts passiert«, wisperte sie. Eine wahre Freundin mußte ihr glauben. Da sie noch nie Freundinnen gehabt hatte, wußte sie nicht, welche Regeln in solchen Beziehungen galten.

Sie sprang aus dem Bett und eilte in ihr eigenes Zimmer. Caine hatte recht, denn über einem Stuhl hing ein hübsches dunkelblaues Reitkostüm. Daneben standen blankpolierte braune Stiefel. Jade hoffte, sie würden ihr passen.

Während sie sich wusch und anzog, konnte sie nicht aufhören, an Caine zu denken. Er bedrohte ihren Seelenfrieden. Sein gutes Aussehen war gefährlich. Allein schon dieses Grübchen in der einen Wange … Und Lyon hatte ihm eine viel zu enge Hose geliehen, die jeden einzelnen Muskel in seinen Schenkeln betonte – nebst anderen Dingen. Black Harry würde sie erwürgen, wenn er wüßte, daß sie sich die Zeit genommen hatte, den Körper eines Mannes zu betrachten. Doch Caines maskuline Merkmale ließen sich einfach nicht übersehen. Sie mochte zwar unschuldig sein, war aber nicht blind.

Fünfzehn Minuten später hatte sie ihre Toilette beendet. Die weiße Seidenbluse war ein bißchen zu eng für ihren Busen, aber das wurde von der Jacke verborgen. Die Stiefel drückten nur ein kleines bißchen an den Zehen. Den Versuch, ihr Haar zu flechten, gab sie bald auf. Sie hatte nie gelernt, sich zu frisieren, und brachte auch keine Geduld dafür auf. Früher hatte sie das nicht gestört, jetzt bereitet es ihr Sorge. Bis diese Maskerade überstanden war, galt sie als vornehme Dame, und so hätte sie auch aussehen müssen.

Die Speisezimmertür stand offen, Caine saß am Ende eines langen Mahagonitisches. Ein Diener goß aus einer schönen Silberkanne schwarzen Tee in eine Porzellantasse. In die Zeitung vertieft, beachtete Caine den Mann nicht.

Jade überlegte, ob sie knicksen sollte, entschied aber dann, daß es keine Rolle spielte, weil er auch ihr keine Aufmerksamkeit schenkte. Doch da irrte sie sich, denn sobald sie den Stuhl an seiner Seite erreichte, erhob er sich, um ihn ihr zurechtzurücken. Das hatte noch niemand für sie getan, nicht einmal Nathan, und sie wußte nicht recht, ob ihr dieses Aufheben gefiel.

Während sie frühstückte, setzte Caine seine Zeitungslektüre fort, die offenbar zu einem täglichen Ritual gehörte. Schließlich lehnte er sich zurück, faltete das Blatt zusammen, legte es beiseite und wandte sich zu Jade.

»Nun?« fragte sie.

»Was – nun?« Er lächelte über ihren Eifer.

»Wird in der Zeitung die Ermordung eines vornehmen Gentlemans erwähnt?«

»Nein.«

»Oh!« rief sie bestürzt. »Ich wette, sie haben ihn in die Themse geworfen. Weißt du – jetzt, wo ich darüber nachdenke ... Im Fluß spürte ich, wie etwas meine Beine streifte. Das muß dieser arme Mann gewesen sein ...«

»Jade, deine Phantasie geht wieder mal mit dir durch«, unterbrach er sie. »Die Zeitung berichtet weder vom Mord an einem vornehmen Gentleman noch von sonstigen Untaten.«

»Dann wurde er eben noch nicht gefunden.«

»Wenn er zur feinen Gesellschaft gehört, hätte man sein Verschwinden inzwischen bemerken müssen. Wann hast du diesen angeblichen Mord gesehen?

»Vor zwei Tagen.«

»Und was genau hast du beobachtet?«

Jade schaute sich um. »Wo sind eigentlich Christina und Lyon?«

»Weichst du meiner Frage aus?«

Sie schüttelte den Kopf. »Ich möchte es bloß nicht zweimal erzählen«, log sie, während sie fieberhaft eine glaubwürdige Geschichte erfand.

»Lyon ist ausgegangen, und Christina kümmert sich um Dakota. Antworte, bitte.« Als Jade die Augen aufriß, fragte er: »Was ist denn jetzt schon wieder los?«

»Du hast bitte gesagt«, wisperte sie ehrfürchtig. »Wenn du nicht aufpaßt, wirst du bald anfangen, dich bei mir zu entschuldigen, so wie es angemessen wäre.«

Caine zog es vor, nicht zu fragen, wofür er sich entschuldigen sollte. Denn er fürchtete, daß sie die Liste seiner Verfehlungen auswendig kannte.

»Sie haben ihn vom Dach geworfen«, erklärte sie.

»Du warst auf einem Dach?« Er blinzelte verwirrt.

»Natürlich nicht. Warum sollte ich?«

»Aber du hast gesehen, wie dieser Mann heruntergeworfen worden ist?

»Ein elegant gekleideter Gentleman.«

»Wie viele Leute waren es?«

»Drei.«

»Bist du sicher?«

Sie nickte. »Ich hatte schreckliche Angst, konnte aber trotzdem immer noch zählen.«

»Und wo warst du, als es geschah?«

»Am Boden.«

»Das dachte ich mir bereits – da du nicht auf dem Dach warst.«

Ich hätte ja auch in einem anderen Haus sein oder auf Nathans schönem Pferd reiten können oder …«

»Hör auf, Unsinn zu schwatzen, erzähl mir einfach nur, wo du warst und was du gesehen hast.«

»Was ich gehört habe, ist genauso wichtig, Caine.«

»Bemühst du dich absichtlich, mich zu ärgern?«

Jade verdrehte die Augen. »Ich wollte gerade in die Kirche gehen, als ich das Geschrei hörte. Sie zerrten diesen armen Mann über das Dach des Pfarrhauses, und ich beobachtete, wie er sich lozureißen versuchte. Dabei rief er um Hilfe. Das alles habe ich mir gewiß nicht eingebildet, Caine.«

»Und?«

»Sie warfen ihn also vom Dach runter, und hätte ich ein bißchen weiter links gestanden, müßtest du mich jetzt nicht beschützen. Dann wäre ich genauso tot wie dieser arme Gentleman.«

»Wo ist die Kirche?«

»In Nathans Dorf.«

»Und wo liegt das?«

»Drei Stunden nördlich von hier.«

»Störe ich?« Christina stand auf der Schwelle, und Jade drehte sich lächelnd zu ihr um.

»Natürlich nicht. Danke für das Frühstück – und daß Sie mir das hübsche Reitkostüm geliehen haben. Ich werde gut darauf aufpassen.«

Lyon tauchte hinter seiner Frau auf, umarmte sie und legte seine Wange an ihre. »Hast du mich vermißt?«

»Allerdings.« Sie lächelte ihn über die Schulter an, dann wandte sie sich an Jade. »Ich war in Ihrem Zimmer ...«

»Nichts ist passiert«, platzte Jade heraus. »Alles war seine Schuld. Aber es ist wirklich nichts passiert, Christina. Ich versuchte, ihn mit meinem Dolch abzuwehren. Das gefiel ihm nicht«, fügte sie hinzu und zeigte auf Caine. »Er war so wütend, daß er mich in sein Zimmer sperrte.« Vorwurfsvoll sah sie den Mann an ihrer Seite an. »Würdest du vielleicht auch etwas sagen? Meine neue Freundin muß doch glauben ...« Angesichts seiner verblüfften Miene verstummte sie. Nein, er würde ihr nicht helfen. Sie spürte, wie ihr vor Verlegenheit das Blut in die Wangen stieg.

»Ich war nur in Ihrem Zimmer, um den Dolch zu holen«, erklärte Christina. »Haben Sie tatsächlich versucht, ihn mit dieser stumpfen Klinge zu erstechen?

Am liebsten hätte sich Jade in einem Mauseloch verkrochen.

»Nein«, seufzte sie.

»Aber Sie sagten doch eben …«

»Zuerst wollte ich ihn angreifen. Er weckte mich und versuchte mir das Nachthemd anzuziehen …«

»Wirklich und wahrhaftig?« Lyon grinste seinen Freund unverschämt an.

»Du hältst dich da raus, Lyon!« befahl Caine.

»Nun, sobald ich ihn erkannte, stach ich natürlich nicht mehr auf ihn ein«, fuhr Jade fort. »Er hatte mich so erschreckt. Ich dachte, er wäre ein Dieb.«

Lyon sah aus, als ertrüge er es nicht, stumm zu bleiben, aber Caine warnte ihn mit einem drohenden Blick und fragte: »Hast du was herausgefunden?«

Lyon nickte und kam ins Zimmer. »Bitte, Christina, geh mit Jade in den Salon.«

»Da muß sie allein hingehen. Ich habe versprochen, ihren Dolch zu schleifen. Jade, ich habe ihn nicht unter dem Kissen gefunden. Sie sagten doch, dort würden Sie ihn verwahren.«

»Er hat ihn weggenommen.« Jade zeigte wieder auf Caine. »Ich glaube, er hat ihn aufs Kaminsims gelegt, aber ich bin mir nicht sicher. Würden Sie mir helfen, danach zu suchen?«

»Ich werde ihn schon allein finden. Leisten Sie inzwischen Dakota Gesellschaft. Er spielt im Salon auf einer Decke. In ein paar Minuten komme ich zu Ihnen.«

Hastig folgte Jade der Gastgeberin aus dem Zimmer. An der Salontür blieb sie stehen, als sie Lyons schallendes Gelächter hörte. Vermutlich hatte Caine seinem Freund soeben erzählt, wie albern sie war. Aber sie konnte hochzufrieden mit ihrer Leistung sein. Ihre Geschichte hatte doch wirklich glaubhaft geklungen.

Sie betrat den Salon und schloß die Tür hinter sich. Vor dem Sofa lag eine Steppdecke, aber Jade konnte Christinas Sohn nirgends entdecken. Sie wollte schon erschrocken aufschreien, doch da sah sie einen winzigen Fuß unter dem Sofa hervorlugen. Erleichtert rannte sie hin und kniete sich nieder, um das Baby hervorzuziehen. Doch dann entschied sie, es sei wohl besser, vorher den Rest von Dakota zu finden. Das Hinterteil in die Luft gereckt, preßte sie eine Wange an den Teppich.

Ein strahlend blaues Augenpaar war nur wenige Zentimeter von ihr entfernt. Offenbar erschrak Dakota über ihr plötzliches Auftauchen, denn er hob die Brauen. Aber er weinte nicht. Er starrte sie einige Sekunden lang an, dann schenkte er ihr ein breites, zahnloses Grinsen. Ein erstaunliches Kind, dachte sie. Nach einer Weile hörte er zu grinsen auf und widmete sich wieder seiner ursprünglichen Beschäftigung – nämlich, an einem geschnitzten Sofabein zu lutschen.

»Das kann doch gar nicht schmecken, Kleiner«, meinte Jade.

Er ignorierte sie und setzte seine Tätigkeit fort.

»Hör sofort auf, Dakota!« befahl sie. »Deine Mama wird sich gar nicht freuen, wenn sie merkt, daß du die Möbel verspeist. Komm doch da hervor.«

Offensichtlich mangelte es ihr an Erfahrung im Umgang mit Kindern. Und es war ebenso leicht zu erkennen, daß sie nichts von ihrem Publikum ahnte. Caine und Lyon lehnten im Türrahmen und beobachteten die Szene. Beide bemühten sich, nicht zu lachen.

»Du willst also nicht brav sein, Dakota?« fragte Jade.

Das Baby gurgelte fröhlich. Als sie sich seufzend auf den Boden setzte, kroch der Kleine endlich zu ihr. Sie wußte nicht, wie sie ihn hochheben sollte. Soviel sie gehört hatte, waren Babyhälse im ersten Lebensjahr nicht stark genug, um die Köpfe tragen zu können. Aber Dakota erschien ihr kräftig genug. Gutgelaunt gluckste er. Welch ein lieber Junge ... Sie konnte nicht widerstehen und faßte ihn behutsam an. Zärtlich streichelte sie seinen weichen Haarflaum, dann schob sie die Hände unter seine Achselhöhlen und zog ihn vorsichtig auf ihren Schoß.

Sie versuchte, ihn an die Brust zu drücken, aber er wollte etwas anderes. Er packte sie an den roten Locken und riß daran, während er nach seiner Mahlzeit suchte. Es dauerte eine Weile, bis sie seine Absicht erkannte.

»Nein, nein, Dakota. Deine Mama muß dich stillen. Wollen wir sie suchen, Liebling?

Langsam erhob sie sich, das Baby an sich gepreßt. Es zerrte

immer noch an ihrem Haar, was ziemlich weh tat, doch das störte sie nicht. Der Kleine roch so gut. Und er war bildhübsch. Von der Mutter hatte er die blauen Augen geerbt, vom Vater die dunklen Locken. Zärtlich streichelte Jade seinen Rücken und gurrte.

Als sie sich umdrehte, entdeckte sie die beiden Männer und errötete. »Sie – Sie haben einen wunderbaren Sohn, Lyon«, stammelte sie.

Caine blieb an der Tür stehen, während Lyon zu Jade ging und die Babyfinger aus ihrem Haar zu lösen versuchte. Sie schaute Caine an und staunte über seine seltsame Miene, in der sie Zärtlichkeit las, aber auch noch etwas anderes. Leider konnte sie seine Gedanken nicht lesen. »Ich habe nie zuvor ein Baby im Arm gehalten«, erklärte sie Lyon, nachdem er ihr seinen Sohn abgenommen hatte.«

»Ich finde, Sie sind ein Naturtalent. Meinst du nicht auch, Dakota?« Er schwenkte den Kleinen, der sofort zu grinsen begann, hoch in die Luft.

Christina eilte in den Salon und reichte ihrer Freundin den geschliffenen Dolch. Die Klinge steckte in einer weichen Lederscheide. »Jetzt ist er scharf genug. Das Etui habe ich genäht, damit Sie sich nicht stechen.«

»Vielen Dank«, erwiderte Jade.«

»Du wirst keinen Dolch brauchen«, verkündete Caine und schlenderte zu den beiden Frauen. »Gib ihn mir, ich werde ihn für dich verwahren, meine Süße. Sonst könntest du dich verletzen.«

»Nein, ich behalte den Dolch. Er ist ein Geschenk von meinem Onkel, und ich habe ihm versprochen, diese Waffe stets bei mir zu tragen.«

Als sie vor ihm zurückwich, fügte er sich ihren Wünschen. »Wir müssen jetzt gehen. Lyon, du wirst …«

»Ja«, bestätigte Lyon, »sobald ich …«

»Sofort«, unterbrach Caine seinen Freund.

»Die beiden scheinen in einer anderen Sprache zu sprechen«, sagte Christina zu Jade.«

»Sie wollen nicht, daß ich mir Sorgen mache.«

»Dann verstehen Sie also, was sie meinen?

»Natürlich. Lyon soll mit seinen Nachforschungen beginnen. Offensichtlich hat Caine ihm ein paar Hinweise gegeben. Und wenn Ihr Mann etwas Wichtiges herausgefunden hat, wird er sich mit Caine in Verbindung setzen.«

Lyon und Caine starrten sie erstaunt an. »All diese Schlüsse hast du aus unseren knappen Worten gezogen?«

»Ja, Caine. Sie sollen doch feststellen, ob neuerdings jemand vermißt wird, nicht wahr, Lyon?«

»So ist es«, gab Lyon zu.

»Dafür werden Sie eine Beschreibung brauchen. Die Nase des armen Mannes war durch den Sturz etwas verunstaltet. Trotzdem sah ich, daß er schon ziemlich alt war – etwa vierzig. Er hatte graues Haar, buschige Brauen und kalte braune Augen. Nicht einmal im Tod wirkte er friedlich. Und er war sehr dick. Auch das ist ein Grund, warum ich ihn für ein Mitglied der feinen Gesellschaft halte.«

»Wieso?«

»Weil er mehr zu essen hatte, als er brauchte. Und seine Hände wiesen keine Schwielen auf. Er war gewiß kein Arbeiter.«

»Setzen Sie sich«, schlug Lyon vor, »und beschreiben Sie auch die anderen Männer.«

»Da kann ich Ihnen leider nicht helfen. Ich sah sie kaum und weiß nicht, ob sie groß oder klein, dünn oder dick sind. Jedenfalls waren sie zu dritt.« Jade seufzte, und Caine vermutete, daß sie immer noch unter diesem schrecklichen Erlebnis litt. Immerhin hatte sie beobachtet, wie ein Mann in den Tod gestürzt war. Und da sie einem guten Haus entstammte, konnte sie nicht an ein solches Grauen gewöhnt sein.«

Jade war tatsächlich bekümmert, und als er einen Arm um ihre Schultern legte, verspürte sie Gewissensbisse. Zum erstenmal in ihrem Leben fand sie es unangenehm, lügen zu müssen. Es half ihr nicht, sich immer wieder einzureden, sie würde es aus edlen Motiven tun. Nun führte sie bereits drei nette Menschen hinters Licht. »Wir müssen gehen«, platzte sie heraus. »Je länger wir hierbleiben, desto größer ist die Gefahr, in die wir diese Familie bringen.« Sie gab den anderen keine Zeit,

Einwände zu erheben, und rannte zur Tür. »Caine, du hast doch einen Landsitz?« fragte sie, obwohl sie es genau wußte.

»Ja.«

»Dorthin sollten wir uns zurückziehen. Da wäre ich in Sicherheit, weit weg von London.«

»Wir fahren nicht nach Harwythe.«

»Harwythe?«

»So heißt mein Landgut. Ich quartiere dich im Haus meiner Eltern ein. Ihr Grundbesitz grenzt an meinen. Dir mag dein Ruf egal sein, mir aber nicht. Ich werde täglich nach dir sehen und Wachen postieren ... Warum schüttelst du den Kopf?«

»Du wirst mich also nur besuchen, Caine, du brichst schon jetzt dein Wort. Du hast versprochen, stets auf mich aufzupassen. Außerdem dürfen wir deine Eltern da nicht hineinziehen.«

»Das klingt sehr entschlossen, Caine«, bemerkte Lyon.

»Ich bin derselben Meinung wie Jade«, sagte Christina.

»Warum?« fragten ihr Mann und Lyon wie aus einem Mund.

Sie zuckte die Achseln. »Weil sie meine Freundin ist. Also muß ich ihr zustimmen.«

Gegen diese Erklärung konnte keiner der beiden Männer ein stichhaltiges Argument anführen, und Jade freute sich. »Danke, Christina. Ich werde Ihnen auch immer beipflichten.«

»Jade, ich denke an deine Sicherheit, und deshalb will ich dich zu meinen Eltern bringen.«

»Nein.«

»Glaubst du wirklich, bei mir würde dir keine Gefahr drohen?«

Sein ungläubiger Tonfall ärgerte sie. »Selbstverständlich glaube ich das.«

»Meine Süße, ich kann nicht zwei Wochen lang die Finger von dir lassen. Verdammt, ich versuche, anständig zu handeln!

Sie blinzelte, und ihre Wangen färbten sich feuerrot.

»Caine, warum sprichst du so vor unseren Gästen?«

»Sie sind nicht unsere Gäste!« schrie er frustriert. »Wir sind ihre!«

»So benimmt er sich dauernd«, beklagte sie sich bei Christina. »Und hinterher entschuldigt er sich nicht einmal.«

»Jade!« brüllte Caine. »Hör endlich auf, ständig das Thema zu wechseln!«

»Du solltest sie nicht so anfahren, Caine«, meine Christina.

»Er kann nicht anders«, widersprach Jade, »weil er ein furchtbar griesgrämiger Mensch ist.«

»Ich bin nicht griesgrämig«, widersprach Caine etwas leiser, »nur ehrlich. Und ich wollte dich nicht in Verlegenheit stürzen, Jade.«

»Du hast es aber getan.«

Wie gebannt verfolgten Lyon und Christina die Diskussion, und Caine wandte sich zu seinem Freund. »Habt ihr nichts anderes zu tun?«

»Nein.«

»Verschwindet trotzdem«, befahl Caine.

Lyon hob die Brauen, dann gab er nach. »Komm, teure Gemahlin, wir warten im Speisezimmer. Caine, sie muß dir noch ein paar Fakten erklären, bevor ihr geht. Falls du willst, daß ich …«

»Später.«

Ehe Christina hinter ihrem Mann und ihrem Sohn den Salon verließ, berührte sie Jades Arm und wisperte: »Es ist besser, nicht dagegen anzukämpfen, denn Ihr Schicksal ist bereits besiegelt.«

Jade achtete nicht auf diese Bemerkung und nickte nur, um Christina zufriedenzustellen. Dann schloß sie die Tür und drehte sich zu Caine um, die Hände in die Hüften gestemmt. »Deine Bedenken sind einfach lächerlich. Du würdest die Situation niemals ausnutzen, wenn ich es nicht wünsche. Ich vertraue dir – voll und ganz«, fügte sie dramatisch hinzu.

»Tu es lieber nicht.«

»Zu spät, du hast mein Vertrauen bereits gewonnen.

»Du wirst mich beschützen, und ich werde dir nicht erlauben, mich anzurühren. Wir haben ein Abkommen getroffen, und jetzt solltest du nicht versuchen, ein Haar in der Suppe zu finden.«

Ein plötzlicher Lärm in der Halle erregte Caines Aufmerksamkeit. Er erkannte die Stimme. Einer seiner Bedienten verkündete stotternd, er müsse seinen Arbeitgeber sprechen.

»Das ist Perry, mein Reitknecht«, sagte Caine zu Jade.

»Bleib hier, ich werde mal fragen, was er will.«

Natürlich gehorchte sie nicht und folgte ihm aus dem Salon. Beim Anblick von Lyons finsterer Miene wußte sie sofort, daß etwas Schlimmes vorgefallen war. Der junge Reitknecht hatte große haselnußbraune Augen und dunkles Kraushaar, das ihm zu Berge stand. Offenbar bekam er kaum Luft. Aufgeregt schwenkte er seinen Hut umher. »Alles verloren, Mylord! Merlin bat mich, Ihnen auszurichten, es sei ein Wunder, daß nicht der ganze Häuserblock Feuer gefangen habe. Das Stadthaus des Grafen von Haselet wurde nur ein bißchen angesengt. Der Rauch wird zwar einigen Schaden angerichtet haben, aber die Außenmauern sind unversehrt.«

»Perry, was …«

»Dein Stadthaus stand in Flammen, Caine«, unterbrach Lyon seinen Freund. »Das versuchen Sie uns doch mitzuteilen, nicht wahr, Perry?«

Der Diener nickte eifrig. »Es geschah keineswegs aus Achtlosigkeit«, verteidigte er sich. »Wir wissen nicht, wie es dazu kam, Mylord, weil nirgends Kerzen brannten – und auch kein Kaminfeuer, das außer Kontrolle geriet. Gott ist mein Zeuge – wir haben unsere Pflichten nicht vernachlässigt.«

»Niemand macht Ihnen Vorwürfe.« Mühsam zügelte Caine seinen Zorn. Was würde denn noch alles schieflaufen? »Mit solchen Unfällen muß man immer rechnen.«

»Es war kein Unfall.«

Alle wandten sich zu Jade, die auf den Boden starrte, die Hände ineinander verschlungen. Sie wirkte so unglücklich, daß Caines Wut ein wenig nachließ. »Ist ja schon gut«, besänftigte er sie. »Was ich verloren habe, kann leicht ersetzt werden. Ist jemand verletzt?« fragte er Perry.

Lyon beobachtete Jade, während der Dienstbote stammelnd berichtete, alle Leute seien rechtzeitig aus dem Haus gerannt. Erleichtert atmete Caine auf und wollte ihm Anweisungen geben, aber Lyon fiel ihm ins Wort.

»Ich rede mit der Polizei und kümmere mich um dein Personal. Du mußt Jade aus London wegbringen.«

Caine nickte. Er wollte Jade nicht erschrecken, und deshalb behielt er seine Vermutung, der Brand könnte mit ihren Verfolgern zusammenhängen, für sich.

»Perry, gehen Sie in die Küche und trinken Sie etwas«, schlug Lyon vor. »Auf der Anrichte finden sie Ale und Brandy.«

Während der Reitknecht davoneilte, schauten Caine und Lyon abwartend auf Jade. Sie blickte immer noch zu Boden und rang die Hände.

Da sie ihr Schweigen nicht brach, fragte Caine: »Wieso glaubst du, daß es kein Unfall war, Jade?«

Sie seufzte tief auf. »Weil sie schon zum drittenmal ein Feuer gelegt haben. Das scheint ihnen besonderen Spaß zu machen.« Als sie den Kopf hob, sah Caine Tränen in ihren Augen.

»Immer wieder werden sie es versuchen – bis sie dich erwischen – und mich«, ergänzte sie hastig. »In einem Haus …«

»Soll das heißen, diese Männer wollen Sie bei lebendigem Leib verbrennen lassen?« rief Lyon.

»Nicht nur mich«, wisperte sie und zeigte auf Caine. »Ihn auch.«

6

Jade wischte sich die Tränen von den Wangen. »Irgendwie müssen sie herausgefunden haben, wer du wirklich bist, Caine. Als ich in die Taverne ging, hielt ich dich für Pagan … Aber sie haben es anscheinend schon die ganze Zeit gewußt. Warum sollten sie sonst dein Haus anzünden?«

Er legte einen Arm um ihre Schultern und führte sie in den Salon zurück. »Monk hat ihnen sicher nichts verraten. Ich habe keine Ahnung, wie sie es in Erfahrung brachten … Aber lassen wir das jetzt. Jade, du mußt mir endlich alles erzählen. Keine Halbwahrheiten mehr!«

Lyon folgte ihnen ins Zimmer und schloß die Tür hinter

sich. Dann nahm er gegenüber dem Sofa Platz, auf das sich Jade und Caine gesetzt hatten.«

Sie wandte sich zu Lyon. »Ich dachte, wir hätten sie letzte Nacht abgeschüttelt, als wir in die Themse gesprungen sind. Wenn Sie Perry sagen, er solle seine Suche nach Caine zum Schein fortsetzen, werden etwaige Beobachter nicht herausfinden, wo wir sind.«

Lyon fand diese Idee ausgezeichnet und eilte zu dem Reitknecht in die Küche. Beschwörend schaute Jade in Caines Augen. »Ich kann nicht bei dir bleiben. Das ist mir jetzt klargeworden. Diese Schurken würden dich töten, um an mich heranzukommen. Ich habe versucht, dich nicht zu mögen – leider erfolglos. Ich würde es nicht ertragen, wenn dir etwas zustieße.«

Nach dieser Erklärung wollte sie aufstehen, aber Caine hielt sie fest und drückte sie an sich. »Ich habe mich auch bemüht, dich nicht zu mögen«, flüsterte er und küßte ihre Stirn. »Und es ist mir ebenso wenig gelungen. Nun sind wir offenbar aneinandergekettet, meine Süße.«

»Ist das nicht sonderbar?«

»Was meinst du?«

»Gerade hast du dein Stadthaus verloren, wir beide schweben ins schrecklicher Gefahr, und ich kann nur dran denken, daß ich von dir geküßt werden möchte. Das ist doch eigenartig.«

Caine schüttelte den Kopf und umfaßte ihr Kinn. »Keineswegs. Ich will dich auch küssen.«

»Wirklich?«

Ihre Lippen fanden sich, und Jade schlang die Arme um Caines Nacken. Willig öffnete sie den Mund, um seine Zunge darin aufzunehmen. Er hatte nur einen kurzen Kuß geplant, aber seine Gefühle gerieten rasch außer Kontrolle. Seine Leidenschaft wuchs, und er konnte nicht genug von Jade bekommen.

»Caine, um Himmels willen! Dafür fehlt uns jetzt wirklich die Zeit ...« Lyon war zurückgekehrt und sank wieder in seinen Sessel. Er beobachtete, wie sehr es seinem Freund widerstrebte, den Kuß zu beenden.

Um so schneller rückte Jade von Caine weg. Als sie Lyon

ansah, waren ihre Wangen puterrot. Sein Grinsen veranlaßte sie, in ihren Schoß zu starren. Sie merkte, daß sie Caines Hand an ihre Brust preßte, und schob sie hastig beiseite. »Du vergißt dich!« rief sie.

Er beschloß, sie nicht darauf hinzuweisen, daß sie es gewesen war, die das Thema eines Kusses angeschnitten hatte.

»Jade, Sie müssen endlich alles sagen«, entschied Lyon.

»Am besten fangen Sie mit dem Brand an.«

»Ich will's versuchen«, erwiderte sie, den Blick immer noch gesenkt. »Aber ich erschauere immer noch, wenn ich daran denke. Bitte, halten Sie mich nicht für eine schwache Frau. Das bin ich nicht.«

»Gewiß nicht. Ehe wir über die Feuersbrünste sprechen – können Sie uns die Hintergründe erklären? Ich meine – Ihre Vergangenheit ...«

»Mein Vater war der Graf von Wakerfield. Diesen Titel trägt jetzt mein Bruder Nathan, zusammen mit ein paar anderen. Vater starb, als ich acht war. Wie ich mich entsinne, reiste er nach London, um jemanden zu treffen. Er kam zu mir in den Garten, um sich zu verabschieden.«

»Wenn du damals noch so klein warst – wieso kannst du dich daran erinnern?« fragte Caine.

»Papa war sehr aufgeregt. Das machte mir Angst, und vielleicht ist mir jener Tag deshalb so deutlich im Gedächtnis geblieben. Er wanderte auf dem Kiesweg hin und her, die Hände am Rücken verschränkt, und schärfte mir ein, wenn ihm irgendwas passieren würde, sollten Nathan und ich zu seinem Freund Harry gehen. Um seinen Worten Nachdruck zu verleihen, packte er meine Schultern und schüttelte mich. Ich interessierte mich viel mehr für die Spielsachen, die er mir aus London mitbringen sollte.« Wehmütig fügte Jade hinzu: »Nun, ich war ja noch sehr jung.«

»Das bist du immer noch«, warf Caine ein.

»Aber ich fühle mich nicht jung.« Jade holte tief Atem und fuhr fort: »Meine Mutter verlor ich, als ich noch fast ein Baby war. An sie habe ich keine Erinnerung.«

»Und was geschah mit Ihrem Vater?« fragte Lyon.

»Er starb in seiner Kutsche – bei einem Unfall.«

»Also hatte er eine Vorahnung?«

»Nein – einen Feind.«

»Und Sie glauben, der Feind Ihres Vater ist jetzt hinter Ihnen her?«

»Nein, nein! Ich beobachtete, wie jemand getötet wurde. Und die Mörder sahen mich. Von meinem Vater habe ich nur erzählt, weil Sie mich aufgefordert haben, über meine Vergangenheit zu sprechen.«

»Tut mir leid, ich wollte keine falschen Schlüsse ziehen.«

»Und was ereignete sich nach dem Tod deines Vaters?« fragte Caine und fühlte sich seinem Freund weit überlegen. Lyon schaute ziemlich verwirrt drein, und Caine fand es erfreulich, nicht der einzige zu sein, den Jade durcheinanderbrachte.

»Nach dem Begräbnis nahm Harry uns zu sich. Und als der Sommer vorbei war, schickte er Nathan auf die Schule zurück. Wie es Vaters Wunsch gewesen wäre, sollte mein Bruder seine Ausbildung abschließen. Ich blieb bei meinem Onkel. Er ist nicht mein richtiger Onkel – und jetzt eher ein zweiter Vater. Auf dieser Insel war es immer so schön und friedlich. Und Onkel Harry behandelte mich sehr gut. Er war nie verheiratet, und er liebt mich wie eine Tochter. Von Anfang an kamen wir großartig miteinander aus. Trotzdem vermißte ich Nathan. In all den Jahren besuchte er uns nur ein einziges Mal.«

»Und dann?« drängte Caine, als Jade eine Pause machte.

»Ich kehrte nach England zurück, um Nathan und das Haus meines Vater wiederzusehen. Dort hatte mein Bruder einige Veränderungen vorgenommen. Wir trafen uns in London und fuhren direkt zu seinem Landsitz. Dort verbrachten wir eine wundervolle Woche und holten nach, was wir während der langen Trennung versäumt hatten. Danach wurde er weggerufen, wegen einer dringenden persönlichen Angelegenheit.«

»Weißt du, was das für eine Angelegenheit war?«

Jade schüttelte den Kopf. »Ein Bote brachte einen Brief für Nathan. Als mein Bruder dieses Schreiben las, regte er sich sehr auf. Er erklärte mir, er müsse nach London und würde in zwei Wochen wiederkommen. Sein Freund sei in Schwierigkeiten. Mehr verriet er mir nicht, Caine. Nathan ist ein Ehrenmann. Niemals würde er einem Freund, der sich in einer Notlage befindet, den Rücken kehren. Und ich würde das auch nicht von ihm verlangen.«

»Und du bliebst allein im Haus?«

»Großer Gott, nein! Das Personal war da. Lady Briars, eine gute Freundin meines Vater, hatte die Dienstboten engagiert und Nathan bei seinen Renovierungsplänen geholfen. Ursprünglich hatte sie uns großziehen wollen und sogar die Vormundschaft beantragt. Aber dann brachte Harry uns auf seine Insel, und sie konnte uns nicht finden. Ich muß sie besuchen, wenn das alles überstanden ist. Vorher wage ich natürlich nicht, ihr Haus zu betreten. Die Schurken könnten es niederbrennen ...«

»Jade, du schweifst ab.«

»Tut mir leid. Wo war ich stehengeblieben?«

»Nathan fuhr nach London«, wurde sie von Lyon erinnert.

»Ach ja ... Jetzt weiß ich, daß ich eine Dummheit machte. Auf der Insel konnte ich kommen und gehen, wie ich wollte. Da brauchte ich keine Begleitung. Ich hatte vergessen, daß es in England anders ist. Hier muß jeder seine Tür verschließen. Aber ich hatte es so eilig, das Haus zu verlassen. Ich schaute nicht nach unten, und meine Stiefelspitze verfing sich an der Teppichkante am Treppenabsatz. Deshalb stürzte ich hinab, und mein Kopf schlug gegen einen Pfosten.«

Jade hielt inne, um den beiden Männern die Gelegenheit zu geben, ihr Bedauern auszudrücken. Doch sie schauten sie nur erwartungsvoll an, und sie warf ihnen zur Strafe für ihre Herzlosigkeit einen vernichtenden Blick zu. »Eine Stunde später hatte mein Schädel zu dröhnen aufgehört, und ich ging spazieren. Bald vergaß ich meine Schmerzen, denn das Wetter war prachtvoll. Ich vergaß auch die Zeit. Und als ich die hübsche Kirche bewundern wollte, hörte ich den Lärm auf dem Dach des Pfarrhauses. Wenig später fiel der arme Gentleman herab. Schreiend rannte ich davon. Aber ich verirrte mich und gelangte auf den Abhang oberhalb der Gräber meiner Eltern. Dort sah ich die Männer wieder.«

»Dieselben?«

»Ja. Offenbar hatten sie entschieden, es würde sich nicht lohnen, mir zu folgen. Und – sie waren sehr beschäftigt.«

»Was taten sie?« wollte Caine wissen.

Sie antwortete nicht sofort, und eine böse Ahnung beschlich ihn. Jade umklammerte seine Hände, aber er nahm nicht an, daß ihr dies bewußt war. Schließlich flüsterte sie: »Die Männer hoben die Gräber aus.«

»Tatsächlich?« rief Lyon ungläubig, während Caines Miene nichts von seinen Gedanken verriet. Doch sie vermutete, daß auch er an ihren Worten zweifelte. Seltsam – ihre Lügen wurden von beiden Männern akzeptiert, und mit der reinen Wahrheit verhielt es sich ganz anders.

»Es stimmt wirklich«, beteuerte sie. »Ich weiß, es klingt bizarr. Aber genau das habe ich gesehen.«

Caine nickte. »Also gut. Und was geschah dann?«

»Ich fing wieder zu schreien an. Das war natürlich ein Fehler, denn damit zog ich die Aufmerksamkeit der Männer wieder auf mich. Aber vor lauter Wut konnte ich nicht klar denken. Alle drei starrten zu mir herauf, und einer, der besonders elegant gekleidet war, hob eine Pistole. Merkwürdigerweise konnte ich mich nicht rühren, bevor der Schuß krachte. Dann rannte ich blitzschnell davon. Hudson, Nathans Butler, arbeitete in der Bibliothek. Ich erzählte ihm, was vorgefallen war. Aber als er mich beruhigt und alles begriffen hatte, war es zu dunkel, um nach den Schurken zu fahnden. Wir mußten bis zum nächsten Morgen warten.«

»Wurden die Behörden verständigt?«

Jade schüttelte den Kopf. »Jetzt wird die Geschichte etwas verwirrend«, gab sie zu. »Am Morgen brach Hudson mit mehreren kräftigen Dienern auf, um nach dem Mann zu sehen, der vom Dach gefallen war. Mich wollte er nicht mitnehmen. Ich war immer noch sehr aufgeregt.«

»Natürlich«, stimmte Caine zu.

»Als Hudson und die anderen zurückkamen, versuchten sie,

mich genauso freundlich zu behandeln wie jetzt du, Caine. Aber sie mußten mir die Wahrheit sagen.«

»Welche Wahrheit?«

»Sie hatten keine Leiche gefunden, und die Gräber waren nicht angerührt worden.«

»Die Leute glaubten also, Sie hätten ...«

»Ich hätte mir nur was eingebildet, Lyon? Ja, das dachten sie wohl. Aber weil sie Nathans Angestellte sind, wagten sie nicht, mir zu sagen, ich würde an geistiger Verwirrung leiden. Dafür sprachen ihre Mienen eine um so deutlichere Sprache. Ich ging sofort zu den Gräbern. In der Nacht zuvor hatte es geregnet und gestürmt, dadurch mochten sich etwaige Spuren verwischt haben. Aber es sah nicht so aus, als wäre das Erdreich von einer Schaufel aufgewühlt worden.«

»Vielleicht hatten die Schurken erst zu graben begonnen, als du dazwischenkamst«, gab Caine zu bedenken.

»Ja, sie hatten eben erst angefangen. O Gott, ihre Gesichter werde ich nie vergessen!«

»Erzähl uns den Rest der Geschichte.«

»Ich versuchte die Motive der Schurken zu ergründen. Dann bat ich Hudson, Nathan nicht mit diesem Problem zu belästigen. Ich belog den Butler und behauptete, sicher habe die sinkende Sonne meiner Phantasie einen Streich gespielt. Da atmete er erleichtert auf. Aber selbstverständlich machte er sich immer noch Sorgen, weil ich mir bei meinem Sturz von der Treppe den Kopf angeschlagen hatte.«

»Jade, könnte es nicht doch...«, begann Lyon, und Caine unterbrach ihn.

»Du meinst, es könnte Einbildung gewesen sein? Sicher nicht. Letzte Nacht wurden wir von mindestens fünf Männern verfolgt.«

Mißtrauisch musterte Jade den Hausherrn. »Sie glauben mir nicht?«

»Doch, jetzt schon. Wenn man hinter Ihnen her ist, müssen Sie was gesehen haben. Wie ging es weiter?«

»Ich weigerte mich aufzugeben.« Sie versuchte die Finger im Schoß ineinanderzuschlingen und merkte, daß sie Caines

Hände festhielt. Hastig ließ sie ihn los. »Manchmal kann ich sehr hartnäckig sein. Also machte ich mich am nächsten Morgen wieder auf den Weg, um Beweise zu suchen.«

Lyon grinste Caine an. »Das hätte ich auch getan.«

»Was für ein Morgen war das, Jade?« fragte Caine.

»Der gestrige. Ich ritt los, aber ich kam nicht bis zu den Gräbern meiner Eltern. Das Pferd wurde unter mir weggeschossen.«

»Wie, bitte?« Caine schrie beinahe, was Jade zufrieden registrierte.

»Diese Schurken schossen Nathans schönstes Pferd nieder. Sicher wird sich mein Bruder maßlos aufregen, wenn er vom Tod seines Lieblingshengstes erfährt. Es wird ihm das Herz brechen.«

Caine griff nach seinem Leinentaschentuch, als befürchtete er, sie würde wieder zu weinen anfangen. »Und dann?«

»Natürlich fiel ich zu Boden, aber ich brach mir glücklicherweise nicht den Hals und erlitt nur geringfügige Verletzungen. Sicher hast du die blauen Flecken an meinen Armen und Schultern bemerkt, als du letzte Nacht in mein Zimmer geschlichen bist, Caine.«

»Nein, ich habe nichts bemerkt. Und ich bin nicht in dein Zimmer 'geschlichen'.«

»Wie konntest du diese verfärbten Stellen übersehen?«

»Ich habe nicht auf deine Arme und Schultern geschaut.«

Jade wurde wieder rot. »Das – das hättest du aber tun sollen. Ein echter Gentleman hätte so was sofort bemerkt.«

Da verlor Caine die Geduld. »Jade, nicht mal ein Eunuch hätte in jenem Moment …«

»Willst du die restliche Geschichte hören oder nicht?«

»Ja.«

»Nachdem die Schurken mein Pferd getötet hatten, rannte ich zum Haus zurück. Ob sie mir folgten, weiß ich nicht. Ich war ganz durcheinander. Nie zuvor war mir so etwas zugestoßen. Ich hatte ein sehr behütetes Leben geführt.«

Weil sie auf eine Zustimmung zu warten schien, nickte Caine. »Davon bin ich überzeugt.«

»Ich schilderte Hudson, was geschehen war, und sah ihm an, wie schwer es ihm fiel, mir zu glauben. Der Mann wollte mir dauernd eine Tasse Tee aufzwingen, aber nun hatte ich endlich einen Beweis.«

»Einen Beweis?«

Jade verdrehte die Augen. »Natürlich das tote Pferd! So denk doch ein bißchen mit!«

»Ach ja, das tote Pferd. Entschuldigte sich Hudson bei dir, als du ihm das Pferd zeigtest?«

Sie kaute an ihrer Unterlippe und schwieg eine Weile. Schließlich erwiderte sie: »Nicht direkt.«

»Nicht direkt? Was soll das heißen?«

Diese Frage hatte Lyon gestellt, und Jade wandte sich zu ihm. »Ich weiß, Sie werden wieder einmal Zweifel an meinen Worten hegen – aber als wir zu dem Hang kamen, wo das Pferd erschossen worden war, lag es nicht mehr da.«

»Oh, das bezweifle ich keine Sekunde lang«, entgegnete Lyon gedehnt und lehnte sich in seinem Sessel zurück.

»Du etwa, Caine?«

Sein Freund grinste. »Es ergibt genausoviel Sinn wie alles andere, was sie uns erzählt hat.«

»Hudson bestand darauf, zum Stall zurückzukehren«, fuhr Jade fort. »Er war überzeugt, dort würden wir den Hengst finden.«

»Und behielt er recht?«

»Nein. Den ganzen Vormittag suchten die Dienstboten die Umgebung ab, aber das Pferd blieb verschwunden. Dafür fanden sie frische Wagenspuren auf der Südstraße. Weißt du, was ich vermute, Caine? Die Bastarde haben den Hengst in einer Kutsche weggebracht. Was hältst du von dieser Möglichkeit?«

Ihre Stimme klang so eifrig, daß er es bedauerte, sie enttäuschen zu müssen. »Offensichtlich hast du keine Ahnung, wieviel ein ausgewachsener Hengst wiegt. Glaub mir, es braucht mehr als drei Männer, um so ein Tier in eine Kutsche zu verfrachten.«

»Es wäre schwierig«, warf Lyon ein, »aber nicht undenkbar.«

»Vielleicht wurde das Pferd nur verwundet, und es ist irgendwohin gelaufen«, überlegte Caine.

»Mit einer Wunde zwischen den Augen?« Jade seufzte. »Wohl kaum. O Gott, Nathan wird sich so aufregen, wenn er das von seinem Haus hört – und von seiner Kutsche …«

»Was zum Teufel ist denn mit seinem Haus passiert?« rief Caine. »Jade, ich wünschte wirklich, du würdest alles der Reihe nach erzählen.«

»Ich glaube, nun kommt sie endlich zu der Feuersbrunst«, bemerkte Lyon, und Jade nickte.

»Nathans Haus brannte bis auf die Grundmauern nieder.«

Caine seufzte müde. »Wann? Bevor das Pferd erschossen wurde? Oder nachher?«

»Kurz danach. Hudson hatte Nathans Kutsche für mich anspannen lassen. Ich wollte zu meinem Bruder nach London fahren, denn ich war es leid, wie die Dienstboten mich behandelten. Sie machten einen großen Bogen um mich und warfen mir seltsame Blicke zu. Außerdem wußte ich, daß Nathan mir helfen würde, das Rätsel zu lösen.«

Unwillkürlich hatte sie die Stimme erhoben, und Caine tätschelte beschwichtigend ihre Hand. »Beruhige dich, Süße, und erzähl weiter.«

»Jetzt schaust du mich auch schon so an wie Hudson … Ich brach also nach London auf, und plötzlich schrie der Kutscher, Nathans Haus stehe in Flammen. Über den Gipfeln der Hügel sah ich Rauch. Wir kehrten sofort um, und als wir das Haus erreichten … nun, da war es schon zu spät. Ich befahl dem Personal, in Nathans Stadthaus zu ziehen.«

»Und du bist nach London gefahren?« Caine streichelte geistesabwesend Jades Nacken, und das fühlte sich so angenehm an, daß sie ihn nicht bat, damit aufzuhören.

»Ja, hinter einer Kurve lauerten uns die Schurken auf. Der Fahrer geriet in Panik und lief davon.«

»Dieser Bastard!« schimpfte Lyon, und Caine nickte zustimmend.

»Ich nehme es ihm nicht übel«, verteidigte Jade den Mann. »Wenn sich die Menschen fürchten, tun sie die merkwürdigsten Dinge.«

»Einige Menschen«, gab Caine zu.

»Und was geschah dann, Jade?« fragte Lyon.

»Sie verbarrikadierten die Türen mit Ästen und steckten den Wagen in Brand. Nathan hatte gutes Geld für das Vehikel bezahlt, aber es war nicht besonders stabil. Deshalb konnte ich ein Fenster aus dem Rahmen brechen und hinauskriechen. Das werde ich Nathan besser nicht sagen, sonst regt er sich noch mehr auf. Es sei denn, er möchte noch eine Kutsche bei derselben Firma kaufen ...«

»Du schweifst schon wieder vom Thema ab«, mahnte Caine.

Lyon lächelte. »Sie erinnert mich an Christina. Jade, würden Sie bitte nach meiner Frau sehen? Sie packt gerade eine Reisetasche für Sie.«

Dankbar für die Atempause verließ sie den Salon. Es kam ihr so vor, als würde sie die schrecklichen Ereignisse noch einmal erleben.

»Nun, was hältst du davon?« erkundigte sich Lyon, als er mit seinem Freund allein war.

»Letzte Nacht wurden wir verfolgt.«

»Du glaubst ihr also?«

»Irgendwas hat sie gesehen.«

»Danach habe ich nicht gefragt.«

Langsam schüttelte Caine den Kopf. »Kein Wort glaube ich ihr. Und du?«

»Nie zuvor habe ich eine so unlogische Geschichte gehört. Aber wenn sie die Wahrheit sagt – verdammt, dann müssen wir ihr helfen.«

»Und wenn nicht?« Caine erriet die Antwort bereits.

»Dann solltest du aufpassen.«

»Du denkst doch nicht ...«, begann Caine.

Lyon ließ ihn nicht ausreden. »Erstens – du bist nicht objektiv. Das werfe ich dir nicht vor. Manchmal bringt Christina mich genauso durcheinander wie Jade dich. Zweitens – sie schwebt in Gefahr und hat auch dich in eine üble Lage gebracht. Das sind die einzigen Fakten, von denen wir ausgehen können.«

Caine mußte ihm recht geben. Er lehnte sich in die Sofakissen zurück. »Was für ein Gefühl hast du bei der ganzen Sache?«

»Vielleicht hängt das alles irgendwie mit Jades Vater zusammen. Ich will mich mal über die Lebensgeschichte des Grafen von Wakerfield informieren. Richards wird mich sicher dabei unterstützen.«

Caine wollte widersprechen, dann besann er sich anders.

»Das kann nicht schaden. Aber ich überlege, ob nicht Jades Bruder hinter alldem steckt. Er fuhr nach London, um einem Freund aus irgendwelchen Schwierigkeiten herauszuhelfen. So fing es an.«

»Falls wir Jades Geschichte für bare Münze nehmen können.«

»Ja.«

Lyon seufzte laut auf. »Eine Frage muß ich dir noch stellen. Traust du ihr?«

Nachdenklich starrte Caine ihn an. »Wenn wir die bizarre Situation nach logischen Maßstäben beurteilen ...«

»Ich baue eher auf deine Instinkte.«

Nun grinste Caine, weil er zum erstenmal im Leben seinen Verstand völlig außer acht ließ. »Ich vertraue ihr rückhaltlos, obwohl ich dir keinen einzigen vernünftigen Grund dafür nennen kann.«

»Ich vertraue ihr auch«, erwiderte Lyon lächelnd. »Und zwar, weil du ihr vertraust. Deine Instinkte irren sich nie. Ich wurde schon mehrmals gerettet, weil ich auf dich gehört habe. Christina habe ich von Anfang an vertraut, wenn sie mir auch einige Rätsel aufgegeben hat. Und nun stehe ich auch auf ihrer Seite. Manchmal vertritt sie einen etwas ungewöhnlichen Standpunkt, aber diesmal hat sie den Nagel auf den Kopf getroffen.«

»Was meinst du?«

»Mein guter Freund, ich glaube ebenso wie meine Frau, daß du deinem Schicksal begegnet bist. Gott helfe dir – du mußt deine Rätsel erst noch lösen.«

7

Die Damen warteten in der Halle auf Caine und Lyon. Zwischen ihnen auf dem Boden stand eine große, weiß und grau gesprenkelte Reisetasche.

Caine versuchte sie hochzuheben, dann schüttelte er den Kopf. »Um Himmels willen. Nicht einmal ein Pferd könnte dieses Gepäck tragen.« Er kniete nieder, öffnete die Tasche und schaute hinein, dann stieß er einen leisen Pfiff aus. »Ein ganzes Arsenal! Wer hat das eingepackt?«

»Ich«, antwortete Christina. »Nur ein paar Waffen, die Jade vielleicht brauchen wird, um euch beide zu schützen.«

»Jade? Uns beide?« Ungläubig schaute er auf. »Lyon, versucht deine Frau mich zu beleidigen?«

Lyon nickte lächelnd. »Gewiß, Caine. Also entschuldige dich, damit wir's hinter uns bringen.«

»Wieso um alles in der Welt soll ich mich entschuldigen?«

»Weil es uns Zeit erspart.« Lyon bezwang seinen Lachreiz, und Caine blinzelte verwirrt.

»Hat dir die Ehe den Verstand geraubt?«

»Nur zum Teil.«

Caine begann, die überflüssigen Gegenstände aus der Tasche zu nehmen. Während die beiden Frauen bestürzt nach Luft schnappten, warf er mehrere lange Dolche, zwei Pistolen und eine gefährlich aussehende Eisenkette auf den Boden. »Das Zeug brauchst du nicht, Jade. Außerdem bist du viel zu feige, um es zu benutzen. Deshalb bleibt es hier, meine kleine Kriegerin.«

»Wie du meinst. Aber heb dir diese seltsamen Kosenamen für die anderen Frauen in deinem Leben auf. Ich bin weder deine Süße noch deine kleine Kriegerin. Ach, schau nicht so unschuldig drein, Caine! Christina hat mir alles über deine Liebhaberinnen erzählt.«

Er befaßte sich immer noch mit dem ersten Teil ihrer Äußerung. »Kleine Kriegerin' ist also deiner wirren Auffassung nach ein Kosename?«

»Allerdings, du ungehobelter Kerl! Ich werde keine Entschuldigung von dir verlangen, nachdem du meine Gedankenwelt als wirr bezeichnet hast. Das ist dir wahrscheinlich nur herausgerutscht, weil du dich immer noch über dein abgebranntes Haus ärgerst.«

Caine verzichtete darauf, die Stirn zu runzeln, und schloß die Reisetasche. »Vielen Dank für deine Mühe, Christina, aber vielleicht wirst du die Waffen benötigen, um Lyon zu beschützen. Komm jetzt, Jade.« Er nahm die Tasche in die eine Hand und Jades Arm in die andere.

Der harte Griff tat weh, doch das störte sie nicht. Sie freute sich viel zu sehr über ihre brillante Geschichte, die Caine überzeugt und gleichzeitig auch durcheinandergebracht hatte. Wie seine verkrampften Kinnmuskeln andeuteten, war er derzeit nicht in der richtigen Stimmung für eine vernünftige Diskussion, und so ließ sie sich zum Hinterausgang führen. Lyons Stallknecht hatte zwei Pferde gesattelt.«

Christina umarmte Jade und flüsterte: »Gute Reise.«

Nachdem Caine die Reisetasche am Zaumzeug seines Hengstes befestigt hatte, half er Jade auf das andere Pferd. Sie folgte Caine zum hinteren Hoftor, wo sie zu ihren Gastgebern zurückblickte. Dabei versuchte sie, sich Christinas Lächeln und Lyons Stirnrunzeln einzuprägen, denn sie war überzeugt, daß sie die beiden nie wiedersehen würde.

Mehrmals hatte Christina die Macht des Schicksals erwähnt. Sie glaubte, Jade und Caine würden ihr Leben von nun an zusammen verbringen. Aber Christina verstand die Situation nicht. Und wenn sie die Wahrheit erfahren würde, würde sie ihrer Freundin gewiß den Rücken kehren.

Diese Gedanken waren zu schmerzlich. Jade zwang sich, nur noch an ihre Aufgabe zu denken – nämlich, Caine zu beschützen, bis Nathan zurückkam. Schon vor Jahren war ihr Schicksal entschieden worden.

»Du mußt dichter hinter mir reiten!« befahl Caine über die Schulter, und sie lenkte ihr Pferd sofort zu ihm.

Um etwaige Verfolger abzuschütteln, führte er Jade auf Umwegen aus London heraus. Erst eine Stunde, nachdem sie die

Stadt verlassen hatten, wandte er sich nach Norden. Normalerweise hätte der Ritt drei Stunden gedauert. Doch wegen der Vorsichtsmaßnahmen, die Caine ergriffen hatte, zog sich die Reise erheblich in die Länge.

Als sie die Hauptstraße erreichten, erkannte Jade die Umgebung wieder. »Ein Stück weiter vorn müßten wir die Reste von Nathans Kutsche finden, falls sie nicht entfernt wurde!«

Nach einer halben Stunde waren sie noch immer nicht auf das zerstörte Vehikel gestoßen. Doch dann entdeckten sie den Wagen hinter einer scharfen Biegung am Rand einer schmalen Schlucht. Caine schwieg und ritt mit grimmiger Miene an dem Wrack vorbei.

»Nun?« fragte Jade.

»Die Kutsche ist tatsächlich ausgebrannt.«

Seine Stimme klang zornig, und Jade fürchtete, er würde ihr die Schuld an dem vernichtenden Feuer geben.

»Ist das alles, was du zu sagen hast?« Sie lenkte ihr Pferd näher an seines heran, um ihm ins Gesicht zu schauen. »Du hast mir nicht geglaubt. Und deshalb bist du nun böse.«

»Jetzt glaube ich dir.«

»Und?« fragte sie, weil sie ihn zu einer Entschuldigung veranlassen wollte.

»Und was?«

»Hast du nichts hinzuzufügen?«

»Ich könnte hinzufügen, daß ich diese Verbrecher umbringen werde, sobald ich sie gefunden habe«, entgegnete er in gefährlich leisem Ton. »Und wenn sie tot sind, werde ich die Leichen vermutlich anzünden. Das könnte ich hinzufügen. Aber es würde dich aufregen, nicht wahr, Jade?«

Offensichtlich meinte er es ernst, und sie erschauerte.»Das würde mich allerdings aufregen. Du kannst nicht herumlaufen und Leute töten, ganz egal, wie wütend du auf sie bist.«

Abrupt zügelte er sein Pferd neben ihrem und umfaßte ihren Nacken. Vor lauter Verblüffung wehrte sie sich nicht. »Ich beschütze immer, was mir gehört«, erklärte er.

Sie wagte nicht zu widersprechen, aus Angst, er könne sie sonst erwürgen. Und so starrte sie ihn nur an.

»Verstehst du?« stieß er hervor.

»Ja. Du willst beschützen, was dir gehört. Das verstehe ich.«

Caine schüttelte den Kopf. Das kleine Unschuldslamm versuchte tatsächlich, ihn zu besänftigen. Plötzlich beugte er sich zu ihr und küßte sie – fordernd und besitzergreifend. Ihre Verwirrung wuchs. Er richtete sich auf und schaute ihr tief in die Augen. »Allmählich solltest du zur Kenntnis nehmen, daß du mir gehören wirst.«

»Ich gehöre niemandem.«

Er sah so aus, als wolle er sie erbost zurechtweisen. Doch dann wurden seine Gesichtszüge etwas weicher, und er wechselte das Thema. »Wir müssen die Hauptstraße verlassen.«

»Caine, begreif doch bitte ...«

»Streite nicht mit mir.«

Ehe sie weiterritten, zog er Jade in seinen Sattel herüber.

»Warum tust du das?« fragte sie erstaunt.

»Weil du müde bist.«

»Das hast du gemerkt?«

Zum erstenmal seit langer Zeit lächelte er. »O ja.«

»Ich bin wirklich müde«, gestand sie. »Wird Lyons Stute uns folgen? Er wäre sicher sehr ungehalten, wenn wir sie verlieren würden.«

»Sie wird uns folgen.«

»Gut.« Lächelnd kuschelte sie sich an ihn, schlang einen Arm um seine Taille und legte ihre Wange an seine Brust. »Du riechst so angenehm.«

»Du auch.«

Jade spürte seine innere Unruhe. Er wählte einen mühsamen Weg durch den Wald, und nach einer Weile fragte sie: »Warum mußt du unsere Reise dermaßen komplizieren?«

Bevor er antwortete, schob er einen tiefhängenden Zweig beseite. »Wir werden verfolgt.«

Diese beiläufige Erklärung raubte ihr nur für wenige Sekunden die Sprache. »Unsinn!« rief sie ärgerlich. »Das wäre mir aufgefallen.«

Sie versuchte sich hochzurecken, um über seine Schulter zu

blicken, aber er hielt sie fest. »Keine Bange, sie sind noch weit weg.«

»Wie willst du das wissen? Folgen sie uns schon seit London? Nein, natürlich nicht. Das hätte ich gemerkt. Bist du auch ganz sicher? Und wie viele sind es?«

»Ich bin völlig sicher, Sie folgen uns seit drei oder vier Meilen. Genauer gesagt, seit wir die Grenze meiner Ländereien überquert haben. Wahrscheinlich sind es sechs oder sieben Mann.«

»Aber ...«

»Ich sah sie, als ich das letzte Mal zurückritt.«

»Da war ich auch dabei. Und ich habe nichts gesehen.«

Caine verstand nicht, warum sie so wütend war, stellte aber keine Fragen. »Ist es noch weit bis zu deinem Haus?« wollte sie wissen.

»In fünfzehn Minuten sind wir da.«

Wenig später kamen sie an eine kleine Lichtung, und Jade glaubte, ein Märchenreich zu erblicken. »Wie schön es hier ist!« wisperte sie.

An zwei Seiten wurde die Lichtung von schmalen Bächen gesäumt. Auf einem sanft ansteigenden Hang stand eine kleine Hütte. Sonnenlicht sickerte zwischen den Zweigen der Bäume hindurch, die das Paradies umgaben.

»Vielleicht ist der Wildhüter daheim«, meinte sie. »Er könnte uns helfen, den Schurken eine Falle zu stellen.«

»Die Hütte ist unbewohnt.«

»Dann müssen wir sie allein schnappen. Hast du überhaupt keine Pistole mitgenommen?« Wortlos ritt er weiter.

»Caine! Wollen wir ihnen nicht hier auflauern?«

»Nein. Wir nehmen eine Abkürzung.«

»Willst du sie an einem anderen Ort erwarten?«

»Zuerst bringe ich dich nach Hause. Solange du bei mir bist, riskiere ich nichts. Zieh jetzt den Kopf ein und halt den Mund. Die Situation ist ohnehin schon schwierig genug.«

Da seine Stimme wieder sehr mürrisch klang, gehorchte sie, drückte das Gesicht an seine Brust und spürte sein Kinn am Scheitel. »Eines Tages möchte ich wieder hierherkommen«, flüsterte sie.

Diese hoffnungsvolle Bemerkung ignorierte er. Er hatte nicht übertrieben, als er die Situation »schwierig« genannt hatte.

Sobald sie offene Felder erreichten, versetzte er den Hengst in wilden Galopp, und sie glaubte, dahinzufliegen. Während sie sich dem Landsitz näherten, wuchs Jades Angst vor einem Hinterhalt. Inständig betete sie, daß ihre Männer zur Stelle sein und den Kampf aufnehmen würden.

Kurz bevor sie einen Grat und den Schutz einer Baumgruppe erreichten, knallten Pistolenschüsse. Jade wußte nicht, wie sie jetzt Caines Rücken schützen sollte. Sie versuchte, sich umzudrehen und festzustellen, aus welcher Richtung die Gefahr drohte. Instinktiv spreizte sie ihre Hände auf Caines Schultern, um so viel wie möglich von seinem Körper abzuschirmen.

Die Schüsse kamen von Südosten. Jade rutschte auf Caines linken Schenkel, als das Echo eines weiteren Knalls im Wind verhallte.

»Rühr dich nicht!« befahl er, und gleichzeitig spürte sie einen leichten Stich an der rechten Seite. Überrascht schrie sie auf und schaute zu ihrer Taille hinab. Es fühlte sich so an, als hätte eine Löwenpranke nach ihr geschlagen. Aber der Schmerz begann sehr schnell nachzulassen und ging in ein leichtes Brennen über. Sie entschied, daß sich einer der Zweige, durch die sie geprescht waren, zwischen ihre Rippen gebohrt haben mußte. Sicher nur ein kleiner Kratzer …

»Bald sind wir da«, verkündete Caine.

In ihrer Sorge vergaß sie, Angst zu heucheln. »Paß auf deinen Rücken auf, wenn wir zum Haus reiten!«

Er antwortete nicht und bog in den Weg ein, der zu den Ställen führte. Offenbar hatten seine Männer den Lärm gehört, denn mindestens zehn rannten zum Wald, mit erhobenen Waffen.

Caine befahl dem Stallmeister, das Tor zu öffnen, und ritt hinein, gefolgt von Jades Stute.

Ein Reitknecht packte sie am Zügel und verfrachtete sie in eine Box, noch ehe Caine abgestiegen war und Jade aus dem Sattel gehoben hatte. Der eiserne Griff um ihre Taille verstärkte den Schmerz wieder, und sie biß sich auf die Lippen, um nicht zu schreien.

»Kelley!« rief Caine.

Ein stämmiger blonder Mann mit Vollbart eilte herbei.

»Ja, Mylord?«

»Bleiben Sie hier bei Jade und halten Sie das Tor geschlossen, bis ich zurückkomme.« Caine versuchte, sich wieder auf seinen Hengst zu schwingen, aber Jade hielt ihn am Jackett fest.

»Bist du wahnsinnig? Du darfst nicht hinausreiten.«

»Laß mich los, Süße. Ich bin bald wieder da.«

Er schob ihre Hände weg, und sie klammerte sich an seine Jackenaufschläge.

»Caine, sie wollen dich umbringen!« jammerte sie.

»Ich weiß, Liebes.« Mühsam löste er ihre Finger von seinen Revers.

»Warum willst du dann ...«

»Weil ich sie vorher töten werde.« Sofort erkannte er, welch ein Fehler es gewesen war, ihr das zu verraten. Denn nun schlang sie erstaunlich kräftige Arme um seine Taille. Während er sich befreite, hörte er zwei weitere Schüsse. Caine nahm an, daß seine Leute den Kampf begonnen hatten. Und Jade hoffte, ihre Leute würden eingreifen und die Schurken verscheuchen.

»Schließen Sie die Tür hinter mir, Kelley!« schrie Caine, während er in den Sattel stieg und den Hengst herumschwenkte. Kurz nachdem er aus dem Stall geritten war, krachte noch ein Schuß. Jade stürmte am Stallmeister vorbei und spähte durch ein kleines Fenster. Nirgends lag Caines Körper in einer Blutlache, und sie konnte wieder atmen.

»Gehen Sie lieber vom Fenster weg«, mahnte Kelley hinter ihr. Sie ignorierte diese Anweisung, bis er an ihrem Arm zu zerren begann. »Mylady, bitte, warten Sie woanders auf den Marquis. Setzen Sie sich da drüben hin. Er wird bald zurückkomen.«

Aber sie konnte sich nicht setzen. Rastlos ging sie auf und ab und wünschte verzweifelt, Matthew und Jimbo würden die Eindringlinge überwältigt haben. Die beiden zählten zu ihren treusten Männern und waren ungemein tüchtig, denn Black Harry hatte persönlich für ihre Ausbildung gesorgt.

Alles ist Caines Schuld, entschied sie. Gewiß würden ihre Nerven jetzt nicht so flattern, wäre er der Mann, dessen Qualitäten in dem Dossier gepriesen wurden. Aber er schien zwei verschiedene Charaktere zu besitzen. Natürlich enthielt die Akte die reine Wahrheit. Seine Vorgesetzten beschrieben ihn als kühlen, methodischen Mann.

Doch der Caine, den sie kennengelernt hatte, erschien ihr keineswegs als kühl. Sicher würde er ihr noch große Schwierigkeiten bereiten, vor allem, weil er so unberechenbar und dadurch gefährlich war.

Plötzlich flog das Tor auf, und Caine stand da, vor seinem keuchenden, schweißüberströmten Hengst. Jade fühlte sich so erleichtert, daß ihre Knie weich wurden. Ehe sie sprechen konnte, sank sie auf den Stuhl, den Kelley für sie geholt hatte. »Alles in Ordnung?« würgte sie hervor.

Caine fürchtete einen Tränenausbruch und lächelte ihr beruhigend zu, ehe er das Pferd hereinführte. Er übergab dem Stallmeister die Zügel, scheuchte die Männer, die ihm gefolgt waren, wieder nach draußen und lehnte sich gegenüber von Jade lässig an die Wand. »Der Kampf war schon vorbei, als ich den Wald erreichte.«

»Ich verstehe nicht ...«

»Die Schufte müssen sich anders besonnen haben.«

»Du brauchst mich nicht anzulügen!« fauchte sie »Und hör auf, so zu tun, als unterhielten wir uns über das Wetter! Erzähl endlich, was geschehen ist!«

Er seufzte. »Der Kampf war so gut wie vorüber, als ich hinkam.

»Keine Lügen mehr, Caine!«

»Ich lüge nicht.«

»Dann versuch, Worte zu finden, die einen logischen Sinn ergeben.«

Noch nie hatte eine Frau in diesem Ton mit ihm geredet. Sie führte sich auf wie ein Feldherr. Caine mußte grinsen. »Es war ziemlich eigenartig. Zwei erwischte ich, dann ritt ich zu der

Stelle, wo sich die anderen meiner Meinung nach versteckt hatten. Aber sie waren verschwunden.«

»Sie sind geflohen?«

Caine schüttelte den Kopf. »Allem Anschein nach hat ein Kampf stattgefunden.«

»Deine Männer …«

»Die waren bei mir.«

Jade faltete die Hände im Schoß und senkte den Kopf, um ihre Freude zu verbergen. Matthew und Jimbo hatten offenbar gute Arbeit geleistet. »Das ist in der Tat merkwürdig.«

»Wir haben Kampfspuren gefunden.« Aufmerksam beobachtete er sie.

»Welche?«

»Fußabdrücke – Blut an mehreren Blättern, auch andere Anzeichen, aber keine Leichen.«

»Glaubst du, sie könnten einander bekämpft haben?«

»Völlig lautlos?« fragte er ungläubig.

»Du hast also nichts gehört?«

»Gar nichts.« Caine lehnte immer noch an der Wand, starrte Jade an, und sie starrte zurück. Er schien die Ereignisse der letzten Stunden zu überdenken, aber seine sonderbare Miene beunruhigte sie. Plötzlich erinnerte sie sich an die Geschichten, die Black Harry so gern erzählt hatte – von den wunderbaren, unberechenbaren Grizzly-Bären, die in der amerikanischen Wildnis umherstreiften und ihre menschlichen Jäger immer wieder überlisteten. Oft lockte so ein Bär seinen Verfolger in eine Falle, um ihn dann anzugreifen. Und der arme Jäger starb, ehe er merkte, daß er zum Gejagten geworden war.

War Caine genauso schlau wie die Grizzlys? Eine beklemmende Möglichkeit … »Wenn du mich so anschaust, bekomme ich Angst«, gestand Jade im Flüsterton. »Und ich hasse dein Stirnrunzeln … Sicher bedauerst du, daß du in diese Sache hineingezogen wurdest, und das kann ich dir nicht verübeln.« Jade verlieh ihrer Stimme ein melodramatisches Beben. »Wenn du bei mir bleibst, wirst du nicht mehr lange leben. Ich bringe den Menschen nur Unglück. Laß mich einfach hier im Stall und geh ins Haus. Wenn die Nacht hereinbricht, werde ich nach London zurückkehren – zu Fuß.«

»Soeben hast du mich schwer beleidigt. Habe ich nicht erwähnt, daß ich stets beschütze, was mir gehört?«

»Zufällig gehöre ich dir nicht!« zischte Jade – irritiert, weil ihn ihre theatralischen Worte so wenig beeindruckten. Der Mann wollte wohl versuchen, sie zu trösten, oder? »Du kannst nicht einfach bestimmen, daß ich … Oh, du bist schrecklich besitzergreifend!«

Er nickte. »Ja, von Natur aus. Du wirst mir gehören, Jade.«

Diesmal ignorierte sie diese Feststellung. »Tut mir leid, daß ich dich gekränkt habe.«

Caine zog sie auf die Beine, legte einen Arm um ihre Schultern und führte sie zur Tür.

»Du darfst mich nicht mehr beschützen, Caine«, wisperte sie.

»Und warum nicht, Liebes?«

»Kein Vater sollte zwei Söhne verlieren.«

Ihr Vertrauen in seine Fähigkeiten schien sich in Grenzen zu halten. Aber weil ihre Stimme so unglücklich klang, machte er ihr keine Vorwürfe. »Gewiß nicht. Und dein Bruder soll auch nicht seine einzige Schwester verlieren. Hör jetzt zu. Ich bedaure es nicht, daß ich da hineingezogen wurde, und ich lasse dich nicht im Stich. Ich bin doch dein Beschützer, nicht wahr?«

»Mehr als das – mein Schutzengel.« Ehe er antworten konnte, stellte sie sich auf die Zehenspitzen und küßte ihn. »Das hätte ich besser nicht getan. Normalerweise bin ich ziemlich reserviert. Aber bei dir … Nun ja, ich mag es, wenn du mich im Arm hältst. Seltsam, wie ich mich verändert habe … Findest du mich wollüstig?«

Caine lachte nicht. Sie wirkte so aufrichtig und naiv, und er wollte ihre Gefühle nicht verletzen. »Es freut mich, daß es dir gefällt, wenn ich dich berühre.« Mitten im Hof blieb er stehen. »Ich fasse dich auch gern an.« Er beugte sich hinab, ein langer, sehnsüchtiger Kuß verschloß ihr den Mund. Dann hob er den Kopf und musterte sie forschend. »Als wir durch den Wald ritten und die Schüsse krachten, versuchtest du, mich mit deinem Körper abzuschirmen, nicht wahr?«

»Was?« Jade war so verwundert, daß ihr keine plausible Erklärung für ihr Verhalten einfiel.

»Du versuchtest mich abzuschirmen. Sobald du merktest, woher die Schüsse kamen ...«

»Nein, ich tat nichts dergleichen.«

»Und letzte Nacht, kurz nachdem das Wagenrad gebrochen war, warfst du dich gegen mich und schobst mich zur Seite. Damit hast du mir das Leben gerettet.«

»Das lag nicht in meiner Absicht. Ich hatte nur Angst.« Seine Miene verriet, was er dachte, und Jade fügte hastig hinzu: »Das nächste Mal werde ich dir nicht im Weg sein ... Bitte, verzeih meine Unvernunft, Caine, aber ich wurde noch nie verfolgt oder beschossen oder ... Oh, ich fühle mich gar nicht gut. Mir wird richtig übel ...«

Es dauerte eine Weile, bis er auf das plötzlich gewechselte Thema eingehen konnte. »Liegt es an deiner Beule? Du hättest Christina um eine Salbe bitten sollen.«

Sie nickte. »Mein Kopf schmerzt – und mein Magen. Und in der Seite sticht es so merkwürdig.« Während sie auf das Haus zugingen, atmete Jade erleichtert auf. Mit ihrer Klage über diverse Wehwehchen hatte sie Caine auf andere Gedanken gebracht. Sie schaute sich um, und erst jetzt bemerkte sie die schöne Landschaft. Als sie um die Hausecke bogen, blieb sie stehen. Die Zufahrt, von uralten Bäumen gesäumt, schien sich in der Unendlichkeit zu verlieren. Die Zweige überwölbten die Kiesstraße und bildeten einen hübschen Baldachin.

Majestätische weiße Säulen stützten das Vordach des zweistöckigen roten Ziegelhauses, weiße Vorhänge schmückten die hohen Fenster. Das ganze Gebäude wirkte gediegen und gepflegt.

»Du hast mir gar nicht gesagt, daß du so reich bist.« Jades Stimme klang leicht irritiert.

Caine zuckte die Achseln. »Nun ja, ich führe ein recht komfortables Leben.«

»Komfortabel? Dein Heim läßt sich mit dem Carlton House

vergleichen.« Plötzlich fühlte sie sich hier so fehl am Platz wie ein Fisch auf dem Trockenen. Sie schüttelte Caines Arm von ihren Schultern ab. »Ich mag reiche Männer nicht!«

»Schade«, erwiderte er lachend.

»Warum ist es schade?«

Er nahm ihren Arm und zog sie weiter, aber am Fuß der Eingangstreppe hielt sie erneut inne und starrte zur Ziegelfassade hinauf, als erwartete sie, dort etwas Bedrohliches zu entdecken. »Alles ist in Ordnung, Jade«, versicherte er. »Du brauchst dich nicht zu fürchten.«

Empört musterte sie ihn, so daß der Eindruck entstand, als hätte er soeben ihre Familie diffamiert. »Ich fürchte mich nicht!« protestierte sie hochnäsig. Der Widerspruch war instinktiv erfolgt, aber sie erkannte sofort ihren Fehler. Verdammt, sie mußte doch Angst heucheln. Caine beobachtete sie mit ausdruckslosem Blick, und sie unterdrückte einen Seufzer. Nie wäre mir dieser Ausrutscher passiert, wenn ich mich nicht in so jämmerlicher Verfassung befände, dachte Sie. O Gott, alles tut mir weh.

»Wenn du behauptest, ich würde mich fürchten, beleidigst du dich selbst«, erklärte sie.

»Was?«

»Würde ich mich immer noch fürchten, hieße das doch, daß ich dir nicht vertraue. Außerdem«, fuhr sie lächelnd fort, »habe ich bereits elf bewaffnete Männer gezählt. Da sie nicht auf uns schießen, nehme ich an, sie gehören zu deinen Angestellten. Und nachdem du so wunderbare Vorsichtsmaßnahmen getroffen hast, bin ich restlos beruhigt.« Ihr Lächeln vertiefte sich, als sie zu erraten glaubte, daß er sie nun wieder für dumm halten würde. Dann stolperte sie. Das war kein Ablenkungsmanöver. Hätte Caine sie nicht gestützt, wäre sie tatsächlich hingefallen. »Meine Knie sind ganz weich«, jammerte sie. »Ich bin nicht ans Reiten gewöhnt. Laß meine Taille los, Caine, da habe ich Schmerzen.«

»Wo denn genau, Liebes?« Die Frage klang belustigt, aber auch zärtlich.

»Ich bin eine Frau – erinnerst du dich? Und du sagst doch, alle Frauen seien schwach. Ist das der Grund, warum du mich jetzt so selbstgefällig angrinst? Weil ich deine unverschämte Meinung soeben bestätigt habe?«

»Wenn du mich ansiehst, vergesse ich, wie sehr du einem auf die Nerven gehen kannst. Deine Augen leuchten wie grünes Feuer.«

Sie wußte, daß er sie in Verlegenheit zu bringen suchte. Das merkte sie an seinen zuckenden Mundwinkeln. Als er ihre Stirn küßte, mußte sie sich sehr zusammennehmen, um nicht wohlig zu stöhnen. Jetzt achtete sie nicht mehr auf ihre Schmerzen.

Die Haustür öffnete sich, ein hochgewachsener älterer Mann stand auf der Schwelle. Er glich einem Wasserspeier, aber Jade hielt ihn für Caines Butler. Bis auf die weiße Krawatte war er ganz in Schwarz gekleidet, und seine strenge Haltung paßte zu diesem förmlichen Aufzug. Er sah aus, als hätte man ihn in Stärke getaucht und dann zum Trocknen aufrecht hingestellt.

»Sterns, mein Butler«, stellte Caine ihn vor. »Laßt dir keine Angst von ihm einjagen, Jade«, fügte er hinzu, nachdem sie einen Schritt näher an ihn heran getreten war. »Wenn ihn eine gewisse Stimmung überkommt, kann er so einschüchternd wirken wie eine königliche Hoheit.« Caines freundschaftliches Lächeln ließ erkennen, daß er sich kein bißchen eingeschüchtert fühlte.

»Falls er dich in sein Herz schließt, woran ich nicht zweifle, wird er dich unter Einsatz seines Lebens verteidigen. Er ist überaus loyal.«

Würdevoll stieg der Butler die Stufen herab und machte eine steife Verbeugung vor seinem Arbeitgeber. Jade entdeckte silberne Strähnen an seinen Schläfen und schätzte ihn auf Mitte Fünfzig. Das ergrauende Haar und das äußerst häßliche Gesicht erinnerten sie lebhaft an Onkel Harry, und sie begann, ihn zu mögen.

»Guten Tag, Mylord«, grüßte Sterns und musterte Jade. »Ist Ihre Jagd erfolgreich verlaufen?«

»Ich war nicht auf die Jagd«, entgegenete Caine.

»Also wurden die Pistolenschüsse, die ich vernahm, nur zum Vergnügen abgefeuert?« Bei dieser Frage nahm sich der Diener nicht die Mühe, seinen Herrn anzusehen. Statt dessen fuhr er fort, Jade zu betrachten.

Caine grinste. Das Benehmen seines Butlers amüsierte ihn immer wieder. So leicht ließ sich der Mann nicht aus der Fassung bringen, aber jetzt war es geschehen. Und wie der Marquis wußte, mußte Sterns mit sich kämpfen, um Haltung zu bewahren. »Ich war hinter Männern her, nicht hinter Jagdwild.«

»Und haben Sie Ihr Ziel erreicht?« fragte der Butler in einem Ton, der keinerlei Interesse bekundete.

»Nein.« Caine seufzte angesichts der mangelnden Aufmerksamkeit des Mannes, konnte ihm aber nicht verübeln, daß er völlig in Jades Bann geraten war. Ihm selbst war es so ähnlich ergangen. »Sie ist schön, nicht wahr, Sterns?«

Abrupt nickte der Butler und zwang sich, das Gesicht seinem Herrn zuzuwenden. »In der Tat, Mylord. Ihr Charakter muß allerdings erst beurteilt werden«, setzte er hinzu und verschränkte die Hände hinter dem kerzengeraden Rücken.

»Oh, Sie werden ihren Charakter genauso erfreulich finden wie ihre äußere Erscheinung.«

»Sie haben nie zuvor eine Dame hierhergebracht.«

»Nein.«

»Ist sie Ihr Gast?«

»O ja.«

»Messe ich diesem Umstand vielleicht eine größere Bedeutung bei, als ich sollte?«

»Keineswegs, Sterns.«

Der Butler hob eine Braue, dann nickte er ... »Soll ich ein Gästezimmer herrichten lassen, oder wird die Lady in Ihrer Suite wohnen, Mylord?«

Diese unverschämte Frage wurde ganz beiläufig gestellt, und Jade ärgerte sich zunächst einmal über die Art und Weise, in der die beiden von ihr redeten, – so als wäre sie nicht vorhanden. Deshalb dauerte es eine Weile, bis sie die Beleidigung erkannt hatte. Sie machte einen Schritt auf den Butler zu. »Diese Lady will ihr eigenes Zimmer haben, guter Mann. Mit einem massiven Türschloß. Habe ich mich klar genug ausgedrückt?«

Sterns richtete sich zu seiner vollen Größe auf. »Ich verstehe sehr gut, Mylady.« Seine Stimme klang sehr förmlich, aber seine braunen Augen funkelten – ein Blick, der bisher nur Caine zuteil geworden war. »Und ich werde das Türschloß persönlich überprüfen«, fügte er hinzu, wobei er seinen Herrn bedeutsam ansah.

»Vielen Dank, Sterns«, erwiderte Jade. »Einige Feinde sind hinter mir her. Und ich fände keine Ruhe, wenn ich mich auch noch wegen gewisser Gentlemen sorgen müßte, die nachts in mein Zimmer schleichen könnten, um mir das Nachthemd wieder anzuziehen. Das begreifen Sie doch?«

»Jade, fang nicht wieder an ...«, begann Caine.

»Er wollte mich zu seiner Mama und seinem Papa bringen, aber das konnte ich nicht zulassen, Sterns«, fuhr sie fort und ignorierte Caines unhöfliche Unterbrechung.

»Seine lieben Eltern sollen keinesfalls in diese leidige Angelegenheit hineingezogen werden. Wenn man gejagt wird wie ein tollwütiger Hund, hat man einfach keine Zeit, um an seinen guten Ruf zu denken, nicht wahr?«

Sterns blinzelte ein paarmal, und weil sie ihn so bezaubernd und erwartungsvoll anschaute, nickte er.

Donner grollte in der Ferne, und Caine meinte: »Wenn wir noch lange hier draußen herumstehen, werden wir klitschnaß. Sterns, Parks soll den Arzt holen, ehe das Gewitter losbricht.«

»Ist das wirklich nötig, Caine?« fragte Jade.

»Allerdings.«

»Sind Sie krank, Mylord?« erkundigte sich der Butler sichtlich bestürzt.

»Nein, Winters muß nach Jade sehen. Sie hat ein Mißgeschick erlitten.

»Ein Mißgeschick?« Sterns wandte sich wieder zu Jade.

»Er hat mich in die Themse geworfen«, erklärte sie und nickte erfreut, als der Diener interessiert die Brauen hochzog.

»Dieses Mißgeschick meine ich nicht«, murmelte Caine. »Sie hat eine böse Beule am Kopf, und deshalb wird ihr manchmal schwindlig.«

»Ach, die tut längst nicht so weh wie dieser Stich in der Seite«, bemerkte Jade. »Ich will nicht, daß dein Arzt an mir herumfingert.«

»Das muß er, aber es wird in allen Ehren geschehen.«

»Leider kann ich Winters nicht rufen lassen«, wandte Sterns ein, »denn er ist verschwunden.«

»Verschwunden?«rief Caine erstaunt.

»Schon über einen Monat. Soll ich nach einem anderen Arzt schicken? Ihre Mutter wandte sich an Sir Harwick, als Winters unauffindbar blieb, und wie ich höre, ist sie sehr zufrieden mit seinen Diensten.«

»Und wen mußte Sir Harwick behandeln?«

»Ihren Vater, Mylord, der allerdings heftig protestierte. Sein Gewichtsverlust bereitet Ihrer Mutter und ihren Schwestern große Sorge.«

»Er trauert um Colin«, erwiderte Caine tonlos. »Hoffentlich überwindet er seinen Kummer bald. Also gut, Parks soll Harwick holen.«

»Nein«, widersprach Jade, und Caine verdrehte ungeduldig die Augen.

»Mach jetzt keinen Ärger!«

»Mylady, was ist Ihnen bei diesem Mißgeschick zugestoßen?« fragte Sterns. »Erhielten Sie vielleicht einen Schlag auf den Kopf?«

»Nein.« Schüchtern senkte sie den Blick. »Ich bin gestürzt. Bitte, regen Sie sich meinetwegen nicht auf, Sterns. Es ist nur eine ganz kleine Beule. Möchten Sie sie sehen?« Sie hob ihr Haar an der Schläfe hoch. Bei dieser Bewegung verstärkte sich der Schmerz in ihrer Seite, und sie zuckte unwillkürlich zusammen.

Mitfühlend betrachtete der Butler ihr Gesicht und verwandelte sich dann in eine Zofe. Er bekundete wortreich sein Mitleid, nahm Jades Arm und geleitete sie die Treppe hinauf. Caine schaute den beiden nach. »Wir müssen Sie sofort zu Bett bringen, Mylady«, entschied Sterns. »Wieso sind Sie denn gestürzt, wenn ich mir diese kühne Frage erlauben darf?«

»Ich verlor das Gleichgewicht und fiel eine Treppe hinunter. Das war sehr ungeschickt von mir.«

»Oh, Sie sind gewiß nicht ungeschickt«, beteuerte Sterns hastig.

»Wie freundlich, daß Sie das sagen! Wissen Sie, mein Kopf schmerzt bei weitem nicht so stark wie meine Seite. Natürlich will ich Sie nicht beunruhigen, Sterns, und Sie sollen auch nicht glauben, ich würde immer nur jammern. Das hat Caine nämlich behauptet ...«

Caine folgte ihnen und packte Jades Schulter. »Laß mich mal nachsehen. Zieh deine Jacke aus.«

»Nein«, wehrte Jade ab, während der Butler sie in die Halle führte.

»Du würdest nur an mir herumfingern.«

Eine Reihe von Dienstboten standen bereit, um den Hausherrn zu begrüßen. Jade eilte mit Sterns an ihnen vorbei.

»Hoffentlich liegt mein Zimmer an der Vorderfont, dann hätte ich eine wunderbare Aussicht auf die Zufahrt und den Wald.«

Ihre Stimme klang so fröhlich, daß Caine den Eindruck gewann, daß sie hinsichtlich ihrer Schmerzen übertrieben haben mußte.

»Sterns, führen Sie Jade nach oben. Ich kümmere mich inzwischen um einige Angelegenheiten.« Ohne eine Antwort abzuwarten, verließ er das Haus.

»Parks soll den Arzt holen!« rief Sterns vom Treppenabsatz herunter, dann wandte er sich zu Jade. »Streiten Sie nicht mit mir, Mylady, Sie sehen schrecklich blaß aus. Und Ihre Finger fühlen sich wie Eis an.«

Rasch entzog sie ihm ihre Hand. Erst jetzt merkte sie, daß sie sich beim Treppensteigen an ihn geklammert hatte. Aber ihm war es natürlich aufgefallen. Die Ärmste schien völlig erschöpft zu sein. Sie zitterte sogar.

»Bald geht die Sonne unter. Sie werden im Bett zu Abend essen, Mylady. Hat Mylord Sie wirklich in die Themse geworfen?« fragte er hastig, als er glaubte, sie würde gegen seine Beschlüsse protestieren.

»O ja«, bestätigte sie lächelnd. »Und dafür muß er sich erst noch entschuldigen. Meinen Ranzen hat er auch weggeworfen. Nun bin ich völlig verarmt. Lady Christina gab mir ein paar von ihren schönen Kleidern, und dafür danke ich Gott.«

»Ihre mißliche Lage scheint Sie nicht sonderlich zu betrüben«, meinte Stern und öffnete ihr eine Tür.

»Ich finde es sinnlos, Trübsal zu blasen. O, Sterns, welch ein hübsches Schlafzimmer! Goldgelb ist meine Lieblingsfarbe. Ist die Tagesdecke aus Seide?«

»Aus Satin«, entgegnete Sterns erfreut über Jades Begeisterung. »Darf ich Ihnen aus der Jacke helfen, Mylady?«

Sie nickte. »Würden Sie zuerst das Fenster aufmachen? Es ist ein bißchen stickig hier drin.« Er gehorchte, und sie schaute nach draußen, um die Entfernung zu den schützenden Bäumen abzuschätzen. Wenn die Dunkelheit hereinbrach, würden Matthew und Jimbo auf ihr Zeichen warten und die Fenster nach einer brennenden Kerze absuchen. Mit diesem zuvor vereinbarten Signal wollte sie ihnen bedeuten, alles sei in Ordnung.

Der Butler zog ihr die Jacke aus. »Ich werde sie reinigen lassen, Mylady.«

»Ja, bitte. Ich glaube, an der Seite ist ein kleiner Riß. Könnte man ihn flicken?« Als er nicht antwortete, wandte sie sich zu ihm. »Ist Ihnen übel? Sie sind plötzlich ganz grün im Gesicht, Sterns. Ich will Sie nicht beleidigen – aber Sie sollten sich setzen, sonst fallen Sie womöglich in Ohnmacht.«

Er schüttelte den Kopf. Erst als sie ihn zu einem Sessel am Fenster führte, fand er seine Stimme wieder und rief lauthals nach seinem Herrn.

Caine stieg gerade die Stufen herauf, als er das Gebrüll hörte. »Was hat sie jetzt schon wieder angestellt?« murmelte er, eilte den Flur entlang und zur Schlafzimmertür. Dort bot sich ihm ein erstaunlicher Anblick. Sterns versuchte sich aus dem Ohrensessel zu heben, während Jade mit einer Hand seine Schulter festhielt und mit der anderen ein dünnes Buch schwenkte, um ihm Kühlung zuzufächeln. »Was um Himmels willen … Sterns, sind Sie krank?«

»Er hat die Besinnung verloren, Caine. Hilf mir, ihn aufs Bett zu legen.«

»Mylord, ihre Seite … Hören Sie doch auf, mit diesem Buch vor meinem Gesicht herumzufuchteln, Mylady! Mylord, schauen Sie sich ihre Seite an!«

Caine begriff schneller als Jade, worauf der Butler hinauswollte, und lief zu ihr. Als er den großen Blutfleck in der weißen Seidenbluse entdeckte, hätte er sich am liebsten hingesetzt. »O Gott«, flüsterte er. »Was ist mit dir geschehen, meine Süße?«

Sie schaute an sich herab, schnappte nach Luft und schwankte. Rasch hielt er sie fest. »Wußtest du nicht, daß du blutest?«

»Nein. Ich dachte, ein Zweig hätte mich gekratzt.«

Sterns tauchte an ihrer anderen Seite auf. »Sie hat ziemlich viel Blut verloren, Mylord.«»Offensichtlich.« Caine bemühte sich, sein Entsetzen zu verbergen und Jade nicht noch mehr zu erschrecken. Aber seine Hände zitterten, als er den Seidenstoff behutsam von der Wunde wegzog, und das entging ihr nicht.

»Ist es sehr schlimm?« wisperte sie.

»Schau nicht hin. Tut's weh?«

»Seit ich das Blut gesehen habe, brennt es wie die Hölle.«

Sie entdeckte einen Riß in der Seide und klagte: »Diese Schurken haben auch noch die hübsche Bluse meiner Freundin ruiniert. Der Stoff wurde durchschossen. Schau dir das Loch an, Caine! So groß wie eine ...«

»Eine Pistolenkugel?« fragte Sterns.

Caine hatte ihr die Bluse ausgezogen und bearbeitete nun das Unterhemd mit seinem Messer.

»Ich glaube, sie fängt an zu phantasieren«, flüsterte der Butler. »Wir sollten sie aufs Bett legen, bevor sie umkippt.«

»Ich kippe nicht um, Sterns«, protestierte Jade. »Für diese Beleidigung sollten Sie sich entschuldigen. Caine, laß mich bitte los. Es ist unanständig, meine Kleider aufzuschneiden. Ich kann mich selber um diese Wunde kümmern.«

So schnell wie möglich wollte sie die beiden Männer loswerden. Seit sie die Verletzung bemerkt hatte, befand sich ihr Magen in wildem Aufruhr. Ihr schwindelte, die Knie drohten einzuknicken.

»Nun, Sterns? Entschuldigen Sie sich oder nicht?« Ehe er antworten konnte, hauchte Jade: »Verdammt, jetzt falle ich doch noch um.«

8

Jade fuhr im Schlaf hoch. Zu ihrer Überraschung lag sie im Bett. Sie hatte keine Ahnung, wie sie hineingelangt war. Und dann erkannte sie die Wahrheit. Sie mußte tatsächlich in Ohnmacht gesunken sein. Während sie sich mit dieser demütigenden Gewißheit abzufinden versuchte, spürte sie die Brise, die zum Fenster hereinwehte und die ihre nackte Haut kühlte.

Sie öffnete die Augen, und da sah sie Sterns neben dem Bett stehen. Auf der anderen Seite beugte sich Caine über sie. Die beiden gefurchten Stirnen genügten beinahe, um ihr erneut das Bewußtsein zu rauben.

»Der Schuß ist glatt durchgegangen«, erklärte Caine.

»Gott sei Dank«, wisperte Sterns.

»Welcher von euch zwei Schuften hat mich ausgezogen, als ich gerade nicht hinschaute?« fragte Jade eisig.

Der Butler zuckte zusammen, aber Caine grinste nur.

»Fühlen Sie sich jetzt besser, Mylady?« fragte der Butler, nachdem er sich wieder gefaßt hatte.

»Ja, danke. Warum halten Sie meine Hand, Sterns?«

»Damit Sie still liegenbleiben, Mylady.«

»Jetzt können Sie mich loslassen. Ich werde Caines Arbeit nicht behindern.« Nachdem er gehorcht hatte, versuchte sie sofort, die Hände des Marquis wegzuschieben.

»Du fingerst an mir herum.«

»Ich bin fast fertig, Jade.« Seine Stimme klang sehr entschieden, aber er ging unglaublich sanft mit ihr um. Dieser Widerspruch verblüffte sie.

»Bist du mir böse, Caine?«

»Nein.« Bei dieser knappen Antwort sah er nicht einmal auf.

»Du könntest in etwas überzeugenderem Ton sprechen. Sicher bist du böse. Ich verstehe nicht, warum ...« Plötzlich stockte ihr der Atem.

»Sitzt der Verband zu fest?« fragte Caine bestürzt

»Du – du denkst, alles sei meine Schuld«, stammelte sie, »und ich hätte absichtlich ...«

»O nein, Mylady«, fiel Sterns ihr ins Wort, »der Marquis macht Ihnen keine Vorwürfe. Sicher wollten Sie sich nicht anschießen lassen. Aber Mylord ist oft ein bißchen ...«

»Griesgrämig?«

Der Butler nickte. »Vor allem, wenn er sich sorgt.«

»Tut mir leid, daß ich dir Unannehmlichkeiten bereitet habe, Caine. Sorgst du dich immer noch?«

»Nein.«

»Dann ist die Verletzung nicht so schlimm, wie sie aussieht?«

»Nur eine Fleischwunde.« Caine untersuchte noch einmal den Verband, bevor er ihr seine volle Aufmerksamkeit schenkte. »Bald bist du wieder auf den Beinen.«

Das schien er ernst zu meinen, und sie seufzte erleichtert auf.

»Sterns, decken Sie meine Beine zu, aber schauen Sie dabei nicht hin.« Jades Stimme klang wieder so gebieterisch wie zuvor, was ein Lächeln auf das häßliche Gesicht des Butlers zauberte.

Sie trug nur ein spitzenbesetztes Hemd, das aufgeschnitten worden war, um die Verletzung freizulegen. Diese Notwendigkeit verstand sie. Aber nachdem sie nun wußte, daß sie nicht im Sterben lag, mußte wieder auf Anstand und Sitte geachtet werden.

Sterns erfüllte ihren Wunsch und entfernte sich, um ein Tablett mit Abendessen zu holen.

»Wenn es auch nur eine Fleischwunde sein mag – das ist mir egal«, teilte sie Caine mit. »Ich habe beschlossen, erst nach langer Zeit zu genesen.«

Er setzte sich auf den Bettrand, ergriff ihre Hand und schenkte ihr ein herzzerreißendes Lächeln. »Warum habe ich das Gefühl, daß du mit dieser Ankündigung einen bestimmten Zweck verfolgst?«

»Wie klug du bist ... Während des Heilungsprozesses mußt du an meinem Krankenlager ausharren. Immerhin trägst du die Schuld an meinem Zustand.« Um nicht zu lachen, biß sie sich auf die Unterlippe.

Caine blinzelte. »Oh ... Und wie bist du zu diesem Schluß gelangt?«

Sie zuckte die Achseln. »Das weiß ich noch nicht genau,

aber ich werde es herausfinden. Versprich mir, hierzubleiben. Sonst kann ich nicht einschlafen.«

»Gut, Liebes.« Er grinste teuflisch. »Weder bei Tag noch bei Nacht werde ich von deiner Seite weichen.«

Die tiefere Bedeutung dieser Worte entging ihr. »Die Nächte darfst du in deinem Bett verbringen.«

»So, darf ich das?« fragte er trocken.

Jade beschloß, ihn nicht noch mehr zu reizen. Wenn sie ihm weitere Befehle erteilte, würde er wieder griesgrämig werden. Außerdem hatte sie diese Runde ohnehin gewonnen. Das Ärgernis der Schußwunde geriet ihr nun zum Vorteil. Jetzt hatte sie einen guten Grund, ihn in ihrer Nähe zu behalten. Vielleicht würde sie ihre Genesung sogar bis zu Nathans Rückkehr hinauszögern.

Sie hatte nicht bemerkt, wie erschöpft sie war. Nach dem Essen schlief sie sofort ein, das Tablett immer noch auf dem Schoß, und nachts erwachte sie nur einmal. Zwei Kerzen brannten auf dem Nachttisch und erinnerten sie an das Zeichen, das sie Matthew und Jimbo geben mußte. Rasch schlug sie die Decke zurück. Da erblickte sie Caine an ihrer Seite, im Ohrensessel ausgestreckt, die nackten Füße auf der Bettkante, das weiße Hemd bis zur Taille geöffnet.

Jade wußte nicht, wie lange sie ihn betrachtete. Sie redete sich ein, das würde sie nur tun, um festzustellen, ob er tief und fest schlief. Wie gut er aussah ... Aber für sie war er viel mehr geworden als ein attraktiver Mann – nämlich ein sicherer Hafen. Das Bedürfnis, sich an ihn zu lehnen, ihn für sich sorgen zu lassen, überwältigte sie beinahe.

Der Schutzengel begann zu schnarchen und riß sie aus ihrer Trance. Lautlos stieg sie aus dem Bett, ergriff eine Kerze und ging zum Fenster. Es regnete, und sie verspürte Gewissensbisse, weil die Männer da draußen sicher triefnaß geworden waren. Hätte sie ihnen das Zeichen früher gegeben, säßen sie jetzt schon im Trocknen.

»Was machst du?«

Vor Schreck ließ sie beinahe die Kerze fallen, als Caines dröhnende Stimme erklang. Sie drehte sich um und sah ihn nur einen Schritt von ihr entfernt stehen. »Ich schaue nur aus dem Fenster, und ich wollte dich gewiß nicht stören.«

Er wirkte immer noch schläfrig. Zerzaustes Haar hing ihm in die Stirn, und er sah irgendwie verletzlich aus. Ohne zu wissen, was sie tat, strich sie ihm die Locke nach hinten.

»Du kannst morgen aus dem Fenster schauen«, erwiderte er, nahm ihr die Kerze aus der Hand und stellte sie auf den Nachttisch zurück, dann bedeutete er Jade mit einer arroganten Geste, sich wieder hinzulegen. »Tut die Wunde weh?« Seine Besorgnis schien sich in Grenzen zu halten, weil er bei dieser Frage gähnte.

Sie wollte erklären, sie habe keine Schmerzen, besann sich aber anders. »Ja, es sticht ein wenig. Warum hast du im Sessel geschlafen?

Caine zog sein Hemd aus. »Du hast einen Großteil des Betts okkupiert, und ich habe es nicht übers Herz gebracht, dich beiseite zu schieben.«

Inzwischen war sie unter die Decke gekrochen. »Mich beiseite zu schieben? Warum wäre das nötig gewesen?«

Er löschte die Kerzen, hob die Decke und streckte sich neben Jade aus. »Ich bleibe bei dir, bis du wieder eingeschlummert bist.«

»Das schickt sich nicht ...«

»Schlaf jetzt, Liebes. Du brauchst viel Ruhe.«

Als er einen Arm um sie legte, versteifte sie sich. Seine Hand war zwischen ihren Brüsten gelandet. Jade versuchte, sie wegzustoßen, aber er hielt ihre Finger fest. »Das gehört sich wirklich nicht ...« Sie verstummte, denn sie erkannte, wie sinnlos ihr Protest war. Caine schnarchte schon wieder. Schließlich entschied sie, es würde nicht schaden, wenn sie ihn eine Weile neben sich liegen ließ. Ihretwegen hatte er einiges durchgemacht, und auch er benötigte seinen Schlaf. Sie wußte, wie griesgrämig er werden konnte, sobald er müde war. Seltsam – sie fand diese kleine Schwäche sogar liebenswert.

Sie kuschelte sich an ihn und schloß die Augen. Instinktiv wußte sie, daß er sich wie ein Gentleman benehmen würde. Und er hatte ihr ja auch versprochen, solche Situationen niemals auszunutzen.

Offenbar war sie genauso erschöpft wie er, denn sie schlief wenig später ein. Und ein höchst verwirrender Gedanke begleitete sie in ihre Träume – sie wünschte sich, daß er kein so vollendeter Gentleman sein würde.

Zwei volle Tage und Nächte wurde Sir Harwick nicht aufgespürt. Caine schickte Boten zum Landsitz und zum Londoner Haus des Arztes. Endlich fand man ihn in Lady McWilliams' Residenz, wo seine Hilfe bei einer Niederkunft gebraucht wurde. Er ließ dem Marquis ausrichten, er werde nach Harwythe reiten, sobald er seine Pflichten erfüllt habe.

Lauthals klagte Caine über dieses Ärgernis, bis Jade ihn daran erinnerte, daß sie nicht an einer lebensbedrohlichen Verletzung litt. Dies habe der Bote dem Arzt ja auch mitgeteilt. Außerdem gehe es ihr schon viel besser, und sie wolle ohnehin nicht an sich herumfingern lassen.

Bald wurde ihr die selbstgewählte langwierige Genesung zur Qual, und sie ertrug es kaum noch, ans Bett gefesselt zu sein. Das Wetter paßte zu ihrer Stimmung. Seit ihrer Ankunft in Caines Haus regnete es.

Caine war genauso schlecht gelaunt und kam ihr vor wie ein Tiger im Käfig. Wenn er sie besuchte, lief er rastlos im Zimmer auf und ab, die Hände am Rücken verschränkt, und stellte unentwegt Fragen nach ihrer Vergangenheit, ihrem Bruder, allen Ereignissen, die zu dem von ihr beobachteten Mord geführt hatten. Diese Verhöre beendete er stets mit der Erklärung, er habe zu wenig Informationen, um substantielle Schlüsse zu ziehen.

Er verbarg seine Frustration nicht, und Jade fand die Wortgefechte mit ihm genauso zermürbend. Einerseits durfte sie nur wenige wahre Fakten erwähnen, andererseits aber nicht zu oft lügen. Und es war ziemlich anstrengend, den goldenen Mittelweg zu gehen.

Immer häufiger schrien sie sich an. Jade warf ihm vor, er bedauerte es, in ihre Probleme verwickelt worden zu sein. Damit beleidigte sie ihn natürlich, aber er stritt es nicht ab. Sie glaubte, ihm nicht mehr zu gefallen. Kein einziges mal küßte er sie. Er schlief nie wieder bei ihr, und am dritten Tag brachte er kaum noch ein höfliches Wort über die Lippen.

Am vierten Abend ihrer Bettlägerigkeit verlor sie die Beherrschung. Sie riß den Verband herunter, den Sterns erst vor wenigen Stunden gewechselt hatte, bestellte ein heißes Bad und verkündete, sie sei genesen.

Als ihr Haar gewaschen war, fühlte sie sich wesentlich besser. Sterns half ihr, die langen Locken abzutrocknen, dann setzte sie sich vor das Kaminfeuer. Er befahl zwei Hausmädchen, das Bett frisch zu beziehen und die Wanne aus dem Zimmer zu tragen, dann drängte er Jade, sich wieder hinzulegen.

Sobald die Dunkelheit hereinbrach, gab sie ihren Männern das verabredete Zeichen. Sie kehrte ins Bett zurück, schlug ein Buch auf, das Sterns ihr aus Caines Bibliothek gebracht hatte, und begann zu lesen. In der Ferne dröhnten Donnerschläge.

Wenig später begann ein heftiges Gewitter. Ein Blitzschlag fällte einen Baum, so hoch wie das zweistöckige Haus. Lange Zeit glühten die dem Erdreich entrissenen Wurzeln in unheimlichem Licht. Der ohrenbetäubende Donner erschütterte die Mauern bis auf die Grundfesten, das knisternde Geräusch brennenden Holzes erinnerte an das Zischen von Fleisch, das über einem offenen Feuer gebraten wird.

In den Ställen hatten die Knechte alle Hände voll zu tun, um die verängstigten Pferde zu beruhigen. Der Brandgeruch stieg ihnen in die Nüstern, zumindest wurde das von Kelley, dem Stallmeister behauptet. Caine wurde gerufen, als sich sein Hengst nicht beschwichtigen lassen wollte. Sobald er den Stall betrat, hörte das Tier auf, sich wie verrückt zu gebärden.

Nach Mitternacht kehrte Caine ins Haus zurück, völlig durchnäßt vom strömenden Regen. Stiefel, Socken, Jackett und Schuhe ließ er in der Halle zurück, dann stieg er die Treppe hinauf. Ein weiterer Donnerschlag ließ das Haus erbeben, als er sein Zimmer betreten wollte. Sicher fürchtete sich Jade, überlegte er und beschloß, nach ihr zu sehen. Wenn sie schlief, würde er sie nicht stören. Und wenn sie wach war – nun, dann konnten sie sich ein weiteres Wortgefecht über die Schlechtigkeit der Welt und die Unterlegenheit der Frauen liefern. Dieser Gedanke veranlaßte ihn zu einem erwartungsvollen Lächeln. Jade war alles andere als unterlegen, und sie hatte viele seiner Anschauungen über den Haufen geworfen. Aber ehe er das zugeben würde, würde er unter der Erde liegen, denn es amüsierte ihn viel zu sehr, ihre temperamentvoll vorgetragenen Argumente zu hören.

Erstaunt erkannte er, daß er sich tatsächlich mit ihr unterhalten wollte. Gewiß, er wünschte sich auch noch andere Dinge, doch er zwang sich, nicht daran zu denken.

Er klopfte an, gab ihr aber keine Zeit, ihn wegzuschicken oder – falls sie schlief – aufzuwachen, und öffnete die Tür.

Zu seiner Freude schlief sie nicht. Er lehnte am Türrahmen, betrachtete sie, und ein herzerwärmendes Gefühl tiefer Zufriedenheit erfüllte ihn. Ihre Anwesenheit in seinem Haus beglückte ihn immer mehr, und obwohl sie ihn finster anstarrte, kam er sich vor wie im Himmel. Er mußte verrückt sein, denn er begann sogar, ihre gerunzelte Stirn zu lieben. Und da er sie so leicht in Wut bringen konnte, mußte sie sich auch was aus ihm machen. Zumindest ein wenig.

So ungern er sich das auch eingestand – diese Frau verzauberte ihn. Sie war so schön, so verführerisch. Seine Widerstandskraft drohte zu erlahmen. Es war ihm zur Qual geworden, sie nicht zu berühren. Wann immer er sie sah, wollte er sie in die Arme reißen. Was in ihm vorging, wußte sie ganz sicher nicht. Wenn sie auch nur ahnte, welche Phantasiebilder ihn peinigten, würde sie nicht so gelassen im Bett sitzen. Sie wirkte sehr unschuldig und jungfräulich. Den Rücken von Kissen gestützt, hielt sie ein Buch in der Hand. Zwei Kerzen flackerten auf dem Nachttisch.

Während sie seinen Blick erwiderte, schüttelte sie langsam den Kopf.»Ich hätte die Tür verriegeln sollen. Caine, heute nacht kann ich wirklich kein Verhör mehr verkraften.«

»Das mußt du ja gar nicht.«

Seine Nachgiebigkeit schien sie zu überraschen. Mißtrauisch starrte sie ihn an. »Meinst du das ernst? Du willst mir nicht auf die Nerven fallen?«

»Ich mein's ernst«, bestätigte er grinsend.

»Trotzdem solltest du nicht hier sein«, entgegnete sie mit jener etwas heiseren, sinnlichen Stimme, die ihn so erregte.

»Nenne mir einen guten Grund dafür.«

»Ich habe auf meinen Ruf zu achten, und du bist halbnackt.«

»Das sind zwei Gründe«, antwortete er gedehnt.

»Was fällt dir ein?«fauchte sie, als er die Tür hinter sich schloß. »Die Dienstboten werden merken, wo du bist.«

»Ich dachte, dein Ruf sei dir egal, Jade. Hast du dich anders besonnen.?«

»Als ich dachte, du würdest mich töten, kümmerte ich mich natürlich nicht mehr um meinen Ruf. Aber inzwischen wurden mir Hoffnungen auf ein etwas längeres Leben gemacht. Deshalb muß ich jetzt wieder auf Anstand und Sitte achten!«

»Sterns weiß, daß ich die erste Nacht hier verbracht habe.«

»Das war etwas anderes. Damals warst du sehr besorgt um mich, wegen meiner Verletzung. Jetzt bin ich genesen, und wenn du bei mir bleibst, werden's die Dienstboten deiner Mama erzählen.«

»Meiner Mama?« Er brach in Gelächter aus. »Um die Dienstboten brauchst du dir keine Gedanken zu machen, Jade. Die schlafen alle. Außerdem bin ich nicht aus unschicklichen Motiven zu dir gekommen.«

Sie bemühte sich, ihre Enttäuschung zu verbergen und verdrehte spöttisch die Augen. »Und was führt dich um diese späte Stunde zu mir?«

»Schau mich nicht so argwöhnisch an! Ich dachte, du würdest dich vor dem Gewitter fürchten. Das war alles. Die meisten Frauen haben eine Heidenangst vor Blitz und Donner. Du offenbar nicht.«

»Nein, ich nicht. Tut mir leid.«

»Warum tut es dir leid?«

»Weil dir das zu mißfallen scheint. Wolltest du mich trösten?«

»Das hatte ich vor,« gab er trocken zu. Die Falten auf seiner Stirn vertieften sich, als er merkte, wie Jade mit sich kämpfte, um nicht zu lachen. Er ging zum Bett, und nachdem sie hastig zur Seite gerückt war, setzte er sich auf die Kante.

Angestrengt versuchte sie, nicht auf seine nackte, behaarte Brust zu starren. Es drängte sie, die Finger durch diese dunklen Kräusel gleiten zu lassen, Caines Körperwärme zu spüren.

»Verdammt, Jade, die meisten Frauen würden sich fürchten.«

Seine ärgerliche Stimme riß sie aus ihren erotischen Träumen. »Ich bin nicht wie die meisten Frauen, Caine. Das müßtest du inzwischen gemerkt haben.«

Es fiel ihm schwer, überhaupt noch irgend etwas zu begreifen. Wie gebannt starrte er auf die Knöpfe am Halsausschnitt ihres weißen Nachthemds und dachte an die seidige Haut, die sich darunter versteckte. Er holte tief Atem. Da ich nun weiß, daß sie keine Angst vor dem Gewitter hat, müßte ich gehen, überlegte er. Meine Hose ist vom Regen völlig durchnäßt – das Laken wird feucht … Aber er konnte sich nicht rühren.

»Ich bin anders als die Frauen, die du kennst«, erklärte sie, nur um das drückende Schweigen zu brechen.

Wassertropfen glänzten an seinen muskulösen Schultern und an den Oberarmen, die bronzebraune Haut schimmerte im Kerzenlicht. Ihr Blick wanderte zu seinen Schenkeln, und das war ein Fehler. Das schwellende Zeichen seiner Begierde ließ sich nicht übersehen – und wirkte sehr erregend.

Das Blut stieg ihr in die Wangen. »Du bis ja klatschnaß!« platzte sie heraus. »Warst du denn bei diesem Unwetter spazieren, du Dummkopf?«

»Ich mußte den Stallknechten helfen, die Pferde zu beruhigen.«

»Dein Haar kräuselt sich noch stärker, wenn es feucht ist. Darüber hast du dich als Kind sicher geärgert.«

»So sehr, daß ich mich bei Regen immer in meinem Zimmer verkrochen habe.« Er sah die harten Brustwarzen, die sich unter Jades dünnem Nachthemd abzeichneten, und mußte seine ganze Selbstbeherrschung aufbieten, um sie nicht zu berühren. Lange würde er seine Leidenschaft nicht mehr zügeln können. Sogar ein keuscher Gutennachtkuß würde seine guten Absichten zunichte machen.

Ein Blitz erhellte den Raum, von markerschütterndem Donner gefolgt. Caine stand auf und lief zum Fenster. Auch Jade sprang aus dem Bett und trat neben ihn.

»Dieser Blitz ist sicher irgendwo eingeschlagen«, meinte er. »So ein heftiges Unwetter habe ich seit Jahren nicht mehr erlebt.« Er spähte im Dunkel, um festzustellen, ob in der näheren Umgebung ein Feuer ausgebrochen war. Dann spürte er, wie Jade nach seiner Hand tastete, verbarg seine Sorge und wandte sich zu ihr.

»Bestimmt ist es bald vorbei«, versprach sie. Als er sie erstaunt anstarrte, drückte sie besänftigend seine Finger. »Du wirst es schon sehen.«

Versuchte sie tatsächlich, ihn zu trösten? Da sie seinen Blick so aufrichtig und offenherzig erwiderte, wagte er nicht zu lachen, sonst hätte er ihre zarten Gefühle verletzt.

»Mein Onkel erzählte mir, daß immer dann, wenn sich die Engel prügeln, ein Gewitter ausbricht.«

»Hast du ihm geglaubt?«

»Nein, aber ich tat so, um ihn nicht zu kränken.«

Caine lachte laut auf. »Deine Ehrlichkeit gefällt mir.«

Offenbar hörte sie das nicht gern. Sie entzog ihm ihre Hand und schüttelte den Kopf. »Für dich ist alles schwarz oder weiß, nicht wahr? Zwischentöne gibt es nicht. Ich versuchte, meinem Onkel zu glauben, doch ich wußte, daß er log, um mir meine Angst zu nehmen. Manche Lügen verfolgen einen guten Zweck. Verstehst du, was ich meine?«

Er musterte sie aufmerksam. »Nenn mir ein anderes Beispiel, Jade. Hast du mich schon einmal belogen?«

Zögernd nickte sie.

Einige Herzschläge später fragte Caine: »Und was war das für eine Lüge?« Als sie schwieg, packte er ungeduldig ihre Schultern, drehte sie zu sich herum, hob ihr Gesicht und zwang sie, ihn anzuschauen. »Erklär mir diese Lüge!« verlangte er.

Der Ausdruck seiner Augen ließ sie frösteln. Keine Spur von Wärme lag darin. Das Grau seiner Iris erschien ihr wie ein Wintermorgen. »Du kannst also keine Lügen ertragen – ganz egal, was dahintersteckt?« fragte sie.

»Gesteh mir endlich, was das für eine Lüge war!«

»Ich sagte einmal, ich würde dich nicht mögen.«

»Was?« Caine blinzelte ungläubig.

»Ich sagte, ich würde dich nicht mögen«, wiederholte Jade.

»Und das war gelogen?«

»Ja.«

Sie fühlte, wie sich der Griff um ihre Schultern lockerte. »Und ich dachte, es wäre etwas Ernstes«, seufzte er.

»Zum Beispiel?«

»Zum Beispiel könntest du verheiratet sein!« Caine schrie beinahe. Etwas sanfter fügte er hinzu: »Daß du mich magst, wußte ich bereits.«

»Du bist unmöglich!« fauchte sie. »Wenn ich dich noch in anderer Hinsicht belogen hätte, würde ich es jetzt bestimmt nicht mehr zugeben. Du bist einfach zu ekelhaft.«

»Jade?«

»Ja?«

»Hast du mir sonst noch irgendwelche Lügen aufgetischt?«

»Ich wollte dir mal einreden, ich sei verheiratet. Aber ich kann nicht so gut Geschichten erfinden. Deshalb fürchtete ich, du würdest mir nicht glauben.«

»Warum wolltest du mir erzählen, du seist verheiratet?«

Geistesabwesend streichelte er ihre Schultern.

»Nun ja, damals in der Traverne – da hast du mich angesehen wie ein Tiger, der seine nächste Mahlzeit plant. Und ich glaubte, wenn du mich für eine Ehefrau oder Witwe hieltest, würdest du mich bemitleiden.«

»Du wolltest also mein Mitleid – nicht meine Begierde?«

Jade nickte. »Wie du zugeben mußt, fühlen wir uns zueinander hingezogen. Früher haßte ich allein schon den Gedanken, von einem Mann angefaßt zu werden. Bei dir ist es anders.«

»Das freut mich, Liebes.«

»Schau nicht so selbstgefällig drein! Irgendwann mußte es ja passieren.«

»Was?«

»Daß ich jemanden treffe, dem ich gern ein bißchen näherkommen würde.«

»Ich finde es wundervoll, dieser Mann zu sein«, gestand er und umarmte sie. »Jetzt würde ich dich gern berühren. Willst du es auch?«

Jade riß sich los und trat einen Schritt zurück. »Was ich will oder nicht, spielt keine Rolle. Du bist mein Beschützer, also darfst du nicht ...«

Sofort drückte er sie wieder an sich, und sie spürte seine harten Schenkel, seine wachsende Erregung. Das dünne Nachthemd schirmte sie nicht gegen die Hitze ab, die sein Körper ausstrahlte. »So wie du dir das vorstellst, geht es nicht, Jade.«

»Warum nicht?«

»Weil ich dich begehre.«

Seine rauhe Stimme lähmte ihre Widerstandskraft. Die Empfindungen, die er in ihr weckte, hätten sie erschrecken müssen, das wußte sie. Statt dessen glaubte sie in seinen Armen dahinzuschmelzen, und der Wunsch, liebkost zu werden, war eine süße Qual, die sie völlig verwirrte. Noch nie hatte sie jemandem erlaubt, sich ihr zu nähern. Die Liebe bereitete mehr Kummer als Freude – das hatte sie schon in jungen Jahren gelernt. Sogar Nathan hatte sie im Stich gelassen, und seit der Trennung fühlte sie sich so verletzlich ... Nur eine Närrin würde sich einem Mann wie Caine ausliefern ...

Die Donnerschläge verhallten in der Ferne. Weder Jade noch Caine achteten jetzt noch auf das Wetter; sie waren ganz im Bann der Dinge, die zwischen ihnen geschahen. Sie schauten sich in die Augen, eine halbe Ewigkeit lang.

Letzten Endes war es unausweichlich. Als er den Kopf herabneigte, hob sie ihm das Gesicht entgegen, und ihre Lippen fanden sich. Jade erwiderte den verzehrenden Kuß mit gleicher Glut, aufreizend spielte ihre Zunge mit seiner, und ihr Stöhnen antwortete drängend auf sein heißes Verlangen.

Caines Hunger ließ sich nicht so leicht stillen. Er gestattete Jade keinen Rückzug, und Sie wollte ihn auch gar nicht loslassen. Sie legte die Arme um seinen Hals, schlang die Finger in sein lockiges Haar, klammerte sich mit aller Kraft an ihn.

Schließlich beendete er den Kuß, und sie seufzte verwirrt.

Würde sie ihr Herz unwiderruflich verlieren? Sie preßte eine Wange an seine Brust und lächelte, als das Kraushaar ihre Nase kitzelte. Wie wunderbar er roch, nach Erde und Regen …

»Gibt es noch andere Lügen, die du mir gestehen willst?« flüsterte er.

»Nein.«

Er lachte leise über die Scheu, die in ihrer Stimme mitschwang. »Nein? Was heißt das? Gibt es sonst keine Lügen, oder möchtest du kein Geständnis ablegen?«

Sie rieb ihr Gesicht an seiner warmen Haut. »Da waren noch mehr Lügen …« Als sie spürte, wie er sich versteifte, fügte sie rasch hinzu: Aber die sind so unwichtig, daß ich sie vergessen habe. Sobald ich mich daran erinnere, werde ich dir alles erzählen, das verspreche ich.«

Da entspannte er sich wieder, und sie dachte: Die Lüge muß für ihn die schlimmste aller Sünden sein.

»Jade?«

»Ja, Caine?«

»Begehrst du mich?« Ohne eine Antwort abzuwarten, stieß er hervor: »Verdammt, sei ehrlich zu mir! Keine Lügen mehr! Ich muß es wissen. Sofort!«

»Ja, Caine, ich begehre dich – sehr sogar.« Das hörte sich so an, als hätte sie sich zu einem schrecklichen Verbrechen bekannt.

»Jade, wenn sich eine Frau und ein Mann nacheinander sehnen, ist das ein Grund zur Freude – nicht zur Verzweiflung.«

»Sowohl das eine wie auch das andere …« Was nun geschehen würde, ließ sie erschauern. Einerseits konnte sie es kaum erwarten, andererseits fühlte sie sich unsicher. Ich will mich nicht in ihn verlieben, beschloß sie – ein unmögliches Unterfangen, das ihr Tränen in die Augen trieb. Er hatte bereits den Weg zu ihrem Herzen gefunden.

Zärtlich drückte er sie an sich.»Ich werde ganz behutsam mit dir umgehen. Was denkst du, Liebes?«

»Daß ich's überleben werde.«

Er verstand nicht, was sie meinte, aber die Qual in ihrer Stimme erschütterte ihn. »Wir müssen nicht …«

»Es ist mein Wunsch. Aber vorher solltest du mir etwas versprechen.«

»Was?«

»Du darfst dich nicht in mich verlieben.«

Sie scherzte nicht, das spürte er. Ärgerlich preßte er die Lippen zusammen. Warum stürzte sie ihn von einer Verwirrung in die andere? Er wollte eine Erklärung für dieses lächerliche Ansinnen verlangen. Aber da begann sie, seine Schultern zu streicheln, und als sie seine Brust mit heißen Küssen bedeckte, strömte ein wildes Feuer durch seinen Körper.

Ihr Mund zog eine süße Spur bis zu seinem Hals hinauf, drängte ihn stumm, die Zärtlichkeiten zu erwidern. Nun verlor er den letzten Rest seiner Beherrschung. Noch nie war ihm eine Frau so unschuldig, so ehrlich begegnet. Zum erstenmal in seinem Leben fühlte er sich wahrhaft gewürdigt – und geliebt.

Wieder nahm er sich vor, sie sanft zu behandeln. Jede einzelne Liebkosung wollte er auskosten, diese Nacht zu einem unvergeßlichen Erlebnis gestalten. Aber Jades sinnliches Stöhnen bedrohte seine Absicht, Geduld zu üben. Sie brachte ihn beinahe um den Verstand. Er packte ihre dichten Locken, bog ihr den Kopf nach hinten und verschloß ihr den Mund mit einem fordernden Kuß.

Seine Leidenschaft entfachte auch in ihr helle Flammen. O Gott, dieser Kuß ... Sie zitterte vor Begierde und grub die Fingernägel in die Muskeln seiner Oberarme. Feuerströme durchfluteten ihren Unterleib.

Caine umfaßte ihre Hüften, preßte sie an sich, so daß sie seine pulsierende Erregung spürte. Instinktiv rieb sie ihren Bauch daran, und die Qual verstärkte sich.

Seine Lippen wanderten an ihrem Hals hinab, und als seine Zunge ein Ohrläppchen liebkoste, konnte Jade sich kaum noch auf den Beinen halten. Er verhieß ihr flüsternd geheimnisvolle erotische Freuden, sprach von Dingen, die bald geschehen würden. Einige verstand sie, andere nicht, doch sie wollte alle kennenlernen.

»Jetzt gibt es kein Zurück mehr, Jade. Du wirst mir gehören.«

»Ja, das will ich, Caine – in dieser Nacht.«

»Nicht nur in dieser Nacht.« Er küßte sie wieder. »Für immer.«

»Ja«, seufzte sie und wußte kaum, was sie versprach.

»Was soll ich tun? Ich möchte dich glücklich machen.«

Er nahm ihre Hand und schob sie zwischen seine Beine.

»Faß mich an, meine Süße.«

Jade erschrak, als sie spürte, wie kräftig er gebaut war. Aber dann überwand sie ihre anfängliche Scheu, weil ihn die Berührung sichtlich entzückte. Sein lustvolles Stöhnen animierte sie zu immer kühneren Zärtlichkeiten, gab ihr das Gefühl, Macht über ihn auszuüben und gleichzeitig schwach zu sein. Um besseren Zugang zu finden, öffnete sie die Knöpfe seiner Hose, und er hielt den Atem an, während ihre Finger langsam über das Kraushaar strichen, das heiße Fleisch erreichten.

Schon nach wenigen Sekunden bereitete er der intimen Liebkosung ein Ende und zog Jades Hand weg. »Nicht, mein Engel – sonst ist es vorbei, ehe wir angefangen haben.«

»Caine, ich will ...«

»Ich weiß«, flüsterte er und zerrte ihr Nachthemd hoch. In plötzlicher Verlegenheit versuchet sie, den Saum wieder nach unten zu streifen. »Kann ich das Hemd nicht anbehalten?«

»Nein.«

»O, Caine – hör auf ...«, stammelte sie.

Aber da berührte er sie bereits an ihrer intimsten Stelle, und seine Finger vollbrachten ein ungewohntes Wunder. Er wußte genau, wie und wo er sie bewegen mußte, um Jades Lust zu steigern.

Das Nachthemd landete auf dem Boden, gefolgt von Caines Hose. Seine Hände umfaßten ihre vollen Brüste, die Daumen glitten über die harten Knospen, bis sie sich an ihn drängte.

Ein neuer Blitz tauchte das Zimmer in grelles Licht, und als Caine heiße Leidenschaft in Jades Augen las, nahm er sie auf die Arme und trug sie zum Bett. Sie sanken darauf, und er zwang ein Knie zwischen ihre Schenkel, spürte feuchte Hitze. »Du fühlst dich so gut an«, murmelte er, auf die Ellbogen gestützt, um sie nicht mit seinem Gewicht zu belasten. Dann vergrub er sein Gesicht zwischen ihren Brüsten, küßte das weiche Fleisch, ließ seine Zunge langsam um eine Knospe kreisen.

Sie glaubte, sie sei von einem Blitz getroffen worden. Rastlos wand sie sich hin und her. Als er die Knospe in den Mund nahm und daran saugte, stöhnte Jade laut auf und grub ihre Fingernägel in seine Schultern.

»Gefällt dir das, Liebling?« fragte er, ehe er sich der anderen Brustwarze zuwandte.

Sie wollte antworten, es sei himmlisch, aber die aufgewühlten Gefühle verschlugen ihr die Sprache. Seine Lippen preßten sich wieder auf ihre, dann schoben seine Hände ihre Schenkel noch weiter auseinander, und seine Finger prüften, ob sie bereit für ihn war.

»Schling die Beine um mich, Jade«, befahl er. »Jetzt kann ich nicht länger warten. Ich will endlich in dir sein.«

Er hob die Hüften ein wenig hoch, und während er sie küßte, begann er, in sie einzudringen. Der stechende Schmerz durchbrach den sinnlichen Nebel, der Jade einhüllte. Sie schrie auf, versuchte, zur Seite zu rücken, und Caine zögerte nur kurz, als er ihren Widerstand spürte. Er richtete sich auf, um ihr die Entschlossenheit in seinem Blick zu zeigen. Dann zerstörte er kraftvoll die Barriere ihrer Jungfräulichkeit und versenkte sich immer tiefer in ihr.

Jade schrie noch einmal auf und schloß die Augen. Jetzt hielt Caine in seinen Bewegungen inne. Er wollte ihr Zeit geben, sich an das fremdartige Gefühl zu gewöhnen. Und er selbst brauchte eine Atempause, um seine Selbstkontrolle zurückzugewinnen.

»Hör auf!« rief sie. »Ich will nicht mehr ...« Sie öffnete die Augen und sah ihn an. Tränen rollten über ihre Wangen.

»Bitte ...«

Sein Gesicht verzerrte sich ein wenig, und sie glaubte, er hätte ebensolche Schmerzen wie sie. »Ich kann nicht aufhören. Bleib ganz still liegen. Wenn du so umherrutschst, zwingst du mich ...«

Er legte die Stirn auf ihre, fast übermannt von betörender Qual. »Tut es dir auch so weh?« schluchzte sie.

»Nein, Liebling.«

»Bin ich jetzt keine Jungfrau mehr? Ist es vorbei?« Widersprüchliche Empfindungen verwirrten sie. Der Schmerz dauerte an, und sie wünschte, Caine würde sie allein lassen – andererseits wollte sie in seinen Armen liegen.

»Du bist keine Jungfrau mehr, aber es ist noch nicht vorbei.«

Er rang nach Atem, als sei er eine weite Strecke gelaufen. Als er sie wieder ansah, erschrak sie über seine grimmige Miene. Offenbar mißfiel ihm das alles genauso wie ihr, und sie schämte sich ihres Fehlschlags.

»Ich wußte ja, daß ich's falsch machen würde«, jammerte sie. »Bitte geh weg! Du tust mir weh.«

Zitternd kämpfte er um seine Selbstkontrolle. »Baby, ich kann jetzt unmöglich aufhören.« Er versuchte, sie zu küssen, aber sie drehte den Kopf zur Seite und wehrte sich wieder.

»Wenn du nicht aufhörst, fange ich zu weinen an – und das wäre mir sehr unangenehm«, fügte sie schluchzend hinzu.

Caine erwähnte nicht, daß sie schon die ganze Zeit weinte. Verdammt, er fühlte sich so hilflos. Wie sollte er Jade trösten? Eingebettet in ihrem engen, warmen Schoß vermochte er kaum noch klar zu denken. »Liebling, der Schmerz wird bald nachlassen«, beteuerte er und hoffte inständig, er würde recht behalten.

Mit beiden Händen umfaßte er ihr Gesicht, ein Kuß beendete das unsinnige Gespräch. Seine Zunge kreiste um ihre, und bald spürte er, wie ihr Widerstand verebbte.

Jade vergaß den Schmerz nicht, aber irgendwie schien er nun keine Rolle mehr zu spielen. Eine seltsame Unruhe ergriff ihren ganzen Körper. Caine zwang sie, reglos zu verharren, und erst als er fühlte, wie sie ihm langsam und zaudernd die Hüften entgegenschob, begann er, sich wieder zu bewegen. Ihr atemloses Stöhnen veranlaßte ihn, sofort wieder innezuhalten. »Tue ich dir immer noch weh, Süße?« Verzweifelt wünschte er, der Schmerz würde endlich verfliegen, denn sein Körper sehnte sich mit aller Macht nach Erfüllung. »Oder ist es besser?«

»Ein bißchen«, wisperte sie an seinem Hals. Es klang scheu und unsicher.

Caine wartete, bis sie in sein Ohrläppchen biß und sich aufbäumte. Diese Ermutigung genügte ihm vollkommen. Er nahm sich zwar vor, Jade zu schonen, aber sein Körper beachtete die Befehle seines Verstandes kaum noch, bewegte sich immer schneller und forderner, geriet endgültig außer Kontrolle.

Ihre Schenkel umklammerten seine Hüften, ihre Finger gruben sich in seinen Rücken. Er wußte, daß er sich vor seinem Höhepunkt zurückziehen mußte, denn sie hatten keine Maßnahme getroffen, um eine Schwangerschaft zu verhindern. Doch die Verlockung war zu groß. Und irgendwo im Hintergrund seines Bewußtseins entstand der Wunsch, ein Kind mit Jade zu zeugen.

Nun gaben sich beide vorbehaltlos dem wilden Rhythmus ihrer Leidenschaft hin. Donnergrollen mischte sich mit leisem, genußvollem Stöhnen, mit Caines geflüsterten Liebesworten. Mit seiner eigenen Befriedigung wollte er sich nicht begnügen. Jade sollte ihn zum Gipfel der Lust begleiten. Und er riß sie mit sich, jagte heiße Wellen des Entzückens durch ihren Körper, bis sie vor Verlangen bebte, die Erlösung vezweifelt herbeisehnte. Es kam ihr so vor, als versuchte er, ihre Seele zu stehlen. Dieser Gedanke erschreckte sie. »Caine, ich kann nicht mehr …«

Mit einem langen Kuß beschwichtigte er ihre Angst vor dem Unbekannten. »Laß es einfach geschehen, Jade. Halt dich an mir fest. Bei mir bist du sicher.«

Ja, er würde sie beschützen. Ihr instinktives Vertrauen zu Caine besiegte die Furcht. Und sie überließ sich hemmungslos den Stürmen ihrer Gefühle, bis sie eins wurde mit ihrem machtvollen Rauschen und glaubte, hoch emporzufliegen, der Sonne entgegen. Sie rief seinen Namen, in freudiger Erleichterung und tiefer Liebe.

Im selben Augenblick erreichte auch er die Erfüllung, und sein Kopf sank auf Jades Schulter. Die Gewalt seiner Empfindungen jagte einen Schauer durch seine Glieder. Nie zuvor hatte er ein so unermeßliches Glück erlebt. Er fühlte sich völlig ausgelaugt – und trotzdem wie neugeboren.

Niemals würde er sich von Jade tennen. Dieser Entschluß hämmerte in seinem Bewußtsein mit derselben Kraft wie der wilde Herzschlag in seiner Brust.

Erschöpft seufzte Jade auf. Erst als ihre Arme zu schmerzen anfingen, merkte sie, daß sie sich immer noch krampfhaft an

Caines Körper klammerte. Langsam ließ sie ihn los, schlaff fielen ihre Hände hinab. Was soeben geschehen war, verblüffte sie dermaßen, daß sie keine Worte fand. Niemand hatte ihr gesagt, daß es so sein würde. Großer Gott, sie hatte ihre Selbstkontrolle restlos verloren, sich hingegeben mit Leib und Seele, in der Überzeugung, Caine würde ihr Schutz und Geborgenheit bieten.

Keiner hatte jemals eine solche Macht über sie besessen. Sie schloß die Augen, um ihre Tränen zu verbergen. Caine ist noch viel schlauer als ich, dachte sie. Der Mann hatte es gewagt, ihr das Herz zu rauben. Und was noch schlimmer war – sie hatte es gestattet.

Er fühlte, wie sie sich unter ihm versteifte, aber ihm fehlte die Kraft und der Wille, von ihr hinabzugleiten.

»Du solltest jetzt gehen«, wisperte sie mit zitternder Stimme.

Seufzend drückte er das Gesicht an ihren Hals, umarmte sie und drehte sich zur Seite. Jade konnte der Versuchung nicht widerstehen, sich an seine Brust zu schmiegen, wenigstens noch für ein paar Minuten. Und obwohl sie nicht verstand, warum – sie wollte Lobesworte von ihm hören, ehe sie ihn wegschickte. Nur ein paar kleine Lügen, um eine schöne Erinnerung für die kalten, einsamen Nächte ihrer Zukunft zu bewahren... Ja, es würden Lügen sein. Trotzdem sehnte sie sich danach.

Das ergab natürlich keinen Sinn, und sie begann sich über Caine zu ärgern. Alles war seine Schuld, er hatte eine dumme Gans aus ihr gemacht, die nicht wußte, ob sie weinen oder schreien sollte.

»Bereust du es schon, Süße?« Als sie nicht antwortete, zupfte er sie am Haar und zwang sie, ihn anzuschauen. Was er sah, gefiel ihm. Ihr Gesicht war noch erhitzt vor Leidenschaft, der Mund gerötet von seinen Küssen, der Blick verschleiert. Es kam ihm so vor, als hätte er ihr seinen Stempel aufgedrückt. Triumph erfüllte ihn, eine besitzergreifende Freude, und er beschloß, Jades gerunzelte Stirn zu ignorieren. Dieses Mißvergnügen heuchelte sie wahrscheinlich nur, um ihn nicht in Sicherheit zu wiegen. Er konnte nicht widerstehen, küßte sie wieder, und sie versuchte, sich abzuwenden. Aber er hielt ihren Kopf fest.

Mit diesem Kuß wollte Caine die Falten auf ihrer Stirn glätten. Und sobald seine Zunge ihre berührte, wurde Jade von neuen betörenden Gefühlen erfaßt. Das erotische Liebesspiel verlangte eine Antwort, und als Caine sich aufrichtete, um sie anzusehen, klammerte sie sich an ihn. »Du hast mich ebenso begehrt wie ich dich«, sagte er leise. »Und jetzt, wo du zu deiner Entscheidung gelangt bist, mußt du damit leben.«

Der Mann war einfach unmöglich. Ihre Augen füllten sich mit Tränen. Wie konnte er so herzlos sein und sie dabei auch noch anlächeln? Aber er durfte nicht merken, wie tief seine Worte sie kränkten. »Ja, Caine, ich habe beschlossen, dir meine Unschluld zu schenken, und ich werde mit den Konsequenzen leben. Und jetzt möchte ich schlafen, wenn es dir nichts ausmacht ...«

»Davon rede ich nicht, Jade«, unterbrach er sie ungeduldig. »Ich meine deinen Entschluß, mir zu gehören. Wir werden heiraten.«

»Was?«

»Du hast es doch verstanden. Warum bist du so blaß? So schlimm ist es doch gar nicht.«

»Caine – eine solch schwierige Entscheidung habe ich noch nie getroffen«, stammelte sie.

Er war nicht in der Stimmung, mit ihr zu diskutieren, wollte nur ihr Jawort, und bei Gott, er würde ihr Bett erst verlassen, wenn er es bekommen hatte. Unsanft drehte er sie auf den Rücken, schob ein Knie zwischen ihre Schenkel und hielt ihre Handgelenke fest. »Schau mich an!« befahl er. Als sie gehorchte, fuhr er fort: »Was soeben geschehen ist, kann nicht rückgängig gemacht werden. Du gehörst mir. Wenn du das hinnimmst, wird alles viel leichter für dich.«

»Warum sollte ich es hinnehmen? Caine, du weißt nicht, was du verlangst.«

»Ich bin ein sehr besitzergreifender Mann.« Seine Stimme klang hart und kalt.

»Das habe ich gemerkt. Und es ist eine Sünde.«

»Was mir gehört, teile ich mit niemandem. Ist das klar?«

»Nein.« Sein Blick jagte einen Schauer durch ihren Körper.

»Willst du mich heiraten, weil du mich entjungfert hast und dich deshalb schuldig fühlst?«

»Ich empfinde keinerlei Schuldgefühle. Trotzdem wirst du mich heiraten. Sobald dein Bruder zurückkehrt, spreche ich mit ihm ...«

»Du bist der arroganteste, eigensinnigste Mann, der mir je begegnet ist!«

Ein Lächeln umspielte seine Lippen. »Aber du magst arrogante, eigensinnige Männer, Liebling. Sonst hättest du mir deine Unschuld nicht geopfert.«

Seltsam, diesem Argument wußte sie nichts entgegenzusetzen.

»Geh von mir runter, ich kann kaum noch atmen.«

Sofort glitt er zur Seite und stützte sich auf einen Ellbogen, um Jades Gesicht zu betrachten. Sie faltete die Hände über der Brust und starrte zur Zimmerdecke.

»Jade?«

»Ja?«

»Habe ich dir weh getan?« Sie sah ihn nicht an, und er zupfte wieder ungeduldig an ihrem Haar. »Antworte!«

»Du hast mir weh getan.« Sie spürte, wie ihr das Blut in die Wangen stieg.

»Das bedauere ich.«

Die Zärtlichkeit in seiner Stimme ließ sie erzittern, und sie erkannte, daß sie ihre Emotionen unter Kontrolle bringen mußte. Warum kamen ihr in letzter Zeit ständig die Tränen? Erbost zog sie sich die Decke bis ans Kinn.

»Du bedauerst es kein bißchen. Sonst hättest du aufgehört, als ich dich darum bat.«

»Das konnte ich nicht.« Jetzt war auch sein Blick sehr zärtlich, und das Funkeln in seinen Augen verriet seine Belustigung. Plötzlich wußte sie nicht mehr, was sie von ihm halten sollte.

»Du konntest es nicht?«

»Nein.«

»Nun, es beruhigt mich, daß du keine Gewissensbisse verspürst. Dazu hast du nämlich keinen Grund.«

»Und warum habe ich keinen Grund?« fragte er gedehnt.

»Weil du mich zu nichts gezwungen hast. Ich war einverstanden. Und ich habe es sogar darauf angelegt.«

»War ich überhaupt dabei? Wenn ich mich entsinne, muß ich sehr aktiv gewesen sein.«

Jade ignorierte sein Amüsement. »Natürlich warst du dabei. Aber ich habe dir erlaubt, aktiv zu werden.«

Hätte sie nicht so aufrichtig gewirkt und nicht so verlegen die Hände gerungen, wäre er in lautes Gelächter ausgebrochen. Aber um ihre Gefühle zu schonen, beherrscht er sich. »Also gut, du warst aktiver als ich. Bist du jetzt zufrieden?«

»Ja. Danke.«

»Keine Ursache. Und nun erklär mir, warum du mit mir geschlafen hast.«

Sie schaute wieder an die Zimmerdecke, und er beobachtete fasziniert, wie sich die Röte in ihren Wangen vertiefte. Offenbar fand sie die Situation sehr peinlich. Und dabei hatte sie vorhin seine Leidenschaft mit gleicher Glut erwidert. Auf seinen Schultern brannten immer noch die Spuren ihrer Fingernägel. Ihr Temperament paßte zu seinem. Aber für sie war es das erste Mal gewesen, und deshalb empfand sie wohl eine gewisse Scheu.

»Weil ich es wollte«, antwortete sie. »Ich wußte schon immer, daß ich niemals heiraten würde, und ich wünschte mir trotzdem… Ach, das kannst du nicht verstehen. Doch das spielt keine Rolle. Wenn ich gegangen bin, wirst du mich bald vergessen.«

Erwartungsvoll schaute sie ihn an und rechnete mit einem Wutausbruch. Aber er begann zu lachen.

»Wie unhöflich du bist!« beschwerte sie sich und starrte wieder nach oben. »Du solltest mich jetzt endlich allein lassen.«

Sein Finger strich über ihren Hals. »Es war unvermeidlich, Jade.«

Sie schüttelte den Kopf. »O nein.«

»Doch.« Langsam zog er die Bettdecke hinab, um ihre Brüste zu entblößen. »Ich habe mich von Anfang an danach gesehnt«, flüsterte er und ließ die Decke noch tiefer hinabgleiten. »Weißt du was?«

»Was?«

»Ich begehre dich schon wieder.« Ehe sie protestieren konnte, küßte er sie.

Jade wehrte sich erst, als seine Zunge ein forderndes, sinnliches Spiel anfing. Sie schob ihn von sich, starrte auf seine Brust und strich über das dunkle Kraushaar, während sie versuchte, Mut zu fassen und ihre Frage zu stellen.

»Caine?«

»Ja?«

»War es schön?«

Mit einem Daumen hob er ihr Kinn hoch. »Wunderbar.«

»Du warst nicht enttäuscht?«

Ihre Verletzlichkeit rührte ihn. »Kein bißchen.«

Seine Miene war so ernst geworden, daß sie beschloß, die Wahrheit zu gestehen. »Ich war auch nicht enttäuscht.«

Jetzt kehrte sein arrogantes Grinsen zurück. »Das weiß ich.«

»Wieso?«

»Das habe ich an der Art gemerkt, wie du Erfüllung gefunden und meinen Namen geschrien hast.«

»Oh …«

Sein Lächeln verscheuchte den letzten Rest ihrer Bedenken. »Es war – umwerfend, nicht wahr?«

Sie nickte. »Ich hatte eine Ahnung, daß es so – wundervoll sein würde.«

Caine küßte ihre Stirn. »Du hast immer noch meinen Geruch an dir, und das gefällt mir.«

»Warum?«

»Es erregt mich.«

»Ich sollte mich waschen …«

»Das tu ich für dich.«

Sie drehte sich zur Seite und stieg aus dem Bett, bevor er sie festhalten konnte. »Du wirst nichts dergleichen tun«, erwiderte sie, kehrte ihm den Rücken und schlüpfte in ihren Morgenmantel. Lächelnd wandte sie sich wieder zu Caine, dann stockte ihr der Atem, als sie Blutflecken auf dem Laken entdeckte. »Ich habe geblutet – das ist deine Schuld!« stammelte sie anklagend.

»Es war das erste Mal für dich, Liebling.«
»Das weiß ich doch.«
»Also ist es ganz natürlich, daß du geblutet hast.«
Verwirrt starrte sie ihn an. »Meinst du das ernst?« Er nickte, und sie fügte hinzu: »Nur beim ersten Mal? Nicht, daß es ein zweites Mal geben wird, aber …«
»Nur beim ersten Mal.« Caine ging nicht auf die Ankündigung ein, daß sie nie wieder mit ihm schlafen würde.
»Hat dir das niemand erklärt?«
»Doch.« Sie kam sich wie eine Idiotin vor.
Offensichtlich glaubte er ihr nicht. »Wer hat es dir erklärt? Deine Eltern starben, ehe du alt genug warst, um solche Dinge zu verstehen. Hat dein Bruder mit dir darüber gesprochen?«
»Nathan verließ mich...« Das war ihr unwillkürlich herausgerutscht. »Ich meine – er war in der Schule, und ich sah ihn nur selten.«
Er merkte, wie aufgeregt sie plötzlich wurde. Ihre zitternden Finger machten mehrere Knoten in den Gürtel ihres Morgenmantels. »Wann hat er dich verlassen?«
»Er war auf der Schule«, wiederholte sie.
»Wie lange?«
»Warum fragst du danach? Während seiner Abwesenheit übernahm es mein Onkel Harry, mich zu erziehen, und leistete gute Arbeit.«
»Anscheinend ließ er dabei einiges aus.«
»Er ist ziemlich reserviert.«
»Gab es denn keine Frauen in deiner Umgebung?«
»Das schon – aber über so intime Angelegenheiten habe ich nicht mit ihnen geredet. Das wäre unschicklich gewesen.«
Ehe er weitere Fragen stellen konnte, trat sie hinter den Paravent, der den Waschtisch abschirmte, goß Wasser in die Schüssel und ergriff die Seife, die nach Rosen duftete. Bei der Reinigung spürte sie, wie wund sie war. Wütend auf Caine und sich selbst, kehrte sie zum Bett zurück.
Inzwischen hatte er es sich für die Nacht bequem gemacht und die Kissen unter seinem Kopf zurechtgerückt. Er sah sehr

zufrieden aus. Energisch straffte sie die Schultern. »Ich muß dir etwas sagen.«

»Ja?«

Sie haßte es, wenn er so unschuldig lächelte. Es beschleunigte ihre Herzschläge, und sie konnte kaum einen klaren Gedanken fassen. Erst als sie zu Boden blickte, gehorchte ihr die Stimme wieder. »Es darf nie wieder geschehen. Und es hat keinen Sinn, mit mir zu streiten. Mein Entschluß steht fest. Und nun mußt du gehen.«

Statt zu gehorchen, lüftete er die Decke und kopfte einladend auf das Laken. »Leg dich hin. Du brauchst deinen Schlaf.«

Jade stöhnte laut auf. »Willst du mich mit aller Macht ärgern?«

»Wenn es dir gefällt, dich zu ärgern ...«

»Bitte, sei doch ernst!« mahnte sie, als er ihr zuzwinkerte.

»Ich bin ernst, aber auch realistisch.«

»Realistisch?« Sie kam näher und kaute an ihrer Unterlippe, während sie überlegte, wie sie ihn loswerden sollte. Ihr Fehler bestand darin, zu dicht an das Bett herangetreten zu sein, und das erkannte sie zu spät. Caine packte sie, und ehe sie wußte, wie ihr geschah, lag sie neben ihm auf dem Rücken. Sein warmer, schwerer Schenkel hielt ihre Beine fest, ein Arm umschlang ihre Taille. Immerhin hatte er bei diesem Gewaltakt darauf geachtet, ihre Wunde nicht zu berühren. Wie fürsorglich er war – und wie schrecklich arrogant... Jetzt fühlte sie sich ihm hilflos ausgeliefert, und er besaß auch noch die Kühnheit zu lächeln.

»Ich bin realistisch, weil ich weiß, daß es erst begonnen hat. Du kannst unmöglich annehmen, ich würde nie wieder mit dir schlafen. Ein Ehepaar ...«

»Wage es bloß nicht, in meiner Gegenwart noch einmal das Wort 'Ehepaar' auszusprechen!«

»Also gut, wenn es dich so aufregt, werde ich dieses Thema vorerst nicht anschneiden. Aber es ist dir doch bewußt, daß du zwei Wochen in meinem Haus verbringen wirst?«

Er kehrte zur logischen Argumentation zurück, was Jade

unter diesen Umständen sehr beruhigend fand. »Nicht mehr ganz. Ich bin schon seit einer halben Woche hier.«

»Das spielt kaum eine Rolle. Erwartest du von mir, in dieser ganzen Zeit wie ein Mönch zu leben?«

»Ja.«

»Das kann ich nicht. Ich stehe schon jetzt Höllenqualen aus.«

»Unsinn!«

»Verdammt, Jade, ich begehre dich!«

»Verdammt, Caine, benimm dich anständig!« Ihre Stimme klang atemlos, und das war seine Schuld. Er provozierte sie absichtlich. Tief schaute er ihr in die Augen, während er langsam den Gürtel ihres Morgenmantels öffnete. Seine Finger strichen über ihre Brustwarzen und dann nach unten, zu den weichen Löckchen zwischen ihren Beinen.

Er küßte die Vertiefung zwischen ihren Brüsten, während seine Hand das Feuer in ihren Adern schürte. Jade schloß die Augen, ihre Hüften hoben sich seiner Hand entgegen. Seine Zunge erhärtete ihre Brustwarzen, und als er einen Finger in ihren warmen Schoß schob, stöhnte sie halb lustvoll, halb schmerzlich.

Nun suchten seine Lippen ihren Mund, und sobald sie den Kuß erwiderte, richtete er sich auf. »Du bist bereit für mich, nicht wahr, Liebling?«

»Caine!« flüsterte sie und versuchte, seine Hand wegzuziehen. »Hör auf, mich zu quälen! Du mußt dein Verlangen zügeln. O Gott, tu das nicht ...«

»Ich will mich aber nicht beherrschen«, entgegnete er und knabberte an ihrem Ohrläppchen.

Er war einfach unverbesserlich. Seufzend überließ sie sich seinen aufwühlenden Küssen und protestierte kaum noch, als er ihr den Morgenmantel auszog und sich zwischen ihre Schenkel legte. Seine behaarten Schienbeine kitzelten ihre Zehen, und plötzlich schwelgte sie in der Erkenntnis, wie stark sich sein Körper von ihrem unterschied, wie hart und fest seine Muskeln waren. Ihre Füße strichen über seine Waden. »Caine, würdest du mir etwas versprechen?«

»Wenn ich's kann ...«, erwiderte er heiser.

»Wir können diese kurze Zeit zusammensein. Aber wenn Nathan zurückkommt, ist es vorbei. Wir ...«

»Ich gebe kein Versprechen, das ich nicht halten werde«, unterbrach er sie.

»Du wirst dich anders besinnen.«

»Wieso bist du dir so verdammt sicher? Was verheimlichst du mir?«

»Ich weiß, du wirst dich bald mit mir langweilen.« Jade schlang die Arme um seinen Nacken. »Küß mich.«

Ihre Lippen fanden sich, und die Begierde wuchs. Aber diesmal bemühte sich Caine, vor allem Jade Freude zu schenken. Langsam steigerte er ihre Lust, bis sie glaubte, den Verstand zu verlieren. Er bedeckte ihre Brüste mit Küssen, saugte ausgiebig an beiden Knospen, und schließlich flehte sie um Erlösung. Sein Mund wanderte über den flachen Bauch nach unten, zu den seidigen Locken ihres Venusbergs, und sie stöhnte entzückt.

Die wilde Leidenschaft, die er mit seiner Zunge und seinen Fingern weckte, raubte ihr fast die Besinnung. Nie hätte sie sich träumen lassen, daß ein Mann eine Frau auf diese Weise lieben konnte. Als die erste Erschütterung der Ekstase durch ihren Körper raste, richtete Caine sich auf. Seine Lippen kehrten zu ihren zurück, und er drang in sie ein, während ihr Höhepunkt noch andauerte. In glücklicher Hingabe klammerte sie sich an ihn.

Er versuchte, Zurückhaltung zu üben, konnte es aber nicht. Jade zwang ihn, seine eigene Erfüllung zu suchen. Atemlos unterwarf er sich seinem Verlangen.

Nie zuvor hatte er sich so restlos an eine Frau verschenkt, sondern stets eine gewisse Distanz gewahrt. Aber Jade vermochte er nichts von seinem Körper und seiner Seele zu versagen. Seltsamerweise empfand er das nicht als Kapitulation, sondern als Sieg, denn in seinem Herzen wußte er, daß auch sie ihm nichts vorenthielt.

Zufrieden streckte er sich an ihrer Seite aus und lächelte erfreut, weil sie sich sofort an ihn schmiegte. Er nahm sie in die Arme und flüsterte: Ich schmecke dich immer noch.«

»O Gott – ich ...«, stotterte sie verlegen, und er lachte leise.

»Du bist so süß wie Honig, Liebling. Danach könnte ein Mann süchtig werden.«

»Wirklich?«

»Ja, aber ich bin der einzige, der dich jemals kosten wird, nicht wahr?«

Um eine Antwort zu erzwingen, kniff er sie in eine Hinterbacke.

»Ja, Caine.«

»Habe ich dir wieder weh getan?«

»Ein bißchen.«

»Das tut mir nicht leid.«

»Ich weiß.«

»Jade, ich hätte nicht aufhören können.«

Sie drückte das Gesicht an seinen Hals. Einige Minuten verstrichen, bis sie das Schweigen brach. »Ich werde dich nie vergessen, Caine.« Doch dann erkannte sie, daß er ihr nicht zuhörte. Wie seine tiefen, gleichmäßigen Atemzüge verrieten, war er eingeschlummert. Natürlich hätte sie ihn wecken und auffordern müssen, in sein Zimmer zu gehen. Sterns würde schockiert sein, wenn er seinen Herrn in ihrem Bett finden würde.

Als sie von ihm wegrücken wollte, wurde sie von eisernen Armen festgehalten. Sogar im Schlaf war der Mann besitzergreifend.

Jade brachte es nicht übers Herz, ihn wachzurütteln. Sie schloß die Augen, ließ ihre Gedanken ziellos schweifen. Bald wurde auch sie von Müdigkeit überwältigt.

Caine träumte von Engeln – und Jade von Haien.

9

Am nächsten Morgen kam der Arzt zu ihr, ein älterer Mann mit grauem Haar und blauen Augen, die wie das Meer an einem windstillen Tag schimmerten. Seine Kleidung war ebenso untadelig wie seine Manieren. Er erinnerte Jade an einen Waschbären, denn sein Bart zog sich von den Schläfen in Halbkreisen bis zur spitzen Nase.

Wie sie es vorausgesagt hatte, fingerte Sir Harwick an ihr herum. Caine stand am Fußende des Betts, die Hände hinter dem Rücken verschränkt wie ein Wachtposten, der einen kostbaren Schatz hütet.

Nach der Untersuchung erklärte der Doktor, Ruhe sei die beste Medizin. Da Jade keine Medizin zu brauchen glaubte, hörte sie sich seine Vorschläge nicht an, während Caine jedes einzelne Wort auswendig zu lernen schien. Offenbar war er entschlossen, einen invaliden Schwächling aus ihr zu machen.

Als Sir Harwick eine kalte Kompresse für die kaum noch vorhandene Beule empfahl, entfernte sich Caine sofort, um die Anweisungen zu befolgen.

Jade war froh, daß sie ein paar Minuten lang allein mit dem Arzt sprechen konnte. »Wie ich höre, behandeln Sie Caines Vater. Es tat mir so leid, als ich von seinem Leiden erfuhr. Geht es ihm inzwischen besser?«

Er schüttelte den Kopf. »Bedauerlicherweise kann ich nicht viel für ihn tun. Es ist ein Jammer. Seit er Colin verloren hat, bedeutet ihm das Leben nichts mehr. Colin war sein Lieblingssohn, und jetzt ist der arme Mann völlig gebrochen.«

»Wieso bevorzugt er seinen jüngeren Sohn?«

»Colin war der Erstgeborene seiner zweiten Frau. Als Caines Mutter starb, kann der Junge höchstens sechs gewesen sein.« Sir Harwick schien die Unterhaltung zu genießen. Er rückte einen Stuhl ans Bett, setzte sich und wisperte eifrig: »Man hatte Caines Vater zu seiner ersten Ehe gezwungen, und die wurde sehr unglücklich, obwohl er sich die größte Mühe gegeben hatte. Damals, zu Lebzeiten seines Vaters, war er noch nicht der Herzog von Williamshire, und so konnte er seiner Frau viel Zeit widmen. Aber die war eine Xanthippe, die ihrem Mann und ihrem Sohn die Hölle auf Erden bereitete. Sie versuchte sogar, Caine gegen seinen Papa aufzuhetzen. Als sie den Tod fand, wurde sie nicht allzulange betrauert.«

»Kannten Sie diese Frau?«

»Ja. sie war hübsch. Aber ihre Schönheit verbarg ein schwarzes Herz.«

»Und mit seiner zweiten Ehe hat es der Herzog besser getroffen?«

»O ja. Gweneth ist eine wunderbare Frau. Als sie zum erstenmal an der Seite ihres Mannes bei gesellschaftlichen Anlässen erschien, stand alles Kopf. Nun gibt sie auf ihre Weise genauso den Ton an wie Brummel. Und sie war stets eine gute Gattin und Mutter. Die Kinder stehen einander sehr nahe – ein Beweis für Gweneths erfolgreiche Bemühungen um den häuslichen Frieden.«

»Beziehen Sie Caine mit ein, wenn Sie von den Kindern des Herzogs sprechen, Sir Harwick?«

»Allerdings. Da er der Älteste ist, schauen die anderen zu ihm auf, aber er sieht seine Familie nur selten – es sei denn, eines seiner Geschwister gerät in Schwierigkeiten. Dann ist er sofort zur Stelle.« Sir Harwick beugte sich vor und flüsterte verschwörerisch : »Man behauptet, er würde grausame Rache an allen üben, die seinen Lieben etwas angetan haben.« Um seinen Worten Nachdruck zu verleihen, zog er die Brauen hoch.

»Tatsächlich?« Jades Stimme klang besorgt, aber das merkte der Arzt nicht. Sie wollte das Gespräch unbedingt fortsetzen, und um keinen Argwohn zu wecken, zeigte sie nur mildes Interesse und lächelte sogar. »Sie machen mich neugierig, Sir.«

»Nun, er hat überall bekanntgegeben, daß er nach Pagan fahndet und ein Preisgeld auf seinen Kopf ausgesetzt hat. Die Spieler schließen bereits Wetten ab, natürlich zu Caines Gunsten. Sicher wird er den Piraten schnappen. Und wenn es soweit ist – dann sei Gott der Seele Pagans gnädig.«

Um zum ursprünglichen Thema zurückzukehren, fragte Jade: »Leidet Caines Vater an einer sehr schweren Krankheit?«

»Ja, unglücklicherweise.«

»Und man kann nichts für ihn tun?«

Harwick schüttelte den Kopf. »Gweneth ist außer sich vor Sorge. Er schläft nicht und ißt nicht. So darf es nicht weitergehen. Ich fürchte, wenn er nicht bald über Colins Tod hinwegkommt, wird er sterben.«

»Vielleicht braucht er Hilfe.«

»Wer braucht Hilfe?« rief Caine von der Tür her.

»Dein Papa«, antwortete Jade und wandte sich wieder an den Arzt. »Wie ich höre, ist einer Ihrer Kollegen verschwunden?«

»Ja, der arme Sir Winters. Er war ein ausgezeichneter Arzt.«

Als er sie erwartungsvoll anschaute, meinte sie: »Das klingt so, als hielten Sie ihn für tot.«

»Das ist er ganz sicher.«

Caine stand auf der anderen Seite des Betts und versuchte erfolglos, die kalte Kompresse auf Jades Beule zu drücken. Ihre Unterhaltung mit Sir Harwick interessierte sie viel mehr als die geringfügige Verletzung. Immer wieder wischte sie den feuchten Lappen beiseite, und Caine schob ihn wieder zurück. Der Arzt beobachtete diesen stummen Kampf und unterdrückte ein Lächeln. Ein merkwürdiges Paar, dachte er.

Jades nächste Frage erinnerte ihn wieder an den Gegenstand des Gesprächs. »Warum halten Sie Winters für tot?«

»Es gibt keine andere Möglichkeit. Seine Köchin hat ihn als letzte lebend gesehen. Er wanderte durch seinen Garten, bog um eine Ecke, und dann verschwand er einfach.«

»Wie lange ist das her?« erkundigte sich Caine.

»Fast drei Monate«, erwiderte Sir Harwick. »Natürlich wissen wir alle, was mit ihm passiert ist.«

»Tatsächlich?« Sein entschiedener Tonfall verwirrte Jade. »Und was wäre das?«

»Ich sollte nicht darüber reden«, bemerkte Harwick, obwohl seine Miene verriet, daß er das genaue Gegenteil wünschte. Er strahlte wie ein kleiner Junge, der seine Geburtstagsgeschenke auspackt. Dramatisch neigte er sich vor und raunte: »Sklavenhändler.«

Jade glaubte, sich verhört zu haben. »Wie, bitte?«

»Sklavenhändler«, wiederholte er nachdrücklich und lehnte sich wieder zurück.

Sie wagte nicht, Caine anzuschauen. Wenn er nur das geringste Anzeichen von Belustigung aufweisen würde, würde sie ein Gelächter nicht unterdrücken können. »Davon hatte ich keine Ahnung.«

»Wie sollten Sie auch.« Harwick schien Jades Verblüffung

in vollen Zügen zu genießen. »Sie sind eine vornehme Lady, und deshalb wissen Sie nichts von diesen unerfreulichen Dingen. Pagan steckt dahinter. Er hat Winters gefangengenommen und ihn an die Sklavenhändler verkauft.«

Jetzt amüsierte sie sich nicht mehr. Dunkle Röte schoß ihr in die Wangen. »Warum gibt man Pagan die Schuld an allen Sünden, die in England verübt werden?« rief sie, ehe sie sich zurückhalten konnte.

»Regen Sie sich doch nicht auf.« Harwick tätschelte ihre Hand. »Ich hätte diese Gerüchte nicht erwähnen dürfen.«

»Ich rege mich keineswegs auf«, log sie. »Es ärgert mich nur, daß Pagan ständig als Sündenbock herhalten muß. Um Ihren Kollegen mache ich mir übrigens keine Sorgen, Sir Harwick. Bald wird Winters wieder auftauchen, gesund und munter.«

Voller Zuneigung drückte er ihre Finger. »Welch ein gutes Herz Sie haben!«

»Hat Caines Vater ein starkes Herz?«

Es war Caine, der diese Frage beantwortete. »Ja.«

Der Zorn, der in seiner Stimme mitschwang, überraschte Jade. »Das ist gut zu wissen. Warum runzelst du die Stirn? Weil ich mich nach deinem Vater erkundigt habe – oder weil er ein starkes Herz besitzt?«

»Weder noch.« Zu Harwick gewandt, fügte Caine hinzu: »Mein Vater wird sich besser fühlen, wenn Pagan seine Strafe erhalten hat. Die Rache wird wie Balsam auf Ihren Patienten wirken.«

»Nein«, widersprach Jade. »Die Gerechtigkeit wird ihn heilen.«

»Das ist in diesem Fall dasselbe.« Caines verkrampfte Kinnmuskeln verrieten sein Mißfallen, aber auch seine Entschlossenheit.

Sie wollte ihn anschreien, doch statt dessen dankte sie ihm. »Es war nett von dir, mir die Kompresse zu bringen.« Widerwillig drückte sie den kalten Lappen an ihre Schläfe. »Und Ihnen danke ich für Ihre Bemühungen, Sir Harwick. Jetzt geht es mir schon viel besser.«

»Es war mir ein Vergnügen.« Der Arzt stand auf und umklammerte wieder ihre Hand. »Sobald Sie einigermaßen auf dem Damm sind, müssen Sie zum Herzog und zur Herzogin ziehen. Caines Eltern werden Sie sehr gern beherbergen, bis Sie völlig genesen sind.« Sein Blick richtete sich auf Caine. »Selbstverständlich werde ich das derzeitige Arrangement vertraulich behandeln. Niemand soll diese bezaubernde Lady mit bösartigem Klatsch beleidigen.«

Jade hob die Brauen. »Was meinen Sie, Sir Harwick?«

»Er ist um deinen Ruf besorgt«, erklärte Caine.

Sie seufzte auf. »Ach so …«

Der Doktor zog die Stirn in Falten. »Meine Liebe, es schickt sich nicht, daß Sie allein mit einem Junggesellen unter einem Dach wohnen.«

»Nein, das schickt sich wohl nicht«, stimmte sie zu.

»Da Sie krank waren, konnten Sie vermutlich nicht klar denken. Ich mache weder Ihnen noch Caine Vorwürfe. Sicher wollte er nur das Beste.«

»So?«

»Ganz gewiß. In diesem Haus gibt es zwar genug Personal, aber die Klatschbasen würden sich trotzdem die Mäuler zerreißen, wenn sie informiert wären. Ein solches Gerücht würde zu vielen Menschen schaden. Caines Mutter …«

»Meine Stiefmutter«, warf Caine ein.

»Ja, natürlich, die Stiefmutter. Sie wäre ebenso erschüttert wie seine Verlobte.«

»Seine – was?« Jade hatte ihre Stimme nicht erheben wollen, aber Harwicks beiläufige Bemerkung traf sie wie ein Blitzschlag. Alle Farbe wich aus ihrem Gesicht. »Sagten Sie – seine Verlobte?« wisperte sie.

»Ich glaube, er meint Lady Aisely«, erklärte Caine.

»Oh, ich verstehe.« Sie zwang sich zu einem Lächeln.

»Jetzt erinnere ich mich – Lady Aisely, das Mädchen, das du heiraten wirst«, fügte sie schrill hinzu und verabscheute diese Person, obwohl sie ihr unbekannt war. Und je länger sie darüber nachdachte, desto größer wurde ihre Wut auf ihn. O Gott, wie sie ihn haßte …

»Lady Aisely wäre keineswegs glücklich, wenn sie von Ihrem Besuch in Caines Haus erführe, meine Liebe«, bemerkte Harwick.

»Sie ist nicht meine Verlobte«, verkündete Caine, »nur die Frau, mit der mich meine Stiefmutter verheiraten will.« Mühsam unterdrückte er ein Grinsen. Jades Reaktion auf die Erwähnung Lady Aiselys hätte gar nicht verräterischer sein können.

»Aber Ihre verehrte Stiefmutter ...«, begann der Arzt.

»Sie wird ihre Pläne nicht verwirklichen, Harwick«, fiel Caine ihm ins Wort.

Jade spürte seinen Blick und tat ihr Bestes, um Desinteresse zu heucheln. Als sie merkte, daß sie den feuchten Lappen regelrecht auswrang, ließ sie ihn sofort los. »Wen du heiraten wirst, geht mich nichts an, Caine.«

»Es sollte dich aber was angehen.«

Sie schüttelte den Kopf. »Ich wünschte nur, du hättest deine Verlobung vor der letzten Nacht erwähnt.«

»Ich bin nicht verlobt!« fauchte er. »Und die letzte Nacht wäre ...«

»Caine!« schrie sie, dann senkte sie verlegen die Stimme. »Wir sind nicht allein.«

Harwick lachte vergnügt, als Caine ihn zur Tür begleitete. »Was euch beide betrifft – ich habe da so ein gewisses Gefühl. Oder irre ich mich?«

»Das hängt davon ab, was das für ein Gefühl ist«, entgegnete Caine.

»Sie ist Ihre Verlobte, nicht wahr?«

»Ja, aber sie hat es noch nicht akzeptiert.«

Die zwei Männer grinsten sich an, und Harwick meinte: »Mit dieser Lady werden Sie gewisse Schwierigkeiten haben, mein Junge.«

»Wie auch immer – sie wird meine Frau«, erklärte Caine mit dröhnender Stimme, dann fiel die Tür hinter den beiden zu.

Jade knirschte mit den Zähnen. Was kümmerte es sie, wen er heiraten wollte? Sobald Nathan zurückkam, würde sie Caine nie wiedersehen. Warum mußte alles so kompliziert sein? Es war schon mühsam genug, Caine zu beschützen. Und nun stand auch noch sein Vater auf ihrer Liste.

War Lady Aisely hübsch?

Jade verdrängte diesen düsteren Gedanken. Was den Herzog von Williamshire anging, mußte sie wirklich etwas unternehmen. Colin würde verzweifelt sein, wenn er bei der Heimkehr erfahren würde, daß sein Vater vor Gram gestorben sei.

Hatte Caine mit Lady Aisely geschlafen?

Ich will jetzt nicht an sie denken, entschied Jade. Es gab zu viele andere Probleme.

Wie sollte sie Colins Vater retten? Ein Brief würde nicht genügen. Sie mußte persönlich mit ihm reden, und zwar energisch.

Hatte die Herzogin bereits Vorbereitungen für Caines Hochzeit getroffen? O Gott, hoffentlich sagte er die Wahrheit und würde sich weigern, diese Frau zu heiraten… »Das ist lächerlich«, flüsterte Jade. »Natürlich wird er heiraten. Aber nicht mich. Wenn er alles über mich weiß, wird er mich nicht mehr mögen.«

Stöhnend beendete sie ihren erfolglosen Versuch, Pläne zu schmieden. Ihre Gefühle glichen den Masten der *Emerald* bei starkem Wind, und sie konnte sich einfach nicht konzentrieren. Caines Papa mußte sich eben noch ein bißchen länger grämen.

Während des restlichen Tages ging sie Caine aus dem Weg, aß aber mit ihm im Speisezimmer zu Abend. Sterns überraschte sie, indem er sich ebenfalls an den Tisch setzte. Seine Aufmerksamkeit galt vor allem dem Hausherrn. Doch wenn er Jade anschaute, war sein Blick freundlich und voller Zuneigung.

Anscheinend wußte er nichts von ihrer Nacht mit Caine – jedenfalls hoffte sie, Sterns würde von seinem Herrn nicht wie ein Diener behandelt, sondern eher wie ein Familienmitglied. Und sie wollte nicht, daß jemand, den Caine mochte, eine Hure in ihr sah. Immer wieder musterte sie ihn unsicher, bis er schließlich beruhigend ihre Hand tätschelte.

Das Tischgespräch drehte sich um die Probleme des großen Landguts, was Jade sehr interessierte. Caines ehrliche Sorge um die Mitglieder seiner Gemeinde überraschte sie. Offenbar fühlte er sich für ihr Wohlergehen verantwortlich.

»Hilfst du den Leuten, wenn sie in Not sind?« fragte sie.

»Natürlich.«

»Gibst du ihnen Geld?«

»Wenn ich keinen anderen Ausweg finde. Der Stolz eines Mannes ist genauso wichtig wie sein Hunger. Wenn der Bauch voll ist, muß der nächste Schritt getan werden, um die Situation zu verbessern.«

Über diese Erklärung dachte sie lange nach, dann nickte sie. »Ja, das Selbstwertgefühl eines Mannes ist bedeutsam, ebenso wie der Stolz einer Frau.«

»Wenn man jemandem dieses Selbstwertgefühl nimmt, ist es möglich, daß er sich völlig aufgibt.«

»Aber manchmal muß der Stolz an zweiter Stelle stehen.«

»Wann denn?«

»Zum Beispiel, wenn man in Lebensgefahr schwebt.«

»Das Leben eines Mannes ist nichtig, wenn er seinen Stolz verliert«, warf Sterns ein. »Meinen Sie nicht auch, Mylord?«

Caine antwortete nicht, sondern schaute Jade mit unergründlichen Augen an. Sie wünschte, sie könnte seine Gedanken lesen. Um ihr Unbehagen zu überspielen, lächelte sie, dann schützte sie Müdigkeit vor und kehrte in ihr Schlafzimmer zurück.

Sterns hatte ein Bad für sie vorbereiten lassen, im Kamin brannte ein helles Feuer. Eine Zeitlang blieb Jade in der Wanne sitzen, dann ging sie zu Bett. Fast eine Stunde lang wälzte sie sich umher, ehe sie in einen unruhigen Schlaf sank.

Nach Mitternacht trat Caine ins Zimmer. Er kleidete sich aus, löschte die Kerzen und kroch neben Jade ins Bett. Sie lag auf der Seite, und er schob ihr Nachthemd hoch, um die seidige Haut ihrer Hinterbacken spüren zu können. Leise seufzte sie und steigerte damit sein Verlangen. Wie warm und süß sie war … Er streichelte ihre Hüften, dann die Brustwarzen, bis sie sich aufrichteten. Rastlos bewegte sie sich und stöhnte im Schlaf.

Wahrscheinlich hat sie jetzt einen erotischen Traum, dachte Caine und küßte ihr Ohrläppchen. Als sie ihren Po fordernd an ihn preßte, schob er eine Hand zwischen ihre Schenkel und spürte feuchte Hitze. Sie wollte sich zu ihm wenden, doch er hielt sie fest. Jetzt wußte er, daß sie erwacht war. »Laß mich ganz nah bei dir sein, Jade«, flüsterte er und drückte ein Knie zwischen ihre Beine.

»Sag mir, daß du mich begehrst.«

Sie fühlte die samtige, harte Spitze, die sich ihr entgegendrängte, und biß auf ihre Unterlippe, um nicht vor Ungeduld zu schreien. »Ja, ich begehre dich, Caine. Bitte – jetzt …«

Das mußte sie ihm nicht zweimal sagen. Sanft drehte er sich auf den Bauch, umfaßte ihre Hüften und verschmolz mit ihr. Die enge Wärme ihres Schoßes erregte ihn so sehr, daß er seinen Höhepunkt nur mühsam hinauszögern konnte. Er holte tief Atem. »Bleib ganz ruhig, Liebling«, befahl er, als sie sich emporhob. Er schlang seine Finger in ihre, vergrub das Gesicht in ihrem Nacken.

»Caine, ich will …«

»Ich weiß.« Diesmal war er entschlossen, die süße Qual zu verlängern. Aber Jades inständiges Flehen besiegte den letzten Rest seiner Beherrschung.

In wildem Rhythmus bewegte er sich, und kurz vor dem Gipfel seiner Lust legte er einen Arm um Jades Taille, schob eine Hand zwischen ihre Schenkel und schenkte auch ihr die höchste Erfüllung.

Später lagen sie nebeneinander, erschöpft vom Rausch der Ekstase.

»Du hast mich dazu gebracht, dich anzuflehen«, wisperte sie.

Er grinste. »Ja, das ist mir in der Tat gelungen.«

»Und du bist kein bißchen zerknirscht.« Ihre Fingerspitzen liebkosten seine nackte Brust. »Was für ein Wüstling … Ich verstehe nicht, was mir an dir so gefällt.«

Die Leidenschaft verschleierte ihren Blick immer noch. Caine küßte ihre Stirn, die sommersprossige Nasenspitze und die weichen Lippen. »Wünschst du dir noch mehr Liebe?« Ohne eine Antwort abzuwarten, erklärte er: »Ich schon.«

Es dauerte lange, bis sie eng umschlungen einschliefen.

10

Die nächsten acht Tage erschienen Jade wie ein himmlischer Traum. Caine war ein zärtlicher Liebhaber, nahm stets Rücksicht auf ihre Gefühle und besaß die geradezu unheimliche Gabe, ihre jeweilige Stimmung zu erraten, ehe sie ihr selbst bewußt wurde. Die Abende gefielen ihr am besten. Sterns entzündete ein Feuer im Kamin der Bibliothek, dann saßen sie zu dritt beisammen und lasen in einträchtigem Schweigen.

Sterns war im Lauf der Jahre tatsächlich Caines Ersatzvater geworden. Wie Jade erfuhr, diente er der Familie seit Caines Geburt. Als der junge Marquis seinen eigenen Hausstand gegründet hatte, war der Butler ihm gefolgt.

Eines Morgens gab er Jade zu verstehen, er wisse Bescheid über die Nächte, die sie mit Caine verbringe. Verlegen errötete sie, und er betonte, das verurteile er keineswegs, im Gegenteil. Er habe den Marquis schon lange nicht mehr so unbeschwert gesehen, und dies sei Jade zu verdanken.

Die Herzogin von Williamshire schickte einen Boten nach Harwythe, mit der dringenden Bitte, ihr Stiefsohn möge ihr helfen, seinem Vater neuen Lebensmut zu geben.

Caine ritt sofort auf das benachbarte Landgut. Zwei Stunden später kehrte er bedrückt zurück. Sein Gespräch mit dem Herzog war erfolglos verlaufen.

Nachdem er in dieser Nacht eingeschlafen war, traf sich Jade mit Matthew und Jimbo, um ihnen neue Befehle zu erteilen.

Matthew erwartete sie im Schutz der Bäume. Die Haut des großen, dünnen Seemanns war so dunkel wie das Fell eines Panthers, und diesem Tier glich er auch in seinem Wesen – aber nur, wenn er in Wut geriet. Wann immer er fröhlich gestimmt war, trug er ein strahlendes Lächeln zur Schau.

Jetzt lächelte er nicht. Die Arme vor der Brust verschränkt, starrte er Jade so finster an, als hätte er soeben einen Dieb beim Durchwühlen seiner Schubladen ertappt.

»Warum runzelst du die Stirn, Matthew?« wisperte sie.

»Neulich sah ich ihn mit dir am Fenster stehen, Lady. Hat dieser Dandy dich angerührt?«

Einerseits wollte sie nicht lügen, andererseits konnte sie nicht einmal diesem vertrauenswürdigen Freund die Wahrheit gestehen. »Ich war verletzt … Schau doch nicht so erschrocken drein, Matthew. Eine Pistolenkugel traf mich an der Seite, verursachte aber nur eine Fleischwunde. Caine war sehr besorgt, und so blieb er in jener Nacht in meinem Zimmer, um mich zu betreuen.«

»Wenn Black Harry das hört, wird er meinen Arsch den Haien füttern …«

»Du wirst ihm nichts erzählen«, unterbrach sie ihn.

Ihre ärgerliche Stimme schüchterte den Seeman kein bißchen ein. »Ich sah, wie dieser feine Pinkel seinen Arm um dich legte, als du bei der Ankunft zur Haustür gingst. Und das werde ich Harry ganz sicher sagen. Jimbo wollte ihm ein Messer in den Rücken stoßen. Er tat's nur deshalb nicht, weil er wußte, daß du ihm sonst böse sein würdest.«

»Ja, da wäre ich sogar sehr böse gewesen. Niemand darf Caine ein Haar krümmen, oder er muß sich vor mir verantworten. Jetzt hör auf, die Brauen zusammenzuziehen, Matthew. Wir haben etwas Wichtiges zu besprechen.«

So schnell war er nicht bereit, das Thema zu wechseln.

»Macht er dir keinen Ärger?«

»Nicht den geringsten. Außerdem kann ich sehr gut selber auf mich aufpassen. Hab doch ein bißchen mehr Vertrauen zu mir.«

Zerknirscht senkte Matthew den Kopf. Er wollte keinesfalls den Unwillen seiner Herrin erregen. »Natürlich kannst du selber auf dich aufpassen, das weiß ich. Aber du kennst deine Wirkung auf die Männer nicht. Es wäre viel besser, wenn du nicht so hübsch aussehen würdest. Ich glaube, Jimbo und Harry hatten recht. Wir hätten dir das Gesicht zerschneiden sollen, als du noch klein warst.«

Das Funkeln in seinen braunen Augen verriet, daß er nur scherzte. »Keiner von euch hätte es jemals fertiggebracht, mir so etwas anzutun, Matthew«, erwiderte sie.

»Wir sind alle eine Familie, und du liebst mich genauso wie ich dich.«

»Klar lieben wir dich, obwohl du so ein freches Balg bist«, drang eine tiefe Stimme zwischen den Bäumen hervor, und Jade sah ihren riesenhaften Freund Jimbo auf sich zukommen. Wie Matthew trug er braune Bauernkleidung, denn hellere Farben wären im Wald aufgefallen. Bleiches Mondlicht beleuchtete sein wutverzerrtes Gesicht.

»Matthew erzählte mir, der Dandy habe dich angefaßt. Allein schon dafür könnte ich ihn umbringen. Niemand darf ...«

»Hör auf mit dem Unsinn!« fiel Jade ihm ins Wort.

»Ihr unterschätzt Caine ganz gewaltig, wenn ihr glaubt, er ließe sich von euch erstechen.«

»Ich wette, er ist genauso ein Schwächling wie Colin«, spottete Jimbo, und Jade schüttelte ärgerlich den Kopf.

»Du hast Colin schon länger nicht gesehen, und damals war er wegen seiner Schmerzen halb von Sinnen. Jetzt ist er sicher wieder bei Kräften. Und wenn du ihn für einen Schwächling hältst, irrst du dich. Vergiß nicht, Jimbo – ich habe die Akte gelesen. Also weiß ich, wovon ich rede. Aber nun wollen wir keine Zeit mehr mit diesem sinnlosen Geschwätz vergeuden.« Zu Matthew gewandt, fuhr sie fort: »Ich muß mit Caines Vater sprechen. Während meiner Abwesenheit werdet ihr Caine ablenken.«

»Ich verstehe nicht, warum du zu seinem Vater gehen willst«, protestierte Matthew. »Colin und Nathan werden bald da sein ...«

»So wie die trödeln? Nein, ich wage es nicht, noch länger zu warten. Vielleicht liegt der Herzog bereits auf dem Totenbett. Er ißt nicht, er schläft nicht. Ich kann ihn unmöglich sterben lassen.«

»Offensichtlich bist du fest entschlossen«, murmelte Matthew. »Und wie sollen wir Caine ablenken?«

»Das überlasse ich eurer Phantasie.«

»Und wann muß es passieren?« fragte Jimbo.

»Morgen früh.«

Zufrieden kehrte Jade in ihr Schlafzimmer zurück. Sicher würden ihre Freunde sie nicht enttäuschen.

Das Ablenkungsmanöver begann kurz vor dem Morgengrauen, und Jade erkannte, welch ein Fehler es gewesen war, den beiden Männern keine genauen Anweisungen zu geben.

Wenn alles vorbei war, würde sie ihnen die Haut abziehen. Sie hatten die Ställe in Brand gesteckt, aber glücklicherweise genug Vernunft bewiesen, um vorher die Pferde herauszuführen.

Caine war beschäftigt, dafür hatten Jimbo und Matthew tatsächlich gesorgt. Die Tiere gebärdeten sich wie verrückt. Drei Stuten würden demnächst fohlen, und alle Stallknechte mußten mit anpacken, um die Flammen zu löschen und die verängstigten Pferde einzufangen.

Jade stellte sich schlafend, bis Caine das Zimmer verlassen hatte. Dann zog sie sich hastig an und eilte durch die Hintertür aus dem Haus. Der Marquis hatte ringsum Wachen postiert, aber im allgemeinen Chaos gelang es ihr, unbemerkt durch den Kordon zu schlüpfen.

Am Waldrand wartete Matthew mit einem Pferd und half ihr in den Sattel. »Jimbo ist gerade zur Shallow's Wharf geritten«, erklärte er. »Morgen bei Sonnenaufgang wird er zurückkommen, mit einer Nachricht für uns. Wenn ein starker Wind weht, müßte Nathan bald da sein. Soll ich dich wirklich nicht begleiten?«

»Nein, du paßt auf Caine auf. Er ist es, der in Gefahr schwebt. In einer Stunde bin ich wieder hier. Und zünde inzwischen nichts mehr an, Matthew.«

Fröhlich grinste er. »Der Trick hat seinen Zweck erfüllt, was?«

»Aye, Matthew«, bestätigte sie, weil sie seinen Stolz nicht verletzen wollte, »es hat geklappt.«

Lächelnd schaute er ihr nach, als sie davongaloppierte. Eine halbe Stunde später erreichte sie ihr Ziel. Sie band das Pferd am Waldrand fest und lief auf das große Haus zu, das einer Festung glich. Aber das Türschloß hätte nicht einmal einem Anfänger Mühe bereitet. Jade öffnete es innerhalb weniger Minuten und stieg im ersten Tageslicht die geschwungene Treppe hinauf. Geräusche drangen aus dem Hintergrund der Halle und verrieten, daß das Küchenpersonal bereits zu arbeiten begonnen hatte.

Lautlos wie eine Katze schlich Jade durch den Flur und spähte in die Schlafgemächer, ohne den Herzog zu finden. Sie hatte erwartet, er würde den größten Raum bewohnen, doch der wurde nicht benutzt. Im angrenzenden Zimmer schnarchte eine blonde, etwas ältere, attraktive Frau, vermutlich die Herzogin.

Am Ende des langen Korridors im Südflügel lag die Bibliothek. Und dort traf Jade den Hausherrn endlich an. Er war im Sessel hinter dem Mahagonischreibtisch eingeschlafen. Leise schloß sie die Tür hinter sich und musterte den imposanten Mann. Er sah sehr distinguiert aus mit dem silbergrauen Haar und den hohen aristokratischen Wangenknochen. Nun wußte sie, von wem Caine sein markantes Gesicht geerbt hatte. Dunkle Schatten lagen unter den geschlossenen Augen, die Haut war aschgrau, und sogar im Schlaf wirkte er verzweifelt.

Ihr Herz flog ihm entgegen, nicht zuletzt, weil er Caine so ähnlich sah. Allerdings war er bei weitem nicht so kräftig gebaut. Als sie seine Schulter berührte, zuckte er zusammen und sprang so rasch auf, daß sie erstaunt den Atem anhielt. »Bitte, erschrecken Sie nicht, Sir«, flüsterte sie. »Ich führe nichts Böses im Schilde.«

Langsam gewann der Herzog seine Fassung wieder, strich sich durch das Haar und schüttelte den Kopf, als müßte er Nebelschleier aus seinem Gehirn verscheuchen.

»Wer sind Sie?«

»Das spielt keine Rolle, Sir. Bitte, setzen Sie sich. Ich habe Ihnen etwas Wichtiges mitzuteilen.« Geduldig wartete sie, bis er der Aufforderung gefolgt war, dann lehnte sie sich neben ihn an die Tischkante. »Sie müssen zu trauern aufhören, Sir. Damit machen Sie sich krank.«

»Was?« Verwirrt starrte er sie an, und sie sah, daß er die gleichen grauen Augen hatte wie Caine. Auch die Stirn runzelte er genauso wie sein Sohn.

»Sie müssen zu trauern aufhören«, wiederholte sie.

»Sir Harwick fürchtet, Sie könnten sterben. Wenn Sie diesen Unsinn nicht bleiben lassen ...«

»Augenblick mal, junge Lady ...«

»Nicht so laut!«

»Wer um Himmels willen sind Sie? Und wie sind Sie ins Haus gekommen?« Er schien ihr eher verwundert als ärgerlich, und das hielt sie für ein gutes Zeichen.«

»Sir, ich habe keine Zeit für längere Diskussionen. Zunächst müssen Sie mir versprechen, niemandem von meinem Besuch zu erzählen. Geben Sie mir Ihr Wort?«

»Ja«, antwortete er zögernd.

»Danke. Zunächst muß ich mich entschuldigen, obwohl ich das nicht besonders gut kann. Ich hasse es, um Vergebung zu bitten. Also – es tut mir leid, daß ich Sie nicht früher informiert habe. Ihr Leid war überflüssig, und ich hätte es Ihnen ersparen sollen. Verzeihen Sie mir?«

»Ich habe keine Ahnung, wovon Sie reden, aber wenn es Sie glücklich macht, verzeihe ich Ihnen. Und nun verraten Sie mir endlich, was Sie wollen!«

»Sie schreien genauso wie Ihr Sohn, Sir, und das irritiert mich.«

»Welchen Sohn meinen Sie?« Der Anflug eines Lächelns milderte seinen Blick.

»Caine.«

»Es geht also um Caine? Hat er Sie beleidigt? Er ist jetzt sein eigener Herr, und ich mische mich nicht in seine Angelegenheiten ein – es sei denn, es tauchen ernsthafte Probleme auf.«

»Nein, es geht nicht um Caine – wenn es mich auch sehr freut, daß Sie Ihrem älteren Sohn die Fähigkeit zutrauen, selbständige Entscheidungen zu treffen. Indem Sie sich nicht einmischen, zeigen Sie, wie stolz Sie auf ihn sind.«

»Und über wen möchten Sie mit mir sprechen?«

»Ich bin eine Freundin von Colin.«

»Sie kannten ihn?«

Jade nickte, »Ich kenne ihn. Er ist …«

»Tot«, unterbrach er sie mit rauher Stimme. »Pagan hat ihn ermordet.«

Sie legte eine Hand auf seine Schulter. »Schauen Sie mich an«, bat sie leise, als er sich zum Fenster wandte. Er erfüllte ihren Wunsch, und sie fügte hinzu: »Ich muß Ihnen jetzt etwas sagen, und es wird Ihnen schwerfallen, mir zu glauben. Aber ich habe Beweise.«

»Beweise?«

Wieder nickte sie. »Pagan hat Colin nicht getötet.«

»Doch.«

»Ich hab's satt, ständig dieses Gerede von Pagans Untaten … Colin …«

»Hat er Sie zu mir geschickt?«

»Bitte, senken Sie Ihre Stimme. Pagan hat Colin nicht getötet«, wiederholte sie, »sondern gerettet. Ihr Sohn ist quicklebendig, Sir.«

Ein langes Schweigen entstand. Rote Flecken bildeten sich auf den Wangen des Herzogs, ein eisiger Glanz trat in seine Augen. Ehe er Jade erneut anschreien konnte, sprach sie hastig weiter. »Wie ich bereits erwähnt habe – es gibt Beweise. Wollen Sie mir zuhören, oder sind Sie so starrsinnig …«

»Ich höre. Aber wenn das ein schlechter Scherz ist, werde ich persönlich Jagd auf Pagan machen und ihn eigenhändig umbringen.«

»Das wäre die gerechte Strafe für einen so grausamen Scherz. Aber ich sage die Wahrheit. Erinnern Sie sich an jenen Tag, an dem Colin auf einen hohen Baum stieg und nicht mehr herunterklettern konnte? Damals war er vier oder fünf Jahre alt. Er weinte, kam sich wie ein jämmerlicher Feigling vor, und Sie mußten ihm versprechen, niemandem auch nur ein Sterbenswörtchen zu verraten. Da erklärten Sie ihm, Angst sei keine Sünde …«

»Ich entsinne mich«, flüsterte der Herzog. »Und ich hielt mein Wort. Wieso wissen Sie …«

»Colin hat mir diese Geschichte erzählt. Und viele andere.«

»Er könnte vor seiner Ermordung davon gesprochen haben.«

»Ja, aber er tat es erst nach seinem vermeintlichen Tod. Pagan fischte ihn aus dem Meer. Kennen Sie einen Arzt namens Sir Winters?«

»Er ist mein Hausarzt.«

»Finden Sie sein Verschwinden nicht merkwürdig?«

Langsam glättete sich die Stirn des Herzogs. »Allerdings.«

»Wir holten ihn, weil er Colin betreuen mußte. Denn ich hielt es für das beste, wenn Ihr Sohn von seinem Hausarzt behandelt würde. Colin hatte schreckliche Schmerzen, und ich hoffte, der Anblick eines vertrauten Gesichts würde ihn trösten.« Jade kaute an ihrer Unterlippe und überlegte, mit welchen Mitteln sie den Herzog überzeugen konnte, der sie immer noch ungläubig anschaute. Plötzlich platzte sie heraus: »Colin hat ein Muttermal am Rücken. Das weiß ich, weil ich ihn pflegte, bevor Matthew und Jimbo den Arzt gefangennahmen. Genügt Ihnen dieser Beweis?«

Der Herzog lehnte sich in seinem Sessel zurück. »Das Kriegsministerium schickte mir einen Beweis für Colins Tod.«

»Genau.«

»Was meinen Sie damit?«

»Das erkläre ich Ihnen, wenn Colin wieder daheim ist. Würden Sie mir eine Frage beantworten, ehe ich meinen Versuch fortsetze, Sie zu überzeugen?«

»Was wollen Sie wissen?« Seine Stimme klang sehr müde.

»Können Sie sich denken, warum Colin mir das Versprechen abnahm, Caine nichts von seiner Rettung zu erzählen? Ich vertraue Ihrem älteren Sohn, und ich begreife nicht, was Colin mit dieser Heimlichtuerei bezweckt. Allerdings, damals war er nicht ganz klar im Kopf, und sein Gefasel über die Bradley-Brüder …«

Der Herzog sprang wieder auf. »Colin lebt!«

»Bitte, seien Sie doch leise! Niemand darf es erfahren.«

»Warum sagen Sie das? Ich möchte in alle Welt hinausposaunen, daß mein Junge am Leben ist.«

Jade lächelte erfreut. »Endlich habe ich Sie überzeugt. Setzen Sie sich, Sir. Sie sehen ziemlich geschwächt aus.« Sie wartete, bis er wieder Platz genommen hatte, dann fragte sie: »Warum glauben Sie mir jetzt?«

»Sie sagten, Colin wolle Caine nicht wissen lassen … O Gott, die Bradley-Brüder! Diesen Zwischenfall hatte ich völlig vergessen.«

Sie blinzelte verwirrt. »Traut Colin seinem eigenen Bruder nicht?«

»Nein, das haben Sie mißverstanden. Colin vergöttert Caine. Allmächtiger, ich kann es noch gar nicht fassen …«

»Aber wenn er Caine vergöttert, warum mußte ich ihm dann

dieses seltsame Versprechen geben? Und wer, bitte, sind die Bradley-Brüder?«

Der Herzog lachte leise. »Als Colin acht oder neun war, rannte er eines Tages mit blutender Nase und aufgeplatzten Lippen nach Hause. Caine war zufällig da und erkundigte sich, wer für diese Blessuren verantwortlich sei. Sobald er den Namen Bradley hörte, stürmte er davon. Colin versuchte ihn aufzuhalten, denn er hatte die Anzahl der Bradley-Brüder nicht erwähnt. Eine halbe Stunde später kehrte Caine zurück, genauso übel zugerichtet wie Colin.«

»Und wie viele Brüder waren es?«

»Acht.«

»Um Himmels willen! Soll das heißen, acht Bradleys sind über Colin hergefallen?«

»Nein, nur einer, ein gewisser Samuel, wenn ich mich recht entsinne. Der muß mit Caines Racheakt gerechnet haben, denn er lief heim und holte Verstärkung.«

»Caine hätte umgebracht werden können«, wisperte Jade.

»Meine Liebe, Ihr Mitleid sollte eher den Bradleys gelten. Ursprünglich wollte er nur den Jungen verhauen, der Colin attackiert hatte. Aber als sie in geschlossener Formation anrückten, nahm er sich jeden einzeln vor. O ja, mein Junge hat's ihnen tüchtig gegeben.«

Sie fand diese Geschichte überhaupt nicht lustig, aber der Herzog grinste voller Vaterstolz. »Sie sehen also, Mylady – Colin nahm Ihnen jenes Versprechen ab, weil er Caine kennt – und nicht, weil er ihm mißtraut. Der jüngere Bruder muß den älteren schützen, ehe er eine Gelegenheit findet, die Situation zu erklären. Colin will verhindern, daß Caine mit einer neuen Bradley-Phalanx zusammenprallt, und er war immer der vorsichtigere von den beiden. Auch er hat für die Regierung gearbeitet. Das weiß Caine nicht. Ich wußte es übrigens auch nicht. Niemals hätte ich es zugelassen, schon gar nicht, als ich erfuhr, daß Sir Richards nicht sein Vorgesetzter war.«

»Richards war der Mann, von dem Caine seine Anweisungen erhielt, nicht war?«

Erstaunt hob der Herzog die Brauen »Oh, Sie wissen eine ganze Menge. Wie sind Sie zu diesen Informationen gelangt? Wer hat Ihnen so streng gehütete Geheimnisse verraten?«

Die Frage kränkte Jade ein wenig. »Niemand. Das alles habe ich selbst herausgefunden. Und ich bin sehr tüchtig, Sir. Mein Bruder Nathan half Colin, ein kompliziertes Problem zu lösen. Aber irgend jemand wollte einen Erfolg der beiden verhindern. Sie sind nur deshalb noch am Leben, weil Pagan mißtrauisch wurde. Zum Glück konnte der Pirat rechtzeitig eingreifen.«

»Kennt Colin seinen Gegner?«

Sie schüttelte den Kopf. »Wir wissen nur, daß es ein hoher Beamter im Kriegsministerium sein muß. Colin und Nathan sind in Sicherheit, solange man sie für tot hält. Mehr kann ich Ihnen nicht erzählen. Wenn Ihr Sohn zurückkehrt ...«

»Würden Sie mich jetzt gleich zu ihm führen?«

»In ein paar Tagen kommt er heim. Natürlich darf er nicht hierbleiben, es sei denn, Sie schicken alle Dienstboten aus dem Haus. Die Einzelheiten müssen noch geregelt werden.« Lächelnd fügte Jade hinzu: »Ich bin neugierig, ob Sie Colin wiedererkennen werden. Das Haar ist ihm bis zu den Schultern gewachsen. Jetzt sieht er wie ein echter Pirat aus – Nathan übrigens auch.«

»Pagan freut sich bestimmt darüber.«

»O ja, sehr.«

»Waren Nathan und Colin schwer verletzt?«

»Sie wurden gefesselt und geknebelt, angeschossen und ins Wasser geworfen. Ihre Feinde wußten, daß die beiden nicht tot waren.«

»Offenbar wollte man sie ertrinken lassen.«

»Nein, die Haie sollten sie fressen. An jener Stelle wimmelt das Meer von diesen Raubfischen, und das frische Blut lockte sie sofort an.«

»Mein Gott ...«

»Aber die Haie mußten auf ihre Mahlzeit verzichten. Allerdings gab es ein paar kritische Minuten. Bei der Rettungsaktion verlor Pagan einen seiner besten Männer.«

»Pagan ist mit diesem anderen Piraten ins Wasser gesprungen?«

»Ja. Er ist ein großartiger Schwimmer. Außerdem würde er von anderen niemals etwas verlangen, was er selbst nicht zustande brächte.«

Jade ging zur Tür, doch eine Frage des Herzogs hielt sie zurück. »Lieben Sie meinen Colin ?«

»Du lieber Himmel, nein!« Die Hand auf der Klinke, drehte sie sich noch einmal um. »Wenn wir uns das nächste Mal sehen, müssen Sie so tun, als würden Sie mich nicht kennen. Vorerst werde ich Caine beschäftigen. Wie Sie wissen, ist er fest entschlossen, Pagan aufzuspüren. Durch diese Jagd setzt er sich gewissen Gefahren aus, aber Pagan beschützt ihn. Der Pirat wird beschuldigt, Nathan und Colin ermordet zu haben. Die Regierung hat einen Preis auf seinen Kopf ausgesetzt – eine Summe, die von Caine verdoppelt wurde. Überlegen Sie mal, was geschehen würde, wenn er Pagan fände und mit ihm spräche, bevor er …«

»Pagan könnte ihm glaubhaft erklären, er habe Colin nicht getötet.«

»Genau, Verstehen Sie es jetzt? Wer immer hinter alldem steckt, will sichergehen, daß Pagan unauffindbar bleibt.«

»Oder er tötet Caine, ehe die Wahrheit ans Licht kommt.«

»Ja.«

»Großer Gott, Caine schwebt in Gefahr! Ich muß …«

»Bitte, unternehmen Sie nichts, Sir. Wie ich bereits erwähnt habe – Pagan paßt auf Caine auf.«

»Er ist also nicht unser Feind«, flüsterte der Herzog.

»Und den Dank, den ich ihm schulde, kann ich niemals zurückzahlen. Liebe Lady, darf ich denn gar nichts für Sie tun.«

»Jetzt muß ich mich um Caine kümmern. Er ist sehr eigensinnig, aber der geborene Beschützer. Im Augenblick hat er eine Beschäftigung, weil er glaubt, meine Probleme lösen zu müssen. Wenn Colin und Nathan zurückkehren, können sie zu dritt entscheiden, was geschehen soll.«

»Pagan hat Sie also zu Caine geschickt?«

»Ja«, bestätigte Jade lächelnd.

»So leicht wird Caine nicht aufgeben. Hoffentlich kommt Colin bald wieder.«

»Machen Sie sich keine Sorgen. Wenn Sie Caine bitten, seine Jagd zu beenden, wird er sie um so eifriger betreiben. Er strebt viel zu verbissen nach seinem Erfolg, um jetzt aufzuhören.«

»Dann müssen Sie sich ihm anvertrauen.«

»Unmöglich, Sir. Ich habe Colin mein Wort gegeben. Außerdem wird es nur noch wenige Tage dauern, bis wir die Wahrheit bekanntgeben.«

»Und wenn Ihr Bruder und Colin aufgehalten werden?«

»In so einem Fall müssen wir einen neuen Plan schmieden.«

»Was für einen?«

»Wir werden einen Weg finden, um dem Jäger die Beute wegzunehmen. Caine wird vor Wut toben, aber am Leben bleiben. Darüber will ich gründlich nachdenken«, fügte Jade hinzu und öffnete die Tür.

»Wann sehe ich Sie wieder? Sie betonten, ich müsse vorgeben, Sie nicht zu kennen, aber ...«

»Oh, wir sehen uns bestimmt wieder. Und wenn Sie etwas für mich tun möchten ...«

»Was immer in meiner Macht steht.«

»Caine ist Ihr ältester Sohn, und wenn Sie schon unbedingt ein Lieblingskind haben müssen, sollte er es sein.«

Erstaunt hob der Herzog die Brauen. »Ich liebe alle meine Kinder, und ich wußte nicht, daß ich eines bevorzuge.«

»Sir Harwick glaubt, Colin sei Ihr Favorit. Und er erwähnte auch, Caine würde sich von der Familie fernhalten. Versuchen Sie, diese Situation zu ändern. Caine braucht Ihre Liebe.«

Die Tür fiel hinter Jade ins Schloß. Der Herzog blieb noch lange am Schreibtisch sitzen, ehe er seinen Beinen die Kraft zutraute, ihn zu tragen. Feudentränen strömten über seine Wangen, und er betet stumm, um dem Allmächtigen für das Wunder zu danken, das ihm widerfahren war.

Sein Colin lebte.

Plötzlich verspürte Henry einen Bärenhunger, und er sprang auf, um zu frühstücken. Die nächsten Tage würden ihn auf eine harte Probe stellen. Er war ein schlechter Schauspieler, aber er wollte sich bemühen, sein Lächeln zu unterdrücken. Das Personal durfte nicht erraten, warum er die Trauerzeit beendet hatte.

Er fühlte sich wie neugeboren – so als hätte ihn jemand aus dem dunklen Abgrund seiner Verzweiflung geholt und zu den Sternen emporgehoben.

Was für ungewöhnliche grüne Augen die junge Dame besaß, die er nun als seine Retterin betrachtete … Nach dieser schönen Frau mußte Pagan sein Schiff benannt haben – die *Emerald.* Das bedeutete »Smaragd«. Henry glaubte, die wahre Identität des Piraten zu kennen. Aber dieses Geheimnis wollte er für sich behalten und notfalls ins Grab mitnehmen.

Was würde Caine wohl sagen, wenn er herausfände, daß die Frau, um deren Probleme er sich kümmerte, Pagans Schwester war? Dann würde ein Donnerwetter losbrechen, und Henry konnte nur hoffen, rechtzeitig zur Stelle zu sein und seine Retterin beschützen zu können, wenn das Temperament seines älteren Sohnes explodierte.

Der Herzog von Williamshire war fest überzeugt, die Wahrheit erraten zu haben.

Er füllte seinen Teller gerade zum zweitenmal mit Rührei und gebratenen Nieren, als seine Frau Gweneth ins Speisezimmer eilte. Das blonde Haar hing ihr zerzaust in die Stirn, und es schien ihr nicht zu gelingen, den Gürtel ihres Morgenmantels verknoten zu können. Verblüfft starrte sie ihren Mann an. »Henry! Warum frühstückst du?«

»Das ist morgens so üblich, und ich hatte Hunger.«

Tränen glänzten in ihren Augen. »Du hattest Hunger?« wisperte sie.

Er stellte den Teller auf das Sideboard, ging zu ihr und nahm sie in die Arme. Liebevoll küßte er ihren Scheitel.

»In letzter Zeit habe ich dir großen Kummer bereitet, nicht wahr?«

»Fühlst du dich jetzt besser?«

»Ich bekam die Anweisung, nicht länger zu trauern.«

»Von wem?«

»Von meinem Gewissen«, log er. »Wenn es an der Zeit ist, werde ich dir meinen plötzlichen Sinneswandel erklären, Gweneth. Vorerst kann ich nur sagen, wie tief ich es bedaure, dir und den Kindern soviel Leid zugefügt zu haben. Nun habe ich mich wirklich lange genug in meiner Verzweiflung vergraben.«

»Ein Wunder ist geschehen …«

Ja, dachte er, ein Wunder mit bezaubernden grünen Augen hat mich beglückt. »Iß mit mir, Liebling. Du siehst ein bißchen blaß aus.«

»Ich? Blaß?« Mit bebenden Lippen lächelte sie. »Und du siehst wie der Tod aus, Liebster.«

Er hauchte einen Kuß auf ihre Lippen, dann führte er sie zum Tisch. »Später reite ich zu Caine.«

»Sicher wird er über die Veränderung staunen, die mit dir vorgegangen ist. O Henry, es ist schön, dich wiederzuhaben.«

»Möchtest du mich nach Harwythe begleiten?«

»Sehr gern.« Ihre Augen begannen zu funkeln. »Im Trauerjahr schickt es sich zwar nicht, Gäste zu empfangen. Aber ich will Lady Aisely und ihre liebe Mutter für ein Wochenende einladen. Wir sagen Caine gleich heute, daß wir ihn auch erwarten … Warum schüttelst du den Kopf?«

»Spar dir die Mühe, Gweneth. Er wird Lady Aisely nicht heiraten.«

»Die beiden würden so gut zusammenpassen. Nenn mir wenigstens zwei vernünftige Gründe, warum ich diese Heirat nicht fördern sollte.«

»Einverstanden. Erstens – Lady Aisely hat kein rotes Haar.«

»Natürlich nicht. Sie ist eine bildhübsche Blondine.«

»Zweitens …« Der Herzog ignorierte die Verblüffung seiner Gemahlin. »Sie hat keine grünen Augen.«

»Henry, fühlst du dich auch wirklich wohl?«

Sein Gelächter hallte von den Wänden wider. »Caine braucht eine Zauberin. Damit mußt du dich nun mal abfinden, Liebes.«

»Ich verstehe nicht …«

Sein Lächeln stürzte sie in noch tiefere Verwirrung.

»Gweneth, dein Frühstück muß noch etwas warten. Geh sofort ins Bett zurück.«

»Warum denn?«

Der Herzog beugte sich vor, flüsterte seiner Frau etwas ins Ohr, und als er seine Erklärungen beendet hatte, errötete sie.

»O Henry«, wisperte sie, »Du scheinst dich tatsächlich besser zu fühlen.«

11

Wenig später kehrte Jade in Caines Haus zurück. Nachdem sie Matthew das Pferd übergeben hatte, rannte sie über die Hintertreppe zu ihrem Schlafzimmer hinauf. Sie bog um die Ecke des Korridors, und da sah sie Sterns wie einen Zenturio vor ihrer Tür stehen. Bei ihrem Anblick verschränkte er die Arme vor der Brust. »Eigentlich sollten Sie in Ihrem Zimmer sein, Mylady.«

Jade beschloß, in die Offensive zu gehen. »Und was machen Sie hier?«

»Ich bewache die Tür.«

»Warum?«

»Damit Sie nicht weggehen.«

»Aber ich war bereits weggegangen«, entgegnete sie und lächelte sanft. »Sie sollten etwas Besseres mit Ihrer Zeit anfangen, als einen leeren Raum zu bewachen.«

»Ich wußte nicht, daß er leer war, Mylady«, protestierte er.

Beschwichtigend tätschelte sie seinen Arm. »Erklären Sie mir das später. Und jetzt geben Sie mir bitte den Weg frei. Ich möchte mich umkleiden und Caine helfen.« Sie eilte an dem konsternierten Diener vorbei, und als er ihr Vorhaltungen machte, schlug sie ihm einfach die Tür vor der Nase zu. Ein paar Minuten später hatte sie sich umgezogen. In einem dunkelgrünen Kleid lief sie die Haupttreppe hinab.

Nun bewachte Sterns den Vordereingang, und wie seine Miene verriet, war er fest entschlossen, diesmal die Oberhand zu behalten. »Sie können nicht aus dem Haus gehen«, verkündete er mit einer Stimme, die einem Eisbären Kälteschauer über den Rücken gejagt hätte.

So leicht ließ sich Jade jedoch nicht einschüchtern. Lächelnd erwiderte sie: »Doch, das kann ich, und ich werde es auch tun.« Statt einer Antwort lehnte er sich an die Tür, schüttelte langsam den Kopf, und sie versuchte ihn abzulenken. »Sterns, wie viele Dienstboten wohnen eigentlich hier?«

Er blinzelte verblüfft. »Im Augenblick nur das halbe Personal. Wir sind zu fünft.«

»Wo stecken die anderen?«

»In London. Sie machen das Stadthaus sauber.«

»Ich dachte, das wäre abgebrannt.«

»So schlimm war es nicht. Nur eine Mauer wurde zerstört. Die hat man vorerst durch eine Bretterwand ersetzt. Jetzt werden gerade die Schäden beseitigt, die der Rauch angerichtet hat.«

»Ich frage mich, ob man den Dienstboten hier trauen kann.«

Der Butler straffte die Schultern. »Mylady, alle Diener sind vertrauenswürdig und ihrem Herrn treu ergeben.«

»Glauben Sie das wirklich?«

Er machte einen Schritt von der Tür weg. »Warum interessieren Sie sich so für ...«

»Innerhalb der nächsten Tage werden zwei Gäste eintreffen, Sterns. Niemand darf davon erfahren. Das Personal muß Stillschweigen bewahren.«

»Der Marquis hat nichts von irgendwelchen Gästen erwähnt«, bemerkte der Butler leicht gekränkt.

Jade stürmte an ihm vorbei und riß die Tür auf. »Caine weiß noch nichts. Deshalb hat er Ihnen nichts gesagt. Es soll eine Überraschung sein, verstehen Sie?« Seine gerunzelte Stirn bekundete, daß er überhaupt nichts verstand, und Jade fügte hinzu: »Ich wollte Sie nur darauf hinweisen, damit Sie die Gästezimmer rechtzeitig herrichten lassen können.« Sie raffte ihre Röcke und stieg die Eingangstreppe hinunter. »Schauen Sie nicht so finster drein, Sterns. Ich werde Caine versichern, Sie hätten Ihr Bestes getan, um mich im Haus festzuhalten.«

»Und ich werde Mylord mitteilen, daß Sie nicht in Ihrem Zimmer waren!« rief er ihr nach.

Sie traf Caine an der Stelle, wo einmal sein Stall gestanden hatte. Nur schwelende Asche war übriggeblieben. Die Pferde befanden sich in einem großen rechteckigen Korral, den die Männer hastig gebaut hatten.

Ruß befleckte Caines weißes Hemd.

»Hast du alle Pferde wieder eingefangen?« fragte Jade.

Langsam wandte er sich zu ihr. Sein Blick war so wütend, daß er einen neuen Brand hätte entflachen können, aber seine Stimme klang täuschend mild. »Alle – bis auf die Stute, die du dir ausgeliehen hast.«

»Ausgeliehen?« wiederholte sie mit unschuldigem Augenaufschlag.

»Warte im Salon auf mich«, befahl er.

»Aber ich will dir helfen, Caine.«

»Helfen?« Er verlor fast die Beherrschung. »Du und deine Männer, ihr habt mir schon genug geholfen.« Nach ein paar tiefen Atemzügen sagte er: »Geh ins Haus. Sofort.«

Sein Gebrüll erreichte die gewünschte Wirkung. Jade machte auf dem Absatz kehrt und eilte zur Eingangstreppe. Dabei spürte sie, wie Caine auf ihren Rücken starrte, und sie wäre nicht erstaunt gewesen, wenn ihr Kleid Feuer gefangen hätte. Vorerst erschien es ihr sinnlos, vernünftig mit ihm zu reden. Sie mußte warten, bis sein Zorn verraucht war. Auf der untersten Stufe drehte sie sich um. »Caine, wenn ich im Haus bleiben muß – versuch, keine Zielscheibe abzugeben.«

Sterns lief die Treppe herab und packte Jades Ellenbogen. »Gehorchen Sie ihm, Mylady. Sie wollen ihn doch nicht noch mehr in Wut bringen.« Hastig führte er sie in die Halle. »Ich glaube, ich habe Mylord noch nie so erbost gesehen.«

»Ja, offenbar ist er ziemlich ungehalten«, bestätigte sie und ärgerte sich über das Zittern in ihrer Stimme. »Sterns, könnte ich eine Tasse Tee haben? Das dürfte ein Unglückstag werden, und er ist noch nicht einmal zur Hälfte vorbei.«

»Natürlich, ich werde Ihnen Tee servieren. Sicher wollte der

Marquis Sie nicht so anschreien. Wenn er sich beruhigt hat, wird er Sie um Verzeihung bitten.«

»Vermutlich wird der sich nie beruhigen«, murmelte Jade.

»Der Stall war noch nicht einmal einen Monat alt«, seufzte Sterns.

Sie versuchte ihm zuzuhören, aber Caines Worte dröhnten in ihrem Kopf. »Du und deine Männer ...« Also wußte er Bescheid über Matthew und Jimbo. Aber wieso? Und viel wichtiger – was wußte er sonst noch?

Während Sterns den Tee bereitete, wanderte Jade im großen Salon auf und ab. Sie öffnete die Verandatür, um die frische Frühlingsluft hereinzulassen. Außerdem war es eine Vorsichtsmaßnahme, denn wenn Caine sie ermorden wollte, mußte sie fliehen.

»Unsinn«, flüsterte sie. Niemals würde Caine die Hand gegen sie erheben, und mochte er noch so zornig sein. Und die ganze Wahrheit konnte er unmöglich herausgefunden haben.

Plötzlich flog die Haustür auf und schlug zweimal gegen die Wand, ehe sie zugeworfen wurde. Caine war in die Halle gekommen.

Jade setzte sich auf ein goldgelbes Brokatsofa und faltete die Hände im Schoß. Dann zwang sie sich zu einem Lächeln. Er durfte nicht merken, daß sie zitterte. Ehe daß sie ihm ihre Sorge zeigte, würde sie lieber ins Grab sinken.

Nun schwang die Salontür auf, und Caine stand auf der Schwelle. Jade konnte ihr Lächeln nur beibehalten, bis sie seine Miene erblickte. Er sah tatsächlich mörderisch aus. »Wo warst du heute morgen?« donnerte er.

»Sprich nicht in diesem Ton mit mir, sonst platzt mein Trommelfell.«

»Antworte!«

Empört starrte sie ihn an, weil er ihren Befehl ignorierte und immer noch brüllte. »Ich habe deinen lieben Papa besucht.«

Diese Mitteilung schien seine Wut etwas abzukühlen, aber dann schüttelte er den Kopf. »Ich glaube dir nicht.«

»Ich sage die Wahrheit.«

Caine kam ins Zimmer und blieb vor Jade stehen. Seine Stiefelspitzen berührten den Saum ihres Kleides. Er erschien ihr wie ein Racheengel, und sie fühlte sich in die Enge getrieben. Genau das bezweckte er natürlich. Er wollte sie einschüchtern. »Tut mir leid, daß du mir nicht glaubst, Caine. Ich war wirklich bei deinem Vater, weil ich mir Sorgen um ihn gemacht habe. Sir Harwick hatte erklärt, es gehe dem Herzog nicht gut. Und ich dachte, eine nette kleine Unterhaltung würde deinen armen Papa aufheitern.« Bei diesem Geständnis schaute sie auf ihre Hände hinab.

»Wann hast du das Feuer gelegt, Jade?«

Nun sah sie auf. »Ich habe kein Feuer gelegt.«

»O doch!« schrie er, wandte sich ab und ging zum Kamin. Da ihn helle Wut erfüllte, wagte er nicht, in Jades Nähe zu bleiben – aus Angst, er könnte sich an ihr vergreifen.

Seufzend sah sie auf. »Ich habe den Stall nicht angezündet.«

»Dann hast du es einem deiner Männer befohlen. Ich will wissen, warum.«

»Welche Männer meinst du?«

»Die beiden Bastarde, die seit unserer Ankunft hier herumlungern.« Er nahm an, sie würde es abstreiten. Seit der ersten Begegnung hatte sie ihm nur Lügen aufgetischt. Das erkannte er nun klar und deutlich. Abwartend drehte er sich zu ihr um, und sie zuckte anmutig die Schultern.

»Oh, diese beiden. Also hast du Matthew und Jimbo kennengelernt?«

Sein Zorn wurde fast unerträglich. »Ja. Zwei weitere Lügen, nicht wahr?«

Sie konnte ihn nicht anschauen. Nun war er der Mann, der in dem Dossier beschrieben wurde. Kalt. Methodisch. Tödlich. Diese Worte stellten keine Übertreibung dar.

»Matthew und Jimbo sind brave Männer«, flüsterte sie.

»Du leugnest also nicht ...«

»Ich werde nichts leugnen. Aber du bringst mich in eine unmögliche Lage. Ich habe mein Wort gegeben, und das darf ich nicht brechen. Eine kleine Weile mußt du mir noch vertrauen.«

»Dir vertrauen?« herrschte er sie an. »Hältst du mich für einen kompletten Narren?«

Jade holte tief Luft. »Mein Problem ist sehr heikel.«

»Dein Problem ist mir verdammt gleichgültig. Um Himmels willen, was für ein Spiel treibst du? Warum bist du hier?«

»Deinetwegen. Mehr kann ich dir nicht sagen.«

»Antworte!«

»Nun ja – ich bin hier, um dich zu beschützen.«

Ebensogut hätte sie behaupten können, sie stamme von einem anderen Planeten. »Ich will den wahren Grund wissen, zum Teufel!«

»Das ist der wahre Grund. Ich beschütze dich.«

Sterns erschien in der offenen Tür, ein Silbertablett in den Händen. Ein Blick ins Gesicht seines Arbeitgebers genügte ihm, um sich sofort wieder abzuwenden.

»Schließen Sie die Tür hinter sich, Sterns«, befahl Caine.

»Brüll den armen Mann nicht so an.« Jetzt schrie auch Jade. »Er hat nichts mit alldem zu tun, und du solltest deine Wut nicht an ihm auslassen.«

»Setz dich, Jade.« Caines Stimme klang nicht mehr so bedrohlich. Trotzdem mußte sie ihren ganzen Mut aufbieten, um ihm den Gehorsam zu verweigern.

»Wenn du schlecht gelaunt bist, trittst du wahrscheinlich nach jungen Hündchen, was?«

»Setz dich.«

Sie schaute zur Tür, um die Entfernung abzuschätzen, aber seine nächsten Worte belehrten sie eines Besseren. »Du würdest es nicht schaffen.«

»Du willst also nicht vernünftig sein?«

»Nein, das will ich nicht.«

»Ich hatte gehofft, wir könnten in Ruhe miteinander reden, wenn deine Wut verflogen ist.«

»Wir sprechen doch, oder?« Er wollte sie packen, um alle Antworten aus ihr herauszubeuteln, aber er fürchtete, dabei würde er sie womöglich umbringen. Sein Herz fühlte sich an, als wäre es entzweigerissen worden. »Pagan hat dich hergeschickt, nicht wahr?«

»Nein.«

»Doch. Mein Gott, der Bastard hat eine Frau beauftragt, ihm die Arbeit abzunehmen. Wer ist er, Jade? Dein Bruder?«

Sie schüttelte den Kopf und wich vor Caine zurück. »Bitte, hör mir zu ...«

Er folgte ihr, dann zwang er sich stehenzubleiben. »Du hast immer nur gelogen und nie in Gefahr geschwebt.«

»Nicht alles war Lüge. Aber die Gefahr mußte ich nicht von mir, sondern von dir abwenden.«

Caine schüttelte den Kopf, und sie wußte, er würde ihr kein Wort glauben, was immer sie auch sagen mochte. Sie las tiefen Schmerz in seinem Blick. »Pagan hat dich hergeschickt«, wiederholte er. »Dein Bruder ist ein Feigling. Er wird sterben. Eine gerechte Strafe, nicht wahr? Auge um Auge oder in diesem Fall – Bruder um Bruder.«

»Caine, du mußt mir zuhören!« rief Jade, den Tränen nahe, weil sie ihm solche Qualen bereitete. »Dann würdest du es verstehen. Anfangs wußte ich nicht, was für ein Mann du bist ... O Gott, es tut mir so leid.«

»Es tut dir leid?« fragte er tonlos.

»Ja. Und wenn du zuhören würdest ...«

»Meinst du, ich werde dir auch nur ein einziges Wort glauben?«

Sie schwieg, und er schien durch sie hindurchzuschauen. Um dem Zorn und dem Haß in seiner Miene zu entrinnen, schloß sie sekundenlang die Augen.

»Hast du auf Pagans Befehl mit mir geschlafen?« erkundigte er sich.

Jade zuckte zusammen, als hätte er sie geschlagen. »Dann wäre ich eine Hure, Caine, und ich erniedrige mich für niemanden zu einer billigen Hure, nicht einmal für meinen Bruder.« Tränen drohten ihre Stimme zu ersticken. »Ich bin keine Hure.«

Das Gebrüll, das plötzlich durch die Verandatür drang, glich einem Kriegsruf. Jade erkannte diese Stimme. Nathan war angekommen. Nun konnte sie das Täuschungsmanöver beenden.

»Haben Sie meine Schwester als Hure bezeichnet?«

Die Frage ließ die Wände erbeben. Noch nie hatte Jade ihren

Bruder so wütend gesehen. Sie wollte auf ihn zugehen, aber Caine hielt sie fest. »Steh mir nicht im Weg«, befahl er gefährlich leise.

»Ich werde dir nicht erlauben, meinen Bruder anzufassen.«

»Lassen Sie Jade los!« schrie Nathan. »Oder ich bringe Sie um!«

»Caine begreift das alles nicht, Nathan!« Vergeblich versuchte sie, sich von der kraftvollen Hand zu befreien, die ihren Arm umklammerte.

Sie wußte nicht, wer von den beiden zorniger aussah. Nathan runzelte genauso unheilvoll die Stirn wie Caine. Zweifellos waren sie einander würdig. Vom Scheitel bis zur Sohle glich Nathan einem Piraten. Langes braunes Haar fiel ihm auf die breiten Schultern. Er trug enge schwarze Kniehosen, das Hemd stand fast bis zur Taille offen. Caine überragte ihn zwar ein wenig, aber Nathan besaß genauso starke Muskeln wie sein Widersacher.

Sie werden sich umbringen, dachte Jade unglücklich, und während die beiden Männer einander musterten, überlegte sie krampfhaft, wie sie das Schlimmste verhindern konnte.

»Ich habe Ihnen eine Frage gestellt, Sie Bastard!« brüllte Nathan. Drohend trat er einen Schritt vor. »Haben Sie meine Schwester Hure genannt?«

»Nein, das hat er nicht!« kreischte Jade, als Nathan nach dem Messer in seinem Hosenbund griff. »Er weiß nichts von Colin. Ich habe meinem Befehl gehorcht und geschwiegen.« Ihr Bruder zögerte, und sie fuhr hastig fort: »Caine glaubt, du hättest Colin getötet.«

Die Hand entfernte sich vom Messergriff, und Jade atmete erleichtert auf. »So, glaubt er das?« fragte Nathan gedehnt.

Caine starrte den Eindringling an. Nun stand es eindeutig fest – Pagan war Jades Bruder. Die beiden hatten die gleichen grünen Augen.

»Ich glaube es nicht nur – ich weiß es!« stieß Caine hervor. »Sie sind Pagan, der Mörder meines Bruders!«

Endlich gelang es Jade, sich loszureißen. Sie wollte zu Nathan laufen, aber Caine schob sie unsanft hinter seinen Rücken. »Geh nicht zu ihm!«

»Versuchst du mich vor meinem eigenen Bruder zu schützen?«

»Hat er dich angerührt?« fauchte Nathan.

»Würdest du dieses Thema endlich fallenlassen? Dies ist nicht der richtige Zeitpunkt für so intime Diskussionen.«

»Sei still, Jade!« befahl Caine und näherte sich dem Neuankömmling. Sie versuchte, ihn am Hemd festzuhalten, doch davon ließ er sich nicht beirren. Mit einem vehementen Fußtritt beförderte er den geschnitzten Teewagen beiseite und setzte zielstrebig seinen Weg fort. »Ja, verdammt noch mal, ich habe sie angerührt! Gehörte das nicht zu Ihrem Plan, Sie Bastard?«

Nathan sprang schreiend vor. Wie Stiere stürmten die beiden Männer aufeinander los.

»Nein!« jammerte Jade. »Bitte, Nathan, tu Caine nicht weh. Caine, du darfst ihn auch nicht verletzen ...« Sie verstummte, als sie merkte, daß man ihr keine Beachtung schenkte.

Caine kam als erster zum Zug und warf Nathan buchstäblich an die Wand. Ein hübsches Gemälde, das die Themse in früheren, sauberen Zeiten zeigte, landete krachend am Boden. Nathan vollendete die Zerstörung des Kunstwerks, indem er daraufstieg und versuchte, ein Knie zwischen Caines Beine zu rammen – fest entschlossen, seinen Gegner in einen Eunuchen zu verwandeln. Aber Caine wehrte die Attacke ab und schleuderte Nathan wieder an die Wand. Doch dann konnte Jades Bruder seinen ersten Faustschlag anbringen. Caine packte ihn am Nacken und wollte ihm gerade den Schädel zertrümmern, als seine Aufmerksamkeit auf den Mann gelenkt wurde, der in der Tür stand. Sein Griff um den feindlichen Hals lockerte sich, was Nathan sofort nutzte. Mit voller Wucht prallten seine Fingerknöchel auf Caines Kinn.

Caine schüttelte nur kurz den Kopf, als sei der Treffer völlig belanglos, und schob Nathan zur Wand. »Colin?« Es war ein halb ersticktes Flüstern, ungläubig hervorgewürgt. Sein Gehirn erfaßte nicht, was er sah. Colin lehnte am Türrahmen, mit jenem schiefen Grinsen, das so vertraut war, so jungenhaft. Schrecklich dünn – aber höchst lebendig ...

In seiner Verblüffung merkte Caine nicht, daß er Nathan beinahe erdrosselte, bis er ein qualvolles Keuchen hörte. Seine

Finger erschlafften, worauf Nathan sich losriß und wieder zuschlug. Zunächst ignorierte Caine den Fausthieb. Dann stieß er, als hätte er sich doch noch anders besonnen, einen Ellbogen zwischen Nathans Rippen, ehe er auf Colin zuging.

»Das schwöre ich bei Gott, Colin!« brüllte Nathan. »Ich bringe deinen Bruder um. Weißt du, was er meiner Schwester angetan hat? Er …«

»Nathan, das darfst du Colin nicht sagen!« kreischte Jade. »Versuch doch ausnahmsweise, dich wie ein Gentleman zu verhalten.«

Auf einen Stock gestützt, kam Colin seinem Bruder entgegen. Tief bewegt schloß Caine ihn in die Arme.

»Mein Gott, du bist es wirklich. Ich kann es kaum glauben.«

»Caine, ich freue mich so, dich wiederzusehen. Natürlich bist du jetzt sehr verblüfft, aber ich werde dir alles erklären. Sei mir nicht allzu böse. Ich wollte nicht, daß du es von jemand anderem erfährst. Das sind böse Männer. Du wärst einfach losgestürmt und …« Anscheinend fehlte Colin die Kraft, um weiterzusprechen. Er sank gegen Caine, der ihn festhielt und wartete, bis der Bruder sich faßte.

»Laß dir nur Zeit.« Als Colin wieder auf eigenen Beinen stehen konnte, trat Caine einen Schritt zurück, um ihn zu mustern. Ein Grübchen bildete sich in seiner Wange. »Auch du siehst wie ein Pirat aus. Du hast so langes Haar wie Pagan.« Während er einen Blick in Nathans Richtung warf, zog sich seine Stirn in Falten.

Nathan schaute genauso finster drein. »Ich habe ihm nichts erzählt, Colin. Aber dein schlauer Bruder hat alles herausgefunden. Er weiß, daß ich Pagan bin und meine kleine Schwester zu ihm geschickt habe, damit sie mit ihm herumhurt.«

Jade wünschte, die Erde würde sich auftun und sie verschlingen. Ihr Gesicht brannte wie Feuer. »Nathan, wenn Caine dich nicht tötet, werde ich's tun …«

Colin starrte sie an, und als er zu lachen anfing, wußte sie genau, was er dachte. »Sagte ich dir nicht …«, begann er.

»Setz dich, Colin«, befahl sie. »Du darfst dein Bein nicht so lange belasten.«

»Ich wußte ja, daß du und Caine…« Er seufzte tief auf. »Und ich habe dich gewarnt, oder?«

»Ich will jetzt kein Wort mehr über dieses Thema hören!« schrie sie. »Es ist beendet – verstanden? Wo ist Winters?« fügte sie rasch hinzu, in der Hoffnung, Colin auf andere Gedanken zu bringen. »Der Arzt sollte stets an deiner Seite sein.«

»Winters war bei dir, Colin?« fragte Caine verwundert.

»Pagan veranlaßte ihn, mich an Bord der *Emerald* zu betreuen.« Colin humpelte zum Sofa und setzte sich.

»Zunächst versuchte Winters sich zu sträuben, aber Pagan kann sehr überzeugend wirken. Und schließlich fand der gute Doktor das alles sehr amüsant.«

»Wo ist er jetzt?« fragte Jade.

»Wir schickten ihn heim«, erwiderte Colin. »Mach dir keine Sorgen, mein Bein braucht nur noch ein bißchen Zeit, um zu heilen.«

Jade schob ihm ein Kissen hinter den Rücken und legte sein Bein auf einen runden Schemel. »Ich werde eine Erfrischung für dich bestellen. Du siehst viel zu blaß aus. Der Weg von der Zufahrt hierher hat dich ermüdet, nicht wahr?« Sie wartete keine Antwort ab, raffte ihre Röcke und eilte zur Salontür, aber Caine hielt sie am Arm fest.

»Du gehst nirgendwohin. Setz dich, Jade.«

»Jade?« wiederholte Colin verblüfft.

»Ich habe Caine erlaubt, mich mit dem Vornamen anzusprechen.«

»Erlaubt?« fragte Nathan.

Caine wandte sich zu seinem Bruder. »Wie nennst du sie denn?«

»Sie hat mehrere Spitznamen. Meistens sage ich Rotschopf zu ihr – nicht wahr, Jade?« Als sie nickte, fuhr Colin fort: »Nathan nennt sie 'Balg'. Diesen Spitznamen mag er am liebsten.« Seine Augenzwinkern vertiefte die Röte in Jades Wangen. »Übrigens, mich nennt Harry 'Delphin'. Auch das ist als Beleidigung gedacht.«

Nathan schüttelte den Kopf. »Keineswegs. Delphine sind liebe, sanftmütige Tiere.«

Müde seufzte Caine auf. »Wer ist Black Harry?« Plötzlich spürte er die volle Wirkung des Schocks, den ihm das Wunder versetzt hatte. Mit letzter Kraft zerrte er Jade zu dem Ohrensessel gegenüber dem Sofa, sank hinein und zwang sie, auf der Armstütze Platz zu nehmen. Entgeistert starrte er seinen Bruder an. »Ich kann es kaum fassen, daß du am Leben bist.«

»Dafür mußt du Pagan danken. Und ich kann deine Gelassenheit nicht fassen. Ich dachte, du würdest einen Wutanfall bekommen, wenn du erfährst, daß ich Jade das Versprechen abgenommen habe, dir nichts zu erzählen. Ich muß so vieles erklären. Aber ich glaube, zuerst will Nathans Schwester dir was mitteilen.« Heftig schüttelte Jade den Kopf. »Ich habe ihm nichts zu sagen, Colin. Und wenn du das Bedürfnis hast, ihn in allen Einzelheiten zu informieren, warte bitte, bis ich gegangen bin.«

Caine beachtete sie nicht, ließ ihren Arm los und beugte sich vor, die Ellbogen auf seine Knie gestützt. »Verrat mir nur, wer dir das angetan hat, Colin. Alles weitere erledige ich.«

Sofort nutzte Jade die vermeintliche Gelegenheit und versuchte aufzustehen, aber Caine packte ihre Hand, ohne seinen Bruder aus den Augen zu lassen. »Ich habe bereits erwähnt, daß du nirgendwohin gehst.«

Nathan hob ungläubig die Brauen. »Warum hast du ihn noch nicht erstochen, Jade?«

Sie zuckte mit den Schultern. »Das hätte seinem Bruder sicher mißfallen.«

»Warum braucht Black Harry so lange?« Nathan setzte sich zu Colin und legte die Füße auf den Schemel, neben das kranke Bein.

»Es wird noch eine Weile dauern, weil er seine Brille verloren hat«, entgegnete Colin.

Beide Männer lachten schallend, und Jade blinzelte entsetzt. »Black Harry ist hier? In England?« Ihre Stimme bebte, und nur Nathan schien den Grund ihrer Angst zu verstehen.

»Ja«, bestätigte er grimmig. »Und wenn ich ihm sage ...«

»Nein, du darfst ihm nichts sagen!« rief sie und versuchte

sich von Caine loszureißen, aber er umklammerte ihre Hand noch fester.

»Wer ist Black Harry?« fragte er und ignorierte Jades Bemühungen.

»Jades Onkel«, erklärte Colin. »Er sorgte für sie, nach dem Tod ihres Vaters.«

Caine versuchte, all die Neuigkeiten zu überdenken. »Warum fürchtete sich Jade vor Harry? Wie lange war sie bei ihm?«

»Viele Jahre«, antwortete Colin.

»Und wo zum Teufel waren Sie, während sie aufwuchs?« wandte sich Caine an Nathan. »Haben Sie in dieser ganzen Zeit den Leuten das Weiße aus den Augen gestohlen?«

»Verdammt, Colin, ein Mann kann nur ein gewisses Maß an Beleidigungen hinnehmen«, murmelte Nathan.

»Wenn er so weitermacht, bringe ich ihn um, selbst wenn ich dadurch deine Freundschaft verliere.«

Colin war zu erschöpft von seinem Fußmarsch, um sich auf eine Auseinandersetzung einzulassen. Bevor er weitere Erklärungen abgeben konnte, mußte er sich ein wenig ausruhen. Gähnend verkündete er: »Niemand wird irgendwen umbringen, ehe alles geklärt ist.« Er lehnte sich in die Sofakissen zurück und schloß die Augen.

In diesem Moment erregte ein unerwarteter Lärm die allgemeine Aufmerksamkeit. Caine hob gerade noch rechtzeitig den Kopf, um einen großen Blumentopf an den Fenstern vorbeifliegen zu sehen, quer über die Terrasse. Der Topf prallte gegen die Steinmauer, ein wütender Fluch folgte dem ohrenbetäubenden Krach.

»Harry ist da«, bemerkte Colin gedehnt.

Wie gebannt starrte Caine zur Terrassentür, auf alles vorbereitet und fest überzeugt, daß ihn nichts mehr überraschen könnte. Doch er irrte sich.

Der Mann, der die Schwelle überquerte, sah ungeheuerlich aus. Beinahe hätte Caine laut aufgelacht.

Die großen Pranken in die Hüften gestützt, blieb Harry stehen und betrachtete sein Publikum. Er war ganz in Weiß gekleidet, mit einer roten Schärpe um den runden Bauch. Seine tief gebräunte Haut bildete einen scharfen Kontrast zum silberweißen Haar. Caine schätzte ihn auf Mitte Fünfzig.

Das häßliche Gesicht, von einer gewaltigen Knollennase beherrscht, hätte empfindsamen Kindern monatelang Alpträume bescheren können. Weil er pausenlos zwinkerte, sah man von seinen Augen nur schmale Schlitze.

Der Mann hat Flair, das muß man ihm lassen, dachte Caine. Während Harry in den Salon stolzierte, rannten zwei Männer vor ihm her, um diverse Gegenstände aus dem Weg zu räumen. Zwei weitere, die Caine bereits kannte, folgten ihm. Blaurote Flecken zogen sich über Matthews und Jimbos Gesichter – eine Erinnerung an das Gespräch, das der Marquis mit ihnen geführt hatte.

»Hier drin wird's verdammt voll«, meinte Caine.

Jade entriß ihm die Hand, rannte zu Black Harry und warf sich in seine Arme. Als er sie angrinste, funkelte ein Goldzahn. »O, Onkel Harry, ich habe dich so vermißt«, wisperte sie.

»Klar hast du mich vermißt. Aber ich werde dir den Hintern versohlen«, fügte er hinzu, nachdem er sie noch einmal liebevoll an sich gedrückt hatte. »Bist du denn völlig verrückt geworden? Jetzt werde ich mir diese Geschichte erst mal in allen Einzelheiten anhören, und danach prügle ich dich windelweich.«

»Ich wollte dich bestimmt nicht ärgern«, versuchte sie ihn zu besänftigen.

Harry schnaufte verächtlich. »Nein, du wolltest mir's verheimlichen.« Schmatzend küßte er sie auf die Stirn.

»Ist das Caine?« fragte er und blinzelte den Hausherrn an.

»Ja«, bestätigte Jade.

»Er ist nicht tot.«

»Nein.«

»Also hast du gute Arbeit geleistet«, lobte Harry.

»Wenn's nach mir ginge, wäre er bald tot«, murrte Nathan.

»Willst du etwa meutern?«

»Harry ...« Jade lenkte die Aufmerksamkeit ihres Onkels wieder auf sich.

»Ja?«

Sie stellte sich auf die Zehenspitzen, flüsterte ihm etwas ins

Ohr, und er runzelte die Stirn. Dann nickte er. »Und du vertraust diesem Mann?«

Jade konnte nicht lügen. »Ja.«

»Was bedeutet er dir, Mädchen?«

»Nichts!« stieß sie hervor.

»Schau mir in die Augen! Du redest mit dem Fußboden, und das verrät mir, daß da irgendwas faul ist.«

»Nichts ist faul. Ich bin nur froh, daß ich dieses Täuschungsmanöver überstanden habe.«

Harry wirkte nicht sonderlich überzeugt. »Warum wolltest du ihn beschützen, wenn er dir nichts bedeutet?«

»Er ist Colins Bruder«, erinnerte sie ihren Onkel. »Das war der einzige Grund für meine Bemühungen.«

Seufzend beschloß Harry zu warten, bis er mit ihr allein sein würde. Dann wollte er ihr die Wahrheit herauslocken.

»Ich verstehe noch immer nichts!« schrie er und blinzelte in Caines Richtung. »Ich finde, Sie müßten Pagans Füße küssen. Ihr elender Bruder lebt doch, oder?«

»Jetzt, wo Sie hier sind, können wir alles klären, Harry«, rief Colin.

Harry grunzte und wandte sich wieder zu Jade. »Trotz allem werde ich dich grün und blau schlagen, Mädchen. Zweifelst du daran?«

»Keineswegs.« Sie unterdrückte ein Lächeln. In all den Jahren hatte er ihr noch nie ein Haar gekrümmt. Er war ein gütiger, sanfter Mann mit lupenreiner Seele. Sicher blickte der Allmächtige voller Stolz auf ihn herab. Harry liebte es, den Leuten in seiner Umgebung alle möglichen Strafen anzudrohen, wenn er genug Zuhörer hatte. Immerhin war er ein Pirat, wie er oft betonte, und deshalb mußte er den Schein wahren.

Bei der ersten Drohung war Caine aufgesprungen, aber Colin hatte ihm bedeutet, wieder Platz zu nehmen, und gewispert: »Alles nur Angeberei.«

»Holt mir einen Stuhl, Jungs!« brüllte Harry, blinzelte Caine an und stapfte zum Kamin. Colin und Nathan brachten ihre Füße und den Schemel gerade noch rechtzeitig in Sicherheit. Während

Jade dem Verletzten half, sich wieder bequem hinzusetzen, postierte sich Harry vor dem Kamin, die Hände hinter dem Rücken verschränkt, und bemerkte: »Mein Junge, eigentlich sehen Sie gar nicht wie ein Delphin aus…« Lächelnd entblößte er seinen glänzenden Zahn. »Genauso häßlich wie Ihr mickriger Bruder.«

Caine überlegte, daß der Mann schlechte Augen haben mußte, doch das behielt er für sich. Er schaute Colin an, um festzustellen, wie der auf diese Beleidigung reagierte. Aber Colin grinste nur, die müden Lider geschlossen.

Einer der Seemänner schleppte einen großen Sessel zum Kamin, und als Harry hineingesunken war, stellte sich Jade hinter ihn und legte eine Hand auf seine Schulter.

»Tragen Sie eine Brille, mein Junge?« fragte er Caine, der den Kopf schüttelte. »Oder vielleicht einer Ihrer Dienstboten?«

»Nein.«

»Onkel, weißt du, wann du deine letzte Brille verloren hast?« erkundigte sich Jade.

»Nein, Liebes, an so was erinnere ich mich nicht. Sonst hätte ich doch nicht so viele Brillen verloren.« Harry wandte sich wieder an Caine. »Gibt's hier ein Dorf in der Nähe?«

Colin begann zu lachen, sogar Nathan grinste, und Caine hatte nicht die leiseste Ahnung, was die beiden amüsierte.

»Ja, hier gibt's ein Dorf«, erklärte Colin.

»Niemand hat Sie gefragt, Kleiner. Schlafen Sie wieder, Delphin, das können Sie am besten«, fügte Harry augenzwinkernd hinzu, dann brüllte er sein Gefolge an:

»Jungs, ihr wißt, was zu tun ist!«

Die beiden wenig vertrauenerweckenden Gestalten, die bei der Terrassentür herumgelungert hatten, nickten und wandten sich zum Gehen. Als Jade ihrem Onkel auf die Schulter klopfte, schrie er ihnen nach: »Keine Dieberei! Wir sind zu nahe bei unserem Heim.«

»Aye, Black Harry!« rief einer der Männer.

»Parieren die Leute nicht großartig?« raunte Harry.

»O ja, Onkel«, stimmte Jade zu. »Und so flink.«

Harry nickte, legte die Hände auf die Knie und beugte sich

vor. »Als ich hier reinkam, vernahm ich was, das wie Meuterei klang. Man sollte meinen, dies sei ein Augenblick, in dem man lauthals jubeln müßte. Hast du Jubelgeschrei gehört, Mädchen?«

»Nein, Onkel.«

»Ist unser Delphin eine solche Landplage, daß Sie ihn gar nicht wiederhaben wollen?« fragte er Caine. »Dafür hätte ich Verständnis. Der Kerl kann nicht einmal anständig Schach spielen.«

»Als wir zuletzt spielten, hatte ich meine fünf Sinne nicht beisammen«, erinnerte ihn Colin.

Harry schnaufte. »Sie haben so oder so ein Spatzenhirn, Kleiner.«

»Caine, weißt du, warum dieser miese Halunke Black Harry heißt?« Colin grinste seinen Bruder an.

»Das will ich ihm sagen«, verkündete Harry. »Weil ich ein schwarzes Herz habe.« Prahlerisch hob er die Brauen und wartete eine Weile, damit Caine diese Mitteilung auch richtig würdigen konnte. »Den Spitznamen habe ich mir selber gegeben. Paßt gut zu mir, was, Mädchen?«

»Natürlich, Onkel. Dein Herz ist schwarz wie die Nacht.«

»Es ist sehr lieb von dir, mich mit einem so netten Kompliment zu erfreuen.« Zärtlich tätschelte er Jades Hand. »Sobald meine Leute die Besorgungen erledigt haben, breche ich zur Wharf auf. Vorher brauche ich eine Stärkung.«

»Ich kümmere mich darum.« Jade eilte zur Tür und machte einen weiten Bogen um Caines Sessel. Ehe sie den Salon verließ, drehte sie sich noch einmal zu ihrem Onkel um. »Harry, bitte paß auf, daß Nathan und Caine sich inzwischen nicht an die Gurgel gehen.«

»Das wäre mir völlig egal!« rief Harry.

»Aber mir nicht. Bitte, Onkel ...«

»Also gut, ich werd's nicht erlauben.« Nachdem sich die Tür hinter Jade geschlossen hatte, wisperte er: »Schon vor Jahren hätte ich ihr das Gesicht zerschneiden sollen. Sie ist viel zu hübsch, und das kann ihr gefährlich werden. Deshalb mußte ich sie so oft zurücklassen. Ich kann meinen Jungs nicht trauen, sobald ich ihnen den Rücken kehre.«

»Ja«, fauchte Nathan, »sie ist so schön, daß manche ehrlose Männer sich an ihr vergreifen würden.«

»Hör auf damit, Nathan«, mischte Colin sich ein, öffnete die Augen und sah Caine an. »Mein Bruder ist ein Ehrenmann.«

»Daß ich nicht lache!« knurrte Nathan.

Caine achtete nicht auf diesen Wortwechsel. Er dachte an Harrys Bemerkung, er habe Jade oft zurücklassen müssen. Wo? Und wer hatte sie während seiner Abwesenheit betreut? Eine Frau konnte nicht in der Nähe gewesen sein, sonst wüßte Jade etwas mehr von den Dingen des Lebens.

»Was soll das Gerede?« fragte Harry und erregte wieder Caines Aufmerksamkeit.

»Ich möchte Sie bitten, Geduld zu üben, Harry«, entgegnete Colin, »obwohl es Ihrem Charakter widerspricht. Es gab nur ein kleines Mißverständnis.«

»Dann solltet ihr es aus der Welt schaffen«, meinte Harry.

»Verdammt, Colin, ich weiß alles, was ich wissen muß!« stieß Nathan hervor. »Dein Bruder ist ein Bastard ...«

»Wurden Sie unehelich geboren, mein Junge?« unterbrach ihn Harry. Diese Möglichkeit schien ihn zu faszinieren.

Caine seufzte. »Nein.«

Daß Harry keinen Hehl aus seiner Enttäuschung machte, ergab für Caine überhaupt keinen Sinn. »Dann dürfen Sie diesen Spitznamen nicht tragen, mein Junge. Nur ein unehelich geborener Mann verdient es, Bastard genannt zu werden.«

»Oder eine Frau«, warf Colin ein und bezähmte seinen Lachreiz, als Caine ihn ungläubig anstarrte. »Erzählen Sie ihm doch die Geschichte von Bastard Bull, Harry.«

»Colin, um Himmels willen ...«, begann sein Bruder.

»Bald, Caine. Ich brauche noch etwas Zeit, um meine Gedanken zu ordnen.«

»Also gut.« Caine nickte und wandte sich zu Harry.

»Erzählen Sie mir von Bastard Bull.«

»Der war gar kein Bastard.« Harry zog die Stirn in tiefe Falten. »Das behauptete er nur, damit er bei uns anheuern konnte. Er wußte, welch großen Wert ich auf die Berechtigung von

Spitznamen legte. Nachdem wir ihn als Lügner entlarvt hatten, schmissen wir ihn mitsamt unserem Müll über Bord.«

»Zufällig waren sie damals gerade mitten auf dem Meer«, ergänzte Colin. »Aber Pagan ließ ihn nicht ertrinken.«

»Wie rücksichtsvoll von Ihnen«, murmelte Caine in Nathans Richtung.

»Und dann dieser andere Bursche, ein tüchtiger, starker Mann ...«

Seufzend lehnte sich Caine zurück und schloß die Augen. Er mußte wohl oder übel warten, bis dieses lächerliche Gerede über Spitznamen beendet wurde. Colin schien die Konversation zu genießen, und er hatte um Zeit gebeten. Jetzt sah er aus, als würde er schlafen. Wie blaß er war ...

Etwa zehn Minuten lang erzählte Harry weitere Geschichten, dann erklärte Nathan: »Jade hat auch einen besonderen Spitznamen.«

»Das wollte ich gerade erzählen!« rief Harry. »Ich war es doch, der ihn erfunden hat.«

Nathan nickte. »Gut, Harry, sag du's.«

Alle beobachteten Caine. Hätte er sich die Mühe gemacht, die Augen zu öffnen, hätte er sie lächeln sehen. Er vermochte seine Ungeduld kaum noch zu zügeln. Schließlich fragte er müde: »Und wie lautet dieser besondere Spitzname, Harry?«

»Nun, wissen Sie, mein Junge«, begann Harry gedehnt, »wir nennen sie gern Pagan.«

12

Entschlossen weigerte er sich zu glauben, Jade könne Pagan sein. Nur ein Mann war imstande, so tollkühne Taten zu vollbringen. Nur ein Mann.

Colin, Harry und Nathan musterten ihn aufmerksam, und als er den Kopf schüttelte, nickten sie alle.

»Wie ich sehe, fällt es dir schwer, das zu akzeptieren«, sagte

Colin mitfühlend. »Aber es stimmt, Caine. Harry gab ihr den Namen vor vielen Jahren, weil …«

»Das erzähle ich selber«, fiel Harry ihm ins Wort.

»Pagan heißt 'Heide', und das Mädchen hatte schon immer dieses Haar, feuerrot wie die Hölle, und war als Kind so wild wie ein kleiner Teufel. Ein richtiges Heidenbaby.«

Langsam nahm Caines ungläubige Miene den Ausdruck unbändiger Wut an. Colin und Harry wurde unbehaglich zumute. Nur Nathan schien seine helle Freude an der Situation zu finden. »Würde ein Mann Rosen am Tatort hinterlegen, Caine?« fragte er, um noch Salz in die Wunde zu reiben. »Das ist doch typisch für eine Frau. Erstaunlich, daß noch niemand auf diese Idee gekommen ist – nicht wahr?«

»Ja, erstaunlich«, bestätigte Colin und schaute seinen Bruder an.

Danach entstand ein langes Schweigen. Harry und Nathan warteten, daß Caine die Neuigkeit verdauen würde. Und Colin, der ihn besser kannte als seine Freunde, wartete geduldig auf das Donnerwetter.

Jade half Sterns, im Speisezimmer den Tisch zu decken. Er brauchte nur einen kurzen Blick auf ihr Gesicht zu werfen, um zu erkennen, daß irgendwas nicht stimmte. Ihre Wangen waren so weiß wie das leinerne Tischtuch.

Sie gab keine Erklärung ab und sagte nur, ihr Onkel sei eingetroffen und wolle mit seinen vier Männern zu Abend essen, ehe sie sich verabschieden würden. Und sie bestand auch darauf, die schönsten Kristallgläser zu verwenden. Der Butler ging in die Küche, um die Mahlzeit zu bestellen, veranlaßte die Köchin und ihre Gehilfin Bernice zu hektischer Aktivität und kehrte in den Speiseraum zurück.

Jade inspizierte gerade eine große ovale Silberplatte.

»Die würde meinem Onkel gefallen. Das Muster ist großartig.«

Er nickte. »Ein Geschenk des Königs. Colin war so stolz, als der Marquis zum Ritter geschlagen wurde. Der König überreichte ihm diese Platte. Wenn Sie sie umdrehen, sehen Sie die Inschrift, Mylady.«

»Nein, nein …« Jade drückte ihm die Kostbarkeit in die Hände. »Verstecken Sie sie.«

»Wie bitte?«

»Verstecken Sie sie, Sterns.« Sie schaute sich im Zimmer um. »Gibt es sonst noch besondere Gegenstände, die Caine behalten möchte?«

»Das silberne Teeservice auf dem Sideboard. Ich glaube, es hat eine spezielle Bedeutung für Mylord.«

»Bekam er es auch vom König?«

»Nein, es stammt von seiner Großmutter.«

»Verstecken Sie's ebenfalls, Sterns. Am besten schieben sie all diese Sachen unter Caines Bett, da sind sie in Sicherheit.«

»Fühlen Sie sich krank, Mylady?«

»Nein.«

»Sie sehen aber krank aus, und Sie wandern umher wie in Trance. Irgendwas stimmt nicht …«

Jade eilte zur Tür, wo sie sich zu Sterns umdrehte.

»Sie waren sehr freundlich zu mir, und das werde ich nie vergessen.«

Er blinzelte verwirrt, und sie wollte gerade die Tür schließen, als Caines gebieterische Stimme ertönte. »Jade!«

Das Gebrüll ließ die Kristallkelche klirren. Jade zeigte keine Reaktion, aber Sterns zuckte zusammen. »Offenbar hat Ihr Herr soeben etwas Unangenehmes erfahren. Ich hatte gehofft, mein Onkel würde … Doch das spielt keine Rolle.«

Sterns folgte ihr in die Halle. Als sie sich zur Treppe wandte, rief er: »Ich glaube, Mylord würde gern mit Ihnen sprechen, Lady Jade.« Wortlos stieg sie die Treppe hinauf, und er erbot sich: »Ich stehe Ihnen gern zur Seite. Sein Temperament kann einem manchmal wirklich angst machen …«

Seufzend wartete er, bis sie aus seinem Blickfeld verschwunden war, dann eilte er in den Salon. Als er Colin entdeckte, fiel es ihm schwer, Haltung zu bewahren.

»Mein Gott – sind Sie's tatsächlich, Sir?« stotterte er.

»Hallo, Sterns«, grüßte Colin. »Freut mich, Sie wiederzusehen. Kommandieren Sie Ihren Herrn immer noch so herum?«

Es dauerte eine Weile, bis der Butler sich von seiner Verblüffung erholt hatte. »Ich – tue mein Bestes«, hauchte er.

»Er ist ein Diktator, kein Dienstbote«, verkündete Colin grinsend.

Sterns musterte den älteren Mann, der offensichtlich schlechte Augen hatte, und versuchte, nicht nach Luft zu schnappen.

»Ist mein Essen fertig?« bellte Harry.

Der Butler entschied, daß dies Jades Onkel sein mußte. Der Fremde an Colins Seite war zu jung dafür. »Fast fertig ... Mylord, ich muß Sie in der Halle sprechen. Es ist sehr wichtig.«

»Nicht jetzt, Sterns«, erwiderte Caine müde. »Später.«

»Dieses Problem muß sofort gelöst werden. Es betrifft Lady Jade.«

Das überraschte Caine nicht. »Was brennt sie denn diesmal nieder? Die Küche?«

»Mylord, dies ist nicht der rechte Augenblick für schlechte Scherze«, schimpfte Sterns.

»Sehe ich so aus, als würde ich scherzen?«

Der Diener verschränkte die Arme vor der Brust. »Lady Jade brennt überhaupt nichts nieder. Sie reist ab.«

Mit dieser Neuigkeit erzielte er die angestrebte Wirkung. Er sprang beiseite, um seinem Herrn auszuweichen, der zur Tür stürmte. Und er nickte zufrieden, als Caine brüllte: »Den Teufel wird sie!«

Der Butler wartete, bis sein Arbeitgeber den Raum verlassen hatte, und wandte sich dann zu Jades Onkel.

»Bald wird das Dinner serviert«, meldete er in seinem üblichen hochmütigen Ton.

Caine nahm immer zwei Stufen auf einmal. Der Gedanke, Jade könnte ihn verlassen, war unerträglich. Zum erstenmal im Lauf seines Lebens geriet er in Panik, und dieses Gefühl gefiel ihm überhaupt nicht.

Er riß die Schlafzimmertür auf, warf sie zu und lehnte sich dagegen. Um sich zu beruhigen, holte er tief Atem. Jade ignorierte seine Anwesenheit. Sie stand neben dem Bett und faltete ein goldgelbes Kleid zusammen. Die Reisetasche war beinahe voll.

»Hör zu packen auf«, befahl Caine und staunte selber, weil seine Stimme so entschieden klang. »Du bleibst hier.«

Jade drehte sich zu ihm um, entschlossen, ihm gründlich die Meinung zu sagen. Aber sein Anblick krampfte ihr das Herz zusammen, und sie vergaß all die Worte, die ihr eben noch auf der Zunge gelegen hatten. Er war sichtlich wütend, und sie starrte fasziniert auf den Muskel, der in seinem Kinn zuckte, während sie Mut zu fassen suchte.

»Ich lasse dich nicht gehen, Jade«, erklärte er. »Niemals – hörst du?«

Ihre Ohren dröhnten, und sie vermutete, daß jeder im Dorf ihn hören würde. Und sie mußte ihre ganze innere Kraft aufbieten, um sich gegen ihn zu behaupten. Langsam schüttelte sie den Kopf. »Du hast mich Hure genannt.«

Ihre Stimme klang so unglücklich, daß sein Zorn etwas nachließ. »Nein, das habe ich nicht getan.«

»Aber du dachtest es. Und du wolltest es in alle Welt hinausposaunen.«

»Nein. Jade, im Augenblick haben wir wichtigere Dinge zu besprechen.«

Empört schnappte sie nach Luft. »Wichtigere Dinge als deine Unverschämtheit, mich Hure zu schimpfen?« Als er auf sie zuging, wich sie rasch zurück. »Komm mir nicht zu nahe! Du darfst mich nie wieder anrühren! Ich will es nicht!«

»Dann steht dir eine schreckliche Zukunft bevor. Ich werde dich nämlich ständig anrühren, bis ans Ende meiner Tage.«

»In Wirklichkeit magst du mich gar nicht!« schrie sie.

»Du interessierst dich für die verletzliche, schwache Frau, die ich dir vorgespielt habe. Mein wahres Ich kennst du nicht, Caine. Ich bin sehr stark und entschlossen. Du Dummkopf, ich tat nur so, als würde ich dich brauchen – damit du dich verpflichtet fühltest, an meiner Seite zu bleiben. O ja, ich wandte all die Tricks an, die schwache Frauen so gern benutzen. Bei jeder Gelegenheit jammerte ich und vergoß sogar Tränen, um meinen Willen durchzusetzen …« Als er sie packte und an sich riß, kreischte sie: »Ich reise ab! Geht das denn nicht in deinen Dickschädel?«

»Du bleibst hier.«

»Oh, ich hasse dich«, wisperte sie, ehe sie in Tränen ausbrach.

Caine legte sein Kinn auf ihren Scheitel. »Nein, du haßt mich nicht.«

»Ich hasse alles an dir«, klagte sie und weinte herzzerreißend. »Vor allem hasse ich die Art, wie du mir andauernd widersprichst.«

»Jade?«

»Was?«

»Sind deine Tränen jetzt gespielt?«

Sie konnte ihr Schluchzen nicht lange genug unterbrechen, um eine überzeugende Antwort zu geben. »Natürlich – klar«, stammelte sie. »Ich weine nie. Nur schwache Frauen weinen.«

»Und du bist nicht schwach, Liebling?« Seine Stimme war so sanft wie sein Lächeln, aber seine Arme, die Jade eisern umfingen, lockerten sich nicht einmal, als sie ihren Widerstand aufgab. Für den Rest seines Lebens wollte er sie festhalten. »Jade …«

»Ja?«

»Ich liebe dich.« Sie sagte nichts, begann zu zittern, und er spürte, daß er ihr Angst einjagte. »Noch keine Frau hat mich so verwirrt«, gestand er seufzend. »Trotzdem liebe ich dich. Gott helfe mir …«

»Aber – ich liebe dich nicht!« stotterte sie. »Ich mag dich nicht einmal. Und ich traue dir nicht …« Ein heftiger Schluckauf beendete diese negative Aufzählung, die Caine kein bißchen beeindruckte.

»Ich liebe dich, jetzt und für alle Zeiten.« Zufrieden drückte er sie an sich, während sie beharrlich weiterweinte. Wie viele Tränen mochte sie auf Lager haben?

Es dauerte beinahe zehn Minuten, bis sie sich faßte. Sie wischte sich die Wangen an den Aufschlägen seines Jacketts ab, dann befreite sie sich aus der Umarmung. »Geh lieber wieder nach unten.«

»Nicht ohne dich.«

»Ich komme nicht mit, Nathan und Harry würden sofort merken, daß ich geweint habe.«

»Na und? Was spielt das schon für eine Rolle?«

»Wenn ich weine, entspreche ich nicht dem Bild, das sie sich von mir machen.«

»Was soll das heißen?«

Ungeduldig verdrehte sie die Augen. »Man muß den Schein wahren, Caine.« Sie ging zum Bett und setzte sich. »Ich möchte nicht darüber reden.« Nach einem abgrundtiefen Seufzer fügte sie hinzu: »Also gut, ich komme dir später nach.«

»Ich warte auf dich.«

»Mißtraust du mir?«

»Ja.«

Er rechnete mit einem Wutanfall, aber sie verblüffte ihn, indem sie nur die Achseln zuckte. »Ob du mir traust oder nicht – ich werde dich so oder so bei der erstbesten Gelegenheit verlassen. Glaubst du vielleicht, ich bleibe bei dir, bis du davonläufst?«

Endlich verstand er, was sie quälte. Jetzt konnte sie ihre Verwundbarkeit nicht länger verbergen. »Du bist also überzeugt, ich würde mich von dir trennen, Jade?«

»Allerdings.«

»Obwohl ich dir soeben meine Liebe gestanden habe?«

»Nathan und Harry lieben mich auch.«

Caine gab es auf, vernünftige Argumente vorzubringen. Das wäre im Augenblick sinnlos gewesen. Er mußte abwarten und einen anderen Weg finden, um Jades seelische Barrieren zu durchbrechen. Am liebsten wäre er hinuntergerannt, um Nathan und Harry zu ermorden. Statt dessen holte er tief Luft. Jades Vergangenheit konnte er nicht ungeschehen machen. Aber er wollte ihr eine sichere Zukunft bieten »Niemals würde ich …« Er unterbrach sich, dann fügte er hinzu: »Also gut, verlaß mich, wann immer du willst.« Bestürzt starrte sie ihn an, schien wieder mit den Tränen zu kämpfen, und er kam sich wie ein Monstrum vor. »Ich meine – wann immer *du* es willst«, betonte er.

Sie senkte den Blick. »Danke.«

»Keine Ursache.« Er ging zu ihr, ergriff ihre Hände und zog sie vom Bett hoch. »Eins solltest du jedoch wissen.«

»Was?«

Caine legte einen Zeigefinger unter ihr Kinn und zwang sie, ihn anzuschauen. »Wenn du gehst, folge ich dir. Du kannst dich nirgends vor mir verstecken. Ich werde dich überall finden und in dieses Haus zurückbringen, weil du hierhergehörst.«

Jade versuchte, seinen Finger von ihrem Kinn wegzuschieben. »Du wirst mich nicht aufspüren.«

Er hörte die Panik, die in ihrer Stimme mitschwang, und beugte sich hinab, um sie zu küssen. Zunächst verfehlte er ihren Mund, denn sie drehte sich blitzschnell zur Seite. Da nahm er ihr Gesicht in beide Hände.

Ein leidenschaftlicher Kuß verschloß ihre Lippen, Caines Zunge bahnte sich einen Weg zu ihrer, und er stöhnte leise. Zunächst wehrte sich Jade, aber bald erwiderte sie die intimen Zärtlichkeiten und schmiegte sich an seine Brust. Als er nach langen Minuten den Kopf hob, flüsterte er: »Ich liebe dich.« Prompt begann sie wieder zu schluchzen, und seine Augen verengten sich. »Wirst du jedesmal heulen, wenn ich dir meine Liebe beteuere?« Er war mehr belustigt als verärgert.

»Du verstehst das nicht …«

»Was denn?«

»Was ich bin!« jammerte sie.

Caine packte ihre Hand und zerrte sie aus dem Zimmer. Auf der Treppe erklärte er: »Ich verstehe alles. Du gehörst mir.«

»Übrigens, ich hasse auch deine besitzergreifende Art«, teilte sie seinem Rücken mit.

An der Salontür blieb er stehen. »Wenn du zu fliehen versuchst, während wir da drin sind, stürze ich dich in tödliche Verlegenheit, das schwöre ich dir. Verstanden?«

Sie nickte, und als er die Tür öffnete, beobachtete er überrascht die plötzliche Verwandlung, die mit ihr vorging. Die verletzliche Frau, die er soeben in den Armen gehalten hatte, verschwand wie durch ein Wunder. Ein heiteres Lächeln umspielte

Jades Lippen. »Ich bin bereit, Caine. Aber wenn du Harry verrätst, daß wir miteinander geschlafen haben …«

»Das werde ich nicht tun«, unterbrach er sie, ehe sie sich in neue Aufregung hineinsteigern konnte. »Es sei denn, du läufst davon.«

Jade warf ihm einen vernichtenden Blick zu, behielt ihr Lächeln mühsam bei und schlenderte in den Salon, wo das Gespräch sofort verstummte. Sie setzte sich auf die Armlehne eines Sessels in der Nähe des Kamins und bedeutete Caine, neben ihr Platz zu nehmen.

»Ist mein Essen bald fertig?« fragte Harry.

»In ein paar Minuten, Onkel«, erwiderte sie. »Ich habe erklärt, man dürfe dir nur das Allerbeste servieren. Deshalb dauert es ein bißchen länger.«

Er strahlte sie an. »Welch ein Glück, daß du dich um mich kümmerst, Pagan.«

»Sagen Sie nicht Pagan zu ihr!« fauchte Caine, und Nathan grinste, während Harry verwirrt blinzelte.

»Warum nicht? So heißt sie doch.«

»Nein, sie heißt Jade.«

»Mein Name lautet Pagan.« Ihre Stimme klang eisig.

»Tut mir leid, wenn dir das mißfällt, aber so ist es nun mal …« Abrupt verstummte sie, als er ihre Hand schmerzhaft drückte.

»Er glaubt es noch immer nicht«, bemerkte Harry.

Jade zuckte die Achseln. Sie vertrat dieselbe Ansicht. Wenn Caine die Tatsachen begriffen hatte, würde er ihre Hand gewiß nicht mehr halten. »Er denkt, alle Frauen wären schwach, Onkel.«

Er schnaufte und wollte gerade anfangen, seine Lieblingsgeschichten über Pagans besondere Fähigkeiten zu erzählen. Doch da kehrten seine Männer aus dem Dorf zurück. »Nun, was habt ihr für mich, Jungs?«

»Elf Stück«, verkündete der kleinere der beiden Seeleute.

Mit wachsendem Staunen beobachtete Caine, wie Brillen in verschiedenen Größen und Formen auf Harrys Schenkel geworfen wurden. Der alte Mann probierte eine, zwinkerte den Hausherrn an und warf sie über die Schulter. »Die taugt nichts.«

Das Ritual wiederholte sich, und erst beim achten Modell seufzte er glücklich. »Die ist genau richtig.«

»Setz auch die anderen auf, Onkel«, schlug Jade vor.

»Vielleicht ist noch eine dabei, die du ebensogut gebrauchen kannst.«

Harry befolgte diesen Rat und steckte eine weitere Brille in seine Tasche. »Das habt ihr gut gemacht, Jungs. Ich bin stolz auf euch.«

Widerstrebend grinste Caine, als er erkannte, auf welche Weise Harrys Männer die Brillen beschafft hatten.

»Halb England wird wie verrückt zwinkern, ehe Harry das Zeitliche segnet«, prophezeite Colin kichernd.

»Soll das eine Beleidigung sein, mein Junge?« fragte Harry.

»Nein, nur eine Feststellung von Fakten.«

Sterns öffnete die Tür und meldete, das Dinner könne angerichtet werden. Sofort sprang Harry auf. Nathan und Colin rückten auf dem Sofa geistesgegenwärtig beiseite, als er den Schemel mit einem Fußtritt aus dem Weg beförderte. »Kommst du mit, Mädchen?«

Caine umfaßte Jades Finger noch fester, und sie schüttelte den Kopf. »Nein, Onkel, ich bleibe hier, weil ich einige Erklärungen abgeben muß. Ich wünsche dir und den Jungs guten Appetit.«

Sobald er den Salon verlassen hatte, bedeutete sie den Männern, ihm zu folgen. Jimbo sah so aus, als wolle er protestieren, und warf einen feindseligen Blick auf Caine. Aber sie starrte ihn nur an, bis er die stumme Botschaft verstand und hinter den anderen hinauseilte. »Macht die Tür hinter euch zu!« befahl sie.

»Dann hören wir dich nicht, wenn du uns rufst«, wandte Jimbo ein.

»Ihr werdet mich schon hören«, versprach sie.

»Und mich auch«, ergänzte Nathan gedehnt. »Ich kann sicher auf meine Schwester aufpassen, Jimbo.«

»Das wird sich zeigen«, flüsterte Jimbo laut genug, so daß es alle hörten, bedachte Caine mit einem letzten vernichtenden Blick und schloß die Tür hinter sich.

Jade wandte sich zu Colin. »Bist du jetzt hinlänglich ausgeruht, um alles zu erzählen? Ich möchte diese Sache endlich hinter mich bringen und gehen«, fügte sie hinzu, worauf Caine ihr beinahe die Hand zerquetschte.

»Ja, ich bin halbwegs ausgeruht.« Colin schaute Nathan an, der ihm zunickte, und richtete dann seine Aufmerksamkeit auf Caine. »Während meines letzten Studienjahrs in Oxford trat ein Mann namens Willburn an mich heran. Er gehörte dem Kriegsministerium an und rekrutierte Leute für den englischen Geheimdienst. Damals hatte der Krieg zwischen unserem Land und Frankreich noch nicht offiziell begonnen, aber wir alle wußten, was auf uns zukam. Willburn war über deine Tätigkeit für Richards informiert, ich nach wie vor zum Stillschweigen verpflichtet, doch ich hätte mich fragen müssen, warum ich nicht mit dir über meine Arbeit sprechen durfte, Caine. Doch ich hielt das für selbstverständlich, nicht zuletzt, weil auch du kein Wort über deine Aufträge verlorst. Ich dachte, es müßte eben so sein. Um die Wahrheit zu gestehen – ich begeisterte mich für die Spionage.« Verlegen fuhr er fort: »Eine Zeitlang betrachtete ich mich sogar als Retter von England.«

»Wann hast du Nathan kennengelernt?« erkundigte sich Caine.

»Ein knappes Jahr, nachdem ich angefangen hatte, für Willburn zu arbeiten. Man wies uns an, ein Team zu bilden. Nathan war auf ähnliche Weise angeheuert worden wie ich. Später wurden wir gute Feunde.« Colin hielt kurz inne, um den Mann anzulächeln, der neben ihm saß.

»Es ist sehr schwer, ihn nicht zu mögen.«

»Das habe ich bereits bemerkt«, murmelte Caine.

»Sprich weiter, Colin«, befahl Nathan.

»Es dauerte lange, bis ich sein Vertrauen gewonnen hatte – fast ein volles Jahr. In dieser Zeit war er ziemlich reserviert. Und dann, bei einer Rückreise aus Frankreich, erzählte er mir von den Briefen, die Pagan gefunden hatte.«

Colin rutschte auf dem Sofa umher, und sein Gesicht verzerrte sich vor Schmerz. Nathan sah es vor den anderen und rückte sofort den Schemel für seinen Freund zurecht. Dann legte er das verletzte Bein darauf – trotz seiner Größe und Muskelkraft erstaunlich behutsam – und schob ein Kissen unter die Ferse. »Ist es so besser?«

»Ja, danke«, antwortete Colin. »Wo war ich stehengeblieben?«

Caine beobachtete Nathan und las tiefe Sorgen in den grünen Augen. Plötzlich wurde ihm bewußt, daß er den Mann nicht länger hassen konnte. Diese Erkenntnis war eine bittere Enttäuschung, denn er wollte ihn verabscheuen. Dieser Bastard hatte seine Schwester ihrem Schicksal überlassen. Durch seine Schuld hatte Jade so hohe schützende Barrieren rings um ihr Herz errichtet und so viel erlitten.

Aber Colin lebte.

»Caine?« Sein Bruder riß ihn aus diesen widersprüchlichen Gedanken. »Hältst du es für möglich, daß eine Regierung innerhalb einer Regierung tätig wird?«»Alles ist möglich.«

»Hast du jemals vom Tribunal gehört?« Colins Stimme sank zu einem Flüstern herab. Er wechselte einen Blick mit Nathan und erwartete ebenso wie sein Freund, Caines Verneinung zu hören. Und danach wollten sie ihn mit den Tatsachen, die sie herausgefunden hatten, den Atem rauben.

»Ja, davon habe ich gehört.«

»Was?« rief Colin entgeistert.

»Wann?« fragte Nathan. »Und wie?«

»Unmittelbar nach dem Tod Ihres Vaters fand eine Untersuchung statt. Der Graf wurde mit allen erdenklichen subversiven Aktivitäten in Verbindung gebracht. Man konfiszierte seine Ländereien, stürzte seine Kinder in bittere Armut …«

»Wieso wissen Sie das alles?« stieß Nathan hervor.

Caine schaute Jade an, ehe er antwortete: »Als Jade mir den Namen ihres Vaters nannte, bat ich Lyon, Nachforschungen anzustellen.«

»Wer ist dieser Lyon!«

»Unser Freund«, erklärte Colin, und Nathan runzelte die Stirn.

»Kann man ihm trauen?«

»Ja«, versicherte Colin, bevor sein Bruder zu Wort kommen

konnte. »Das war ein guter Schachzug, Caine, Natürlich wandte sich Lyon nicht an die falschen Leute – so wie ich.«

Jades Rücken begann zu schmerzen, weil sie auf der Armstütze ziemlich unbequem saß. Sie entzog Caine ihre Hand und staunte, weil er es erlaubte. Trotzdem wagte sie keinen Fluchtversuch. Er war ein Mann, der stets Wort hielt. Und er würde seine Drohung, sie in Verlegenheit zu bringen, sicher wahr machen. Sie ging zu dem Sessel, aus dem Harry sich vorhin erhoben hatte, und sank hinein.

»Lyon hat niemanden befragt, sondern Aktenmaterial studiert«, erklärte Caine.

»Das kann er nicht«, wandte Jade ein. »Die Akte meines Vaters ist verschwunden.«

Diese verräterische Bemerkung veranlaßte Caine, die Brauen zu heben. »Und woher weißt du das?«

Anmutig zuckte sie die Schultern. »Weil ich sie genommen habe«, gestand sie.

»Du hast – was?«

»Caine, darauf kommt es jetzt nicht an«, versuchte sie ihn hastig zu beschwichtigen.

»Und wie hat Lyon ...«, begann Nathan.

Caine starrte Jade immer noch finster an, als er ihrem Bruder antwortete: »Sein und mein Vorgesetzter, Richards, besitzt seine eigenen Akten. Und die las Lyon.«

»Wurde mein Vater nach der Untersuchung rehabilitiert?« erkundigte sich Nathan.

»Nein, aber auch nicht für schuldig befunden«, entgegnete Caine. »Es gab zu wenig Beweise.«

»Die gibt es jetzt«, flüsterte Jade.

»Beweise, die ihn entlasten?« Interessiert beugte sich Caine vor.

»Nein, im Gegenteil. Ich las Papas Korrespondenz.«

Ihre Stimme klang so traurig, daß es ihm in der Seele weh tat. Er wollte Jade zwar immer noch erwürgen, weil sie ihn hintergangen hatte, aber er sehnte sich nach ihren Küssen.

»Caine, wie kannst du in einem solchen Augenblick lächeln!« tadelte Colin.

»Oh, verzeiht mir«, bat Caine, der nicht wußte, daß er gelächelt hatte. »Ich war mit meinen Gedanken woanders.« Bei diesen Worten musterte er Jade, die angelegentlich ihre Hände begutachtete. »Sprich doch weiter, Colin«, forderte er seinen Bruder auf.

»Kurz nach dem Begräbnis des Grafen nahm Black Harry die kleine Pagan – ich meine Jade – zu sich. Ihr Vater hatte ihm rückhaltlos vertraut.«

»Es fällt mir schwer, das zu glauben«, warf Caine ein.

»Harry ist ein guter Mann«, verteidigte Jade ihren Onkel. »Er hat ein Herz aus purem Gold.«

»Hm ... Aber du hast eine andere Freundin deines Vaters erwähnt – Lady Briars, die sich um dich und Nathan kümmern wollte. Ich verstehe nicht, warum euer Vater nicht Sie gewählt hat, sondern diesen Dieb ...«

»Mein Vater hatte England zu hassen begonnen«, erklärte Nathan. »Er dachte, dort wären wir nicht sicher gewesen. Deshalb entschied er sich für Harry.«

»Warum glaubte der Graf, ihr wäret bei Harry in Sicherheit?«

»Wegen der Briefe«, erwiderte Colin. »Der Graf verwahrte alle Briefe, die er von den beiden anderen bekommen hatte. Sein Deckname lautete Fox, und er war einer der drei Mitglieder des Tribunals. Die beiden anderen hießen Ice und Price.«

»Mein Vater war sehr idealistisch«, sagte Nathan leise.

»Ich glaube, anfangs hob er die Briefe für künftige Generationen auf. Er dachte, er würde Heldentaten vollbringen – zum Wohle Englands. Aber nach einiger Zeit suchte das Tribunal nur noch seine eigenen Vorteile. Die drei schreckten vor nichts zurück, um ihre Macht zu vergrößern.«

»Es war eine langsame Metamorphose«, fuhr Colin fort. »Die ersten Briefe endeten mit dem Motto 'Zum Wohle Englands'. Das änderte sich beim zehnten oder elften Brief. Von da an hieß es nur noch 'Zum Wohle des Tribunals'. Ice war der erste, der diese Worte unter seine Korrespondenz setzte. Und die anderen folgten seinem Beispiel. Da hatten sie bereits den Gipfel ihrer Korruption erreicht.«

»Schon lange davor hatten sie begonnen, unabhängig zu agieren«, bemerkte Nathan.

»Der Zweck heiligte alle Mittel«, erklärte Colin seinem Bruder. »Und solange sie sich einredeten, sie würden ihrem Land dienen, konnten sie ihre Machenschaften rechtfertigen.«

»Diese Haltung gleicht deinen Prinzipien, Jade«, meinte Caine.

Verwundert hob sie die Brauen. »Keineswegs. Ich bin nicht so wie mein Vater, und ich mißbillige seine Handlungsweise. Es ist zwar eine Sünde, so etwas zu sagen, aber ich empfinde nichts mehr für ihn. Er hat seinen Weg gewählt und ist ihn gegangen.«

»Sein Vermögen und seine Ländereien wurden konfisziert«, betonte Caine.

»Ja«, bestätigte sie und fragte sich, worauf er hinaus wollte.

»Und das ist der Grund, weshalb du die Reichen bestiehlst. Also trittst du gewissermaßen in seine Fußstapfen.«

»Nein!« rief sie empört.

»Die Macht korrumpiert. Und absolute Macht korrumpiert absolut.«

»Du brauchst nicht Machiavelli zu zitieren, Caine. Ich gebe ja zu, daß das Tribunal die absolute Macht anstrebte.«

»Und das hast auch du getan.«

»O nein!« schrie sie.

»Sie hat es getan?« fragte Colin.

Caine nickte. »Ja, sie hat es getan«, antwortete er in hartem Ton.

»Also willst du …«

»Nicht jetzt, Colin.«

»Wovon redet ihr?« stieß Jade hervor. »Ich war nie auf Macht versessen.«

Caine ignorierte ihren Protest und forderte Nathan auf: »Erzählen Sie den Rest der Geschichte.«

»Unser Vater verspürte Gewissensbisse, als Hammond, der Chef des Tribunals, ausgeschaltet werden sollte.«

»Ausgeschaltet?« Colin seufzte verächtlich. »Was für ein harmloses Wort, für ein solches Verbrechen.«

»Er war auch Ices und Prices Vorgesetzter«, fügte Nathan hinzu. Anfangs taten sie, was man ihnen befahl. Aber sie fingen bald an, nach eigenem Gutdünken vorzugehen. Hammond schöpfte Verdacht, und Ice kam auf die Idee, ihn zu eliminieren.«

»Mein Vater wollte ihn nicht töten«, beteuerte Jade.

»Als er nach London fuhr, um seinen Vorgesetzten zu warnen, wurde er getötet. Zumindest das haben wir herausgefunden.«

»Wer wurde getötet?« fragte Caine. »Euer Vater oder Hammond?«

»Unser Vater«, entgegnete Nathan. »Er hatte Hammond brieflich gebeten, ihn so bald wie möglich zu treffen, da es um ein dringendes, lebenswichtiges Problem gehe.«

»Und wie habt ihr das in Erfahrung gebracht?«

»Beim Begräbnis meines Vaters zeigte Hammond mir den Brief«, berichtete Nathan. »Er erkundigte sich, ob ich etwas über dieses Problem wisse. Natürlich hatte ich keine Ahnung. Ich war auf der Schule gewesen – und Jade zu jung, um das alles zu verstehen.« »Unser Vater hatte sich Harry anvertraut und ihm die Briefe gegeben, die er verwahrt hatte«, ergänzte Jade.

»Und als du älter warst, hat Harry dir alles erzählt?« fragte Caine.

Sie nickte und wich seinem Blick aus. »Er wollte, daß Nathan uns begleitet. Papa hatte ein Schiff besessen, und Harry war fest entschlossen, Pirat zu werden. Aber Nathan zog es vor, die Schule zu beenden. Er glaubte, Harry würde mich auf eine Insel im Süden bringen, und dort wähnte er mich in Sicherheit, bis er mich zu sich holen konnte.«

»Als ich von den Eskapaden eines Piraten namens Pagan hörte, brachte ich Harry niemals damit in Verbindung«, gestand Nathan.

»Und warum haben Sie sich nicht um Jade gekümmert?« hielt Caine ihm vor.

»Das konnte er nicht«, erwiderte Jade, ehe ihr Bruder zu Wort kam. »Harry blieb nie für längere Zeit am selben Ort. Außerdem hatte Nathan seine eigenen Probleme. Vaters Feinde wußten, daß die Briefe immer noch existierten, und sie suchten verzweifelt danach. Einmal wurde Nathans Zimmer durchwühlt. Damals ließen sie ihn noch ungeschoren – wenigstens vorerst, bis wir neue Ermittlungen anstellten.«

»Hattest du die Briefe bei dir?« fragte Caine. »Oder liegen sie in einem Versteck?«

»An Bord der *Emerald.* «

»Ich will sie haben«, verkündete Caine. »Ankert das Schiff hier in der Nähe, so daß ich jemanden hinschicken kann?«

Jade schüttelte den Kopf. »Das ist nicht nötig. Ich kenne den Inhalt der Briefe auswendig.«

»Wort für Wort«, setzte Colin hinzu. »Wenn Pagan irgendwas nur ein einziges Mal liest, merkt sie sich's fürs ganze Leben.«

Falls Caine dieses Talent merkwürdig fand, so erwähnte er es nicht. Und Jade war dankbar für sein Schweigen.

»Pagan, gib doch den Inhalt der Briefe wieder«, schlug Nathan vor.

»Wenn Sie Jade noch mal Pagan nennen, verprügle ich Sie«, drohte Caine.

Erbost starrte Nathan ihn an, dann gab er nach. »Also gut. Ich werde sie mit Jade anreden, aber nur weil ich nicht will, daß irgendwer ihren Spitznamen hört.«

»Warum Sie's tun ist mir verdammt egal«, fauchte Caine. »Tun Sie's einfach!«

»Zum Teufel, Colin, ich versuche, mit diesem Kerl auszukommen, aber ich schwöre zu Gott – wenn das alles überstanden ist, zerschmettere ich seine arrogante Nase!«

Weil Jade den baldigen Ausbruch eines heftigen Kampfes fürchtete, begann sie rasch die Briefe zu rezitieren. Das dauerte über dreißig Minuten. Sie ließ kein Wort aus. Als sie zum Ende gekommen war, herrschte längeres Schweigen, während die drei Männer das soeben Gehörte überdachten. Schließlich sagte Colin eifrig: »Der erste Brief war an Thorton adressiert – das ist Jades und Nathans Vater – und von einem gewissen William unterzeichnet.«

»Damals benutzten sie ihre Decknamen noch nicht«, erklärte Jade.

»Genau«, stimmte Colin zu. »Später nannte sich unser Vater Fox, aus William wurde Price. Und was Ice betrifft – wir haben noch keine Hinweise auf seine …«

»Mit seiner Identität können wir uns später befassen«, fiel Nathan ihm ins Wort.

Colin nickte. »Ich ging zu William und erzählte ihm alles über die Briefe. Nathan und ich beschlossen, ihm zu vertrauen. Immerhin war er unser Vorgesetzter, und er hatte stets gut für uns gesorgt. Bis zum heutigen Tag glaube ich nicht, daß er in die Aktivitäten des Tribunals verwickelt war.«

»Du bist ein Unschuldslamm«, murmelte Nathan. »Natürlich steckte er mit den Bastarden unter einer Decke.«

»Das mußt du erst mal beweisen.«

Seufzend schüttelte Nathan den Kopf und wandte sich wieder zu Caine. »Wir wurden nach Süden geschickt. Inzwischen wissen wir, daß das ein Trick war. Man hatte uns beauftragt, zwei Informanten im Hafen zu treffen. Wenig später fielen wir gefesselt und geknebelt ins Wasser.«

»Du brauchst nicht alles zu erzählen. Das ist überflüssig.« Weder Colin noch Nathan bemerkten, wie angstvoll Jades Stimme klang, im Gegensatz zu Caine, der ihr Gesicht prüfend beobachtete.

»Erzähl weiter, Colin«, sagte Nathan.

Caine blickte auf Jades fest ineinandergeschlungene Hände. Sie mußte etwas gesehen haben, das sie mit Entsetzen erfüllt hatte. Nun wurde seine Aufmerksamkeit wieder auf Colin gelenkt, der die weiteren Ereignisse schilderte. »Ich versank als erster im Meer. Nachdem sie mit ihren Messern mehrmals in meine Beine geschnitten hatten, warfen sie mich von einer Landebrücke. Nathan wußte sofort, was los war. Ich verstand es damals noch nicht, und dafür danke ich Gott, denn ich glaubte, ich hätte noch eine Chance.«

Er war noch bleicher geworden, und Nathans Gesicht nahm einen ebenso grimmigen Ausdruck an. »Weil die Shallow's Wharf in der Nähe lag, hatten wir vor jenem Treffen mehrere Tage bei Jade und Black Harry verbracht. Damals wußte Colin natürlich noch nicht, daß sie Pagan ist, und entwickelte heftige Gefühle für meine kleine Schwester.«

»Das stimmt.« Colin zwinkerte ihr zu. »Und falls du mich haben willst – ich bin immer für dich da.«

Errötend schüttelte sie den Kopf. »Du warst einfach unmöglich.«

»Wie ein junges Hündchen folgte er ihr auf Schritt und Tritt«, fuhr Nathan fort. »Und als er ihr Desinteresse bemerkte, war er so enttäuscht, daß ich eine Sauftour mit ihm unternehmen mußte.«

»In dieser Nacht verliebte ich mich in zwei andere Damen«, berichtete Colin.

»Das waren keine Damen«, widersprach Jade.

»Nein«, bestätigte Nathan. »Wieso erinnerst du dich überhaupt daran, Colin? Du warst sternhagelvoll.«

Lachend prahlte Colin: »Ich erinnere mich an alles – ganz genau.«

Caine zwang sich zur Geduld. Wie er aus den düsteren Mienen der beiden schließen konnte, mußten sie zwischendurch scherzen, während sie sich jene schrecklichen Geschehnisse ins Gedächtnis zurückriefen. Sonst hätten sie es nicht verkraftet.

So geduldig war Jade nicht. »Tommy, einer von meinen Männern, und ich folgten Nathan und Colin, als sie zu ihrer Verabredung gingen. Sie taten so geheimnisvoll, daß ich neugierig war. Außerdem hatte ich ein seltsames Gefühl – irgendwas konnte da nicht stimmen.«

»Wer ist Tommy?« fragte Caine.

Abrupt sprang Jade auf und lief zur Tür. »Nathan, erzähl die Geschichte zu Ende, während ich Erfrischungen bestelle. Ich bin es leid, über das alles zu reden.«

Nathan wollte Sie zurückrufen, aber Colin legte eine Hand auf den Arm seines Freundes. »Es ist immer noch sehr schwierig für sie«, flüsterte er, und Nathan nickte.

»Natürlich war es schwierig für sie«, stieß Caine hervor, »wenn sie mitansehen mußte, wie ihr beide …«

»Das tat sie nicht«, unterbrach ihn Nathan. »Wie Colin bereits erwähnte, erriet ich die Pläne dieser Männer, sobald sie seine Beine zerschnitten. Als sie dann mit ihren Messern auch über mich herfielen, wehrte ich mich und wurde angeschossen. Mit blutender Schulter ging ich im Wasser unter.«

»Die Wunden hatte man uns zugefügt, um die Haie anzulocken«, führ Colin fort. In diesem Hafen wimmelt es von Raubfischen wegen des Abfalls, der ständig hineingeworfen wird. Und die Biester stürzten sich tatsächlich auf uns.« Er merkte, wie sein Bruder allmählich die Geduld verlor und sich mit gerunzelter Stirn vorbeugte. »Sei doch nachsichtig mit uns, Caine. Das sind keine angenehmen Erinnerungen.«

»Da hast du recht«, pflichtete Nathan ihm bei. »Die Sonne war gerade versunken ...«

»Trotzdem sah ich die Haifischflossen«, warf Colin ein.

Mittlerweile war Caine bis zur Sesselkante vorgerutscht. Jetzt verstand er, warum Jade in ihren Alpträumen Haie sah. Das Grauen, das sie erlitten hatte, krampfte ihm das Herz zusammen.

»Pagan befahl Tommy, ein Boot zu holen«, setzte Colin seinen Bericht fort. »Sie nahm sein Messer, und die beiden fuhren aufs Wasser hinaus. Die Schurken hielten uns für tot und waren bereits verschwunden. Pagan – ich meine, Jade – bekam mich als ersten zu fassen und zerrte mich mit Tommys Hilfe zum Boot. Ein Hai hatte schon angefangen, an meinem Bein zu nagen. Als sie mich an Bord zogen, verlor Tommy das Gleichgewicht und fiel ins Meer. Er tauchte nie wieder auf ...« Colin verstummte, schaute seinen Freund bittend an, und Nathan sprach weiter.

»Ich begreife es noch immer nicht, aber die Haie verschonten mich. Statt dessen machten sie sich über Tommy her. Inzwischen lag Colin bereits im Boot.«

»Ich bemühte mich, Jade zu helfen«, flüsterte Colin heiser, »aber da schwanden mir die Sinne. Als ich die Augen wieder öffnete, befand ich mich auf der *Emerald.* Der sonderbarste Mann, den ich je gesehen hatte, versuchte mich zu einer Schachpartie zu animieren. Ich wußte nicht, ob ich im Himmel oder in der Hölle war. Und dann sah ich Nathan in der Koje neben mir schlafen, erblickte auch seine Schwester, und plötzlich erinnerte ich mich an alles. Es kam mir so vor, als wäre es eben erst geschehen. Aber dann erfuhr ich von meiner langen Krankheit.«

Caine lehnte sich im Sessel zurück, um die Anspannung in seinen Schultern zu lockern. Er holte mehrmals tief Luft und beobachtete, wie Nathan und Colin seinem Beispiel folgten.

»Als Jade mit dem Boot hinausfuhr – wußte sie da von den Haien?«

»O ja«, wisperte Nathan.

»Großer Gott, welch ein Mut…«

»Sie will nicht darüber reden«, erlärte Nathan.

»Aber sie träumt davon«, sagte Caine tonlos.

»Was?« rief Nathan.

»Sie hat Alpträume«, teilte Caine ihm mit, und Jades Bruder nickte langsam.

»Natürlich wollten Matthew und Jimbo den Bastarden folgen, die uns zu töten versucht hatten«, fuhr Colin fort.

»Aber Jade verbot es ihnen, mit gutem Grund. Sie wollte, daß die Männer ihren Auftraggebern berichteten, wir seien tot. Denn sie fand, dies sei die einzige Möglichkeit, uns zu schützen. Ich glaube, diese Entscheidung war richtig. Nathan und ich bleiben gern noch ein Weilchen im Totenreich, bis wir herausfinden, wer hinter alldem steckt.«

»Zum Teufel, Caine, unsere eigene Regierung wollte uns meucheln«, murmelte Nathan.

»Nein, die wußte gar nichts von eurer Tätigkeit. Habt ihr euch jemals vor Richards verantwortet? Wurdet ihr als Spione in Englands Diensten anerkannt…«

»Schon gut«, unterbrach Colin seinen Bruder, »sprich es nur aus.«

»Ihr habt für das Tribunal gearbeitet.«

Colin seufzte. »Ich wußte, daß du das sagen würdest.«

»Da kannst du nicht sicher sein«, protestierte Nathan.

»Richards hatte keine Ahnung, bis er bei eurem vermeintlichen Tod hörte, ihr wärt Mitglieder des englischen Geheimdienstes gewesen«, entgegnete Caine. »Zur Zeit führt er Ermittlungen durch.«

»Dann wird man ihn umbringen«, meinte Nathan.

»Er geht mit äußerster Diskretion vor.«

»Verdammt, ich weiß, wir haben Fehler gemacht«, gab Nathan zu. »Beinahe wäre ich schuld an deinem Tod, Colin. Ich hätte dich da nicht hineinziehen sollen.«

»Unsinn, wir sind Partner.« Colin wandte sich zu seinem Bruder. »Hältst du Richards wirklich für vertrauenswürdig?«

»Ich würde ihm mein Leben überantworten. Jade muß ihm so bald wie möglich die Briefe geben oder ihm ihren Inhalt mitteilen.«

»Wir können Kopien anfertigen«, schlug Colin vor.

»Dann bleiben die Originale in sicherem Gewahrsam. Auf der *Emerald* wird man sie niemals finden.«

»Das Schiff wurde nach Jade benannt, nicht wahr?« fragte Caine lächelnd. »Das hätte ich mir denken können. Ihre Augen funkeln wie Smaragde, besonders, wenn sie wütend ist.«

»Ja, Harry taufte das Schiff nach ihr«, stimmte Colin zu. »Begreifst du nun, warum du eine Zielscheibe geworden bist?«

Caine nickte. »Ich habe nach Pagan gesucht, und das Tribunal wollte verhindern, daß ich den Piraten aufspüre, denn dann wäre die Wahrheit ans Licht gekommen.«

»Du schwebst immer noch in Gefahr«, erinnerte ihn Colin.

»Nicht mehr lange. Ich habe einen Plan.«

Colin grinste Nathan an und rief erleichtert: »Ich wußte es ja! Er hat einen Plan.«

Jade kehrte ins Zimmer zurück – viel ruhiger als zuvor, fast heiter. Auf dem Weg zu ihrem Sessel am Kamin gönnte sie Caine keinen einzigen Blick. Sie setzte sich und erklärte Colin: »Sterns läßt zwei Zimmer für dich und Nathan herrichten. Sobald deins fertig ist, mußt du dich hinlegen.«

»Meinst du wirklich, wir sollten hierbleiben?« Nathan stieß seinen Freund mit dem Ellbogen an. »Mein Landsitz liegt ziemlich abgeschieden. Kurz vor unserem letzten Auftrag wurde die Renovierung des Hauses abgeschlossen. Dort hätten wir es sehr gemütlich.«

Colin grinste. »Über diesen Palast habe ich so viel gehört,

daß ich jeden einzelnen Raum deutlich vor meinem geistigen Auge sehe. Du hast von nichts anderem geredet.«

»Nun, dann sag doch ja, Caine, mein Haus ist jetzt das schönste in ganz England… Jade, warum schüttelst du den Kopf? Gefällt es dir nicht?«

Jade lächelte gequält. »Doch, Nathan, es war großartig.«

Er blinzelte verwirrt. »War?«

»Leider habe ich betrübliche Neuigkeiten für dich.«

Gespannt beugte er sich vor. »Wie betrüblich?«

»Weißt du – da brach dieses Feuer aus…«

»Ein Feuer?« Nathans Stimme hörte sich an, als würde er an irgend etwas ersticken, und Colin widerstand der Versuchung, seinem Freund auf den Rücken zu schlagen.

»Es war ein ziemlich großes Feuer, Nathan«, berichtete Jade mitfühlend.

Ihr Bruder stöhnte. »Wie groß?«

»Dein wunderbares Haus brannte bis auf die Grundmauern ab.« Während Nathan mehrere Flüche vor sich hinmurmelte, wandte sie sich zu Caine. »Ich sagte ja, er würde enttäuscht sein.«

Nathan sah nicht nur enttäuscht aus, sondern geradezu mordlüstern. Und Caine verstand ihn nur zu gut, da ihn nach der Zerstörung seiner Ställe ähnliche Gefühle bewegt hatten.

»Das letzte verdammte Zimmer war eben erst renoviert worden«, sagte Nathan seufzend zu Colin.

»Und ich dachte, alles wäre gelogen, Jade.« Caine schloß sekundenlang die Augen.

»Was war gelogen?« fragte Colin.

»Nicht alles«, versicherte Jade.

»Und was genau war die Wahrheit?« fragte Caine.

»Sprich nicht in diesem Ton mit mir! Ich log nur, als ich die Ermordung jenes vornehmen Gentlemans schilderte. Was Besseres fiel mir nicht ein. Das müßte die einzige Schwindelei gewesen sein. Wenn ich mich noch an was anderes erinnere, werde ich dich informieren, Caine. Und jetzt hör bitte auf, die Stirn zu runzeln. Das ist wirklich der falsche Zeitpunkt, um mein Verhalten zu kritisieren.«

»Würdet ihr euch diese Streiterei für später aufheben?« bat Nathan. »Wieso brach das Feuer aus, Jade? War jemand unachtsam?«

»Das Haus wurde angezündet. Und die Brandstifter leisteten gründliche Arbeit. Sogar der Weinkeller ist zerstört.«

»Um Himmels willen, nicht der Weinkeller!« jammerte Nathan.

»Ich glaube, man versuchte, die Briefe zu verbrennen. Da die Schurken nichts fanden, als sie das Haus durchsuchten …«

»Mein Haus wurde durchsucht? Wann?«

»Am Tag, bevor es in Flammen aufging … Oh, da fällt mir was ein.« Jade warf einen kurzen Blick auf Caine. »Daß ich die Treppe hinabstürzte, war auch gelogen.«

Nathan stieß einen tiefen Seufzer aus und zog ihre Aufmerksamkeit wieder auf sich. »Wenn wir alles hinter uns haben, baue ich ein neues Haus. Stehen die Stallungen noch?«

»Ja, die sind unversehrt. Um die brauchst du dir keine Sorgen zu machen.«

Caine beobachtete Jade. Ihr Unbehagen war offensichtlich, und er überlegte, ob ihr Bruder wohl ahnte, daß weitere »Enttäuschungen« auf ihn zukamen.

»Es ist wirklich schade um das schöne Haus«, meinte Colin.

»Allerdings«, stimmte Nathan zu. »Aber wenigstens wurden die Ställe verschont. Du solltest mal meine Pferde sehen. Für den Araberhengst habe ich ein Vermögen bezahlt, aber er ist sein Geld wert. Ich nenne ihn 'Blitz'.«

»Blitz?« Colin grinste über den absurden Namen. »Das klingt so, als hätte dir Harry bei der Wahl des Namens geholfen.«

»Hat er auch. Jedenfalls verdient es mein Hengst, so zu heißen. Er läuft schnell wie der Wind. Nur Jade und ich können ihn bändigen. Warte, bis du ihn kennenlernst …« Nathan unterbrach seine Prahlereien, als er seine Schwester den Kopf schütteln sah.

»Findest du etwa nicht, daß er schnell wie der Wind ist, Jade?«

»Doch, er war schnell wie der Wind.«

Nathan schien den Tränen nahe zu sein. »War?«

»Leider muß ich dir noch eine Enttäuschung bereiten. Da

war dieses Mißgeschick – und deinem herrlichen Pferd wurde zwischen die schönen braunen Augen geschossen.«

Verblüfft beugte sich Caine vor. »Das war also auch nicht gelogen, Jade?«

»Natürlich nicht.«

»Zum Teufel, wer hat Blitz erschossen?« schrie Nathan.

Sie starrte Caine an. »Ich sagte ja, er würde enttäuscht sein.«

»Das ist wohl kaum meine Schuld«, murmelte er, »also schau mich nicht so an.«

»Hat Caine ihn erschossen?« brüllte Nathan.

»Nein«, versicherte Jade hastig. »Er wollte bloß nicht glauben, daß du enttäuscht sein würdest. Damals kannte ich ihn noch gar nicht.«

Ihr Bruder sank in die Sofakissen zurück und legte eine Hand über die Augen. »Ist denn auf dieser Welt nichts mehr heilig?«

»Blitz war's offenbar nicht«, bemerkte Caine trocken, und Nathan bedachte ihn mit einem strafenden Blick.

»Er war ein verdammt gutes Pferd.«

»Das bezweifle ich nicht.« Caine wandte sich erneut zu Jade. »Wenn du in dieser Hinsicht die Wahrheit sagst, kann das nur bedeuten ...«

»Ich wüßte es sehr zu schätzen, wenn du mich nicht ständig beleidigen würdest«, zischte sie.

»Sie sagt immer die Wahrheit«, verteidigte Nathan seine Schwester.

»Tatsächlich?« fragte Caine gedehnt. »Diese Seite ihres Wesens kenne ich noch nicht. Seit unserer ersten Begegnung hat sie mich immer nur belogen. Das stimmt doch, Süße? Aber das wird sich nun ändern, was?«

Sie würdigte ihn keiner Antwort.

»Erzähl deinem Bruder doch die restlichen schlechten Neuigkeiten«, schlug er vor, und Nathan ächzte.

»Mein Gott, das war noch nicht alles?«

»Nur noch eine Kleinigkeit ...«, begann Jade. »Du erinnerst dich doch an deine hübsche Kutsche?«

»Nicht die Kutsche, Jade!« protestierte Nathan tonlos.

Eifrig wandte sie sich zu Colin, während ihr Bruder noch einmal die Liste seiner Flüche durchging. »Du hättest sie sehen sollen. Sie war so groß und komfortabel. Und Nathan ließ die Sitze mit so wundervollem weichem Leder beziehen.«

Colin versuchte eine mitleidige Miene aufzusetzen. »Sie *war* groß und komfortabel?«

»Man hat sie in Brand gesteckt«, verkündete Jade.

»Warum sollte jemand ein so prächtiges Fahrzeug zerstören wollen?« rief Nathan.

Diese Frage wurde von Caine beantwortet. »Ihre Schwester hat vergessen, eine wichtige Einzelheit zu erwähnen. Zufällig saß sie im Wagen, als er angezündet wurde.«

Erschrocken hielt Colin den Atem an. »Um Himmels willen, Jade! Erzähl, was geschehen ist!«

»Das hat Caine doch gerade gesagt.«

»Du mußt es ganz genau schildern«, beharrte Colin.

»Großer Gott, du hättest getötet werden können!«

»Das hatten die Schurken ja auch vor. Nachdem das Haus abgebrannt war, ließ ich den Wagen anspannen, um nach London zu fahren und dich aufzusuchen, Nathan …«

»Wie viele Männer haben dich begleitet?« fiel Caine ihr ins Wort.

»Hudson gab mir zwei mit auf den Weg.«

Plötzlich erinnerte sich Caine an etwas. »Du sagtest, du wärst erst zwei Wochen vorher nach England zurückgekehrt.«

»Nun ja – es war ein bißchen länger her«, gab sie widerstrebend zu.

»Wie lange?«

»Zwei Monate. Diesbezüglich mußte ich lügen.«

»Du hättest die Wahrheit sagen können.«

Er geriet in Wut, aber sie war zu irritiert, um darauf zu achten. »So? Wärst du etwa bereit gewesen, mir zu glauben, wenn ich erklärt hätte, ich sei Pagan und aufgrund gewisser Umstände soeben veranlaßt worden, Winters gefangenzunehmen und meinem Bruder zu übergeben – und daß ich nun versuchen würde … Ach, was, du hättest mir nicht einmal zugehört!«

»Moment mal, wer ist Hudson?« fragte Nathan. »Du sagtest, er hätte dir zwei Mann mitgegeben.«

»Er ist der Butler, den Lady Briars für dich engagiert hat.«

Nathan nickte. »Und was ist dann passiert?«

»Kurz vor London lauerten uns drei Leute auf. Sie hatten die Straße mit dicken Ästen blockiert. Als der Wagen hielt, beugte ich mich aus dem Fenster, um zu sehen, was los war. Da hörte ich gellendes Geschrei. Irgendwas traf mich seitlich am Kopf. Ich mußte wohl in Ohnmacht gefallen sein, wenn es mir auch sehr unangenehm ist, das zu gestehen.« Zu Caine gewandt, fügte sie hinzu: »Es sieht mir gar nicht ähnlich, die Besinnung zu verlieren.«

»Du schweifst vom Thema ab, Jade«, mahnte Caine.

Ärgerlich verdrehte sie die Augen, dann schaute sie wieder ihren Bruder an. »Die Polsterung der Kutsche war mit Messern aufgeschlitzt worden. Als ich den Qualm roch, stieg ich natürlich sofort aus.«

»Haben diese Bastarde nach den Briefen gesucht?« fragte Colin.

»Du hast einfach die Tür geöffnet und bist rausgeklettert?« wollte Nathan im selben Augenblick wissen.

»Ja und nein«, entgegnete Jade. »Ja, ich glaube, Sie dachten, die Briefe wären unter den Lederbezügen verborgen. Und nein, ich öffnete nicht einfach die Tür. Die Ausgänge waren an beiden Seiten mit Zweigen verbarrikadiert. Ich zwängte mich durch ein Fenster hinaus. Glücklicherweise war der Rahmen nicht so stabil, wie du dachtest, Nathan. Wenn ich jetzt darüber nachdenke – du hast viel zuviel für das Vehikel bezahlt. Auch die Türangeln waren nicht besonders haltbar und ...«

»Jade!«

»Schrei mich nicht an, Caine!«

»Jedenfalls bist du mit knapper Not davongekommen, Jade«, meinte Colin.

»Ich hatte große Angst, und ich schäme mich nicht, das zuzugeben. Das ist doch keine Schande, Caine?« fragte sie in unsicherem Ton, als fürchtete sie seinen Widerspruch.

»Gewiß nicht.«

Erleichtert atmete sie auf. Legte sie so großen Wert auf seine Anerkennung? Über diese Möglichkeit dachte er lange nach, ehe er bemerkte: »Jetzt weiß ich, wie die Verletzungen an deiner Schulter entstanden sind. Die hast du dir zugezogen, als du durch das Fenster gekrochen bist, nicht wahr?«

»Wieso zum Teufel wissen Sie von diesen Verletzungen an Jades Schulter?« brüllte Nathan.

»Weil ich sie gesehen habe.«

Nathan wollte sich auf Caine werfen, aber Colin hielt ihn zurück. »Darüber könnt ihr später diskutieren. Es sieht so aus, als müßten wir die Gastfreundschaft dieses Hauses noch eine ganze Weile beanspruchen.«

Wäre Nathan in Aussicht gestellt worden, er müßte wieder zwischen den Haien schwimmen, hätte er nicht finsterer dreinschauen können.

»Wenn ihr weggeht, bringt ihr euch in Gefahr«, warnte Jade.

»Natürlich, wir müssen hierbleiben«, stimmte Colin zu, und Nathan nickte widerwillig.

»Mit deiner Jagd auf Pagan hast du auch einiges riskiert, Caine«, meinte Colin. »Die restlichen Mitglieder des Tribunals können nicht zulassen, daß du den Piraten findest.«

»Pagan hätte Ihnen vielleicht klargemacht, sie sei unschuldig am Tod Ihres Bruders«, fügte Nathan hinzu.

»Trotzdem war das Wagnis zu groß.«

»Und deshalb haben Sie Jade zu mir geschickt«, warf Caine ein.

Nathan schüttelte den Kopf. »Das war ihre Idee, und wir wurden erst nach ihrer Abreise informiert. Wir hatten gar nichts zu sagen.«

»Wie sollen wir die Schurken loswerden?« fragte Colin seinen Bruder. »So lange sie hinter dir her sind, kannst du uns nicht helfen, sie zu schnappen. Verdammt, wie sollen wir sie jemals finden. Wir haben keinerlei Anhaltspunkte.«

»Da irrst du dich, Colin. Wir wissen, daß Hammond, der Leiter des Tribunals, ein legitimes Regierungsmitglied war. Er rekrutierte Ice, Fox und Price. Davon sind nur ein oder zwei noch am Leben, nicht wahr? Und einem oder beiden untersteht Willburn. Der scheint übrigens ein Doppelleben zu führen. Er muß sowohl für die Regierung als auch für das Tribunal arbeiten.«

»Wieso glauben Sie das?« fragte Nathan.

»Als meine Familie von Ihrem und Colins Tod erfuhr, schickte man uns Akten mit Berichten über geringfügige, aber immerhin heroische Taten, die ihr beide angeblich zum Wohle England begangen habt. Willburn schützte seine eigene Haut, und das Dossier enthielt keine substantiellen Informationen, die sich überprüfen hätten lassen können. Da fällt mir ein – ihr habt Tapferkeitsmedaillen bekommen.«

»Warum hat man sich diese Mühe gemacht?« wollte Colin wissen.

»Um deine Angehörigen zu beschwichtigen. Immerhin ist unser Vater ein Herzog. Willburn konnte dich nicht einfach verschwinden lassen, sonst hätte man zu viele Fragen gestellt.

»Und Nathan? Warum wurde er nach seinem Ableben geehrt? Sein Vater war bereits tot, und sonst gab es keine adeligen Wakerfields von männlichem Geschlecht. Sollte Jade besänftigt werden?«

Caine schüttelte den Kopf. »Du vergißt Nathans zahlreiche Adelstitel. Unter anderem ist er der Marquis von St. James. Das Tribunal mußte alle möglichen Konsequenzen seiner barbarischen Handlungsweise berücksichtigen und damit rechnen, daß Nathans Freunde Nachforschungen anstellen würden.«

»Oh, an den Namen St. James habe ich gar nicht mehr gedacht.« Colin grinste Nathan an. »Diesen Familienzweig erwähnst du kaum.«

»Würdest du das vielleicht tun?« konterte Nathan trocken, und Colin lachte schallend.

»Für solche Späße haben wir jetzt keine Zeit«, murmelte Jade. »Außerdem glaube ich, daß die Geschichten über die St. James-Männer stark übertrieben sind. Im Grunde sind sie sehr nett, nicht wahr, Nathan?«

»In den Augen von Schweinen ganz sicher.«

Nathans offenherzige Antwort trug ihm einen vernichtenden Blick seiner Schwester ein, dann richtete sie ihre Aufmerksamkeit wieder auf Caine. »Warst du bei der Zeremonie, die zu Colins und Nathans Ehren veranstaltet wurde? Hat's dir gefallen? Gab es viele Blumen? Und wie viele Leute …«

»Nein, ich war nicht dabei«, unterbrach er sie.

»Schäm dich! Du hast eine Feier versäumt, die für deinen eigenen Bruder …«

Er fiel ihr erneut ins Wort. »Ich war zu wütend, und ich wollte mir keine Reden anhören und auch keine Medaille in Colins Namen entgegennehmen. Diese Pflicht überließ ich meinem Vater und …«

»… und inzwischen sannst du auf Rache«, vollendete Colin den Satz. »So wie damals, als du dich mit den Bradley-Brüdern angelegt hast.« Er erzählte Nathan, was vor vielen Jahren geschehen war, und Jade wurde wieder ungeduldig.

»Wir wollen zu unserem Thema zurückkehren. Hast du irgendwelche Schlüsse gezogen, Caine?«

Er nickte. »Ich glaube, ich habe einen brauchbaren Plan, um die Schakale von meiner Fährte abzulenken. Jedenfalls würde sich ein Versuch lohnen. Aber das ist nur *ein* Problem. Wir müssen auch an Jade denken.«

»Was meinst du?« fragte Colin.

»Es geht hier um zweierlei. Sicher, ich bin eine Zielscheibe. Die Schurken wissen, daß ich meine Suche nach Pagan, ihrem willkommenen Sündenbock, nicht aufgeben werde.«

»Was hat das mit Jade zu tun? Niemand ahnt, daß sie Pagan ist.«

Caine seufzte. »Fangen wir von vorn an. Die beiden anderen Mitglieder des Tribunals wissen offensichtlich, daß Fox die Briefe aufgehoben hat. Da sie sie bei ihm nicht fanden, taten sie das Nächstbeste – sie beauftragten Willburn, Sie zu rekrutieren, Nathan. Das war die einfachste Möglichkeit, Fox' Sohn im Auge zu behalten.« Er wartete keine Reaktion auf diese Feststellung ab, sondern fuhr fort: »Ich nehme an, Ihre Räume in Oxford wurden mehrmals durchsucht?« Als Nathan nickte, meinte Caine:

»Die Leute müssen ganz sicher gewesen sein, daß Sie die Briefe haben. Der einzige logische Kandidat waren Sie, denn Jade erschien ihnen vermutlich zu jung, und Harry hatte sie außerdem schon weggebracht. Daß Fox die Korrespondenz Harry anvertraut hatte, glaubte wohl niemand. Allein schon sein Äußeres widerspricht einer solchen Mutmaßung. Und sie konnten nicht wissen, wie lange Ihr Vater und Harry sich schon kannten.«

Erleichtert atmete Jade auf. Caines Ausführungen klangen so vernünftig, und es kam ihr vor, als würde ihnen allen eine schwere Last von der Seele genommen. Wie die Miene seines Bruders verriet, dachte er genauso.

»Und?« drängte Nathan, nachdem Caine eine Weile geschwiegen hatte.

»Sie warteten, in der Hoffnung, die Briefe würden irgendwann auftauchen. Und genau das geschah. Harry gab sie Jade, die sie Nathan zeigte, und der weihte dich ein, Colin.«

»Das wissen wir doch alles!« rief Nathan ungeduldig.

»Sei still!« flüsterte Jade vorwurfsvoll. »Caine geht jetzt ganz methodisch vor, und wir dürfen ihn nicht in seiner Konzentration stören.«

»Colin erzählte Willburn von den Briefen, und der ging natürlich zum Tribunal.«

»Daraufhin versuchte man, uns zu ermorden«, spann Colin den Faden weiter. »Ich habe dem falschen Mann vertraut.«

»Allerdings«, bestätigte Caine.

»Und jetzt sind sie immer noch hinter den Briefen her«, warf Nathan ein.

Caine nickte, »genau!«

Sein Bruder richtete sich ein wenig auf. »Nathan – jetzt, wo sie uns für tot halten, gibt es in ihren Augen nur noch eine einzige Person, die das belastende Beweismaterial besitzen könnte.« Angstvoll wandte er sich zu Jade. »Bestimmt wissen sie, daß du die Briefe hast.«

»Nicht mit Sicherheit«, widersprach sie. »Sonst hätten sie mich schon umgebracht. Das ist der Grund, warum sie immer noch auf der Suche sind, warum sie das schöne Haus und die Kutsche zerstört haben …«

»Und nun wissen sie nicht mehr, wo sie noch nachschauen sollen.« Nathans Augen verengten sich. »Sie haben nur mehr eine einzige Möglichkeit.«

»Sie werden versuchen, Jade gefangenzunehmen«, meinte Colin.

»Genau«, pflichtete Nathan ihm bei.

»Ich lasse niemanden in ihre Nähe«, erklärte Caine.

»Aber ich bezweifle, ob sie tatsächlich überzeugt davon sind, daß Jade die Briefe hat. Bevor ihr überfallen wurdet, hättet ihr sie irgendwo verstecken können, Colin. Die Schurken müssen allmählich verrückt werden, während sie auf das Auftauchen der Briefe warten. Wahrscheinlich wächst ihre Verzweiflung mit jedem Tag.«

»Was sollen wir tun?« fragte Colin.

»Eins nach dem anderen.« Caine beugte sich zu Jade vor. »Weißt du noch, worum du mich gebeten hast, als du in jener Nacht in die Taverne gekommen bist?«

Langsam nickte sie. »Ich wollte getötet werden.«

»Was?« brüllte Nathan.

Ohne Jade aus den Augen zu lassen, bestätigte Caine. »Ja, das wollte sie.«

»Aber er weigerte sich«, erklärte Jade. »Damit rechnete ich natürlich. Und was hat das mit deinem Plan zu tun, Caine?«

Das Grübchen zeigte sich in seiner Wange. »Ganz einfach, Liebling. Ich habe mich anders besonnen und werde deinen Wunsch erfüllen.«

13

»Pagan muß sterben«, fuhr Caine leise und eindringlich fort. »Das ist die einzige Möglichkeit.« Fragend schaute er Jades Bruder an, der sofort nickte.

Entsetzt sprang Jade auf. »Aber ich will nicht sterben!«

»Hör mal, Mädchen …«, begann Nathan.

»Er meint doch nur den Piraten«, erläuterte Colin, »und er wird dich nicht wirklich umbringen, Schätzchen.«

Erbost starrte Jade ihn an. »Ich weiß genau, was er meint. Aber ich will's trotzdem nicht. Wenn du auch nur ahnen würdest, wie viele Jahre ich gebraucht habe, um mir einen großen Ruf zu erwerben …«

Die Männer ignorierten sie. Nathan und Colin lächelten sogar, und sie gab es auf. Sie setzte sich wieder und musterte Caine finster. »Hättest du nicht angefangen, Pagan zu jagen, dann wäre das alles überflüssig. Es ist deine Schuld!«

»Eine andere Möglichkeit gibt es nicht, Jade«, argumentierte Nathan. »Wenn Pagan stirbt – oder wenn die Welt den Piraten für tot hält –, wird Caine seine Jagd beenden. Und das Tribunal wird glauben, daß er Pagan für den Mörder seines Bruders hält.«

Widerstrebend nickte sie, »Dann würden sie Caine in Ruhe lassen? Er wäre nicht mehr in Gefahr!«

Grinsend wandte sich ihr Bruder an Caine. »Dieser Plan löst nicht nur ein Problem«, bemerkte er mit einem vielsagenden Blick auf Jade.

Caine stimmte ihm zu. »Du mußt deine Lebensweise ändern, Süße. Wenn Pagan tot ist, darfst du nicht mehr …«

»Es ist mein Beruf!« rief sie. »Das, was ich am besten kann!«

Sekundenlang schloß er die Lider. »Was kannst du eigentlich so gut?«

Es war Nathan, der die Frage beantwortete. »Auf dem Meer fungierte Harry als Pirat. Jade hielt sich stets an Bord auf, aber er war der Anführer. Dafür organisierte sie die Raubzüge an Land. Sie besitzt ein besonderes Talent. Es gibt keinen Safe, den sie nicht knacken, kein Schloß, das sie nicht öffnen kann.«

»Mit anderen Worten, sie ist eine tüchtige Diebin«, meinte Caine gedehnt und starrte Jade mit schmalen Augen an.

Seine Worte kränkten sie ebenso wie seine Miene. »Mir ist es egal, wie du über mich denkst, Caine. Das Täuschungsmanöver ist vorbei, und du wirst mich nie wiedersehen, also spielt es keine Rolle …«

Sie verstummte, als Harrys Gebrüll ertönte, gefolgt von einem schrillen weiblichen Schrei. Jade vermutete, daß eine Dienerin in Angst und Schrecken versetzt wurde.

»Würdet ihr mich für ein paar Minuten entschuldigen?«

Ohne eine Erlaubnis abzuwarten, stürmte sie aus dem Salon. Sobald die Tür hinter ihr zufiel, sagte Caine zu Nathan: »Bald müßte sie's begreifen. Bis dahin haben wir Pagans Tod hoffentlich schon inszeniert, und es wird zu spät sein. Dann kann sie nichts mehr unternehmen.«

Colin nickte. »Natürlich wissen die Schurken, daß Jade bei dir ist, und das dürfte ihr demnächst klarwerden – ebenso, welch geringen Unterschied Pagans Tod jetzt machen wird. Ihr beide seid immer noch in Gefahr. Seltsam, normalerweise geht ihr viel schneller ein Licht auf. Was meint ihr, wie lange wird es dauern, bis sie zwei und zwei zusammenzählt?«

»Das hat sie bereits getan, Colin«, entgegnete Nathan.

»Hast du nicht die Erleichterung in ihren Augen gesehen? Eine Sekunde später verschwand dieser Ausdruck wieder, aber mir entging er trotzdem nicht. Im Grunde ihres Herzens will sie das alles hinter sich bringen.«

»Du nicht auch?« fragte Caine seinen Bruder. »Wie könntest du dir wünschen, aufs Meer zurückzukehren? Im Moment ist Jade unfähig, logisch zu denken. Sie glaubt, sie müßte ihre früheren Pflichten weiterhin erfüllen, vielleicht, um ihre Qualitäten zu beweisen. Aber ihre Motive spielen keine Rolle. Sie braucht jemanden, der von ihr verlangt, mit diesem Unsinn aufzuhören.«

Colin hob die Brauen. »Und das bist du, Caine?«

»Ja.«

Nun kam Jade in den Salon zurück, und Nathan sah zu ihr auf. »Vorerst solltest du nicht mit Matthew und Jimbo aufbrechen. Warte lieber, bis das Problem gelöst ist.«

»Bis ihr das Tribunal aufgestöbert habt?« rief sie entsetzt. »Ich kann unmöglich hierbleiben – nicht, nachdem...« Unter Caines durchdringendem Blick verstummte sie, ging zu ihm und stellte sich neben seinen Sessel, die Hände ineinandergeschlungen.

Caine wandte sich an die beiden Männer. »Und Harry? Wird er uns Schwierigkeiten machen?«

»Warum sollte er?« Colin gähnte ausgiebig. »Er ist in den Ruhestand getreten. Wie du sicher bemerkt hast, wurde in letzter Zeit kein Schiff mehr überfallen.«

»Ja, das habe ich bemerkt. Aber es wird ihn sicher stören, wenn die *Emerald* verbrennt.«

»Nein!« Jade erschrak so heftig, daß ihre Beine sie nicht mehr trugen. Sie taumelte zu ihrem Sessel und sank hinein.

Nathan schaute sie mitfühlend an. »Dieses Schiff ist Jades Zuhause. Vielleicht finden wir ein anderes, das so ähnlich aussieht. Wir könnten es mit den gleichen Farben bemalen und in Brand stecken. Und Harry müßte die echte *Emerald* in ein sicheres Versteck bringen.«

»Einverstanden«, stimmte Caine zu. »Kümmern Sie sich drum. Das Schiff muß vor den Augen mehrerer Leute versinken, die danach bezeugen, sie hätten Pagan sterben sehen.«

»Natürlich muß Harry seine Brille tragen«, warf Colin grinsend ein.

»Ich rede mal mit ihm«, verkündete Caine.

»Und du mußt dich jetzt ausruhen, Colin.« Nathan stand auf, und ehe die anderen seine Absicht erkennen konnten, nahm er den verletzten Freund auf die Arme, schwankte ein wenig unter dem Gewicht und trug ihn aus dem Zimmer.

»Um Himmels willen, laß mich runter!« protestierte Colin. »Ich bin doch kein Baby.«

»So, wirklich nicht?«

Jade schaute den beiden nach. »Nathan hat sehr gut für deinen Bruder gesorgt, Caine.«

»Du auch.«

Sie starrte zu Boden und ignorierte das Kompliment.

»Mein Bruder ist so sanftmütig. Meistens verbirgt er das hinter einer grimmigen Miene. Sein Rücken ist voller Narben von den Schlägen, die er bekommen hat. Er war nicht immer auf der Schule, sondern lange Zeit verschwunden. Darüber spricht er nicht. Ich weiß nur, daß seine schrecklichen Erlebnisse mit einer

Frau zusammenhingen. Sicher liebte er sie sehr, und sie muß ihn hintergangen haben, weil er jetzt diese kalte, zynische Maske trägt. Aber Colin hat einen Weg zu seinem Herzen gefunden. Dein Bruder verschenkt seine Freundschaft rückhaltlos, und er hat Nathan mehrmals vor dem Tod bewahrt. Der traut kaum jemandem. Colin bildet da eine der wenigen Ausnahmen.«

»Traut dein Bruder dir?«

Diese Frage verwirrte Jade. »Natürlich!« Sie sah die Zärtlichkeit in Caines Augen und überlegte, was dieses Gefühl bewirkt haben mochte. Rasch wechselte sie das Thema. »Ohne Hilfe hätte Colin die Treppe nicht geschafft. Das weiß Nathan. Und so ließ er ihm gar keine Zeit, an seinen verletzten Stolz denken zu können.«

»Jetzt scheint er um so intensiver daran zu denken«, meinte Caine gedehnt. Colins lautstarker Protest war immer noch zu hören.

Jade lächelte zögernd und stand auf. »Da ich England noch nicht verlassen kann, werde ich Lady Briars schreiben und sie bitten, mich vorerst in ihrem Haus aufzunehmen.«

»Nein.«

»Warum nicht?«

»Ich bin es leid, mich ständig wiederholen zu müssen. Du bleibst hier.«

»Lady Briars würde mich herzlich willkommen heißen. Und für dich wäre es viel leichter, wenn ich wegginge.«

»Wieso?«

»Wenn du gründlich über alles nachdenkst, wirst du feststellen, daß du mir niemals verzeihen kannst. Deshalb.«

»Willst du, daß ich dir verzeihe?«

»Eigentlich nicht.«

»Du lügst schon wieder.«

»Kommt es darauf an?«

»Allerdings. Ich habe dir meine Liebe gestanden. Zählt das nicht?«

»Doch ...« Als er aufsprang und auf sie zuging, wich sie zur Tür zurück. Sein Blick ängstigte sie, und sie wollte ihr Heil in der Flucht suchen. »Warum siehst du mich so an?«

»Du hast mich getäuscht und manipuliert und ständig im Kreis laufen lassen. Aber das wird sich jetzt ändern, nicht wahr?«

Jade machte noch einen Schritt nach hinten. »Wenn du deinen Verstand gebrauchst, wirst du erkennen, daß ich das alles nur getan habe, um dich und deinen Bruder zu schützen. Aber vorher mußt du deine Wut überwinden – und deinen Stolz.«

»Tatsächlich?«

»Eines Tages wirst du mir sicher für mein Täuschungsmanöver dankbar sein, Caine. Außerdem – nun ist es ohnehin vorbei.«

Langsam schüttelte er den Kopf und lächelte. Jade wußte nicht, was sie davon halten sollte. Weil sie es nicht wagte, ihn aus den Augen zu lassen, hatte sie nicht über die Schulter geschaut und die Entfernung zur Tür falsch eingeschätzt. Plötzlich stieß ihr Rücken gegen die Wand. Sie stand in einer Zimmerecke – in der Falle.

Caines Lächeln vertiefte sich. Offenbar erkannte er ihre Zwangslage und genoß sie in vollen Zügen.

»Es – es ist vorbei«, stammelte sie.

»Nein, es hat gerade erst angefangen, Süße.« Er schlenderte zu ihr und stützte die Hände zu beiden Seiten ihres Kopfes gegen die Wände.

»Du meinst – die Fahndung nach dem Tribunal, nicht wahr?«

»Nein, ich meine dich und mich«, erwiderte er und neigte sich herab. »Hast du mit mir geschlafen um mich zu schützen?«

»Was für eine lächerliche Frage!«

»Antworte.«

»Natürlich nicht«, wisperte sie und starrte auf seine Brust.

»Tatest du es, um dein Gewissen zu beruhigen – weil du mich hintergangen hast?«

»Nein!« schrie sie, dann merkte sie, wie angstvoll ihre Stimme klang, und änderte sofort ihren Tonfall. »Ich fühle mich niemals schuldig, wenn ich lüge. Das kann ich sehr gut, und ich schäme mich meiner Begabung nicht. Ich bin stolz darauf.«

Caine schloß kurz die Augen und flehte den Allmächtigen in einem stummen Gebet an, er möge ihm helfen, Geduld zu üben. »Warum hast du dann mit mir geschlafen?«

»Das weißt du doch.«

»Sag es mir.«

»Weil ich es wollte«, flüsterte Jade.

»Wieso?« Sie versuchte, einen seiner Arme wegzuschieben, aber er rührte sich nicht von der Stelle. »Du wirst dieses Zimmer erst verlassen, wenn du mir die volle Wahrheit gestanden hast, Jade. Keine Lügen mehr!«

Sie schaute auf sein Kinn. »Du verlangst zuviel von mir.«

»Nur das, was auch ich zu geben bereit bin. Und wir werden den ganzen Tag hier stehen, bis …«

»Also gut. Ich wollte mit dir schlafen, weil du sanft und freundlich bist und weil ich merkte, wie sehr ich dich – mag.«

Nun sah sie in seine Augen, denn sie mußte wissen, ob er lachen würde oder nicht. Sollte er nur die geringste Spur von Belustigung zeigen, würde sie ihn ohrfeigen.

Er lachte nicht. Diesem arroganten Mann schien ihr Geständnis zu gefallen, aber sie fand, daß er ein gewisses Recht darauf hatte. »Caine – du bist ganz anders als der Mann, dessen Akte ich las. Nicht einmal dein Vorgesetzter kennt deine wahre Persönlichkeit.«

»Du hast meine Akte gelesen?«

Das hätte sie lieber nicht erwähnen sollen. Doch diese Erkenntnis gewann sie erst, als er ihre Schultern packte und ihr neue blaue Flecken zufügte. »Ja. Dazu brauchte ich eine ganze Nacht. Deine Lebensgeschichte ist bemerkenswert.«

Mehr erstaunt als wütend schüttelte er den Kopf. »Jade, diese Akte müßte unter Verschluß liegen.«

»Oh, so war es auch. Man hatte grandiose Sicherheitsmaßnahmen ergriffen. Lauter stabile Schlösser an den Türen und am Aktenschrank …«

»Anscheinend waren diese Maßnahmen unzulänglich«, murmelte er. »Du bist an die Akte herangekommen und hast sie gelesen. Mein Gott, nicht einmal ich hatte sie jemals in der Hand!«

»Warum solltest du dich dafür interessieren? Du weißt ja, was du erlebt hast. Und es geht in diesem Dossier nur um deine Regierungsaufträge – nicht um deine Privatsphäre … Caine, warum regst du dich so auf?« Er hatte sie noch immer nicht losgelassen. Wollte er ihr die Schulterknochen brechen?

»Du weißt alles, was ich getan habe?«

Jade nickte. »Caine, du tust mir weh.«

Da stützte er die Hände wieder gegen die Wände, um ihr den Fluchtweg zu versperren. »Trotzdem bist du zu mir gekommen? Hast du dich nicht gefürchtet?«

»Ein bißchen schon«, gestand sie »Deine Laufbahn war sehr – abwechslungsreich. Ja, ich machte mir Sorgen. Aber nachdem ich dich kennengelernt hatte, begann ich, an der Art und Weise zu zweifeln, in der man dich eingeschätzt hat ...«

»Daran solltest du nicht zweifeln. Nichts davon ist übertrieben.«

Seine kalte Stimme jagte ihr einen Schauer über den Rücken. »Du hast getan, was du tun mußtest«, wisperte sie.

Caine war sich noch nicht sicher, ob er ihr glauben sollte. »Wie lautet mein Deckname?«

»Hunger.«

»Verdammt!«

»Versuch doch meine Situation zu verstehen. Ich mußte alles über dich wissen.«

»Wieso?«

»Du warst in Gefahr.«

»Kamst du gar nicht auf die Idee, daß ich mich sehr gut selbst verteidigen kann?«

»Doch. Aber ich hatte deinem Bruder mein Wort gegeben, und deshalb war ich es meiner Ehre schuldig, dich zu schützen.«

»Und ein Versprechen ist dir sehr wichtig, Jade?«

»Natürlich.«

»Ich begreife noch immer nicht, warum du meine Akte lesen mußtest.«

»Um deine – Schwachstellen zu finden. Starr mich nicht so an! Jeder hat eine Achillesferse. Sogar du.«

»Und wo bin ich verwundbar?«

»So wie dein Vater stehst du im Ruf, dich unermüdlich für die Hilflosen und Unglücklichen einzusetzen. Das ist zwar kein Fehler, aber ich nutzte diesen Wesenszug zu meinem Vorteil.«

»Indem du vorgabst, in Gefahr zu schweben ? Jade, du warst tatsächlich gefährdet. Was da alles passiert ist …«

»Damit hätte ich allein fertig werden können«, prahlte sie. »Als ich Nathans brennende Kutsche verlassen hatte, ging ich zu Shallow's Wharf. Dort traf ich Matthew und Jimbo. Zu dritt wären wir sicher imstande gewesen, das Problem zu lösen.«

»Vielleicht.«

Da er so geistesabwesend wirkte, versuchte sie unter einem seiner Arme hindurchzuschlüpfen. Aber Caine trat sofort näher, um sie aufzuhalten. »Du dachtest, ich sei schwach«, erklärte sie. »Und deshalb wurdest du mein Schutzengel.«

»Dabei war es umgekehrt.«

»Verletzt das deinen Stolz?«

»Nein. Daß ich manipuliert wurde, hat meinem Stolz schon genug geschadet.«

»Du besitzt genug Selbstbewußtsein, um so was zu verkraften«, meinte sie lächelnd. »Um mich zu schützen, hättest du dein Leben geopfert. Ich hörte, wie du das flüsternd gelobtest, als ich mich schlafend stellte.«

»Zum Teufel, Jade, gab es eine einzigen Augenblick, wo ich nicht von dir getäuscht wurde?« Da sie nicht antwortete, fuhr er fort: »Ich bot dir meinen Schutz. Und was bekam ich dafür?«

»Lügen.«

»Ja, Lügen, aber noch etwas anderes.« Ihr Erröten verriet ihm, daß sie verstand, was er meinte. »Was sonst?«

»Nun – ich war Jungfrau …«

»Du hast mir deine Liebe geschenkt.«

»Keineswegs.«

»Doch, Jade. Weißt du noch, was ich in jener ersten Nacht sagte?«

Sie erinnerte sich an jedes einzelne Wort. »Nein.«

»Jetzt lügst du schon wieder. Du merkst dir alles, was du hörst oder liest.«

»Nur was ich lese«, flüsterte sie. Von plötzlicher Panik erfaßt, versuchte sie, sich zu befreien.

Caine kam noch näher, bis seine Schenkel die ihren berührten. »Dann will ich deinem Gedächtnis auf die Sprünge helfen, meine kleine Lügnerin. Ich sagte, daß du jetzt mir gehören würdest. Für immer.«

»Das hast du nicht erst gemeint. Von diesem albernen Versprechen entbinde ich dich.« Beim Gedanken an die heißen Liebesstunden schloß sie sekundenlang die Lider.

»Jetzt ist nicht der geeignete Zeitpunkt, um... Caine, hör auf!« rief sie, als er ihre Stirn küßte. »Ich habe dich getäuscht und belogen. Außerdem – du wußtest damals nicht, daß ich Pagan bin. Was in jener Nacht gesagt wurde, müssen wir vergessen.«

»Ich will es nicht vergessen.«

»O Caine, ich kann unmöglich bei dir bleiben. Du solltest mich verachten. Ich bin eine Diebin.«

»Du warst eine Diebin. Das ist jetzt vorbei. Von heute an wird sich einiges ändern.«

»Du würdest es niemals schaffen, dich zu ändern. Dafür bist du viel zu starrsinnig.«

»Ich rede nicht von mir!« herrschte er sie an. »*Du* wirst dich ändern!«

»Nein.«

»Doch. Du wirst alles aufgeben, was früher war.«

»Warum?«

»Weil ich es will. Deshalb.«

Jade weigerte sich, ihn zu verstehen. »Was ich tue, geht dich nichts an. Meine Männer sind von mir abhängig, ich werde sie nicht im Stich lassen.«

»Die müssen sich eben einen anderen Anführer suchen!« brüllte er. »Mit deinen Diebereien ist nun endgültig Schluß.«

Ihre Ohren dröhnten, doch sie war zu wütend und verängstigt, um darauf zu achten. »Wenn ich von hier fortgegangen bin, wirst du mich nie wiedersehen. Keine Bange, ich werde nicht zurückkehren, um dich zu berauben.« Nun hielt sie das Gespräch für beendet. Mit aller Kraft versuchte sie, Caine von sich zu schieben. Und da sah sie Nathan und Black Harry bei der Tür stehen. Vermutlich hatten sie einen Teil der Diskussion belauscht. Sie fürchtete, daß sie ebenso laut geschrien hatte wie

Caine. Und das war einzig und allein seine Schuld. Immer wieder verwandelte er sie in eine Xanthippe.

»Warum interessiert es Sie, was sie tut, Caine?« fragte Nathan.

Jade zuliebe setzte Caine eine sanfte Miene auf. »Nathan, wir sollten uns mal unterhalten. Jade, du wartest mit Harry im Speisezimmer. Sterns«, fügte er hinzu, als der Butler auftauchte, »Sie sorgen dafür, daß wir nicht gestört werden.«

Nur Black Harry schien zu verstehen, was nun geschehen würde. »Einen Augenblick, mein Junge!« sagte er zu Caine, stapfte an Nathan vorbei und riß eine Silberschale vom Kaminsims, dann eilte er zur Tür zurück. »Es wäre ein Jammer, wenn dieses schöne Stück zu Bruch ginge. Ich nehm's lieber mit«, erklärte er, als Jade protestieren wollte. »Caine ist einverstanden, Mädchen, also hör zu schimpfen auf.«

Nathan kam in den Salon, und der Butler zerrte Jade hinaus. Nachdrücklich schloß er die Tür hinter sich, nachdem auch Black Harry den Raum verlassen hatte.

»Worüber werden sie denn sprechen?« fragte Jade ihren Onkel. »Sie kennen sich doch kaum …« Ein lauter Krach beendete ihre Spekulationen. »Mein Gott, sie bringen sich um! Harry, so tu doch was!«

Sie versuchte, Sterns beiseite zu schieben und in den Salon zurückzukehren, aber Harry umfaßte ihre Schultern. »Seit sich die zwei zum erstenmal gesehen haben, brennen sie darauf, die Fäuste zu schwingen. Laß sie in Ruhe und geh mit mir ins Speisezimmer. Gleich wird das Dessert serviert.«

»Harry, bitte!«

»Komm schon, meine Männer warten auf mich.« Als sie zu kreischen anfing, gab er es auf, ihr gut zuzureden. Ihre schrille Stimme störte ihn nicht sonderlich, da sie vom Lärm im Salon fast übertönt wurde. »Du warst schon immer ein halsstarriges Mädchen«, murmelte er und marschierte ins Eßzimmer zurück, die Silberschale fest unter den Arm geklemmt.

In diesem Moment klopfte es an der Haustür, und Sterns fühlte sich zwischen zwei Pflichten hin und her gerissen. »Mylady, würden Sie bitte nachsehen, wer da draußen ist!« überschrie er den Krach. Die Arme vor der Brust verschränkt, lehnte er an der Salontür.

Jade postierte sich neben ihm, in der gleichen Haltung.

»Mylady wird diese Tür bewachen, während Sie feststellen, wer da ist.«

Energisch schüttelte er den Kopf. »Mich können Sie nicht überlisten, Lady Jade. Sie wollen da hinein, zum Marquis.«

»Natürlich. Caine prügelt sich mit meinem Bruder, und einer von beiden wird den anderen ermorden.«

Ein neuer Krach erschütterte die Mauern, und der Butler mutmaßte, daß einer der beiden Männer das Sofa an die Wand geworfen haben mußte. Als er Jade gegenüber diese Möglichkeit erwähnte, widersprach sie. »Es klang eher so, als wäre ein Körper quer durchs Zimmer geflogen. O Sterns, bitte ...« Seufzend verstummte sie, weil er noch entschiedener den Kopf schüttelte.

Plötzlich schwang die Haustür auf. Jade und Sterns richteten ihre Aufmerksamkeit auf die zwei Besucher, die in die Halle traten. »Der Herzog und die Herzogin von Williamshire«, wisperte der Butler entsetzt.

»Wagen Sie es bloß nicht, sich von dieser Tür zu entfernen, Sterns!« Jade eilte Caines Eltern entgegen und knickste. Der Herzog lächelte sie an, aber seine Frau beachtete sie kaum, denn ihr Interesse galt der Salontür, durch die in diesem Augenblick ein obszöner Fluch drang. Erschrocken schnappte Gweneth nach Luft.

»Sie haben ihr die Unschuld geraubt, Sie Bastard!« Nathans Anklage hallte durch das große Foyer, und auf einmal hoffte Jade inständig, Caine würde ihren Bruder erdrosseln.

Dann erinnerte sie sich an die Gäste. »Guten Tag!« platzte sie heraus. Um trotz des Höllenlärms verstanden zu werden, mußte sie schreien und fühlte sich wie eine Närrin.

»Was geht hier vor?« fragte die Herzogin. »Sterns, wer ist diese Lady?«

»Ich bin Lady Jade«, verkündete sie. »Mein Bruder und ich sind mit Caine befreundet.«

»Aber was ist denn im Salon los?« wollte die Herzogin wissen.

»Nur eine kleine Meinungsverschiedenheit. Nathan, mein Bruder, und Caine führen eine ziemlich lebhafte Diskussion über …« Hilfesuchend schaute sie den Butler an, weil ihr keine plausible Erklärung einfiel.

»Über den Ackerbau!« schrie Sterns.

»Den Ackerbau?« Der Herzog von Williamshire blinzelte verwirrt.

»Das ist doch lächerlich!« Gweneth schüttelte so heftig den Kopf, daß ihre kurzen blonden Locken wippten.

»Ja, über den Ackerbau«, bestätigte Jade. »Caine glaubt, Gerste und Weizen dürften nur jedes zweite Jahr gesät werden. Und Nathan meint, kein Feld sollte jemals brachliegen. So ist es doch, Sterns?«

»Gewiß, Mylady«, brüllte der Butler und schnitt eine Grimasse, als das Geräusch von klirrendem Glas die Luft erzittern ließ. »Mein Herr vertritt einen sehr entschiedenen Standpunkt, was dieses Thema betrifft.«

»Ja, einen äußerst entschiedenen Standpunkt«, stimmte Jade zu und senkte niedergeschlagen den Kopf, als der Herzog und seine Frau sie entgeistert anstarrten. »Würden Sie die Güte haben, sich nach oben zu begeben?«

»Wie bitte?« hauchte die Herzogin.

»Würden Sie die Güte haben, sich nach oben zu begeben?« wiederholte Jade.

»Wir sollen nach oben gehen?«

»Ja. Dort werden Sie von jemandem erwartet. Ich vermute, im zweiten Zimmer rechts, aber ich bin mir nicht sicher.« Die letzten Worte mußte sie wieder schreien, weil der Lärm ohrenbetäubende Dimensionen annahm.

Inzwischen hatte sich der Herzog von seiner Verblüffung erholt. »Gott segne Sie, meine Liebe.« Lächelnd umklammerte er Jades Hände. »Es ist so schön, Sie wiederzusehen. Zweifellos haben Sie die Wahrheit gesagt …« Abrupt verstummte er, als er den konsternierten Blick seiner Frau bemerkte. »Komm, Geweneth, du hast doch gehört – Jade möchte, daß wir nach oben gehen.«

»Du kennst diese Frau, Henry?«

»O Gott, habe ich mich jetzt verraten?« Bestürzt wandte er sich wieder zu Jade, die beschwichtigend abwinkte.

»Ich habe Caine bereits von meiner Zusammenkunft mit Ihnen erzählt.«

Er atmete erleichtert auf. »Heute morgen lernte ich diese junge Lady kennen, Gweneth.« Vergeblich versuchte er, seine Frau zur Treppe zu zerren.

»Wo? Ich verlange eine sofortige Erklärung, Henry.«

»Sie kam zu mir in die Bibliothek, während du noch schliefst. Komm jetzt, Liebes. Du wirst alles verstehen, wenn …«

»Henry! Sie hat rotes Haar!«

»Ja, in der Tat«, bestätigte er und schob sie mit sanfter Gewalt zu den Stufen.

Gweneth begann zu lachen. »Und grüne Augen!« schrie sie, um den Krach zu übertönen. »Die sind mir sofort aufgefallen.«

»Was für eine ausgezeichnete Beobachtungsgabe du hast, mein Schatz …«

Jade starrte Caines Eltern nach, bis sie den Oberstock erreicht hatten. »Jetzt ist wirklich der Teufel los, Sterns.«

Der Butler nickte. »Ich glaube, das ist eine äußerst präzise Einschätzung der Lage, Mylady. Aber bemerken Sie die plötzliche segensreiche Stille?«

»Ja. Die beiden haben sich umgebracht.«

»Mein Herr würde Ihren Bruder niemals töten. Nun werde ich den Gentlemen wohl eine Karaffe Brandy kredenzen. Mittlerweile müssen sie durstig sein.«

»Nicht durstig, Sterns. Tot.«

»Man sollte immer optimistisch bleiben, Mylady.«

»Das bin ich ja«, murmelte Jade. »Holen Sie den Brandy, ich bewache inzwischen die Tür.«

»Ich verlasse mich auf Sie, Lady Jade.«

Jetzt wollte sie nicht mehr in den Salon gehen. Sie war wütend auf Caine und ihren Bruder, und sie schämte sich in Grund und Boden, weil der Herzog und die Herzogin von Williamshire ausgerechnet auf dem Höhepunkt der lautstarken Auseinandersetzung eingetroffen waren. Am liebsten hätte sie geweint.

Aber warum kümmerte es sie denn, was Caines Eltern von ihr hielten? Bald würde sie dieses Haus verlassen. Sie wäre gern nach oben gegangen, um zu packen, doch sie wollte es nicht riskieren, der Herzogin noch einmal zu begegnen.

Als Sterns mit der Kristallkaraffe und zwei Gläsern zurückkehrte, öffnete sie ihm die Salontür. Beim Anblick der Verwüstung zuckten sie beide zusammen. Jade bezweifelte, daß auch nur ein einziges Stück der schönen Möbel unversehrt geblieben war.

Sterns entdeckte die beiden Männer noch vor ihr. Und seine Überraschung ließ auch schneller nach als ihre. Er straffte die Schultern und schritt zu der Stelle, an der Caine und Nathan am Boden nebeneinandersaßen, an die Wand gelehnt.

Jade stolperte dem Butler nach und preßte eine Hand auf den Mund, als sie die beiden Kämpfer musterte. Keiner sah wie ein Sieger aus. Aus einer Rißwunde an Caines rechter Schläfe sickerte Blut auf die Wange herab, doch das schien ihn nicht zu stören. Er grinste wie ein tückischer Kobold.

Nathan war gleichermaßen lädiert. Er drückte ein Taschentuch an einen blutenden Mundwinkel, und Jade wollte verdammt sein, wenn er nicht genauso albern grinste. Die Umgebung seines linken Auges begann anzuschwellen.

Nachdem Jade festgestellt hatte, daß weder Caine noch ihr Bruder mit einem Fuß im Grab standen, fing sie erst vor Erleichterung und dann vor Zorn zu zittern an.

»Haben die Gentlemen ihre Meinungsverschiedenheit beigelegt?« erkundigte sich Sterns.

»Ja.« Caine musterte seinen Nebenmann und rammte ihm eine Faust ans Kinn. »Nicht wahr, Nathan?«

Ehe Nathan antwortete, schlug er zurück. »Klar.« Seine Stimme klang entnervend fröhlich.

»Die Kinder sollten jetzt in ihre Zimmer geschickt werden, Sterns«, fauchte Jade.

Die beiden schauten zu ihr auf, wechselten einen Blick und schienen die Beleidigung umwerfend komisch zu finden, denn sie brachen in gellendes Gelächter aus.

»Dein Bruder hat sich tatsächlich wie ein Kind mit mir rumgebalgt«, bemerkte Caine gedehnt, als er sich wieder unter Kontrolle hatte.

»Den Teufel hab' ich!« konterte Nathan. »Geben Sie den Brandy her, Sterns.«

Der Butler ließ sich auf ein Knie nieder, reichte jedem Mann ein Glas und schenkte die goldbraune Flüssigkeit ein.

»Wollen Sie die beiden auch noch betrunken machen, Sterns?« fragte Jade.

»Das wäre eine eindeutige Verbesserung ihres jetzigen Zustands, Mylady«, erwiderte er trocken, erhob sich und sah sich um. »Ich glaube, ich hatte recht. Es muß das Sofa gewesen sein, das gegen die Wand geprallt ist.«

Schweigend starrte Jade auf die Reste eines ehemaligen Teewagens.

»Lassen Sie die Karaffe da, Sterns«, befahl Caine.

»Wie Sie wünschen, Mylord. Darf ich Ihnen auf die Beine helfen, ehe ich mich zurückziehe?«

»Ist er immer so überkorrekt?« fragte Nathan, und Caine lachte.

»Sterns? Gewiß nicht. Wenn ich mich beim Dinner auch nur um eine Minute verspäte, ißt er meine Portion.«

»Pünktlichkeit ist eine Tugend, die ich Ihnen erst noch beibringen muß, Mylord«, warf der Butler ein.

»Helfen Sie ihm lieber auf die Füße, Sterns«, schlug Nathan vor. »Er fühlt sich so schwach wie ein Baby.«

Die beiden grinsten wieder, dann rief Caine: »Nein, helfen Sie lieber ihm, Sterns. Er mußte viel mehr Hiebe einstecken als ich.«

»Du gibst wohl niemals auf, was, Caine?« fragte Nathan. »Und dabei weißt du ganz genau, daß ich diesen Kampf gewonnen habe.«

»Unsinn, du hast mich doch nur ein bißchen gekratzt.«

Jade hatte genug gehört. Entschlossen wandte sie sich ab, um diese beiden Schwachsinnigen zu verlassen. Aber Caine beugte sich blitzschnell vor und hielt ihren Rocksaum fest. »Setz dich, Süße.«

»Wohin denn?« zischte sie. »Ihr habt alle Sessel in diesem Zimmer ruiniert.«

»Wir müssen uns unterhalten, Jade. Dein Bruder und ich haben uns geeinigt.« Caine warf Nathan einen kurzen Blick zu. »Sie wird Ärger machen.«

Eifrig nickte Nathan. »Wie immer.«

Caine stellte sein Glas auf den Boden und erhob sich langsam. »Würdest du mir erlauben, ein paar Minuten unter vier Augen mit deiner Schwester zu sprechen, Nathan?«

»Klar.« Mühsam rappelte sich Nathan auf.

»Ich will nicht mit dir allein sein, Caine«, protestierte Jade.

»Welch ein Pech …«

»Deine Eltern sind oben«, warnte sie, als er sie in die Arme nahm. Sie hatte erwartet, ihn mit dieser Mitteilung zu erschrecken, wurde aber bitter enttäuscht. »Sie haben den Lärm gehört«, fügte sie hinzu. »Und Sterns erklärte ihnen, ihr würdet über den Ackerbau streiten.«

Verwundert drehte sich Caine zu seinem Butler um.

»Über den Ackerbau?«

Der Butler nickte. »Was Besseres fiel mir unter diesen Umständen nicht ein, Mylord«, erwiderte er, ehe er Nathan aus dem Salon folgte.

»Sie haben ihm nicht geglaubt«, wisperte Jade bedrückt, als müßte sie eine schwere Sünde gestehen.

»Das kann ich mir vorstellen«, erwiderte Caine trocken, dann bemerkte er, daß sie den Tränen nahe war.

»Und das hat dich so furchtbar aufgeregt?«

»Nein, das nicht.« Vor lauter Wut konnte sie sich keine passende Beleidigung ausdenken. »Jetzt gehe ich in mein Zimmer. Ich muß mich erholen – und ich möchte dabei nicht gestört werden.« Daß sie ihre Sachen packen wollte, erwähnte sie nicht. Für einen neuen Streit fehlten ihr die Kräfte.

Ohne ein weiteres Wort eilte sie in die Halle. O Gott, sie hätte sich so gern ausgeweint … Aber das konnte sie erst, wenn sie mit Harry gesprochen hatte. Sicher würde er ihren Entschluß verstehen.

Sie fand ihn im Speiseraum, wo er das Tafelsilber inspizierte. Als sie nach ihm rief, steckte er gerade eine Gabel in seine Schärpe. Grinsend wandte er sich zu ihr.

»Das nehme ich alles mit. Caine wird sich freuen, wenn ich es meiner Silbersammlung einverleibe.«

»Natürlich wird er sich freuen, Onkel. Kann ich dich kurz allein sprechen?«

Sofort trotteten seine Männer in die Halle. Jade setzte sich zu ihm und ergriff seine Hand. In knappen Worten erklärte sie ihm ihre Pläne und berichtete von den letzten beiden Wochen, verschwieg aber die Alpträume und ihre intime Beziehung zu Caine. Beides hätte dem Onkel nur Sorgen bereitet. Außerdem konnte er ihr ohnehin nicht helfen, konnte weder die Alpträume verscheuchen, noch die Liebe zu Caine aus ihrem Herzen reißen.

Er grunzte mehrmals, dann stimmte er ihr zu. Daß sie auf sich selber aufpassen konnte, bezweifelte er nicht. Immerhin war sie seine Schülerin und so wichtig wie seine besten Männer. »Ich warte auf dich im Cottage«, versprach er und küßte ihre Wange. »Gib auf deine Kehrseite acht, Mädchen. Ungeziefer schleicht sich gern von hinten an. Denk an McKindry.«

Seufzend nickte sie. Er meinte den Piraten, der sie mit einer Peitsche geschlagen hatte, und diesen Zwischenfall pflegte Harry immer wieder zu erwähnen, damit sie eine Lehre daraus zog.

Sie überließ ihn wieder der interessanten Beschäftigung, Caines Eigentum zu sichten, und ging nach oben. Auf dem Weg zu ihrem Zimmer kam sie an Colins Tür vorbei, die geschlossen war. Trotzdem hörte Jade das dröhnende Gelächter des Herzogs, vermischt mit dem lauten, undamenhaften Schluchzen seiner Frau. Die Freude über die Wiedervereinigung mit dem totgeglaubten Sohn mußte die Herzogin völlig überwältigt haben.

Nun bin ich nicht mehr für Colins Sicherheit verantwortlich, sagte sich Jade. Das ist endgültig erledigt.

Im Korridor wurde sie von Matthew und Jimbo erwartet. Letzterer überreichte ihr das Abschiedsgeschenk, um das sie Harry gebeten hatte.

»Wir begleiten dich doch?« flüsterte Matthew.

Jade nickte. »Wir treffen uns am Hinterausgang.«

»Ich sattle drei von Caines Pferden«, verkündete Jimbo.

»Die meisten Pferdediebe enden am Galgen«, mahnte Matthew, aber sein breites Grinsen verriet, daß er den Plänen seines Kameraden durchaus zustimmte.

»Caine wird's niemandem erzählen«, meinte Jimbo.

»Eine Schande ist das! Wie können wir jemals ehrlich werden, wenn uns niemand Einhalt gebietet?«

Die beiden stiegen die Hintertreppe hinab, und Jade öffnete ihre Tür. Wenig später war ihre Reisetasche gepackt. Sie ging in Caines Zimmer und legte die langstielige weiße Rose, die Harry ihr besorgt hatte, auf die Bettdecke. »Ich bin Pagan«, wisperte sie. Sie wollte den Raum verlassen, doch da entdeckte sie den schwarzen Morgenmantel, der beim Fenster über einem Stuhl hing. Impulsiv faltete sie ihn zusammen und klemmte ihn unter ihren Arm. Das Kleidungsstück roch nach Caine, und sie brauchte etwas für die künftigen einsamen Nächte – etwas, woran sie sich festhalten konnte, das sie über ihre Alpträume hinwegtrösten würde.

Der Augenblick des Abschieds war gekommen.

Caine und Nathan glaubten, Jade würde sich in ihrem Zimmer ausruhen. Der Marquis wollte sie aufsuchen, aber ihr Bruder erklärte, sie habe eine kleine Atempause nötig, um ihre Nerven zu besänftigen.

»Vielleicht hast du es noch nicht gemerkt, Caine, aber sie beugt sich nur ungern dem Willen anderer Leute.«

Da Caine das oft genug gemerkt hatte, gab er keinen Kommentar dazu ab.

Danach drehte sich das Gespräch um die aktuellen Probleme. Harry wurde von der Bestandsaufnahme des Tafelsilbers weggeholt, damit er seine Vorschläge beisteuern konnte. Dabei beobachtete Caine ihn forschend und gelangte zu einer bemerkenswerten Erkenntnis. Der Pirat benahm sich sehr zivilisiert. Diese Feststellung behielt Caine natürlich für sich, da er Harry nicht kränken wollte.

Als der alte Mann erfuhr, daß ein Schiff verbrannt werden sollte, runzelte er mißbilligend die Stirn. »Ich vergeude nicht gern gutes Holz. Aber der Verlust meiner schönen *Emerald* würde mich noch tiefer treffen. Da stieße ich mir lieber einen Dolch ins Herz, als mein Schiff zu zerstören. So viele Jahre lang war es Jades Heim.«

Ehe Caine einen Kommentar dazu abgeben konnte, überraschte Harry ihn, indem auch er erklärte, Jade müsse aus dem Piratengeschäft aussteigen.

Über zwei Stunden verstrichen, ehe die Pläne zur allgemeinen Zufriedenheit geschmiedet waren. Harry schlenderte ins Speisezimmer zurück.

»Er wird dir noch die Haare vom Kopf fressen, Caine«, meinte Nathan, »und dein Haus ausrauben. Harry ist nun mal ganz versessen darauf, den Schein zu wahren.«

»Meinetwegen kann er haben, was er will. Und jetzt hat sich deine Schwester lange genug ausgeruht. Ich muß mit ihr reden.«

»Wenn du ihr einen Vortrag hältst, wird sie nur ...«

»Das habe ich nicht vor«, wurde Nathan unterbrochen.

»Ich werde ihr einfach nur sagen, was ich von ihr erwarte.«

»Das wird sie aber als Vortrag betrachten.«

Nathan und Caine gingen in die Halle, sahen die Herzogin die Stufen herabsteigen und blieben stehen. Sie lächelte, betupfte sich aber die Augenwinkel mit einem Taschentuch. Offenbar hatte sie Freudentränen vergossen.

Bei Nathans Anblick verlor sie beinahe das Gleichgewicht und mußte sich am Treppengeländer festhalten.

Doch sie fand ihre Fassung rasch wieder und eilte nach unten. »Caine, ist das Colins Piratenfreund?« wisperte sie im Flüsterton, aber Nathan hörte es trotzdem.

»Ich bin nicht Pagan, Madam, aber ein Freund Ihres Sohnes.«

Seine Stimme klang wohl etwas zu rauh für ihren Geschmack, denn sie umklammerten Caines Arm. Die dunkelbraunen Augen starrten Nathan unsicher an, aber sie lächelte tapfer. »Sie sehen wie ein Pirat aus.« Während sie eine Antwort abwartete, ordnete sie die Rockfalten ihres rosa Kleides.

»Bist du schon vielen Piraten begegnet, Gweneth?« erkundigte sich Caine.

»Noch keinem einzigen«, gestand sie. »Aber dieser Gentleman paßt zu dem Bild, das ich mir von einem Piraten gemacht habe. Vielleicht wegen seines langen Haars und der Narbe an seinem Arm.«

»Außerdem ist er mit Blut besudelt«, betonte Caine gedehnt.

»Das auch«, bestätigte seine Stiefmutter.

Er hatte seine Bemerkung scherzhaft gemeint, aber die Komik entging ihr, wie ihre ernste Miene verriet. »Außerdem schreien Piraten gern«, ergänzte sie.

»Hat Colin dir nicht erklärt ...«, begann Caine.

»Mein Sohn sagte klipp und klar, Pagans Identität sei ein Geheimnis«, unterbrach sie ihn. »Aber ich bin nicht dumm«, fügte sie mit einem vielsagenden Blick auf Nathan hinzu. »Ich weiß, wer Pagan ist. Und Henry weiß es auch.«

»Henry?« fragte Nathan.

»Mein Vater«, wurde er von Caine informiert.

»Henry irrt sich niemals«, behauptete Gweneth, und Nathan nickte grinsend.

»Dann muß ich wohl Pagan sein. Wenn Henry sich niemals irrt ...«

Besänftigend lächelte sie ihn an. »Keine Bange, Sir, ich werde Ihr Geheimnis bewahren. Und wo ist die schöne junge Lady, zu der ich so furchtbar unhöflich war, Caine?«

»Du bist nie unhöflich.«

»Ich habe mich nicht förmlich vorgestellt. Nun, wo ist sie?«

»Sie ruht sich oben aus«, antwortete Nathan. »Warum fragen Sie?«

»Das können Sie sich doch denken!« erwiderte Gweneth ungeduldig. »Ich muß mich bei ihr für mein Benehmen entschuldigen und ihr danken, weil sie unsere Familie so glücklich gemacht hat.«

»Nathan ist Jades Bruder«, erklärte Caine.

»Das wußte ich sofort. Seine grünen Augen haben ihn verraten.« Die Herzogin beugte sich zu dem Mann, den sie für den berüchtigten Piraten hielt. »Neigen Sie sich herab, mein Lieber. Ich will Sie küssen, weil Sie so ein treuer Freund sind.«

Nathan war leicht verwirrt, weil Caines Stiefmutter ihren

Wunsch in dem gebieterischen Ton eines Feldwebels äußerte. Plötzlich fühlte er sich verlegen wie ein Schuljunge und hatte nicht die leiseste Ahnung, warum. Aber er tat, was sie verlangte.

Die Herzogin küßte ihn auf beide Wangen. »Sie müssen sich unbedingt das Blut abwaschen, mein Guter. Dann wird Henry Sie herzlich im Kreis der Familie willkommen heißen.«

»Wird mein Vater ihn auch küssen?« fragte Caine, der Nathans Unbehagen sehr genoß.

»Natürlich nicht«, entgegnete seine Stiefmutter.

»Warum werde ich in die Familie aufgenommen?« erkundigte sich Nathan.

Lächelnd sah Gweneth zu Caine auf. »Ich hätte erkennen müssen, das Lady Aisely nicht zu dir paßt, mein Junge.«

»Wer ist Lady Aisely?« forschte Nathan, um dem Verlauf der Konversation folgen zu können.

»Eine dumme Gans«, entgegnete Caine.

Die Herzogin ignorierte die Beleidigung. »Henry merkte es sofort. Die grünen Augen – und das rote Haar … Und Henry irrt sich nie.« Sie warf einen Blick auf Nathan, der ihr zunickte, obwohl er nicht wußte, wovon sie redete. Aber er fand die Loyalität, die sie ihrem Gatten gegenüber zeigte, sehr ehrenwert.

Caine sprach Nathans Gedanken aus. »Henry ist unfehlbar.«

»Mein Baby ist schrecklich schwach«, bemerkte Gweneth. »Und dürr wie ein Gerippe.« Sie ging zum Speisezimmer. »Ich muß Sterns suchen. Er soll eine warme Mahlzeit für Colin bereiten lassen.«

Weil es Caine drängte, endlich Jade aufzusuchen, vergaß er Harry und dessen Männer. Nathan dachte hingegen an dieses Problem. Er erwog, den Marquis zu warnen oder die Herzogin auf die Gäste hinzuweisen, beschloß dann aber, einfach abzuwarten, was geschehen würde. Außerdem stürmte Caine bereits die Treppe hinauf, und seine Mutter öffnete die Speisezimmertür.

Nathan begann zu zählen. Bei Fünf erklang ein schriller Schrei, der Caine auf den Stufen erstarren ließ. Er drehte sich um und sah Nathan grinsend am Türrahmen des Salons lehnen. »Was zum Teufel …«

»Harry.«

»Verdammt!« Caine rannte die Stufen hinab, während die Herzogin immer lauter kreischte. »Du hättest mich dran erinnern sollen, Nathan.«

Caine rannte die Stufen hinab, während die Herzogin immer lauter kreischte. »Du hättest mich dran erinnern sollen, Nathan.«

»Ja, vielleicht«, stimmte Nathan zu.

Als Caine die Halle erreichte, erschien sein Vater am Treppenabsatz. »Was, um Gottes willen, geht hier vor? Wer macht soviel Lärm?«

Ehe Caine zu Wort kam, erwiderte Nathan: »Ihre Gemahlin, Sir.«

Caine strafte ihn mit einem vernichtenden Blick und wandte sich dann zum Herzog, hin- und hergerissen zwischen zwei Notwendigkeiten – seiner Stiefmutter zu Hilfe zu eilen, und seinen Vater an einem Mord zu hindern.

Henrys eisiger Blick veranlaßte Caine, das zweite Problem zuerst in Angriff zu nehmen. Außerdem konnte Harry die Herzogin zwar zu Tode erschrecken, würde sich aber niemals an ihr vergreifen.

Und so rannte Caine seinem Vater auf der Treppe entgegen und packte ihn am Arm. »Alles in Ordnung, wirklich.«

Henry wirkte nicht sonderlich überzeugt, und Nathan teilte ihm mit: »Ihre Gattin hat soeben Black Harry kennengelernt, Sir.«

Der Herzog riß sich von seinem Sohn los, und im selben Moment flog die Tür des Speisezimmers auf. Alle wandten sich zu der merkwürdigen Prozession, die herausstapfte. Harry bildete die Nachhut und zog die Herzogin hinter sich her.

Nathan begann zu lachen, und Caine schüttelte den Kopf. Der Herzog konzentrierte seine ganze Aufmerksamkeit auf den riesigen Mann mit dem funkelnden Goldzahn, der zur Haustür stolzierte, eine große Silberschüssel unter dem freien Arm.

Brüllend wollte sich Henry auf ihn stürzen, aber Caine und Nathan versperrten ihm den Weg. »Halt dich da raus«, bat sein Sohn.«

»Sag ihm, er soll meine Frau loslassen!«

»Tu doch was, Henry!« jammerte Gweneth. »Dieser – Mann glaubt, ich würde mit ihm gehen.«

»Harry, du kannst nicht ...«, begann Nathan und trat einen Schritt näher.

»Aus dem Weg, mein Junge«, herrschte Henry seinen Sohn an.

»Vater, Harry ist ein Freund – Jades Onkel. Du stehst in seiner Schuld, weil er mitgeholfen hat, Colin zu retten.«

Ungläubig starrte der Herzog ihn an. »Und zum Dank soll ich ihm Gweneth überlassen?«

»Ich werde das regeln, Harry!«

Der Riese wirbelte herum und riß Gweneth an sich. Caine sah die grimmige Miene, aber auch das belustigte Funkeln in den Augenschlitzen. Der Schein mußte gewahrt werden und der Stolz immer neue Nahrung bekommen. »Ich nehme sie mit«, verkündete Harry seinem Publikum, und seine Männer nickten begeistert. »Das wäre auch Caines Wunsch.«

»Keineswegs«, bestritt Caine.

»Wollen Sie die Gastfreundschaft verletzen, mein Junge?«

»Harry, Sie dürfen sie nicht mitnehmen.«

»Das wäre ein nur faires Tauschgeschäft. Dafür kriegen Sie auch mein Mädchen. Sie wollen doch Jade haben?«

»Ja.«

»Gut, dann nehme ich die da.«

Caine wandte sich zu seiner Stiefmutter. »Bitte, hör zu wimmern auf, Gweneth. Es ist schon schwierig genug, mit diesem halsstarrigen Piraten zu verhandeln. Nathan, wenn dein blödes Gelächter nicht sofort verstummt, schlag ich dir die Nase noch mal blutig.«

»Was bedeutet Ihnen diese Frau, Caine?« fragte Harry.

»Sie ist die Frau meines Vaters.«

»Aber nicht Ihre Mama?«

»Meine Stiefmutter.«

»Dann kann's Ihnen ja egal sein, ob ich sie mitnehme oder nicht.«

Caine überlegte, worauf der Mann hinauswollte. »Sie war immer wie eine Mutter zu mir.«

Mit gerunzelter Stirn wandte sich Harry zu seiner hübschen Gefangenen. »Nennen Sie ihn Ihren Sohn?«

Langsam schüttelte sie den Kopf. »Ich glaube, das wäre nicht sein Wunsch.«

»Also ist er nicht Ihr Lieblingskind.«

Der Herzog von Williamshire gab den Versuch auf, sich an Caine vorbeizuschieben. Ein Lächeln umspielte seine Lippen. Endlich verstand er, was das alles bedeutete, denn er erinnerte sich an Jades Mahnung, er möge alle seine Kinder gleichermaßen lieben. Offenbar hatte sie mit Harry über ihre Sorge gesprochen.

»Ich habe kein Lieblingskind!« kreischte die Herzogin. »Ich liebe alle meine Kinder!«

»Aber Caine ist nicht Ihr Sohn.«

»Natürlich nicht.« Jetzt wirkte sie nicht mehr verängstigt, sondern nur noch wütend. »Was soll das?«

»Nun, wenn Sie ihn als Sohn betrachteten und er Sie Mutter nennen würde, könnte ich Sie nicht mitnehmen«, erklärte Harry.

»Um Himmels willen, Gweneth, du mußt Caine deinen Sohn nennen!« schrie der Herzog in gespieltem Zorn. Die überraschende Entwicklung der Dinge gefiel ihm so gut, daß er am liebsten laut gelacht hätte.

»Mein Sohn!« platzte Gweneth heraus.

»Ja, Mutter?« Caine ließ Harry nicht aus den Augen und wartete auf die nächste Bedingung.

Aber der Riese ließ seine Geisel kichernd los und stapfte zur Tür hinaus.

Caine folgte ihm nach draußen, während sich Gweneth in die Arme ihres Mannes warf. »Nun, was hatte diese Szene zu bedeuten?«

»Es ging um meinen Ruf«, erwiderte Harry, während seine Männer an ihm vorbeimarschierten. »Ich bin ein Pirat, falls Sie sich daran erinnern können.«

»Und außerdem?« Caine spürte, daß noch mehr dahintersteckte.

»Mein Mädchen grämt sich, weil Colin das Lieblingskind des Herzogspaars ist«, gab Harry zu.

»Wie kommt Sie denn darauf?« rief Caine verblüfft.

Harry zuckte die Achseln. »Das spielt keine Rolle. Jedenfalls will ich nicht, daß sie sich grämt, mag der Grund auch noch so nichtig sein. Übrigens, Sie müssen bei mir um Jades Hand anhalten – in aller Form, vor meinen Männern. Sonst kriegen Sie mein Mädchen nicht.« Grinsend fügte er hinzu: »Natürlich sollten Sie sie erst mal finden.«

Eiseskälte kroch durch Caines Adern. »Verdammt, liegt sie denn nicht oben im Bett?«

Harry schüttelte stumm den Kopf.

»Wo ist sie?«

»Schreien Sie nicht so, mein Junge. Ich kann Ihnen nicht sagen, wo sie ist.« Harry winkte seine Männer zu sich. »Das wäre nicht loyal.«

»Mein Gott, begreifen Sie doch …«

»Ich frage mich schon die ganze Zeit, warum Sie nicht bemerkt haben, daß Matthew und Jimbo verschwunden sind. Das ist doch sehr aufschlußreich, nicht wahr?«

»Schwebt sie immer noch in Gefahr?«

»Sie wird schon zurechtkommen.«

»Sagen Sie mir, wo sie ist!« befahl Caine.

»Ich glaube, sie läuft vor Ihnen davon.«

Caine vergeudete keine Zeit mit weiteren sinnlosen Diskussionen und riß die Haustür auf, die beinahe aus den Angeln fiel.

»Wohin gehen Sie, mein Junge?« erkundigte sich Harry mit einem belustigten Unterton in der Stimme.

Caine hätte ihn am liebsten umgebracht. »Ich folge ihr.«

»Können Sie so was?«

Caine würdigte den alten Mann, der ihm durch die offene Tür nachschaute, keiner Antwort.

»Jade hat Sie mit ihrem kleinen Täuschungsmanöver tief beeindruckt, was?« rief Harry ihm nach.

Caine blieb stehen und drehte sich um. »Was wollen Sie damit sagen?«

»Nun, es wäre an der Zeit, daß Sie das Mädchen auch ein bißchen beeindrucken – falls Sie dazu imstande sind.«

Auch diesmal gab Caine keine Antwort. Er nahm immer zwei Stufen auf einmal und stürmte in sein Schlafzimmer. Als er gerade sein Hemd wechselte, holte Nathan ihn ein. »Was passiert jetzt?«

»Jade ist weg.«

»Verdammt! Und du willst ihr nach?«

»Ja.«

»Ich begleite dich.«

»Nein.«

»Du könntest meine Hilfe brauchen.«

»Ich werde sie auch allein finden.«

»Verstehst du es, Spuren zu lesen?«

»Darin habe ich gewisse Erfahrungen.«

»Sie hat eine Nachricht hinterlegt«, bemerkte Nathan.

»Die habe ich gesehen.«

Nathan schlenderte zu Caines Bett und nahm die langstielige weiße Rose vom Kissen. Er atmete den süßen Duft ein, dann trat er ans Fenster und schaute hinaus. »Liebt sie dich?«

»Ja.« Nun klang Caines Stimme etwas sanfter. »Aber sie weiß es noch nicht.«

»Als sie die Rose hierherlegte, wollte sie dir Lebewohl sagen«, erklärte Nathan und warf die Blume aufs Bett zurück.

»Nein.«

»Vielleicht versucht sie, dich mit diesem Abschiedsgeschenk daran zu erinnern, wer sie ist.«

»Zum Teil.« Caine schlüpfte in seine Stiefel und ging zur Tür.

»Und der andere Teil?« fragte Nathan und folgte ihm.

»Harry hat recht.«

»Was?«

»Er meinte, Jade wolle mich beeindrucken.«

»Ja, auch das«, stimmte Nathan lachend zu.

Während Caine die Treppe hinabrannte, rief er nach Sterns, der in der Speisezimmertür erschien. »Lyon wird Richards suchen. Wenn die beiden hier eintreffen, sollen Sie auf meine Rückkehr warten – egal, wie lange es dauert.«

»Und wenn dein Freund Richards nicht findet?« wandte Nathan ein.

»Er wird ihn finden. Wahrscheinlich komme ich erst morgen früh zurück. Halten Sie inzwischen die Stellung, Sterns. Sie wissen, was zu tun ist.«

»Sie meinen die Wachtposten, Mylord?« Caine nickte und eilte zur Haustür, aber die nächste Frage des Butlers hielt ihn zurück. »Wohin gehen Sie?«

»Auf die Jagd.« Die Tür fiel ins Schloß.

Matthew und Jimbo fühlten sich so müde wie Jade, als sie ihr Ziel erreichten. Sie hatten beschlossen, die Nacht in dem einsamen Gasthaus zu verbringen, wo Harry oft abstieg, wenn er sich auf der Flucht befand.

Um etwaige Verfolger irrezuführen, hatte Jade auf einem Umweg bestanden, der sie zwei Stunden gekostet hatte. Der Gastwirt, ein Freund von Black Harry, gehörte nicht unbedingt zur respektablen Gesellschaftsschicht, und deshalb stellte er keine unnötigen Fragen. Wenn er es seltsam fand, daß eine feingekleidete junge Lady mit zwei Burschen reiste, die so aussahen, als würden sie einem Mann für zwei Penny die Kehle durchschneiden, so verlor er kein Wort darüber.

Jade bezog ein Zimmer direkt am Treppenabsatz, Jimbo und Matthew quartierten sich in den benachbarten Räumen ein. Wegen der papierdünnen Mauern brauchten sie nicht zu befürchten, jemand könnte sie überrumpeln und ihre derzeitige Festung stürmen. Außerdem vermochte nicht einmal eine Maus lautlos die alten, knarrenden Stufen hinaufzusteigen.

Nachdem Jade gebadet hatte, wickelte sie sich in Caines Morgenmantel. Erschöpft, mit steifen Gliedern, kroch sie ins Bett. Die Schußwunde war inzwischen verheilt, juckte aber unangenehm.

Ehe sie einschlief, flehte sie den Allmächtigen an, er möge ihr in dieser Nacht den Alptraum ersparen. Sonst würde sie vielleicht schreien und Matthew und Jimbo alarmieren.

Es war kühl geworden und Jade vergrub sich unter der Decke. Sie spürte nichts, als Caine neben ihr ins Bett stieg. Er schlang einen Arm um sie, und da kuschelte sie sich mit einem wohligen Seufzer an den vertrauten Körper.

Mondlicht sickerte durch das kleine Fenster. Caine lächelte, als er sah, daß Jade seinen Morgenmantel trug. Behutsam zog er sie aus, entfernte den Dolch, der unter dem Kissen lag, und küßte ihren Hals.

Es dauerte eine Weile, bis sie erwachte. »Caine?« wisperte sie schläfrig.

»Ja, Liebling?« Seine Zunge liebkoste ihre Ohrmuschel, und sie erschauerte. Genau diese Reaktion hatte er sich gewünscht. Seine Hand glitt zu ihren Brüsten, und Jade seufzte wieder. Seine Nähe war so wundervoll. Endlich mußte sie nicht mehr frieren. Caine streichelte sie zärtlich und wartete, bis ihr bewußt wurde, wo sie war. Falls sie schreien wollte, würde er sie daran hindern.

Das volle Erwachen kam wie ein Blitzschlag. Sofort erstickte Caines Hand Jades Stimme. »Wenn du schreist, muß ich Matthew und Jimbo abwehren, wenn sie hier hereinstürzen, und dabei würde ich die beiden womöglich verletzen.« Er drehte sie auf den Rücken und legte sich auf sie. »Das möchtest du doch, nicht?«

Jade schüttelte den Kopf, und Caine zog langsam die Hand von ihren Lippen. »Du bist nackt«, hauchte sie.

»Du auch. Sehr praktisch, was?«

»Nein.«

»Doch. Und es fühlt sich gut an, nicht wahr?«

Es fühlte sich himmlisch an, aber das gab sie natürlich nicht zu. »Wie bist du hier hereingekommen?« Statt die Frage zu beantworten, küßte er ihr Kinn, und sie stemmte sich gegen seine Schulter. »Caine, was machst du hier?«

»Ich beeindrucke dich, Liebling.«

»Was?«

»Nicht so laut!« mahnte er. »Oder willst du die Jungs wecken?«

»Das – das sind keine Jungs.«, stammelte sie atemlos. Das Kraushaar auf seiner Brust kitzelte ihren Busen, und die Knospen schwollen an. Sie wollte nicht, daß er sie verließ, und diese Erkenntnis verwirrte sie. »Du beeindruckst mich, Caine. Ich weiß nicht, was du meinst.«

»Sicher weißt du es.« Er küßte ihre Nase. »O Gott, wie ich deine Sommersprossen liebe!«

»Bist du gekommen, um dich zu verabschieden?« flüsterte sie.

»Keineswegs. Ich will mit dir schlafen.«

Ihr Herz schlug immer schneller. Dieses verdammte Grübchen in seiner Wange, dachte sie. Es ist einfach unwiderstehlich und so jungenhaft. Aber er hat den Körper eines ganzen Mannes, mit harten, kampferprobten Muskeln ... Obwohl sie es nicht wollte, strichen ihre Zehen über seine Beine.

»Eines Tages wirst du begreifen, wieviel du mir bedeutest, meine Süße. Du bist mein Licht, meine Wärme, meine zweite Hälfte. Nur wenn ich bei dir bin, spüre ich, daß ich lebe. Ich liebe dich.« Caine hauchte einen Kuß auf Jades Lippen. »Und eines Tages wirst auch du mir sagen, daß du mich liebst. Vorerst genügt es mir, aus deinem Mund zu hören, wie sehr du mich begehrst.«

Sie schüttelte den Kopf, und er sah Angst und wachsende Verwirrung in ihren Augen. Zärtlich lächelte er, als er ihre Beine auseinanderschob und sich zwischen ihre seidigen Schenkel schmiegte. Während er den harten Beweis seiner Erregung drängend an Jades weichem Fleisch rieb, fragte er leise: »Du begehrst mich doch?«

Mit einem verräterischen Stöhnen schloß sie die Augen. Caine knabbert an ihrer Unterlippe, bis sie bereit war, seiner Zunge mit ihrer zu begegnen. Nach einem langen, heißen Kuß ließ er seinen Mund über ihren Hals wandern. »Du gehörst mir, und je eher du das akzeptierst, desto besser für dich.«

»Und was dann, Caine?«

Er hob den Kopf, um ihr ins Gesicht zu schauen, sah wieder Furcht und Verletzlichkeit. »Du wirst lernen, mir zu vertrauen. Und dann führen wir ein glückliches gemeinsames Leben, für immer.«

»Niemand lebt ewig.«

»Wir schon.«

»Unsinn! Geh von mir runter, Caine. Du bist ...«

»Sehr halsstarrig und zielstrebig. Ich verlasse dich nicht.«

»Natürlich nicht. Ich werde dich verlassen.«

»Jade, ich liebe dich.«

Ihre Augen füllten sich mit Tränen. »Bald wirst du mich satt haben. Ich werde mich nicht ändern, weder für dich noch für sonst jemanden.«

»Gut.«

Sie hob die Brauen. »Gut?«

Caine nickte. »Wenn du eine Diebin bleiben willst – meinetwegen. Was immer du auch tust – niemals werde ich deiner müde. Und ich verlasse dich nie.«

»Du wirst keine andere Wahl haben.«

Seine Lippen streiften ihre Stirn. »Ich brauche wohl noch etwas Zeit, um dich zu überzeugen. Gewährst du mir zwei Monate?«

»Caine, ich glaube nicht …«

»Das bist du mir schuldig.«

»Was?« erwiderte sie entrüstet. »Wieso glaubst du, ich sei dir etwas schuldig?«

»Weil du mich getäuscht und mir große Sorgen bereitet hast…«

»Aber ich habe auch deinen Bruder gerettet«, fiel sie ihm ins Wort.

»Und da wäre auch noch das Problem meines verletzten Stolzes«, fuhr er unbeirrt fort. »Kein Mann sollte den Eindruck gewinnen, er würde manipuliert.«

»Caine, um Himmels willen …«

»Versprich mir, noch zwei Monate bei mir zu bleiben, oder ich mache einen solchen Krach, wenn ich mit dir schlafe, daß Matthew und Jimbo hereinkommen.« Sein Blick verriet, wie ernst er diese Drohung meinte.

»Du solltest dich schämen.«

»Versprich es mir, Jade. Sofort!«

Caine hatte die Stimme erhoben, und sie preßte hastig eine Hand auf seinen Mund. »Würdest du mir erklären, wieso du auf zwei Monaten bestehst? Nicht auf einem oder drei?« Statt einer Antwort zuckte er nur die Achseln, und sie verdrehte gequält die Augen. »Während dieser zwei Monate wirst du mich vermutlich Nacht für Nacht in dein Bett zerren?«

»Genau«, bestätigte er grinsend. »Weißt du, wenn immer ich dich anschaue, kriege ich Lust auf dich.« Fordernd drückte er sie an sich. »Fühlst du, wie sehr ich dich begehre – wie heiß ich mich danach sehne, in dir zu sein?«

Seine freimütigen Worte trieben ihr das Blut in die Wangen. »Du solltest nicht so reden. Und ich dürfte dir nicht zuhören.«

»Es gefällt dir doch.« Seine Lippen preßten sich auf ihre, und er schob wieder seine Zunge dazwischen, um ihren Mund zu schmecken. Jade wehrte sich nicht.

Ein wildes Verlangen besiegte ihre Widerstandskraft. Sie hob sich ihm entgegen, dann erstarrte sie, als das Bett laut knarrte. »Wir können nicht…«, stöhnte sie.

»Doch«, flüsterte Caine. Mit einem verzehrenden Kuß erstickte er ihren Protest, seine Hand glitt zwischen ihre Schenkel und schürte das Feuer, das in ihrem Körper erwacht war. Bald vergaß sie Matthew und Jimbo und dachte nur noch an die Erlösung von der süßen Qual. Sie mußte endlich davon befreit werden. Ihre Finger gruben sich in seine Schultern, und sie hätte ihn schreiend angefleht, ihre Begierde endlich zu stillen, wäre ihr Mund nicht von diesem betörenden Kuß verschlossen worden.

Als sie immer ungeduldiger die Hüften an ihn preßte, warf er die Decke neben dem Bett zu Boden, umschlang Jade fest mit beiden Armen und sank mit ihr darauf. Sie lag über ihm und versuchte, zur Seite zu rollen, aber er hielt sie fest. »Nimm mich jetzt in dir auf, Liebste«, bat er und öffnete ihre Schenkel.

Langsam vereinten sie sich und konnten kaum atmen vor Entzücken. Als Caine tief in Jades Wärme eingedrungen war, schlang er die Finger in ihr Haar und zog ihren Kopf hinab, um sie wieder zu küssen. Zunächst bewegte er sich nur zögernd, doch er verlor schon nach kurzer Zeit die Kontrolle über seinen Körper, und der Rhythmus des Liebesaktes beschleunigte sich. »Komm mit mir in den Himmel«, hauchte er.

Während sie gemeinsam den Höhepunkt erreichten, biß sich Jade in die Lippen, um nicht aufzuschreien, dann sank sie erschöpft auf Caines Brust hinab und spürte sein Herz an ihrem schlagen.

»Was denkst du?« fragte er. Als sie nicht antwortete, zupfte er an ihren zerzausten Locken. »Ich weiß, daß du Erfüllung gefunden hast. Oder willst du es leugnen?«

»Nein«, wisperte sie scheu.

Er umarmte sie, hob sie hoch, während er aufstand, und sie landeten wieder im Bett. »Nun, habe ich dich beeindruckt?«

»Vielleicht ein bißchen«, gab sie zu. Plötzlich schob er wieder seine Finger zwischen ihre Schenkel, und sie schnappte nach Luft. »Was machst du?«

»Ich beeindrucke dich wieder, Süße.«

Und er hielt Wort. Dabei bewies er viel mehr Durchhaltevermögen als Jade. Als er endlich von ihr herabglitt, fühlte sie sich völlig ausgelaugt. Sie schmiegte sich in Caines Arme, und seine Liebesworte begleiteten sie in den Schlaf.

In dieser Nacht hatte sie keine Alpträume.

Am nächsten Vormittag kehrten sie in Caines Haus zurück. Matthew und Jimbo konnten gar nicht schnell genug zur Shallow's Wharf aufbrechen, beide tief betrübt über ihre mangelnde Wachsamkeit in der vergangenen Nacht. Offensichtlich hatten sie den Marquis unterschätzt. Matthew glaubte, die Schande nicht zu überleben, aber Jade versprach immerhin, niemandem davon zu erzählen.

Verdammt, am Morgen hatte Caine ihn sogar wachrütteln müssen. Wie dieser große Mann unbemerkt ins Zimmer gelangt war, verstand Matthew noch immer nicht.

Wieder in Harwythe, kleidete sich Jade um und ging dann in die Bibliothek, um Kopien von den Briefen anzufertigen. Wenig später erschien Caine und erklärte ihr seinen Plan. Sie wandte ein, man könne Richards nicht trauen, und er entgegnete: »Wenn du ihn kennenlernst, wirst du ihn ebenso zuverlässig finden wie Lyon.«

»Ich mag Lyon, aber darin sehe ich keinen Grund, ihm zu trauen.«

»Was stört dich an ihm?«

»Ich habe seine Akte gelesen. Im Vergleich zu Lyon hast du das Leben eines Chorknaben geführt.«

Caine schüttelte den Kopf. »An deiner Stelle würde ich Lyon gegenüber nichts von dieser Lektüre erwähnen.«

»Das habe ich auch nicht vor. Ich erinnere mich nur zu gut an deine schroffe Reaktion auf mein Geständnis, daß ich über dein Vorleben informiert bin.«

Ärgerlich starrte er sie an. »Wie viele solche Dossiers hast du eigentlich gelesen?«

»Nur ein paar. Und jetzt muß ich mich auf die Briefe konzentrieren. Stör mich nicht ständig.«

Die Bibliothekstür öffnete sich, und Nathan trat ein.

»Wie nett du aussiehst!« meinte Jade und musterte anerkennend seine Kleidung.

»Das Hemd kommt mir irgendwie bekannt vor«, sagte Caine gedehnt.

»Es gehört dir«, gestand Nathan grinsend. »Ich finde, es paßt mir sehr gut. Colin hat sich auch ein paar Sachen von dir ausgeliehen. Bevor wir ins Meer geworfen wurden, hatten wir nicht genug eingepackt. Übrigens – dieses Haus liegt so abgeschieden – geradezu ideal für einen Angriff. Es wundert mich, daß noch nichts dergleichen passiert ist.«

»Oh, das ist schon passiert«, bemerkte Jade, ohne von ihrer Schreibarbeit aufzublicken. »Am Tag unserer Ankunft wurde auf Caine geschossen.«

Da sie nicht weitersprach, übernahm es der Marquis, den Zwischenfall zu schildern.

Nathan zog die Stirn in Falten und begann umherzulaufen wie ein Tiger im Käfig. »Und danach geschah nichts mehr?«

»Doch.« Caine lehnte sich an die Schreibtischkante.

»Was? Wann?«

»Nichts ist passiert«, warf Jade ein. »Sonst hätte ich's gemerkt.«

»In den vergangenen zehn Tagen wurde ich noch viermal erfolglos attackiert«, berichtete Caine.

»Warum hast du mir das nicht erzählt?« rief sie empört.

»Ich wollte dich nicht beunruhigen. Und es bestand ja auch gar keine Gefahr. Matthew und Jimbo waren sehr wachsam.«

»Du wußtest also, daß die beiden da waren?« fragte Nathan.

»Ja, und ich ließ sie in Ruhe, bis sie meinen Stall niederbrannten. Danach führte ich ein kurzes Gespräch mit ihnen. Konntest du mich nicht auf andere Weise beschäftigen lassen, als du meinen Vater besuchen wolltest, Jade?«

Zerknirscht senkte sie den Kopf. »Nun ja, vielleicht hätte ich Matthew und Jimbo genauere Anweisungen geben sollen. Aber die beiden waren immer sehr tüchtig, und so überließ ich es ihnen, das Ablenkungsmanöver zu organisieren.«

»Außerdem hast du ein überflüssiges Risiko auf dich genommen, als du allein weggeritten bist. Verdammt, Jade, du hättest getötet werden können.«

»Ich war sehr vorsichtig.«

»Den Teufel warst du!« fauchte er. »Du hattest nur Glück.«

Jade beschloß, das Thema zu wechseln. »Wenn du mich dauernd unterbrichst, werde ich nie mit dieser Schreiberei fertig.« Sie beugte sich wieder über den Tisch.

»Wollt ihr nicht Colin besuchen? Sicher freut er sich über eure Gesellschaft.«

»Komm, Caine«, sagte ihr Bruder. »Soeben wurden wir weggeschickt.«

Caine schüttelte den Kopf. »Jade, ich gehe nur, wenn du mir versprichst, nie wieder ein sinnloses Wagnis einzugehen.«

Ohne Zögern nickte sie. »Ich gebe dir mein Wort.«

Sein Ärger verflog, und er beugte sich hinab, um sie zu küssen. Sie versuchte, ihm auszuweichen und wisperte:

»Nathan ist hier.«

»Ignorier ihn einfach.«

Ihre Wangen waren hochrot, als er seine Lippen von ihren löste. »Ich liebe dich«, flüsterte er, ehe er Nathan aus der Bibliothek folgte.

Minutenlang starrte Jade untätig auf das Papier. War es möglich? Liebte er sie wirklich? Darüber durfte sie nicht nachdenken, sonst würden ihre Hände niemals zu zittern aufhören. Und Richards würde die Briefe nicht lesen können. Außerdem – was spielte es für eine Rolle, ob er sie liebte oder nicht? Sie mußte ihn ohnehin verlassen, nicht wahr?

Im Lauf des Tages wurde sie immer nervöser, und beim Dinner ertrug sie die innere Anspannung kaum noch. Nathan hatte beschlossen, oben bei Colin zu essen, und Jade saß mit Caine und Sterns im Speisezimmer. Während der Mahlzeit entfachte sich ein hitzige Debatte über die Trennung von Kirche und Staat. Anfangs plädierte Caine lebhaft für die Trennung, und Jade vertrat den entgegengesetzten Standpunkt. Als er sich dann auf ihre Seite schlug, verteidigte sie sofort die Meinung, die er zuvor geäußert hatte. Es war eine sehr animierte Diskussion, bei der Sterns als Schiedsrichter fungierte.

Das Tischgespräch machte Caine wieder hungrig, und er nahm sich die letzte Hammelfleischscheibe, die ihm prompt von seinem Butler entrissen wurde. »Die wollte ich haben, Sterns.«

»Ich auch, Mylord«, entgegnete Sterns und verschlang seine Beute. Jade hatte Mitleid mit Caine und gab ihm die Hälfte von ihrer Portion ab.

Als es an der Haustür pochte, starrten sich Herr und Diener an. Caine verlor den stummen Kampf und stand seufzend auf. »Ich gehe schon.«

»Wie Sie wünschen, Mylord«, erwiderte Sterns mit vollem Mund.

»Sei vorsichtig!« rief Jade.

»Keine Bange«, wurde sie von Caine beschwichtigt.

»Niemand kann unbemerkt von meinen Leuten bis zum Haus gelangen.«

Zehn Minuten verstrichen, während der Butler seine zweite Tasse Tee genoß. Schließlich wandte er sich an Jade. »Vielleicht sollte ich mal nachsehen, wer da ist.«

»Wahrscheinlich Caines Papa.«

»Nein, Mylady. Ich habe dem Herzog und der Herzogin befohlen, sich vorerst von Harwythe fernzuhalten. Es würde Argwohn erregen, wenn sie ihren Sohn plötzlich Tag für Tag besuchten.«

»Sie haben es ihnen tatsächlich befohlen?«

»Natürlich, Lady Jade.« Der Butler erhob sich und verließ mit einer formvollendeten Verbeugung den Raum.

Ungeduldig trommelte Jade mit den Fingern auf die Tischplatte, bis Sterns endlich zurückkehrte. »Sir Richards und der Marquis von Lyonwood sind angekommen«, verkündete er von der Tür her. »Mylord wünscht sowohl Brandy als auch Ihre Anwesenheit in der Bibliothek, Mylady.«

»So früh sind die beiden da?« Verwirrt sprang Jade auf und glättete den Rock ihres goldgelben Kleides. »Heute war ich nicht mehr auf Besuch vorbereitet.«

»Sie sehen sehr hübsch aus, Lady Jade«, versicherte der Butler eifrig. »Und Sie werden unsere Gäste sehr sympathisch finden. Es sind wirklich nette Gentlemen.«

»Oh, Lyon kenne ich schon. Und Richards werde ich sicher auch mögen.« Trotz ihrer zuversichtlichen Worte nahm ihr Gesicht einen besorgten Ausdruck an, während sie zur Tür ging.

Sterns bemerkte es sofort. »Mylady, Sie haben wahrhaftig keinen Grund zur Sorge.«

Strahlend lächelte sie ihn an. »Oh, ich mache mir keine Sorgen, ich übe nur.«

»Wie bitte?« fragte er verwirrt und folgte ihr. »Wofür üben Sie, Lady Jade?«

»Ich muß angstvoll dreinschauen – und wie eine schwache Frau wirken.«

»Natürlich«, stimmte er seufzend zu. »Sind Sie vielleicht krank, Mylady?«

Sie wandte sich lächelnd zu ihm, als sie die Bibliothekstür erreichte. »Man muß stets den Schein wahren und tun, was die Leute von einem erwarten. Verstehen Sie?«

»Nein.«

»Ich muß Caine seinen Stolz wiedergeben«, flüsterte sie verschwörerisch.

»Ich wußte gar nicht, daß er ihn verloren hat.«

»Ich auch nicht – bis er es erwähnte. Nun, Sie wissen ja, wie die Männer sind.« Sie holte tief Atem, dann bedeutete sie dem Butler, ihr die Tür zu öffnen. Den Kopf gesenkt, die Hände vor der Brust gefaltet, stand sie auf der Schwelle. Ihre plötzlich veränderte Haltung verblüffte Sterns so sehr, daß seine Kinnlade nach unten klappte.

Als Caine sie zu sich rief, zuckte sie sichtlich zusammen, als hätte ihr seine Stimme Todesängste eingejagt. Dann betrat sie zögernd die Bibliothek. Ein älterer grauhaariger Mann mit sanftem Lächeln und rundem Bauch erhob sich zuerst. Das war offenbar Richards. Während er ihr vorgestellt wurde, knickste Jade höflich. Dann begrüßte sie Lyon, der ebenfalls aufgestanden war. »Es freut mich, Sie wiederzusehen«, hauchte sie schüchtern, und er hob erstaunt die Brauen, denn er hatte sie ganz anders in Erinnerung.

Caine saß hinter dem Schreibtisch, und Jade nahm an der Seite des Tisches auf einer Stuhlkante Platz, mit kerzengeradem Rücken, die Finger im Schoß ineinandergeschlungen. Richards und Lyon ließen sich ihr gegenüber nieder.

Jades Angst schien zu wachsen, während Caine sie beobachtete. Doch er nahm ihr ihr Spiel nicht ab. Offenkundig führte sie irgendwas im Schilde, aber er mußte bis später warten, um sie danach fragen zu können.

Richards räusperte sich und wandte sich zu Jade. »Wie ich sehe, sind Sie sehr besorgt, meine Liebe. Ich habe die Briefe gelesen, die ihr Vater verwahrte. Und ehe ich Sie befrage, möchte ich betonen, daß ich Sie wegen der Verfehlungen des Grafen nicht weniger achte.«

Sie glich immer noch einem verschreckten Reh, brachte jedoch ein scheues Nicken zustande. »Danke, Sir Richards«, murmelte sie. »Es ist sehr freundlich von Ihnen, mir nichts vorzuwerfen. Ich hatte befürchtet, Sie würden mich verurteilen.«

Caine verdrehte die Augen, und Richards, der ansonsten nicht zu Gefühlsbezeugungen neigte, beugte sich vor und ergriff Jades Hände. Er sah so aus, als hätte er sie am liebsten in die Arme genommen, um sie zu trösten.

Ihre Miene kam Caine so verletzlich vor wie bei jener ersten Begegnung in der Taverne. Damals hatte sie ihn genauso beklommen angestarrt. Was mochte sie damit bezwecken?

»Keiner von uns klagt Sie an«, versicherte Lyon und beugte sich ebenfalls vor, die Hände auf die Knie gestützt.

»Sie haben schwere Zeiten hinter sich, Jade.«

»Ja, in der Tat«, stimmte Richards zu.

Caine unterdrückte ein Lächeln. Sowohl sein Vorgesetzter als auch sein Freund gerieten zusehends in Jades Bann. Lyon hätte es eigentlich besser wissen müssen. Immerhin kannte er sie bereits. Doch ihr schüchternes Getue schien ihn zu überzeugen.

»Darf ich Ihnen jetzt ein paar Fragen stellen?« bat Richards.

Jade nickte. »Gewiß, aber wäre es nicht besser, Nathan würde Ihnen Rede und Antwort stehen? Männer können viel logischer denken. Wahrscheinlich werde ich alles durcheinanderbringen.«

»Jade«, sagte Caine warnend, und sie schenkte ihm ein bebendes Lächeln.

»Ja, Caine?«

»Benimm dich.«

Richard schaute ihn kurz an und runzelte die Stirn, dann wandte er sich wieder zu Jade. »Wir werden Nathan später befragen. Wenn die Erinnerung nicht zu schmerzlich für Sie ist, schildern Sie bitte in allen Einzelheiten, was sich seit Ihrer Ankunft in London ereignet hat.«

»Natürlich ... Sehen Sie – alles begann mit den Briefen, die mein Vater Onkel Harry gegeben hatte. Zwei Tage später wurde Papa getötet, und Harry holte mich an Bord seines Schiffes. Er hob die Briefe auf und überantwortete sie mir, als er den Zeitpunkt für richtig hielt. Ich las sie und zeigte sie Nathan. Damals arbeitete mein Bruder mit Colin zusammen und vertraute sich ihm an. Wie Caine Ihnen vermutlich schon erzählt hat, wurden Nathan und Colin angegriffen. Die Schurken hielten beide für tot, und Pagan beschloß, diese bezahlten Mordgesellen nach London zurückkehren zu lassen, wo sie ihren vermeintlichen Erfolg meldeten.«

»Eine kluge Entscheidung«, warf Richards ein.

»Oh, ja. Der Plan war ganz einfach. Pagan nahm einen Arzt gefangen, der die Verletzten betreute. Sobald Colin reisefähig war, sollte er seinen Bruder aufsuchen, von den Briefen berichten und um Hilfe bitten.«

»Und wieso wurde dieser Plan vereitelt?« erkundigte sich Richards.

Sie warf einen anklagenden Blick auf Caine. »Das ist seine Schuld. Wie Sie wissen, bezichtigte man Pagan des Mordes an Colin und Nathan, und Caine wollte sich rächen. Dafür hätte er keinen ungünstigeren Moment wählen können. Die restlichen Mitglieder des Tribunals durften nicht riskieren, daß Caine den Piraten fand und mit ihm redete. Und so brachte sich Caine ungewollt in Gefahr.«

»Nicht ungewollt«, wiedersprach Caine, und Jade zuckte die Achseln.

»Colin nahm Pagan das Versprechen ab, Caine nichts zu erzählen. Er wußte, sein Bruder würde einfach drauflosstürmen – und er wollte ihn selbst informieren. Um die Wahrheit zu sagen – ich glaube, Colin hat sich das nicht richtig überlegt. Aber er hatte damals schreckliche Schmerzen, und offenbar wollte er Caine mit aller Macht schützen. Um ihn zu besänftigen, stimmte Pagan zu.«

»Und wie passen Sie in dieses Bild?« fragte Lyon.

»Nathan ist mein Bruder. Ich kehrte nach England zurück, auf seinen Landsitz. Einige von Pagans Männern begleiteten mich und paßten abwechselnd auf Caine auf. Man unternahm mehrere Anschläge auf ihn, und da wurde beschlossen, ich solle Mittel und Wege finden, um Caine von seiner Jagd abzubringen. Zwei Tage vor meiner geplanten Abreise kam es zu einer Reihe von Zwischenfällen. Bei einem Spaziergang beobachtete ich drei Männer, die das Grab meiner Eltern öffneten. Vor Zorn schrie ich auf, und sie entdeckten mich natürlich. Einer der Schurken schoß auf mich. Ich rannte zu Nathans Haus, um Hilfe zu holen.«

»Wurden Sie nicht von Pagans Leuten bewacht?« fragte Richards.

Jade schüttelte den Kopf. »Die wurden alle für Caines Schutz gebraucht. Außerdem standen Hudson, Nathans Butler, und die anderen Bediensteten zur Verfügung.«

»Und was geschah dann?« drängte Lyon.

»Inzwischen war es dunkel geworden, und die Diener konnten nicht mehr zum Grab gehen. Man entschied, bis zum nächsten Morgen zu warten. Nachts wurde das Haus durchsucht, aber ich schlief tief und fest, und so hörte ich nichts. Die Eindringlinge kamen sogar in mein Zimmer und wühlten in meinen Sachen herum.«

»Offenbar hat man Ihnen Drogen verabreicht«, meinte Richards.

»Ich kann mir nicht vorstellen, wie … Am Morgen ritt ich zum Grab, um festzustellen, ob die Schufte irgendwelche Spuren hinterlassen hatten. Hudson zweifelte an meinen Beobachtungen. Deshalb wollte ich ihn überzeugen. Die Bösewichte lauerten mir auf, erschossen Nathans Pferd, und ich fiel zu Boden.«

»Großer Gott, Sie hätten sterben können!« rief Richards.

»Zum Glück zog ich mir nur ein paar blaue Flecken zu«, erklärte Jade. »Ich rannte zum Haus zurück und erzählte Hudson, was geschehen war. Er beauftragte einige Männer, den Schurken zu folgen, und bei ihrer Rückkehr berichteten sie, es gebe keinerlei Hinweise auf ein Verbrechen. Der tote Hengst war verschwunden. Wie man das bewerkstelligt hatte, weiß ich nicht. Caine meint, man brauche mehr als drei Männer, um ein Pferd in einen Wagen zu heben. Ich wollte so schnell wie möglich nach London und ließ eine Kutsche anspannen. Kurz nach der Abreise schrie der Fahrer plötzlich, das Haus würde brennen, und ich sah den Rauch. Als wir zurückkehrten, stand das Gebäude in hellen Flammen, und es wurde bis auf die Grundmauern zerstört. Ich befahl Hudson und den anderen Dienstboten, in Nathans Londoner Residenz zu ziehen, und brach zu meinem eigenen Ziel auf.«

»Wollten Sie ebenfalls zu Nathans Stadthaus fahren?« fragte Lyon.

»Nein«, entgegnete Jade lächelnd. »Ich suchte eine Taverne namens 'Taugenichts' auf, um Caine an seiner Jagd auf Pagan zu hindern.«

Lyon nickte, und Richards blinzelte verwirrt. »Ich verstehe nicht … Wie wollten Sie das anfangen? Caine läßt sich nicht so leicht zum Narren halten, meine Liebe.«

»Das erkläre ich später«, warf Caine ein. »Sie soll erst einmal ihre Geschichte zu Ende erzählen.«

»Auf meinem Weg nach London wurde die Kutsche überfallen, und man schlug mir auf den Kopf. Ich verlor die Besinnung, und als ich zu mir kam, brannte der Wagen. Die Türen waren mit Ästen verbarrikadiert, und ich zwängte mich durch ein Fenster hinaus, dessen Rahmen ich herausgebrochen hatte.

»Und dann?« erkundigte sich Richards.

»Ich ging zu Fuß weiter.«

»Die ganze Strecke bis nach London?« fragte Lyon.

»Nein. An einer Postkutschenstation konnte ich mir ein Pferd ausleihen. Es wurde gerade nicht bewacht. Wahrscheinlich saß der Verwalter beim Essen.«

Wenig später hatte Jade ihren Bericht beendet, ohne zu erwähnen, daß sie Pagan war. Caine nahm an, daß es ihm überlassen bleiben würde, Lyon und Richards darüber zu informieren. Was mochte sie planen? Bei ihren letzten Worten hatte sie sich sogar die Lider mit einem Taschentuch betupft.

Jades Erklärungen schienen seinen Vorgesetzten tief zu erschüttern. Er lehnte sich im Sessel zurück und schüttelte den Kopf.

»Wissen Sie, wer die anderen Mitglieder des Tribunals sind?« fragte sie ihn.

»Nein.«

»Aber Sie kennen Hammond? Soviel ich weiß, fingen Sie beide gemeinsam mit Ihrer Tätigkeit an.«

»Ja, aber nach ein paar Jahren wurden wir vom Kriegsministerium in verschiedenen Abteilungen eingesetzt. Hammond befehligte mehrere junge Männer. Einige lernte ich kennen.«

»Wir haben nun ein paar Anhaltspunkte«, warf Lyon ein. »Es dürfte nicht lange dauern, bis wir die Wahrheit herausfinden werden.«

»Der erste Brief ist von einem gewissen William unterzeichnet«, bemerkte Caine. »Damals hatte er noch keinen Decknamen. Verdammt, wie viele Williams arbeiten für das Kriegsministerium?«

»In Hammonds Akte werden nur drei genannt«, entgegnete Jade. Alle starrten sie verwundert an, und sie fügte errötend hinzu: »Pagan hat die Akten gelesen. Das war notwendig. Es gibt einen William Pryor, einen William Terrance und einen William Clayhill. Alle drei arbeiteten für Ihre Abteilung, Sir Richards. Zwei leben noch, haben aber den Dienst quittiert. William Terrance starb vor drei Jahren.«

»Sind Sie sich bezüglich dieser Fakten ganz sicher?« fragte Lyon.

»Völlig sicher.«

»Wie kam Pagan zu unseren Akten?« Richards war sichtlich irritiert. »Bei Gott, niemand kann unser Sicherheitssystem durchdringen!«

»Pagan schon«, erwiderte Caine und erklärte etwas genauer, auf welche Weise der Pirat ihn geschützt hatte. Er erzählte auch, daß Colin und Nathan beinahe den Haien zum Opfer gefallen wären. Danach herrschte ein langes Schweigen. Jade schlang ihre zitternden Finger ineinander. Jetzt mußte sie nicht Theater spielen, denn die Erinnerung an jene schreckliche Szene quälte sie immer noch.

»Drei eifrige junge Männer, die auszogen, um die Welt zu retten ...«, flüsterte Richards. »Doch dann wurde ihr Machthunger wichtiger als alles andere.«

Jade nickte. »Ist Ihnen aufgefallen, welche Worte unter den ersten Briefen stehen, Sir? 'Zum Wohle Englands.' Später wurden die Männer immer kühner und änderten ihr Motto.«

»Ja, dann schrieben sie: 'Zum Wohle des Tribunals.' Und das sagt alles. Es läßt sich nicht mißdeuten.«

»Jades Vater wurde von den zwei anderen Tribunalmitgliedern getötet, weil er sich weigerte, ihren Plänen zuzustimmen«, berichtete Caine. »Und dann brachten sie auch noch Hammond um.«

Richards nickte. »Wir müssen die beiden finden. Glücklicherweise scheint Pagan auf unserer Seite zu stehen. Wenn ich bedenke, welchen Schaden er anrichten könnte, nachdem er den Inhalt unserer Akten kennt, gefriert mir das Blut in den Adern.«

»Oh, Pagan ist ein Ehrenmann – wie die meisten Diebe, Sir«, beteuerte Jade hastig. »Sie müssen nicht befürchten, daß diese Informationen in die falschen Hände gelangen werden.«

»Hat der Bastard auch meine Akte gelesen?« fragte Lyon.

Caine gab keine Antwort, denn er sah keinen Grund, sein diesbezügliches Wissen mit dem Freund zu teilen und ihn aufzuregen.

»Wie mutig muß dieser Pirat sein!« meinte Richards. Immerhin wimmelt es in diesem Gewässer von Haien ...«

Jade unterbrach ihn. »Haben Sie noch weitere Fragen, Sir?«

Er tätschelte ihre Hand. »Wir haben Sie ermüdet, nicht wahr, meine Liebe? Das alles ist natürlich sehr schlimm für Sie.«

»Vielen Dank für Ihre Rücksichtnahme.« Sie erhob sich, und er stand ebenfalls auf. Als er sie an seine Brust zog, wehrte sie sich nicht und erwiderte die Umarmung sogar.

»Wir werden die Schurken finden, das verspreche ich Ihnen.«

Sie verbarg ihre Hände zwischen den Falten ihres Rocks, ging zu Lyon, der sofort aufsprang, und ließ sich in die Arme nehmen. »Danke für Ihre Hilfe, lieber Freund. Ich bitte Sie, Christina herzliche Grüße auszurichten, und ich kann es kaum erwarten, sie wieder zu besuchen.« Mit einer leichten Verbeugung wandte sie sich zur Tür.

»Jade?«

»Ja, Caine?« Lächelnd drehte sie sich um.

»Was hatte das alles zu bedeuten?«

»Du sagtest, der Stolz eines Mannes sei wichtig, nicht wahr?«

»Ja.«

»Und du sagtest auch, wenn ein Mann manipuliert oder getäuscht würde, sei sein Stolz verletzt.«

»Ja, das sagte ich. Und?«

»Wenn andere ebenso zum Narren gehalten würden – Freunde, die den Respekt Englands verdient haben ... Wäre die Wunde des Stolzes dann gelindert?« Endlich verstand er, zwinkerte ihr zu und grinste arrogant. »Ich werde Nathan und Colin hierherschicken«, kündigte sie an, ehe sie den Raum verließ. Leise schloß sie die Tür hinter sich.

»Wovon hat sie geredet?« fragte Richards.

»Über eine persönliche Sache.« Caine wandte sich zu Lyon. »Nun, was hältst du jetzt von ihr?«

Sein Freund goß sich etwas Brandy in sein Glas. »Sie ist immer noch verdammt schön, aber plötzlich so schüchtern. Das muß an deiner Gesellschaft liegen.« Als Caine lachte, fragte Lyon verdutzt: »Ist mir irgendwas Komisches entgangen?«

»Hören Sie auf mit dieser Diskussion über Frauen«, befahl Richards. »Caine, Sie müssen mir etwas versprechen.«

»Ja, Sir?«

»Haben Sie Pagan getroffen?«

»Ja.«

»Wenn diese Angelegenheit vorbei ist, müssen Sie mir eine Zusammenkunft mit ihm ermöglichen.«

Caine lehnte sich in seinem Sessel zurück und pflichtete Jade bei. Soeben hatte sie ihm seinen Stolz zurückgegeben.

»Ich möchte Pagan unbedingt kennenlernen«, betonte Richards, und Caine nickte.

»Das haben Sie soeben getan, Sir.«

15

»Jade, komm zurück!« rief Caine, während seine Freunde die Neuigkeit zu verdauen suchten, die sie gerade gehört hatten.

Als sie nicht gehorchte, rief Caine nach Sterns. Der Butler mußte vor der Tür gestanden haben, denn er betrat sofort die Bibliothek. Er verneigte sich vor seinem Herrn – eine Mühe, die er sich stets ersparte, wenn sie allein waren – und fragte: »Sie wünschen, Mylord?«

»Bringen Sie Jade hierher.«

»Ich glaube, Sie hat Ihren Befehl gehört, Mylord«, erwiderte Sterns in seinem hochnäsigen Ton, »zieht es aber vor, der Aufforderung nicht Folge zu leisten. Noch etwas?«

Caine hätte ihn gern erwürgt, aber er bezähmte seinen Zorn. »Bringen Sie sie her – wenn es sein muß, mit Gewalt.«

Der Butler nickte und entfernte sich. Caine sah Lyon grinsen. Offenbar hatte er sich schneller von dem Schrecken über Jades Identität erholt als Richards, der immer noch völlig verwirrt vor sich hinstarrte.

Jade kam in die Bibliothek. »Was willst du, Caine?«

»Gib sie ihnen zurück!«

Seine Stimme klang wie ein Pistolenschuß, und Jade hob in gespielter Unschuld die Brauen. »Was meinst du?« flüsterte sie, eine Hand an die Brust gepreßt, und klimperte mit den Wimpern.

Er war nicht im mindesten beieindruckt. »Das weißt du verdammt gut!« donnerte er. »Gib sie ihnen zurück!«

»Caine, es ist unhöflich, mich vor deinen Gästen anzuschreien.«

»Sie wissen, wer du bist.«

»Was?« Sie eilte zum Schreibtisch und stützte sich darauf. »Was genau wissen sie?«

»Daß du Pagan bist.«

Empört schnappte sie nach Luft. »Warum hast du nicht gleich eine Annonce in die Zeitung setzen lassen?«

»Ich mußte es ihnen sagen.«

»Damit hättest du bis nach meiner Abreise warten können.«

»Das ist unmöglich, da du nicht abreisen wirst.«

»Mein Gott, es stimmt also wirklich?« rief Richards.

Sie warf einen Blick über die Schulter und starrte ihn erbost an. »Nein, natürlich nicht.«

»Doch, es stimmt«, widersprach Caine.

»Verdammt, bist du unfähig, ein Geheimnis zu bewahren?« Sie eilte zur Tür.

»Ich sagte, du sollst sie zurückgeben, Jade.«

»Warum?« Wütend drehte sie sich wieder um.

»Weil diese Gentlemen zufällig meine Freunde sind.«

»Wenn man nicht mal seine Freunde bestehlen darf – wen denn dann?« Auf diese absurde Frage wußte er keine Antwort, und sie fauchte: »Hast du dein Versprechen vergessen? Du sagtest, ich könnte meine Tätigkeit fortsetzen.« Mühsam bezwang er den Wunsch, aufzuspringen und sie zu schütteln, als sie verächtlich hinzufügte: »Ich breche mein Wort nie.«

Caine holte tief Atem, bedeutete ihr, näher zu kommen, und sie gehorchte zögernd. »Ich meinte es ernst, als ich erklärte, du könntest deine Tätigkeit fortsetzen.«

»Warum machst du dann so ein Aufhebens um …«

»Du darfst weiterhin stehlen, aber ich werde deine Beute stets zurückgeben.«

»Nein!«

»Doch.«

»Das – das ist lächerlich!« stammelte sie. Hilfesuchend wandte sie sich zu Lyon, dessen Grinsen verriet, daß er ihr nicht beistehen würde. Sir Richards war immer noch zu perplex, um einzugreifen. Sie war also auf sich allein gestellt, so wie immer. »Nein.«

»Doch. Gib sie sofort zurück.«

»Ich habe sie vertauscht. Kann ich jetzt gehen?«

Caine nickte und wartete, bis sie die Tür erreicht hatte, dann rief er: »Du darfst diesen Raum verlassen, wage es aber bloß nicht, aus dem Haus zu fliehen. Ich würde dir überallhin folgen, und du willst mir doch keine neuen Unannehmlichkeiten bereiten, oder?«

Sie antwortete nicht, aber er spürte ihre Wut. Krachend fiel die Tür hinter ihr ins Schloß.

»Jade ist ziemlich temperamentvoll.« Caines Grinsen deutete an, daß ihm dieser Wesenszug keineswegs mißfiel. »Haben Sie sich inzwischen von Ihrem Schock erholt, Richards?«

»Ja.«

»Und Sie sind nicht auf die Idee gekommen, sie könnte Pagan sein?«

»Überhaupt nicht.«

Caine nickte zufrieden. »Es freut mich zu wissen, daß sogar mein Vorgesetzter getäuscht wurde. Nun ist mein Stolz wiederhergestellt.«

Colin kam in die Bibliothek, auf seinen Stock und Nathans

Arm gestützt. »Du behandelst mich wie ein Kind«, murrte er, als der Freund ihm in einen Sessel half.

»Du bist ja auch ein Kind.« Nathan rückte einen Schemel heran, legte das verletzte Bein darauf, dann musterte er die Besucher, die ihn beobachteten. Caine machte ihn mit den beiden bekannt, und er setzte sich auf die Armstütze von Colins Sessel. »Jade hat mich gebeten, Sie zu fragen, wie spät es ist.«

Richards blinzelte verdutzt. »Ich würde sagen, kurz vor neun, nicht wahr, Lyon?«

Als Lyon, der weniger begriffsstutzig war, die Uhr aus seiner Tasche zog, lachte er. »Ich glaube, das ist Ihre, Richards. Und Sie haben meine. In Zukunft sollten wir Jade nicht mehr umarmen.«

Der ältere Mann war sichtlich beeindruckt. »Das hätte ich nie gedacht ... Caine, sahen Sie, wie sie die Uhren nahm? Und riefen Sie sie deshalb zurück?«

»Nein, ich hab's nicht gesehen. Aber da sie sich von Ihnen und Lyon umarmen ließ, ahnte ich, daß sie etwas im Schilde führte. Normalerweise ist sie etwas distanzierter.« Seufzend fügte Caine hinzu: »Offenbar hat die Frau beschlossen, mich wahnsinnig zu machen.«

»Das ist ihr bereits gelungen«, meinte Nathan gedehnt.

»Vor der Hochzeit hat Christina mich auch fast wahnsinnig gemacht«, bemerkte Lyon lächelnd. »Trotzdem habe ich mich in sie verliebt. Und wie ist es dir mit Jade ergangen, Caine?«

»Genauso. Ich liebe sie.«

»Dann möge der Allmächtige dir helfen. Wenn ihr verheiratet seid, wird's keineswegs einfacher. Wann soll das frohe Fest denn stattfinden?«

»Ja, das würde mich auch interessieren«, sagte Nathan.

»Du heiratest sie doch?« Colin starrte seinen Bruder durchdringend an.

»Natürlich.«

»Offenbar haben Sie keine andere Wahl, mein Junge«, bemerkte Richards. »Werden Sie das Ehegelübde mit einer Pistole im Rücken sprechen?«

»Wenn eine Pistole erforderlich ist, wird sie auf Jade zielen, nicht auf mich. Leider muß ich sie noch zur Heirat überreden, und sie wird mich wahrscheinlich sogar zwingen, in Gegenwart ihrer Männer vor ihr niederzuknien.«

Nathan grinste, und Colin schüttelte den Kopf. »Dazu zwingt sie dich sicher nicht, Caine.«

»Mag sein. Aber Black Harry wird wohl kaum auf eine solche Geste verzichten.«

»Wer ist Black Harry?« fragte Richards.

»Nathan, gib die nötigen Erklärungen ab«, befahl Caine, »Inzwischen hole ich Jade zurück.«

»Ist sie denn schon wieder weggelaufen?« rief Nathan.

»Selbstverständlich.« Caine sprang auf und ging zur Tür. »Es wird nicht lange dauern.« Da er bereits seine Reithose trug, eilte er direkt zu dem Korral, wo die Pferde untergebracht waren. Die gefleckte Stute war verschwunden. »Wie viele Männer folgen ihr?« fragte er den Stallmeister.

»Die drei Wachposten, die an der Hintertür standen.«

Caine legte seinem Hengst nur das Zaumzeug an und machte sich nicht die Mühe, ihn zu satteln. Während er sich an der schwarzen Mähne festhielt, stieg er auf.

An der Grenze seiner Ländereien fand er Jade.

Sie stand an einem Bach und ließ die Stute trinken. Als sie ihn herangaloppieren hörte, wollte sie in den Wald laufen. Doch der Rappe war schneller. Ohne ihn zu zügeln, schlang Caine einen Arm um Jades Taille und hob sie auf den Pferderücken. Wortlos schwang er das Tier herum und ritt zurück, von der Stute gefolgt.

An der Haustür wurden sie von Sterns erwartet. Caine zerrte Jade in die Halle. »Sperren Sie sie in ihrem Zimmer ein!« schrie er den Butler an. »Postieren Sie zwei Wächter vor ihrer Tür und zwei unterhalb des Fensters!«

Mit grimmiger Miene verriegelte er die Tür hinter sich und lächelte erst, als er wieder in der Bibliothek angekommen war und sich an den Schreibtisch gesetzt hatte.

»Ich nehme an, du hast sie eingefangen«, sagte Nathan.

»Ja«, bestätigte Caine. »Was hast du meinen Freunden mittlerweile erzählt?«

Das Gespräch drehte sich bald wieder um die Briefe, und die Männer schmiedeten bis nach elf Uhr Pläne. Richards und Lyon wurden im Nordflügel einquartiert. Beide schienen die Unterredung nur ungern zu beenden.

Richards bestand darauf, die Kopien der Briefe in sein Zimmer mitzunehmen. »Sicher enthalten sie Informationen, die ich bei der ersten Lektüre übersehen habe.«

Niemand widersprach ihm. Caine eilte zu Jades Zimmer. Er entließ die Wächter, sperrte die Tür auf und trat ein. Jade saß im Bett und las. Sie schaute nicht von ihrem Buch auf.

»Du brauchst mehr Licht, sonst verdirbst du dir die Augen«, meinte er. »Und das Kaminfeuer muß geschürt werden. Hier drin ist es verdammt kalt.« Sie ignorierte ihn immer noch, und er seufzte. »Es ist lächerlich, so zu tun, als wäre ich nicht hier.«

»Genauso lächerlich wie dein Entschluß, alles zurückzugeben, was ich stehle!« konterte sie, ohne den Kopf zu heben.

Caine zündete zwei weitere Kerzen auf dem Nachttisch an und ging zum Kamin. »Wo ist Sterns?«

»Im Bett. Du würdest einen guten Butler abgeben, Caine. Dein Diener hat dich hervorragend ausgebildet.«

»Offenbar willst du einen Streit vom Zaun brechen, Süße, aber da hast du dir den Falschen ausgesucht.«

»Ich möchte nicht streiten«, fauchte sie, klappte das Buch zu und beobachtete, wie er einen Holzscheit in die glühende Asche warf. Im Feuerschein schimmerte seine Haut wie Bronze. Sein Hemd war bis zur Taille geöffnet, die Ärmel hatte er hochgekrempelt. Unter dem dünnen Stoff zeichnete sich das Spiel der harten Muskeln ab, als er den Schürhaken ergriff. Jade konnte sich keinen attraktiveren Mann vorstellen.

Caine ließ sich auf ein Knie nieder und lächelte sie an. Sein zärtlicher Blick krampfte ihr das Herz zusammen. Wie gut und vertrauensvoll er war ... Er verdiente eine bessere Frau als sie. Warum erkannte er das nicht?

Tränen brannten in ihren Augen, und sie begann zu zittern.

Plötzlich schien sich die Bettdecke in Eis zu verwandeln. Jade fror und hatte Angst. Erlaub mir nicht, von hier fortzugehen, dachte sie. Zwing mich, bei dir zu bleiben, für immer… O Gott, wie wundervoll wäre es, ihn zu lieben, sich an ihn zu lehnen … Was sollte aus ihr werden, wenn er sie verlassen würde? Würde sie das überleben?

»Was hast du denn?« fragte Caine, als er sah, wie bleich sie geworden war. Er richtete sich auf und kam zu ihr.

»Nichts. Mir ist nur kalt.« Und ich fürchte mich, wollte sie hinzufügen. »Leg dich zu mir«, schlug sie vor und hob einladend die Decke. Verzweifelt sehnte sie sich nach seinen kraftvollen Armen. Aber er ignorierte ihre Bitte, nahm eine Decke aus dem Schrank und breitete sie über das Bett.

»Ist es so besser?«

»Ja, danke«, erwiderte sie und verbarg ihre Enttäuschung.

»Wenn du nicht zu müde bist, möchte ich dir ein paar Fragen stellen.«

»Frag mich im Bett, da hast du's bequemer.«

Er schüttelte den Kopf, setzte sich in einen Sessel und legte die Beine aufs Fußende der Matratze. »So ist es sehr komfortabel«, meinte er und unterdrückte ein Lächeln.

Offenbar begehrte sie ihn, und er wollte, daß sie es aussprach.

Jade versuchte, sich ihren Ärger nicht anmerken zu lassen. Wie dumm der Mann war. Spürte er denn nicht, wie gern sie in seinen Armen liegen wollte? Verdammt, sie hatte doch erklärt, sie würde frieren. Daraufhin hätte er sich sofort zu ihr legen und sie küssen müssen… Sie stieß einen Seufzer aus, doch Caine schien noch immer nicht zu begreifen, was sie sich wünschte. Statt dessen erkundigte er sich wieder nach den idiotischen Akten. Es kostete sie große Mühe, sich zu konzentrieren. Und sie mußte unentwegt auf ihre Hände hinabstarren, damit Caines betörendes Lächeln sie nicht aus dem Konzept brachte.

»Jade?«

»Ja?«

»Ich habe gefragt, ob du die Akten unserer Williams gelesen hast.«

»Sie sind nicht unsere Williams.«

»Möchtest du nicht antworten?«

»Worauf?«

»Anscheinend bist du mit deinen Gedanken woanders.«

»Nein.«

»Willst du schlafen?«

»Keineswegs.«

»Dann antworte. Hast du die Akten der …«

»Ja, ich habe sie gelesen«, unterbrach sie ihn. »Soll ich erzählen, was darin steht?«

In diesem Augenblick klopfte es an der Tür, und Nathan schaute herein. Bei Caines Anblick runzelte er die Stirn. »Was machst du hier?«

»Ich rede mit Jade. Und was willst du?«

»Ich kann nicht schlafen.« Nathan schlenderte zum Kamin und lehnte sich an das Sims. Er war barfuß, trug kein Hemd, und Caine sah Narben auf dem breiten Rücken. Er erwähnte sie nicht, fragte sich aber, wie der junge Mann so kräftige Peitschenschläge überlebt haben konnte.

»Da ist Caines Morgenmantel, falls du frierst, Nathan.« Jade zeigte auf einen Stuhl. »Du könntest dich erkälten.«

»Geh wieder ins Bett, Nathan«, befahl Caine.

»Ich würde meiner Schwester gern ein paar Fragen stellen.«

Nathan hatte die Tür offengelassen. Aus diesem Grund brauchte Sir Richards nicht anzuklopfen. Er trug einen königsblauen Schlafrock, der bis zu seinen nackten Füßen reichte, und die Versammlung in Jades Zimmer entzückte ihn sichtlich.

Voller Unbehagen zog sich Jade die Decke bis ans Kinn und beobachtete Caine. Wie würde er auf diese Invasion reagieren? »Holen Sie sich einen Stuhl, Sir Richards«, schlug er resignierend vor.

»Oh, sehr gern.« Richards lächelte Jade an. »Ich konnte nicht schlafen, und da beschloß ich, Sie zu besuchen und …«

»… und zu befragen, falls sie wach ist«, vollendete Caine den Satz.

Richards rückte einen Stuhl neben das Bett. »Natürlich

schickt sich das nicht«, bemerkte er, was ihn allerdings nicht zu stören schien, denn er grinste fröhlich. »Nathan, würden Sie Lyon holen? Mittlerweile sind ihm sicher ein paar Fragen eingefallen, die er an Jade richten möchte.«

»Vielleicht schläft er schon«, wandte sie ein.

»Ich hörte ihn im Zimmer neben meinem umherwandern. Das Tribunal hat uns alle ziemlich aufgeregt, und so bald werden wir in dieser Nacht keine Ruhe finden.«

Wenig später kehrte Nathan mit Lyon zurück, und Jade kam sich plötzlich albern vor. Immerhin saß sie im Bett, nur mit ihrem Nachthemd bekleidet. »Warum gehen wir nicht in die Bibliothek? Ich ziehe mich an und ...«

»Das ist nicht nötig«, wurde sie von Caine unterbrochen. »Lyon, Jade wollte uns gerade erzählen, was in den Akten der Williams steht.«

»Muß ich das Wort für Wort wiederholen?« fragte sie.

»Das wird Tage dauern.«

»Nennen Sie nur die wichtigsten Fakten«, bat Richards.

»Morgen fahre ich mit Lyon nach London zurück, dort werden wir die Dossiers von Anfang bis zum Ende lesen.«

Jade zuckte die Achseln. »Gut, dann beginne ich mit Terrance, der vor vier Jahren starb.«

»Einverstanden.« Lyon beugte sich vor und lächelte aufmunternd.

Sie lehnte sich in die Kissen zurück und zählte die wesentlichen Punkte des Dossiers auf. Richards und Lyon waren tief beeindruckt. Nachdem sie ihre Verblüffung überwunden hatten, unterbrachen sie Jade mehrmals, um nach den Einzelheiten der Aufträge zu fragen, die William Terrance ausgeführt hatte.

Um zwei Uhr morgens gähnte sie ausgiebig, und Sir Richards meinte: »Es ist wohl an der Zeit, Lady Jade etwas Ruhe zu gönnen und ins Bett zu gehen.«

Als er Lyon und Nathan zur Tür folgte, rief sie ihm nach: »Sir Richards? Und wenn der gesuchte William nicht zu den dreien in den Akten gehört?«

Er wandte sich zu ihr. »Dies ist nur ein Anhaltspunkt. Wir

werden sämtliche Akten in allen Ministerien studieren. Das kostet natürlich Zeit, aber wir werden unsere Bemühungen fortsetzen, bis wir die Wahrheit kennen.«

»Vielleicht sind die beiden anderen Mitglieder des Tribunals inzwischen auch tot.«

Ihre Stimme klang so hoffnungsvoll, daß er es bedauerte, sie enttäuschen zu müssen. »Wohl kaum. Irgendwer will diese Briefe haben. Zumindest eines der Mitglieder ist quicklebendig.«

Erleichtert atmete Jade auf, als sie wieder mit Caine allein war. Sie fühlte sich völlig erschöpft und hatte nur noch einen einzigen Wunsch – in seinen Armen zu liegen. Wieder lüftete sie einladend die Decke, aber er gab ihr nur einen keuschen Kuß auf die Stirn und blies die Kerzen aus. »Gute Nacht, meine Süße, und angenehme Träume.«

Verdutzt starrte sie auf die Tür, die hinter ihm ins Schloß fiel. Er begehrte sie nicht mehr ... Rasch verdrängte sie diesen schrecklichen Gedanken. Nein, er war nur böse, weil sie einen weiteren Fluchtversuch unternommen hatte, und müde nach dem langen Tag.

Sie hatte keine angenehmen Träume, ertrank in schwarzem Nichts, umzingelt von Ungeheuern, die sie immer tiefer hinabzogen ... Ihr eigenes Stöhnen weckte sie. Instinktiv wandte sie sich zur Seite, um bei Caine Trost zu suchen, doch er lag nicht neben ihr. Nein, sie konnte nicht länger im Bett bleiben. Zitternd stand sie auf, trat ans Fenster und blickte in die sternenlose Nacht. Seufzend dachte sie über ihre unglückselige Situation nach, dann beschloß sie, klein beizugeben. Sie würde zu ihm gehen.

Caine erwachte, sobald sich die Tür öffnete. Da es dunkel war, mußte er sein Lächeln nicht verbergen.

»Ich kann nicht tanzen, Caine«, verkündete sie und warf die Tür hinter sich zu. »Und damit du's gleich weißt«, fuhr sie fort und schlenderte zum Bett, »nähen kann ich auch nicht.« Er lag auf dem Rücken, die Augen geschlossen. Eine Zeitlang betrachtete sie ihn, doch als ihre Ungeduld die Oberhand gewann, rüttelte sie ihn an der Schulter. »Nun?«

Statt einer Antwort hob er die Decke. Jade zog ihr Nachthemd aus und sank ins Bett. Er nahm sie in die Arme, ihr Zittern verebbte, und wenig später schlief sie ein. Im Morgengrauen erwachte er und liebte sie, und während er beteuerte, wie viel sie ihm bedeutete, sank sie wieder in tiefen Schlaf.

Caine weckte sie erst gegen Mittag. Er war bereits angezogen. Gähnend weigerte sie sich, die Augen zu öffnen und wollte die Decke beiseite stoßen, um ihn wieder ins Bett zu locken.

Doch er hielt die Decke beharrlich unter ihrem Kinn fest. Schließlich hob sie blinzelnd die Lider, sah den Butler am Fußende des Betts stehen und wurde feuerrot.

»O Sterns, nun schämen Sie sich meiner, nicht wahr?«

»Keineswegs, Mylady. Ich bezweifle nicht, daß mein Herr Sie in sein Bett gezerrt hat.«

»Vielleicht an den Haaren?« fragte Caine trocken.

»Das würde ich Ihnen durchaus zutrauen, Mylord.«

»Genau das hat er auch getan«, behauptete Jade. »Aber Sie dürfen es niemandem erzählen, Sterns.«

Der Diener lächelte sanft. »Es gibt niemanden, dem ich es erzählen könnte.«

»Sie meinen – Sir Richards und Lyon wissen es schon?« Als er nickte, wandte sie sich erbost zu Caine.

»Du hast es ihnen verraten! Auch das hättest du in der Zeitung veröffentlichen können.«

»Ich habe ihnen nichts gesagt«, entgegnete er. »Aber du hast vergessen, deine Tür zu schließen, als du...« Mit einem Blick auf Sterns unterbrach er sich. »... als ich dich in mein Zimmer zerrte. Und auf dem Weg nach unten bemerkten sie dein leeres Bett.«

Am liebsten hätte sie sich für den restlichen Tag unter der Decke verkrochen.

»Jade, warum stapelt sich das Tafelsilber unter meinem Bett?«

»Frag Sterns, er hat's drunter verstaut.«

»Ich hielt dies für einen geeigneten Ort, das Silber zu verwahren, Mylord«, erklärte Sterns. »Einer Ihrer Gäste, der große

Mann mit dem Goldzahn, hätte es gern in seinen Besitz gebracht. Und so schlug Mylady vor, es zu verstecken.«

Sie erwartete, Caine würde ihr danken. Statt dessen lachte er nur. »Komm nach unten, wenn du angezogen bist, Jade. Richards möchte dich wieder befragen.«

Er verließ den Raum, aber Sterns folgte ihm nicht.

»Die Herzogin hat Ihnen ein paar Kleider von einer ihrer Töchter geschickt, Mylady. Sie glaubt, sie würden Ihnen passen.«

»Warum hat sie ...«

»Ich bat sie darum. Als ich Ihre Sachen auspackte, Mylady, stellte ich fest, daß Sie nur zwei Kleider haben. Die neue Garderobe finden Sie im Schrank. Unsere Köchin wird Ihnen als Zofe dienen. Ich hole sie sofort.«

Jade erkannte, daß jeder Widerspruch zwecklos war, denn Sterns hatte sich von einem Butler in einen Kommandanten verwandelt. Er wählte sogar das Kleid aus, das sie tragen sollte – ein elfenbeinweißes mit spitzenbesetzten Manschetten. Die Herzogin hatte sie auch mit Unterwäsche ausgestattet, und Sterns legte die seidenen Kostbarkeiten und hauchdünne Strümpfe auf das Fußende des Betts, dann stellte er elfenbeinweiße Schuhe bereit.

Eine Viertelstunde später war sie gewaschen und angezogen. Sie saß auf einem Stuhl mit gerader Lehne, während ihr die Köchin, eine ältere rundliche Frau, die roten Locken hochsteckte und damit umging wie mit einem Rührteig. Aber Jade ertrug diese Unannehmlichkeiten, ohne zu protestieren, weil sie die Begegnung mit Lyon und Sir Richards hinauszögerten.

Doch der gefürchtete Augenblick ließ sich natürlich nicht vermeiden. »Sehr hübsch sind Sie«, meinte die Köchin, als die Frisur fertig war, und reichte Jade einen Handspiegel. »Eine schlichte Zopfkrone, aber die Löckchen an den Schläfen machen Ihr Gesicht weicher.«

»Vielen Dank. Sie sind sehr tüchtig.«

Die Frau nickte und eilte nach unten. Nun mußte auch Jade das Zimmer wohl oder übel verlassen, sonst würde Caine sie holen. Als sie die Tür öffnete, entdeckte sie verblüfft und ärgerlich die zwei Wachposten im Flur. Ihr Anblick schien die Männer zu verwirren. Einer stammelte, sie sei bildschön, der andere platzte heraus, sie sehe wie eine Königin aus.

Beide folgten ihr die Treppe hinab. Die Speisezimmertür war geschlossen, und der größere Mann lief voraus, um sie zu öffnen. Sie bedankte sich, straffte die Schultern und überquerte die Schwelle.

16

Sie saßen an dem langen Tisch, auch Sterns, und alle starrten Jade an. Caine erhob sich, rückte ihr einen Stuhl zurecht und küßte ihre Stirn.

Nathan brach das drückende Schweigen. »Laß die Finger von meiner Schwester, Caine.«

»Meine Finger berühren sie gar nicht, nur meine Lippen«, erwiderte Caine und gab ihr noch einen Kuß. Seufzend verdrehte sie die Augen.

Sterns servierte ihr das Frühstück, während die Gentlemen ihre Diskussion fortsetzten. Sir Richards saß an einem Ende der Tafel, Caine am anderen.

Nachdem Jade gegessen hatte, wandte sich Richards zu ihr. »Meine Liebe, wir haben entschieden, daß Sie uns nach London begleiten müssen. Selbstverständlich werden wir alle nötigen Maßnahmen ergreifen, um Sie zu schützen.« Er ergriff einen Federkiel und zog ein Tintenfaß zu sich heran. »Wenn ich Ihnen Fragen stelle, möchte ich mir Notizen machen.«

»Warum soll ich nach London mitkommen?«

Verlegen wich er ihrem Blick aus, und Lyon grinste.

»Nun ja ...«, begann Richards. »Wir müssen in den Aktenraum. Wenn ich um die Schlüssel ansuche, wird man meinen Namen im Anmeldebuch vermerken.«

»Sie wollen nachts hinein«, ergänzte Colin. »Ohne Schlüssel.«

»Sie sagten doch, sie seien schon einmal in den Aktenraum eingebrochen, um mehrere Dossiers zu lesen, Lady Jade«, bemerkte Richards.

»Dreimal«, warf sie ein.

Sir Richards sah aus, als wollte er weinen. »Sind unsere Sicherheitsvorkehrungen so schlecht?« fragte er Lyon.

»Offensichtlich.«

»O nein«, widersprach Jade, »sie sind ausgezeichnet.«

»Aber warum ...« Richards blinzelte verständnislos.

»Jade ist eben noch besser«, erklärte Caine.

Das Kompliment trieb ihr das Blut in die Wangen.

»Ich kann mir vorstellen, weshalb Sie so großen Wert auf Geheimhaltung legen, Sir Richards. Die Mitglieder des Tribunals sollen nichts von Ihren Ermittlungen erfahren. Aber wahrscheinlich wissen sie schon Bescheid. Sie haben Leute hierhergeschickt, denen Ihre und Lyons Ankunft sicher nicht entgangen ist, und die nach London zurückgekehrt sind, um ihre Auftraggeber zu informieren ...«

»Sie sind nicht zurückgekehrt«, fiel Lyon ihr ins Wort.

»Wieso ...?«

»Dafür hat Caine gesorgt.«

Erstaunt hob sie die Brauen. »Wie hast du das angestellt, Caine?«

»Das braucht dich nicht zu interessieren.«

»Du hast sie doch nicht getötet?« flüsterte sie bestürzt.

»Nein.«

Beruhigt atmete sie auf, dann zog Colin ihre Aufmerksamkeit auf sich. »Jade, du kannst in London bei Lyon und Christina wohnen. Caine steigt natürlich in seinem Stadthaus ab.«

»Sie kommt mit mir«, erklärte Caine.

»Denk doch an den Skandal!« rief Colin.

»Es ist fast Sommer. Die meisten Leute sind bereits aufs Land gezogen.«

»Es würde genügen, wenn sie ein einziger sieht ...«

»Ich habe gesagt, sie wohnt bei mir, Colin«, fiel Caine seinem Bruder mit scharfer Stimme ins Wort.

Jade verstand den Sinn dieser Debatte nicht. »Was soll das alles?«

Als Colin ihr erklärte, welchen Schaden bösartige Klatschgeschichten anrichten können, wurde sie blaß. Sterns setzte sich zu ihr und streichelte ihre Hand. »Nehmen Sie's doch von der heiteren Seite, Lady Jade. Mylord muß nichts mehr in der Zeitung veröffentlichen.« Ihr vernichtender Blick beeindruckte ihn nicht im mindesten.

»Keine Bange. Alles ist arrangiert.«

Sie wußte nicht, was er meinte, aber wie ein Grinsen andeutete, schien er etwas im Schilde zu führen.

Sterns lenkte sie von ihren Mutmaßungen ab, indem er arrogant auf seine leere Tasse zeigte. Sofort stand sie auf, um frischen Tee aus der Küche zu holen. Nachdem sie den Raum verlassen hatte, wandte sich der Butler zu Caine.

»In einer halben Stunde müßten Ihre Gäste eintreffen.«

»Gäste?« rief Colin. »Wir können keine verdammten Gäste brauchen.«

»Hast du den Verstand verloren, Caine?« fragte Nathan. »Wie kannst du ausgerechnet jetzt jemanden einladen?«

Caine starrte seinen Butler an, dann grinste er schwach.

»Ich habe niemanden eingeladen. Wollen Sie uns nicht mitteilen, wer diese Gäste sind, Sterns?«

»Ich habe mir erlaubt, Ihre Eltern, Lady Jades Onkel, seine Leute und noch eine Person ins Haus zu bitten.«

»Warum, zum Teufel?« stieß Nathan hervor.

Der Butler lächelte ihn an. »Natürlich wegen der Zeremonie.«

Alle schauten in Caines ausdrucksloses Gesicht. »Die Lizenz, Sterns?« erkundigte er sich.

»Die liegt bereit.«

»Ist dieser Mann nicht Ihr Butler, Caine?« fragte Richards.

Caine kam nicht dazu, ihm zu antworten, denn Nathan platzte heraus: »Sie wird nein sagen.«

»Ich werde sie sicher eines Besseren belehren«, entgegnete

Caine und nickte seinem Diener zu. »Das haben Sie sehr gut gemacht, Sterns.«

»O ja, gewiß«, prahlte der Butler. »Ich habe für alles gesorgt.«

»Wenn Sie so tüchtig sind – könnten Sie uns auch erklären, wie Caine meine Schwester umstimmen will?« fragte Nathan.

Sterns zog eine ungeladene Pistole aus seinem Hosenbund und legte sie auf den Tisch. »Sir Richards, Sie schlugen doch vor, eine Waffe auf Lady Jades Rücken zu richten, nicht wahr?«

Ohrenbetäubendes Gelächter erklang. Jade stand in der Tür, die Teekanne in der Hand, und wartete, bis sich die Männer beruhigt hatten. Dann füllte sie Sterns' Tasse und stellte die Kanne auf das Sideboard. Sie setzte sich und fragte, was die Pistole auf dem Tisch bedeuten sollte, bekam jedoch keine Antwort. Alle begannen wieder zu lachen, und sie vermutete, daß jemand einen obszönen Scherz gemacht hatte, den man in ihrer Gegenwart nicht wiederholen mochte.

Sie glaubte, nun würde man ihr wieder Fragen stellen, aber Caine überraschte sie mit der Aufforderung, sie solle in ihr Zimmer zurückkehren.

»Warum? Ich dachte ...«

»Du mußt deine Sachen packen«, unterbrach er sie.

Jade nickte und stand auf. »Wahrscheinlich wollt ihr euch noch ein paar unanständige Witze erzählen«, bemerkte sie, ehe sie zur Tür ging. Alle strahlten sie an, und sie wußte nicht, was sie davon halten sollte.

In der Halle wurde sie von den zwei Wächtern erwartet. Sie halfen ihr, die Kleider aus Caines Schrank in ihr Zimmer zu bringen, und postierten sich dann im Flur, während sie alles einpackte. Danach setzte sie sich ans Fenster und las in ihrem Buch.

Wenig später klopfte es an der Tür, und sie ließ Black Harry herein, der ihr ein Dutzend langstielige weiße Rosen überreichte. »Für dich, Mädchen.«

»Danke, Onkel«, entgegnete sie verdutzt, »aber – was machst du hier? Ich dachte, wir treffen uns im Cottage.«

Er küßte ihren Scheitel. Du siehst sehr hübsch aus, Pagan«, lobte er und ignorierte die Frage. »An diesem stolzen Tag müßte Caine meine Kleider tragen.«

»Wieso?« Ihre Verwirrung wuchs. Noch nie hatte sie ihren Onkel so nervös und besorgt gesehen.

»Weil mein Hemd die gleiche Farbe hat wie dein schönes Kleid.«

»Aber was ...«

»Das wollte ich gerade erklären.« Er umarmte sie hastig, zerquetschte dabei die Blumen und trat zurück. »Caine hat mich gefragt, ob er dich heiraten darf.« Vorsichtshalber machte er bei dieser Mitteilung noch einen Schritt nach hinten und rechnete mit einem Wutausbruch, aber Jade zuckte nur anmutig mit den Schultern. Er sah allerdings, daß sie die Rosen fest umklammerte. »Gib auf die Dornen acht, Mädchen!«

»Was hast du geantwortet, Onkel?«

»Er hat in aller Form um deine Hand angehalten, und ich wollte ihn nicht auf die Knie zwingen – obwohl er beteuerte, er würde sogar niederknien, um meine Erlaubnis zu erringen. Aber er sagte es laut und deutlich, vor meinen Männern.«

»Und deine Antwort?«

»Ich erklärte, ich sei einverstanden.« Rasch trat er noch einen Schritt zurück, aber auch jetzt zuckte sie nur die Achseln, legte den Rosenstrauß aufs Bett und setzte sich daneben. Verständnislos strich sich Harry über das Kinn. »Warum bist du nicht zornig? Caine meinte, du würdest dich sträuben. Bist du gar nicht wütend?«

»Nein.«

»Du magst ihn doch?«

»Ja.«

»Und? Irgendwas ist doch los mit dir.«

»Ich habe Angst, Onkel.«

Dieses Geständnis erstaunte ihn dermaßen, daß er nur flüstern konnte. »Nein ...«

»Ja.«

Harry schüttelte den Kopf. »Du hast dich doch nie gefürchtet.« Er setzte sich neben sie aufs Bett und legte einen Arm um ihre Schultern. »Warum jetzt?«

Sie hatte sich schon oft gefürchtet, aber das konnte sie ihm nicht sagen, denn sonst würde er glauben, er hätte seine Pflichten ihr gegenüber vernachlässigt. Und so erwiderte sie: »Ich muß meine Arbeit aufgeben.«

»Dafür ist es auch höchste Zeit, wo ich nun in den Ruhestand trete. Vor meinen Männern hab' ich's verheimlicht, aber meine Augen sind immer schlechter geworden, und ein blinder Pirat taugt nichts.«

»Wer soll die Leute jetzt befehligen?«

»Nathan. Er will die *Emerald* haben. Immerhin gehörte sie seinem Vater. Sicher wird er einen großartigen Piraten abgeben, Mädchen. Er hat gelernt, richtig gemein zu sein.«

»Ja, er wird bestimmt ein wunderbarer Pirat. Aber – Onkel Harry, ich kann unmöglich die Frau werden, die Caine sich wünscht.«

»Genau die bist du.«

»Ich würde so viele Fehler begehen.« Jade war den Tränen nahe, beherrschte sich aber ihrem Onkel zuliebe.

»Von den Dingen, die eine gute Ehefrau können muß, verstehe ich nichts. Ich weiß nicht einmal, wie man mit Nadel und Faden umgeht.«

»Das stimmt.« Seufzend erinnerte er sich an ihren Versuch, seine Socken zu flicken. Die hatte sie an ihr Kleid genäht.

»Und ich kann nicht tanzen«, jammerte sie. »Alle feinen Damen können das.«

»Du wirst es lernen, wenn du nur willst.«

»O ja, ich wollte immer ...«

»Was?«

»Irgendwohin gehören.«

Harry begriff nicht, was sie meinte. »Hätte ich dich Lady Briars überlassen sollen? Sie hätte dich gern zu sich genommen und kämpfte verbissen um dich. Ihretwegen schlichen wir uns sofort nach dem Begräbnis deines Vaters davon. Ich dachte, sie würde uns die Behörden auf den Hals hetzen. Wie du weißt, bin ich nicht dein richtiger Vormund. Aber dein Papa hatte mich beschworen, dich aus England wegzubringen.«

»Und du hast Wort gehalten. Das war sehr ehrenwert.«

»Und jetzt wünschst du, ich wäre nicht so ehrenwert gewesen?«

Jade schüttelte den Kopf. Zum erstenmal in all den Jahren spürte sie Harrys Verletzlichkeit. »Ein Leben ohne dich kann ich mir nicht vorstellen, und ich habe mir niemals gewünscht, daß die Dinge anders verlaufen wären. Du liebst mich wie eine Tochter. Sicher, Lady Briars hätte mir alle damenhaften Fertigkeiten beigebracht, aber sie hätte mich nicht so geliebt wie du. Außerdem hast du mich etwas viel Wichtigeres gelehrt – wie man überlebt.«

»O ja, das hab ich getan«, pflichtete er ihr grinsend bei, und seine Laune besserte sich sofort. »Aber du bist ja auch ein Naturtalent, die geborene Diebin und Lügnerin. Du machst mich sehr stolz, Mädchen.«

»Danke, Onkel.« Sein Lob ließ sie erröten. Harry pflegte mit Komplimenten zu sparen, und wenn er so etwas sagte, meinte er es ernst.

Seine Miene wurde wieder düster, als er sich ihrer betrüblichen Bemerkung entsann. »Vorhin erklärtest du mir, du wolltest irgendwohin gehören.«

»Das – das sollte nur heißen, daß ich eine gute Ehefrau sein möchte«, log sie.

»Dann hast du dich aber etwas unklar ausgedrückt.« Erleichtert atmete er auf. »Und ich wollte schon immer Opa werden.«

Jade wurde rot. »Ich weiß auch nicht, wie man Babys kriegt.«

»Die meisten Frauen wissen das erst, wenn's soweit ist. Und jetzt sag mir – liebst du Caine? Er hat's jedenfalls behauptet.«

Sie wich der Frage aus. »Und wenn er mich eines Tages satt hat? Dann wird er mich verlassen.«

»Niemals.«

»Wenn wir lange genug verlobt sind, wird er vielleicht merken, welch ein Fehler es war, um mich anzuhalten. Und falls er's nicht merkt, könnte ich in dieser Zeit all das lernen, was von einer Ehefrau verlangt wird ...«

Harry fiel ihr ins Wort. »Hör mal, diese lange Verlobung ...«

»Das ist der einzige Ausweg. Ich bestehe auf einem Jahr. Damit ist Caine sicher einverstanden.«

Beglückt über ihren Entschluß sprang sie auf und stürmte aus dem Zimmer. Harry rückte seine schlechtsitzende Brille auf der Nase zurecht, packte die Rosen und folgte ihr. »Warte!«

»Ich muß sofort mit Caine reden!« rief sie über die Schulter. »Bestimmt wird er meine Entscheidung billigen.«

»Bestimmt nicht«, murmelte Harry. »Halt, Mädchen, ich muß dir noch was sagen!« Sie war bereits in der Halle angekommen, als er den Treppenabsatz erreichte. »Sie sind alle im Salon!« schrie er, während er die Stufen hinabpolterte.

Wie erstarrt blieb sie stehen, als sie die Tür öffnete und die Versammlung sah. Harry holte sie ein und ergriff ihren Arm. »Jetzt müssen wir alles richtig machen, Mädchen«, flüsterte er.

»Warum sind so viele Leute hier?« Jade kannte alle außer dem kleinen, kahlköpfigen Mann, der sich bei der Terrassentür postiert hatte. Er hielt ein Buch in der Hand und war in ein Gespräch mit dem Herzog und der Herzogin von Williamshire vertieft.

Caine unterhielt sich vor dem Kamin mit Lyon. Er mußte Jades Anwesenheit gefühlt haben, denn er wandte sich zu ihr, mit ernster Miene. Sofort sah er ihr an, daß sie nicht verstand, was hier vorging. Er wappnete sich gegen das Feuerwerk, dessen Ausbruch er befürchtete, und ging zu ihr.

»Ich fand keine Zeit, ihr's zu erklären«, teilte Harry ihm mit.

»Das habe ich mir schon gedacht. Jade, meine Süße, wir werden ...«

»Nein, ich sag's ihr«, unterbrach ihn Harry. »Mädchen, die Verlobung wird kein ganzes Jahr dauern.« Sie schaute ihn mit ihrem unschuldigen Engelsblick an, und er umfaßte ihren Arm noch fester. »Ihr werdet heiraten.«

Vergeblich versuchte sie, sich loszureißen. »Wann?« flüsterte sie heiser.

Harry schnitt eine Grimasse. »Jetzt.«

Sie öffnete den Mund, um lauthals zu protestieren, aber Caine trat rasch vor sie hin und schirmte sie gegen das Publikum ab. »Wir können's auf einfache Art machen, Jade – oder auf die harte Tour. Such dir's aus.« Er beobachtete, wie sie in Panik geriet und zu zittern begann.

»Falls du den einfachen Weg wählst, gehen wir nun zum Priester und lassen uns trauen.«

»Und – die harte Tour?«

»Ich würde dich an den Haaren da hinüberzerren«, entgegnete Caine und setzte eine Miene auf, die keinen Zweifel an seiner Entschlossenheit erlaubte. »So oder so, wir heiraten.«

»Caine ...« Ihre angstvolle Stimme schnitt ihm ins Herz.

»Entscheide dich.«

»Ich werde dir nicht gestatten, mich zu verlassen«, wisperte sie. »Vorher verlasse ich dich.«

»Was faselst du da, Mädchen?« fragte Harry.

»Nun, wofür entscheidest du dich?« Caine ignorierte Jades Worte ebenso wie Harrys Einmischung.

Ihre Schultern hingen nach vorn. »Für die einfache Art.«

»Gut.«

»Ich führe sie zum Priester«, verkündete Harry. »Nathan! Du folgst uns!«

»Einen Augenblick noch«, befahl Caine. Er ging zum Geistlichen und sprach mit ihm, während Jade bebend an der Tür stehenblieb und Harry die Herzogin mit lüsternen Blicken verschlang.

Caine gab dem Priester ein Papier, und dann war es soweit. Er bezog Stellung neben seinem Bruder, den er stützte, und Jade stand an seiner anderen Seite und mußte ebenfalls gestützt werden, von Harrys Arm.

Sie sprach das Ehegelübde zuerst, weil Caine es so verlangte. Und während er die Worte wiederholte, ließ er seine Braut nicht aus den Augen. Ihr Kopf war gesenkt, und als er verstummte, hob er ihr Kinn und zwang sie, ihn anzuschauen. Sie wirkte so verängstigt und verwundbar. Tränen verschleierten ihren Blick. Er liebte sie so sehr und wollte ihr alles geben. Aber erst mußte sie lernen, ihm zu vertrauen.

Der Priester schloß die Bibel, faltete das Papier auseinander und begann zu lesen. »Versprechen Sie, bei Ihrer Frau zu bleiben, so lange Sie leben? Schwören Sie vor Gott und diesen Zeugen, sich nie von ihr zu trennen, bis daß der Tod Sie scheidet?«

»Ja«, antwortete Caine, und Jade starrte verblüfft auf das Papier. »Und jetzt die letzte Frage«, befahl er dem Geistlichen.

»Das ist irregulär«, wisperte der kahlköpfige Mann und wandte sich widerstrebend an Jade. »Versprechen Sie, ihrem Mann noch heute zu sagen, daß Sie in lieben?«

Sie lächelte strahlend. »Ja.«

»Nun dürfen Sie die Braut küssen.«

Bereitwillig machte Caine von dieser Erlaubnis Gebrauch, und als er sich aufrichtete, sagte er: »Jetzt gehörst du mir.« Zärtlich umarmte er sie. »Denselben Fehler mache ich nicht zweimal, Süße.«

»Ich verstehe nicht…« Sie war immer noch den Tränen nahe und rang verzweifelt nach Fassung. »Warum hast du den Priester nicht bewogen, auch mir das Versprechen abzunehmen, dich nie zu verlassen? Glaubst du, ich würde mein Wort brechen?«

»Nein. Aber du sollst es mir freiwillig geben. Sag es mir, wenn du dazu bereit bist…«

Er wurde unterbrochen, denn nun drängten sich die Gratulanten heran. Harry stand mit seinen Männern in einer Ecke und betupfte sich die Lider mit einem Zipfel seiner Schärpe. Caines Stiefmutter hieß die Braut hocherfreut in der Familie willkommen. Natürlich weiß sie nicht, daß sie eine ganz gewöhnliche Diebin als Schwiegertochter bekommt, dachte Jade.

Gweneth warf einen angstvollen Blick auf Harry.

»Wird dein Onkel euch oft besuchen?«

»Er lebt weit weg von England. Wahrscheinlich kommt er nur einmal im Jahr zu uns.«

Caine sah die Herzogin erleichtert aufatmen und lachte.

»Dein Onkel macht Mama etwas nervös.«

»Du hast nichts zu befürchten, Gweneth«, versicherte Jade. »Onkel Harry ist sehr nett. Wenn du ihn erst mal besser kennst ...«

Dieser Vorschlag schien die Herzogin zu entsetzen, und Caine meinte: »Harry hat mir bereits anvertraut, daß er meine Mutter näher kennenlernen will.«

Jade hatte Harrys Versuch, Gweneth aus dem Haus zu zerren, nicht beobachtet. Deshalb verstand sie weder das Grauen ihrer Schwiegermutter noch Caines Belustigung.

»Mein Sohn, daß ist nicht der rechte Zeitpunkt ...«

»Oh, du nennst ihn Sohn!« rief Jade. »Und du hast Mutter zu ihr gesagt, Caine!«

»Er ist mein Sohn«, verkündete Gweneth. »Wie soll ich ihn denn sonst nennen? Er hat es mir erlaubt.«

Jade lächelte zufrieden. »Und ich dachte, er würde gar nicht richtig zur Familie gehören. Das war offenbar ein Irrtum.«

Caine und seine Mutter gaben keine Erklärung ab, sie sahen sich nur strahlend an.

Plötzlich fragte Gweneth: »Wo ist Henry? Harry kommt auf uns zu ...« Ehe Jade und Caine sie zurückhalten konnten, raffte sie ihre Röcke und floh zum Herzog.

»Du hattest Angst, ich würde nicht zur Familie gehören?« flüsterte Caine.

Verlegen hob sie die Schultern. »Jeder muß irgendwohin gehören, sogar du.«

Harry drückte ihr den Blumenstrauß in die Hände. »Die letzten Rosen, die Jimbo für dich besorgt hat, Mädchen, also freu dich dran.« Dann wandte er sich zu Caine.

»Mein Junge, ich muß dir mitteilen, wie wir das Schiff verbrennen wollen. Morgen wird es angestrichen.«

»Wenn ihr mich entschuldigt – ich möchte mit Nathan reden«, sagte Jade, die ihren Bruder allein auf der Terrasse stehen sah.

Caine hörte zu, während Harry seine Pläne erläuterte, aber sein Blick folgte Jade. Sie sprach sehr lange mit Nathan, der mehrmals nickte. Als sie ihm eine weiße Rose überreichte, blinzelte er verwirrt. Er schüttelte den Kopf, doch sie hielt ihm die Rose beharrlich hin. Schließlich nahm er sie, grinste und umarmte seine Schwester.

Gerührt sah Caine die tiefe Liebe in den Augen seines Schwagers. Er mischte sich nicht ein und wartete geduldig, bis Jade zu ihm zurückkehrte. Auch Harry und seine Männer beobachteten Nathan. Als er die Rose hochhob, brach lauter Jubel aus. Die Leute stürzten sich auf ihn, Matthew und Jimbo klopften ihm lachend auf die Schultern.

»Was hat das zu bedeuten?« fragte Caine und schlang einen Arm um Jades Taille.

»Ich habe Nathan etwas geschenkt. Willst du wissen, was?« Ihre Augen leuchteten so zauberhaft, daß er auf ganz andere Gedanken kam.

»Eine Rose«, flüsterte er und küßte ihre Stirn. »Gehen wir für ein paar Minuten nach oben?«

Sein Blick nahm ihr den Atem. »Unmöglich. Unsere Gäste ... Und wir müssen nach London ...«

Er seufzte. »Dann hör auf, mich so anzuschauen.«

»Wie denn?«

»Als wolltest du mit mir nach oben gehen.«

»Das will ich doch ...«

Da küßte er ihren Mund, und für einen Moment versank die Welt um sie herum. Dann erinnerte er sich an das Versprechen, das sie dem Priester gegeben hatte. »War da nicht irgendwas, das du mir sagen wolltest?«

»Ja. Daß ich Nathan eine weiße Rose geschenkt habe.«

Sie sah ihn aufrichtig und unschuldig an, und er wußte, daß sie nicht scherzte. Da beschloß er, ihr das Geständnis ihrer Liebe erst zu entlocken, wenn sie allein waren. Verdammt, er mußte es bald hören.

»Verstehst du die Bedeutung dieses Geschenks, Caine?« Er schüttelte den Kopf, und sie erklärte »Ich habe ihm meinen Namen übertragen – Pagan.«

»Was?«

Sie nickte. »Von jetzt an heißt er Pagan.«

»Aber Pagan muß doch sterben. Hast du das vergessen?«

»Nur für eine kleine Weile. Die Männer brauchen einen neuen Anführer. Und Nathan will die *Emerald* haben. Er muß seine Frau holen.«

»Er ist verheiratet?« fragte Caine verblüfft.

»Seit seinem vierzehnten Geburtstag. Auf Wunsch des Königs.«

»Wo ist seine Frau?«

»Sie ist ihm weggelaufen. Begreifst du jetzt, warum er manchmal so mürrisch ist?«

»O ja. Gibt es noch viele Geheimnisse, die du mir bisher vorenthalten hast?«

Jade fand keine Zeit, um zu antworten, denn jetzt gesellte sich Sir Richards zu ihnen und verkündete, es sei an der Zeit, nach London aufzubrechen.

»Zieh dein Reitkostüm an, Jade«, sagte Caine. »Wir fahren nicht mit dem Wagen.«

Sie nickte, verabschiedete sich von den Gästen und eilte nach oben. Sterns brachte ihre Reisetasche dem Stallmeister, um sie an ihrem Sattel festbinden zu lassen. Als sie Caines Zimmer betrat, schlüpfte dieser gerade in sein Reitjackett. Er trug bereits eine braune Kniehose und hohe Stiefel. Das weiße Hemd hatte er anbehalten, aber die Krawatte abgenommen. »Ich bin bereit!« rief Jade von der Tür her.

»Eigentlich habe ich mir den Beginn unserer Ehe anders vorgestellt.«

»Wir hätten mit der Hochzeit warten können.«

»Nein, auf keinen Fall.«

»Warum benutzen wir nicht die Kutsche?«

»Weil wir einen Umweg durch die Wälder nehmen und unbemerkt nach London gelangen müssen. Wir stehlen uns klammheimlich in die Stadt.«

Sie lächelte. »So ähnlich wie McKindry.«

Caine steckte ein langes Messer in einen Stiefelschaft. »Wer ist McKindry?«

»Der Mann, der mich mit der Peitsche geschlagen hat. Vergiß deine Pistole nicht.«

»Nein.« Er wandte sich zu Jade. »Der Bastard heißt also McKindry?«

»Schau nicht so böse drein, das ist lange her.«

»Wie lange?«

»Damals war ich acht oder neun. Harry rechnete mit McKindry ab, und mir war es eine gute Lehre. McKindry hatte sich heimlich an mich herangeschlichen, von hinten. Und jedesmal, wenn ich mich von Harry trenne, ermahnt er mich, an McKindry zu denken. Jetzt gelingt es niemandem mehr, sich unbemerkt an mich heranzupirschen.«

Was für eine Kindheit muß das gewesen sein, fragte sich Caine und verbarg seinen Zorn. »Wie oft ließ Harry dich allein?« Er wandte sich zum Schrank, damit sie sein Gesicht nicht sah.

»Immer wieder – bis ich gut genug war, um ihn zu begleiten. Beeil dich, Caine, sonst wird Sir Richards ungeduldig. Ich gehe schon mal nach unten …«

»Komm her, Jade.« Seine Stimme war ein heiseres Flüstern, sein Blick sehr ernst. Verwirrt über sein Verhalten, gehorchte sie.

»Ja, Caine?«

»Du sollst nicht nur an McKindry denken, sondern auch noch an etwas anderes.«

»Woran?«

»Daß ich dich liebe.«

»Das werde ich nie vergessen.« Sanft strich sie mit den Fingerspitzen über seine Wange und wollte ihn küssen, doch er schüttelte den Kopf.

»Du sollst dich an noch was erinnern – an dein Versprechen, nie mehr aufs Meer zu fahren.«

Erstaunt hob sie die Brauen. »Das habe ich nicht versprochen.«

»Dann tu's jetzt«, befahl er.

»Gut, ich gebe dir mein Wort.«

»Wenn Harry dich sehen will, muß er nach England kommen. Wir werden niemals zu ihm reisen. Ich erzähle ihm, was du mir versprochen hast. Sicher wird er nicht protestieren.«

»Wie lange weißt du es schon, Caine?«

»Daß du Angst vor dem Wasser hast?« Schüchtern nickte sie, und er fuhr fort: »Seit jenem ersten Alptraum.« Voller Mitgefühl nahm er sie in die Arme.

»Harry würde das nie verstehen«, erwiderte sie tonlos, dann runzelte sie nachdenklich die Stirn. »Hältst du mich für feige?«

»Du kennst die Antwort«, entgegnete er, und sie lächelte.

»Nein, du findest mich nicht feige. Verzeih, daß ich dich mit dieser Frage beleidigt habe. Ich bin es nicht gewöhnt, zuzugeben ...«

»Meine Süße, wenn Poseidon soviel durchgemacht hätte wie du, würde er auch nicht mehr zur See fahren wollen.«

Vor Erleichterung, daß er ihr diese Last von der Seele genommen hatte, lachte und weinte sie zugleich. »Nathan ist viel stärker als ich. Er wird sich wieder aufs Meer wagen.«

»Nathan ist übermenschlich, also zählt er nicht.«

»Oh, er ist eher menschlich. Wenn ich dir ein Geheimnis verrate – wirst du's für dich behalten und ihn nicht damit necken?«

»Ich verspreche es.«

»Er wird oft seekrank.«

Caine lachte. »Dann wird er einen grandiosen Piraten abgeben.«

»Ich liebe dich«, platzte sie heraus und drückte das Gesicht an seine Brust.

Sofort hörte er zu lachen auf. »Hast du was gesagt?« frage er und gab vor, sie nicht verstanden zu haben. Mit einem Finger hob er ihr Kinn hoch und schaute ihr in die Augen. Es dauerte lange, bis sie es über sich brachte, die Worte zu wiederholen, und sie mußte ihren ganzen Mut aufbieten. Ihr Herz hämmerte wie rasend, und ihr Magen krampfte sich zusammen.

Hätte er nicht geholfen, wäre sie unfähig gewesen, das Geständnis noch einmal abzulegen. Sein liebevolles Lächeln nahm ihr die Angst, und das Grübchen in seiner Wange war ein zusätzlicher Ansporn. »Ich liebe dich«, schluchzte sie.

»War es denn so schwierig, mir das zu sagen?« Zärtlich küßte er ihre Tränen weg.

»Ich bin es nicht gewöhnt, auszusprechen, was ich empfinde. Und es gefällt mir kein bißchen.«

Caine hätte gelacht, wäre sie ihm nicht so verletzlich erschienen. »Beim ersten Mal hat's dir auch nicht gefallen, mit mir zu schlafen«, erinnerte er sie und preßte seine Lippen auf ihre.

Caine wollte sie hochheben und zum Bett tragen, doch da wurden sie von Sir Richard's durchdringendem Ruf gestört. Seufzend ließen sie einander los.

»Komm, meine Süße, es ist an der Zeit.« Caine nahm Jade bei der Hand und zog sie zur Tür.

17

Lyon und Richards warteten in der Halle. Schweigend gingen sie alle zum Wald, wo Matthew und Jimbo die Pferde bereithielten.

Caine ritt voraus, gefolgt von Jade, der Lyon den Rücken deckte, und Sir Richards bildete die Nachhut.

Die Vorsichtsmaßnahmen, die Caine ergriff, kamen Jade keineswegs übertrieben vor. Zweimal machte er kehrt, um sich zu vergewissern, daß sie nicht verfolgt wurden. Die damit verbundenen Unannehmlichkeiten nahm sie gern in Kauf. Wenn er zurückritt, blieb Lyon an ihrer Seite. Dabei sprach er jedesmal von seiner Akte, die sie gelesen hatte. Offenbar sorgte er sich, sie könnte noch jemand anderem in die Hände fallen. Schließlich schlug sie ihm vor, das Dossier zu entwenden, damit er seinen Seelenfrieden wiederfände. Doch er schüttelte den Kopf und versuchte, nicht zu lächeln, während er erklärte, daß wäre unmoralisch. Und sollte einmal irgendwer Lyons Aktivitäten in Frage stellen, würde die Akte seine ehrenhafte Handlungsweise belegen. Die Wahrheit war sein Schutz.

Jade widersprach ihm nicht, dachte jedoch, das Dossier sei in seinem Haus besser aufgehoben als im Kriegsministerium.

Sie beschloß, sich darum zu kümmern.

Als sie den Stadtrand von London erreichten, sank die Sonne. Der lange Ritt hatte Jade ermüdet, Caine nahm sie für den letzten Teil des Weges auf seinen Schoß, und sie protestierte nicht. Dankbar schmiegte sie sich an seine Brust. Was für ein freundlicher, zuverlässiger Mann er war ... Bei ihm konnte sich eine Frau sicher fühlen.

Beinahe wäre sie eingeschlafen, doch da hielten sie vor seinem Stadthaus. Er ging hinein, schickte die Dienstboten ins Bett und führte Jade in die Bibliothek. Der Rauchgeruch hing immer noch in der Luft, und die meisten Wände waren von Ruß geschwärzt. Doch das Personal hatte gute Arbeit geleistet und einen Großteil der Schäden behoben.

Auch Lyon und Richards kamen in die Bibliothek, und der ältere Mann erklärte: »Sobald es dunkel ist, brechen wir auf.«

»Es ist besser, bis Mitternacht zu warten«, erwiderte Jade. »Denn vorher haben zwei Wachposten Dienst.«

»Und was geschieht um Mitternacht?«

»Von da an hält nur einer Wache – Peter Kently, der stets betrunken ist, wenn seine Schicht beginnt. Wenn wir uns bis halb eins gedulden, wird er seine Flasche geleert haben und schlafen.«

Sir Richards starrte sie entgeistert an. »Wieso wissen Sie ...«

»Sir, wenn man solche Unternehmungen erfolgreich durchführen will, muß man bestens vorbereitet sein.«

Während Sir Richards über die mangelnde Arbeitsmoral der Regierungsbediensteten schimpfte, erkundigte sich Lyon nach den Schlössern, und Jade antwortete:

»Die Hintertür läßt sich nur mühsam öffnen.«

Richards atmete auf. »Wenigstens ein kleiner Lichtblick!«

Mitleidig schaute sie ihn an. »Mühsam – aber nicht unmöglich, Sir. Wie Sie sich vermutlich entsinnen, konnte ich dieses Problem lösen.« Er stöhnte so betrübt, daß sie hastig hinzufügte: »Aber bei jenem ersten Mal habe ich sehr lange gebraucht. Diese doppelten Schlösser sind äußerst kompliziert.«

»Wie lange hat es gedauert, Jade?« fragte Lyon.

»Oh, fünf bis sechs Minuten.« Richards schlug die Hände vors Gesicht, und sie versuchte, ihn zu trösten.

»So schlimm ist es doch gar nicht. Es kostete mich fast eine Stunde, in den Raum zu gelangen, wo die Akten unter Verschluß liegen.«

Er sah nicht so aus, als wollte er noch länger getröstet werden, und so überließ sie die Männer ihren Besprechungen und ging in die Küche, um etwas Eßbares zu finden. Mit einem beladenen Tablett kehrte sie in die Bibliothek zurück. Sie stärkten sich mit Äpfeln, Käse, kaltem Hammelbraten und Brot. Dazu tranken sie dunkles Ale. Nach der Mahlzeit zog Jade ihre Reitstiefel aus, kuschelte sich in einen Ohrensessel und schlummerte ein.

Mit gedämpften Stimmen diskutierten die Männer über das Tribunal. Als sie einige Stunden später erwachte, las Caine gerade die Briefe, die sie aus dem Gedächtnis kopiert hatte. Konzentriert runzelte er die Stirn, dann lehnte er sich plötzlich lächelnd zurück. Offenbar hatte er die Antwort auf eine wichtige Frage gefunden. Jade richtete sich neugierig auf.

»Bist du zu bedeutsamen Erkenntnissen gelangt?«

»O ja«, bestätigte er sichtlich zufrieden. »Immer ein Schritt nach dem anderen …«

»Er ist so ein logischer, methodischer Mensch«, erklärte sie Richards und Lyon in einem Tonfall, als müßte sie einen Charakterfehler entschuldigen. »Er kann einfach nicht anders. Und er ist so vertrauensselig.«

»Vertrauensselig?« Lyon lachte laut auf. »Das meinen Sie doch nicht ernst, Jade. Caine ist der mißtrauischste Zyniker von England.«

»Ein Wesenszug, den ich bei der Zusammenarbeit mit dir entwickelt habe«, ergänzte Caine gedehnt.

Lyons Bemerkung verblüffte Jade. Offenbar war er sich seiner Sache völlig sicher. Auch Sir Richards nickte. Lächelnd wandte sie sich zu Caine. »Dann fühle ich mich geehrt, weil du mir traust.«

»Ebenso wie du mir, meine Süße.«

Sie hob die Brauen. »Und was soll das heißen? Willst du mich beleidigen?« Als er grinste, fragte sie Lyon:

»Haben Sie eigentlich eine Ahnung, wie schwierig es ist, mit einem so verdammmt logischen Mann verheiratet zu sein?«

Caine erwiderte an Stelle seines Freundes: »Ich habe nicht die leiseste Ahnung.«

Sie beschloß, das Thema nicht weiterzuverfolgen, stellte die Füße auf den Boden und streckte die steifen Glieder. Wäre sie allein gewesen, hätte sie undamenhaft geächzt.

»Ich bin es nicht gewöhnt, so lange zu reiten«, gab sie zu.

»Heute haben Sie sich sehr gut gehalten«, lobte Lyon.

»Wenn das alles überstanden ist, werden Christina und ich einen Empfang für euch beide geben.«

»Das wäre nett«, meinte Caine. »Weißt du, Lyon, Jade und Christina sind sich sehr ähnlich.«

»Ist sie eine Diebin?« platzte Jade begeistert heraus. »Wir haben uns von Anfang an gut verstanden. Kein Wunder ...«

Caine fiel ihr ins Wort. »Tut mir leid, dich enttäuschen zu müssen, Liebste, aber Christina ist keine Diebin.«

Traurig seufzte sie, und Lyon lachte. »Sie ist auch nicht besonders logisch. Meine Frau stammt aus einer ungewöhnlichen Familie, Jade, und könnte Ihnen einiges beibringen.«

»Gott helfe uns!« rief Caine, der über Lady Christinas bemerkenswerte Herkunft informiert war. Ein Dakota-Stamm in der amerikanischen Wildnis hatte sie großgezogen.

Jade mißverstand seine Reaktion. »Ich bin eine gelehrige Schülerin, und Christina wird bestimmt keine Mühe mit mir haben.« Sie ließ ihm keine Zeit, ihr zu widersprechen, und fuhr rasch fort: »Jetzt ziehe ich mich um. Wir müssen bald aufbrechen.«

In Caines Schlafzimmer vertauschte sie ihr Reitkostüm mit einem schwarzen Kleid und hängte ein dunkles Cape um ihre Schultern. Die Kapuze würde ihr leuchtendes Haar im Lampenlicht verbergen.

Die halbe Strecke bis zum Kriegsministerium legten sie in

einem Mietwagen zurück, den Rest des Weges gingen sie zu Fuß. In der Gasse hinter dem Ziegelgebäude trat Jade an Caines Seite, ergriff seine Hand und spähte zum obersten Stockwerk hinauf. »Da stimmt was nicht.«

»Was?« fragte Richards hinter ihr. »Ist es nur ein Gefühl oder …«

»Hinter dem dritten Fenster von rechts brennt Licht. Das dürfte nicht sein.«

»Vielleicht der Wachposten …«

»Der müßte am Vordereingang stehen. Und in diesem Büro hätte er nichts verloren.«

Caine wandte sich zu Lyon. »Wenn jemand die Akten durchsieht, wird er das Haus durch den Hinterausgang verlassen.«

»Laßt ihn vorbei«, ordnete Sir Richards an. »Ich folge ihm.«

»Soll ich Sie begleiten?« schlug Lyon vor. »Wenn es mehrere sind …«

Richards schüttelte den Kopf. »Ich werde feststellen, wer der Anführer ist, und ihm nachschleichen. Sie werden hier gebraucht, mein Junge. Wir treffen uns in Caines Haus.«Sie zogen sich in nächtliche Schatten an der Ziegelmauer zurück, in einiger Entfernung vom Hintereingang, und warteten geduldig. Caine legte einen Arm um Jades Schultern. »Es ist dir nicht recht, daß ich hier bin, was?« wisperte sie, als sein Griff fast schmerzhaft wurde.

»Natürlich nicht. Wenn es da drin Ärger gibt...«

»Darum wird sich Lyon kümmern«, unterbrach sie ihn.

»Und wenn jemand getötet werden muß, was Gott verhüten möge, wird er es tun. Er ist daran gewöhnt.«

Lyon hörte diese Bemerkung und hob die Brauen. Er fragte sich, ob sie Caines Akte genau gelesen hatte. Sein Freund besaß nämlich die gleichen Fähigkeiten wie er selbst.

Das Geflüster verstummte, sobald die Hintertür knarrte. Zwei Männer eilten heraus. Im Mondlicht konnte Jade die Gesichter deutlich sehen und schnappte unwillkürlich nach Luft. Sofort preßte Caine ihr eine Hand auf den Mund.

Einer der Männer versperrte die Tür. Wie ist er zu einem Schlüssel gekommen, fragte sich Jade. Sie schwieg, bis die beiden um eine Ecke bogen und Sir Richards die Verfolgung aufnahm. Dann murmelte sie:

»Die Sicherheitsvorkehrungen sind wirklich beklagenswert.«

»Ja«, stimmte Caine zu. »Du hast die Leute erkannt?«

Sie nickte. »Es sind zwei von den dreien, die Nathans Kutsche überfallen haben. Der größere schlug mich auf den Kopf.« Caines Miene jagte ihr Angst ein, und sie fürchtete, er würde den beiden nachlaufen. »Bitte, du mußt auch jetzt logisch sein. Vorerst darfst du nicht Rache üben.«

»Natürlich, ich warte. Aber wenn das hier vorbei ist …« Er beendete den Satz nicht, nahm sie bei der Hand und führte sie zur Tür. Mit einem Spezialwerkzeug, das Harry ihr zum zehnten Geburtstag geschenkt hatte, öffnete sie das Doppelschloß innerhalb weniger Minuten.

Lyon trat zuert ein, gefolgt von Jade, der Caine auf den Fersen blieb.

Sie schob Lyon beiseite und eilte voraus. Über die Hintertreppe stiegen sie zum dritten Stock hinauf. Jade erinnerte sich an die knarrende Stufe auf der zweiten Treppenflucht und bedeutete beiden Männern, sie zu meiden. Da fühlte sie Lyons Arme um ihre Taille. Er hob sie über die Stufe hinweg, und sie lächelte ihn dankbar an.

Der Wachposten schlief nicht an seinem Schreibtisch im Vorraum des Büros. Er war tot. Jade sah einen Messergriff zwischen seinen Schultern hervorragen und wich erschrocken zurück.

Rasch legte ihr Caine wieder eine Hand auf den Mund – offenbar glaubte er, sie würde schreien.

Durch das Glasfenster in der Tür, die ins Büro führte, sahen sie zwei Schatten. Caine zog Jade in eine Ecke des Vorzimmers und bedeutete ihr, hier zu warten. Dann folgte er Lyon ins Büro. Es beeindruckte sie, wie lautlos die beiden sich bewegten. Sie hätten tüchtige Diebe abgegeben.

Aber sie brauchten zu lange. Jade wartete und rang ungeduldig die Hände, den Rücken an die kalte Wand gedrückt. Sie wußte nicht, was sie tun sollte, wenn Caine irgend etwas zustieß. Sie brauchte ihn so sehr – auch wenn sie ihn bald verlassen mußte …

Sie merkte nicht, daß sie die Augen zusammenkniff, bis sie Caines Hand auf der Schulter spürte. »Komm, wir sind allein.«

»Und die Männer da drin?« wisperte sie. »Um Himmels willen, sprich leise, wenn du arbeitest.«

Caine antwortete nicht, und sie begleitete ihn ins Büro. Sie warf ihren Umhang über einen Schreibtisch, während Lyon eine zusätzliche Kerze anzündete. Da entdeckte sie die beiden Männer am Boden in einer Ecke und hielt den Atem an. »Sind sie tot?«

Sie konnte nicht aufhören, die beiden übereinanderliegenden Gestalten anzustarren, und Caine stellte sich vor sie hin, um ihr die Sicht zu versperren. »Nein.« Als sie erleichtert aufseufzte, fragte er: »Mußte denn keiner von deinen Männern jemals …«

»Gewiß nicht,« unterbrach sie ihn, »sonst hätte ich ihnen das Fell über die Ohren gezogen. Ein Mord kam nie in Frage. Und jetzt red nicht so viel, beeil dich lieber. Wenn sie aufwachen, werden sie Alarm schlagen.«

»Die wachen noch lange nicht auf.« Caine drückte sie auf einen Stuhl. »Ruh dich aus, es wird eine Weile dauern.«

»Ich soll mich beim Arbeiten ausruhen?« fragte sie entsetzt. »Niemals!«

»Terrances Akte fehlt«, verkündete Lyon, über ein Schubfach gebeugt, und grinste breit. »Interessant, was?«

»Die Leute, die hier die Lampen angezündet haben, fanden es anscheinend auch interessant«, fauchte Jade. »Sei doch leise, Lyon!«

»Ja, hochinteressant«, antwortete Caine seinem Freund.

»Können wir jetzt gehen?« Sie warf wieder einen Blick auf die Männer am Boden.

»Warum bist du so nervös, Jade?« fragte Caine. »Du warst doch schon mehrmals hier.«

»Damals habe ich mit Profis zusammengearbeitet«, betonte sie.

Lyon wechselte einen belustigten Blick mit Caine. »Sie macht sich Sorgen um uns.«

»Nein, das wäre beleidigend«, entgegnete Caine.

Sie konnte es nicht fassen, daß er in einer solchen Situation scherzte. »Selbstverständlich mache ich mir Sorgen. Ihr seid waschechte Amateure. Sogar ein Schwachsinniger würde begreifen, daß wir jetzt keine Zeit für so ein Geschwätz haben. Beeilt euch doch!«

»Sie beleidigt uns tatsächlich«, meinte Lyon gedehnt und begann zu lachen, besann sich aber anders, als sie ihn erbost anstarrte.

Nun gingen die beiden Männer endlich mit dem nötigen Ernst an ihre Aufgabe. Zwei Stunden lang studierten sie die Akten, und Jade störte sie nicht. Aber sie wagte es auch nicht, sich auszuruhen, und lauschte angespannt, um etwaige Eindringlinge sofort zu bemerken.

Schließlich klappte Caine den letzten Aktenordner zu.

»So, wir sind fertig.«

Sie sprang auf, nahm ihm den Ordner aus der Hand und legte ihn in ein Schubfach, an den richtigen Platz. Dabei kehrte sie den Männern den Rücken, und sie brauchte nicht lange, um Caines und Lyons dicke Dossiers herauszunehmen. Dann drehte sie sich um, fest entschlossen, ihren Willen durchzusetzen, falls sie protestierten. Doch das Glück stand auf Jades Seite, denn die beiden Männer waren bereits in den Vorraum gegangen.

»Wollt ihr nicht ihre Taschen durchsuchen?« fragte sie und zeigte auf die zwei Bewußtlosen.

»Das haben wir bereits getan«, erwiderte Caine.

Sie wickelte die Akten in ihren Umhang, blies die Kerzen aus und folgte den Männern nach unten. Da sie allein im Gebäude waren, glaubten Lyon und Caine offenbar, sie müßten nicht leise sein. Abwechselnd murmelten sie Flüche vor sich hin, und der eine erwies sich dabei als ebenso einfallsreich wie der andere.

»Mit euch gehe ich nie wieder einbrechen«, erklärte Jade. »Es würde mich nicht überraschen, wenn uns draußen die Polizei auflauern würde.«

Weder Caine noch Lyon achtete auf Jades Geschimpfe, und bald wurde sie ohnehin zu müde, um ihnen Vorträge zu halten.

Sir Richards stand in der Gasse. »Vier Häuserblocks weiter wartet ein Mietwagen«, verkündete er und eilte ihnen voraus.

An der Straßenecke stolperte Jade. Lyon hob sie hoch und legte sie auf Caines Arme. Sie glaubte, daß er dabei die Akten im zusammengerollten Cape gespürt haben mußte. Offenbar nicht, denn er grinste wortlos, und sie setzten ihren Weg fort.

In der Kutsche schlief sie ein, den Umhang an die Brust gepreßt. Solange Caine bei ihr war, fühlte sie sich sicher. Zum erstenmal seit langer Zeit mußte sie nicht mehr an McKindry denken. Caine würde auf sie aufpassen. Natürlich konnte er niemals ein brauchbarer Dieb werden. Aber er würde verhindern, daß sich die bösen McKindrys an sie heranschlichen.

Als Jade erwachte, lag sie auf Caines Bett, und er versuchte ihr das Cape zu entwinden. »Warten sie unten auf dich?« flüsterte sie gähnend.

»Ja, Süße. Komm, laß dir helfen …«

»Ich kann mich selber ausziehen. Brauchst du mich noch …?«

Sie wollte fragen, ob ihre Anwesenheit in der Bibliothek erforderlich war, aber er unterbrach sie. »Ich brauche dich immer, und ich liebe dich.« Er beugte sich herab und küßte sie. »Schlaf jetzt. Sobald wir fertig sind, kehre ich zu dir zurück.«

»Ich will dich nicht brauchen!« gestand sie mit angstvoller Stimme, und er lächelte fast mitleidig.

»Ich weiß, aber du brauchst mich nun mal.«

Obwohl sie nicht wußte warum, fand sie seine Worte tröstlich. Und sie bewunderte sein Selbstbewußtsein. Nachdem er aus dem Zimmer gegangen war, seufzte sie laut auf. Sie fühlte sich einfach zu müde, um an die Zukunft zu denken. Würde der Alptraum sie auch in dieser Nacht heimsuchen? Plötzlich erkannte sie, daß ihr nicht mehr so schrecklich davor graute wie früher. Ehe sie einschlummerte, galt ihr letzter Gedanke dem Versprechen, das sie ihrem Mann gegeben hatte. Sie würde nie mehr aufs Meer fahren.

Caine sank erst nach sieben Uhr morgens ins Bett, und Jade öffnete gerade lange genug die Augen, um zu beobachten, wie er sich neben ihr ausstreckte. Er zog sie an seine Brust. Bald verrieten seine gleichmäßigen Atemzüge, daß er schlief.

Gegen Mittag ging sie nach unten und machte sich mit dem Hauspersonal bekannt, dann frühstückte sie im Speisezimmer.

Plötzlich erschien Caine in der Tür, nur mit einer hellen Kniehose bekleidet. Er sah erschöpft und wütend aus.

»Komm her, Jade.«

»Bist du mit dem falschen Fuß aus dem Bett gestiegen?« Sie stand auf und schlenderte zu ihm. »Oder schaust du immer so mürrisch drein, wenn du aufgewacht bist?«

»Ich dachte, du wärst geflohen.« Verwundert hob sie die Brauen, aber er ließ ihr keine Zeit, über dieses sonderbare Geständnis nachzudenken, nahm sie auf die Arme und trug sie ins Schlafzimmer zurück. Das Ausmaß seines Zorns wurde ihr erst bewußt, als sie den Muskel entdeckte, der in seinem Kinn zuckte.

»Caine, ich bin nicht geflohen.« Lächelnd strich sie über die Bartstoppeln an seinem Kinn. »Du mußt dich rasieren, mein Gemahl.«

»Ja, genau. Ich bin dein Gemahl.« Er warf sie aufs Bett, zog seine Hose aus und legte sich bäuchlings neben sie, einen Arm um ihre Taille geschlungen.

Caine war splitternackt, Jade vollständig angezogen. Sie hätte über die absurde Situation gelacht, wäre sie nicht so empört gewesen. Wie konnte er es wagen, ihr zu mißtrauen? Sie wollte ihm gründlich die Meinung geigen, aber er schlief ein, und sie hatte nicht das Herz, ihn zu wecken. Und so wählte sie aus dem Schatz ihrer Erinnerungen ein Buch aus, das ihr gut gefallen hatte, las es in Gedanken noch einmal und wartete geduldig, während ihr Mann seinen dringend benötigten Schlaf nachholte.

Erst um zwei Uhr nachmittags erwachte er, offensichtlich in besserer Stimmung. Er lächelte Jade an, und sie runzelte mißmutig die Stirn. »Warum traust du mir nicht?«

Gähnend drehte er sich auf den Rücken und verschränkte die Hände hinter dem Kopf. »Zieh dich aus, Liebling, dann reden wir drüber.«

Jade wurde rot, als sie das harte Zeichen seiner Erregung erblickte. »Ich – ich glaube, wir sollten sofort darüber sprechen«, stammelte sie.

Er zog sie an sich, küßte sie leidenschaftlich, dann befahl er ihr erneut, sich auszukleiden. Seltsamerweise machte es ihr jetzt nichts mehr aus, ihm zu gehorchen. Seine Überredungskunst war äußerst wirkungsvoll. Und er war ein wunderbarer Liebhaber. Zweimal erreichte sie ihren Höhepunkt, ehe auch er Erfüllung fand.

»Worüber willst du mit mir reden?« fragte er, als sie danach müde und glücklich in seinen Armen lag.

Daran konnte sie sich nicht erinnern. Sie brauchte eine Stunde, um sich anzuziehen, weil sie immer wieder innehielten, um einander zu küssen. Erst auf dem Weg nach unten fiel es Jade wieder ein, worüber sie sich beschweren wollte. »Habe ich dir nicht bewiesen, daß du mir trauen kannst?«

Caine blieb am Fuß der Treppe stehen und wandte sich zu ihr. »Du traust mir ja auch nicht. Ich spüre, daß du dich bei der erstbesten Gelegenheit von mit trennen willst. Das stimmt doch?«

Tränen glänzten in ihren Augen. »Darüber will ich nicht sprechen.« Mühsam rang sie nach Fassung. »Ich bin hungrig und ...«

»Du fürchtest immer noch, ich könnte dich verlassen, so wie Nathan und Harry. Und du hast auch Angst vor mir.«

»Ja, und das gefällt mir nicht. Es macht mich so ...«

»Verletzlich?« Sie nickte, und er seufzte geduldig. »Wie lange wird es dauern, bis du deine Furcht ablegst?«

»Wie lange wird es dauern, bis du meiner müde wirst?«

»Mißverstehst du mich absichtlich?«

»Nein.«

»Um deine absurde Frage zu beantworten – ich werde nie genug von dir bekommen. Und wann wirst du lernen, mir zu trauen?« Caines Stimme war so hart wie sein Blick.

»Ich habe gesagt, daß ich dich liebe«, flüsterte Jade.

»Ja.«

»Und ich hab vor Gott das Ehegelübde gesprochen.« Er spürte ihre Unsicherheit, ihre wachsende Panik. »Was verlangst du denn sonst noch?«

»Jade …«

»Ich will dich nicht verlassen!« stieß sie hervor. »Und ich vertraue dir. Ich weiß, du wirst mich vor allen Gefahren schützen und immer lieben. Aber ein Teil von mir weigert sich einfach, vernünftig und logisch zu denken.«

Er umarmte sie, weil er es nicht mehr ertrug, die Qual in ihren Augen zu sehen. »Liebling, ich muß dir etwas erzählen. Als du das erste Mal davonliefst, hatte ich schreckliche Angst. Nie zuvor hatte ich so etwas empfunden, und ich haßte es. Und jetzt merke ich, daß du schon sehr lange mit solchen Gefühlen lebst.«

Jade wischte ihre tränennassen Wangen an seinem Hemd ab, ehe sie erwiderte: »Vielleicht …«

»Deshalb lerntest du, nur auf dich selbst zu bauen, dich auf niemanden zu verlassen, nicht wahr?«

Sie zuckte die Achseln. »Ich rede nicht gern darüber. Jedenfalls liebe ich dich von ganzem Herzen. Und ich weiß, daß du meine Liebe erwiderst.«

Sie schwiegen eine Weile, und Jade nutzte diese Zeit, um ihr Herz zu besänftigen, das wie rasend schlug. Und Caine dachte inzwischen über eine Möglichkeit nach, sie von ihrer Angst zu befreien. Schließlich schlug er vor: »Vielleicht sollten wir unsere Ehe vorerst auf sechs Monate beschränken. Wenn du mir versprichst, nur so lange bei mir zu bleiben – würde das deine Furcht lindern?«

Bestürzt schaute sie zu ihm auf. »Du hast beteuert, du würdest mich nie verlassen. Und jetzt redest du von sechs Monaten …«

»Ich werde dich nicht verlassen. Aber du glaubst meinen Worten nicht. Deshalb sollst du mir nur sechs Monate zubilligen.«

»Gilt dieses Versprechen auch für dich?«

»Natürlich.«

Sie barg wieder das Gesicht an seiner Brust, damit er ihr Lächeln nicht sehen konnte. Endlich konnte sie aufatmen. Eine schwere Last war ihr von der Seele genommen.

»Nun, gibst du mir dein Wort, Jade?«

»Ja.«

»Eigentlich ist dieser Zeitraum zu kurz. Du müßtest mir ein Jahr zugestehen, damit wir wenigtens unseren Hochzeitstag feiern können. Den werde ich nie vergessen. Nun? Versprichst du, mich ein Jahr lang nicht zu verlassen?«

»Ja. Und du mußt es mir auch versprechen.«

»Ich werde dich ein Jahr lang nicht verlassen. Du glaubst mir doch?«

»Sicher.«

»Und du bist erleichtert?«

Es dauerte lange, bis Jade antwortete, bis ihr die Wahrheit bewußt wurde. Und dann traf die Erkenntnis sie wie ein warmer Sonnenstrahl, erfüllte ihr Herz und verscheuchte die kindlichen Gefühle der Verwundbarkeit, die sie während so vieler einsamer Jahre in sich vergraben hatte. Caine würde sie niemals verlassen – und sie ihn auch nicht.

»Du bist doch erleichtert, meine Süße?«

»Ich vertraue dir rückhaltlos.«

»Fürchtest du dich nicht mehr?«

Sie schüttelte den Kopf. »Caine, ich will dir etwas sagen …«

»Ich habe dir die Angst genommen, nicht wahr?«

Er sah so selbstgefällig aus, daß sie ihn nicht enttäuschen mochte. Ein Mann brauchte seinen Stolz. »Du hast mir geholfen, einige Dinge klarer zu sehen. Und – ja, du hast mir meine Angst genommen. Danke.«

Liebevoll küßten sie sich, und dann flüsterte er: »Wollen wir wieder hinaufgehen?«

»Wenn du mich gefüttert hast. Ich sterbe vor Hunger.« Als er sie zum Speisezimmer führte, gestand sie: »Jetzt habe ich ein ganz merkwürdiges Gefühl.«

»Was für eins?«

»Ich – fühle mich frei. Begreifst du das? Es ist, als sei ich aus einem versperrten Zimmer geholt worden. Aber das ist natürlich lachhaft.«

Er rückte ihr einen Stuhl am Tisch zurecht und nahm ihr gegenüber Platz. »Warum findest du es lächerlich?«

Jade verdrehte die Augen. »Weil es keine verschlossene Tür gibt, die ich nicht öffnen könnte.«

Er bestellte etwas zu essen, und als das Dienstmädchen Anna den Raum verlassen hatte, bat er Jade, ihre Abenteuer zu schildern. »Ich möchte alles über dich wissen, was wichtig ist.«

»Wenn du's erfährst, wirst du dich nur ärgern.«

»Nein, ich verspreche dir, nicht wütend zu werden, was immer du auch erzählen magst.«

»Ich will zwar nicht prahlen«, begann sie, »aber ich besitze die natürliche Gabe, überall rein- und wieder rauszukommen. Onkel Harry meint, ich sei die geborene Diebin und auch Lügnerin.«

»Sicher wollte er dich nicht kränken.«

»Natürlich nicht. Das war als Kompliment gedacht. Und solche Worte aus Harrys Mund haben um so mehr zu bedeuten, da er normalerweise sehr sparsam mit seinem Lob umgeht. Er möchte nicht zu nett sein, denn er fürchtet, daß sonst andere Leute die Wahrheit über ihn herausfinden könnten.«

»Welche Wahrheit? Daß er trotz allem ein kleines bißchen zivilisiert ist?«

»Wie hast du das erraten?«

»Wenn er so ein schlimmer Barbar wäre, hättest du dich nicht zu einer so vollendeten Lady entwickelt.«

Sie strahlte vor Freude. »Wie lieb, daß du das gemerkt hast … Mein Onkel ist sehr intelligent.«

»Er hat dir Lesen und Schreiben beigebracht?«

Jade nickte. »Glücklicherweise. Sein Augenlicht verschlechterte sich zusehends, und ich konnte ihm abends vorlesen.«

»Aus dem Gedächtnis?«

»Nur wenn wir keine Bücher bei uns hatten. Harry stahl alle, die er nur kriegen konnte.«

»Und seine Sprechweise gehört auch zu seinem Täuschungsmanöver?«

»Ja. Er will immer den Schein wahren. Sogar wenn wir allein sind, drückt er sich möglichst derb aus, damit er stets in Übung bleibt und vor seinen Männern nicht aus der Rolle fällt.«

»Offenbar nimmt er seine Position als Anführer geradezu fanatisch ernst.«

»O nein, das verstehst du falsch. Das Täuschungsmanöver macht ihm Spaß.« Sie berichtete von mehreren denkwürdigen Eskapaden, und Caine verbarg seine Gefühle, weil er versprochen hatte, sich nicht zu ärgern. Am liebsten hätte er dem guten alten Harry den Hals umgedreht, während Jade einen besonders gefährlichen Zwischenfall wiedergab.

Dann entschied er, es sei vielleicht besser, nicht alles von ihrer Vergangenheit zu wissen. »Die übrigen Geschichten hebe ich mir lieber für ein anderes Mal auf.«

Jade lächelte die Dienerin an, die ein Tablett auf den Tisch stellte. »Gut, dann erzähle ich morgen weiter.«

Energisch schüttelte er den Kopf. »Ein Abenteuer pro Monat genügt mir. Mehr verkrafte ich nicht. Ich will vorläufig noch keine grauen Haare bekommen. Verdammt, Jade, wie oft hättest du getötet werden können …«

»Hast du dein Versprechen vergessen?« unterbrach sie ihn lächelnd. »Du fängst an, dich zu ärgern.«

Er lehnte sich zurück. »Wechseln wir das Thema. Wann hast du gemerkt, daß du mich liebst? Habe ich dich dazu gezwungen?«

Jade lachte. »Du kannst niemanden zwingen, dich zu lieben. Aber ich glaube, ich liebte dich schon, als ich deine Akte las.« Sie lächelte über seine sichtliche Verblüffung. »Das stimmt.«

»Auf manche Dinge, die ich getan habe, bin ich nicht sonderlich stolz. Du hast doch das ganze Dossier gelesen?«

»Ja. Du warst stets zielstrebig und methodisch, aber niemals unmenschlich. Und so verläßlich. Die Leute konnten immer mit dir rechnen. Diese Eigenschaft bewunderte ich an dir, und dann lernte ich dich kennen. Ein wenig kamst du mir wie McKindry vor, weil du dich heimlich an mich heranschlichst, um mein Herz zu stehlen, ehe ich wußte, wie mir geschah. Und wann hast du erkannt, daß du mich liebst?«

»Bei einer unserer hitzigen Diskussionen.«

Jade hob die Brauen. »Wir haben nicht diskutiert, sondern einander angeschrien.«

»Nun ja, manchmal ging es bei unseren Gesprächen etwas laut zu.«

»Also hast du dich zuerst in meinen Verstand verliebt?«

»Nein.«

Sie lachte, erfreut über seine Ehrlichkeit. »Da fällt mir ein – warum hat Sterns uns nicht in die Stadt begleitet?«

»Weil er London haßt. Der Trubel hier geht ihm auf die Nerven.«

»Er fehlt mir. Irgendwie erinnert er mich an dich. Er ist so arrogant und rechthaberisch wie du.«

»Kein Mensch versteht, warum ich ihn ertrage. Aber um die Wahrheit zu sagen – ich begreife nicht, wie er mich erträgt. Als ich ein kleiner Junge war, half er mir oft aus der Klemme, und er rettete mir sogar ein paarmal das Leben.« Caine schilderte, wie er bei einem Bootsunfall beinahe ertrunken wäre. Der Butler hatte ihn nur aus dem Wasser gezogen, um ihn gleich wieder hineinzuwerfen und ihm das Schwimmen beizubringen. Jade lachte schallend, als sie sich vorstellte, wie der vollständig bekleidete Butler mit mürrischer Miene neben seinem Schützling hergeschwommen war.

Dann wurde sie wieder ernst.»Caine, hast du letzte Nacht zusammen mit deinen Freunden irgendwelche Schlüsse gezogen, nachdem ich ins Bett gegangen bin?«

»Der Mann, dem Richards bis nach Hause folgte, war Willburn. Erinnerst du dich, daß Colin erzählte, Willburn sei der Vorgesetzte gewesen, dem er sich anvertraut habe?«

Jade nickte. »Nathan sagte, er habe Willburn stets mit Argwohn betrachtet. Aber mein Bruder verläßt sich auf niemanden außer auf Harry und Colin – und natürlich auf mich.«

»Colin irrte sich, denn Willburn arbeitet für das Tribunal. Jetzt steht er im Dienst des letzten noch lebenden Mitglieds. Das zweite muß William Terrance gewesen sein, der nach Richards' Meinung den Decknamen Price trug. Also bleibt nur noch Ice übrig, wo ja auch dein Vater tot ist.«

»Wie wollen wir Ice finden? Wir haben kaum Anhaltspunkte. In den Briefen stehen nur wenige persönliche Informationen.«

»Immerhin wird erwähnt, daß Ice nicht in Oxford war. Und sowohl Fox als auch Price waren erstaunt, als sie Ice kennenlernten.«

»Woraus schließt du das?«

»Aus einer Bemerkung deines Vaters im dritten – nein, im vierten Brief an Price.«

»Ich entsinne mich, aber das hielt ich für unwichtig.«

»Richards glaubt, Ice könnte ein Ausländer sein. Aber das bezweifle ich. Die Briefe enthalten noch weitere wesentliche Hinweise, Jade. Ich brauche nur noch etwas Zeit, um sie alle miteinander in Verbindung zu bringen.«

Sie war überzeugt, daß ihm das gelingen würde. Sobald sich Caine ein Problem vornahm, löste er es auch.

»Richards läßt Willburn überwachen«, fuhr er fort. »Er hofft, der Mann wird uns zu Ice führen. Das wäre immerhin ein Ausgangspunkt, aber ich verspreche mir nicht allzuviel davon. Es gibt noch andere Möglichkeiten. Übrigens, du darfst dieses Haus nicht verlassen, meine Süße.«

»Du auch nicht.«

»Einverstanden.«

»Womit sollen wir uns bloß die Zeit vertreiben?« fragte sie in unschuldigem Ton.

»Wir könnten lesen«, erwiderte er gedehnt.

Jade stand auf, trat hinter seinen Stuhl und schlang die Arme um seinen Hals. »Und ich könnte sticken lernen.« Sie beugte sich hinab und knabberte an seinem Ohrläppchen. »Aber weißt du, was ich am liebsten tun würde, mein Gemahl?«

»Ich glaube, das kann ich mir vorstellen«, entgegnete er heiser vor Erregung.

»Du weißt es? Bringst du's mir bei?«

»Alles, was ich kann, Liebste«, versprach er, stand auf und umarmte sie.

»Und nach welcher Musik soll ich's lernen?«

Diese Frage fand er ziemlich seltsam, aber das sagte er ihr nicht. »Wir machen unsere eigene Musik«, erwiderte er, führte sie in die Halle und zog sie die Treppe hinauf.

»Wie denn?«

»Jedesmal, wenn du stöhnst, summe ich.«

»Sollten wir nicht lieber in den Salon gehen?«

»Im Bett ist es bequemer, aber wenn du unbedingt im Salon ...«

»Wie soll ich denn im Bett tanzen lernen? Davon reden wir doch, oder?«

Triumphierend lächelte sie ihn an, überzeugt, daß sie ihn hereingelegt hatte. Doch Caine ließ sich nichts anmerken, eilte mit ihr die Treppe hinab in den Salon, wo er ihr einige Tanzschritte beibrachte. Bedauerlicherweise würde sie ihre neu erworbenen Fähigkeiten niemals in der Öffentlichkeit zeigen können, denn die gute Gesellschaft wäre schockiert über diesen sündhaften, erotischen Tanzstil, den er ihr zeigte. Und so entschieden er es auch behauptete – sie weigerte sich zu glauben, daß die feinen Damen und Herren beim Walzer alle Kleider ablegten.

Sie amüsierten sich während der nächsten Stunden, aber sobald die Dunkelheit hereinbrach, stritten sie.

»Was soll das heißen?« rief Jade, als er sein Jackett anzog. »Du gehst weg? Wir hatten doch vereinbart, daß du das Haus nicht verläßt ...«

»Ich werde vorsichtig sein«, unterbrach er sie und küßte ihre Stirn. »Lyon und Richards erwarten mich, meine Süße. Leider muß ich jede Nacht ausgehen, bis die Angelegenheit erledigt ist. Mach dir keine Sorgen und sag mir, daß du auf mich warten wirst.«

»Ich – ich werde auf dich warten«, stammelte sie.

»Das weiß ich«, seufzte er, »aber sag mir wenigstens, du würdest es nicht tun.«Jade verbarg ihren Ärger nicht. »Caine, wenn irgendwas passiert, werde ich sehr böse.«

»Ich werde aufpassen.«

Sie folgte ihm zum Hinterausgang. »Erinnerst du dich an McKindry?«

Verwundert drehte er sich um. »Das war deine Lektion.«

»Auch du kannst daraus lernen.«

»Gut«, entgegnete er besänftigend. »Ich werde an McKindry denken. Jade ...«, fügte er hinzu und öffnete die Tür.

»Ja?«

»Du wirst doch noch hier sein, wenn ich zurückkomme?«

Diese Frage erstaunte und kränkte sie, und sie wäre ihm erbost über den Mund gefahren, hätte er nicht so verletzlich ausgesehen. »Habe ich dich so verunsichert?«

»Antworte!« befahl er.

»Ich werde hier sein, wenn du nach Hause kommst.«

18

Diese Worte wurden zu einem Abschiedsritual. Jeden Abend, ehe er das Haus verließ, versprach Caine, an McKindry zu denken. Und Jade beteuerte, sie werde bei seiner Rückkehr da sein.

Während der dunklen Nachtstunden, in denen sie auf ihren Mann wartete, dachte sie über seine Verwundbarkeit nach. Zunächst glaubte sie, daran sein sie schuld. Schließlich hatte sie ihm ihre eigene Unsicherheit oft genug gezeigt. Doch sie spürte, daß auch sein bisheriges Leben mit dieser Verletzlichkeit zusammenhing. Sir Harwick hatte Caines leibliche Mutter als Xanthippe bezeichnet und erklärt, diese Frau habe sogar versucht, den Sohn gegen den Vater aufzuhetzen. Das konnten keine friedlichen Zeiten für Caine gewesen sein.

Je länger ihr das alles durch den Kopf ging, desto größer

wurde ihre Überzeugung, daß er sie ebenso brauchte wie sie ihn. Und diese Erkenntnis tröstete sie.

Lady Briars schrieb mehrere Briefe, um Jade einzuladen. Aber Caine erlaubte seiner Frau nicht, das Stadthaus zu verlassen, und lehnte die Einladungen schriftlich ab, mit der Begründung, Jade sei indisponiert.

Letzten Endes kam die Freundin ihres Vaters zu ihr. Jade erinnerte sich nur verschwommen an sie und erlitt beim Anblick der schwachen, gebrechlichen alten Dame schreckliche Schuldgefühle, weil sie eine Krankheit vorgeschützt hatte. Doch Lady Briars war immer noch eine Schönheit mit ihrem silbergrauen Haar und den blauen Augen, und ihr Verstand war so messerscharf wie eh und je.

Jade servierte Tee im Salon und setzte sich neben Caine auf das Sofa. Offenbar war er fest entschlossen, sich am Gespräch der beiden Frauen zu beteiligen. Die Lady erwähnte Nathans tragischen Tod und drückte ihr Beileid aus. Jade spielte die trauernde Schwester sehr überzeugend, haßte aber dieses Täuschungsmanöver, als sie in Lady Briars' aufrichtige Augen schaute. »Als ich in der Zeitung davon las, war ich völlig verblüfft«, berichtete die Besucherin. »Ich hatte keine Ahnung, daß Nathan geheime Aufträge für die Regierung erledigte. Und es tat mir so leid zu erfahren, daß dieser gräßliche Pirat auch Ihren Bruder getötet hat. Natürlich kannte ich den Jungen nicht, aber sein Herz muß aus Gold gewesen sein.«

»Auch ich bin Colin nie begegnet«, bemerkte Jade, »aber Caine hat mir alles über ihn erzählt. Er war ein guter Mensch, Lady Briars, und er starb für sein Vaterland.«

»Wie wurde Pagan eigentlich in diese Angelegenheit verwickelt?« erkundigte sich die alte Frau. »Die Einzelheiten verstehe ich noch immer nicht, mein Kind.«

Caine übernahm es, diese Frage zu beantworten. »Nach allem, was das Kriegsministerium herausfinden konnte, wurden Colin und Nathan überfallen, als sie gerade in einer geheimen Sache ermittelten.«

»Welch eine Ironie des Schicksals, daß ihr zwei zueinandergefunden habt …« Nun schwang ein leichtes Lächeln in Lady Briars' Stimme mit.

»Eigentlich nicht«, erwiderte Caine. »Wir versäumten beide die Gedenkfeiern zu Ehren unserer Brüder. Jade suchte mich auf, um über Nathan zu sprechen. Und ich hatte wohl auch das Bedürfnis, über Colin zu reden. Wir fühlten uns sofort zueinander hingezogen.« Er machte eine Pause, um Jade zuzuzwinkern, und fuhr dann fort: »Ich glaube, es war Liebe auf den ersten Blick.«

»Das verstehe ich«, entgegnete Lady Briars. »Sie sind zu einer schönen jungen Frau herangewachsen.« Seufzend schüttelte sie den Kopf. »Niemals werde ich begreifen, warum der Freund Ihres Vaters sie damals nach dem Begräbnis so schnell entführt hat. Ich wollte bei der Krone um die Vormundschaft ansuchen, denn ich hatte mir immer eine Tochter gewünscht. Und ich glaubte, bei mir wäre es Ihnen besser ergangen. Aber wo ich Sie nun wiedersehe, muß ich zugeben, daß Sie ordentlich erzogen wurden.«

»Onkel Harry bestand auf unserer sofortigen Abreise«, erklärte Jade. »Er war nicht unser legitimer Vormund, und wir wußten, Sie würden um Nathan und mich kämpfen, Mylady.«

»Ja, das hatte ich vor. Wissen Sie – teilweise fühle ich mich für Nathans Tod verantwortlich. Wäre er bei mir aufgewachsen, hätte ich ihm gewiß nicht erlaubt, diese gefährlichen Seereisen zu unternehmen.«

»Er war ein erwachsener Mann, als er beschloß, für die englische Regierung zu arbeiten «, warf Caine ein. »Sie hätten ihn wohl kaum daheim festhalten können, Lady Briars.«

»Trotzdem ist es mir immer noch rätselhaft, warum Ihr Vater nicht mich zum Vormund bestimmt hat, Jade.«

»Ich glaube, es zu begreifen«, erwiderte Jade. »Harry erzählte mir, daß Papa sich gegen England gewandt hatte.«

»Ich kann mir nicht vorstellen, warum. Mir kam er immer recht zufrieden vor.«

Jade zuckte die Achseln. »Wahrscheinlich werden wir seine Beweggründe nie erfahren. Harry meinte, Papa sei von Dämonen verfolgt worden, die in seinem Kopf hausten.«

»Vielleicht«, stimmte Lady Briars zu. »Aber nun genug von Ihrem Vater. Schildern Sie mir Ihr früheres Leben, Jade. Wie war es denn, auf dieser kleinen Insel zu wohnen? Lernten Sie lesen und schreiben? Und wie wurden Sie beschäftigt? Gab es gesellschaftliche Veranstaltungen?«

»Die Leute auf der Insel gehören nicht zur Gesellschaft, Lady Briars«, entgegnete Jade lachend. »Die meisten tragen nicht einmal Schuhe. Und ich konnte nicht lesen und schreiben lernen, weil Harry keinen Lehrer für mich fand.« Diese Lüge tischte sie der alten Frau auf, weil Caine entschieden hatte, niemand dürfe von ihren Kenntnissen wissen. Dies hielt er für vorteilhaft, denn wenn sich herumsprach, sie sei Analphabetin, würden die Feinde glauben, sie hätte jene Briefe nicht lesen können. Sie fand diese Argumentation zwar etwas zweifelhaft, doch sie widersprach ihrem Mann nicht. Um Lady Briars' Neugier zu befriedigen, erzählte sie amüsante Geschichten aus ihrer Kindheit. Dann beendete sie ihren Bericht mit dem Geständnis, das Inselleben sei geruhsam, aber auch etwas langweilig gewesen.

Als sich das Gespräch um die kürzlich vollzogene Trauung drehte, beantwortet Caine die Fragen der alten Dame. Jade staunte über die Lügen, die ihm mühelos über die Lippen kamen. Offenbar besaß auch er ein Naturtalent. Die Freundin ihres Vaters schien sich ehrlich für das alles zu interessieren, und Jade fand sie sehr liebenswert. »Warum haben Sie nie geheiratet?« erkundigte sie sich. »Ich weiß, das ist eine kühne Frage, aber Sie sind eine schöne Frau. Sicher wurden Sie von vielen jungen Männern umschwärmt.«

Lady Briars errötete vor Freude über dieses Kompliment und strich über ihr Haar. Dabei bemerkte Jade, daß die Hände der Besucherin zitterten, und hielt das für eine Alterserscheinung. »Mein Kind, ich hatte meine Hoffnungen für lange Zeit in Ihren Vater gesetzt. Thornton war ein wunderbarer Mann. Aber der zündende Funke sprang nicht über, und so wurden wir nur gute Freunde. Ich denke immer noch oft an ihn, und manchmal suche ich die kostbaren kleinen Geschenke hervor, die er mir gegeben hat. Besitzen Sie einige Dinge, die Sie an Ihren Papa erinnern, Jade?«

»Nein, alles ist verbrannt.«

»Verbrannt?«

»Es wird Sie sicher betrüben, Lady Briars. Das Haus meines Bruders, das Sie renovieren halfen, ging in Flammen auf.«

»Oh, Sie Ärmste!« wisperte die Lady. »Das müssen schlimme Zeiten für Sie gewesen sein.«

Jade nickte. »Aber Caine war mir ein großer Trost. Ich weiß nicht, wie ich diesen letzten Monat ohne ihn überstanden hätte.«

»Ja, da hatten Sie Glück.« Lady Briars stellte ihre Teetasse auf den Tisch. »Sie haben also nichts, was Sie an Ihren Vater erinnert? Nicht einmal eine Familienbibel, eine Uhr oder Briefe?«

Als Jade den Kopf schüttelte, ergriff Caine ihre Hand. »Liebling, du vergißt die Truhe.«

Sie sah ihn an und fragte sich, was er im Schilde führen mochte, ließ sich ihre Verwirrung aber nicht anmerken. »Ach ja, die Truhe.«

»Also besitzen Sie doch ein Erinnerungsstück.« Lady Briars nickte sichtlich zufrieden. »Ich wollte schon nach Hause eilen und etwas für Sie auswählen. Eine Tochter muß ganz einfach ein oder zwei Gegenstände besitzen, die das Andenken an den Vater wachhalten. Ich entsinne mich einer hübschen Porzellanfigur, die Ihr Papa mir zum sechzehnten Geburtstag schenkte …«

»Oh, die könnte ich Ihnen niemals wegnehmen«, fiel Jade ihr ins Wort.

»Gewiß nicht«, bestätigte Caine. »Außerdem hat sie ja die Truhe. Wir fanden noch keine Gelegenheit, hineinzuschauen. Jade war so krank in den letzten Wochen.« Lächelnd wandte er sich zu seiner Frau. »Meine Liebe, sollen wir demnächst in Nathans Stadthaus gehen? Natürlich nur, wenn du dich kräftig genug fühlst. Wir müssen den Nachlaß ihres Bruders ordnen«, erklärte er der alten Dame.

Jade glaubte, er hätte den Verstand verloren. Um ihr Unbehagen zu überspielen, lächelte sie, während sie auf die nächste Überraschung wartete. Sie mußte sich nicht lange gedulden.

»Vielleicht möchten Sie uns in Nathans Haus begleiten und einen Blick in die Truhe werfen, Lady Briars«, schlug er vor.

Das lehnte die Besucherin ab. Sie bestand darauf, Jade bald bei sich daheim zu sehen. Dann verabschiedete sie sich, und Caine führte die gebrechliche Frau zum Wagen hinaus. Bis zu seiner Rückkehr wanderte Jade rastlos im Salon umher, und sobald er eintrat, rief sie: »Was soll das alles?«

Statt zu antworten, schloß er die Tür, und sie sah ihn grinsen. Offenkundig war er hochzufrieden mit sich selbst. »Caine, es war mir sehr unangenehm, als diese liebe Frau so schamlos angeschwindelt wurde. Außerdem bin ich in dieser Familie für Lügengeschichten zuständig – nicht du. Wieso, um Himmels willen, hast du von dieser Truhe erzählt? Damit sie sich nicht bemüßigt fühlt, mir eins ihrer kostbaren Erinnerungsstücke zu überlassen? Nun? Was hast du zu deiner Verteidigung vorzubringen?«

»Die Lüge war notwendig.«

»Keine Lüge ist notwendig. Das hast du mir erst vor wenigen Tagen versichert.«

»Regt es dich wirklich so auf, daß ich geschwindelt habe?« fragte er verblüfft.

»Allerdings. Ich habe gelernt, auf deine Ehrlichkeit zu bauen, Caine. Aber wenn diese Lüge wirklich nötig war, mußt du einen Plan haben. Glaubst du, Lady Briars wird irgendwem von der imaginären Truhe erzählen?« Sie dachte, nun hätte sie alles durchschaut, und runzelte enttäuscht die Stirn, als er ihrer Vermutung lächelnd widersprach. »Nein? Dann solltest du dich in Grund und Boden schämen, daß du die alte Frau so abscheulich hinters Licht geführt hast.«

»Wenn du mir eine Möglichkeit geben würdest, meine Handlungweise zu erklären …«

Jade verschränkte die Arme vor der Brust. »Hoffentlich hast du eine plausible Erklärung, oder gnade dir Gott!«

In dieser Positur erinnerte sie ihn an Onkel Harry, und er umarmte sie lachend.

»Nun?« drängte sie ungeduldig. »Warum hast du eine liebe Familienfreundin belogen?«

»Sie ist keine liebe Familienfreundin.«

»Natürlich ist sie das. Du hast es doch gehört – sie verwahrt alle Geschenke von meinem Vater, den sie sehr liebte.«

»Sie hat ihn getötet.«

Wie betäubt starrte Jade ihn an, schüttelte langsam den Kopf, und Caine nickte bekräftigend. Ihre Knie wurden weich, und sie mußte sich an ihn lehnen. »Du meinst – Lady Briars ist ...«

»Ice.«

»Unmöglich! Sie ist eine Frau!«

»Und Frauen können nicht morden?«

»Nein – oder doch. Ich weiß nicht ...«

In ihrer Verwirrung tat sie ihm leid, und er beschloß, sie nicht länger auf die Folter zu spannen. »Alles weist daraufhin, Jade. Setz dich, dann will ich's dir erklären.« Er führte sie zum Sofa, drückte sie behutsam darauf und nahm neben ihr Platz. »Es ist völlig logisch.«

Sie lächelte schwach. Allmählich erholte sie sich von ihrer Verblüffung. »Das dachte ich mir bereits, daß es logisch sein muß.«

»Als ich die Briefe noch einmal las, wurde ich mißtrauisch. Und ich sagte neulich, ich würde nie denselben Fehler zweimal machen.«

»Damals wußte ich nicht, was du meinst.«

»Ich dachte, Pagan sei ein Mann. Nie kam ich auf den Gedanken, der Pirat könne eine Frau sein. Und bei der Jagd nach Ice wollte ich diesen Irrtum nicht noch einmal begehen.«

»Und wieso hältst du Lady Briars für Ice? Ich kann es nicht fassen. Ice hat mehrere Menschen getötet, und in einem Brief droht er meinem Vater, Nathan und mich zu ermorden, wenn er die Briefe nicht bekommt.«

»Nicht er, Liebling – sie. Auch Frauen können töten.«

»Ja, aber es ist so undamenhaft.«

»Erinnerst du dich an den Brief, in dem die Decknamen

erörtert werden? Ice gesteht, der Name mißfalle ihm. Das gab mir zu denken. Ein Mann würde sich nicht um so was kümmern. Eine Frau schon.«

»Mag sein.«

»Natürlich gibt es noch substantiellere Anhaltspunkte. Lady Briars engagierte das Personal für Nathans Landsitz – lauter Leute, die ihr treu ergeben sind. Sie suchten das ganze Haus nach den Briefen ab. Und rate mal, wo Hudson, Nathans Butler, aufgetaucht ist.«

»Er wohnt im Stadthaus meines Bruders und bewacht es, bis wir es schließen.«

»Nein, derzeit hält er sich in Lady Briars' Residenz auf. Sicher werden wir feststellen, daß inzwischen auch Nathans Stadthaus gründlich durchforstet wurde.«

»Ich habe Hudson nie über den Weg getraut«, bemerkte Jade. »Er wollte mir immer wieder Tee aufzwingen. Der war sicher vergiftet.«

»Laß dich nicht von deiner Phantasie mitreißen. Übrigens, all diese verwirrenden Zwischenfälle waren Hudsons Werk. Die Leute öffneten das Grab deiner Eltern, um nachzusehen, ob die Briefe darin lagen, dann brachten sie alles wieder in Ordnung.«

»Hat Hudson auch Nathans schönes Pferd erschossen?«

»Nein, das war Willburn.«

»Ich werde es meinem Bruder erzählen.«

Caine nickte. »Zu Hudsons Pflichten gehörte es, die Spuren zu verwischen. Übrigens, der Hengst wurde tatsächlich in einem Wagen weggebracht. Es muß sieben starke Männer gebraucht haben, ihn hochzuheben.«

»Wie hast du das alles herausgefunden?«

»Du bist beeindruckt, nicht wahr?«

Er stieß Jade mit dem Ellbogen an, bis sie widerstrebend zugab: »Ja, ich bin beeindruckt, und nun erzähl mir den Rest.«

»Meine Männer haben einzelne Fakten festgestellt, also gebührt das Verdienst nicht mir allein. Das Pferd wurde in einer Schlucht aufgestöbert, etwa zwei Meilen von der Hauptstraße entfernt.«

»Warte nur, bis ich das Nathan sage«, murmelte sie, und Caine tätschelte ihre Schulter.

»Du kannst ihm alles verraten, wenn es vorbei ist.«

»Gut. Hast du noch mehr auf Lager, Caine?«

»Nun, nachem ich überzeugt war, Lady Briars müßte Ice sein, befaßte ich mich mit ihrer Vergangenheit. An der Oberfläche schien alles seine Richtigkeit zu haben, aber als ich mich etwas genauer informierte, fielen mir merkwürdige Dinge auf.«

»Zum Beispiel?«

»Für eine Frau unternahm sie viele Reisen. Allein in Frankreich war sie mindestens siebenmal.«

»Und das erscheint dir seltsam? Vielleicht hat sie dort Verwandte.«

»Nein. Außerdem ging sie meistens während der Kriegszeit auf Reisen. Und es gibt noch andere verräterische Anhaltspunkte.«

»Ich glaube, ich habe den klügsten Mann der Welt geheiratet. Was sagen Sir Richards und Lyon zu deiner Entdeckung?«

»Ich habe ihnen noch nichts mitgeteilt, denn ich wollte zuerst völlig sicher sein. Nachdem ich heute Lady Briars Fragen gehört habe, habe ich keine Zweifel mehr. Wenn ich Richards und Lyon abends in White's treffe, werde ich sie einweihen.«

»Mit welchen Fragen hat Lady Briars deinen Argwohn erregt?«

»Unter anderem erkundigte sie sich, ob du lesen und schreiben kannst. Da die meisten wohlerzogenen englischen jungen Damen diese Künste beherrschen, fand ich die Frage sonderbar.«

»Aber sie wußte, daß ich auf einer Insel aufwuchs. Deshalb stellte sie diese Frage. Sie wollte herausfinden, ob ich gut ausgebildet bin und ...«

Caine unterbrach Jade. »Und sie interessierte sich ein bißchen zu sehr für die Dinge, die dein Vater dir möglicherweise hinterlassen hat.«

Ihre Schultern sanken nach vorn. »Und ich hielt sie für aufrichtig.«

»Wir müssen ein engmaschiges Netz um Nathans Stadthaus ziehen. Im Augenblick lasse ich es nur von zwei Mann bewachen.« Fröhlich lächelte er sie an. »Vermutlich wird die Residenz deines armen Bruders niederbrennen.«

»Das scheint dich nicht sonderlich zu stören ... Oh, da fällt mir etwas ein. Lady Briars muß wissen, daß es eine Lüge war, als ich behauptete, ich könne nicht lesen. Offenbar erkundigte sie sich nur danach, um festzustellen, ob wir ihr auf der Spur sind.«

Caines Grinsen erlosch. »Wovon redest du?»

»Hudson sah mich fast jeden Abend in einem Buch lesen. Nach dem Dinner saß ich oft in Nathans Bibliothek. Da gab es viele wunderbare Bücher, die ich noch nicht auswendig kannte. Der Butler machte mehrmals Feuer im Kamin. Davon hat er Lady Briars sicher erzählt.« Um Caines Enttäuschung zu lindern, streichelte sie seine Hand. »Was wirst du jetzt tun?« Sie bezweifelte nicht, daß er bald einen Alternativplan schmieden würde, denn er war ganz einfach zu logisch und methodisch, um nicht alle Möglichkeiten zu berücksichtigen.

»Sobald wir die Briefe von der *Emerald* bekommen, werden wir die Handschrift mit den Einladungen vergleichen, die Lady Briars dir hierhergeschickt hat.«

»Die Schrift darin erscheint mir unbekannt.«

»Offenbar hat jemand anders diese Einladungen geschrieben. Sie ist alt, aber nicht unvorsichtig.«

»Soll ich mich in ihr Haus stehlen?«

»Du bleibst hier«, entgegnete Caine gebieterisch. »Die Sache wird immer gefährlicher, und ich habe noch einiges zu erledigen, ehe es vorbei ist. Versprich mir, dieses Haus nicht zu verlassen, Jade.«

»Also gut. Und was hast du vor?«

»Lyon kann es kaum erwarten, ein bißchen Druck auf Willburn auszuüben. Und ich denke, es ist an der Zeit, ihm diesen Wunsch zu erfüllen. Bis jetzt war Willburn ziemlich ungefällig. Wir hofften, er würde uns zu Ice führen, aber er verkriecht sich in seinem Haus. Ja, wir müssen endlich mit ihm reden.«

»Es mißfällt mir, daß du jeden Abend weggehst, Caine. Ich finde, du solltest daheimbleiben, bis das Schiff verbrannt und das Gerücht über Pagans Tod im Umlauf ist. Übrigens, es wird mich tief betrüben, wenn die Bewohner von London mein Ableben feiern.«

»Oh, sie würden gewiß trauern«, erwiderte er lächelnd. »Doch das werden wir nie erfahren. Es ist überflüssig, das Schiff in Brand zu stecken.«

»Warum?«

»Weil ich weiß, wer Ice ist. Und Lady Briars wird versuchen, mich aus dem Weg zu räumen – nachdem sie nun über meinen Verdacht informiert ist.«

»Hättest du mich nicht zu der Lüge über mein Analphabetentum gezwungen, hätte sie keine Ahnung.«

»Schau nicht so selbstgefällig drein, Liebste.«

Jade ignorierte diese Aufforderung. »Sicher wird sich Harry freuen, wenn er kein Schiff verbrennen muß. Du läßt ihn doch benachrichtigen?«

»Ich werde jemanden zur Shallow's Wharf schicken. Du mußt mir genau erklären, wo es ist. Es ist doch ein Deckname für einen ganz bestimmten Ort?«

Sie schmiegte sich an ihren Mann. »Wie klug du bist! Du wirst doch vorsichtig sein ? Vergiß nicht – Lady Briars hat es auf dich abgesehen. Kehr niemandem den Rücken. Ich brauche dich so sehr.«

»Und ich dich. Obwohl es mir gar nicht gefällt, daß ich so abhängig von dir bin.«

»Du kannst ja so tun, als wäre es anders, wenn du dich dann besser fühlst …«

»Unsinn …« Caine küßte ihren Hals. »Möchtest du noch eine Tanzstunde bei mir nehmen?«

»Muß ich dann wieder auf den Knien umherrutschen?«

»Es hat dir doch Spaß gemacht, oder? Dein Mund war so süß …«

»Ja, es hat Spaß gemacht«, gab sie leise zu.

»Wollen wir?«

»Ja«, antwortete sie atemlos.

»Oben oder hier?«

»Oben. Aber diesmal übernehme ich die Regie …«

Während des restlichen Tages lagen sie sich in den Armen. Viel zu schnell ging die schöne Zeit zu Ende. Bald erinnerte Jade ihren Mann wieder an McKindry, und er nahm ihr das Versprechen ab, bis zu seiner Rückkehr im Haus zu bleiben.

»Erschöpft schlief sie bis zum Morgengrauen, dann erwachte sie und drehte sich zur Seite, um Caine zu umarmen.

Er war nicht da. Besorgt eilte sie in die Bibliothek hinab. Auch dort fand sie ihn nicht. So lange war er noch nie weggewesen. Eine Stunde verstrich, und er kam nicht heim. Irgend etwas mußte schiefgelaufen sein. In Jades Magen breitete sich ein vertrautes Unbehagen aus, so wie früher, wenn ein Plan vereitelt worden war.

Nun mußte sie auf alles gefaßt sein. Rasch zog sie sich an, steckte den Dolch in ihre Tasche und befestigte eine Spezialspange in ihrem Haar, dann ging sie rastlos auf und ab.

Caine ließ das Haus von zwei Männern bewachen. Einer stand in den Schatten am Vordereingang, einer vor der Hintertür. Sie beschloß mit Cyril zu sprechen, der an der vorderen Tür postiert war. Vielleicht würde er wissen, was man tun konnte.

Als sie die Haustür öffnete, sah sie, wie ein Mann ein Kuvert in Cyrils Hand drückte und dann davonrannte.

Cyril sprang die Eingangstreppe herauf. »Ein Brief für Sie. Um diese späte Stunde! Das hat wohl nichts Gutes zu bedeuten, Mylady.«

»Hoffentlich eine Nachricht von Caine. Kommen Sie herein, Cyril, und verriegeln Sie die Tür. Irgendwas stimmt da nicht«, fügte sie hinzu und erbrach das Siegel. »So lange war Caine noch nie weg.«

»Aye, ich spüre auch, daß da was nicht in Ordnung ist.«

Sobald sie das Blatt entfaltet hatte, wurde sie blaß. Sie erkannte die Handschrift sofort. Der Brief stammte von Ice.

»Was steht denn drin, Mylady?« flüsterte Cyril mit einer Stimme, die nicht zu diesem großen, kräftigen Mann paßte.

»Caine steckt in Schwierigkeiten. In einer Stunde soll ich in ein Gebäude an der Lathrop Street gehen. Wissen Sie, wo das ist?«

»Das muß dieses Lagerhaus sein. Die Sache gefällt mir nicht. Ich wittere eine Falle. Was passiert, wenn wir nicht hingehen?«

»Dann wird mein Mann getötet.«

»Ich hole Alden.« Er wollte zur Hintertür laufen, aber Jades Ruf hielt ihn zurück.

»Ich gehe nicht hin.«

»Aber …«

»Ich muß hierbleiben. Es könnte eine Finte sein, und ich habe Caine versprochen, das Haus nicht zu verlassen. Wissen Sie, wie lange der White's Club geöffnet ist?«

»Inzwischen hat er sicher geschlossen.«

»Vielleicht hat Caine mit einem gewissen Willburn gesprochen. Haben Sie eine Ahnung, wo dieser Mann wohnt?«

»Ja, sechs oder sieben Häuserblocks entfernt.«

»Schicken Sie Alden hin. Möglicherweise reden Lyon und Caine gerade mit diesem Verräter.«

»Und wenn nicht?«

»Während Alden zu Willburn geht, laufen Sie zu Lyons Haus. Wenn Lyon nicht daheim ist, suchen Sie Sir Richards auf. Sie kennen doch die Adressen der beiden Gentlemen?«

Cyril nickte. »Und wer beschützt Sie, während wir nach Caine fahnden? Sie sind hier ganz allein.«

»Ich versperre alle Türen. Bitte, beeilen Sie sich, Cyril. Vor Ablauf einer Stunde müssen Sie Caine finden. Wenn Ihnen das mißlingt, steht es fest, daß dieser Brief ein Trick ist.«

»Wir tun unser Bestes«, versicherte Cyril auf dem Weg zum Hintergrund der Halle.

Jade kehrte ins Schlafzimmer zurück und verriegelte die Tür. Wenige Minuten später wurde gegen die vordere Haustür gehämmert. Das konnte nicht Caine sein, denn der besaß einen Schlüssel. Plötzlich klirrte berstendes Glas.

Hatte sie den Feinden ungewollt in die Hände gespielt? Waren sie überzeugt gewesen, sie würde die Wächter auf die Suche nach Caine schicken? Dieser Gedanke tröstete Jade ein wenig, denn er bedeutete wahrscheinlich, daß man ihn nicht gefangengenommen hatte. Sie betete, diese Vermutung möge stimmen. Und sie flehte den Allmächtigen auch an, ihr nicht böse zu sein, denn sie würde wahrscheinlich jemanden töten müssen – und zwar sehr bald, nach den Schritten zu urteilen, die die Treppe heraufpolterten.

Sie nahm eine Pistole aus Caines Nachttischschublade, trat in eine Ecke und hob die Waffe. Sobald die Eindringlinge das Schloß aufgebrochen hatten, würde sie den ersten erschießen, der das Zimmer betrat. Ihre Hand zitterte nicht. Tödliche Ruhe überkam Jade.

Die Tür flog auf, eine dunkle Gestalt stand auf der Schwelle. Jade wartete, um sicherzugehen, daß es ein Feind war und keiner von Caines Männer, der den Auftrag hatte, sie zu retten.

»Zünd eine Kerze an!« befahl eine rauhe Stimme. »Ich sehe das Biest nicht.«

Jade drückte ab. Sie mußte den Mann in den Bauch getroffen haben, denn er krümmte sich schreiend zusammen. Mit einem lauten Krach landete er am Boden.

Diese Runde habe ich gewonnen, sagte sie sich, aber der Sieg geht an Ice … Nun wurde sie von drei Männern umzingelt. Dem ersten schnitt sie mit ihrem Dolch in die Hand, der zweite Schurke entriß ihr die Pistole, während der dritte die Faust auf ihr Kinn schlug. Bewußtlos brach sie zusammen.

Jade kam erst zu sich, als sie in ein dunkles, feuchtes Gebäude getragen wurde. Nur wenige Kerzen brannten, aber im schwachen Licht sah sie gestapelte Kisten entlang der Steinwände. Am Ende des langen Korridors stand eine weißgekleidete Frau. Lady Briars erwartete die Gefangene.

Der Mann, der Jade auf den Armen hielt, ließ sie einfach fallen, als er seine Anführerin erreichte. Taumelnd stand Jade auf und rieb sich das schmerzende Kinn, während sie ihre Feindin anstarrte. Der Ausdruck in den blauen Augen jagte ihr einen

Schauer über den Rücken. »Nun verstehe ich, warum Sie Ice heißen«, hörte sie sich flüstern. »Das bedeutet 'Eis'. Sie besitzen keine Seele, nicht wahr, Lady Briars?«

Statt einer Antwort bekam sie eine schallende Ohrfeige. »Wo sind die Briefe?«

»In Sicherheit. Glauben Sie, der Diebstahl der Briefe könnte Sie retten? Zu viele Leute wissen, was Sie getan haben ...«

»Sie Närrin!« schrie Lady Briars, und ihre Stimme klang so grausam, daß Jade glaubte, dem Teufel persönlich gegenüberzustehen. Sie bekämpfte den Impuls, sich zu bekreuzigen. »Ich will die Briefe haben, Jade, und der Welt damit beweisen, was für glorreiche Leistungen ich vollbracht habe. Niemand wird sich mir in den Weg stellen, bald werden alle erkennen, wozu das Tribunal fähig ist. Wir werden England regieren. Und nun möchte ich die Briefe haben. Sie sollen an einem sicheren Ort verwahrt werden, bis ich den Zeitpunkt für gekommen halte, mein Genie zu enthüllen.«

Offensichtlich war die Frau wahnsinnig. Jade spürte, wie sich ihr ganzer Körper mit einer Gänsehaut überzog. Verzweifelt überlegte sie, wie sie ihrer Gegnerin Vernunft beibringen sollte, erkannte aber sofort, wie sinnlos ein solcher Versuch wäre. »Wenn ich Ihnen die Briefe gebe – lassen Sie Caine dann in Ruhe?«

Lady Briars kicherte schrill. »Wenn? Wissen Sie nicht, wer ich bin? Sie sind außerstande, mir zu trotzen, Jade.«

»Oh, ich weiß, wer Sie sind – die Frau, die meinen Vater getötet und ihr Land verraten hat – eine verrückte Ausgeburt der Hölle ...« Jade verstummte, als die alte Frau sie wieder schlug. Sie wich zurück, dann straffte sie die Schultern. »Lassen Sie Caine gehen, und Sie erhalten die Briefe.«

Die Lady wandte sich zu einem ihrer Komplizen. »Sperren Sie unseren Gast im Hinterzimmer ein. Ich werden Sie als Köder benutzen, Jade, um Caine hierherzulocken. Er muß sterben – aber erst, wenn er mir die Briefe gebracht hat. Danach werde ich auch Sie töten, kleine Jade. Ihr Vater war der wahre Verräter, denn er stellte sich gegen mich. Oh, wie gern wäre ich dabeigewesen, als sein Sohn starb! Für dieses Versäumnis werden Sie mich entschädigen, mein Kind, indem Sie ganz langsam von meiner Hand sterben werden … Schafft sie jetzt weg!«

Vor Erleichterung war Jade den Tränen nahe. Caine befand sich nicht in der Gewalt dieser Verbrecherbande. Er würde hierherkommen, um sie zu befreien, aber vorerst war er in Sicherheit. Sie lächelte fast, während sie in ihr Gefängnis geführt wurde. Nun durfte man sie auf keinen Fall fesseln. Sie begann zu wimmern, um ihren Feinden weiszumachen, sie hätte Angst. Sobald die Tür der Hinterkammer geöffnet wurde, stolperte sie hinein und warf sich jammernd in die Ecke.

Die Tür fiel hinter ihr ins Schloß, und sie klagte laut, bis sich die Schritte der Männer entfernt hatten. Dann sah sie sich um, Mondlicht drang durch ein Fenster hinein, etwa fünfzehn Fuß über dem Boden. Es gab nur ein einziges Möbelstück, einen alten, zerkratzten Schreibtisch mit drei Beinen. Wenn sie daraufstieg, würde sie das Fenster sicher nicht erreichen.

Sie zog die Spange aus ihrem Haar und begann das Türschloß zu bearbeiten. In ihrer Aufregung kam sie nicht so schnell voran, wie es ihr unter normalen Umständen gelungen wäre. Es dauerte zehn Minuten, bis die Tür geöffnet war.

Pechschwarzes Dunkel erfüllte das Lagerhaus. Obwohl Jade vermutete, daß Lady Briars alle ihre Leute mitgenommen hatte, verließ sie das Gebäude so leise wie möglich. Auf der Straße schlug sie zunächst die falsche Richtung ein. Erst nach zwei Häuserblocks erkannte sie ihren Irrtum.

Angstvoll folgte sie dem richtigen Weg. Sie würde fünfzehn Minuten brauchen, um Caines Haus zu erreichen. Während sie dahinrannte, schickte sie inständige Gebete zu ihrem Schöpfer. Sie gelobte, nie wieder zu lügen oder zu stehlen, wenn Caine am Leben bleiben würde. »Ich weiß, lieber Gott, du hast mir diese besonderen Talente geschenkt, aber du kennst mich – ich werde niemals ein Versprechen brechen. Und ich werde auch nicht in die Fußstapfen meines Vaters treten. Laß mich lange genug leben, damit ich es beweisen kann – und weil Caine mich braucht.«

Sie mußte innehalten, da sie heftiges Seitenstechen bekam. »Allmächtiger, wenn du mir noch ein kleines bißchen Kraft gibst, werde ich auch nicht mehr fluchen.«

Seltsam, das Seitenstechen verebbte, und sie konnte wieder atmen. Offenbar hatte der liebe Gott auf dieses letzte Gelübde gewartet. »Danke«, wisperte sie, raffte wieder ihre Röcke und lief weiter.

Erst in der Straße, in der sie wohnten, verlangsamte sie ihre Schritte und suchte den Schutz der nächtlichen Schatten. Als sie drei Männer vor der Haustür entdeckte, begann sie wieder zu rennen. Die Schurken waren nicht imstande, sich ihr entgegenzustellen. Friedlich lagen sie übereinander. Offenbar war Caine nach Hause gekommen.

Jade konnte sich nicht entsinnen, wie viele Leute Lady Briars begleitet hatten. Sie machte sich neue Sorgen. Sollte sie durch die Hintertür ins Haus schleichen oder kühn durch den Vordereingang eintreten, um es mit ihrer Feindin aufzunehmen? Diese Frage wurde beantwortet, als Caines Gebrüll zu ihr drang. »Wo ist sie?« Seine verzweifelte Stimme krampfte ihr das Herz zusammen, und sie eilte durch die Vordertür ins Haus.

Sie traf alle im Salon an. Lyon umklammerte Caines Schulter, Lady Briars stand vor den beiden Männern und Richards neben ihr. Hinter dem Operationsleiter hatten Cyril und Alden Stellung bezogen.

»Sie wird verhungern, ehe Sie sie finden!« kreischte Lady Briars. »Niemals werden Sie Jade aufstöbern!«

»Doch, das wird er.«

Wütend schrie Lady Briars auf, als sie Jades sanften Widerspruch hörte.

Die Männer wirbelten zur Tür herum, und Jade glaubte, Tränen in Caines Augen zu sehen. Oder lag es daran, daß ihr eigener Blick verschleiert war?

»Jade?« rief Lyon, ebenso verwirrt wie Sir Richards. »Wie sind Sie …«

»Ich wurde eingesperrt.«

Es dauerte eine Weile, bis sie es verstanden, und dann brach Lyon als erster in Gelächter aus. »Sie wurde eingesperrt, Caine.«

Sie lächelte, bis ihr Mann zu ihr kam. Und als er ihre Wange mit den Fingerspitzen berührte, begann sie zu schluchzen, stürmte aus dem Salon und die Treppe hinauf. Sie schlug die Tür hinter sich zu und warf sich weinend aufs Bett. Caine folgte ihr und nahm sie in die Arme. »Jetzt ist alles vorbei, Liebling.«

»Ich habe das Haus nicht verlassen, ich blieb hier, bis sie mich wegbrachten. Glaub mir, ich habe mein Wort gehalten.«

»Still, Jade, ich dachte niemals ...«

»Ich hatte solche Angst!« klagte sie, das Gesicht an seine Brust gepreßt.

»Ich auch.« Zärtlich drückte er sie an sich. »Als Cyril mir sagte ... O Gott, ich dachte ... Ich hatte so verdammte Angst.«

Sie wischte sich die nassen Lider an seinem Jackett ab. »Du darfst nicht mehr 'verdammt' sagen, Caine. Ich habe ein Gelübde abgelegt und dem lieben Gott versprochen, daß ich nie mehr fluchen werde.«

»Ich verstehe«, erwiderte er lächelnd.

»Um dich zu retten, hätte ich alles versprochen, Caine. Ich brauche dich so sehr.«

»Und ich dich, Liebste.«

»Wir dürfen auch nie mehr stehlen und lügen. Das habe ich ebenfalls gelobt.«

Er verdrehte die Augen. »Und deine Versprechungen sind genauso gut wie meine?« Nun unterdrückte er ein Grinsen, weil sie ihn so ernsthaft ansah. Und er erwähnte auch nicht, daß er noch nie gestohlen hatte.

»Natürlich. Wir teilen doch alles, nicht wahr? In dieser Ehe sind wir gleichberechtigte Partner.«

»Ja, das sind wir. Und sonst hast du nichts gelobt?«

»Du meinst – daß ich mit dem Tanzen aufhöre?« fragte sie lächelnd.

»Und mit der Liebe?«

»Nein, Caine, wir werden weder das Tanzen noch die Liebe aufgeben. So etwas würde ich niemals versprechen.«

Er hätte ihr gern die Kleider vom Leib gerissen, aber zuvor mußte im Salon noch einiges erledigt werden.

In den nächsten Tagen fand er kaum Zeit für seine junge Frau. Gemeinsam mit Lyon informierte er das Kriegsministerium über die Ergebnisse ihrer Ermittlungen. Lady Briars wurde ins Newgate-Gefängnis gebracht. Man beabsichtigte, sie später in eine Irrenanstalt einzuliefern – eine Maßnahme, mit der Jade durchaus einverstanden war.

Danach begann ein glückliches Eheleben auf Harwythe. Aber Jade spürte Caines Unsicherheit immer noch. Am Morgen des ersten Hochzeitstages verlangte er von ihr das Versprechen, ein weiteres Jahr bei ihm zu bleiben. Sie fand, daß der Augenblick denkbar ungünstig für eine solche Diskussion war, weil sie gerade in den Wehen lag und vor Schmerzen die Zähne zusammenbeißen mußte. »Caine, jetzt kriegen wir erst mal unser Baby …«

»Ich weiß, Liebes.« Sanft strich er über ihren gewölbten Bauch. »Das habe ich schon vor einiger Zeit bemerkt. Versprich es mir, dann lasse ich dich in Ruhe. Du bist völlig erschöpft. Gestern abend hast du dich viel zu lange mit Lyon und Christina unterhalten. Natürlich bin ich froh, daß Christina dir bei der Niederkunft beistehen will, aber ich rufe trotzdem den Arzt.«

Sie war zu müde um zu widersprechen. In der Nacht hatten die Wehen begonnen und ihr keinen Schlaf gegönnt. Um den Rat ihrer Freundin zu befolgen, hatte sie Caine nicht geweckt. Christina meinte, über solche Dinge sollte man Ehemänner erst informieren, wenn es sich nicht mehr vermeiden ließ, weil sie zu leicht die Fassung verlören.

Seit jenem Abend, an dem Jade der jungen Frau Lyons Akte übergeben und sie beschworen hatte, diese Papiere zu verstecken, war die Freundschaft noch inniger geworden. Oft saßen sie stundenlang beisammen und erzählten sich Geschichten aus der Vergangenheit.

Caine zupfte seine Gemahlin an den Haaren. »Gib mir jetzt dein Wort.«

Erst nachdem sie die nächste Wehe überstanden hatte, erwiderte sie: »Ja, ich versprech's. Und jetzt kriegen wir unser Baby. Hol Christina.«

Das Kind, mit dessen Ankunft sie jeden Moment rechnete, präsentierte sich erst drei Stunden später. Während der Wehen zeigte sich Caine ruhig und gelassen, und Jade entschied, Christina müsse sich geirrt haben. Nicht alle Ehemänner verloren in solchen Situationen die Fassung.

Als er es nicht mehr ertrug, seine Frau leiden zu sehen, schickte Christina ihn in die Bibliothek hinab. Aber nach fünf Minuten kehrte er zurück, umklammerte Jades Hand und bat sie um Verzeihung, weil sie durch seine Schuld so gräßliche Schmerzen erdulden mußte. Natürlich war er eher ein Hindernis als eine Hilfe. Doch bei der Geburt geriet er wenigstens nicht in Panik, und dann hielt er endlich seine hübsche Tochter in den Armen.

Sterns konnte sich nicht bezähmen. Sobald er das Babygeschrei hörte, stürzte er ins Zimmer, entriß seinem Herrn den Säugling, bewunderte wortreich dessen Schönheit und badete ihn. Mit Caines Hilfe wechselte Christina die Bettwäsche der jungen Mutter und lobte seine tapfere Haltung. Dabei tat sie so, als würde sie die Blässe und den Schweiß auf seiner Stirn ebensowenig bemerkten wie die Tatsache, daß er kaum zwei zusammenhängende Worte hervorbrachte.

Seine Disziplin ließ ihn erst im Stich, als Christina nach unten eilte, um ihrem Mann die wunderbare Neuigkeit mitzuteilen. Sterns wiegte seinen kleinen Schützling hin und her, und Jade fehlte die Kraft, ihren Gatten aufzufangen. »Ist er in Ordnung?«Sie war sogar zu schwach, um über die Bettkante zu schauen.

»Er ist in Ohnmacht gefallen«, erklärte der Butler.

»Das weiß ich. Aber – ist er in Ordnung? Hat er sich irgendwo den Kopf angeschlagen?«

»Es geht ihm gut.« Sterns machte sich nicht einmal die

Mühe, einen Blick auf seinen Arbeitgeber zu werfen. »Nun verlangt das Baby meine volle Aufmerksamkeit. Mylady, Sie haben ihre Sache wirklich gut gemacht. Wenn der Marquis aus seiner Ohnmacht erwacht, wird er mir gewiß beipflichten.«

Jade strahlte vor Glück, und ihre Augen füllten sich mit Tränen. »Würden Sie ihn vom Boden aufheben, Sterns?« Als sie Caine stöhnen hörte, fügte sie rasch hinzu: »Wir dürfen niemandem erzählen, daß er umgekippt ist, denn sonst würde er vor Verlegenheit sterben.«

»Keine Bange, Mylady, ich werde Stillschweigen bewahren.«

Das Funkeln in Sterns' Blick hätte ihr verraten müssen, daß er dieses Versprechen nicht halten wollte. Drei Tage später las sie in der Zeitung von Caines Ohnmacht. Der infame Butler hatte einen Journalisten informiert.

Der Marquis von Cainewood trug es mit Fassung, und die Witze der Gratulanten störten ihn nicht im mindesten. Nichts konnte ihn in Wut bringen. Er hatte sein Vorhaben verwirklicht, den berühmten Piraten gejagt und gefangen. Und jetzt gehörte dieser Pirat ihm.

JULIE GARWOOD

Geliebte Feindin

Aus dem Englischen
von Ursula Walther

BASTEI
LÜBBE

Prolog

ENGLAND, 1802

Es war nur eine Frage der Zeit, bis sich die Hochzeitsgäste gegenseitig umbrachten.

Baron Oliver Lawrence hatte natürlich alle Vorsichtsmaßnahmen getroffen – schließlich hatte König George angeordnet, daß die Zeremonie in seinem Schloß stattfinden sollte. Lawrence spielte bis zur Ankunft des Herrschers von England die Rolle des Gastgebers, aber diese Pflicht lastete auf seinen Schultern. Der König persönlich hatte ihn mit dieser Aufgabe betraut, und Lawrence, der ihm stets loyal und treu ergeben war, hatte ohne zu zögern gehorcht. Beide Familien – sowohl die Winchesters als auch die rebellischen St. James – hatten sich heftig gegen diese Verbindung gewehrt, aber alle ihre Proteste hatten den König nicht umstimmen können – seine Entscheidung stand fest. Baron Lawrence wußte um die Gründe für diesen Beschluß. Unglücklicherweise war Lawrence der einzige Mann in ganz England, der noch zu den beiden Familien Kontakt hatte.

Inzwischen war der Baron auf diese Stellung überhaupt nicht mehr stolz; im Gegenteil, er war sogar davon überzeugt, daß er deswegen auf dieser schönen Erde noch viele Schwierigkeiten zu erwarten hatte. Der König glaubte zwar, daß sich die Hochzeitsgäste anständig benehmen würden, weil die Zeremonie auf neutralem Boden stattfand, aber Lawrence wußte es besser.

Die Männer, die ihn umgaben, waren in Mordlaune. Ein Wort im falschen Tonfall oder die geringste Unhöflichkeit konnten ein Blutbad zur Folge haben. Ein Blick in ihre Gesichter genügte, um zu erkennen, wie begierig sie darauf waren, sich gegenseitig den Garaus zu machen.

Der in ein weißes Meßgewand gekleidete Bischof saß auf einem hochlehnigen Stuhl zwischen den beiden verfeindeten Familien. Er sah weder nach links zu den Winchesters noch nach rechts, wo die kriegerischen St. James Aufstellung genommen hatten. Sein Blick war starr geradeaus gerichtet. Um die Zeit zu überbrücken, trommelte der sauertöpfische Kirchenmann mit den Fingerspitzen auf die hölzerne Armlehne seines Stuhls. Von Zeit zu Zeit ließ er ein abgrundtiefes Stöhnen, das den Baron an ein altersschwaches, krankes Pferd erinnerte, hören, ansonsten störte nichts die unheilvolle Stille in der großen Halle.

Lawrence schüttelte verzweifelt den Kopf. Er wußte, daß er vom Bischof keinerlei Hilfe erwarten konnte, wenn es wirklich Schwierigkeiten geben sollte. Braut und Bräutigam warteten ein Stockwerk höher in getrennten Zimmern auf die Ankunft des Königs – erst dann sollten sie in die Halle geführt oder geschleppt werden. Gott helfe den beiden, wenn in diesem Moment die Hölle losbrach!

Es war wirklich ein schrecklicher Tag. Lawrence mußte sogar seine eigenen Wachmänner zwischen den königlichen Garden an den Wänden der Halle postieren, um die aufgebrachten Gäste im Zaum zu halten. Eine solche Maßnahme war für eine Hochzeit ebenso ungewöhnlich wie die Tatsache, daß die Gäste so schwer bewaffnet waren, als wäre diese Zeremonie eine Schlacht. Die Winchesters trugen so viele Waffen bei sich, daß sie sich kaum noch bewegen konnten. Ihre Überheblichkeit war geradezu beleidigend, und es war äußerst fragwürdig, ob sie dem König die Treue halten würden. Trotzdem konnte Lawrence die Männer nicht in Bausch und Bogen verdammen. Im Grunde fiel es ihm in letzter Zeit auch oft schwer, dem Monarchen immer seine Ehrerbietung entgegenzubringen, da seine Entscheidungen oft ausgesprochen töricht waren.

Jedermann in England wußte, daß George den Verstand verloren hatte, auch wenn es niemand wagte, das laut auszusprechen, da man schlimme Strafen befürchten mußte. Die bevorstehende Hochzeit jedoch war Beweis genug, daß der Herrscher nicht mehr ganz bei sich war. Der König hatte Lawrence anvertraut, daß er entschlossen war, Einigkeit in seinem Reich herzustellen, und der Baron war entsetzt gewesen über diese kindische Hoffnung.

Aber trotz seiner Verrücktheit war George immer noch der König, und die Hochzeitsgäste sollten ihm, verdammt noch mal, zumindest ein wenig Respekt erweisen, dachte Lawrence. Ihr schändliches Verhalten konnte nicht geduldet werden. Warum streichelten zwei der älteren Winchester-Onkel die Griffe ihrer Schwerter so offensichtlich, als würden sie jeden Augenblick eine blutige Schlacht erwarten? Die St.-James-Krieger registrierten die Geste und traten sofort einen Schritt vor. Die meisten der St. James hatten keine Schwerter bei sich, deshalb lächelten sie nur. Lawrence fand, daß diese Geste genug sagte.

Die Winchesters waren dem St. James-Clan sechs zu eins überlegen, dafür waren die St. James für ihre Skrupellosigkeit bekannt, und ihre üblen Taten waren schon zu Legenden geworden: Sie rissen einem Mann die Augen aus, nur weil er schielte; sie traten einem Gegner in den Schritt und genossen seine Schmerzensschreie; und Gott allein wußte, was sie ihren wahren Feinden antaten.

Geräusche, die vom Hof hereindrangen, erregten Lawrence' Aufmerksamkeit. Kurz darauf stürmte der persönliche Adjutant des Königs, ein mürrischer Mann namens Sir Roland Hugo, die Treppe herauf. Er trug eine Galauniform, und die grellrote Hose und der weiße Waffenrock ließen seine ohnehin massige Gestalt noch mächtiger erscheinen. Lawrence fand, daß Hugo wie ein feister Gockel aussah, aber da er mit ihm befreundet war, behielt Lawrence seine wenig schmeichelhafte Meinung für sich.

Die beiden Männer umarmten sich kurz, dann trat Hugo einen Schritt zurück und flüsterte: »Ich bin vorausgeritten. Der König wird in ein paar Minuten eintreffen.«

»Dem Himmel sei Dank«, erwiderte Lawrence mit unverhohlener Erleichterung und wischte sich mit seinem Taschentuch die Schweißperlen von der Stirn.

Hugo spähte über Lawrence' Schulter und schüttelte den Kopf. »Hier ist es still wie in einem Mausoleum«, raunte er. »Hast du die Gelegenheit nicht genutzt, um die Hochzeitsgäste zu amüsieren?«

Lawrence sah seinen Freund fassungslos an. »Amüsieren? Hugo, nur ein blutiges Menschenopfer könnte diesen Barbaren Vergnügen bereiten.«

»Offensichtlich hat dir dein Sinn für Humor geholfen, diese scheußliche Situation zu meistern.«

»Ich mache keine Witze«, versetzte der Baron, »und dir wird das Lachen auch noch vergehen, wenn du begreifst, wie explosiv die Stimmung ist. Die Winchesters sind nicht hergekommen, um Geschenke abzugeben – sie sind bewaffnet, als ob sie in den Krieg zögen.« Sein Freund schüttelte ungläubig den Kopf, aber Lawrence achtete nicht darauf und fuhr fort: »Ich wollte sie überreden, ihre Waffen abzulegen, aber ich hatte keinen Erfolg. Sie sind beileibe nicht in Festtagsstimmung.«

»Die königliche Eskorte wird sie in kürzester Zeit entwaffnen«, brummte Hugo und fügte nach einer Weile hinzu: »Ich will verdammt sein, wenn ich zulasse, daß unser König eine so feindselige Arena betritt. Dies ist eine Hochzeit und kein Schlachtfeld.«

Hugo stellte unter Beweis, wie wirksam seine Drohungen sein konnten. Die Winchesters legten ihre Waffen in einer Ecke der Halle ab, nachdem der erboste Adjutant den Befehl dazu gegeben und die königliche Garde einen eigenen Kreis um die Gäste geschlossen hatte. Sogar die wenigen St. James, die bewaffnet gewesen waren, kamen seiner Aufforderung nach – aber erst als die Gardisten auf Hugos Befehl Pfeile in ihre Bogen gelegt und sich schußbereit aufgestellt hatten. Diese Geschichte würde mir kein Mensch glauben, wenn ich sie erzähle, dachte Lawrence und war dankbar, daß König Georg keine Ahnung hatte, wie mühsam es war, für seine Sicherheit zu sorgen.

Als der König von England die große Halle betrat, ließen die Gardisten ihre Bogen sinken, aber sie hielten ihre Pfeile bereit, um, wenn nötig, sofort losschlagen zu können.

Der Bischof erhob sich von seinem Stuhl, machte eine förmliche Verbeugung vor seinem König und bot ihm mit einer Geste seinen Platz an.

Zwei königliche Anwälte, die mit Akten und Dokumenten überladen waren, folgten George auf den Fersen. Lawrence wartete, bis sich der Monarch niedergelassen hatte, kniete dann vor ihm nieder und bekräftigte seinen Treueeid mit lauter, donnernder Stimme. Er hoffte, daß seine Worte die Gäste dazu bringen würden, dem König in ähnlicher Weise Respekt zu zollen.

Der König beugte sich vor und stützte seine großen Hände auf die Knie. »Wir, Euer vom Volk geschätzter König, sind sehr zufrieden mit Euch, Baron Lawrence. Wir sind doch der vom Volk geschätzte König und Herrscher über alle Untertanen, oder nicht?«

Lawrence war auf diese Frage vorbereitet. Der König hatte sich schon häufig so bezeichnet und hörte liebend gern eine Bestätigung von seinen Untertanen.

»Ja, Mylord, Ihr seid der vom Volk geschätzte König und Herrscher über alle Untertanen.«

»Das ist ein guter Junge«, flüsterte der König und berührte Lawrence' fast kahlen Schädel. Der Baron wurde rot vor Verlegenheit. Der König behandelte ihn wie einen unerfahrenen Knappen – schlimmer noch, der Baron fühlte sich wie ein unerfahrener Knappe.

»Erhebt Euch, Baron Lawrence, und helft mir, diese wichtige Angelegenheit zu beaufsichtigen«, befahl der König.

Lawrence tat sofort, was von ihm verlangt wurde, und als er George aus der Nähe betrachtete, mußte er an sich halten, um seine Überraschung nicht zu zeigen. In früheren Jahren hatte der König relativ gut ausgesehen, aber die Zeit war nicht gerade gnädig mit ihm umgegangen. Seine Wangen waren voller geworden, und tiefe Falten durchzogen sein Gesicht. Dicke Tränensäcke, die seine Erschöpfung zeigten, hingen unter seinen Augen. Die makellos weiße Perücke mit den Löckchen an den Seiten betonte noch seinen unnatürlich blassen Teint.

Der König lächelte seinen Vasallen in unschuldiger Erwartung an, und Lawrence erwiderte das Lächeln, obwohl er über den unbedarften Ausdruck der Güte und Aufrichtigkeit erstaunt war. Viele Jahre lang, bevor ihn die Krankheit verwirrt hatte, war George ein überaus fähiger Herrscher gewesen, und er hatte seine Untertanen behandelt wie ein wohlwollender Vater.

Der Baron stellte sich an die Seite des Königs und musterte die Männer, die er für Abtrünnige hielt, und seine Stimme durchschnitt die Stille, als er befahl:

»Auf die Knie!«

Sie gehorchten.

Hugo starrte Lawrence verblüfft an. Bis jetzt war ihm noch nicht aufgefallen, wie entschlossen sein Freund sein konnte.

Der König war hocherfreut über die allgemeine Ehrerbietung, die ihm entgegengebracht wurde. »Baron«, sagte er und strahlte Lawrence an. »Holt die Braut und den Bräutigam. Die Zeit ist schon ziemlich fortgeschritten, und wir haben noch viel zu erledigen.«

Als sich Lawrence verbeugte, wandte sich der König Sir Hugo zu. »Wo sind die Ladies? Ich sehe keine einzige Dame, die der Zeremonie beiwohnt. Was hat das zu bedeuten, Sir Hugo?«

Hugo hatte keine Lust, dem König die Wahrheit zu sagen und ihm zu gestehen, daß die Männer ihre Frauen nicht mitgebracht hatten, weil sie einen Kampf und nicht eine Hochzeit erwarteten. In diesem Fall hätte Ehrlichkeit nur die Gefühle des Königs verletzt.

»Ja, hochgeschätzte Majestät«, antwortete Hugo rasch. »Ich habe auch schon bemerkt, daß keine Damen anwesend sind.«

»Aber weshalb?« hakte der König nach.

Hugo hatte für diesen Umstand keine Erklärung parat und wandte sich in seiner Verzweiflung an seinen Freund, der in diesem Augenblick die Halle wieder betrat. »Lawrence, kennst du den Grund dafür?«

Der Baron bemerkte den erschreckten Blick seines Freundes und sagte: »Die Reise hierher war sicher zu beschwerlich für … die zarten Damen.« Er wäre fast an diesen Worten erstickt. Die Lüge war wirklich schändlich und allzu offensichtlich, denn jeder, der die Winchesters-Ladies auch nur einmal gesehen hatte, wußte, daß sie ungefähr so zart waren wie Schakale. Aber König Georges Gedächtnis war offenbar nicht mehr das allerbeste. Sein kurzes Nicken zeigte an, daß diese Erklärung seine Bedenken zerstreut hatte.

Der Baron funkelte die Winchesters, die ihn zu dieser Unaufrichtigkeit gezwungen hatten, wütend an, bevor er weitere Vorbereitungen für die Zeremonie traf.

Der Bräutigam wurde aufgefordert, seinen Platz einzunehmen, und sofort bildete die Menge eine Gasse, um ihn durchzulassen. Der junge Marquis St. James stürmte in den Saal wie ein entschlossener Krieger, der sich einer feindlichen Horde stellen mußte. Er hatte kastanienbraunes Haar und klare grüne Augen. Sein Gesicht wirkte kantig und hager, und seine Nase war bei einem Kampf, den er zweifellos gewonnen hatte, gebrochen. Die kleine Unebenheit auf seinem Nasenrücken verlieh seiner Erscheinung etwas Verwegenes.

Nathan, wie ihn die engsten Familienmitglieder nannten, war einer der jüngsten Edelmänner im ganzen Königreich – er war kaum älter als vierzehn. Sein Vater, der mächtige Earl of Wakersfield, war in Regierungsangelegenheiten außer Landes und konnte deshalb seinem Sohn bei der Zeremonie nicht zur Seite stehen. Tatsächlich wußte der Earl überhaupt nicht, daß diese Hochzeit stattfand, und Lawrence befürchtete, daß er vor Wut außer sich sein würde, wenn er davon erfuhr. Der Earl war schon unter normalen Umständen ein unangenehmer Zeitgenosse, aber wenn man ihn herausforderte, konnte er rachsüchtig wie der Satan persönlich werden. Er war bekannt dafür, grausamer zu sein als die ganze übrige St. James-Sippe zusammen. Lawrence vermutete, daß ihn seine Verwandten gerade wegen dieser Eigenschaft in wichtigen Angelegenheiten um Rat fragten und als Anführer akzeptierten.

Obwohl er den Vater von Herzen verabscheute, mochte Lawrence den jungen Nathan, dem er schon des öfteren begegnet war. Der Junge wirkte besonnen und reif, obwohl er erst vierzehn Jahre alt war. Lawrence respektierte ihn, aber gleichzeitig tat er ihm auch ein wenig leid, denn er hatte ihn noch nie lachen sehen.

Die entfernteren Verwandten sprachen den jungen Mann nie mit seinem Namen an – sie nannten ihn schlicht »Junge«, so als ob er erst seinen Wert unter Beweis stellen müßte. Er mußte erst einige Prüfungen bestehen, um als ganzer Mann zu gelten, aber niemand hegte auch nur den geringsten Zweifel, daß er sich bewähren würde. Man betrachtete ihn schon wegen seiner Körpergröße als potentiellen Anführer und hoffte, daß er sich zu einem entschlossenen Mann entwickeln würde, der den anderen Männern in der Sippe in nichts nachstand.

Der Marquis richtete seinen Blick direkt auf den König von England, als er die Halle durchquerte und vor ihm stehenblieb. Lawrence beobachtete den Jungen aufmerksam. Er wußte, daß die St. James den Marquis instruiert hatten, das Knie nicht vor dem König zu beugen, wenn man ihn nicht ausdrücklich dazu auffordert.

Nathan jedoch ignorierte die Anweisungen, ließ sich auf die Knie nieder und beugte den Kopf, bevor er mit klarer Stimme den Treueeid leistete. Als der König ihn fragte, ob er der vom Volk geschätzte König und Herrscher über alle Untertanen sei, huschte ein Lächeln über das Gesicht des Jungen.

»Ja, Mylord, Ihr seid der geschätzte König des Volkes«, antwortete Nathan.

Der Baron empfand Bewunderung für den jungen Nathan, und George lächelte erfreut, während Nathans Verwandte finstere Mienen zur Schau stellten. Die Winchesters kicherten schadenfroh.

Plötzlich richtete sich Nathan in einer einzigen fließenden Bewegung auf und drehte sich um. Einen langen atemlosen Moment starrte er die Winchesters an. Sein eiskalter Blick schien die Unverschämtheiten der Männer im Keim zu ersticken, und der junge Marquis wandte sich dem König erst wieder zu, als alle Winchesters ihre Blicke gesenkt hatten. Trotz ihres Zorns murmelten die St. James anerkennend.

Der Junge schenkte seinen Verwandten keinerlei Aufmerksamkeit. Er stand mit gespreizten Beinen und auf dem Rücken verschränkten Händen da und blickte ins Leere. Seine Haltung drückte nichts als Langeweile aus.

Lawrence stellte sich direkt vor Nathan und nickte ihm zu, um ihn wissen zu lassen, wie sehr im sein Auftritt gefallen hatte.

Nathan antwortete ihm mit einer knappen Kopfbewegung, und Lawrence verbiß sich ein Lachen – das Selbstbewußtsein des Jungen war herzerfrischend. Er hatte sich gegen seine Verwandtschaft aufgelehnt, ohne an die Konsequenzen zu denken, und der Situation entsprechend gehandelt. Lawrence fühlte sich wie ein stolzer Vater – eine seltsame Empfindung, da er weder verheiratet war noch Kinder hatte. Als er sich auf den Weg machte, um die Braut zu holen, fragte sich Lawrence, ob Nathan in der Lage war, seine gelangweilte Pose während der ganzen Zeremonie aufrechtzuerhalten.

Lawrence hörte das Weinen, das von einer barschen Männerstimme unterbrochen wurde, als er den ersten Stock erreichte. Er klopfte zweimal an die Tür, bevor ihm der Earl of Winchesters, der Vater der Braut, öffnete. Das Gesicht des Earl war hochrot vor Zorn.

»Es wird aber auch Zeit«, bellte er.

»Der König hat sich verspätet«, erklärte der Baron.

Der Earl nickte kurz. »Kommt herein, Lawrence, und helft mir, dieses störrische kleine Ding die Treppe hinunterzuschaffen.«

Lawrence lächelte. »Ich glaube, daß viele Mädchen in diesem zarten Alter störrisch sind.«

»Davon habe ich noch nie etwas gehört«, brummte der Earl. »Offen gestanden bin ich zum ersten Mal in meinem Leben allein mit Sara. Ich bin nicht mal sicher, ob sie überhaupt weiß, wer ich bin. Ich habe ihr natürlich alles erklärt, aber wie Ihr seht, ist sie nicht in der Stimmung, jemandem zuzuhören. Ich hatte ja keine Ahnung, daß sie so schwierig ist.«

Lawrence konnte seine Überraschung über diese Bemerkung nicht verbergen. »Harold«, begann er und benutzte absichtlich die vertrauliche Anrede, »Ihr habt zwei andere Töchter, die älter als Sara sind. Ich kann gar nicht begreifen, daß Ihr …«

Dieses Eingeständnis erschütterte Lawrence. Er schüttelte den Kopf und folgte dem Earl in das Zimmer. Die Braut saß auf der Kante eines Sessels und starrte aus dem Fenster. Sobald sie den Neuankömmling sah, fing sie wieder an zu weinen. Sie war die bezauberndste Braut, die Lawrence je gesehen hatte. Eine Flut von goldenen Locken, auf denen ein Krönchen aus Frühlingsblumen saß, umrahmte ihr engelgleiches Gesicht. Die Sommersprossen auf ihrer Nase wirkten vorwitzig, obwohl ihre Wangen tränenüberströmt waren. Sie trug ein langes weißes Kleid mit Spitzenbordüren an Saum und Ärmeln und eine bestickte Schärpe, die zu Boden fiel, als das Mädchen aufstand.

Ihr Vater fluchte laut, und sie wiederholte den Fluch.

»Es ist Zeit, hinunterzugehen, Sara«, verkündete der Earl mürrisch.

»Nein.«

Der Earl schnappte wütend nach Luft. »Wenn du wieder zu Hause bist, werde ich dafür sorgen, daß dir dein Ungehorsam leid tut, junge Lady. Bei Gott, ich werde dich übers Knie legen. Du wirst es erleben.«

Der Baron bezweifelte ernsthaft, ob der Earl mit seinen Drohungen etwas erreichte. Sara blitzte ihren Vater rebellisch an, gähnte und setzte sich wieder auf seinen Platz.

»Harold, mit Wutausbrüchen kommt Ihr auch nicht weiter«, warf der Baron ein.

»Dann muß ich eben zur Tat schreiten«, brummte der Earl und trat mit hocherhobener Hand auf seine Tochter zu.

Lawrence stellte sich ihm in den Weg. »Ihr werdet sie nicht schlagen«, sagte er ärgerlich.

»Sie ist meine Tochter«, brüllte der Earl. »Ich werde sie, verdammt noch mal, zwingen, mir zu gehorchen.«

»Ihr seid Gast in meinem Haus, Harold«, erwiderte Lawrence, und als er merkte, daß er auch die Stimme erhoben hatte, fuhr er ruhiger fort: »Laßt mich mit ihr sprechen.«

Lawrence wandte sich Sara zu, die offensichtlich vom Zorn ihres Vaters gänzlich unbeeindruckt war. Sie gähnte erneut.

»Sara, die ganze Sache dauert nicht länger als ein paar Minuten, dann hast du alles überstanden«, sagte der Baron und kniete sich vor sie hin. Er schenkte ihr ein beschwichtigendes Lächeln und half ihr beim Aufstehen. Während er beruhigende Worte flüsterte, legte er die Schärpe um ihre Taille und schob Sara zur Tür. Das Mädchen gähnte wieder.

Die Braut war so müde, daß sie sich nicht wehrte, als der Baron sie weiterzog, aber als sie die Tür erreicht hatten, löste sie sich plötzlich aus seinem Griff und lief zurück zu ihrem Sessel. Dort riß sie eine uralte Decke an sich und ging, indem sie einen weiten Bogen um ihren Vater machte, wieder zu Lawrence. Sie drapierte die Decke, die auf dem Boden schleifte, um ihre Schultern und reichte dem Baron ihre Hand.

Ihr Vater versuchte, ihr die Decke wegzunehmen, und Sara fing laut zu schreien an. Der Earl fluchte.

»Großer Gott, Harold, laßt ihr doch dieses Ding«, seufzte Lawrence matt.

»Das werde ich nicht tun«, schrie der Earl. »Ich kann doch nicht zulassen, daß sie diesen Fetzen mitnimmt!«

»Sie kann die Decke doch behalten, bis wir die Halle erreicht haben.«

Schließlich gab der Earl widerstrebend nach. Er warf seiner Tochter noch einen zornigen Blick zu, nahm seine Position an der Spitze der kleinen Prozession ein und ging die Treppe hinunter.

Lawrence wünschte sich, Sara wäre seine Tochter. Als sie vertrauensvoll zu ihm aufsah und ihn anlächelte, hätte er sie am liebsten in die Arme genommen und getröstet. Ihre Aufstellung geriet in Unordnung, als sie den Eingang zur Halle erreichten und der Earl versuchte, seiner Tochter die Decke zu entwenden.

Nathan drehte sich um, als er den Tumult hörte, und seine

Augen weiteten sich vor Staunen. Er konnte kaum fassen, was er sah. In dem sicheren Glauben, daß sein Vater gleich nach seiner Rückkehr die Ehe annullieren lassen würde, hatte der junge Marquis überhaupt kein Interesse an seiner zukünftigen Frau gezeigt, ja nicht einmal einen einzigen Gedanken an sie verschwendet. Deshalb war er jetzt, als er sie zum erstenmal sah, um so überraschter.

Seine Braut war eine kleine Range. Nathan hatte große Mühe, seine gelangweilte Pose beizubehalten. Der Earl schrie ebenso laut wie seine Tochter, die aber weitaus entschlossener wirkte. Sie hatte sich an die Beine ihres Vaters geklammert und war eifrig bemüht, auf sein Knie einzuschlagen.

Nathan lächelte, aber seine Verwandten waren weniger zurückhaltend. Ihr lautes Gelächter dröhnte in der Halle, während die Winchesters das Schauspiel mit Entsetzen verfolgten. Der Earl, ihr inoffizieller Anführer, hatte seine Tochter abgeschüttelt, und befand sich aber gleich darauf in einem Kampf um etwas, das wie eine alte Pferdedecke aussah – und er verlor die Schlacht.

Baron Lawrence riß der Geduldsfaden, er zog die holde Braut an sich und hob sie auf die Arme, dann zerrte er dem Earl die Decke aus den Händen und marschierte auf Nathan zu. Ohne Umschweife schob er das Mädchen und die Decke in die Arme des Bräutigams.

Während sich Nathan klarzuwerden versuchte, was er von der Situation halten sollte, bemerkte Sara, daß ihr Vater auf sie zuhumpelte. Blitzschnell schlang sie die Arme um Nathans Hals und legte die Decke um ihn. Sie spähte über seine Schulter, um festzustellen, ob ihr Vater sie einzufangen versuchte. Nachdem sie sich Gewißheit verschafft hatte, daß sie in Sicherheit war, schenkte sie dem Fremden, der sie in den Armen hielt, ihre volle Aufmerksamkeit. Sie starrte ihn lange an.

Der Bräutigam stand stocksteif da. Er fühlte ihren Blick auf seinem Gesicht, wagte aber nicht, ihn zu erwidern. Er hatte keine Ahnung, was er tun würde, wenn sie sich entschließen sollte, auf ihn einzuschlagen. Nach kurzer Überlegung kam er zu dem Schluß, daß er jede Verlegenheit, in die sie ihn bringen mochte, ertragen mußte. Schließlich war er ein Mann und seine Braut noch ein Kind.

Nathan hielt seinen Blick auf den König gerichtet, bis Sara Nathans Wange berührte. Schließlich drehte er sich um und schaute sie an. Sie hatte die strahlendsten braunen Augen, die er je gesehen hatte. »Papa möchte mich verdreschen«, verkündete sie und zog eine Grimasse.

Nathan reagierte nicht auf die Bemerkung. Bald wurde Sara es müde, ihn anzusehen. Ihre Lider wurden schwer, und ihr Kopf sank auf seine Schulter. Er spürte, wie sie ihr Gesicht an seinen Hals preßte.

»Laß nicht zu, daß mein Papa mich verhaut«, flüsterte sie.

»Natürlich werde ich das nicht zulassen.«

Von einer Sekunde zur andern war er zu ihrem Beschützer geworden.

Sara, die müde von der langen Reise und den vielen Aufregungen war, schlief in den Armen ihres Bräutigams ein.

Erst als der königliche Anwalt den Ehevertrag vorlas, erfuhr Nathan Saras Alter.

Seine Braut war vier Jahre alt.

1

LONDON, ENGLAND, 1816

Es schien eine saubere, unkomplizierte Entführung zu werden. Merkwürdigerweise hätte diese Entführung sogar von den Behörden als vollkommen legales Unternehmen gehalten werden können, wenn man einmal von dem Einbruch und davon, daß sich jemand gewaltsamen Zugang zu einem fremden Haus verschaffte, absah. Aber diese Einzelheiten waren im Augenblick nicht von Belang. Nathaniel Clayton Hawthorn Baker, der dritte Marquis of St. James, war darauf vorbereitet, wenn nötig auch drastische Maßnahmen zu ergreifen, um zum Ziel zu gelangen. Wenn das Glück auf seiner Seite war, dann schlief sein Opfer – andernfalls kannte er eine wirksame Methode, jeden Protest im Keim zu ersticken.

So oder so, legal oder kriminell – er würde seine Frau mitnehmen. Nathan, wie der Marquis von seinen wenigen guten Bekannten genannt wurde, benahm sich bei diesem Unterfangen nicht gerade wie ein Gentleman, und glücklicherweise war er von Natur aus ohnehin nicht zartbesaitet.

Vor sechs Wochen erst war Nathan die volle Tragweite des Ehevertrages, den er vor vierzehn Jahren unterschrieben hatte, klargeworden. Er hatte seine Braut seit der Hochzeit nicht mehr gesehen, aber ihr Bild hatte sich seltsam tief in sein Gedächtnis gegraben. Er machte sich keine Illusionen über das junge Ding – schließlich waren ihm schon genügend Winchester-Frauen begegnet, so daß er wußte, daß sie nicht unbedingt als Schönheiten zu bezeichnen waren. Die meisten von ihnen hatten eine birnenförmige Figur und derbe Knochen, außerdem weit ausladende Hüften und, wenn man den Geschichten, die man sich über sie erzählte, Glauben schenken konnte, einen schier unersättlichen Appetit.

Die Vorstellung, eine Frau an seiner Seite zu haben, war für Nathan ungefähr so verlockend wie die Aussicht auf ein mitternächtliches Wettschwimmen mit einer Horde von Haifischen. Trotzdem war er entschlossen, alle Unannehmlichkeiten zu ertragen. Vielleicht fand sich ja mit der Zeit eine Lösung für sein Problem, und möglicherweise gab es einen Weg für ihn, die Bedingungen des Vertrages zu erfüllen, ohne daß er Tag und Nacht mit seiner Frau verbringen mußte.

Die meiste Zeit seines Lebens war Nathan auf sich allein gestellt gewesen, und er hatte sich niemals auf die Ratschläge anderer verlassen. Es gab nur einen Menschen, dem er wirklich vertraute, und das war sein Freund Colin. Aber jetzt stand so viel auf dem Spiel, daß Nathan gezwungen war, seine Frau zu sich zu holen. Wenn er – so stand es in dem Vertrag – ein Jahr mit Sara zusammenlebte und einen Erben zeugte, erhielt er eine stattliche Geldsumme, und Nathan war wild entschlossen, dafür alle Unannehmlichkeiten, die ihm das Eheleben bescheren würde, auf sich zu nehmen. Mit dem Vermögen, das ihm die Krone auszahlen mußte, wenn er seine Pflicht erfüllt hatte, konnte er die Gesellschaft, die Colin und er im letzten Sommer gegründet hatten, sanieren. Die Emerald Shipping Company war das erste legale Geschäft, das die beiden Männer in Angriff nahmen, und sie hatten den Ehrgeiz, es zu einem Erfolg zu machen. Der Grund für diesen Ehrgeiz war simpel: Weder Colin noch Nathan hatten Lust, ihr Leben weiterhin am Rande der Gesellschaft zu verbringen. Sie waren nach einer Auseinandersetzung mit ihrem ehemaligen Vorgesetzten durch Zufall mit Freibeutern zusammengekommen und hatten einige Zeit mit ihnen die Weltmeere besegelt. Aber vor kurzem waren sie zu der Überzeugung gelangt, daß das Risiko, das sie bei der Piraterie eingingen, zu groß war. Nathan hatte sich als der skrupellose Pirat, der sich Pagan nannte, einen Namen und zahllose Feinde gemacht. Auf seinen Kopf war eine derart hohe Belohnung ausgesetzt, daß selbst ein Heiliger der Versuchung, ihn auszuliefern, nicht hätte widerstehen können. Außerdem war es mit der Zeit immer schwieriger geworden, seine wahre Identität geheimzuhalten, und Colin hatte seinen Freund bekniet, das gefährliche Leben aufzugeben, bevor er gefangengenommen wurde. Schließlich hatte Nathan eingewilligt, seßhaft zu werden. Genau eine Woche nach ihrer Ankunft in London hatten sie die Emerald Shipping Company gegründet. Das Büro, das sich direkt am Hafen befand, war nur spärlich möbliert. Die zwei Schreibtische, vier Stühle und den Aktenschrank, dessen Holz von einem früheren Brand Blasen warf, hatte der vorherige Besitzer des Büros zurückgelassen. Wenn die beiden Freunde zu Geld kamen, wollten sie sich als erstes – neben Schiffen für ihre Flotte – neue Möbel kaufen.

Sowohl Colin als auch Nathan verstanden etwas vom Geschäft, sie hatten beide, ohne damals schon Kontakt miteinander gehabt zu haben, in Oxford ihren Abschluß gemacht. Erst als sie sich auf das tödliche Spiel des englischen Geheimdienstes eingelassen hatten, waren sie sich nähergekommen. Es dauerte eine Weile, bis Nathan, der während seiner gesamten Studienzeit keine Freundschaften gepflegt hatte, Vertrauen zu Colin faßte. Aber dann setzten sie gemeinsam ihr Leben aufs Spiel, um ihrem geliebten Vaterland zu dienen. Zu guter Letzt waren sie jedoch von ihrem unmittelbaren Vorgesetzten verraten worden. Colin war fassungslos, als er herausfand, wie übel man ihnen mitgespielt hatte, aber für Nathan war dieser Verrat keine Überraschung. Er erwartete immer das Schlimmste von seinen Mitmenschen und war demzufolge nie enttäuscht, wenn ihm jemand Schaden zufügte. Er war ein Zyniker und ging selten einer Auseinandersetzung aus dem Weg.

Colins älterer Bruder Caine, der Earl of Cainewood, hatte vor etwa einem Jahr Nathans jüngere Schwester Jade geheiratet, und seither war die Freundschaft zwischen Nathan und Colin noch enger geworden. Beide wurden, da sie dem Adel angehörten, zu den wichtigsten gesellschaftlichen Ereignissen eingeladen. Colin sagte stets freudig zu, knüpfte bei diesen Gelegenheiten Kontakte und versuchte bei all den Vergnügungen, die er besuchte, Klienten für ihre Company anzuwerben. Nathan begleitete ihn nie, und Colin vermutete, daß sein Freund genau aus diesem Grund immer wieder eingeladen wurde. Nathan war bei der höheren Gesellschaft nicht unbedingt beliebt, aber das scherte ihn nicht – er hielt sich ohnehin lieber in den kleinen Tavernen am Hafen auf.

Die beiden Freunde erschienen auf den ersten Blick wirklich grundverschieden. Colin war, wie Nathan des öfteren bemerkte, wenn er Colin ärgern wollte, der hübschere der beiden Partner. Und in der Tat sah Colin bemerkenswert gut aus. Er hatte haselnußbraune Augen und ein gutgeschnittenes aristokratisches Gesicht. Sein dunkelbraunes Haar trug er seit seinen Piratentagen ebenso wie Nathan lang, aber das störte beileibe nicht den positiven Eindruck, den sein hübsches Gesicht auf die Damen der Gesellschaft machte. Die beiden Freunde waren fast gleich groß, aber Colin war schmaler gebaut – dafür konnte er, wenn es die Situation erforderte, mindestens genauso arrogant auftreten wie Nathan. Die Tatsache, daß Colin infolge eines Unfalls ein wenig hinkte, schien seine Anziehungskraft nur zu verstärken.

Im Vergleich zu Colin war Nathan von der Natur weniger begünstigt worden. Er glich eher einem finsteren Ritter aus vergangenen Tagen als einem Adonis. Er band sein langes kastanienbraunes Haar nie im Nacken zusammen, wie Colin es zu tun pflegte, sondern ließ es auf seine mächtigen, muskulösen Schultern fallen. In seinen lebhaften grünen Augen lag meistens ein so düsterer Ausdruck, daß die Frauen ihm ängstlich aus dem Weg gingen, wenn er sie ansah.

Für Außenseiter verkörperte Colin das Gute, während sie Nathan für einen Schurken hielten, aber in Wahrheit ähnelten sie sich in ihrem Wesen sehr. Beide waren, wenn es um ihre innersten Empfindungen ging, ziemlich verschlossen. Nathan bevorzugte die Einsamkeit und schützte sich durch sein mürrisches Auftreten vor Auseinandersetzungen und unangenehmen Erlebnissen, und Colin gab sich aus dem gleichen Grund oberflächlich.

Colins freundliches Lächeln war ebenso eine Maske wie Nathans düsterer Gesichtsausdruck. Der Verrat, den sie erlebt hatten, hatte sie beide gleichermaßen geprägt, und sie hatten den Glauben an die hübschen Märchen von der reinen Liebe oder vom glücklichen Leben verloren. Nur Gecken und Narren glaubten an solche Hirngespinste.

Als Nathan mit seinem üblichen finsteren Blick das Büro betrat, fand er Colin auf einem der hochlehnigen Stühle sitzend vor.

»Jimbo hat zwei Pferde besorgt, Colin«, verkündete Nathan. »Habt ihr beide noch etwas zu erledigen?«

»Du weißt genau, wofür wir die Pferde brauchen. Wir, das heißt du und ich, werden zum Anwesen der Winchesters reiten und einen Blick auf Lady Sara werfen. Heute nachmittag gibt die junge Lady eine Gartengesellschaft, und es herrscht sicher ein solcher Betrieb, daß uns niemand bemerkt, wenn wir uns bei den Bäumen auf dem Hügel aufhalten.«

Nathan sah aus dem Fenster. »Nein«, entgegnete er barsch.

»Jimbo hat ein Auge auf das Büro, während wir weg sind.«

»Colin, es ist nicht nötig, daß ich sie vor heute abend sehe.«

»Verdammt, du solltest sie dir wirklich vorher anschauen.«

»Warum?« fragte Nathan erstaunt.

Colin schüttelte den Kopf. »Damit du dich auf alles vorbereiten kannst.«

»Aber ich brauche keine weiteren Vorbereitungen«, wehrte Nathan ab. »Alles, was getan werden mußte, ist bereits erledigt. Ich weiß, welches Fenster zu ihrem Schlafzimmer gehört, und der Baum, der direkt davorsteht, hält mein Gewicht – das habe ich selbst ausprobiert. Außerdem bin ich sicher, daß mich niemand bei dieser Aktion beobachten kann, und das Schiff ist längst abfahrbereit.«

»Du hast also an alles gedacht, wie?«

Nathan nickte. »Natürlich.«

»So?« Colin grinste. »Und was ist, wenn sie nicht durch das Fenster paßt? Hast du diese Möglichkeit auch schon in Erwägung gezogen?«

Die Frage hatte genau die Wirkung, die Colin sich erhofft hatte. Nathan starrte ihn verwirrt an und schüttelte nach einer Weile den Kopf. »Es ist ein breites Fenster, Colin.«

»Vielleicht ist Sara noch breiter.«

Nathan war nicht anzusehen, ob ihn diese Möglichkeit abschreckte. »Wenn das der Fall sein sollte, dann werde ich sie die Treppe hinunterrollen«, erwiderte er gedehnt.

Colin lachte, als er sich die Szene vorstellte. »Bist du denn kein bißchen neugierig, wie sie aussieht?«

»Nein.«

»Aber ich bin neugierig«, gestand Colin. »Wenn ich euch schon bei euren Flitterwochen Gesellschaft leisten soll, ist es nur recht und billig, daß ich vorher erfahre, was auf mich zukommt.«

»Du weißt genau, daß diese Reise nichts mit Flitterwochen zu tun hat«, versetzte Nathan. »Hör auf, mir auf die Nerven zu gehen, Colin. Sara ist eine Winchester, verdammt noch mal, und der einzige Grund für dieses Unterfangen ist, sie von ihren Verwandten wegzuholen und die Klauseln des Ehevertrages zu erfüllen.«

»Ich frage mich wirklich, ob du diese Sache durchstehst«, sagte Colin. Sein breites Lächeln war einem ernsten, nachdenklichen Ausdruck gewichen. »Gütiger Himmel, Nathan, du mußt das Bett mit ihr teilen und einen Erben zeugen, wenn du jemals wieder nach England zurückkehren willst.«

Bevor Nathan darauf etwas erwidern konnte, fuhr Colin fort: »Du bist nicht verpflichtet, diese Last auf dich zu nehmen, das weißt du. Die Company kommt auch ohne das Geld, das dir der König in Aussicht gestellt hat, auf die Beine. Außerdem hat der König die Regierungsgeschäfte offiziell niedergelegt, und ich bin sicher, daß der Prinzregent nicht auf der Erfüllung des Vertrages besteht. Die Winchesters haben sich auch schon heftig darum bemüht, ihn für ungültig erklären zu lassen. Wenn du dich jetzt auch noch dagegen aussprichst, bleibt dem Prinzregenten gar nichts anderes übrig, als der Bitte nachzukommen.«

»Nein«, protestierte Nathan vehement. »Ich habe meine Unterschrift unter diesen Vertrag gesetzt, und ein St. James bricht niemals sein Wort.«

Colin schnaubte verächtlich. »Du machst wohl Witze? Gerade die St. James sind dafür bekannt, daß sie ständig ihr Wort brechen und je nach Laune eine Abmachung einhalten oder nicht.«

Nathan konnte dem beim besten Willen nicht widersprechen und gab widerstrebend zu: »Du hast recht. Aber trotzdem werde ich mich nicht drücken, genauso wenig wie du dich bereit erklärst, von deinem Bruder Geld anzunehmen. Es ist eine Ehrensache … Ach, zur Hölle, darüber haben wir doch schon so oft gesprochen, und du kennst meine Einstellung.« Er lehnte sich an den Fensterrahmen und seufzte. »Du läßt mich nicht eher in Frieden, bis ich mit dir zu den Winchesters reite, stimmt's?«

»Du hast den Nagel auf den Kopf getroffen«, lautete Colins Antwort. »Du hast, wenn du mitkommst, immerhin die Gelegenheit, herauszufinden, mit wievielen Winchester-Onkeln du es zu tun hast, wenn heute abend etwas schiefgeht.«

Das war ein schlagendes Argument, das wußten beide. Trotzdem meinte Nathan: »Es wird nichts schiefgehen, und niemand kann mich aufhalten.«

Colin lachte wieder. »Ich kenne deine speziellen Talente sehr gut, mein Freund. Ich bete nur zu Gott, daß du dir den Weg nicht freikämpfen mußt.«

»Warum?«

»Ich würde mich ärgern, weil ich den Spaß versäumen müßte.«

»Du kannst ja mitkommen.«

»Leider nein«, sagte Colin. »Eine Hand wäscht die andere, das weißt du doch. Ich habe der Herzogin als Gegenleistung dafür, daß sie Saras Fest heute nachmittag möglich macht, versprochen, sie zum Liederabend ihrer Tochter zu begleiten. Der Himmel möge mich schützen, wenn sie auf dem Fest der Winchesters ist und mich entdeckt!«

»Sie ist ganz bestimmt nicht dort«, behauptete Nathan fest. »Dieser Winchester-Bastard hat sie sicher nicht eingeladen.«

»Sara gibt das Fest, und der Earl of Winchesters würde es bestimmt nicht wagen, die Herzogin zu brüskieren. Schließlich hat sie diese Gesellschaft initiiert.«

»Warum hat sie das eigentlich getan?«

»Ich habe nicht die geringste Ahnung, Nathan«, erwiderte Colin. »Wir verschwenden hier nur unsere Zeit.«

»Verdammt«, fluchte Nathan und stieß sich vom Fensterrahmen ab. »Also gut, bringen wir's hinter uns.«

Colin war glücklich über seinen Sieg und stürmte aus dem Büro, bevor es sich sein Freund anders überlegen konnte.

Auf dem Weg durch die Stadt fragte er Nathan: »Hast du dir schon Gedanken darüber gemacht, woran wir Sara erkennen können?«

»Ich bin sicher, daß du dir selbst schon etwas ausgedacht hast«, lautete die trockene Antwort.

»Darauf kannst du dich verlassen«, bestätigte Colin fröhlich. »Meine Schwester Rebecca hat versprochen, sich den ganzen Nachmittag in Saras Nähe aufzuhalten, und wenn sie aus irgendeinem Grund verhindert sein sollte, mir zu zeigen, wer Sara ist, wende ich mich an meine anderen Schwestern ... Weißt du, alter Junge, du könntest wirklich etwas mehr Enthusiasmus zeigen.«

»Wozu? Das ganze Unternehmen ist ohnehin nur Zeitverschwendung.«

Colin war anderer Meinung, aber er behielt sie für sich. Beide schwiegen, bis sie die Anhöhe über dem Park der Winchesters erreicht hatten und ihre Pferde zügelten. Das Laub der drei Bäume schirmte sie vollkommen ab, dennoch hatten sie einen vorzüglichen Ausblick auf die Menschen, die sich im Park vergnügten.

»Zur Hölle, Colin, ich komme mir vor wie ein Schuljunge.«

Colin lachte und betrachtete die Menschenmenge, die sich auf einer Terrasse versammelte.

»Ich bleibe nur noch zehn Minuten, Colin.«

»Einverstanden«, beschwichtigte Colin seinen Freund, dessen Blick in diesem Moment besonders finster wirkte. »Möglicherweise kommt Sara ja doch noch freiwillig mit, Nathan, wenn du ...«

»Willst du damit sagen, daß ich ihr noch einmal schreiben soll?« brauste Nathan auf. Er zog eine Augenbraue in die Höhe, um auszudrücken, wie absurd er diesen Vorschlag fand. »Du erinnerst dich doch sicher noch daran, was geschah, als ich das letztemal deinem Ratschlag folgte, oder?«

»Natürlich weiß ich das, aber die Dinge könnten sich inzwischen geändert haben, oder es könnte ein Mißverständnis gegeben haben. Saras Vater ...«

»Ein Mißverständnis?« polterte Nathan. »Ich habe ihnen am Donnerstag geschrieben und mich bestimmt nicht mißverständlich ausgedrückt.«

»Natürlich«, erwiderte Colin. »Du hast ihnen mitgeteilt, daß du deine Braut am Montag abholen würdest.«

»Du glaubst doch nicht etwa, daß ich ihr mehr Zeit zum Packen hätte lassen müssen?«

Colin lächelte breit. »Natürlich, und das habe ich dir auch gesagt. Trotzdem muß ich gestehen, daß ich ziemlich erstaunt war, als sie davongelaufen ist. Sie war ziemlich schnell, nicht wahr?«

»Ja, das war sie«, antwortete Nathan belustigt.

»Du hättest sie einholen können.«

»Warum? Meine Männer sind ihr gefolgt, und ich wußte, wo sie sich aufhielt. Ich hatte mich aber entschlossen, sie noch eine Weile allein zu lassen.«

»Du hast ihr eine Galgenfrist gegönnt, stimmt's?«

Nathan lachte. »Sie ist nur eine Frau, Colin, aber du hast recht – ich wollte ihr noch ein wenig Aufschub gewähren.«

»Es war mehr als das. Du wußtest genau, daß sie in Gefahr schweben würde, wenn du deinen Anspruch auf sie so ohne weiteres geltend machst. Das wolltest du nicht zulassen, und du hast sie dadurch, daß du sie in Ruhe gelassen hast, vor Schaden bewahrt. Das war deine Art, sie zu beschützen, oder steckt ein anderer Grund dahinter?«

»Warum fragst du, wenn du ohnehin schon alles weißt?«

»Gott helfe euch beiden, das nächste Jahr wird die Hölle – ihr habt die ganze Welt und besonders die Winchesters gegen euch.«

Nathan zuckte mit den Schultern. »Ich werde gut auf sie aufpassen.«

»Daran zweifle ich nicht.«

Nathan schüttelte den Kopf. »Dieses verrückte Mädchen hat doch tatsächlich eine Passage auf einem meiner Schiffe gebucht, um vor mir zu fliehen. Das ärgert mich noch immer.«

»Das verstehe ich nicht«, erwiderte Colin. »Sie konnte unmöglich wissen, daß du der Eigner des Schiffes bist. Du hast ja selbst darauf bestanden, daß niemand etwas von deiner Beteiligung an der Company erfährt, hast du das vergessen?«

»Wenn ich das nicht getan hätte, hätten wir überhaupt keine Klienten. Du weißt verdammt gut, daß der Name St. James in der feinen Gesellschaft nicht gerade einen guten Klang hat. Meine Familie scheint immer noch so rauhbeinig zu sein wie früher.« Sein Grinsen zeigte seinem Freund, daß er diesen Charakterzug nicht unbedingt verurteilte.

»Etwas kommt mir seltsam vor«, sagte Colin, um das Thema zu wechseln. »Deine Männer sind Lady Sara gefolgt, um sie im Auge zu behalten, aber du hast sie nie gefragt, wie sie aussieht.«

»Dich hat das bis jetzt auch nicht interessiert; du hättest dich ja auch bei Leuten, die sie kennen, danach erkundigen können«, konterte Nathan.

Colin zuckte nur mit den Achseln und wandte seine Aufmerksamkeit wieder der Menschenmenge im Park zu. »Ich dachte, daß du keine Lust hast, nur wegen dieses Vertrages, so ein großes Opfer zu bringen. Nach allem, was Sara ...« Er brach mitten im Satz ab, als er seine Schwester und eine andere Frau, die knapp hinter ihr ging, auf sich zukommen sah. Sie blieben in einiger Entfernung stehen. »Da ist Becca«, sagte er. »Wenn diese dumme Gans doch nur einen Schritt beiseite gehen würde ...« Plötzlich schnappte Colin nach Luft. »Jesus ... kann das Lady Sara sein?«

Nathan gab keine Antwort. Wahrscheinlich hätte er ohnehin kein Wort herausgebracht, da er so sehr damit beschäftigt war, die Erscheinung, die dort auf dem Rasen stand, in sich aufzunehmen.

Dieses Mädchen war bezaubernd. Nathan schüttelte den Kopf. Nein, sagte er sich, das konnte nicht seine Braut sein. Diese junge Lady, die Rebecca so scheu anlächelte, war einfach zu schön, zu weiblich und zu schlank, um zum Winchester-Clan zu gehören.

In diesem Augenblick drang die Erinnerung an das unmögliche kleine Mädchen, das er vor vierzehn Jahren in den Armen gehalten hatte, wieder in sein Bewußtsein, und irgend etwas, was er selbst nicht benennen konnte, sagte ihm, daß diese Frau tatsächlich Lady Sara war.

Sie hatte nicht mehr dieselbe honigfarbene Lockenflut wie

früher. Ihr Haar war jetzt ein wenig dunkler und schulterlang. Ihr Teint sah aus der Entfernung rein und klar aus, und Nathan fragte sich, ob sie immer noch Sommersprossen auf der Nase hatte. Sie war nicht besonders groß – etwa einen halben Kopf kleiner als Colins Schwester –, aber ihre Figur war wohlproportioniert.

»Sieh dir nur die ganzen Stutzer an«, bemerkte Colin. »Sie schwirren herum wie Haie, die ihre Beute einkreisen wollen. Offenbar ist deine Braut ihr Opfer, Nathan. Du liebe Güte, sie sollten einer verheirateten Frau nicht so unverhohlen nachstellen. Aber wenn ich's recht bedenke, dann kann man ihnen das nicht übelnehmen. Nathan, sie ist umwerfend.«

Nathan beobachtete die Männer, die eifrig Jagd auf seine Braut machten, mit Argusaugen und verspürte den Drang, jeden einzelnen von ihnen zu verprügeln. Wie konnten sie es wagen, sich für etwas zu interessieren, was ihm gehörte? Er schüttelte den Kopf über die merkwürdigen Empfindungen, die ihn in diesem Augenblick befielen.

»Dort kommt dein charmanter Schwiegervater«, verkündete Colin. »Mir ist noch nie aufgefallen, daß er solche Säbelbeine hat … Schau nur, wie er sie beobachtet. Er scheint sie keinen Moment aus den Augen zu lassen.«

Nathan holte tief Luft. »Laß uns von hier verschwinden, Colin. Ich habe genug gesehen«, sagte er mit vollkommen ausdrucksloser Stimme.

Colin drehte sich zu ihm um. »Also?«

»Also was?«

»Verdammt, Nathan, sag mir, was du denkst!«

»Worüber?«

»Lady Sara«, beharrte Colin. »Was hältst du von ihr?«

»Willst du die Wahrheit hören?«

Colin nickte eifrig.

Ein Lächeln breitete sich über Nathans Gesicht aus. »Ich glaube, sie paßt durchs Fenster.«

2

Die Zeit verstrich unaufhaltsam.

Sara bereitete sich darauf vor, England zu verlassen, und vermutlich würde jedermann wieder argwöhnen, daß sie vor ihrem Bräutigam davonlief. Man hielt sie bestimmt für einen Feigling, dachte sie, und der Klatsch würde kein Ende nehmen. Trotzdem war sie fest entschlossen, ihre Pläne auszuführen – genaugenommen hatte sie gar keine andere Wahl. Sie hatte zweimal an den Marquis of St. James geschrieben und ihn um seinen Beistand gebeten, aber der Mann, mit dem sie vor dem Gesetz verheiratet war, hatte es nicht für nötig befunden, ihre Briefe zu beantworten. Danach hatte sie nicht mehr den Mut gehabt, sich noch einmal an ihn zu wenden, und für weitere Aktivitäten hatte sie keine Zeit mehr gehabt. Das Wohl und Wehe ihrer Tante Nora stand auf dem Spiel, und Sara war die einzige Person, die sie aus ihrer Zwangslage befreien konnte – oder wollte.

Wenn die Londoner Gesellschaft glaubte, daß sie nur dem Eheleben aus dem Weg gehen wollte, konnte sie auch nichts daran ändern. Schon bei ihrer letzten Reise hatte das Gerücht die Runde gemacht, daß sie auf der Flucht vor ihrem Bräutigam sei.

Als ihre Mutter sie vor einigen Monaten gebeten hatte, zu Nora zu reisen, hatte Sara sofort zugestimmt. Ihre Mutter hatte seit vier Monaten keine Nachricht mehr von ihrer Schwester Nora erhalten, und sie hatte Angst gehabt, daß ihr etwas passiert sein könnte. Saras Mutter war fast krank vor Sorge gewesen, und Sara war über ihren Zustand ebenso beunruhigt gewesen wie über die Tatsache, daß ihre Tante so lange nichts von sich hatte hören lassen. Irgend etwas mußte geschehen sein – es war einfach nicht Tante Noras Art, kein Lebenszeichen von sich zu geben.

Sara und ihre Mutter waren übereingekommen, den wahren Grund für Saras plötzliche Abreise geheimzuhalten. Sie hatten behauptet, daß Sara ihrer älteren Schwester Lillian, die mit ihrem Mann und einem kleinen Sohn in den Kolonien in Amerika lebte, einen Besuch abstatten wollte.

Ursprünglich hatte Sara ihrem Vater die Wahrheit anvertrauen wollen, aber dann hatte sie sich doch dagegen entschieden. Auch wenn er vernünftiger war als seine Verwandten, so war er doch durch und durch ein Winchester, und er verabscheute Tante Nora ebenso sehr wie seine Brüder, auch wenn er es seiner Frau zuliebe nicht laut aussprach.

Die Winchesters hatten Nora ausgestoßen, weil sie durch ihre Heirat Schande über die Familie gebracht hatte, und obwohl die Eheschließung schon vor vielen Jahren stattgefunden hatte, konnten die Winchesters die Schmach, daß sie einen Mann gewählt hatte, der weit unter ihrem Stand war, nicht vergessen. Die Winchesters waren sehr rachsüchtig und handelten stets nach dem Motto »Auge um Auge«. Sie vergaben niemandem, der sie beleidigt oder in der Öffentlichkeit lächerlich gemacht hatte, und betrachteten jeden, der ihre Ehre kränkte, für immer als ihren Feind.

Sara wußte schon lange, daß ihre Tante in Ungnade gefallen war, da es Nora streng verboten war, sie in London zu besuchen. Aber sie hatte gehofft, daß ihre Onkel mit der Zeit etwas nachgiebiger werden würden. Zu ihrem Leidwesen war jedoch genau das Gegenteil der Fall. Sie hatten sogar Saras Mutter verboten, mit ihrer Schwester zu sprechen.

Sara hatte ihre Tante überreden können, sie nach London zu begleiten, und sie waren vor zwei Wochen im Hafen angekommen. Seither war Nora spurlos verschwunden.

Sara wurde fast verrückt vor Angst. Der Zeitpunkt, an dem sie ihren Plan in die Tat umsetzen mußte, rückte immer näher, und ihre Nerven waren zum Zerreißen gespannt. Bis jetzt hatte Sara ein wohlbehütetes Leben geführt, und es hatte immer jemanden gegeben, der sich um sie gekümmert hatte, aber bei diesem Unternehmen war sie ganz auf sich allein gestellt. Sie betete zu Gott, daß sie der Aufgabe gewachsen sein möge – schließlich stand Noras Leben auf dem Spiel.

Schreckensvisionen hatten in den letzten zwei Wochen in einen Alptraum verwandelt. Jedesmal, wenn die Türglocke anschlug, war Sara darauf gefaßt gewesen, daß die Polizei die Nachricht überbrachte, daß Noras Leiche irgendwo gefunden worden war. Schließlich, als sie schon glaubte, die Anspannung nicht mehr ertragen zu können, hatte Nicholas, Saras treu ergebener Diener, bei seinen Nachforschungen Erfolg gehabt. Er hatte herausgefunden, daß die Winchester-Brüder Nora auf dem Dachboden in Onkel Henrys Stadthaus gefangenhielten, bis sie alle Vorkehrungen, die nötig waren, um Nora in ein Irrenhaus einweisen lassen zu können, getroffen hatten. Noras beträchtliches Vermögen wollten die Brüder unter sich aufteilen.

»Diese Blutsauger«, zischte Sara. Ihre Hand bebte, als sie den Riemen, der ihre Reisetasche hielt, festzog. Sie versuchte sich selbst einzureden, daß sie vor Wut und nicht aus Angst zitterte. Jedesmal wenn sie an die schrecklichen Dinge dachte, die ihre Tante durchmachen mußte, wurde sie zornig und verfluchte ihre Verwandtschaft.

Sie holte tief Luft, um sich zu beruhigen, trug die Tasche zum Fenster und warf sie hinaus.

»Das ist die letzte, Nicholas. Beeil dich, die Familie kommt bald zurück. Viel Glück, mein Freund«, rief sie.

Der Diener hob die Tasche auf und lief zu der wartenden Droschke. Sara schloß das Fenster, löschte die Kerze und legte sich angezogen aufs Bett.

Meistens kamen ihre Eltern gegen Mitternacht von den Abendgesellschaften zurück. Als Sara Schritte auf dem Korridor hörte, drehte sie sich auf den Bauch und stellte sich schlafend. Nur eine Sekunde später vernahm sie das leise Quietschen ihrer Schlafzimmertür. Sie wußte, daß ihr Vater in der Tür stand, um sich zu vergewissern, daß seine Tochter dort war, wo sie sein sollte. Sara kam es so vor, als würde er sie eine Ewigkeit anschauen, aber dann wurde die Tür geschlossen.

Sara wartete noch eine halbe Stunde, bis sie sicher war, daß sich alle zur Ruhe begeben hatten, dann stand sie auf und sammelte ihre Sachen zusammen, die sie unter dem Bett verstaut hatte. Bei ihrem Vorhaben mußte sie möglichst unauffällig bleiben, und deshalb trug sie ein dunkelblaues Reisekleid. Es war am Hals ein wenig zu weit ausgeschnitten, aber Sara hatte keine Zeit gehabt, sich um dieses Problem zu kümmern. Ihr Mantel würde das Dekolleté ohnehin verdecken. Sie war zu nervös, um sich ordentlich zu frisieren, deshalb band sie ihr Haar im Nacken zusammen, damit es ihr wenigstens nicht ins Gesicht fiel.

Nachdem sie den Brief, den sie ihrer Mutter hinterlassen wollte, auf den Frisiertisch gelegt hatte, wickelte sie ihren Regenschirm, ihre weißen Handschuhe und ihr Retikül in den Mantel und warf das lose Bündel aus dem Fenster. Dann kletterte sie auf den Sims.

Der Ast, den sie erreichen wollte, war nur einen halben Meter von der Hauswand entfernt, aber gut anderthalb Meter unter dem Fenster. Sara sandte ein Stoßgebet zum Himmel, als sie an die Kante des Fensterbretts rutschte. Dann stieß sie sich mit einem leisen Angstschrei, den sie nicht unterdrücken konnte, vom Sims ab.

Nathan traute seinen Augen nicht. Gerade als er auf den großen Baum klettern wollte, öffnete sich das Fenster, und einige Gegenstände, die offensichtlich einer Frau gehörten, segelten durch die Luft. Der Regenschirm traf ihn an der Schulter. Der Mond spendete genügend Licht, so daß Nathan sehen konnte, wie Sara aus dem Fenster kletterte. Bevor er ihr eine Warnung, daß sie sich den Hals brechen könnte, zurufen konnte, sprang sie, und Nathan machte einen Satz nach vorn, um sie aufzufangen.

Sara bekam jedoch einen dicken Ast zu fassen und klammerte sich fest. Wieder bat sie den Heiligen um Beistand und wartete, bis sie nicht mehr so heftig hin und her schwang, dann setzte sie ihren gefährlichen Weg fort.

»Großer Gott«, flüsterte sie immer wieder, während sie den Baum hinunterkletterte. Ihr Kleid verfing sich in einem Zweig, der Saum blieb hängen, und der hochgeschlagene Rock nahm ihr die Sicht, aber glücklicherweise berührten ihre Füße nur eine Sekunde später festen Boden. Sara ordnete ihre Kleidung und seufzte erleichtert. »Das wäre geschafft. Eigentlich war es gar nicht so schlimm.«

Guter Gott, dachte sie einen Augenblick später, jetzt belüge ich mich schon selbst. Sie bückte sich, um ihre Sachen zusammenzusuchen, und verschwendete wertvolle Minuten, indem sie ihre weißen Handschuhe überstreifte, den Staub aus ihren Kleidern klopfte und den Mantel anzog. Schließlich klemmte sie den Schirm unter den Arm und ging zur Vorderseite des Hauses.

Plötzlich hörte sie ein Geräusch hinter sich und blieb abrupt stehen. Als sie herumwirbelte, konnte sie aber nichts anderes als Bäume und Schatten entdecken. Offensichtlich hatte ihr ihre Phantasie einen Streich gespielt – vielleicht hatte sie ja auch nur ihr eigenes Herzklopfen gehört, dachte sie.

»Wo bleibt Nicholas?« murmelte sie halblaut und sah sich um. Der Diener sollte im Schatten des Nachbarhauses auf sie warten, und er hatte versprochen, sie zum Haus ihres Onkels Henry zu begleiten. Irgend etwas mußte ihn zurückgehalten haben.

Sara wartete volle zehn Minuten, aber zu guter Letzt mußte sie einsehen, daß Nicholas nicht mehr kommen würde. Sie wagte nicht, sich länger in der Nähe des Hauses aufzuhalten; das Risiko, entdeckt zu werden, war zu groß. Seit sie vor zwei Wochen nach London zurückgekehrt war, sah ihr Vater in regelmäßigen Abständen nach ihr – auch nachts. Die Hölle würde losbrechen, wenn er merkte, daß sie nicht in ihrem Zimmer war. Sara schauderte bei dem Gedanken daran, was ihr blühte, wenn man sie hier vorfand.

Ihr Herz hämmerte wild, als sie sich plötzlich bewußt wurde, daß sie vollkommen allein war und auf eigene Faust handeln mußte. Trotzig straffte sie die Schultern und machte sich entschlossen auf den Weg. Das Stadthaus ihres Onkels befand sich nur drei Straßenzüge weit entfernt, und sie brauchte bestimmt nicht allzu lange, um dorthin zu gelangen. Es war mitten in der Nacht, und die Straßen waren sicherlich menschenleer. Sara hoffte inständig, daß auch die Schurken und Bösewichte nachts schliefen – wenn nicht, dann hatte sie ja immer noch ihren Regenschirm, den sie als Waffe benutzen konnte … Sie wäre sogar bis ans Ende der Welt gelaufen, wenn sie dadurch ihre Tante vor einer weiteren Nacht unter dem Dach ihres gewalttätigen Onkels hätte bewahren können.

Sara legte das erste Stück des Weges im Laufschritt zurück, bis sie Seitenstechen bekam und gezwungen war, langsamer zu gehen. Sie atmete auf, als sie merkte, daß sich niemand auf der Straße aufhielt.

Nathan blieb ihr auf den Fersen. Er wollte zuerst erfahren, was seine Braut vorhatte, ehe er sie fing, über seine Schulter warf und zum Hafen schleppte. Er argwöhnte, daß sie wieder vor ihm auf der Flucht war, und der Gedanke irritierte ihn. Als ihm einfiel, daß sie unmöglich wissen konnte, daß er geplant hatte, sie heute zu entführen, schalt er sich selbst einen Narren.

Wohin ging sie, und was hatte sie vor? Diese Fragen beschäftigten ihn unablässig, während er ihr folgte.

Sie hatte wirklich Mut. Nathan hatte ihren leisen Angstschrei gehört, als sie vom Fenstersims gesprungen war, und er hatte auch gehört, daß sie bei der Kletterpartie gebetet hatte. Ihre ängstliche Stimme hatte ihm ein Lächeln entlockt, und als er einen Blick auf ihre wohlgeformten blassen Beine geworfen hatte, während sie in ziemlich undamenhafter Pose auf dem Boden gelandet war, hätter er beinahe laut gelacht.

Glücklicherweise hatte sie seine Anwesenheit bis jetzt noch nicht bemerkt, aber sie achtete auch gar nicht auf ihre Umgebung. Nathan war erstaunt über ihr Gottvertrauen. Sie schaute nicht ein einziges Mal zurück, sonst hätte sie ihn sicherlich entdeckt. Sie wurde nicht einmal vorsichtiger, als sie um die Ecke bog und durch eine düstere Allee auf einen Platz zuging.

Natürlich blieb sie nicht unbemerkt. Zwei kräftige Männer mit Schwertern krochen wie Schlangen aus der Finsternis und schlichen ihr nach. Nathan war mit einem Satz hinter ihnen und wartete, bis sie sich zu ihm umgedreht hatten, bevor er beide am Kragen packte und ihre Köpfe zusammenschlug. Nathan zerrte die beiden Schurken unter einen Baum, ohne Sara dabei aus den Augen zu lassen. Saras anmutiger Gang gehörte wirklich verboten, dachte er. Der Schwung ihrer Hüften war bezaubernd… Gerade in dem Moment, in dem Nathan diesen Gedanken hatte, gewahrte er eine Bewegung im Schatten, und er stürzte sich auf den Angreifer. Sara bog um eine Ecke, als Nathans Faust den Kiefer des Mannes traf.

Nathan mußte noch ein weiteres Mal eingreifen, um sie vor Schaden zu bewahren, bevor sie ihr Ziel erreichte. Er nahm an, daß sie Henry Winchester einen Besuch abstatten wollte, als sie vor dem Eingang seines Hauses stehenblieb und lange zu den dunklen Fenstern hinaufstarrte.

Von all ihren Verwandten war Henry mit Abstand der schändlichste, und Nathan konnte sich beim besten Willen nicht vorstellen, was Sara zu nachtschlafender Zeit im Haus dieses elenden Bastards zu suchen hatte. Daß Sara keinen Anstandsbesuch vorhatte, wurde Nathan klar, als er sah, wie verstohlen sie um das Haus schlich. Er folgte ihr und postierte sich am Seitentor, um mögliche Eindringlinge aufhalten zu können. Er verschränkte die Arme vor der Brust und nahm eine bequeme Haltung ein, während er beobachtete, wie sie sich einen Weg durchs Gebüsch bahnte und durch ein Fenster ins Haus zu kommen versuchte.

Das war der lächerlichste Einbruch, den Nathan sich vorstellen konnte. Sie hantierte ganze zehn Minuten an dem Fenster herum, um es hochzuschieben, und als sie sich auf den Sims schwang, verhedderte sich ihr Kleid im Gestrüpp und zerriß. Nathan hörte, daß sie leise jammerte, und während sie den Schaden begutachtete, glitt die Fensterscheibe wieder herunter.

Wenn sie Nadel und Faden zur Hand gehabt hätte, dann hätte sie sich bestimmt neben einen Strauch gehockt und den Riß geflickt, mußtmaßte Nathan.

Nach einer Weile wandte sie sich wieder ihrer eigentlichen Aufgabe zu. Glücklicherweise war sie so schlau gewesen, ihren Regenschirm ins Fenster zu klemmen, so daß es nicht ganz zugefallen war. Sie wickelte die Bänder ihres Retiküls fester um ihr Handgelenk und machte einen Sprung, um den Fenstersims zu erreichen. Sie brauchte drei Anläufe, bis sie es geschafft hatte. Sie geriet vollkommen außer Atem, als sie sich abmühte, sich durch das Fenster zu zwängen, wobei sie alles andere als graziös wirkte. Als Nathan den lauten Knall hörte, vermutete er, daß sie entweder mit dem Kopf zuerst oder auf ihrem Hintern gelandet war. Er wartete nur eine Minute, bis er lautlos durch das Fenster glitt.

Seine Augen gewöhnten sich rasch an die Dunkelheit, aber Sara schien damit offenbar mehr Schwierigkeiten zu haben. Nathan zuckte zusammen, als er das Geräusch von zerbrechendem Glas und gleich darauf einen äußerst undamenhaften Fluch vernahm.

Gütiger Himmel, mußte sie so einen Krawall machen? Nathan kam gerade rechtzeitig in die Halle, um zu beobachten, daß Sara die Treppe hinauflief. Das verrückte Frauenzimmer murmelte die ganze Zeit vor sich hin.

Ein großer, zaundürrer Mann, den Nathan für einen der Diener hielt, zog seine Aufmerksamkeit auf sich. Der Mann sah in seinem knielangen weißen Nachthemd wie eine Witzfigur aus. In der einen Hand hielt er einen geschnitzten hölzernen Kerzenleuchter, in der anderen einen großen Brotkanten. Der Diener hob den Kerzenleuchter über seinen Kopf und schoß auf die Treppe zu, um Sara zu folgen. Nathan bekam ihn am Kragen zu fassen und nahm ihm den Kerzenhalter aus der Hand, damit er nicht auf den Boden polterte, wenn er den Mann ins Reich der Träume schickte. Er zerrte den bewußtlosen Diener in eine Nische, die sich neben der Treppe befand und lauschte auf den Lärm, der aus einem der oberen Stockwerke kam.

Sara war offenkundig als Dieb gänzlich ungeeignet. Nathan hörte Türenknallen. Grundgütiger Himmel – mit diesem Radau konnte sie Tote aufwecken … Was, zum Teufel, suchte sie überhaupt?

Ein schriller Schrei zerriß die Luft. Nathan seufzte matt und machte sich auf den Weg, um diese ungeschickte Frau einmal mehr vor Schaden zu bewahren. Auf dem Treppenabsatz hielt er inne. Sie war nicht allein. Nathan huschte zurück in die Nische und wartete. Einen Augenblick später erkannte er, weshalb sie mitten in der Nacht solche Anstrengungen unternommen hatte, um in dieses Haus zu gelangen. Sara hatte den Arm um die gebeugten Schultern einer Frau gelegt und half ihr, die Treppe hinunterzugehen. Er konnte das Gesicht der Frau nicht sehen, aber an ihrem langsamen, zögernden Gang erkannte er, daß sie entweder sehr schwach war oder große Schmerzen hatte.

»Bitte, weine nicht, Nora«, flüsterte Sara. »Alles wird wieder gut, dafür werde ich schon sorgen.«

Als sie die Halle erreichten, zog Sara ihren Mantel aus und legte ihn um die Schultern der anderen Frau. Dann beugte sie sich vor und küßte sie auf die Stirn.

»Ich wußte, daß du kommen würdest, Sara. Daran habe ich keinen Augenblick gezweifelt. Ich habe in meinem Herzen gespürt, daß du eine Möglichkeit findest, mir zu helfen.«

Nora schluchzte und wischte sich mit dem Handrücken über die Augen. Nathan bemerkte die blauen Flecken an ihren Handgelenken – er wußte, was solche Male verursachte; die Frau war offensichtlich gefesselt gewesen.

Sara ordnete die Frisur der älteren Frau. »Ich lasse dich nie im Stich, liebe Tante Nora. Ich würde niemals zulassen, daß dir ein Leid geschieht«, sagte sie und fügte im heiteren Ton hinzu: »So, jetzt ist dein Haar wieder hübsch.«

Nora ergriff Saras Hand. »Was wäre mit mir geschehen, wenn du nicht gekommen wärst, Kind?«

»Darüber brauchst du dir jetzt keine Sorgen mehr zu machen«, erwiderte Sara sanft. Sie merkte, daß ihre Tante Gefahr lief, die Fassung zu verlieren, und sie selbst fühlte sich auch elend. Als sie die Blutergüsse in Noras Gesicht und an ihren Armen ansah, hätte sie am liebsten geweint.

»Du bist nur nach England gekommen, weil ich dich darum gebeten habe«, erinnerte Sara ihre Tante. »Ich habe gehofft, daß das Wiedersehen mit deiner Schwester ein freudiges Ereignis wird, aber ich habe mich gründlich geirrt. Daß das alles passiert ist, ist nur meine Schuld, Nora. Ab jetzt lasse ich dich nie mehr allein, bis du in Sicherheit bist.«

»Du bist ein so liebes Kind.«

Saras Hand zitterte, als sie versuchte, den Riegel an der Haustür zurückzuschieben.

»Wie hast du mich überhaupt gefunden?« fragte Nora, die ein paar Schritte hinter ihr stand.

»Das spielt doch jetzt keine Rolle«, sagte Sara, der es gelungen war, den Riegel beiseite zu schieben, und öffnete die Tür. »Wir haben jede Zeit der Welt, um über alles zu sprechen, wenn wir auf dem Schiff sind, aber jetzt sollten wir uns beeilen, von hier wegzukommen. Ich habe Passagen auf dem Schiff gebucht, das dich heimbringen wird.«

»Oh, ich kann London nicht sofort verlassen.«

Sara drehte sich um und musterte ihre Tante prüfend. »Was willst du damit sagen? Alles ist vorbereitet, Nora. Ich habe die Schifftickets mit meinem letzten Geld bezahlt. Bitte, mach jetzt keine Schwierigkeiten. Wir müssen noch heute nacht abreisen, es ist zu gefährlich für dich, noch einen Augenblick länger in London zu bleiben.«

»Henry hat mir meinen Ehering weggenommen«, erklärte Nora und schüttelte den Kopf so heftig, daß der silberne Haarknoten, den Sara festgesteckt hatte, auf eine Seite rutschte. »Ich werde England nicht ohne meinen Ring verlassen. Mein Johnny, Gott hab' ihn selig, hat mir das Versprechen abgenommen, daß ich ihn niemals ablege. Ich kann nicht ohne diesen Ring nach Hause fahren, Sara, er ist zu wertvoll für mich.«

»Ja, wir müssen ihn finden«, sagte Sara schnell, als sich die Augen ihrer Tante mit Tränen füllten. Sie fürchtete ernsthaft, daß Nora einen Nervenzusammenbruch erleiden würde. »Kannst du dir vorstellen, wo Onkel Henry ihn versteckt haben könnte?«

»Das ist ja das Schreckliche!« sagte Nora mit schriller Stimme. Sie lehnte sich an das Geländer der Treppe und preßte die Hände auf ihre schmerzende Brust. »Henry hat den Ring gar nicht versteckt, er trägt ihn an seinem kleinen Finger wie eine Trophäe. Wenn wir wüßten, wo er sich heute nacht betrinkt, könnten wir den Ring vielleicht zurückholen.«

Sara nickte, aber ihr Magen drehte sich fast um bei dem Gedanken an das, was sie tun mußte. »Nicholas ist ihm am Abend gefolgt, er hat mir gesagt, wo sich Henry aufhält… Nora, bist du in der Lage, ein paar Schritte bis zur nächsten Kreuzung zu gehen? Ich habe nicht gewagt, die Droschke direkt vor das Haus zu bestellen, weil ich befürchtete, daß Onkel Henry heute früher nach Hause kommen könnte.«

»Natürlich kann ich gehen«, erwiderte Nora und bewegte sich mit steifen Schritten auf die Tür zu. »Gütiger Himmel«, flüsterte sie, »wenn mich deine Mutter jetzt sehen könnte, würde sie sich in Grund und Boden schämen. Mitten in der Nacht gehe ich im Nachthemd und einem geliehenen Mantel auf der Straße spazieren!«

Sara lächelte. »Wir werden ihr einfach nichts davon erzählen.« Als sie das verzerrte Gesicht ihrer Tante sah, erschrak sie. »Du hast schreckliche Schmerzen, nicht wahr?«

»Unsinn«, gab Nora zurück. »Ich fühle mich schon sehr viel besser. Komm jetzt«, setzte sie in strengerem Ton hinzu. »Wir sollten hier nicht rumtrödeln.« Sie hielt sich an dem Eisengeländer fest und ging die Außentreppe hinunter. »Es braucht mehr als einen Winchester, um mich unterzukriegen.«

Sara wollte die Tür hinter sich zuziehen, überlegte es sich aber anders und sagte: »Ich glaube, ich lasse die Tür lieber weit offen. Vielleicht kommt da jemand vorbei, der sich mit Onkel Henrys Habseligkeiten bedienen möchte. Aber wahrscheinlich geht meine Hoffnung nicht in Erfüllung. Ich bin auf dem ganzen Weg hierher nicht einem einzigen Menschen begegnet, der so aussah, als ob er Böses im Schilde führen würde.«

»Großer Gott, Sara, heißt das, daß du zu Fuß hierhergekommen bist?« fragte Tante Nora entsetzt.

»Ja, das bin ich«, antwortete sie mit einer Spur Stolz in der Stimme. »Aber es ist alles gutgegangen, ich mußte kein einziges Mal meinen Regenschirm benutzen, um einen Bösewicht abzuwehren ... Himmel, ich habe meinen Schirm auf dem Fenstersims liegenlassen.«

»Laß ihn dort«, befahl Nora, als Sara Anstalten machte, ins Haus zurückzulaufen. »Wir sollten unser Schicksal nicht über Gebühr herausfordern. Gib mir deinen Arm, Liebes. Ich stütze mich ein wenig auf dich, bis wir die Kutsche erreichen. Bist du wirklich zu Fuß gegangen, Sara?«

Sara lachte. »Um die Wahrheit zu sagen, ich bin die meiste Zeit gerannt. Ich habe mich gefürchtet, aber es ist ja nichts passiert. Ich denke, daß all das Gerede über die unsicheren Straßen von London übertrieben ist.«

Die beiden Damen verschwanden in der Finsternis, nur Saras Lachen war noch zu hören. Die Kutsche erwartete sie an der nächsten Straßenecke. Sara half ihrer Tante gerade in das Gefährt, als sich ein finsterer Geselle näherte. Nathan verhinderte ein Unheil, indem er sich dem Mann in den Weg stellte. Als der Gauner die kräftige Gestalt sah, machte er auf dem Absatz kehrt und verschwand im Schattten.

Nathan glaubte, daß ihn die ältere Lady entdeckt hatte. Sie sah gerade in dem Augenblick über die Schulter, in dem er ins Mondlicht trat, aber er vermutete, daß ihre Augen altersschwach waren, denn sie drehte sich um, ohne die geringste Reaktion zu zeigen.

Sara war zu beschäftigt, mit dem Kutscher über den Fahrpreis zu streiten, um zu bemerken, was um sie herum geschah. Nach längerem Feilschen nahm sie neben ihrer Tante auf dem Sitz Platz. Als sich die Droschke in Bewegung setzte, schwang sich Nathan auf das hintere Trittbrett. Das Gefährt ruckte ein wenig wegen des zusätzlichen Gewichts, bevor es Geschwindigkeit zulegte.

Sara machte Nathan die Entführung wirklich leicht. Er hatte gehört, wie sie ihrer Tante erzählt hatte, daß sie London mit dem Schiff verlassen wollten, also nahm er an, daß sie jetzt zum Hafen fuhren. Aber plötzlich hielt die Kutsche in einer Seitenstraße vor einer der verrufensten Spelunken der Stadt.

Sie will diesen verdammten Ehering holen, dachte Nathan grimmig. Er sprang vom Trittbrett und trat hinter der Droschke ins Licht, um sich den Männern, die vor der Kneipe herumlungerten, zu zeigen. Er baute sich breitbeinig vor ihnen auf, legte die Hand auf den Griff der zusammengerollten Peitsche, die in seinem Gürtel steckte, und musterte das Grüppchen mit finsterem Blick.

Als die Männer ihn gewahrten, zogen sich drei von ihnen in den Schankraum zurück. Die anderen vier lehnten sich an die Mauer und richteten ihre Blicke auf den Boden vor sich.

Der Kutscher sprang vom Bock und ging zum Fenster der Droschke, um weitere Instruktionen entgegenzunehmen. Dann eilte er in die Taverne und kehrte nach knapp einer Minute zurück. Bevor er seinen Platz auf dem Kutschbock wieder einnahm, brummte er, daß er für all den Ärger, den er überstanden hätte, eine dicke Belohnung verdient habe.

Kurze Zeit später öffnete sich die Tür der Taverne erneut. Ein Mann mit mürrischer Miene und einem riesigen Bauch kam heraus. Seine vom vielen Tragen fadenscheinigen Kleider waren zerknittert und schmutzig. Er strich seine fettigen Haarsträhnen aus der Stirn, bevor er beflissen ans Fenster der Kutsche eilte.

»Mein Herr, Henry Winchester, ist zu betrunken, um zu Euch zu kommen«, verkündete er. »Wir halten uns in diesem Teil der Stadt auf, um uns ungestört unseren Vergnügungen hinzugeben, Mylady. Ich stehe Euch an seiner Stelle zu Diensten. Euer Kutscher hat gesagt, daß Ihr ein Bedürfnis habt. Ich glaube, ich bin genau der richtige Mann, der Eure Bedürfnisse stillen kann.«

Der widerwärtige Mann kratzte sich in der Leistengegend, während er gespannt die Antwort auf sein Angebot erwartete. Ein ekelhafter Gestank von Bier und Schweiß drang in das Innere der Kutsche, und Sara hielt sich ihr parfümiertes Taschentuch vor die Nase. Sie wandte sich ihrer Tante zu und flüsterte: »Kennst du diesen Mann?«

»Nur zu gut«, erwiderte Nora. »Sein Name ist Clifford Duggan, und er ist der Handlanger deines Onkels. Er hat ihm geholfen, mich in sein Haus zu bringen.«

»Hat er dich geschlagen?«

»Ja, Liebes … mehrere Male.«

Der Diener, über den sie sich unterhielten, konnte nicht sehen, wer in der Kutsche saß, und er beugte sich ein wenig vor, um seine Beute besser in Augenschein nehmen zu können.

Nathan rückte näher an ihn heran, um ihn, wenn er sich Freiheiten seiner Braut gegenüber herausnahm, zurückreißen zu können. Er hielt mitten in der Bewegung inne, als eine weißbehandschuhte Faust aus dem geöffneten Fenster flog und direkt auf der Knollennase des fetten Mannes landete.

Clifford war gänzlich unvorbereitet auf diesen Angriff. Er heulte auf, wich zurück und stolperte über seine eigenen Füße. Mit einem dumpfen Schlag fiel er auf die Knie. Sara war über ihren Erfolg selbst erstaunt. Sie riß die Droschkentür so vehement auf, daß sie gegen den ohnehin schon geschlagenen Mann prallte. Nach dieser neuerlichen Attacke machte er einen Purzelbaum und landete auf seinem Hinterteil.

Die vier Männer grölten bei dem Spektakel, das ihnen geboten wurde. Sara achtete gar nicht auf sie, kletterte aus der Kutsche und reichte ihrer Tante die Handschuhe und das Retikül durchs Fenster, bevor sie dem Burschen auf dem Boden ihre Aufmerksamkeit erneut widmete.

Sie war viel zu wütend, um Angst zu empfinden, und baute sich vor ihrem Feind wie ein Racheengel auf. Ihre Stimme bebte vor Zorn, als sie sagte: »Wenn Ihr jemals wieder eine Lady mißhandelt, Clifford Duggan, dann werde ich bei Gott dafür sorgen, daß Ihr einen langsamen qualvollen Tod erleidet.«

»Ich habe niemals einer Lady etwas zuleide getan«, protestierte Clifford und bereitete sich darauf vor, sich auf Sara zu stürzen. Plötzlich stutzte er. »Woher kennt Ihr meinen Namen?«

In diesem Moment lehnte sich Nora aus dem Fenster. »Ihr seid ein schändlicher Lügner, Clifford«, kreischte sie. »Ihr werdet für all Eure Sünden in der Hölle schmoren.«

Cliffords Augen wurden groß vor Staunen. »Wie seid Ihr aus …?«

Sara schnitt ihm mit einem Fußtritt das Wort ab. Das war zuviel für Duggan. Er musterte sie mit einem unverschämten Gesichtsausdruck und spottete: »Ihr glaubt doch nicht, daß Ihr mich mit Euren schwachen Schlägen außer Gefecht setzen könnt!« Und als er einen Blick auf die vier feixenden Zuschauer warf, mußte er zugeben, daß sein Stolz wesentlich mehr verletzt war als sein Körper. Das höhnische Gelächter, das ihm in den Ohren dröhnte, tat ein übriges. »Der einzige Grund, warum ich mich nicht wehre, ist der, daß mein Herr sich bestimmt zuerst mit Euch beschäftigen möchte, bevor er Euch mir überläßt.«

»Offenbar habt Ihr keine Ahnung, in welchen Schwierigkeiten Ihr Euch befindet, Clifford«, versetzte Sara. »Sobald mein Mann von diesem Vorfall erfährt, wird es Euch schlecht ergehen. Der Marquis of St. James wird von jedermann gefürchtet – sogar von so niederträchtigen Gestalten wie Euch, Clifford. Wenn ich ihm erzähle, wie abscheulich Ihr Euch benommen habt, wird er geeignete Maßnahmen ergreifen. Das geht ganz rasch -« sie schnippte mit dem Finger, um ihre Behauptung zu unterstreichen. »Oh, diese Ankündigung scheint sie ja wirklich zu beeindrucken«, fügte sie hinzu, als sie bemerkte, daß seine Miene von Angst und Schrecken gezeichnet war. Er hatte seine Versuche, wieder auf die Füße zu kommen, aufgegeben und rutschte auf seinem Hosenboden ein Stück zurück.

Sara war außerordentlich zufrieden mit sich. Die Wirkung, die sie mit ihrem Bluff erzielt hatte, hätte nicht stärker sein können. Was sie nicht gewahrte, war, daß Clifford seinen Blick starr auf den Riesen, der drei Meter hinter ihr stand, gerichtet hatte. Sie war sich sicher, daß allein die Erwähnung des Namens St. James ihn in Panik versetzt hatte »Ein Mann, der eine Lady schlägt, ist ein Feigling, und mein Mann macht mit einem Feigling kurzen Prozeß wie mit einer lästigen Fliege«, behauptete sie. »Wenn Ihr daran zweifelt, dann solltet Ihr bedenken, daß er durch und durch ein St. James ist.«

»Sara, Liebes«, schaltete sich Nora ein. »Würdest du mich in diese Taverne begleiten?«

Sara ließ Clifford nicht aus den Augen, als sie antwortete. »Nein, Nora, du bist für einen solchen Besuch nicht passend gekleidet. Ich bin gleich zurück.«

»Beeil dich«, bemerkte Nora, »sonst holst du dir noch eine Erkältung.«

Nora lehnte immer noch aus dem Fenster und hatte ungehinderte Sicht auf Nathan. Er erwiderte den Blick aus ihren kugelrunden Augen mit einem knappen Nicken, bevor er sich wieder seiner Braut zuwandte.

Nora war nicht entgangen, auf welche Weise der imposante Mann die Meute in Schach hielt. Seine bloße Körpergröße machte schon ungeheuren Eindruck, und ihr genügte nur ein Blick, um zu erkennen, daß er dafür verantwortlich war, daß Sara noch nicht in den Fängen der düsteren Gestalten war. Nora überlegte einen kurzen Moment, ob sie Sara auf den Mann aufmerksam machen sollte, entschied sich aber dagegen. Sara hatte im Augenblick andere Sorgen, und Nora konnte ihr, wenn sie ihre Mission beendet hatte, immer noch von ihm erzählen.

Nathan beobachtete seine Braut – sie steckte wirklich voller Überraschungen, und er hatte Schwierigkeiten, sich damit abzufinden. Er wußte, wie feige und hinterlistig die Winchesters waren, und hatte schon oft erlebt, daß sie ihre schmutzigen Machenschaften nur im Schutz der Dunkelheit abwickelten. Aber Sara benahm sich ganz und gar nicht wie eine Winchester. Sie hatte Mut bewiesen, um die alte Lady aus ihrer bedrohlichen Lage zu befreien. Und, großer Gott, sie war mehr als ungestüm, wenn sie jemand in Wut brachte. Nathan hätte sich kein bißchen gewundert, wenn sie eine Pistole hervorgekramt und ihrem Gegner eine Kugel in den Kopf gejagt hätte. Zornig genug dafür war sie.

Sara umkreiste Clifford einmal und bedachte ihn mit einem strengen Blick, bevor sie in die Taverne stürmte.

Kaum war sie außer Reichweite, ging Nathan zu Clifford und packte ihn im Nacken. Dann hob er ihn hoch und schleuderte ihn gegen die Steinmauer. Die vier Zuschauer flohen in alle Richtungen. Clifford prallte dumpf gegen die Mauer und blieb bewußtlos auf dem Boden liegen.

»Guter Mann«, rief Nora, »ich denke, es ist besser, wenn sie in den Schankraum gehen. Sara könnte Ihre Hilfe unter Umständen nötig haben.«

Nathan warf einen finsteren Blick auf die Frau, die es gewagt hatte, ihm einen Befehl zu erteilen, als in der Taverne Pfiffe und donnerndes Gelächter laut wurden. Er brummte frustriert und ging auf die Tür zu.

Sara entdeckte ihren Onkel, der, über einen Alekrug gebeugt, an einem runden Tisch in der Mitte der Schänke schlief, bahnte sich einen Weg durch die angetrunkenen Männer und baute sich vor ihm auf. Sie mußte sich eine plausible Geschichte einfallen lassen, um ihm Tante Noras Ehering abzuluchsen. Plötzlich sah sie den Silberring an seiner Hand blitzen und vergaß alle möglichen Erklärungen. Bevor sie sich genau überlegt hatte, wie sie vorgehen sollte, ergriff sie den vollen Alekrug, der auf dem Tisch stand, und leerte ihn über seinem kahlen Schädel aus.

Er war viel zu betrunken, um sofort zu reagieren. Er stieß einen donnernden Schrei aus, der von einem lauten Rülpser unterbrochen wurde und kam torkelnd auf die Füße. Sara hatte ihm den Ring vom Finger gezogen, noch ehe sein Verstand so klar war, daß er sie bemerkte.

Er brauchte eine ganze Weile, bis er seinen Blick auf sie konzentrieren konnte. Sara steckte den Ring an ihren Finger und wartete.

»Mein Gott ... Sara? Was hast du hier zu suchen? Stimmt etwas nicht?« lallte er aufgebracht, was ihn so viel Anstrengung kostete, daß er erschöpft auf seinen Stuhl zurückplumpste. Er starrte sie ein paar Sekunden aus blutunterlaufenen Augen an. Als er den Kopf senkte, fiel sein Blick auf den leeren Alekrug. »Wo ist mein Bier?« brüllte er den Wirt an.

Sara war von ihrem Onkel angewidert. Obwohl sie vermutete, daß er sich kein einziges Wort von dem merken würde, was sie ihm zu sagen hatte, beschloß sie, ihn wissen zu lassen, daß sie ihn für einen schändlichen Halunken hielt. »Du willst wissen, ob etwas nicht stimmt?« fragte sie spöttisch. »Du bist ein grausamer Schurke, Onkel Henry. Wenn mein Vater erfährt, was ihr, du und deine anderen Brüder, Tante Nora angetan habt, wird er sicherlich die Polizei benachrichtigen und euch an den Galgen bringen.«

»Was sagst du da?« fragte Henry und rieb sich die Stirn, um sich besser auf das Gespräch konzentrieren zu können. »Nora? Du belästigst mich wegen diesem nichtsnutzigen Weib?« Bevor Sara etwas auf diese unverschämte Bemerkung erwidern konnte, polterte er los: »Dein Vater wußte von Anfang an von unserem Plan. Nora ist zu alt, um allein ihre Angelegenheiten regeln zu können. Wir wissen, was das Beste für sie ist… Du brauchst es gar nicht zu versuchen, Mädchen, ich erzähle dir auf keinen Fall, wo sie ist.«

»Ihr wißt, was das Beste für sie ist?« wiederholte Sara schrill. »Ihr wollt nur ihr Vermögen an euch bringen, das ist der einzige Grund. Alle Welt weiß von deinen Spielschulden, Onkel, und du hast eine bequeme Möglichkeit gefunden, sie zu begleichen. Um an das Geld zu kommen, hast du beschlossen, Nora in ein Irrenhaus zu sperren.«

Henrys düsterer Blick wanderte zwischen dem leeren Bierkrug und seiner Nichte hin und her, und mit einemmal dämmerte ihm vage, daß sie das Bier über seinen Kopf geschüttet hatte. Er betastete seinen Kragen, um sich zu vergewissern, und als er spürte, daß er feucht war, geriet er außer sich. »Wir werden sie beiseite schaffen und du wirst uns nicht daran hindern«, brüllte er. »Jetzt verschwinde von hier, bevor ich dich übers Knie lege.«

Ein Kichern ertönte hinter ihr, und Sara wirbelte herum. »Trinkt Euer Bier, Sie, und haltet Euch aus dieser Angelegenheit heraus«, fauchte sie, dann wandte sie sich wieder ihrem Onkel zu und sagte: »Du erzählst Lügen über meinen Vater, er würde niemals einem so schändlichen Plan zustimmen. Und was die Prügel betrifft, die du mir androhst – wenn du Hand an mich legst, wirst du es mit meinem Mann zu tun bekommen. Wenn ich ihm davon erzähle, wird er rasend vor Zorn.« Sie nickte, um ihre Worte zu bekräftigen.

Sara hoffte, daß die Anspielung auf die Entschlossenheit ihres Mannes dieselbe Wirkung auf ihren Onkel wie auf Clifford haben würde.

Ihre Hoffnung erfüllte sich nicht. Henry war überhaupt nicht beeindruckt und schnaubte verächtlich. »Du bist genauso verrückt wie Nora, wenn du glaubst, daß ein St. James jemals Anstalten machen würde, dich zu verteidigen. Ich könnte dich windelweich schlagen, und niemand würde davon Notiz nehmen, am allerwenigsten dein Ehemann.«

Sara blieb standhaft und beschloß, ihrem Onkel das Versprechen abzunehmen, daß er und seine Brüder Nora in Ruhe lassen würden. Sie befürchtete, daß sie Nora überall aufstöbern und nach England zurückschaffen könnten. Ihr Vermögen war immerhin so groß, daß sich die Mühe lohnen würde.

Sie war so wütend auf ihren Onkel, daß sie gar nicht registrierte, daß einige bedrohliche Gestalten langsam auf sie zukamen. Nathan hingegen bemerkte es. Einer der Burschen, den er für den Anführer der Bande hielt, leckte sich die Lippen in freudiger Erwartung auf das Vergnügen, das ihm dieses Mädchen bereiten würde.

Sara erkannte plötzlich die Sinnlosigkeit ihres Plans und sagte: »Eigentlich wollte ich dich bitten, mir dein Wort zu geben, daß du Tante Nora nichts zuleide tust, Onkel Henry. Aber jetzt weiß ich, daß es verrückt wäre, anzunehmen, daß ein solcher Bastard wie du sein Wort halten würde. Ich verschwende hier nur meine Zeit.«

Ihr Onkel holte aus, um ihr eine Ohrfeige zu versetzen. Sara hatte keine Mühe, ihm auszuweichen. Sie ging rückwärts, bis sie an etwas Massives stieß. Sie drehte sich um und sah sich plötzlich von lauter übel aussehenden Männern umringt. Diese Kerle brauchen dringend ein Bad, schoß es ihr durch den Kopf.

Alle waren so fasziniert von der wunderschönen Lady, daß Nathan gänzlich unbemerkt blieb, und ihre Lüsternheit machte sie unvorsichtig. Es dauerte nicht lange, bis sie diesen Fehler bereuten. Nathan lehnte sich an die geschlossene Tür und wartete auf die erste Provokation.

Ab diesem Zeitpunkt geschah alles sehr schnell. Als der erste Halunke Saras Arm festhielt, stieß Nathan einen zornigen Schrei aus. Der Laut war tief und ohrenbetäubend … und wirksam. Alle, die sich in der Schänke befanden, erstarrten – alle, bis auf Sara. Sie machte einen Satz zur Seite und wirbelte herum, um die Quelle des Lärms auszumachen.

Sie hätte laut geschrien, wenn ihre Kehle nicht plötzlich wie zugeschnürt gewesen wäre. Ihr stockte der Atem, und ihre Knie wurden weich, als sie den riesigen Mann, der vor der Tür stand, ansah. Sara mußte sich an einem Tisch festhalten, um nicht umzufallen. Ihr Herz hämmerte wie wild, und sie war sicher, im nächsten Augenblick vor Angst zu sterben.

Grundgütiger Himmel, was war das? Nein, nicht was, korrigierte sie sich selbst – wer? Sie glaubte, dem Wahnsinn nahe zu sein. Er war ein Mann – ja, ein Mann –, aber der größte, der gefährlichste, der … o Gott, er starrte sie an.

Er krümmte den Zeigefinger und machte ihr ein Zeichen.

Sie schüttelte den Kopf.

Er nickte.

Der Raum begann sich zu drehen … Sie mußte nur ihren Verstand beisammenhalten. Sara betrachtete den Riesen und suchte verzweifelt nach etwas an ihm, was nicht so erschreckend war. In diesem Moment spürte sie, daß jemand ihren Arm umklammerte. Ohne den Blick von dem Hünen zu wenden, wischte sie die Hand beiseite. Dieser Riese brauchte als einziger kein Bad, das war immerhin etwas. Sein braunes Haar, das fast den gleichen Farbton hatte sie seine sonnengebräunte Haut, schien auch sauber zu sein. Großer Gott, dachte sie, seine Arme und seine Schultern waren so … muskulös – ebenso wie seine Schenkel, die sich unter seinen enganliegenden Breeches abzeichneten. Es waren saubere Breeches – Verbrecher trugen nur zerknitterte, stinkende Kleider, oder nicht? Also, dachte sie mit all der Logik, zu der sie in diesem Augenblick fähig war, also konnte er kein Verbrecher sein. Diese Schlußfolgerung bewirkte, daß sie sich besser fühlte, und sie war endlich in der Lage, tief durchzuatmen. Gut, er ist kein Verbrecher, aber er ist bestimmt ein Kreuzritter oder ein Wikinger – schon allein wegen des langen Haars, dachte sie, als sie ihre eingehende Betrachtung beendet hatte. Ja, er war ganz sicher ein Barbar, der sich in ihre Zeit verirrt hatte.

Ich muß übergeschnappt sein, überlegte sie. Der grünäugige Kreuzritter winkte sie schon wieder zu sich. Sie drehte sich um, nur um sich zu vergewissern, daß er niemand anderen meinte. Da war niemand.

Er meinte sie. Ihr Magen flatterte. Sie blinzelte, aber er verschwand nicht; dann schüttelte sie den Kopf, um diese teuflische Vision aus ihrem Geist zu vertreiben.

Er krümmte erneut seinen Finger. »Komm her.«

Seine tiefe Stimme klang arrogant. Gütiger Himmel, sie bewegte sich doch tatsächlich auf ihn zu! In diesem Augenblick brach die Hölle los. Eine Peitsche zischte durch die Luft, die Narren, die versuchten, Sara zurückzuhalten, schrien gellend auf; der Lärm dröhnte in Saras Ohren, aber sie drehte sich nicht um, um das Ausmaß der Zerstörung zu betrachten. Ihr Blick war starr auf den Mann gerichtet, der systematisch die ganze Spelunke verwüstete.

Alles sah so einfach aus. Eine leichte Bewegung seines Handgelenks, die ihm nicht die geringste Mühe zu machen schien, hinterließ verheerende Spuren.

Sara gewahrte, daß sein Blick immer eindringlicher wurde, je näher sie ihm kam.

Der finstere Ritter war offenkundig in ausgesprochen schlechter Stimmung. Sie beschloß, sich seinen Wünschen zu fügen, bis sie ihre Fassung wiedergewonnen hatte. Dann wollte sie aus der Tür rennen, in die Kutsche springen und in Richtung Hafen preschen. Das war ein guter Plan, lobte sie sich selbst; das Problem war nur, daß der Wikinger die Tür blockierte. Sie fühlte eine Hand auf ihrer Schulter, und bevor sie reagieren konnte, hörte sie das Zischen der Peitsche. Plötzlich flog Sara förmlich auf den Riesen zu, fest entschlossen, ihn zu erreichen, bevor ihr das Herz stehenblieb. Sie schwankte, als sie direkt vor ihm stand, legte den Kopf zurück und sah in diese irritierend grünen Augen, bis er seinen Blick auf ihr Gesicht senkte. Instinktiv streckte sie die Hand aus und berührte seinen Arm, nur um festzustellen, ob er aus Fleisch und Blut oder ein Produkt ihrer Phantasie war.

Er war aus Fleisch und Blut. Seine Haut fühlte sich wie Stahl an, wie warmer Stahl.

Es war verrückt, aber je länger sie ihn betrachtete, desto sicherer fühlte sie sich. Sie lächelte erleichtert. Nathan hob eine Augenbraue, und sie flüsterte: »Ich weiß, daß du kein Schurke bist, Wikinger.«

Plötzlich fühlte sich Sara schwerelos, sie schwebte durch einen dunklen Tunnel, an dessen Ende der bronzefarbene Wikinger im grellen Sonnenlicht stand.

Nathan fing sie auf, bevor sie auf dem Boden aufschlug. Seine Braut war ohnmächtig, und er legte sie über die Schulter. Er ließ seinen Blick über den Schankraum schweifen, um sicherzugehen, daß er ganze Arbeit geleistet hatte. Überall Menschenleiber, aber trotzdem hatte Nathan das Gefühl, daß er noch etwas erledigen mußte. Der Drang, dem Winchester-Bastard, der unter einem Tisch kauerte, einen Denkzettel zu verpassen, überwältigte ihn. Er hörte, daß der Mann schluchzte. Nathan stieß den Tisch beiseite, um sein Opfer betrachten zu können.

»Weißt du, wer ich bin, Winchester?«

Henry rollte sich zusammen und schüttelte den Kopf, wobei seine schwabbelige Wange immer wieder gegen die Fußbodendielen klatschte.

»Sieh mich an, Bastard.« Seine Stimme klang wie Donnergrollen.

Henry hob den Kopf.

»Ich bin der Marquis of St. James. Wenn du jemals auch nur in die Nähe meiner Frau oder in die der alten Lady kommst, werde ich dich töten. Hast du mich verstanden?«

»Ihr seid ... der ...?« Die Galle, die in Henry hochstieg, machte ihm das Sprechen unmöglich. Er würgte. Nathan versetzte ihm einen Tritt mit der Stiefelspitze, drehte sich um und marschierte aus der Schänke.

Der Wirt kroch aus seinem Versteck hinter der Theke und betrachtete das Chaos. Heute würde er wohl kaum noch ein Bier verkaufen, seine Gäste waren sicher nicht mehr in der Lage, einen Drink zu sich zu nehmen. Sie bedeckten den hölzernen Fußboden wie weggeworfene Erdnußschalen. Diesen Anblick würde er sein Lebtag nicht vergessen, und das wollte er auch gar nicht. Er mußte sich jedes Detail einprägen, um seinen Freunden beim nächsten Zusammentreffen davon erzählen zu können. Er wußte schon, was die Pointe seiner Geschichte sein würde: Der hochnäsige Winchester heulte wie ein kleines Kind. Das sorgte bestimmt für einen Lacherfolg. Ein Würgegeräusch riß den Wirt aus seinen Träumereien, er sah sich um und entdeckte, daß sich der großmächtige Winchester auf den Boden erbrach.

Der Wutschrei des Wirts wurde von Noras Kreischen übertönt. Als sie sah, daß ihre Nichte über der Schulter des Fremden lag, preßte sie die Hände auf ihren vor Angst bebenden Busen.

»Ist Sara verletzt?« schrie sie erschrocken und befürchtete schon das Schlimmste.

Nathan schüttelte den Kopf. Als er die Droschkentür öffnete, lächelte er die alte Frau breit an. »Sie ist ohnmächtig.«

Nora war so erleichtert über diese Nachricht, daß sie nicht einmal Anstoß daran nahm, daß der Mann den Zustand ihrer Nichte amüsant fand. Sie rutschte zur Seite, um für Sara Platz zu machen. Trotzdem lud Nathan seine Braut auf dem gegenüberliegenden Sitz ab. Nora betrachtete ihre Nichte genauer, um sich zu vergewissern, daß sie noch atmete, dann wandte sie sich wieder ihrem Retter zu. Sie beobachtete, wie er die Peitsche zusammenrollte und in seinen Hosenbund steckte. Nora hatte nicht erwartet, daß er sich auch in die Kutsche begeben würde, und als er es tat, drückte sie sich in eine Ecke. »Sara kann neben mir sitzen«, schlug sie vor.

Er antwortete nicht, sondern ließ sich auf dem Sitz gegenüber nieder und hob Sara auf seinen Schoß. Nora war erstaunt, wie vorsichtig und sanft er Sara berührte. Er legte seine Hand sacht auf Saras Wange, als er ihren Kopf an seine Schulter bettete. Sara stöhnte leise.

Nora hatte keine Ahnung, was sie von dem Mann halten sollte. Die Kutsche war in voller Fahrt, als sie beschloß, eine Unterhaltung mit ihm zu beginnen.

»Junger Mann, mein Name ist Nora Bettleman. Diese kleine Lady, die Ihr gerade gerettet habt, ist meine Nichte Sara Winchester.«

»Nein«, erwiderte er barsch. »Ihr Name ist Lady Sara St. James.«

Nach dieser nachdrücklichen Richtigstellung richtete er seinen Blick auf das Fenster, und das bot Nora die Gelegenheit, ihn gründlich zu betrachten. Er hatte ein schönes, strenges Profil. »Warum habt Ihr uns geholfen?« fragte sie. »Es würde mich wundern, wenn Ihr von der Winchester-Familie dazu beauftragt worden wärt«, fügte sie mit einem leichten Nicken hinzu. »Wurdet Ihr vielleicht von den St. James angeheuert?«

Er schwieg, und Nora seufzte und widmete Sara ihre Aufmerksamkeit. Sie wünschte, ihre Nichte würde sich ein bißchen beeilen und rasch zu sich kommen, um Klarheit in die Angelegenheit zu bringen.

»Ich hänge sehr an dem Kind, das Ihr in den Armen haltet, Sir. Ich könnte den Gedanken, daß ihr etwas Schlimmes zustoßen könnte, nicht ertragen.«

»Sie ist kein Kind«, widersprach er.

Nora lächelte. »Nein, aber ich betrachte sie noch als Kind«, sagte sie. »Sara ist so unschuldig und voller Vertrauen. Sie gerät ganz nach ihrer Mutter.«

»Ihr seid keine Winchester, oder?«

Nora lächelte erfreut, weil er mit ihr sprach. »Nein«, sagte sie. »Ich bin Saras Tante mütterlicherseits. Mein Mädchenname ist Turner.« Sie warf wieder einen Blick auf Sara. »Ich glaube, daß sie in ihrem ganzen Leben noch nicht ohnmächtig war. Die letzten zwei Wochen müssen sie arg mitgenommen haben. Sie hat dunkle Schatten unter den Augen, offensichtlich hatte sie nicht genügend Schlaf. Die Sorge um mich, wißt Ihr«, setzte sie mit einem leisen Stöhnen hinzu. »Trotzdem, sie muß etwas Schreckliches gesehen haben, daß sie das Bewußtsein verloren hat. Was glaubt ihr …?«

Sie brach ab, als sie sein Lächeln sah. Dieser Mann war wirklich äußerst seltsam, er schien über die verrücktesten Dinge lachen zu können. »Sie hat mich gesehen«, erklärte er schließlich.

Sara bewegte sich. Sie fühlte sich benommen und durcheinander, aber wundervoll warm. Sie rieb ihre Nase an der warmen Haut, sog den sauberen männlichen Duft ein und seufzte zufrieden.

»Ich glaube, sie kommt zu sich«, flüsterte Nora. »Gott sei Dank.«

Sara richtete den Blick auf ihre Tante. »Zu sich kommen?« fragte sie und gähnte wenig damenhaft.

»Du warst ohnmächtig, Liebes.«

»Das kann nicht sein«, hauchte Sara entsetzt. »Ich bin noch nie in Ohnmacht gefallen. Ich …« Sie hielt in ihrer Erklärung inne, als sie gewahr wurde, daß sie auf jemandes Schoß saß. Nicht auf irgendeinem Schoß – auf seinem Schoß. Plötzlich kam die Erinnerung zurück.

Nora tätschelte ihre Hand. »Es ist schon in Ordnung, Sara. Dieser nette Gentleman hat dich vor Schaden bewahrt.«

»Ist das der Mann mit der Peitsche?« raunte sie und betete gleichzeitig, daß sie sich irrte.

Nora nickte. »Ja, Liebes, es ist der mit der Peitsche. Du mußt ihm danken, Sara, aber falle, um Himmels willen, nicht wieder in Ohnmacht. Ich habe mein Riechsalz nicht bei mir.«

Sara neigte den Kopf. »Ich werde nicht ohnmächtig«, versprach sie. Um nicht Gefahr zu laufen, dieses Versprechen zu brechen, nahm sie sich vor, ihn lieber nicht anzusehen. Sie versuchte vorsichtig von seinem Schoß zu rutschen, aber in dem

Moment, in dem sie sich auch nur einen Zentimeter bewegte, festigte sich der Griff um ihre Taille.

Sie beugte sich ein wenig vor und flüsterte Nora ins Ohr: »Wer ist er?«

Nora hob die Schultern. »Er hat es mir nicht gesagt. Vielleicht verrät er uns seinen Namen, wenn du dich bei ihm bedankst.«

Sara war sich bewußt, wie unhöflich es war, sich über den Mann zu unterhalten, als ob er gar nicht anwesend wäre. Sie raffte ihren ganzen Mut zusammen und drehte langsam den Kopf, um ihm ins Gesicht zu schauen. Vorsichtshalber richtete sie ihren Blick auf sein Kinn, als sie sagte: »Danke, Sir, daß Ihr mich in der Taverne vor den Schurken beschützt habt. Ich stehe für immer in Eurer Schuld.«

Er legte den Daumen unter ihr Kinn und zwang sie, ihm in die Augen zu sehen. Sein Blick war unergründlich. »Du schuldest mir mehr als Dank, Sara.«

Ihre Augen weiteten sich vor Schreck. »Ihr wißt, wer ich bin?«

»Ich habe es ihm gesagt, Liebes«, schaltete sich Nora ein.

»Ich habe kein Geld mehr«, gestand Sara. »Ich habe alles, was ich noch hatte, für die Schiffspassage ausgegeben. Bringt Ihr uns zum Hafen?«

Er nickte.

»Ich habe eine goldene Kette, Sir. Würdet Ihr die als Bezahlung akzeptieren?«

»Nein.«

Die barsche Antwort irritierte sie, und sie warf ihm einen mißbilligenden Blick zu. »Aber ich habe sonst nichts, was ich Euch anbieten könnte.«

Die Kutsche hielt, und Nathan öffnete die Tür. Er bewegte sich unglaublich schnell für seine Größe. Er sprang aus der Droschke und half Nora auszusteigen, bevor Sara noch ihr Kleid glattziehen konnte. Er hatte sie geradezu auf den Sitz geschleudert, als die Kutsche zum Stillstand gekommen war.

Plötzlich schlangen sich seine Arme um ihre Taille, und

Sara hatte kaum Zeit, ihr Retikül und die Handschuhe an sich zu nehmen, bevor er sie wie einen Mehlsack aus dem Gefährt zerrte. Er wagte es sogar, den Arm um ihre Schultern zu legen und sie an seine Seite zu ziehen.

Sara war empört, daß er sich solche Freiheiten herausnahm und protestierte. »Sir, ich bin eine verheiratete Frau. Würdet Ihr Euren Arm wegnehmen? So etwas schickt sich wirklich nicht.«

Offensichtlich beeindruckte ihn das überhaupt nicht, und er hielt den Blick, ohne mit der Wimper zu zucken, auf sie gerichtet. Sara wollte gerade zu einer neuen Tirade ansetzen, als er schrill durch die Zähne pfiff. Bis zu diesem Moment war der vom Mond beschienene Platz menschenleer gewesen, aber schon im nächsten Augenblick war Sara von Männern umringt.

Die Mitglieder von Nathans Crew starrten Sara an, als ob sie noch nie in ihrem Leben eine hübsche Frau zu Gesicht bekommen hätten. Nathan beobachtete seine Braut, um herauszufinden, wie sie auf diese unverhohlene Bewunderung reagierte, aber sie schenkte den Männern gar keine Beachtung und sah ihn unverwandt an. Nathan verzog die Lippen zu einem Lächeln. Er drückte sie kurz an sich, um sie zu beschwichtigen, und wandte dann der alten Frau seine Aufmerksamkeit zu.

»Habt Ihr Gepäck?«

»Sara, haben wir Gepäck?« gab Nora die Frage weiter.

Sara versuchte ihren Beschützer von sich zu schieben und fauchte: »Ich habe Euch bereits gesagt, daß ich verheiratet bin, also bitte nehmt Eure Hände von mir.«

Er rührte sich nicht von der Stelle, und Sara gab ihre Versuche, sich von ihm zu befreien, auf. »Ja, Nora. Ich habe einige von Mutters Sachen für dich zusammengepackt. Ich bin sicher, daß sie nichts dagegen hat. Nicholas hat die Koffer im Kontor des Hafenmeisters deponiert. Sollen wir sie holen?«

Sie unternahm erneut einen Versuch, sich von dem Riesen zu entfernen, aber sein Griff wurde nur noch fester.

Nathan entdeckte Jimbo in der Menge und winkte ihn zu sich. Der große dunkelhäutige Mann trat vor und blieb direkt vor Sara stehen. Ihre Augen wurden kugelrund, als sie wieder so einem Hünen gegenüberstand. Sie musterte ihn eine volle Minute und kam zu dem Schluß, daß er ein relativ gutaussehender Mann wäre, wenn er nicht diese albernen goldenen Ohrringe tragen würde.

Er mußte ihren kritischen Blick gespürt haben, denn er verschränkte die Arme vor der Brust und funkelte sie an.

Sie funkelte zurück.

Plötzlich tanzten kleine Lichter in seinen mitternachtsschwarzen Augen, und er lächelte breit. Sara wußte beim besten Willen nicht, was sie von seinem merkwürdigen Benehmen halten sollte.

»Zwei Männer sollen sich um das Gepäck kümmern, Jimbo«, ordnete Nathan an. »Wir laufen mit der *Seahawk* bei Tagesanbruch aus.«

Sara traf die Erkenntnis, daß der Wikinger sich in ihre Pläne mit einschloß, wie ein Blitzschlag.

»Meine Tante und ich sind jetzt in Sicherheit«, brachte sie hervor. »Diese Männer sind wirklich sehr … freundlich, Sir, aber wir haben schon zuviel Eurer wertvollen Zeit in Anspruch genommen.«

Nathan achtete gar nicht auf sie, sondern gab einem anderen Mann ein Zeichen. Als ein muskelbepackter älterer Mann vortrat, deutete Nathan mit dem Kinn auf Nora. »Kümmere dich um die alte Frau, Matthew.«

Nora schnappte nach Luft, und Sara glaubte, daß sie so erbost war, weil sie getrennt werden sollten, aber bevor sie selbst Einwände dagegen erheben konnte, straffte Nora ihre Schultern und ging auf den Riesen zu.

»Ich bin keine alte Frau, Sir, und ich verwahre mich strikt gegen solche Beleidigungen. Ich bin einundfünfzig Jahre alt und fühle mich noch sehr lebendig.«

Nathan hob die Augenbrauen, aber er behielt sein Lächeln bei. Ein kräftiger Windstoß würde diese alte Dame umwerfen, aber ihr Tonfall hätte einem Feldwebel zu Ehre gereicht.

»Ihr solltet Euch bei meiner Tante entschuldigen,« empfahl Sara, aber sie ließ ihm gar keine Zeit, ihren Rat zu befolgen. Sie wandte sich ihrer Tante zu und beschwichtigte sie. »Ich bin sicher, daß er deine Gefühle nicht verletzen wollte, Nora. Er ist nur ein wenig ungehobelt.«

Nathan schüttelte den Kopf. Diese Unterhaltung war wirklich lächerlich.

»Matthew, setz dich in Bewegung«, befahl er knapp.

»Und wo bringt Ihr mich hin?« fragte Nora den Mann, der neben ihr wartete. Statt einer Antwort hob Matthew Nora auf seine Arme.

»Laßt mich sofort los, Grobian!«

»Ist ja gut, meine Liebe«, erwiderte Matthew. »Ihr scheint nicht gerade kräftig zu sein. Ihr wiegt ja kaum mehr als eine Feder.«

Nora wehrte sich gegen ihn, aber seine nächsten Worte besänftigten sie auf der Stelle. »Wie kommt Ihr zu diesen Blutergüssen? Nennt mir den Namen des Schuftes, der Euch das angetan hat, und ich werde ihm mit Freuden die Kehle durchschneiden.«

Nora strahlte ihn an. Sie schätzte, daß er etwa im gleichen Alter wie sie selbst war, und er schien ein netter Mann zu sein. Seit Jahren hatte sie nichts mehr in Verlegenheit gebracht, aber jetzt spürte sie, wie ihr die Hitze in die Wangen stieg, und sie war sicher, daß sie feuerrot wurde. »Danke, Sir«, stammelte sie und nestete an ihrem Haarknoten herum. »Euer Angebot ist sehr freundlich.«

Sara war verblüfft über das Betragen ihrer Tante. Warum nur klimperte sie derart mit den Wimpern, als wäre sie ein junges Mädchen, das auf seinem ersten Ball mit einem Mann flirtet? Sie sah dem ungleichen Paar nach, bis es außer Sicht war, und merkte erst dann, daß sie plötzlich mit ihrem Beschützer allein war.

»Wird meiner Tante auch nichts geschehen?« wollte sie wissen.

Er brummte.

»Heißt dieses Brummen ja oder nein?« fragte sie.

»Ja.« Er stöhnte, als sie ihm einen Rippenstoß versetzte.

»Bitte, laßt mich los.«

Er kam ihrer Bitte sofort nach, und Sara war so überrascht, daß sie fast das Gleichgewicht verlor. Vielleicht, schoß es ihr plötzlich durch den Kopf, konnte sie mehr bei ihm erreichen, wenn sie sich seinen Anordnungen fügte. Es war sicherlich einen Versuch wert.

»Bin ich bei Euch in Sicherheit?« flötete sie einschmeichelnd.

Saras Versuch, freundlich zu ihm zu sein, erzielte nicht die gewünschte Wirkung – im Gegenteil, er schien nur noch grimmiger zu werden. »Ja, Sara, solange ich in deiner Nähe bin, wird dir nichts passieren«, entgegnete er mürrisch.

»Aber ich möchte nicht in Eurer Nähe in Sicherheit sein«, kreischte sie und merkte im selben Augenblick, in dem sie die Worte ausgesprochen hatte, wie töricht diese Aussage war. Hastig versuchte sie ihm genauer zu erklären, was sie meinte. »Natürlich möchte ich immer in Sicherheit sein – das möchte wohl jeder, sogar ein Verbrecher …« Sie hielt inne, als er sie angrinste. »Ich möchte nur ohne Euch in Sicherheit sein«, gestand sie matt. »Ihr wollt doch nicht mit Nora und mir auf dieses Schiff gehen, oder? … Weshalb starrt Ihr mich so an?«

Er beantwortete ihre erste Frage und ignorierte die zweite. »Doch, ich werde mit dir segeln.«

»Aber warum nur?«

»Weil ich es möchte«, erwiderte er gedehnt. Er beschloß, sie noch ein wenig im Ungewissen zu lassen und ihr erst später zu erklären, wer er war.

Sara wurde puterrot, und Nathan fragte sich, ob sie verlegen oder zornig war.

Seine Braut hatte immer noch die vorwitzigen Sommersprossen auf der Nase, und er fand sie entzückend. Sie erinnerten ihn an die kleine Göre, die er in seinen Armen gehalten hatte. Jetzt war sie kein kleines Mädchen mehr, aber sie war immer noch so ungestüm.

Sie klopfte mit einem Finger gegen seine Brust, um seine Aufmerksamkeit wieder auf sich zu ziehen. »Ich bitte um Vergebung, Sir, aber Ihr könnt Nora und mich nicht begleiten«, stellte sie fest. »Das wäre für Euch viel zu gefährlich. Ihr werdet bestimmt ein anderes Schiff finden.«

Diese seltsame Eröffnung erstaunte ihn. »Oh? Und warum wäre es zu gefährlich für mich?«

»Mein Ehemann würde es bestimmt nicht sehr schätzen, wenn ich in Begleitung eines Mannes reise. Habt Ihr schon von dem Marquis of St. James gehört? Oh, natürlich, alle Welt kennt ihn. Er ist mein Mann, und er würde Euch zur Hölle schicken, Wikinger … Warum lacht Ihr?«

»Warum nennst du mich Wikinger?«

»Weil Ihr so ausseht.«

»Soll ich dich Furie nennen?«

»Warum?«

»Weil du dich wie eine aufführst.«

Sara hätte am liebsten vor Verzweiflung geschrien. »Wer seid Ihr überhaupt, und was wollt Ihr von mir?«

»Du schuldest mir etwas, Sara.«

»Großer Gott, wollt Ihr eine Gegenleistung für Eure Hilfe?«

Sein langsames Nicken brachte sie in Rage. Er schien sich prächtig zu amüsieren. In dieser Sekunde wurde Sara klar, daß dieser Mann nicht bei Verstand war. Er war ein Verrückter, und je früher sie von diesem Barbaren wegkam, desto besser. Aber um das zu erreichen, mußte sie so tun, als würde sie sich in ihr Schicksal fügen.

»Es ist wahr«, stimmte sie ihm zu. »Ich schulde Euch etwas. Also laßt mich bitte Eure Forderungen wissen, dann werde ich mich bemühen, meine Schuld zu begleichen.«

Er trat einen Schritt vor, um sie auffangen zu können, falls seine Antwort ihr das Bewußtsein rauben sollte. »Mein Name ist Nathan, Sara.«

»Und?« fragte sie erstaunt.

Offenbar war sie schwer von Begriff. Er seufzte müde und sagte: »Und, Lady St. James, Ihr schuldet mir eine Hochzeitsnacht.«

3

Sie fiel nicht in Ohnmacht – sie begann gellend zu schreien. Nathan versuchte gar nicht erst, sie zum Schweigen zu bringen, und als er den Lärm nicht mehr ertragen konnte, zerrte er sie einfach in das Büro der Emerald Shipping Company und ließ sie in der Obhut ihrer Tante zurück. Als er die Tür hinter sich schloß, brach er in Gelächter aus. Ihre Reaktion auf seine Eröffnung erheiterte ihn grenzenlos. Lady Sara war wirklich leicht durchschaubar, und er zweifelte daran, daß er sich jemals fragen mußte, was in ihr vorging. Er war in seinem Leben schon so viel Falschheit und Tücke begegnet, daß er ihre Geradlinigkeit herzerfrischend fand. Laut, fügte er hinzu, aber herzerfrischend.

Nachdem er die Angelegenheiten, die vor seiner Abreise noch erledigt werden mußten, geregelt hatte, gesellte er sich zu seiner Mannschaft, die schon an Bord war. Jimbo und Matthew erwarteten ihn an Deck mit finsteren Mienen. Nathan hatte sie damit beauftragt, die beiden Damen in die Kajüten zu bringen.

»Hat sie endlich aufgehört zu kreischen?« fragte Nathan.

»Erst als ich ihr angedroht habe, ihren Mund mit einem Knebel zuzustopfen«, entgegnete Jimbo. Der riesige Mann runzelte die Stirn und fügte hinzu: »Daraufhin hat sie auch mich eingeschlagen.«

»Ich vermute, daß sich ihre Angst inzwischen gelegt hat«, meinte er ungerührt.

»Ich glaube nicht, daß sie Angst hatte«, warf Matthew ein und grinste von einem Ohr zum andern. »Hast du nicht bemerkt, daß ihre Augen Funken gesprüht haben, als du sie ins Büro geschleppt hast? Auf mich hat sie eher den Eindruck gemacht, als ob sie vor Zorn rasen würde.«

Jimbo nickte widerstrebend. »Als du dich davongemacht hast, hat sich die Situation noch zugespitzt. Nicht einmal ihre sanftmütige Tante konnte sie beruhigen. Als sie endlich ihren hysterischen Ausbruch überwunden zu haben schien, fragte sie, ob sie nicht jemand zwicken könnte, damit sie aus dem Alptraum aufwacht.«

Matthew grinste. »Der gute Felix hat das wörtlich genommen, aber er war ja noch nie besonders helle.«

»Felix hat sie angefaßt?« fragte Nathan mehr fassungslos als ärgerlich.

»Nein, natürlich nicht«, versicherte Jimbo schnell. »Er hat nur versucht, sie zu zwicken, das ist alles. Er wollte ihr einen Gefallen tun, du weißt ja, wie hilfsbereit der Junge immer ist. Aber deine kleine Braut hat sich augenblicklich in eine Wildkatze verwandelt, als er in ihre Nähe kam. Ich wette, daß Felix in Zukunft sehr vorsichtig sein wird, wenn sie ihn um etwas bittet.«

Nathan schüttelte verdrossen den Kopf und wollte sich ohne ein weiteres Wort davonmachen, als Matthew meinte: »Vielleicht fühlt sich Sara besser, wenn sie in der Kajüte ihrer Tante untergebracht wird.«

»Nein.«

Nathan bemerkte erst, als die beiden Männer lachten, wie schroff sein Tonfall gewesen war, und setzte freundlicher hinzu: »Sie bleibt in meiner Kajüte.«

Matthew rieb sich das Kinn. »Also gut, Junge, aber das könnte Probleme geben. Sie hat keine Ahnung, daß es deine Kajüte ist.«

Nathan zeigte sich nicht allzu bekümmert über diese Feststellung. Er runzelte aus einem anderen Grund die Stirn – der alte Seemann hatte ihn »Junge« genannt. Beide, Jimbo und Matthew, benutzten diesen Namen nur, wenn sie allein mit ihm waren. Offensichtlich waren sie der Meinung, daß er die Bezeichnung »Captain« nicht verdient hatte. Er hatte die Männer angeheuert, als er das Schiff übernommen hatte, und sie waren in kürzester Zeit unentbehrlich für ihn geworden. Sie wußten alles über die Seefahrt und kannten jeden Piratentrick. Er hatte viel von ihnen gelernt, und sie behaupteten, daß sie auf ihn aufpassen müßten – Gott allein wußte, wie oft er das schon gehört hatte. Aber er mußte zugeben, daß sie schon unzählige Male ihr Leben riskiert hatten, um das seine zu retten. Ihre unbedingte Treue überwog bei weitem ihre schlechte Angewohnheit, ihn »Junge« zu nennen.

Nathan musterte ihre erwartungsvollen Mienen und sagte: »Sie wird noch früh genug erfahren, in wessen Kajüte sie ist.«

»Die Tante ist in einer jämmerlichen Verfassung«, erzählte Matthew. »Ich wette, daß ein paar ihrer Rippen gebrochen sind.«

»Dieses Werk können nur die Winchesters vollbracht haben, stimmt's?« fragte Jimbo.

Nathan nickte.

»Welcher Bruder von dieser Höllenbrut war das?« wollte Matthew wissen.

»Offensichtlich steckt Henry hinter der ganzen Sache, aber es würde mich nicht wundern, wenn die anderen davon gewußt hätten,« erklärte Nathan.

»Hast du vor, Nora nach Hause zu bringen?«

»Ich habe keine Ahnung, was, zur Hölle, wir sonst mit dieser Frau tun sollten«, erwiderte Nathan. »Ist sie kräftig genug, die Reise zu überstehen, oder müssen wir mit einem Begräbnis auf offener See rechnen?«

»Sie wird schon wieder«, prophezeite Matthew. »Sie ist eine zähe Person, und wenn ich sie gut versorge, ist sie bald wieder auf den Beinen.« Er stieß Jimbo in die Seite und fügte hinzu: »Jetzt kann ich für zwei hilflose Kreaturen das Kindermädchen spielen.«

Nathan war sich im klaren, daß er ihn reizen wollte, und ließ die beiden stehen.

»He, Junge, er meint dich!« rief Jimbo ihm nach.

Nathan hob die Hand in einer unanständigen Geste und verschwand unter Deck. Rauhes Gelächter folgte ihm.

Die nächsten Stunden gab es an Bord der *Seahawk* jede Menge zu tun. Die Fracht mußte geladen und gesichert, die acht Kanonen gereinigt und befestigt werden. Zu guter Letzt wurden die Segel gesetzt und die Anker gelichtet.

Nathan blieb auf seinem Posten, bis sein Magen rebellierte. Jimbo übernahm das Kommando über die zweiundvierzig Seemänner, damit Nathan unter Deck gehen konnte.

Die ersten Tage auf See litt Nathan immer an der Seekrankheit, aber er hatte gelernt, sich mit diesem lästigen Übel abzufinden. Er war sicher, daß niemand außer Jimbo und Matthew von seinen Schwierigkeiten wußte, aber das erleichterte ihm die Sache auch nicht.

Aus Erfahrung wußte er, daß es nur noch ein oder zwei Stunden dauern würde, bis er vollkommen außer Gefecht gesetzt war. Deshalb beschloß er, jetzt gleich nach seiner Braut zu sehen. Wenn er Glück hatte, dann schlief sie, und er konnte die unerfreuliche Konfrontation auf einen späteren Zeitpunkt verschieben. Gütiger Himmel, sie mußte doch vollkommen erschöpft sein! Sie hatte seit mehr als vierundzwanzig Stunden nicht geschlafen, und das Spektakel, das sie aufgeführt hatte, nachdem er sich als ihr Ehemann vorgestellt hatte, hatte sie mit Sicherheit die letzten Kräfte gekostet. – Wenn sie nicht schlief, wollte er die Auseinandersetzung so rasch wie möglich hinter sich bringen. Je schneller sie sich mit den Gegebenheiten abfand, desto früher konnte er sie mit seinen Zukunftsplänen, die sie mit einschlossen, vertraut machen.

Nathan befürchtete, daß sie wieder einen hysterischen Anfall erleiden könnte, und versuchte sich innerlich gegen die Tränen und Schimpftiraden zu wappnen, ehe er die Tür öffnete.

Sara schlief nicht. Sobald Nathan die Kajüte betrat, sprang sie vom Bett und baute sich vor ihm auf. Es war deutlich zu erkennen, daß sie ihre Angst oder besser ihren Zorn noch nicht überwunden hatte.

Die Luft in der Kajüte war feucht und schwül. Nathan schloß die Tür und durchquerte den großen quadratischen Raum, um die Luke zu öffnen. Frische Seeluft und Sonnenschein fluteten in die Kajüte. Nathans Magen reagierte heftig darauf. Er atmete tief durch und ging zurück zur Tür. Immerhin bestand die Möglichkeit, daß seine Braut davonlaufen wollte, und da Nathan nicht in der Verfassung war, ihr nachzujagen, versperrte er den einzigen Fluchtweg mit seiner breiten Gestalt.

Sara fixierte ihn eine lange Zeit. Sie spürte, daß sie am ganzen Körper bebte, und war sich bewußt, daß es nur eine Frage der Zeit war, bis ihr Zorn die Oberhand gewann. Trotzdem beschloß sie, ihm nicht zu zeigen, was sie empfand – koste es, was es wolle. In Gegenwart dieses Barbaren Gefühle zu offenbaren wäre ein armseliger Beginn für diese Reise gewesen.

Nathan hatte die Arme vor der Brust verschränkt und stellte eine unbeteiligte Miene zur Schau, und Sara hegte den Verdacht, daß er im nächsten Moment einschlafen würde – so gelangweilt wirkte er. Sein durchdringender Blick brachte sie fast zum Wahnsinn, und sie zwang sich, die Lider nicht zu senken. Sie war fest entschlossen, aufrecht vor ihm stehen zu bleiben, und wenn jemand dieses Blickduell gewann, dann war sie es.

Nathan war sich im klaren, daß seine Braut verzweifelt bemüht war, ihre Angst vor ihm zu verbergen, aber das mißlang ihr kläglich. Ihr Blick war trübe, und sie zitterte am ganzen Leib. Großer Gott, hoffentlich brach sie jetzt nicht wieder in Hysterie aus! Er hatte schon genug damit zu tun, seine Übelkeit, die mit jeder Bewegung des Schiffes schlimmer wurde, zu unterdrücken. Er konzentrierte sich auf ihre Erscheinung. Sara ist wunderschön, dachte er, obwohl er in diesem Moment, in dem die Sonnenstrahlen ihr braunes Haar vergoldeten, auch bemerkte, daß eine Spur der Winchester-Ähnlichkeit zu sehen war.

Sie trug immer noch das entsetzliche dunkelblaue Kleid, das für seinen Geschmack viel zu weit ausgeschnitten war. Er nahm sich vor, mit ihr darüber zu sprechen, wenn sie ihre Angst ein wenig überwunden hatte, aber er änderte sofort seinen Beschluß, als er sah, daß ihre Miene plötzlich finster wurde.

Er stand zwar im Schatten der Tür, aber die lange gezackte Narbe, die über seinen Arm lief und sich weiß von seiner bronzefarbenen Haut abhob, war nicht zu übersehen. Sara betrachtete sie eingehend, und während sie überlegte, wann und wo er wohl verletzt worden war, stöhnte sie leise.

Er trug unanständig enganliegende rehbraune Breeches. Ihr war es ein Rätsel, wie er in diesem hautengen Ding überhaupt Luft holen konnte. Sein weißes Hemd war bis zur Taille offen, und die Ärmel hatte er bis zum Ellenbogen hochgekrempelt. Seine lässige Erscheinung und seine Gleichgültigkeit irritierten sie fast noch mehr als sein finsterer Blick. Sie beschloß, ihn auf jeden Fall darauf hinzuweisen, daß sein Aufzug in jeder Hinsicht unschicklich war. Sie mußte ihm klarmachen, was von einem verheirateten Mann erwartet wurde.

»Du bist angezogen wie eine Kneipendirne«, brummte er plötzlich.

Es brauchte eine volle Minute, bis Sara diese Bemerkung begriff. Zuerst war sie zu verblüfft, um zu reagieren, dann schnappte sie nach Luft.

Nathan verbiß sich das Lachen. Sara sah nicht so aus, als ob sie im nächsten Moment in Tränen ausbrechen würde, viel wahrscheinlicher war, daß sie ihm an die Kehle ging. Das war ein hübscher Anfang. »Dieses Dekolleté ist obszön, meine Liebe.«

Ihre Hände zuckten instinktiv in die Höhe und bedeckten den Ausschnitt. Ihr Herz hämmerte wild in ihrer Brust, und sie wurde feuerrot. »Es war das einzige Kleid, das dunkel genug war, um mich in den nächtlichen Straßen zu verbergen ...«, setzte sie zu einer Erklärung an, hielt aber sofort inne, als sie merkte, daß sie sich vor diesem Barbaren rechtfertigte.

»Verbergen?« fragte Nathan gedehnt. »Sara, dieses Kleid verbirgt gar nichts. In Zukunft wirst du keine so offenherzigen Kleidungsstücke tragen. Der einzige Mensch, der deinen Körper betrachten darf, bin ich, hast du das verstanden?«

Oh, sie verstand nur allzu gut. Dieser Kerl war gewöhnlich und ordinär, und wie leicht er den Spieß umdrehte ... Sara schüttelte den Kopf; auf keinen Fall konnte sie dulden, daß er ihr Vorschriften machte und sie in eine verletzliche Position drängte.

»Und Ihr seht aus wie ein Barbar«, sprudelte sie los». «Euer Haar ist verboten lang, und Eure Kleidung ist die eines ...

Schurken. Ihr solltet bedecken, daß dieses Schiff vornehme Passagiere befördert und daß es äußerst unangemessen ist, wie ein Seeräuber auszusehen.« Sie nickte zur Bekräftigung und setzte hinzu: »Außerdem ist Euer finsterer Blick abgrundtief häßlich.«

Dieses alberne Geplänkel ging Nathan auf die Nerven, und er hatte es plötzlich eilig, die entscheidenden Dinge zur Sprache zu bringen.

»Sara«, bekannt er, »du solltest dich mit der Situation abfinden und damit aufhören.«

»Womit soll ich aufhören?«

Er seufzte müde, und sie hatte Mühe, ihr Temperament im Zaum zu halten. Die Anstrengung, einen Wutausbruch zu unterdrücken, trieb ihr die Tränen in die Augen. Er würde sehr viel erklären müssen, bevor sie sich mit der Situation abfinden konnte, und er würde besser bald damit anfangen, bevor sie zu der Überzeugung kam, daß sein Sündenregister zu groß sei, um vergeben zu werden.

»Mit dem Heulen und den Tiraden«, erwiderte Nathan mit einem Achselzucken. »Offensichtlich jage ich dir Angst ein, und du siehst aus, als würdest du in einer Sekunde in Tränen ausbrechen. Ich weiß, daß du dir wünschst, ich würde dich nach Hause bringen, und ich habe beschlossen, dir die Demütigung zu ersparen, mich darum zu bitten, indem ich dir klipp und klar sage, daß mich nichts, was du sagst oder tust, dazu bringen könnte, dir diesen Wunsch zu erfüllen. Du bleibst bei mir, ich bin dein Ehemann, Sara, und daran solltest du dich so schnell wie möglich gewöhnen.«

»Würde es Euch etwas ausmachen, wenn ich weinen würde?« fragte sie mit gepreßter Stimme.

»Nicht im geringsten«, behauptete er, obwohl es eine Lüge war – in Wahrheit störte ihn ihre Bestürzung sogar sehr, auch wenn er das niemals zugeben würde. Alle Frauen wußten instinktiv, daß Männer gegen Tränen machtlos waren und nutzten diese Schwäche skrupellos aus. Sie weinten immer, wenn sie etwas erreichen wollten.

Sara holte tief Luft. Sie wagte nicht, noch ein Wort zu sagen, bevor sie die Fassung zurückgewonnen hatte. Hatte er tatsächlich geglaubt, sie würde ihn um etwas bitten? Bei Gott, er war der abscheulichste Mann, der ihr jemals begegnet war, und er schüchterte sie ein. Er schien nicht einen Funken Mitgefühl zu besitzen.

Sie taxierte ihn ausgiebig, während sie versuchte, all ihren Mut zusammenzuraffen, um ihm die vielen Fragen zu stellen, die sie schon so lange quälten. Sie bezweifelte zwar, daß er die Wahrheit sagen würde, aber sie wollte aus seinem eigenen Mund hören, was er zu seiner Verteidigung vorzubringen hatte.

Sie sah wirklich aus, als ob sie gleich losheulen würde. Zur Hölle, Nathan hoffte nur, daß sie nicht wieder die Besinnung verlor. Er hatte wenig Geduld mit dem schwachen Geschlecht, und er nahm sich vor, Saras Furcht ein wenig zu dämpfen, um weitere Ausbrüche zu vermeiden. Insgeheim empfand er sogar Mitleid mit ihr. Natürlich konnte sie sich mit dieser Ehe nicht so ohne weiteres abfinden, schließlich war er ein St. James, und sie war als eine Winchester aufgewachsen. Sicherlich hatte man ihr von klein auf beigebracht, ihn zu hassen ... Das arme Kind war ein Opfer der Politik und nur ein Bauer auf dem Schachbrett eines verrückten Königs gewesen, der zwei verfeindete Familien durch eine Kinderehe hatte versöhnen wollen.

Aber er konnte das, was in der Vergangenheit vorgefallen war, nicht ungeschehen machen. Er hatte den Ehevertrag unterschrieben, und er fühlte sich daran gebunden.

»Du solltest begreifen, daß ich diese Ehe nicht auflösen werde«, verkündete er mit harter Stimme. »Jetzt nicht und auch nicht in Zukunft.«

Nach dieser Eröffnung war ein Nervenzusammenbruch unvermeidlich, und Nathan wartete ohne erkennbare Gemütsregung auf das, was kommen mußte.

»Was hat Euch so lange aufgehalten?« flüsterte sie so leise, daß er nicht einmal sicher sein konnte, ob er sie richtig verstanden hatte.

»Was hast du gesagt?«

»Warum habt Ihr so lange gewartet?« fragte sie bei weitem strenger.

»Womit?«

Er sah sie verständnislos an, und sie setzte nach einem tiefen Seufzer von neuem an: »Weshalb seid Ihr nicht schon früher gekommen?« Ihre Stimme zitterte, und Sara verkrampfte die Hände ineinander.

Er war so überrascht, daß er nicht sofort antworten konnte. Er hätte nie im Traum daran gedacht, daß ihr Stolz eine solche Frage zuließ.

»Habt ihr überhaupt eine Ahnung, wie lange ich auf Euch gewartet habe?« fuhr sie mit zitternder Stimme fort.

Nathans Augen weiteten sich vor Erstaunen – sie hatte doch tatsächlich den Mut, ihn zurechtzuweisen! Er starrte sie in einer Weise an, daß sie schon fürchtete, er hätte den Verstand verloren. Er schüttelte langsam den Kopf, und diese Geste raubte ihr vollends die Fassung.

»Nein?« rief sie. »War ich so unbedeutend für Euch, daß Ihr es nie der Mühe wert befunden habt, Euch um mich zu kümmern?«

Nathan war sprachlos, und obwohl er wußte, daß er auf keinen Fall dulden konnte, daß sie die Stimme gegen ihn erhob, fiel ihm keine passende Antwort ein. Schließlich murmelte er: »Willst du damit sagen, daß du wütend auf mich bist, weil ich dich nicht früher zu mir geholt habe?«

Sara griff nach dem erstbesten Gegenstand, der sich in ihrer Nähe befand. »Wütend?« fauchte sie erbost. »Wie kommt Ihr darauf, daß ich wütend sein könnte?«

Nathan wich dem – glücklicherweise leeren – Nachttopf, der an seinem Kopf vorbeizischte, ebenso aus wie den beiden Kerzenleuchtern, die ihm folgten.

»Oh, ich weiß nicht, aber auf mich machst du den Eindruck, als ob zu ziemlich aufgebracht wärst«, erklärte er seelenruhig.

»Als ob ich ...« Sie war so außer sich, daß sie kein Wort mehr herausbrachte. Nathan grinste unverschämt, als er den Satz an ihrer Stelle ergänzte: »... aufgebracht wäre.«

»Habt Ihr eine Pistole?«

»Ja.«

»Könnt Ihr sie mir borgen?«

Er verbiß sich mühsam das Lachen. »Wozu brauchst du eine Pistole, Sara?«

»Ich möchte Euch erschießen, Nathan.«

Jetzt konnte er nicht mehr an sich halten und lachte lauthals. Sara haßte ihn mehr denn je und hätte am liebsten vor Zorn und Enttäuschung geweint. Vielleicht hatten ihre Verwandten doch recht gehabt, und er verachtete sie tatsächlich so sehr, wie ihre Eltern immer behauptet hatten.

Sie gab sich geschlagen und ließ sich erschöpft auf dem Bett nieder. »Bitte verlaßt meine Kajüte. Wenn Ihr meine Vergebung erbitten wollt, könnt Ihr morgen gern vorsprechen. Im Moment bin ich einfach zu müde, um mir Eure Erklärungen anzuhören.«

Er traute seinen Ohren nicht – sie hatte die Stirn, ihn herumzukommandieren ... »Sara, du wirst dich umstellen müssen: In unserer Ehe bestimme ich, was getan wird, und du hast zu gehorchen«, stellte er unnötig schroff klar.

Er mußte von Anfang an deutlich machen, wer der Herr im Hause war, auch wenn er damit ihre Angst von neuem schürte. Sie rang hilflos die Hände, und Nathan fühlte sich ein wenig schuldig, weil er so rüde Methoden angewandt hatte. Trotzdem war die Angelegenheit so wichtig, daß er sich weder von ihrer abgrundtief traurigen Miene noch von ihren Tränen erweichen lassen durfte.

Sara preßte die Hände immer wieder zusammen und stellte sich vor, sie würde ihrem sturköpfigen Mann den Kragen umdrehen – diese Vision hellte ihre Stimmung ein wenig auf.

Nathan holte sie unsanft in die Wirklichkeit zurück, als er donnernd fragte: »Hast du gehört, was ich gesagt habe, Braut?«

Himmel, wie sie es verabscheute, »Braut« genannt zu werden. »Ja, ich habe es gehört, aber mir ist nicht klar, was Ihr damit meint«, antwortete sie mit tränenerstickter Stimme.

Nathan kam sich mit einemmal wie ein Scheusal vor, trotzdem gab er nicht klein bei. »Willst du mich etwa auf den Arm nehmen?«

»Nein, mir leuchtet nur nicht ein, warum Ihr das Sagen haben sollt. Mir scheint in einer richtigen Ehe geht es anders zu.«

»Oh, und wie stellst du dir eine richtige Ehe vor?«

Offenbar war er wirklich an ihrer Meinung interessiert. Sara faßte sich ein Herz und erwiderte: »Ich habe es immer als meine Pflicht angesehen, meinem Ehemann meine Wünsche mitzuteilen ...«

»Und?« ermunterte er sie, fortzufahren.

»Und Eure Pflicht ist es, meine Wünsche zu erfüllen.«

Seiner Miene war deutlich anzusehen, daß ihm diese Auffassung von einer Ehe nicht gefiel, und in Sara regte sich erneut der Unmut. »Ihr habt gelobt, mich zu ehren und zu achten, Nathan.«

»Ich soll etwas gelobt haben?« polterte er. »Ich habe nichts dergleichen versprochen, verdammt noch mal.«

Mit dieser Lüge kam er bei ihr nicht weiter. Sie sprang auf die Füße und schrie zurück. »Oh, natürlich habt Ihr das versprochen. Ich habe den Ehevertrag sehr genau durchgelesen. Euch wurden Landsitz und Geld versprochen, wenn Ihr mich in Ehren haltet und für mein Wohlbefinden sorgt. Ihr habt geschworen, ein guter Ehemann und ein treusorgender Vater zu sein, Wikinger, und außerdem habt Ihr gelobt, mich zu lieben und zu ehren.«

Fast wäre er wieder in Gelächter ausgebrochen, ihr Gespräch hatte wirklich eine absurde Wendung genommen.

»Du willst tatsächlich, daß ich dich liebe und ehre?«

»Natürlich möchte ich das«, entgegnete sie und verschränkte die Arme vor der Brust. »Ihr habt es versprochen, Nathan, und bei Gott, Ihr werdet Euer Versprechen halten.«

Sie nahm wieder auf dem Bett Platz und verbrachte einige Zeit damit, die Falten in ihrem Kleid zu glätten. Die Röte auf ihren Wangen verriet ihre Verlegenheit.

»Und was wirst du tun, während ich dich liebe und ehre?« wollte Nathan wissen. »Wie lauten deine Versprechen, Braut?«

»Ich habe überhaupt nichts versprochen. Ich war erst vier Jahre alt und habe den Vertrag nicht unterschrieben, aber Ihr habt es getan.«

Er schloß die Augen und zählte bis zehn. »Dann glaubst du also, daß die Unterschrift deines Vaters nichts gilt und daß die Gelöbnisse, die er in deinem Namen abgelegt hat, nicht bindend sind?«

»Das habe ich nicht gesagt«, hauchte sie und seufzte abgrundtief. »Selbstverständlich werde ich sie einhalten.«

»Und wie lauten sie?« hakte er nach.

Sie nahm sich viel Zeit für ihre Antwort und blitzte ihn erbost an. »Ich muß Euch ehren und lieben«, murmelte sie schließlich.

Aber das genügte ihm bei weitem noch nicht. »Und?«

»Und was?« fragte sie mit geheuchelter Ungewißheit zurück.

In diesem Augenblick war ihm klar, daß seine Braut vorhatte, ihn in den Wahnsinn zu treiben. »Ich habe den Vertrag auch genau durchgelesen«, schnappte er. »Du solltest meine Geduld nicht auf die Probe stellen.«

»Also gut«, entgegnete sie matt. »Ich muß Euch gehorchen. Seid Ihr nun zufrieden?«

»Ja«, gab er zurück. »Und jetzt stehen wir genau dort, wo wir am Anfang waren. Ich habe dir gesagt, daß ich bestimme, was getan wird und daß ich von dir Gehorsam erwarte. Wage nur nicht, mich noch einmal zu fragen, weshalb.«

»Ich werde versuchen, Euren Anordnungen Folge zu leisten, wenn sie mir vernünftig erscheinen.«

Jetzt platzte ihm der Kragen. »Verdammt noch mal, mir ist vollkommen gleichgültig, was du für vernünftig hältst oder nicht! Du wirst tun, was ich sage, zum Teufel.«

Dieser Ausbruch schien sie nicht im mindesten zu beeindrucken, und ihre Stimme klang ungewöhnlich sanft, als sie tadelte: »Ihr solltet wirklich nicht in Gegenwart einer Dame fluchen, Nathan. Das ist vulgär, und immerhin seid Ihr ein Marquis.«

Sein Blick war so eisig, daß sich Sara mehr als nur unbehaglich fühlte. »Ihr haßt mich, nicht wahr?« flüsterte sie.

»Nein.«

Sie glaubte ihm nicht. Gütiger Himmel, ihr Dekolleté machte ihn noch schwächer als die Seekrankheit, und er wurde grau im Gesicht.

»O ja, Ihr haßt mich, Ihr könnt mich nicht hinters Licht führen. Ich bin eine Winchester, und Ihr verabscheut alle Winchesters.«

»Aber dich verabscheue ich nicht.«

»Ihr braucht mich nicht anzuschreien. Ich versuche nur, unsere Unterhaltung etwas freundlicher zu gestalten, und das mindeste, was Ihr tun könnt, ist, Euer Temperament zu zügeln.« Sie gab ihm keine Gelegenheit zu einer heftigen Erwiderung. »Ich bin sehr erschöpft, Nathan, und würde mich gerne ein wenig ausruhen.«

Er entschloß sich, sie allein zu lassen, und öffnete die Tür. Bevor er ging, drehte er sich noch einmal um.

»Sara?«

»Ja?«

»Du hattest nie wirklich Angst vor mir, stimmt's?« Als ihm diese Erkenntnis dämmerte, breitete sich Erstaunen auf seinem Gesicht aus.

Sie schüttelte den Kopf. »Nein.«

Er drehte sich zur Seite, um sein Lächeln vor ihr zu verbergen.

»Nathan?«

»Was ist?«

»Ich habe mich nur ein wenig gefürchtet, als ich Euch das erste Mal sah«, gestand sie. »Fühlt Ihr Euch jetzt besser?«

Als Antwort schloß er die Tür.

In der gleichen Sekunde fing Sara bitterlich zu weinen an. All die Jahre, in denen sie von ihrem wundervollen Ritter in der goldenen Rüstung, der eines Tages seine Braut heimholen würde, geträumt hatte, waren vergeudete Zeit gewesen. Sie hatte sich ihren Bräutigam immer so nett, verständnisvoll und feinfühlig vorgestellt und sich eingebildet, er würde ihr alle Liebe der Welt entgegenbringen.

Ihre Träume hatten sie zum Narren gehalten. Ihr Ritter war ein finsterer Geselle und kein Held in goldener Rüstung, und er hatte hinreichend bewiesen, daß er so verständnisvoll und feinfühlig wie ein Ziegenbock war.

Sie weinte sich in grenzenlosem Selbstmitleid in den Schlaf.

Nathan sah etwa eine Stunde später noch einmal nach ihr. Sie war auf dem Bett eingeschlafen, ohne sich erst auszuziehen. Sie lag auf dem Bauch und hatte die Arme weit ausgebreitet.

Seltsamerweise empfand er Zufriedenheit bei diesem Anblick. Plötzlich bemerkte er, daß sie noch immer Noras Ehering am Finger trug. Es war verrückt, aber er störte sich daran, deshalb zog er ihn vorsichtig ab und verstaute ihn in seiner Tasche. Danach machte er sich daran, Sara auszuziehen. Er öffnete die lange Reihe kleiner Knöpfe, die sich am Rücken ihres Kleides befanden und streifte es ihr ebenso ab wie ihre Schuhe und Strümpfe. Er stellte sich ziemlich ungeschickt an, und ihre Unterröcke überforderten ihn beinahe. Die Knoten in den Bändern waren so fest, daß er sie nicht lösen konnte, deshalb nahm er sein Messer zu Hilfe und schnitt die Bänder durch. Er setzte sein Werk fort, bis seine Braut nur noch im seidenen Hemd vor ihm lag. Der weiße dünne Stoff umschmiegte ihre weiblichen Formen, und ein zarter Spitzenbesatz faßte das Dekolleté ein.

Nathan konnte dem Drang nicht widerstehen, ihr mit der Hand über den Rücken zu streichen. Sie seufzte leise im Schlaf und drehte sich um.

Nathan hätte im nachhinein nicht sagen können, wie lange er neben dem Bett gestanden und sie betrachtet hatte. Sie sah so unschuldig, so vertrauensselig und so verdammt verletzlich aus, während sie schlief. Ihre dichten schwarzen Wimpern bildeten einen reizvollen Kontrast zu ihrer cremeweißen Haut. Ihr Körper war perfekt, und ihre vollen Brüste, die nur unzureichend von dem hauchdünnen Hemd bedeckt waren, weckten sein Begehren.

Als er gewahr wurde, wie heftig er auf sie reagierte, verließ er die Kajüte. Was, in Gottes Namen, war mit ihm geschehen? Wie konnte er nur zu einer so verlockenden Person Distanz wahren?

Nathan vergaß die Fragen, als ihn eine neue Welle der Seekrankheit überrollte. Er wartete, bis sein Magen die schreckliche Attacke überstanden hatte, dann holte er eine Decke und deckte Sara zu. Seine Hand berührte ihr Gesicht, und er konnte ein Lächeln nicht verhindern, als sie instinktiv ihre Wange an seiner Hand rieb. Diese unbewußte Geste erinnerte ihn an ein kleines Kätzchen. Sara bewegte sich ein wenig, und ihre Lippen strichen über seine Haut. Nathan zog seine Hand abrupt zurück und verließ den Raum, um nach Saras Tante zu sehen. Nora schien friedlich zu schlafen. Sie war zwar blaß und atmete schwer, aber sie hatte offensichtlich keine Schmerzen, da ihr Gesichtsausdruck fast heiter wirkte. Nathan erinnerte sich an den Ring in seiner Tasche und trat an ihr Bett. Er hob Noras Hand und steckte ihr den Ring an den Finger.

Nora öffnete die Augen und lächelte ihn an. »Danke, lieber Junge. Für mich wird jetzt alles ein wenig leichter, weil ich den Ring von meinem Johnny zurückhabe.«

Nathan quittierte ihre Dankbarkeit mit einem kurzen Nicken und wandte sich wieder der Tür zu.

»Ihr glaubt, daß ich eine sentimentale Närrin bin, habe ich recht?« rief sie ihm nach.

Ein Lächeln huschte über sein Gesicht. »Ja.«

Sie kicherte über seine unverblümte Offenheit und fragte: »Habt Ihr mit Sara gesprochen?«

»Ja, das habe ich getan.«

»Geht es ihr gut?« wollte Nora wissen. Sie wünschte, er würde sich zu ihr drehen, damit sie seinen Gesichtsausdruck sehen könnte.

»Sie schläft«, gab Nathan zurück und öffnete die Tür.

»Wartet«, rief Nora. »Bitte geht noch nicht.«

Als er das Zittern in ihrer Stimme hörte, wandte er sich ihr zu.

»Ich fürchte mich so sehr«, flüsterte Nora.

Nathan schloß die Tür und trat näher an das Bett. Wie so oft verschränkte er die Arme vor der Brust und wirkte ziemlich entspannt, wenn man von seinem Stirnrunzeln absah.

»Ihr habt keinen Grund, Euch zu fürchten«, sagte er mit sanfter Stimme. »Ihr seid jetzt in Sicherheit.«

Sie schüttelte den Kopf. »Ihr habt mich mißverstanden. Ich habe keine Angst um mich, lieber Junge. Ich mache mir Sorgen um Euch und Sara. Seid Ihr Euch im klaren, worauf Ihr Euch eingelassen habt? Vermutlich könnt Ihr Euch nicht vorstellen, wozu diese Männer fähig sind. Nicht einmal ich kenne die Abgründe, in die ihre Habgier sie treibt. Sie werden Euch verfolgen.«

Nathan hob die Schultern. »Ich bin bereit. Die Winchesters stellen für mich keine Bedrohung dar.«

»Aber, lieber Junge, sie …«

»Nora«, unterbrach er sie, »Ihr müßt mir glauben, wenn ich Euch sage, daß ich mit jeder Herausforderung fertig werde.«

»Sie werden versuchen, Sara zurückzuholen« sagte Nora. »Und wenn sie sie haben, werden sie die Kleine quälen.«

»Ich beschütze alles, was mir gehört«, erklärte er mit Emphase.

Seine Selbstsicherheit beruhigte sie ein wenig, und sie nickte. »Ich glaube Euch, aber was haltet Ihr von den Winchester-Frauen?«

»Meint Ihr alle oder eine spezielle?«

»Natürlich meine ich Sara.«

»Sie ist keine Winchester mehr, sondern eine St. James. Ihr unterschätzt meine Fähigkeiten, wenn Ihr um ihre Sicherheit bangt. Ich passe stets auf meinen Besitz auf.«

»Besitz?« wiederholte sie. »Ich habe schon lang nicht mehr gehört, daß jemand seine Frau als Besitz ansieht.«

»Ihr habt viele Jahre außerhalb von England verbracht, Nora, und in all den Jahren hat sich nichts geändert. Ein Mann betrachtet seine Frau immer noch als Besitz.«

»Meine Sara ist sehr weichherzig«, sagte Nora, ohne weiter auf das Thema einzugehen. »Die letzten Jahre waren für sie sehr schwer, und sie wurde wegen ihrer Heirat als Außenseiterin betrachtet. Sie durfte nie die Dinge tun, mit denen sich junge Ladies normalerweise beschäftigen. Alles hat sich immer nur um ihre Schwester Belinda gedreht.« Nora machte eine Pause, um zu Atem zu kommen. Dann fuhr sie fort: »Sara verteidigt ihre Eltern und ihre Schwester bis aufs Messer. Ich werde mein Leben lang nicht verstehen, warum sie auch nur einen Gedanken an sie verschwendet. Ihr solltet Euch vor Saras Schwester in acht nehmen, sie steht ihrem Onkel in nichts nach, wenn es um Gemeinheiten geht. Sie sind wirklich aus dem gleichen Holz geschnitzt.«

»Ihr macht Euch zu viele Gedanken, Nora.«

»Ich möchte nur, daß Ihr versteht … Sara …«, sie keuchte, und es war offensichtlich, daß sie das Sprechen anstrengte. »Sara ist eine Träumerin«, fuhr sie fort. »Seht Euch ihre Malereien an, dann werdet Ihr verstehen, was ich meine. Ihr Kopf schwebt die meiste Zeit in den Wolken, und sie sieht nur Gutes in den Menschen. Sie möchte nicht glauben, daß ihr Vater ebenso verwerflich ist wie seine Brüder, und ich fürchte, daran ist ihre Mutter schuld. Sie hat ihre Tochter all die Jahre belogen, um die üblen Machenschaften der Winchester-Sippe zu entschuldigen und zu vertuschen.«

Nathan schwieg.

»Lieber Junge …«, begann Nora erneut, aber sie hielt sofort inne, als sie seine finstere Miene sah.

»Madam«, sagte er rasch. »Ich möchte eine Abmachung mit Euch treffen. Ich werde Euch nicht mehr als alte Frau bezeichnen, wenn Ihr Euch abgewöhnt, mich ›lieber Junge‹ zu nennen. Seid Ihr damit einverstanden?«

Nora lächelte und warf dem hünenhaften Mann, der den ganzen Raum auszufüllen schien, einen schrägen Blick zu. »Ich muß zugeben, daß die Anrede ziemlich unpassend und töricht ist«, kicherte sie. »Darf ich Euch Nathan nennen?«

»Natürlich. Aber ich möchte Euch noch einmal versichern, daß Eure Sorgen um Sara unbegründet sind. Ich werde es nicht zulassen, daß ihr jemand wehtut, und ich selbst werde sie gut behandeln. Mit der Zeit wird sie erkennen, daß sie ein glücklicheres Leben führt als vorher.«

Er legte die Hände auf den Rücken wie ein General und durchmaß den Raum, der für seine riesige Gestalt viel zu klein zu sein schien.

»Die Tatsache, daß Ihr sie gestern abend vor diesen Halsabschneidern bewahrt habt, spricht für sich«, sagte Nora. »Ich bin sicher, daß Ihr gut auf sie aufpaßt. Ich hoffe nur, daß Ihr auch mit ihren zarten Gefühlen umgehen könnt, Nathan. Sara ist sehr scheu und verschlossen. Es ist sehr schwer, ihre wahren Gefühle zu erkennen.«

Nathans Augenbrauen schnellten hoch. »Seid Ihr sicher, daß wir über ein und dieselbe Person sprechen, Madam?«

Noras breites Lächeln sprach Bände. Sie strich eine Haarsträhne zurück, bevor sie gestand: »Ich habe Eure Unterhaltung mitangehört. Im allgemeinen ist es nicht meine Art, andere zu belauschen, aber Ihr müßt zugeben, daß es ziemlich laut zuging. Hauptsächlich Saras Kommentare waren nicht zu überhören, aber ich habe nicht sehr viel mehr mitbekommen, als hier und da einen Satz. Sagt mir, Nathan, werdet Ihr es tun?«

»Was meint Ihr?«

»Werdet Ihr sie lieben und ehren?«

»Gerade diesen Teil der Unterhaltung konntet Ihr also nicht überhören, wie?« Er konnte nicht verhindern, daß ein Lächeln über sein Gesicht huschte, als er sich daran erinnerte, wie energisch seine Braut ihn auf seine Pflichten hingewiesen hatte.

»Ich bin sicher, daß die gesamte Mannschaft Saras Bemerkungen mitbekommen hat«, erklärte Nora. »Ich muß wohl ein ernstes Wort über ihr unziemliches Verhalten mit ihr reden. Ich habe nie zuvor gehört, daß sie die Stimme erhoben hat, aber ich denke, ich kann sie nicht dafür tadeln. Ihr habt viel Zeit gebraucht, um sie zu Euch zu holen. Sie läßt Euch für Eure … Achtlosigkeit büßen. Ihr müßt mir glauben, daß es ganz und gar nicht ihre Art ist, so außer sich zu geraten.«

Nathan schüttelte den Kopf und machte sich daran, die Kajüte zu verlassen. Bevor er die Tür hinter sich zuziehen konnte, rief Nora ihm nach: »Ihr schuldet mir noch eine Antwort. Werdet Ihr sie lieben und achten?«

»Habe ich eine andere Wahl, Madam?«

Er schloß die Tür, ohne auf eine Erwiderung zu warten.

Sara wurde kurze Zeit später von einem schrecklichen Lärm geweckt. Jemand würgte. Das Geräusch verursachte ihr selbst Übelkeit, und sie setzte sich mit einem Ruck auf. Ihr erster Gedanke galt Nora. Bestimmt war sie seekrank.

Sara warf die Decke beiseite und eilte zur Tür. Sie war noch so schlaftrunken, daß sie erst, als sie über einen ihrer Unterröcke stolperte, merkte, daß sie nur spärlich bekleidet war.

Eine von Nathans Dienerinnen hatte ihr vermutlich geholfen. Sara sah, daß ihr Schrankkoffer an einer Wand stand. Sie hatte so fest geschlafen, daß sie nicht einmal gehört hatte, wie er hereingebracht worden war. Sie wurde rot, als sie sich bewußt wurde, daß ein Mann in der Kajüte gewesen sein mußte, während sie im Bett gelegen hatte. Sie hoffte, daß eine Dienerin sie mit einer Decke abgeschirmt hatte, bevor der Mann hereingekommen war.

Sie hörte ein Geräusch auf dem Flur und öffnete die Tür. Nathan schlich gerade an ihr vorbei, als sie durch den Türspalt spähte. Er beachtete sie gar nicht und ging in die angrenzende Kajüte. Sara störte sich nicht an seiner Rüpelhaftigkeit, und sie machte sich auch keine Sorgen mehr um ihre Tante, als sie Nathans Gesicht sah. Der gefürchtete Wikinger war grün wie die See.

Konnte das möglich sein? fragte sie sich. Plagte den unbesiegbaren und ungehobelten Marquis die Seekrankheit?

Sara hätte lauthals gelacht, wenn sie nicht so müde gewesen wäre. Sie kroch wieder ins Bett und schlief sofort ein. Sie stand am Abend nur kurz auf, um mit Nora das Dinner einzunehmen. Danach ging sie wieder zu Bett und schlief tief und fest.

Nachts kühlte die Luft in der Kajüte stark ab, und Sara erwachte zähneklappernd. Sie versuchte, die Bettdecke um ihre Schultern zu ziehen, aber irgend etwas hielt sie fest. Sara riß die Augen auf und fand den Grund für das lästige Übel. Die Decke hatte sich in Nathans langen, nackten Beinen verfangen.

Er schlief neben ihr.

Sara blieb fast das Herz stehen, und sie öffnete den Mund, um zu schreien, aber in diesem Augenblick preßte Nathan seine große Hand auf ihr Gesicht.

»Wage nicht, auch nur einen Ton von dir zu geben«, knurrte er.

Sie schob seine Hand weg. »Macht, daß Ihr aus meinem Bett kommt«, zischte sie wütend.

Er seufzte resigniert, bevor er zu einer Antwort ansetzte. »Sara, zufällig befindest du dich in meinem Bett, und wenn hier irgend jemand geht, dann bist du es.«

Seine Stimme klang trotz seiner Unverschämtheit ziemlich schläfrig, und Sara vermutete, daß sie nicht um ihre Unschuld bangen mußte. Er schien so erschöpft zu sein, daß er bestimmt nichts anderes als Schlafen im Sinn hatte.

»Gut«, sagte sie. »Ich werde in Noras Kajüte schlafen.«

»Nein, das wirst du nicht tun«, erwiderte er. »Auf keinen Fall wirst du diese Kajüte verlassen. Aber du kannst dich, wenn du unbedingt willst, auf den Boden legen, Braut. Und laß endlich die förmliche Anrede, wir sind verheiratet.«

»Also gut«, erwiderte sie gehorsam, um gleich darauf erbost zu fragen: »Warum nennst du mich unentwegt ›Braut‹? Wenn du schon nicht meinen Namen benutzen willst, solltest du mich wenigstens mit Gattin oder Frau anreden.«

»Aber du bist noch nicht richtig *meine* Frau.«

Jetzt verstand sie gar nichts mehr. »Du hast doch gerade selbst gesagt, daß wir verheiratet sind, also bin ich deine Frau, oder nicht?«

»Nicht, bevor ich mit dir geschlafen habe.«

Eine lange Minute verstrich, bis Sara die Sprache wiederfand. Dann sagte sie entschlossen: »Du darfst mich weiterhin ›Braut‹ nennen.«

»Dazu brauche ich deine Erlaubnis wirklich nicht«, grollte er. Sara zitterte vor Kälte, und er streckte die Arme aus, um sie an sich zu ziehen. Aber sie wehrte sich und stieß ihn beiseite.

»Mein Gott, ich kann nicht glauben, daß ausgerechnet mir

das passiert«, wimmerte sie. »Und vermutlich denkst du auch noch, daß du freundlich und verständnisvoll bist.«

»Was bringt dich auf die Idee, daß ich es nicht bin?« wollte er wissen.

»Du bist nackt«, sprudelte sie hervor.

»Und das heißt, daß ich ...«

Am liebsten hätte sie ihn geschlagen. Sie hatte zwar das Gesicht abgewandt, aber sie hörte nur allzu deutlich das Lachen in seiner Stimme. »Du beleidigst mich damit«, erklärte sie. »Und das mit voller Absicht.«

Jetzt riß ihm der Geduldsfaden. »Ich habe nicht die Absicht, dich in irgendeiner Form zu beleidigen«, fauchte er. »Ich schlafe immer nackt, Braut, Dir wird das sogar gefallen, wenn ...«

»Großer Gott«, ächzte sie und beschloß, dieser peinlichen Diskussion ein Ende zu bereiten. Sie rutschte zum Fußende des Bettes – das war die einzige Möglichkeit für sie, zu entkommen, denn rechts von ihr war die Wand und links blockierte Nathans muskulöse Gestalt den Weg. Nathan warf ihr eine Decke zu, und Sara haschte danach und wickelte sie um ihren Körper.

Sie hatte keine Ahnung, wie lange sie dagestanden und seinen Rücken wütend angeblitzt hatte. Sein tiefer regelmäßiger Atem ließ sie vermuten, daß er eingeschlafen war.

Sie fror erbärmlich, und ihr dünnes Hemd schützte sie nur wenig gegen die Kälte. Sie fühlte sich miserabel, als sie sich auf dem Boden niederließ, die bloßen Füße unter die Decke zog und sich ausstreckte. Der Boden fühlte sich an, als ob er mit einer Eisschicht bedeckt wäre.

»Alle verheirateten Paare haben getrennte Schlafzimmer«, murmelte sie. »In meinem ganzen Leben bin ich noch nie so schändlich behandelt worden. Wenn das deine Art ist, mich zu achten, dann brichst du mit Sicherheit jetzt schon dein Gelübde, Nathan.«

Er verstand jedes Wort dieser geflüsterten Anklage und verzog den Mund zu einem Lächeln. »Du lernst schnell, Braut.«

Sie hatte keine Ahnung, wovon er überhaupt sprach. »Und wie kommst du ausgerechnet jetzt darauf?«

»Du hast rasch verstanden, wo dein Platz ist«, brummte er. »Mein Hund hat wesentlich länger dazu gebraucht.«

Ein schriller Schrei zerriß die Luft. »Dein Hund?« Sie sprang mit einem Satz auf die Füße und boxte Nathan in die Seite. »Rutsch zur Seite, Ehemann.«

»Steig über mich, Sara«, befahl er. »Ich schlafe immer außen.«

»Warum?« fragte sie, bevor sie sich zurückhalten konnte.

»Das ist sicherer. Wenn jemand in diese Kajüte einbricht, muß er erst mich überwinden, um dir Schaden zufügen zu können. Und jetzt leg dich endlich hin.«

Sie schwieg eine Weile, dann stieß sie ihn wieder an und fragte: »Haben in diesem Bett schon andere Frauen geschlafen?«

»Nein.«

Sie konnte selbst kaum fassen, daß ihr diese Antwort sehr gefiel und ihr Ärger verflog, als sie sich klar wurde, daß ihr Mann tatsächlich um ihre Sicherheit besorgt war. Er war zwar ein Scheusal, aber er würde sie beschützen. Sie legte sich hin und preßte sich an die Wand. Nach einer Weile fror sie so sehr, daß das Bett wackelte, weil sie zitterte wie Espenlaub. Nathan verlor endgültig die Geduld und zog sie grob in seine Arme. Sara fühlte sich bedeutend wohler, als sie seine Körperwärme spürte – und seine nackte Haut. Er legte ein Bein auf die ihren und schlang die Arme um ihren Oberkörper.

Sie protestierte nicht, und selbst wenn sie es gewollt hätte, wäre es ihr nicht gelungen. Nathan hielt ihr mit einer Hand den Mund zu. Sie rückte ein wenig näher an ihn heran, schob ihren Kopf unter sein Kinn und schloß die Augen.

Sobald Nathan seine Hand von ihrem Mund nahm, flüsterte sie: »Wenn jemand auf dem Boden schläft, dann du.«

Ein kehliges Knurren war seine einzige Antwort, und Sara lächelte. Jetzt ging es ihr wesentlich besser. Sie gähnte und schmiegte sich enger an ihren Mann, um die Kälte vollkommen aus ihrem Körper zu vertreiben.

Sie schlief warm und geborgen ein … und sie empfand das Gefühl, ein wenig geachtet zu werden.

Ein verheißungsvoller Anfang.

4

Sara wachte erfrischt am nächsten Morgen auf, und sie fühlte sich so wohl, daß sie es mit dem Rest der Welt hätte aufnehmen können – um genauer zu sein, sie hatte sich so weit erholt, daß sie sich einer erneuten Konfrontation mit ihrem Wikinger-Ehemann gewachsen fühlte.

In der vergangenen Nacht war ihr ein wunderbarer Einfall gekommen, und sie war sicher, daß sich Nathan mit ihrem Plan einverstanden erklären würde, wenn sie genau darlegte, worum es ihr ging. Oh, vermutlich würde er erst murren und ein wenig schimpfen, aber wenn er begriff, wie wichtig ihr die Angelegenheit war, mußte er einfach nachgeben.

Es gab mehrere Punkte, über die sie sprechen mußten, aber Sara hatte beschlossen, mit der Sache, die ihr am meisten am Herzen lag, zu beginnen.

Sie wollte, daß er in anständiger Form um sie warb und daß sie sich bei einer hübschen feierlichen Zeremonie erneut das Jawort gaben. Sie nahm sich fest vor, ihr Temperament im Zaum zu halten, auch wenn er sich bei diesem Gespräch ausfallend benehmen sollte, und sie wollte, egal wie überheblich er war, ihre Argumente in einem sanften Tonfall vorbringen.

Großer Gott, sie fürchtete sich vor dem, was ihr bevorstand. Nathan war ein äußerst schwieriger Gesprächspartner, und wenn er mißgelaunt war, war es sogar eine Qual, sich im selben Raum mit ihm aufzuhalten. Diese Erkenntnisse machten sie mutlos. Was sollte geschehen, wenn er gar nicht mit ihr verheiratet sein wollte?

Unsinn, ermunterte sie sich selbst. Selbstverständlich möchte er mit mir verheiratet sein.

Sie selbst hatte, seit sie denken konnte, Nathan als ihren Ehemann betrachtet, so daß sie sich im Leben nicht vorstellen konnte, ein anderer würde seine Stelle einnehmen. Sie war mit dem Bewußtsein, zu ihm zu gehören, aufgewachsen, und da sie so anpassungsfähig und gutgläubig war, war es ihr nie in den Sinn gekommen, mit ihrem Schicksal zu hadern.

Aber was war mit Nathan? Er schien nicht zu der Sorte von Männern zu gehören, die an etwas anderem als an Auseinandersetzungen und Kämpfen interessiert waren.

Sie spürte, daß sie bei dem Zustand, der augenblicklich zwischen ihnen herrschte, zugrunde gehen würde, wenn sie nicht mit ihm darüber sprach.

Sie verwandte äußerste Sorgfalt auf ihre Morgentoilette und entschied sich, ihr zartrosafarbenes Kleid anzuziehen, dessen Ausschnitt nicht annähernd so tief war wie der, den Nathan so ungalant beanstandet hatte. Sie hoffte, daß ihn das gleich von vornherein in eine bessere Stimmung versetzte.

Die Kajüte, die sie bewohnte, gefiel ihr – sie war wesentlich größer als die von Nora, aber nur spärlich möbliert. Ein gedrehtes Metallgitter stand in einer Ecke, und Sara vermutete, daß es ursprünglich als Kamingitter benutzt worden war. Auf der gegenüberliegenden Seite befand sich ein weißer Wandschirm, hinter dem Kleiderhaken in der Wand befestigt waren. Gleich daneben stand ein Waschtisch mit einer Porzellanschüssel und einer großen Kanne.

Gegenüber vom Bett hatte man ihren Schrankkoffer aufgestellt, und den Mittelpunkt des Raumes bildete ein niedriger Tisch mit zwei Sesseln. Ein großer Mahagonischreibtisch beherrschte die eine Wand. Ja, die Möblierung war nicht üppig, dachte sie, aber für die nächsten ein oder zwei Monate würde es genügen. Wie lange die Reise zu der Insel, auf der ihre Tante wohnte, dauern würde, hing natürlich ganz vom Wetter ab.

Sara nahm Nathans Kleidungsstücke von den Haken hinter dem Wandschirm und legte sie, nachdem sie sie zusammengefaltet hatte, in ihren Schrankkoffer. Dann hängte sie ihre Kleider auf und räumte die Papiere und Karten vom Schreibtisch, um Platz für ihren Skizzenblock und die Zeichenkohle zu schaffen.

Sie bürstete ihr Haar und band es im Nacken mit einer rosafarbenen Schleife zusammen. Als sie damit fertig war, nahm sie ihren zartrosa Sonnenschirm aus dem Koffer und machte sich auf die Suche nach Nora. Sie hoffte, daß sich ihre Tante so weit erholt hatte, um einen kleinen Spaziergang auf Deck zu unternehmen. Das würde Sara die Gelegenheit geben, mit ihrer Tante über ihre Pläne zu sprechen, bevor sie sie Nathan unterbreitete.

Nora schlief noch, und Sara hatte nicht das Herz, sie zu wecken.

Als sie die Kajüte ihrer Tante verließ, fiel ihr auf, daß der Korridor zu einem großen düsteren Raum führte. Das Sonnenlicht, das durch die Luke fiel und von den eisernen Stufen gefiltert wurde, zeichnete kleine Muster auf den Holzboden. Der Raum war bis auf die schmiedeeisernen Haken, die von der Decke hingen, vollkommen leer. Sara fragte sich, wozu in Gottes Namen, dieses finstere Verlies dienen konnte, als sie bemerkte, daß einer der Seemänner die Treppe herunterschlurfte.

Der Mann blieb abrupt stehen, als er sie sah, und Sara erkannte in ihm den dunkelhäutigen Riesen, der ihr schon im Hafen begegnet war. Sie erinnerte sich an ihren heftigen Zornausbruch und beschloß, diese Begegnung lieber nicht zu erwähnen.

»Guten Tag, Sir«, grüßte sie mit einem kleinen Knicks. »Mein Name ist Lady Sara Winchester.«

Sein Kopfschütteln versetzte Sara in Erstaunen.

»Ihr seid Lady St. James«, verbesserte er sie.

Sie war zu überrascht über seine Dreistigkeit, um ihn zu tadeln, deshalb sagte sie nur: »Ja, ich heiße jetzt St. James, besten Dank, daß Ihr mich daran erinnert habt.«

Der Hüne zog die Schultern hoch. Die goldenen Ohrringe, die von seinem Ohrläppchen baumelten, schüchterten sie ebenso ein wie sein argwöhnischer Blick. Vermutlich war es der Seemann nicht gewöhnt, Konversation mit einer jungen

Lady von vornehmer Herkunft zu treiben. »Ich freue mich, Eure Bekanntschaft zu machen«, sagte sie.

Sie erwartete, daß er ihr seinen Namen nennen würde, aber er starrte sie nur an. Nach einiger Zeit erwiderte er: »Wir sind uns vorgestern schon begegnet, Lady St. James. Ihr habt auf mich eingeschlagen, erinnert Ihr Euch?«

Und wie sie sich erinnerte. Sie warf ihm einen mißbilligenden Blick zu, weil er das peinliche Ereignis zur Sprache gebracht hatte, und nickte zögernd. »Ja, Sir, jetzt, da sie es erwähnen, fällt es mir wieder ein. Ich muß für mein Benehmen um Vergebung bitten, die einzige Entschuldigung, die ich vorbringen kann, ist, daß ich ziemlich durcheinander war. Wie lautet Euer Name?«

»Jimbo.«

Sie fand den Namen reichlich merkwürdig, ließ sich aber nichts anmerken, und streckte ihre Hände aus, um seine Rechte zu umschließen. Als er ihre weiche Haut auf seiner schwieligen Hand spürte, zuckte er unmerklich zusammen. Saras Sonnenschirm polterte zu Boden, aber Jimbo war viel zu verwirrt, um ihn aufzuheben, und Sara war zu beschäftigt, seine Freundschaft zu gewinnen, um sich selbst darum zu kümmern.

»Vergebt Ihr mir, daß ich Euch geschlagen habe, Sir?«

Jimbo war vollkommen sprachlos. Die Frau, die ihm vor zwei Nächten die Hölle heiß gemacht hatte, konnte nicht dieselbe Person sein, die jetzt so freundlich mit ihm sprach! Guter Gott, wie reizend sie aussah – sie hatte die hübschesten braunen Augen, die er je gesehen hatte.

Sein Verstand setzte fast aus, als sie ihm einen verwirrenden Blick zuwarf, und er murmelte: »Ist es für Euch so wichtig, daß ich Euch vergebe?«

Sara drückte kaum merklich seine Hand, bevor sie sie losließ. »O ja, Mister Jimbo, es ist sogar außerordentlich wichtig. Ich habe mich entsetzlich benommen.«

Er verdrehte die Augen zum Himmel. »Wir wollen die Angelegenheit rasch vergessen. Ihr habt keinen nennenswerten

Schaden angerichtet«, brummte er unsicher – er kam sich vor wie ein Junge, der noch grün hinter den Ohren ist.

Seine finstere Miene verflog, als Sara lächelte. »Ich danke Euch, Sir, Ihr habt ein gutes Herz.«

Jimbo warf seinen Kopf in den Nacken und brach in Gelächter aus. Als er sich einigermaßen beruhigt hatte, sagte er: »Das solltet Ihr dem Captain erzählen, er wird sehr erstaunt sein über dieses große Lob.«

Ihr gefiel die Idee. »Natürlich werde ich ihm davon erzählen«, versprach sie.

Da der Seemann so glänzender Laune zu sein schien, konnte sie ihm vielleicht einige Fragen stellen. »Sir? Habt Ihr die Dienerinnen heute morgen schon gesehen? Ich würde sie gern bitten, in meiner Kajüte das Bett zu machen und sich um meine Kleider zu kümmern.«

»Wir haben keine Dienerinnen an Bord«, entgegnete Jimbo. »Die einzigen Frauen, die uns auf dieser Reise begleiten, seid Ihr und Eure Tante.«

»Oh, wer hat dann …?« Sie hielt mitten im Satz inne. Wenn es keine weiblichen Bediensteten gab, wer hatte sie dann ausgezogen? Die Antwort war ein Schock. Nathan.

Jimbo beobachtete, wie eine zarte Röte ihre Wangen überzog, und fragte sich, woran sie wohl dachte.

»Ich habe noch eine Frage an Euch, Sir, wenn Ihr gestattet.«

»Was?« erwiderte er schroff.

»Wofür wird dieser Raum genutzt? Zuerst dachte ich, der Korridor würde bis hierher reichen, aber ich habe, als ich an Bord kam, wohl übersehen …«

Sie brach ab, als Jimbo auf eine zusammengefaltete Trennwand stieg und sie mit Riemen an den Haken in der Decke befestigte. »Das ist eigentlich die Offiziersmesse«, erklärte er.

Sara sah sich erstaunt um und entdeckte eine Treppe, die nach unten führte.

»Wohin gelangt man über diese Treppe?«

»Wir lagern dort unten den Wein und das Trinkwasser«, antwortete Jimbo. »Noch tiefer befindet sich ein weiterer Stauraum, in dem sich die Munition befindet.«

»Munition?« wiederholte sie._»Wozu brauchen wir Munition?«

Jimbo grinste. »Ihr habt die Kanonen offenbar nicht bemerkt, als Ihr auf das Schiff gekommen seid.«

Sie schüttelte den Kopf. »Ich war ein wenig aufgeregt an diesem Tag, Sir, und ich habe kaum auf meine Umgebung geachtet.«

Ein wenig aufgeregt? Das war die Untertreibung des Jahres – sie war eine rasende Furie gewesen.

»Wir haben acht Kanonen an Bord wie die meisten Schiffe, aber unsere sind jederzeit schußbereit. Dieses Schiff ist eine kleinere Version von einer Fregatte, und das Pulver wird im untersten Stauraum gelagert, weil dort die Explosionsgefahr im Falle eines Angriffs am geringsten ist.«

»Aber, Mister Jimbo, wir haben keinen Krieg. Warum transportiert der Captain so viele Waffen? Wofür braucht er sie?«

Jimbo zuckte mit den Achseln, und plötzlich wurden Saras Augen kugelrund vor Schreck.

»Pagan.« Der Name des gefürchteten Piraten platzte förmlich aus ihr heraus. Sie nickte. »Natürlich! Es ist sehr umsichtig von unserem Captain, daß er Vorsichtsmaßnahmen gegen diesen Schurken trifft, der die Meere unsicher macht. Er wird uns gegen alle Piraten verteidigen, nicht wahr?«

Es kostete Jimbo einige Mühe, seine Belustigung nicht zu zeigen. »Ihr habt schon von Pagan gehört?«

»Alle Welt hat von diesem Verbrecher gehört«, rief sie aufgeregt.

»Verbrecher?« wiederholte Jimbo. »Also mögt Ihr Pagan nicht?«

Das war die seltsamste Frage, die ihr jemals jemand gestellt hatte, und seine Augen blitzten so vergnügt, daß sie völlig verwirrt war. Sie sprachen über den abscheulichsten Piraten der Welt, und erzählten sich nicht die neuesten Witze, die in London die Runde machten. Weshalb erheiterte ihn das Gespräch so?

»Selbstverständlich verabscheue ich diesen Mann. Er ist ein skrupelloser Halunke, Sir, und auf seinen Kopf ist eine enorme Prämie ausgesetzt. Offensichtlich habt Ihr eine ausgesprochen romantische Ader, wenn Ihr all die törichten Geschichten über Pagans gute Taten glaubt.«

Ein durchdringender Pfiff unterbrach Saras Zurechtweisung. »Was bedeutet dieser Ton?« fragte sie. »Ich habe ihn schon heute morgen gehört.«

»Der Bootsmann pfeift, wenn die Wache wechselt«, erklärte er. »Ihr werdet diesen Pfiff alle vier Stunden hören – Tag und Nacht.«

»Mister Jimbo?« rief sie, als er sich zum Gehen umdrehte.

»Lady Sara, Ihr solltet mich nicht mit Mister anreden«, brummte er, »Jimbo genügt.«

»Dann müßt Ihr mich Sara nennen – ohne Lady«, erwiderte sie. »Wir sind jetzt Freunde, oder nicht? Darf ich Euch eine letzte Frage stellen?«

Er sah sie über seine Schulter an. »Ja.«

»Ich glaube, herausgefunden zu haben, daß Ihr in den Diensten meines Mannes steht, ist das richtig?«

»Ja.«

»Habt Ihr eine Ahnung, wo sich mein Mann aufhalten könnte?«

»Vorhin war er am Heck vorm Spint«, murmelte er.

Sie sah ihn empört an und schüttelte den Kopf, und er wiederholte: »Er war am Spint.«

»Jimbo, Ihr habt bestimmt recht, er spinnt«, begann sie und machte eine Pause, um ihren Sonnenschirm aufzuheben und den riesigen Mann zu umrunden. »Aber Ihr seid ausgesprochen unloyal, wenn Ihr diese Tatsache laut aussprecht. Ich bin Nathans Frau, und ich kann es nicht dulden, daß Ihr abfällige Bemerkungen über ihn fallen laßt. Ich bitte Euch, in Zukunft mehr Respekt zu zeigen.«

Matthew kam gerade rechtzeitig die Treppe herunter, um zu verstehen, daß Sara seinem Freund eine Lektion über respektvolles Verhalten erteilte. Lady Sara lächelte ihn an, als sie an ihm vorbeiging.

»Worum ging es eigentlich?« fragte Matthew seinen Freund. »Ich dachte, ich hätte etwas gehört von …«

Jimbos Blick brachte ihn zum Schweigen. »Du wirst es im Leben nicht glauben, aber ich habe gerade versprochen, nie mehr zu sagen, daß Nathan spinnt.«

Matthew schüttelte den Kopf. »Sie ist reichlich merkwürdig, findet du nicht, Jimbo? Es ist mir ein Rätsel, daß ein so unbedarftes Mädchen in einer der bösartigsten Familien Englands aufwachsen konnte.«

»Sara ist ganz anders als Jade«, meinte Jimbo. Er sprach von Nathans jüngerer Schwester. »Während all der Reisen, die sie mit uns unternommen hat, habe ich sie nicht einmal weinen sehen.«

»Nein, sie hat nie geweint«, bestätigte Matthew mit einem gewissen Stolz. »Aber Sara … ich habe noch nie eine so tobsüchtige Frau erlebt wie sie …«

»Sie hat gebrüllt wie am Spieß«, bekräftigte Jimbo. »Jade hat nie gebrüllt.«

»Nie.« Matthew nickte heftig.

Plötzlich überzog ein breites Grinsen Jimbos Gesicht. »Die beiden sind grundverschieden, aber eines haben sie gemeinsam.«

»Und was sollte das sein?«

»Sie sind beide verdammt hübsch.«

Matthew nickte wieder.

Ein gellender Schrei ließ sie zusammenzucken, und beide wußten, daß nur Sara solche Töne von sich geben konnte.

»Sie ist verflucht anstrengend«, knurrte Matthew.

»Und verflucht laut«, ergänzte Jimbo. »Was sie jetzt wohl wieder in Panik versetzt hat?«

Merkwürdigerweise beeilten sich beide Männer, an Deck zu kommen, um nachzusehen, was geschehen sein könnte.

Sara hatte Nathan gefunden. Er stand mit entblößtem Oberkörper am Ruder und hatte ihr den Rücken zugewandt.

Sie sah die unzähligen Narben auf seinem Rücken und erschrak so sehr, daß sie unwillkürlich einen Schrei ausstieß.

»Wer hat dir das angetan?«

Nathan wirbelte kampfbereit herum. Er brauchte nur eine Sekunde, um festzustellen, daß keine Menschenseele, die Sara etwas antun könnte, in der Nähe war.

»Was zum Teufel, ist los?« brüllte er, während er versuchte, seinen Herzschlag zu beruhigen. »Ich dachte schon, jemand hätte ...« Er unterbrach sich, um tief Luft zu holen und fragte: »Hast du dir weh getan?«

Sie schüttelte stumm den Kopf.

»Schrei niemals mehr in so einer Weise«, bat er sie mit wesentlich weicherer Stimme. »Wenn du meine Aufmerksamkeit erregen willst, dann sag einfach meinen Namen.«

Saras Sonnenschirm fiel aufs Deck, als sie auf ihn zuging. Sie war noch so benommen von dem, was sie gesehen hatte, daß sie gar nicht bemerkte, daß sie ihn verloren hatte. Sie blieb so dicht vor Nathan stehen, daß er die Tränen in ihren Augen glitzern sah.

»Was ist geschehen?« fragte er. »Hat dich irgend etwas erschreckt?« Verdammt, er hatte keine Geduld für solche Spielchen, dachte er grimmig.

»Es ist dein Rücken, Nathan«, flüsterte sie. »Er ist über und über mit Narben bedeckt.«

Er schüttelte fassungslos den Kopf. Kein Mensch hatte es bis jetzt gewagt, ihn darauf anzusprechen. Alle, die seinen Rücken gesehen hatten, waren so klug gewesen, keine Notiz von den Narben zu nehmen.

»Ich danke dir, daß du mich darauf aufmerksam machst«, zischte er. »Ich hätte nie davon erfahren, wenn du nicht ...«

Zur Hölle, sie fing an zu heulen. Sein beißender Spott war offensichtlich zuviel für sie gewesen. »Schau, Sara«, murmelte er erbittert. »Der Anblick meines Rückens beleidigt dich, deshalb solltest du rasch wieder unter Deck gehen.«

»Der Anblick beleidigt mich keineswegs«, widersprach sie. »Warum sagst du nur so törichte Dinge?«

Nathan machte Jimbo ein Zeichen, damit er das Ruder übernahm und verschränkte die Hände auf dem Rücken. Er mußte eisern an sich halten, um sie nicht heftig zu schütteln. Vielleicht hätte das ihren Verstand ein wenig aufgerüttelt. »Also gut, warum hast du dann geschrien?«

Seine Stimme war so scharf wie der Wind, aber trotzdem glaubte Sara, einen gefühlvollen Unterton herauszuhören.

»Ich war entsetzlich wütend, als ich die Narben entdeckt habe, Nathan. Hattest du einen Unfall?«

»Nein.«

»Dann hat dich jemand gefoltert?« Sie gab ihm keine Zeit zu einer Antwort und fuhr hitzig fort: »Welches Ungeheuer hat dir solche Schmerzen zugefügt? Mein Gott, wieviel mußt du erduldet haben!«

»Um Gottes willen, Sara, das ist doch schon viele Jahre her.«

»Das war er – Pagan, oder?« hauchte sie.

»Was?« fragte er verständnislos.

Als Sara seine verwirrte Miene sah, ahnte sie, daß ihre Vermutung zutraf.

»Pagan hat dir das angetan«, behauptete sie fest.

Jimbo erlitt einen Hustenanfall, und Nathan drehte sich drohend um, um ihn zum Schweigen zu bringen. »Was, in Gottes Namen, bringt dich auf diese Idee?« fragte er Sara.

»Weil er grausam genug wäre.«

»Oh?« machte er. »Und woher willst du das wissen?«

Sie zuckte mit den Achseln. »Ich habe gehört, daß er zu solchen Dingen fähig ist.«

»Es war nicht Pagan.«

»Bist du sicher, Nathan? Kein Mensch weiß, wie dieser Schurke aussieht. Vielleicht hast du ihn nur nicht erkannt.«

»Ich weiß genau, wem ich das zu verdanken habe«, entgegnete er mit unverhohlener Verbitterung.

»Wirst du es mir verraten?«

»Warum?«

»Damit ich ihn hassen kann.«

Sein Ärger verflog augenblicklich – ihre Loyalität versetzte ihn in Erstaunen.

»Nein, ich erzähle dir nicht, wer es war.«

»Aber es war nicht Pagan?« versicherte sie sich noch einmal.

Diese Frau konnte einen Mann dazu bringen, sich im Alkohol zu ersäufen, dachte Nathan resigniert. »Nein«, wiederholte er laut.

»Nathan, du brauchst nicht wütend zu werden«, gab sie gekränkt zurück.

Er drehte sich um und ließ sie stehen. Jimbo machte ihm am Ruder Platz, und Sara wartete, bis er gegangen war. Als nur noch sie und ihr Mann auf dem Deck waren, näherte sie sich ihm.

Er fühlte, daß sie mit ihren Fingerspitzen über seine Schulter strich, und er erstarrte. Die federleichte, vorsichtige Berührung war unglaublich angenehm – und aufreizend. Er konnte weder sie noch die seltsamen Gefühle, die sie in ihm weckte, ignorieren.

»Ich hätte dich niemals so heftig geboxt wie letzte Nacht, wenn ich davon gewußt hätte«, flüsterte sie. »Aber es war so dunkel, daß ich ...«

»Um Himmels willen, Sara, es tut schon längst nicht mehr weh – es ist Jahre her.«

Sein barscher Ton erschreckte sie, und sie ließ ihre Hand sinken. Als sie sich neben ihn stellte, berührte ihr Arm den seinen. Sie sah ihm fest ins Gesicht und wartete darauf, daß er ihren Blick erwiderte. Seine Miene war steinern, und in diesem Augenblick sah er mehr denn je wie ein Wikinger oder wie ein muskelgestählter Krieger aus. Auf seiner Brust kräuselten sich unzählige Locken, die V-förmig am Bund seiner Breeches zusammenliefen. Sie wagte nicht, ihren Blick tiefer wandern zu lassen, da sie fürchtete, er könnte sie für schamlos halten. Als sie den Kopf hob, merkte sie, daß er sie beobachtet hatte, und die Röte schoß ihr ins Gesicht.

»Nathan?«

»Was?« fragte er.

Hatte er schon immer diesen resignierten Tonfall gehabt,

wenn er mit ihr gesprochen hatte? Sara zwang sich, ihn freundlich um Verzeihung zu bitten.

»Es tut mir leid, daß ich deine Gefühle verletzt habe.«

Er befand, daß er ihr auf diese Bemerkung keine Antwort schuldig war und schwieg.

»Ist der Captain eigentlich damit einverstanden«, fragte sie nach einer Weile.

»Womit?«

»Daß du dieses Boot steuerst.«

Sein Lächeln erwärmte ihr Herz. »Das ist kein Boot, Sara. Du darfst die *Seahawk* niemals ein Boot nennen, sie ist ein Schiff oder eine kleine Fregatte. Wir Captains sind sehr empfindlich, wenn es um unsere Schiffe geht.«

»Wir Captains?«

Er nickte.

»O Nathan, das wußte ich ja gar nicht«, rief sie aus. »Dann sind wir also reich?«

»Nein.«

»Aber warum nicht?« fragte sie aufgebracht.

Nathan berichtete ihr von der Gründung der Company und erzählte, warum er selbst nur als stiller Teilhaber fungierte und daß er hoffte, in zehn bis zwölf Monaten genügend Geld zu haben, um die Company zu sanieren.

»Wie kannst du so sicher sein, daß wir in einem Jahr so viel Geld haben?«

»Der Vertrag, den ich unterschrieben habe ...«, begann er.

»Du hast also einen Vertrag geschlossen, der dir ausreichend Fahrten sichert.«

»Nein.«

Sie stöhnte dramatisch. »Könntest du mir das bitte näher erklären.«

Er ignorierte ihre Bitte, und sie versetzte ihm einen Rippenstoß. Großer Gott, es war wirklich entsetzlich mühsam, irgend etwas aus ihm herauszukriegen! »Wenn du so überzeugt bist, daß du Erfolg haben wirst, wäre ich sehr froh, wenn ich dir helfen könnte.«

Sein rauhes Lachen kränkte sie, trotzdem bekräftigte sie noch einmal: »Ich könnte dir bei den Büchern helfen, ich kann sehr gut rechnen… Nein?« fragte sie, als er den Kopf schüttelte. »Aber ich würde so gern etwas für dich tun.«

Er musterte sie eingehend. Gott, sie sah heute wirklich bezaubernd aus, dachte er, während er beobachtete, wie sie ihre widerspenstigen Locken zu bändigen versuchte.

Der heftige Wind machte dieses Unterfangen nahezu unmöglich. Ihre Wangen waren ein wenig gerötet, und ihr Mund, der eine magnetische Anziehungskraft auf seine Blicke auszuüben schien, schimmerte rosig.

Ein plötzlicher Impuls bestimmte seine Handlungen, und bevor er sich zurückhalten konnte, legte er den Arm um ihre Schultern und zog sie an seine Brust. Die andere Hand schob er unter die Locken in ihrem Nacken. Er umschloß eine seidenweiche Strähne mit seiner großen Faust und zog Saras Kopf so weit nach hinten, daß sie ihm ihr Gesicht zuwenden mußte. Er versicherte sich selbst, daß er nur seinen Seelenfrieden bewahren würde, wenn er sie jetzt küßte, und war sich gleichzeitig bewußt, daß sie ein weiteres Höllenspektakel aufführen würde, wenn er ihr eröffnete, was es mit dem Vertrag auf sich hatte.

»Jeder von uns trägt auf seine Weise zum Erfolg der Company bei«, erklärte er. »Meine Pflicht ist es, dafür zu sorgen, daß du schwanger wirst, und deine Pflicht ist es, mir einen Sohn zu schenken.«

Sein Mund senkte sich genau in dem Moment auf ihre Lippen, in dem sie empört nach Luft schnappte.

Zunächst war Sara so perplex, daß es ihr unmöglich war, irgend etwas zu unternehmen. Sein Mund war so hart und heiß und außerdem so unglaublich fordernd. Er erfüllte sie mit seiner Wärme, seinem Geschmack und seinem wundervollen männlichen Duft.

Nathan wünschte sich, daß sie seine Liebkosung erwiderte, und sie enttäuschte ihn nicht. Als sich seine Zunge zwischen ihre Zähne schob, um die ihre zu umkreisen, wurden ihre Knie so weich, daß sie die Arme um seinen Nacken schlang und sich an ihm festhielt, während sie sich gleichzeitig in seiner Umarmung wand.

Sie merkte nicht einmal, daß sie seinen Kuß erwiderte und daß das leise Wimmern, das sie hörte, von ihr selbst verursacht wurde.

Erst als Nathan spürte, daß sie sich nicht mehr gegen ihn wehrte, wurde er zärtlicher. Lieber Gott, sie war so weich, und er fühlte ihre innere Hitze. Er wünschte sich verzweifelt, ihr näher zu kommen und noch näher… Seine Hand glitt über ihren Rücken und umschloß ihr Hinterteil. Dann hob er sie hoch, bis er ihr Becken an das seine pressen konnte.

Seine Lippen strichen immer und immer wieder über ihren Mund, und er verspürte den nahezu unbezähmbaren Drang, sie zu nehmen. Nathan war sich im klaren, daß er nahe daran war, sich zu vergessen.

Die Pfiffe und das Gelächter drangen allmählich in sein Bewußtsein. Offenbar genoß seine Crew das Schauspiel, das er bot; deshalb versuchte er, sich von Sara zu lösen.

Sie gab ihn nicht frei, sie grub ihre Hände in sein Haar und zog ihn fester an sich, damit er sie erneut küssen konnte. Er quittierte ihre stumme Aufforderung mit einem Brummen, bevor er die sinnliche Liebkosung genoß. Als ihre süße Zunge sich an seiner rieb, kam er zur Besinnung und zwang sich, sich zurückzuziehen.

Beide waren außer Atem, als sie sich voneinander lösten, und Sara verlor das Gleichgewicht. Sie sank schwer gegen die hölzerne Reling und preßte eine Hand auf ihren bebenden Busen, während sie leise stöhnte.

Sobald ihr Captain seine Braut losgelassen hatte, kehrten die Seemänner zu ihren Aufgaben zurück. Nathan sah ihnen mit finsteren Blicken nach, bevor er sich Sara wieder zuwandte. Ihr versonnener Gesichtsausdruck erfreute ihn, und am liebsten hätte er sie von neuem geküßt.

Er war erschüttert über seine mangelnde Beherrschung und entschied, daß er seiner Braut genügend Zeit gewidmet hatte. Er drehte sich zum Ruder um und bemerkte entsetzt, daß seine Hand zitterte, als sie das Holz berührte. Offensichtlich hatte ihn der Kuß mehr durcheinander gebracht, als er zuvor vermutet hätte.

Sara brauchte bedeutend länger, um ihre Fassung zurückzugewinnen. Sie bebte am ganzen Körper. Sie hatte ja keine Ahnung gehabt, daß ein Kuß so ... vollkommen sein konnte!

Ihm hatte diese Zärtlichkeit bestimmt überhaupt nichts bedeutet, dachte sie, als sie seine erschreckend gelangweilte Miene gewahrte.

Sie fühlte sich den Tränen nahe und verstand nicht einmal, was sie so traurig machte. Dann erinnerte sie sich an seine unanständige Bemerkung über ihre Pflichten. »Ich bin keine Zuchtstute«, flüsterte sie. »Und ich bin nicht im mindesten an deinen Zärtlichkeiten interessiert – sie gefallen mir nicht einmal.«

Nathan warf einen Blick über die Schulter und erwiderte langsam: »Du kannst mich nicht täuschen. Die Art, wie du mich geküßt hast ...«

»Ich glaube, ich finde Küsse abscheulich.«

»Lügnerin.«

Das war eine Beleidigung, ja, aber so, wie er dieses Wort ausgesprochen hatte, klang es wie eine Liebkosung.

Das alles machte überhaupt keinen Sinn. Sehnte sie sich jetzt schon so verzweifelt danach, daß dieser Wikinger sie freundlich behandelte, daß sie sogar seine Beleidigungen als Schmeicheleien empfand? Sara fühlte, wie die Hitze in ihre Wangen stieg. Sie starrte auf ihre Schuhspitzen und faltete die Hände schützend vor ihrer Brust. »Du kannst mich nicht mehr küssen«, verkündete sie und wünschte, ihre Stimme würde entschlossener und weniger atemlos klingen.

»Ich kann nicht?«

Seine Belustigung war zu offensichtlich. »Nein, du kannst nicht«, beharrte sie. »Ich habe beschlossen, daß du mir zuerst, wie es sich gehört, den Hof machen mußt, Nathan, und nach einer angemessenen Zeit werden wir uns in einer feierlichen Zeremonie von einem echten Priester trauen lassen. Vielleicht erlaube ich dir dann, mich noch einmal zu küssen.«

Sie hatte ihn während ihres kleinen Vortrags keines Blickes gewürdigt, aber jetzt musterte sie ihn eingehend und versuchte, seine Miene zu deuten. Unglücklicherweise verriet ihr sein Ausdruck gar nichts. Sie blitzte ihn zornig an. »Ich denke, daß unsere Ehe von den Behörden angefochten werden könnte, wenn wir sie nicht vor Gott und der Kirche besiegeln.«

Schließlich konnte sie doch an seinem Gesicht erkennen, wie er über ihren Vorschlag dachte, und sie wünschte, er hätte sie im Zweifel gelassen. Himmel, sein Blick war so versengend wie die Mittagssonne, die auf sie niederbrannte. Aber seine Augen … die Farbe war so leuchtend und betörend. Wenn er ihr direkt in die Augen sah, vergaß sie zu atmen … Plötzlich regte sich ein seltsamer Gedanke in ihrem Kopf: Ihr Wikinger war ein gutaussehender Mann.

Warum nur war ihr das vorher nicht aufgefallen? Grundgütiger Himmel, fing sie etwa an, Gefallen an ihm zu finden.?

Nathan riß sie aus ihren Gedanken, als er sagte: »Denkst du, daß es eine Möglichkeit für uns gibt, den Vertrag zu brechen?«

»Nein.«

»Gut«, erwiderte er und setzte hinzu: »Wie ich dir schon einmal gesagt habe, ist es nicht meine Absicht, den Vertrag zu lösen.«

Sie fand seinen überheblichen Ton abstoßend. »Das habe ich schon gewußt, bevor du es mir eröffnet hast.«

»Woher?«

Sie schüttelte den Kopf, aber Nathan verhinderte die Bewegung, indem er seine Hand in ihr Haar grub und eine Locke festhielt.

»Rühr mich nicht an, Nathan. Ich bekomme Kopfschmerzen, wenn du so an meinen Haaren zerrst.«

Er lockerte seinen Griff und massierte vorsichtig ihren Nacken. Seine Berührung war so sanft, so … Sara gelang es nur mit Mühe, einen Seufzer zu unterdrücken.

»Natürlich weißt du, wie wichtig der Grundbesitz und das Vermögen für mich ist, Sara«, stellte er fest. »Und deshalb bist du auf den Gedanken gekommen, daß ich unseren Ehevertrag auf Biegen und Brechen einhalten möchte.«

»Nein.«

Nathan konnte sich selbst nicht erklären, was seine Neugier geweckt hatte, aber er war gespannt auf ihre Begründung. Diese Frau hatte wirklich die verrücktesten Ideen, und er war wild entschlossen, herauszufinden, wie ihr Verstand funktionierte.

»Also, woher wußtest du, daß ich die Ehe mit dir aufrechterhalten möchte?«

»Was solltest du für einen Grund haben, es nicht zu wollen?« hauchte sie und fügte entschlossener hinzu: »Nathan, ich habe alles, was sich ein Mann von einer Frau nur wünschen kann.« Als sie die Lachpünktchen in seinen Augen bemerkte, versuchte sie, so überheblich zu klingen wie er, wenn er mit ihr sprach. »Daran besteht kein Zweifel.«

»Und kannst du mir auch genau darlegen, was dich so sicher macht?«

»Natürlich«, entgegnete sie. »Erstens bin ich hübsch genug. Ich bin nicht vollkommen«, setzte sie rasch hinzu. »Ich bin mir natürlich bewußt, daß ich keine perfekte Schönheit bin, Nathan, aber das ist auch nicht so bedeutend.«

»Du meinst, daß du … keine perfekte Schönheit bist?« fragte er verblüfft.

Sie funkelte ihn wütend an – mußte er sich ausgerechnet jetzt über sie lustig machen? »Selbstverständlich nicht. Und wenn du mich deshalb verspottest, dann bist du noch ungehobelter, als ich angenommen habe. Ich bin nicht häßlich, Nathan – daß ich braunes Haar und braune Augen habe, heißt noch lange nicht, daß ich … reizlos bin.«

Ein feines Lächeln umspielte seine Mundwinkel. »Sara, hast du denn nie bemerkt, wie dir die Männer nachsehen, wenn du vorbeigehst?«

Sie wünschte, sie könnte ihm eine Ohrfeige versetzen. »Wenn du damit andeuten willst, daß ich nicht attraktiv bin, gut, Sir«, murmelte sie.

»Was ist daran gut?« hakte er nach, als er den Eindruck hatte, daß sie nicht mehr weiter wußte.

»Du bist auch nicht gerade ein Adonis, teuerster Gatte.«

Er schüttelte den Kopf. Seine Frau war alles andere als eitel, und diese Tatsache gefiel ihm ungeheuer. »Du hast recht«, meinte er. »Ich habe schon hübschere Frauen gesehen, aber, wie du schon sagtest, ist das nicht so bedeutend.«

»Falls du glaubst, daß du mich mit so ungezogenen Bemerkungen dazu bringst, daß ich mich minderwertig fühle, dann hast du dich getäuscht«, fauchte sie. »Ich bin wirklich genau das, was sich ein Mann wünscht. Wagst du etwa, mich auszulachen? Ich weiß sehr gut, was ich sage. Ich bin dazu erzogen worden, eine gute Ehefrau zu sein, genau wie du dazu erzogen wurdest, ein fürsorgender Ehemann zu sein. Das ist alles, was zählt«, endete sie matt.

Ihr verletzlicher Ausdruck weckte wieder seine Neugier. Diese Frau sagte die ungeheuerlichsten Dinge. »Sara, was hat man dir denn beigebracht, damit du zu einer guten Ehefrau wirst?«

»Ich kann einen Haushalt mit links führen, und es spielt keine Rolle, wie viele Bedienstete ich zu beaufsichtigen habe«, begann sie. »Ich kann hübsche Stickereien anfertigen, ohne mir dabei in die Finger zu stechen, eine Abendeinladung für zweihundert Personen planen und jede andere Pflicht erfüllen, die ein großer Besitz von einer Frau abverlangt.«

Sie war überzeugt, daß ihn diese Liste beeindruckte, zumindest sie selbst war ziemlich beeindruckt über ihre eigenen Ausführungen. Das meiste davon war ihrer Phantasie entsprungen – sie hatte nicht die geringste Ahnung, welche Arbeiten zum Beispiel auf einem großen Landbesitz anfielen. Aber Nathan konnte ja von ihrer Unfähigkeit nichts wissen, oder? Und außerdem hieß es ja noch lange nicht, daß sie nichts zuwege brachte, nur weil sie bis jetzt noch nicht mit solchen Aufgaben betraut worden war. Sie war sicher, daß sie alles meistern konnte, wenn sie sich nur anstrengte. »Also?« fragte sie, als er keinen Kommentar gab. »Was denkst du über meine Fertigkeiten?«

»Ich könnte genausogut jemanden einstellen, der mir den

Haushalt führt«, erwiderte er. »Ich bin nicht verheiratet, nur damit ich ein bequemes Leben führen kann.«

Ihre Miene war so komisch, daß er laut zu lachen anfing, und Sara gab sich alle Mühe, sich die Kränkung nicht allzu sehr zu Herzen zu nehmen.

»Aber ich kann auch eine intelligente Unterhaltung mit deinen Gästen führen und bin sicher, daß mich kein Thema überfordert. Ich bin sehr belesen.«

Seine Heiterkeit verflog. Offensichtlich war sie der Meinung, daß er sie nur als Zierde betrachtete, die dem Namen ihres Mannes Ehre machte, und mit einemmal wurde ihm klar, daß er so schäbig war wie der Rest der St. James-Familie. Er war wirklich ein Dickschädel.

»Du kannst niemanden einstellen, der eine so vornehme Erziehung genossen hat«, fuhr Sara kleinlaut fort.

»Ist das alles?« wollte er wissen. »Oder gibt es noch etwas, was man dir beigebracht hat?«

Sie war am Boden zerstört. Gab es denn gar nichts, was auf diesen ungehobelten Kerl Eindruck machte?

»Was meinst du?«

»Zum Beispiel, wie eine Frau ihrem Mann im Bett Freude bereitet.«

Sie wurde knallrot. »Natürlich nicht«, stammelte sie. »Du meinst, jemand hätte mich darin unterrichten sollen …« Plötzlich stampfte sie auf seinen Fuß. »Wie kannst du es wagen, auch nur anzunehmen, man hätte mir solche … Dinge …«

Ihr fehlten die Worte. Sein Blick brachte sie vollends durcheinander, und sie war sich nicht sicher, ob sie in Tränen ausbrechen oder ihn umbringen sollte.

»Aber diese Pflichten könnte ja eine Geliebte übernehmen«, sagte er, um sie noch mehr zu reizen. Guter Gott, es machte wirklich Spaß, sie auf die Palme zu bringen. Sie reagierte so offen und war nicht in der Lage, ihre Gefühle zu verstecken. Natürlich wußte er, daß er dieses Spiel nicht zu weit treiben durfte, aber es amüsierte zu sehr, als daß er es jetzt hätte beenden können.

»Du wirst keine Geliebte haben!« fauchte sie und trat ihm erneut auf den Fuß. »Es ist ganz egal, wie hübsch sie ist oder wie … talentiert … Ich dulde das auf keinen Fall.« Sie gab ihm keine Möglichkeit, etwas zu erwidern und fügte hinzu: »Und du wirst dir in Zukunft auch nicht mehr die Freiheit herausnehmen, in meinem Bett zu schlafen, Nathan. Möglicherweise gestatte ich es dir, wenn du mir eine Zeitlang den Hof gemacht hast und wir von einem Priester getraut worden sind.«

Er schwieg und zuckte nur mit den Achseln.

Wie hatte sie jemals denken können, daß er auch nur im geringsten anziehend war? Himmel, sie wünschte, sie hätte genügend Kraft, ihm einen gewaltigen Tritt in den Hintern zu versetzen, statt dessen sagte sie jedoch relativ ruhig: »Wir sprechen über sehr ernste Dinge, Nathan, und wenn du noch einmal so unbeteiligt mit den Schultern zuckst, dann schreie ich.«

Er hielt es für besser, sie nicht darauf aufmerksam zu machen, daß sie schon seit geraumer Zeit schrie, dafür wies er sie mit sanfter Stimme zurecht: »Du ereiferst dich, meine Liebe. Ich betrachte diese Unterhaltung nicht unbedingt als ernste Diskussion.«

Sie nahm einen tiefen Atemzug und setzte zu einem letzten Versuch an: »Nathan, ich bitte dich, versuch meine Gefühle zu verstehen. Ich bin der Meinung, daß es sehr unschicklich wäre, wenn wir die Nächte in einem Raum verbringen.« Es war ihr zu peinlich, dieses Thema weiterzuverfolgen, deshalb fragte sie: »Wirst du mich heiraten oder nicht?«

»Das habe ich schon getan.«

Ihr Zorn kannte fast keine Grenzen mehr, und um einen Ausbruch zu vermeiden, heftete sie ihren starren Blick auf seine Brust, bis sie sich ein wenig beruhigt hatte.

Nach langem Schweigen murmelte sie: »Mein Anliegen dürfte nicht allzu schwer zu verstehen sein – nicht einmal für einen St. James. Ich möchte, daß um mich in anständiger Form geworben wird, und es ist einfach nicht schicklich, daß du mich anrührst, bevor wir Gottes Segen für unsere Ehe bekommen haben. Hörst du überhaupt zu, was ich sage?«

»»Jedes Wort ist laut und deutlich zu hören, Miss«, ertönte eine Stimme hinter ihr. Sara wirbelte herum und sah sich zehn grinsenden Männern gegenüber, die das Gespräch offenbar mit Interesse verfolgt hatten.

»»Ja, und ich wette, er hat auch jedes Wort verstanden«, warf ein anderer Mann ein. »Ihr wollt nicht, daß Euch der Captain anfaßt, bevor er Euch noch einmal geheiratet hat. Hab' ich recht, Headley?«

Der Angesprochene, ein kahlköpfiger Mann mit breiten Schultern, nickte. »Genau das habe ich auch gehört.«

Sara schämte sich entsetzlich. Hatte sie wirklich so laut geschrien, daß die ganze Mannschaft aufmerksam geworden ist? Sie wandte sich wieder Nathan zu. »Mußt du mich unbedingt in eine solche Verlegenheit bringen?«

»Oh, dazu brauchst du meine Unterstützung weiß Gott nicht, Braut. Geh jetzt in die Kajüte«, befahl er, »und zieh dieses Kleid aus.«

Diese Aufforderung versetzte sie in Alarmbereitschaft. »Warum? Gefällt es dir nicht?«

»Zieh dich ganz aus, Sara, ich komme in ein paar Minuten nach.«

Ihr Herzschlag setzte aus, als ihr die volle Bedeutung seines Befehls aufgegangen war, und sie war so außer sich, daß sie nicht einmal mehr versuchte, einen Protest vorzubringen. Ohne ein weiteres Wort drehte sie sich um und ließ ihn stehen.

Als sie an Jimbo vorbeikam, flüsterte sie: »Ihr hattet recht, Mister Jimbo, Nathan spinnt.«

Der Seemann konnte keine Antwort geben, da Sara ihren Weg, ohne innezuhalten, fortsetzte.

Sie ging gemessenen Schrittes bis zur Offiziersmesse, aber dann raffte sie die Röcke und rannte, als ob der Teufel hinter ihr her wäre, zur Kajüte ihrer Tante.

Trotz seiner gebeugten Haltung und seines Alters konnte Matthew sehr schnell sein, wenn es die Situation erforderte. Er stand in Noras Kajüte, als Sara die Tür aufriß, und machte einen Satz zur Seite.

»Lady Sara, ich hoffe, daß Ihr Nora jetzt nicht stört«, sagte er hinter ihr.

Sie zuckte heftig zusammen. »Ihr habt mich zu Tode erschreckt«, begann sie. »Ihr solltet anderen Menschen nicht auf diese Weise auflauern, Sir. Wie heißt ihr?«

»Matthew.«

»Ich freue mich, Euch kennenzulernen«, entgegnete sie. »Ich möchte nur nach meiner Tante sehen.«

»Ich fühle mich für das Wohl Eurer Tante verantwortlich«, erklärte Matthew. »Sie ist nicht in der Lage, heute Besuch zu empfangen. Sie ist völlig erschöpft.«

Sara empfand plötzlich Schuldgefühle – sie war in der Absicht gekommen, Nora ihr Herz auszuschütten und sie um Hilfe zu bitten, aber sie hatte nicht einmal daran gedacht, daß ihre Sorgen im Vergleich zu Saras Zustand unwichtig waren. »Nora ist doch nicht schwerkrank, oder?«fragte sie ängstlich. »Ich habe die Blutergüsse gesehen, aber ich dachte nicht ...«

»Sie wird schnell wieder auf die Beine kommen«, erklärte Matthew, der über ihre offensichtliche Fürsorge sehr erfreut war. »Sie braucht nur sehr viel Ruhe und darf sich nicht bewegen. Ihre Rippen sind gebrochen ...«

»Großer Gott, das habe ich nicht gewußt.«

»Ist ja gut, fangt nur nicht an zu weinen«, beruhigte Matthew sie, weil ihm ihre Augen verdächtig trüb erschienen. Er war vollkommen hilflos, wenn eine Frau in seiner Gegenwart in Tränen ausbrach und schon allein die Vorstellung, daß er die Frau des Captains trösten müßte, bereitete ihm Übelkeit. »So schlimm ist es nun auch wieder nicht. Wir haben ihren Brustkorb bandagiert, und jetzt muß sie sich gründlich ausruhen, das ist alles. Ich möchte nur nicht, daß sie sich über irgend etwas aufregt.« Bei dieser letzten Bemerkung warf er Sara einen vielsagenden Blick zu.

Sara erkannte sofort, daß er genau wußte, weshalb sie hergekommen war und ließ den Kopf hängen, als sie sagte: »Ich wollte Nora um Rat fragen, aber ich werde sie natürlich nicht stören, und auf keinen Fall möchte ich sie aufregen. Würdet Ihr meiner Tante, wenn sie aufwacht, bitte ausrichten, daß ich sie besuche, sobald sie nach mir ruft?«

Matthew nickte. Sara streckte die Hand aus. »Danke, daß Ihr Euch um Nora kümmert. Sie ist eine so gutherzige Frau, und sie hat sehr viel durchgemacht, Mister Matthew, und das alles meinetwegen.«

Wieder füllten sich ihre Augen mit Tränen, und Matthew versicherte schnell: »Nein, Ihr habt Eure Tante doch nicht so zugerichtet. Ihr könntet niemals jemandem die Rippen brechen. Ich habe gehört, daß Euer Vater und seine Brüder dafür verantwortlich sind.«

»Mein Onkel Henry hat sie so schändlich behandelt, aber dennoch trage ich die Schuld. Ich hätte Nora niemals bitten dürfen, nach England zu kommen.«

Sie beendete ihre Erklärungen und zauberte ein Lächeln auf Matthews Gesicht, indem sie seine Hand kurz drückte und ihm mit einem vollendeten Knicks versicherte, daß sie sehr erfreut sei, daß er zur Mannschaft ihres Mannes gehöre.

Matthew rieb sich die Stirn, als sie die Kajüte verließ, und dachte daran, wie verrückt sich alles entwickelte. Sara war ihm entsetzlich auf die Nerven gegangen, als sie sich so hysterisch aufgeführt hatte, und jetzt gefiel sie ihm so gut, daß er ein Lächeln nicht unterdrücken konnte.

Sara war in Gedanken noch immer bei ihrer Tante, als sie die Tür zu ihrer eigenen Kajüte öffnete. Aber in dem Moment, in dem ihr Blick auf das Bett fiel, quälte sie Nathans unverschämte Ankündigung von neuem.

Sie konnte es sich nicht leisten, auch nur eine Minute zu verlieren. Sie schloß und verriegelte die Tür, dann schob sie unter größten Anstrengungen ihren schweren Schrankkoffer davor. Sie nahm sich vor, die Barriere mit dem Tisch zu verstärken, aber er ließ sich nicht von der Stelle bewegen, wie sehr sie auch daran zerrte und schob. Nach einer Weile fiel ihr auf, daß er am Boden festgeschraubt war. Sie wandte sich dem Schreibtisch zu, aber auch er war an den Bohlen befestigt. Glücklicherweise waren wenigstens die Sessel lose, so daß Sara sie vor den

Schrankkoffer zerren konnte. Sie verschwendete wertvolle Zeit damit, eines der schweren Möbelstücke hochzuhieven und auf dem Koffer zu plazieren. Dann trat sie einen Schritt zurück, um ihr Werk zu begutachten und rieb sich die Kehrseite, um den stechenden Schmerz zu vertreiben. Sie wußte, daß ihr Problem durch die Blockade nicht auf Dauer gelöst war, aber sie war zufrieden mit sich. Dieses Hochgefühl hielt jedoch nicht lange an. Nach kürzester Zeit wurde sie sich klar, daß sie sich ausgesprochen kindisch benahm, aber, dachte sie, Nathan verhielt sich auch nicht viel vernünftiger. Wenn er für logische Argumente nicht zugänglich war, warum sollte sie sich dann überhaupt noch Mühe geben? Wenn der Wikinger eine Nacht Zeit hatte, um über alles nachzudenken, könnte er vielleicht wieder zu Verstand kommen und einsehen, wie wichtig ihr Anliegen für sie war. Und falls dieser starrköpfige Maulesel seine Meinung nicht änderte, würde sie eben in der Kajüte bleiben, und wenn sie dabei verhungerte.

»Ich hatte gleich den Verdacht, daß es besser ist, den anderen Weg zu benützen.«

Sara wirbelte herum und stand Nathan, der am Schreibtisch lehnte und sie angrinste, gegenüber.

Er kam ihrer Frage zuvor und deutete auf die Falltür in der Decke. »Dieser Weg ist bedeutend kürzer, wenn man von Deck kommt,« erklärte er in einem leisen Flüstern.

Sara sank gegen den Schrankkoffer und starrte Nathan unverwandt an. Großer Gott, was hatte er jetzt vor?

Seine Braut schien die Sprache verloren zu haben, und Nathan beschloß, ihr ein wenig Zeit zu geben, bevor er sie erneut in Bedrängnis brachte. Sie war aschfahl geworden, und es stand zu befürchten, daß diesmal eine Ohnmacht unvermeidlich war.

»Wie ich sehe, hast du den Raum anders eingerichtet«, stellte Nathan mit so freundlicher Stimme fest, daß sie am liebsten geschrien hätte.

»Ja«, brachte sie mühsam hervor. »Es gefällt mir so besser.«

Er schüttelte den Kopf. »Aber es ist ziemlich unpraktisch.«

»Unpraktisch?«

»Vielleicht hast du es ja noch nicht bemerkt,aber der große Koffer steht direkt vor der Tür, und der Sessel wirkt ein wenig deplaziert, oder glaubst du, daß einer von uns gern dort oben sitzen würde?«

Das war doch wirklich zu lächerlich; sie beide wußten haargenau, warum sie die Tür verstellt hatte, aber um ihren Stolz zu retten, spielte Sara mit.

»Ja, tatsächlich, du hast recht«, rief sie. »Die Möbel blockieren die Tür, das fällt mir jetzt erst auf. Danke, daß du mich darauf aufmerksam machst.« Sie holte nicht einmal Luft, bevor sie fragte: »Warum ist dieser Tisch am Boden befestigt?«

»Du hast versucht, diesen Tisch zu verrutschen?«

Sie beachtete seine Belustigung gar nicht». »Ich hatte den Eindruck, daß er sich vor dem Koffer besonders hübsch ausnehmen würde ... und der Schreibtisch auch. Aber ich konnte beide nicht von der Stelle bewegen.«

Er trat einen Schritt auf sie zu, und sie wich im selben Augenblick zur Seite. »Die Möbel sind am Boden befestigt, damit sie bei hohem Seegang nicht hin und her rutschen.«

Sara fühlte sich wie versteinert, als sie ihn ansah. Sein langes Haar fiel auf seine breiten Schultern, und seine kraftvollen Bewegungen, bei denen man das Spiel seiner Muskeln beobachten konnte, glichen denen eines Panthers. Am liebsten wäre sie davongerannt, als sie daran dachte, was er ihr vor kurzem angedroht hatte. Der Kuß hatte ihr gefallen, ja ... aber das war auch schon alles, was sie zulassen konnte.

Ein Blick in sein Gesicht genügte ihr, um zu erkennen, daß er sich damit nicht zufriedengeben würde. Seine plötzlichen Attacken brachten sie noch um den Verstand, und sie versuchte wenigstens, ihn mit einem strengen Blick zurückzuhalten.

Er lächelte sie an.

Sara machte einen großen Bogen um Nathan und bezog am Kopfende des Bettes Position. Nathan blieb stehen, als er erkannte, daß ihre Augen ihn ängstlich musterten, und seufzte.

Einen kurzen Augenblick hoffte sie, er könnte es sich noch einmal anders überlegen, aber dann umfaßte er ihre Schultern und drehte sie zu sich. Er hob ihr Kinn an und zwang sie, ihn anzusehen, bevor er mit sanfter Stimme sagte: »Sara, ich weiß, daß das alles sehr schwer für dich ist, und wenn wir mehr Zeit hätten, könnten wir warten, bis du mich ein wenig besser kennengelernt hast. Ich würde lügen, wenn ich behaupten würde, daß ich dir dann, wie du es dir wünschst, den Hof machen würde – für solche Dinge bin ich gänzlich ungeeignet, und mir fehlt auch die Geduld. Aber ich möchte auf keinen Fall, daß du dich vor mir fürchtest.« Er machte eine Pause und lächelte. »Trotzdem ändert das nichts an den Tatsachen – es ist egal, ob du Angst hast oder nicht.«

»Dann ...«

»Wir haben keine Zeit«, unterbrach er sie. »Wenn du vor Monaten nicht vor mir geflohen wärst, könntest du jetzt schon meinen Sohn unter dem Herz tragen.«

Ihre Augen wurden riesengroß vor Staunen, und Nathan vermutete, daß sie über seine Art, die Dinge beim Namen zu nennen, entsetzt war. Sie war ja noch so unschuldig und hatte keinerlei Erfahrungen in sexuellen Angelegenheiten. Und – großer Gott – genau das gefiel ihm.

»Ich bin nicht vor dir geflohen«, sprudelte sie hervor. »Worüber redest du überhaupt?«

Jetzt war es an ihm, Überraschung zu zeigen. »Du solltest mich, zum Teufel, nicht anlügen«, knurrte er und drückte ihre Schulter, um seine Worte zu unterstreichen. »So etwas werde ich nicht dulden. Ich verlange, daß Du ehrlich zu mir bist.«

Sie funkelte ihn wütend an. »Ich lüge nicht«, gab sie zurück, »ich habe nie vor dir die Flucht ergriffen, Wikinger, niemals.«

Sie sah ihn so offen an, daß er nicht an ihren Worten zweifelen konnte.

»Sara, ich habe deinen Eltern in einem Brief mitgeteilt, daß ich dich zu mir holen möchte, und den Brief an einem Donnerstag überstellen lassen. Ich habe genau angegeben, wann ich dich am folgenden Montag abholen wollte, aber du hast England am Sonntagmorgen verlassen, um zu deiner Tante zu fahren. Ich habe nur zwei und zwei zusammengezählt.«

»Ich habe nie etwas davon erfahren«, erwiderte sie. »Meine Eltern, haben deinen Brief niemals erhalten. Kein Mensch hat auch nur ein Wort darüber gesagt, und in dieser Zeit ging alles ein wenig drunter und drüber. Meine Mutter war krank vor Sorge um Tante Nora, weil sie schon so lange nicht geschrieben hatte. Als sie mir vorschlug, zu Nora zu reisen, um herauszufinden, was geschehen ist, habe ich natürlich sofort eingewilligt.«

»Kannst du dich erinnern, wann genau deine Muter dir anvertraut hat, daß sie sich um Nora sorgt?« fragte er spöttisch.

Sein Zynismus störte sie; sie wußte genau, was er dachte und runzelte die Stirn. »Ein paar Tage vor meiner Abreise. Aber sie hätte vermutlich nie mit mir darüber gesprochen, wenn ich sie nicht zufällig weinen gehört hätte, und sie hat sich sehr dagegen gesträubt, mir diese Bürde aufzulasten. Ich war diejenige, die darauf bestanden hat, zu der Insel zu segeln, auf der Tante Nora wohnt.« Ein Gedanke schoß ihr durch den Kopf. »Woher weißt du überhaupt, wohin ich gefahren bin? Wir haben allen erzählt, daß ich meine Schwester in den Kolonien besuche.«

Er brachte es nicht über sich, ihr zu gestehen, daß er ein paar Männer auf sie angesetzt hatte und daß sie mit einem seiner Schiffe gefahren war. »Warum habt ihr nicht erzählt, was du wirklich vorhattest?«

»Weil Nora von der Familie geächtet wird«, erklärte Sara. »Nachdem sie geheiratet hatte, verschwand sie aus England, weil ihr Mann der Familie nicht standesgemäß erschien. Ich habe geglaubt, über diese Sache wäre längst Gras gewachsen, aber ich habe mich getäuscht.«

Nathan brachte die Sprache noch einmal auf Noras Korrespondenz mit ihrer Schwester. »Du wußtest also nicht genau, ob Nora tatsächlich geschrieben hat, und von meinem Brief hatte deine Mutter keine Ahnung?«

»Mutter würde mich nie hintergehen, und ich erlaube dir nicht, auch nur anzunehmen, daß sie in irgendwelche Intrigen verwickelt ist. Mein Vater oder meine Schwester könnten deine

Nachricht abgefangen haben, um dich auf die Folter zu spannen, aber meine Mutter hätte niemals ihre Zustimmung zu einem solchen Komplott gegeben.«

Nathan fand es sehr ehrenhaft, daß sie ihre Mutter so verteidigte – ehrenhaft, aber ein wenig naiv –, und er hatte nicht den Mut sie dazu zu zwingen, der Wahrheit ins Auge zu sehen. Immerhin hatte sie den Verdacht, daß ihr Vater die Hände im Spiel gehabt hatte, und das war schon verdammt viel wert … Sie war also nicht seinetwegen aus England verschwunden – dieser Gedanke zauberte ein kleines Lächeln auf seine Lippen.

Sara musterte ihren Mann geistesabwesend, während sie überlegte, was ihn davon überzeugen konnte, daß ihre Mutter nichts mir irgendwelchen üblen Ränken zu tun hatte. Und plötzlich traf sie die Erkenntnis wie ein Blitzschlag. Er hatte sie gar nicht vergessen!

Ihr Lächeln war bezaubernd, obwohl Nathan nicht die geringste Ahnung hatte, was ihre düstere Stimmung so rasch aufgehellt hatte. Sie warf sich an seine Brust, schlang die Arme um seine Taille und drückte ihn an sich. Er brummte – von all ihren Verrücktheiten brachte ihn diese Geste am meisten aus dem Gleichgewicht, aber er mochte es, daß sie ihm ihre Gefühle auf diese Art zeigte – er genoß es sogar sehr.

Sara seufzte leise und löste sich von ihrem Mann.

»Was soll das?« fragte er und verzog das Gesicht, weil seine Stimme einen so schroffen Unterton gehabt hatte.

Sie schenkte dem überhaupt keine Beachtung. Sie strich ihr Haar zurück und flüsterte: »Du hattest mich gar nicht vergessen. Im Grunde habe ich es immer gewußt. Es konnte nur ein Mißverständnis gewesen sein, weil ich …«

Als sie stockte, vollendete er für sie den Satz »... weil du wußtest, daß ich mit dir verheiratet sein möchte?«

Sie nickte, und er lachte laut.

Sara warf ihm einen unergründlichen Blick zu, bevor sie sagte: »Nathan, als ich Nora nicht finden konnte, habe ich mehrere Nachrichten, in denen ich dich um deine Hilfe bat, in dein

Haus bringen lassen, aber du hast nicht mit einer Silbe geantwortet. Deshalb frage ich mich …«

»Aber Sara, ich habe überhaupt kein Haus.«

»Natürlich besitzt du ein Stadthaus«, erboste sie sich. »Ich bin vor einiger Zeit daran vorbeigeritten und habe es mit eigenen Augen gesehen … warum schüttelst du den Kopf?«

»Mein Stadthaus ist im letzten Jahr bis auf die Grundmauern abgebrannt.«

»Davon hat mir kein Mensch etwas erzählt.«

Er hob die Schultern.

»Dann hätte ich wohl besser meine Briefe zu deinem Landsitz schicken sollen«, murmelte sie und sah ihn entgeistert an, als er erneut den Kopf von einer Seite zur anderen bewegte.

»Mein Haus auf dem Land ist auch einem Brand zum Opfer gefallen«, erklärte er.

»Wann?«

»Ungefähr einen Monat, nachdem das Haus in der Stadt in Flammen aufging.«

Sie sah ihn bestürzt an. »Du scheinst vom Pech verfolgt zu sein, Nathan.«

Pech hatte mit diesen Ereignissen wenig zu tun, aber diesen Gedanken sprach er nicht laut aus. Die Brände waren von seinen Feinden gelegt worden. Sie hatten seine Häuser nach belastenden Papieren durchsucht, die Nathan während seiner Geheimdienstarbeit gesammelt hatte, und zu guter Letzt hatten sie alles angezündet. Nathan hatte bis jetzt noch keine Zeit finden können, sich um den Wiederaufbau seines Besitzes zu kümmern.

»Du hast mir geschrieben, weil du um meine Hilfe bei der Suche nach deiner Tante bitten wolltest?«

Sie nickte. »Ich wußte nicht, an wen ich mich sonst hätte wenden können.«

Sie machte eine Pause, bevor sie unvermittelt sagte: »Ich fürchte, daß dein Onkel Dunnford St. James hinter der Gaunerei steckt.«

»Hinter was für einer Gaunerei?« fragte er verständnislos.

»Er könnte doch die Nachricht, die du mir geschickt hast, abgefangen haben.«

»Ich dachte, dein Vater hätte seine Hände im Spiel gehabt«, entgegnete er äußerst erstaunt.

»Was bringt dich auf diese absurde Idee?«

»Na ja, Attila, der Hunnenkönig ist schon einige Jahre tot, und dein Vater der einzige lebende Mann, der es mit ihm an Gemeinheit aufnehmen kann. Er könnte dieses hinterlistige Komplott durchaus ausgeheckt haben.«

»Ich möchte solche Verleumdungen über meinen Vater nie wieder hören. Außerdem bin ich ziemlich sicher, daß Dunnford für diese Intrige verantwortlich ist.«

»Oh, und er hat auch deine Tante so übel zugerichtet?«

In dem Moment, in dem er die Tränen in ihren Augen glitzern sah, bedauerte er seine Frage. Sie richtete ihren Blick auf seine Brust, um sich für einen Augenblick zu sammeln. »Nein«, flüsterte sie schließlich. »Das ist das Werk meines Onkels Henry, den du in der Spelunke gesehen hast. So, und jetzt kennst du die Wahrheit über mich.« schloß sie niedergeschlagen.

Nathan hob ihr Kinn mit den Fingerspitzen an und strich mit dem Daumen über ihre seidenweiche Haut. »Welche Wahrheit?«

»Ich stamme aus einer verrufenen Familie.«

Sie hoffte so sehr, daß er ihr widersprechen würde, und sehnte sich nach einem kleinen guten Wort.

»Ja, das tust du.«

Dieser Mann hatte nicht einen Funken Mitgefühl im Leibe, dachte sie erbittert und sagte leise: »Deine Verwandtschaft ist auch nicht besser.« Sie stieß seine Hand von ihrem Kinn. »Wir sollten wirklich keine Kinder bekommen.«

»Warum nicht?«

»Sie könnten nach meinem Onkel Henry geraten, oder noch schlimmer, nach deiner Familie. Du kannst nicht leugnen, daß die St. James gemein aussehen, und mehr als nur hartherzig sind. Sie sind richtige Schurken«, fügte sie mit einem Nicken hinzu. »Jeder einzelne von ihnen.«

Er konnte dem natürlich nicht zustimmen, und er beschloß, ihr sofort seine Meinung dazu zu sagen. »Trotz ihres rauhen Benehmens sind sie Ehrenmänner. Sie sind streng, wenn man sie verärgert, aber sie sind ehrlich und direkt.«

»O ja, sie sind ziemlich direkt«, erwiderte sie.

»Was hat diese Bemerkung zu bedeuten?« fragte er scharf.

Sara war sich im klaren, daß sie ihn wieder erzürnen würde, aber sie kümmerte sich nicht um seine Gemütsverfassung und entgegnete bissig: »Dein Onkel Dunnford war sehr direkt, als er seinen eigenen Bruder erschossen hat, oder würdest du das anders beurteilen?«

»Du hast davon gehört?« fragte er und verbiß sich ein Lachen über Saras mißbilligende Miene.

»Jeder in ganz London hat davon gehört. Der Zwischenfall hat am hellichten Vormittag auf den Stufen zu seinem Stadthaus stattgefunden, und es gab eine Menge Augenzeugen.«

»Dunnford hatte seine Gründe«, erwiderte er.

»Seinen Bruder zu erschießen?«

Er nickte.

»Und was waren das für Gründe?«

»Sein Bruder hat ihn aufgeweckt.«

Sein Mund verzog sich amüsiert, und in diesem Augenblick fiel ihr wieder auf, daß er ausgesprochen gut aussah. Ehe sie sich's versah, lächelte sie auch.

»Dunnford hat seinen Bruder gar nicht umgebracht«, erklärte Nathan. »Er hat nur dafür gesorgt, daß er ein paar Wochen Schwierigkeiten mit dem Sitzen hatte. Wenn du ihm begegnest, kannst du …«

»Ich bin ihm schon einmal begegnet«, unterbrach ihn Sara und sah zur Seite. Der Blick, mit dem er sie bedachte, machte sie seltsam atemlos, und ein merkwürdiges Gefühl breitete sich in ihrem Innern aus. »Ich habe auch seine Frau getroffen«, setze sie leise hinzu.

Als sie sich ihm wieder zuwandte, stockte ihm fast der Atem. Dieses schelmische Glitzern in ihren Augen brachte ihn fast um den Verstand. Sie benahm sich ganz und gar nicht so, als ob sie sich noch vor ihm fürchten würde, und er sann auf eine Möglichkeit, die Sprache wieder auf das zu bringen, was seiner Meinung nach das Wichtigste war – er mußte sie dazu bringen, mit ihm zu schlafen.

Er strich mit versonnener Miene über ihre Schultern, und Sara war überzeugt, daß er nicht einmal bemerkte, was er tat, da sein Blick so trübe geworden war. Vielleicht dachte er über seine Verwandten nach.

Sie wünschte, er würde den stechenden Schmerz in ihrem Rücken wegstreichen, und da er so gedankenverloren wirkte, wagte sie, seine Hand zu nehmen und sie auf ihr Rückgrat zu legen. »Massiere mich hier, Nathan. Mein Rücken schmerzt so, seitdem ich die Möbel durch die Kajüte geschoben habe.«

Er erhob keine Einwände gegen ihre Aufforderung und tat, worum sie ihn gebeten hatte. Er war nicht besonders behutsam, bis sie ihn bat, sie etwas weniger kräftig zu drücken. Nach einiger Zeit legte er auch seine andere Hand auf ihr Kreuz, lehnte sich leicht gegen sie und schloß die Augen. Sie fühlte sich, als ob sie im Himmel wäre.

»Besser?« fragte er, als er nach einigen Minuten ihren leichten Seufzer vernahm.

»Ja, viel besser«, sagte sie leise.

Er hörte trotzdem nicht auf, sie zu massieren, und sie hätte das auch gar nicht gewollt. »Wann hast du Dunnford kennengelernt?« frage er, während er sein Kinn auf ihren Scheitel plazierte und ihren süßen Duft einsog.

»Ich habe ihn bei einem Gartenfest getroffen«, antwortete sie. »Beide – dein Onkel und deine Tante – waren da. Es war eine angsteinflößende Begegnung, die ich mein Leben lang nicht vergessen werde.«

Er gluckste. »Dunnford sieht aus wie ein Barbar«, lachte er und zog Sara ein wenig näher zu sich. Sie wehrte sich nicht dagegen. »Er ist so groß und breit wie ein Stier, und ich kann mir vorstellen, daß er einem Angst einjagt.«

»Genau wie seine Frau«, warf Sara lachend ein». »Ich konnte keinen großen Unterschied zwischen ihnen feststellen.«

Er gab ihr einen Klaps auf ihr Hinterteil für diese spitze Bemerkung. »Dunnford erkennt man an seinem Schnurrbart.« sagte er.

»Den hat sie auch.«

Er versetzte ihr wieder einen Stups. »Die St. James-Frauen sind aber längst nicht so fett wie die Winchesters.«

»Die Winchester-Ladies sind nicht fett«, widersprach sie, »sie sind nur ein wenig … kräftig.«

Es war höchste Zeit, die Dinge rasch klarzustellen, dachte Sara plötzlich, als sie sich an sein Vorhaben erinnerte. Sie atmete tief durch und sagte: »Nathan?«

»Ja?«

»Ich ziehe meine Kleider nicht aus.«

Diese Ankündigung weckte seine volle Aufmerksamkeit. »Du willst dich nicht ausziehen?«

Sie trat einen Schritt zurück, um sein Gesicht sehen zu können. Sein kleines Lächeln machte ihr Mut, ihm ihre Regeln, nach denen sie vorgehen wollte, darzulegen. »Nein. Wenn wir diese Dinge schon tun müssen, dann möchte ich wenigstens meine Kleider anbehalten. Entweder so oder gar nicht, Nathan.«

Sie biß sich auf die Unterlippe und wartete auf seine Reaktion, und Nathan befürchtete schon, daß sie sich wieder ängstigte. Das ärgerte ihn. »Um Himmels willen, Sara, ich werde dir nicht weh tun.«

»O doch, das wirst du«, flüsterte sie.

»Woher willst du das wissen?«

»Mutter sagt, daß es immer weh tut.« Saras Wangen wurden scharlachrot.

»Es ist nicht immer schmerzhaft«, stieß er hervor. »Das erste Mal ist es vielleicht ein wenig … unangenehm.«

»Du widersprichst dir selbst!« rief sie aus.

»Nein, es ist wirklich nicht schlimm, obwohl …«

»Ich bin sicher, daß es mir zuwider ist«, schnitt sie ihm das Wort ab. »Dafür solltest du Verständnis haben. Wie lange dauert diese Sache? Minuten, Stunden?« wollte sie wissen. »Ich möchte auf alles gefaßt sein.«

Er umklammerte ihre Arme mit eisernem Griff und sah sie bestürzt an. Sara nutzte den Vorteil und fuhr fort: »Ich möchte dich außerdem um einen winzigen Gefallen bitten. Könntest du mit dieser Sache bis zum Abend warten? Ich hätte gerne noch ein paar Stunden Zeit, um mich mit meinem Schicksal abzufinden.«

Mit ihrem Schicksal abfinden? Nathan hätte sie am liebsten erwürgt. Diese verrückte Person benahm sich, als ob er sie zum Schafott führen wollte. Er funkelte sie zornig an, aber er gab nach. »Gut, wir warten bis zum Abend, aber das ist der einzige Punkt, in dem ich mich deinen Wünschen füge, Sara.« Sie stellte sich auf die Zehenspitzen und hauchte ihm einen Kuß auf die Lippen. Als sie zurücktrat, wirkte sie verdammt selbstzufrieden.

»Was zur Hölle sollte das sein?«

»Ein Kuß.«

»Nein, Sara«, knurrte er. »Das ist kein Kuß.«

Er riß sie an sich und preßte seinen Mund auf den ihren. Er war alles andere als zärtlich und wenn Sara die Wahrheit hätte offenbaren sollen, dann hätte sie eingestehen müssen, daß ihr das nicht das geringste ausmachte. Sie schmiegte sich an ihn und ließ ihn gewähren. Nach all den Streitereien, dachte sie, hatte sie einen Sieg davongetragen, und dafür konnte sie ihm auch seinen gönnen.

Das war ihr letzter Gedanke – der Kuß raubte ihr alle Sinne, und ihre Knie gaben nach. Sie klammerte sich an ihren Mann und wimmerte leise vor Entzücken, als seine Zunge ihren Mund erkundete.

Er umschloß mit seinen großen Händen ihr Hinterteil und hob sie hoch. Sara rieb instinktiv ihre Hüften an seiner Härte, und dann bewegten sie sich in einem gemeinsamen sanften Rhythmus.

Eine Welle der Leidenschaft überrollte sie, und Nathan gab seine Versuche, Sara bezähmen zu wollen, auf. Guter Gott, sie war umwerfend! Sie vergrub ihre Hände in seinen Haaren und drückte ihn noch fester an sich. Er zog sich ein wenig zurück und hielt sie fest, aber ihr Mund suchte erneut den seinen.

Ein nie gekanntes Glücksgefühl durchströmte sie. Verdammt, er wollte sie auf der Stelle nehmen …

Er legte Sara abrupt auf das Bett und drehte sich um, um die Kajüte zu verlassen. Zuerst mußte er jedoch den Sessel und den verdammten Koffer beiseite räumen, um zur Tür zu gelangen.

Sara kam allmählich wieder zu Sinnen, als er die Tür freimachte. »In Zukunft, Nathan«, begann sie und verzog das Gesicht, weil sie selbst hörte, wie ihre Stimme zitterte, »in Zukunft würde ich es sehr begrüßen, wenn du nicht mehr durch den Schornstein in unser Zimmer kommst. Ich verspreche dir, daß ich die Tür nicht mehr verbarrikadieren werde«, fügte sie hinzu, als sie seinen ungläubigen Blick bemerkte.

»Durch was soll ich nicht mehr kommen?« wollte er wissen und war sicher, daß er sich verhört hatte.

»Durch den Schornstein«, wiederholte sie. »Du hast im übrigen meine Frage immer noch nicht beantwortet. Dauert diese Sache nun Minuten oder Stunden?«

Plötzlich hatte er kein Interesse mehr daran, dieser törichten Person zu erklären, daß die Luke kein Schornstein war. »Woher zum Teufel soll ich wissen, wie lange es dauert?« brummte er.

»Heißt das, daß du es noch nie gemacht hast?«

Nathan schloß die Augen. Dieses Gespräch geriet völlig außer Kontrolle.

»Also, hast du es schon getan?« beharrte Sara.

»Ja«, bekannte er widerwillig. »Aber ich habe noch nie auf die Zeit geachtet.« Er zog die Tür auf und bedachte Sara mit einem Lächeln.

Sie war hocherfreut über diesen raschen Stimmungsschwung.

»Sara«, sagte er heiser. »Du wirst es bestimmt nicht scheußlich finden.«

Mit diesem Versprechen schloß er die Tür hinter sich.

5

Sara bekam Nathan für den Rest des Tages nicht mehr zu Gesicht. Sie beschäftigte sich damit, in der Kajüte Ordnung zu schaffen und ihre restlichen Sachen aufzuräumen. Da sie keine Zofe hatte, machte sie das Bett selbst und staubte die Möbel ab. Sie borgte sich sogar einen Besen aus, um den Boden zu fegen. Als alles zu ihrer Zufriedenheit erledigt war, erinnerte sie sich an den Sonnenschirm, den sie auf Deck liegengelassen hatte. Sie ging hinauf, aber sie fand ihn nirgendwo.

Als die Sonne im Meer versank, waren ihre Nerven zum Zerreißen gespannt. So sehr sie sich auch das Gehirn zermarterte, ihr fiel nichts ein, was ihr einen Aufschub hätte gewähren können. Sie schämte sich ein wenig wegen ihrer Feigheit, und sie war sich bewußt, daß das Ereignis früher oder später stattfinden mußte und daß ihre Angst wahrscheinlich nur noch größer wurde, je länger sie die Sache hinauszögerte. Aber das half ihr im Moment um keinen Deut weiter.

Als jemand an die Tür klopfte, hätte sie beinahe einen Schrei ausgestoßen. Aber sie gewann schnell die Fassung zurück, als ihr einfiel, daß Nathan sicher nicht anklopfen würde. Er hatte das Recht, hier aus und ein zu gehen, wie es ihm beliebte; es war seine Kajüte.

Sara stand auf und öffnete die Tür. Matthew stand vor ihr, und sie knickste artig, bevor sie ihn einlud, einzutreten. Er beantwortete die Aufforderung mit einem Kopfschütteln. »Eure Tante erwartet Euren Besuch«, verkündete er. »Ich lasse die Badewanne herbringen, während Ihr Euch in Noras Kajüte aufhaltet. Der Captain meint, daß Ihr vielleicht gern baden würdet, und hat uns befohlen, Wasser heiß zu machen. Ihr werdet während der Reise nicht oft in den Genuß eines heißen Bades kommen. Ihr solltet es genießen.«

»Das war sehr aufmerksam von Nathan«, entgegnete Sara.

»Es wird ihn freuen, daß Ihr so denkt«, meinte Matthew, nur um überhaupt etwas zu sagen. Er kam sich in Saras Gegenwart tolpatschig vor und empfand eine lächerliche Scheu, weil sie ihn behandelte, als ob er mit Nathan auf einer Stufe stünde. Zur Hölle, er war noch nie einer Frau begegnet, die einen Knicks vor ihm machte, und ihr bezauberndes Lächeln brachte ihn um den Rest seines Verstandes. Guter Gott, ihre hübsche Larve verhexte ihn noch genauso wie den Ochsen Jimbo.

Als sie vor Noras Tür angekommen waren, löste er sich allmählich aus seiner Erstarrung und brummte: »Überfordert sie nicht allzu sehr, Lady Sara.«

Sie nickte und wartete, daß Matthew die Tür für sie öffnete. Zunächst begriff er nicht, was sie von ihm wollte, als sie ihm ein Zeichen machte, aber dann riß er seltsam beflissen die Tür weit auf. Sara dankte ihm und betrat die Kajüte, während sich Matthew zurückzog.

»Matthew schien äußerst verwirrt zu sein«, stellte Nora fest.

»Das habe ich gar nicht bemerkt«, gab Sara zurück und lächelte ihre Tante an, während sie zu ihrem Bett eilte, um ihr einen Kuß auf die Wange zu drücken. Nora saß aufrecht, und jemand hatte ihr unzählige Kissen in den Rücken gestopft.

»Aber ich habe durchaus bemerkt, wie besorgt er um dich ist und wie du dich in seiner Gegenwart benimmst«, erklärte Sara. Sie schob einen Sessel neben das Bett, nahm Platz und strich die Falten in ihrem Kleid glatt. »Ich glaube, du hast einen sehr entschlossenen Beschützer.«

»Er ist ein gutaussehender Mann, nicht wahr? Und er hat ein gutes Herz. Im Wesen ähnelt er meinem Johnny sehr, obwohl er ganz anders aussieht.«

Saras Lächeln wurde breiter. »Du bist ein bißchen verliebt in Matthew, stimmt's?«

»Unsinn, Kind, ich bin viel zu alt, um mich zu verlieben.«

Sara ließ das Thema lieber fallen und fragte besorgt: »Geht es dir heute ein wenig besser, Nora?«

»Ja Liebes. Und wie fühlst du dich?«

»Sehr gut, danke.«

Nora schüttelte den Kopf. »Du siehst aber alles andere als gut aus«, erklärte sie. »Sara, du sitzt auf der Sesselkante, als ob du bei der kleinsten Kleinigkeit die Flucht ergreifen wolltest. Kümmert sich Nathan ausreichend um dich?«

Sara nickte langsam. »Ich war so in Sorge, Tante Nora, als ich hörte, wie schwer du verletzt bist, aber jetzt sehe ich, daß deine Genesung Fortschritte macht.«

»Wechsle nicht das Thema«, wies Nora sie zurecht. »Ich möchte mit dir über Nathan sprechen.«

»Aber ich möchte nicht über ihn sprechen.«

»Du wirst müssen.« Ihr heiterer Tonfall nahm der Bemerkung die Spitze. »Wie kommt ihr miteinander zurecht?«

Sara hob die Schultern und ließ sie langsam wieder sinken. »So gut, wie es zu erwarten war.«

Nora lächelte. »Hat er dich geküßt?«

»Nora, du solltest mir wirklich nicht so peinliche Fragen stellen.«

»Antworte mir!. Hat er es getan?«

Sara senkte den Blick, bevor sie antwortete. »Ja, er hat mich geküßt.«

»Gut.«

»Wenn du meinst.«

»Sara, ich weiß ganz genau, daß Nathan nicht so ist, wie du ihn dir immer vorgestellt hast, aber wenn du erst hinter seine grimmige Fassade sehen kannst, dann wirst du merken, daß er ein guter Mann ist.«

Sara war bemüht, das Gespräch nicht allzu ernst werden zu lassen. »Oh«, neckte sie ihre Tante. »Und woher weißt du so genau, wie ich ihn mir vorgestellt habe?«

»Selbst in den wildesten Träumen hättest du dir unmöglich ausmalen können, daß dein Mann so aussieht wie Nathan. Auf den ersten Blick ist er ein wenig … überwältigend, findest du nicht?«

»Ich weiß nicht«, flüsterte Sara.

»Natürlich weißt du das«, widersprach Nora. »Du bist in Ohnmacht gefallen, als du ihn das erste Mal zu Gesicht bekommen hast.«

»Ich war erschöpft, Nora«, verteidigte sie sich, und plötzlich brach es aus ihr heraus: »Nora, er möchte mit mir schlafen.«

Nora schien über diese Eröffnung nicht besonders erstaunt zu sein, und Sara fürchtete schon, daß sie ihre Tante in Verlegenheit gebracht haben könnte. Aber sie brauchte so dringend ihren Rat.

»Das beweist, daß er normal veranlagt ist«, erwiderte Nora trocken. »Hast du Angst, Sara?«

»Ein wenig. Ich weiß, daß es meine Pflicht ist, aber ich kenne ihn doch überhaupt nicht, und er hat nie um mich geworben.«

»Was bereitet dir solche Sorgen?«

Sara zuckte mit den Achseln.

»Glaubst du, daß er dir weh tut?«

Sara schüttelte den Kopf. »Das ist ja das Eigentümliche. Nathan sieht so grimmig aus, wenn er mich böse anfunkelt – das tut er übrigens die meiste Zeit –, aber ich spüre trotzdem, daß er mich nie verletzen würde. Und er sagt, daß er mir keine Angst einjagen möchte.«

»Gut.«

»Aber er will nicht warten, bis ich mich an den Gedanken, daß ich mein Bett mit ihm teilen muß, gewöhnt habe«, fuhr Sara fort.

Um Noras Mundwinkel spielte ein Lächeln. »Ich würde nicht sagen, daß er nicht warten will – er kann es wahrscheinlich gar nicht. Du bist sein Frau, und ich habe genau beobachtet, wie er dich am ersten Abend angesehen hat, Sara. Er begehrt dich.«

Sara lief feuerrot an. »Was geschieht, wenn ich ihn enttäusche?«

»Ich glaube nicht, daß du ihn enttäuschst«, versicherte Nora. »Er wird schon selbst dafür sorgen, daß du es nicht tust.«

»Wir müssen innerhalb eines Jahres ein Kind bekommen, wenn wir die Bedingungen des Vertrages erfüllen und die Vergünstigungen, die uns der König versprochen hat, haben wollen, und da Nathan warten mußte, weil ich nicht in England war, als er mich zu sich nehmen wollte … wußtest du, daß er angenommen hat, ich wäre vor ihm davongelaufen?« fragte Sara, und als sie das Stirnrunzeln ihrer Tante bemerkte, fügte sie erschrocken hinzu: »Bist du denn nicht froh, daß Nathan schon vorher versucht hat, mich zu holen?«

»Natürlich. Ich denke nur, daß dich deine Eltern einmal mehr betrogen haben.«

»Nora, du kannst doch nicht annehmen …«

»Sara«, schnitt Nora ihr das Wort ab. »Ich habe nie aufgehört, deiner Mutter zu schreiben, das solltest du wissen. Ich gestehe ihr ja zu, daß vielleicht ein oder zwei meiner Briefe verlorengegangen sein können, aber niemals sind alle sechs nicht angekommen. Nein, Liebes, sie hat dich angelogen, um dich aus England fortzuschaffen.«

»Mutter würde bei so etwas nie mitmachen!«

»Selbstverständlich würde sie«, erwiderte Nora traurig. »Meine arme Schwester hat Angst vor ihrem Mann. Schon immer hat sie ihn gefürchtet, und sie wird es auch in Zukunft tun. Wir beide wissen es, Sara, und es ist zwecklos, daß wir uns etwas vormachen. Hör auf zu träumen, Kind. Wenn Winston deiner Mutter aufträgt, jemanden zu täuschen, dann tut sie es. Aber wir wollten jetzt nicht über deine Eltern reden«, fügte Nora rasch hinzu, bevor Sara erneute Einwände erheben konnte. »Ich möchte dir eine Frage stellen.«

»Welche Frage?«

»Möchtest du mit Nathan verheiratet sein?«

»Es spielt doch gar keine Rolle, was ich möchte.«

»Möchtest du, oder möchtest du nicht?«

»Ich habe niemals auch nur daran gedacht, daß ich zu einem anderen gehören könnte«, entgegnete Sara zögernd. »Ich weiß nur nicht genau, was ich empfinde, Nora. Ich verabscheue die Vorstellung, daß er eine andere Frau haben könnte, aber das habe ich erst gemerkt, als er eine Anspielung auf eine mögliche Geliebte gemacht hat. Ich habe so heftig reagiert, daß ich mich selbst nicht mehr verstanden habe. Es ist alles so verwirrend.«

»Die Liebe macht einen immer konfus, Kind.«

»Ich rede doch nicht von Liebe«, protestierte Sara. »Das Schlimmste ist nur, daß ich von Kindesbeinen an dazu erzogen wurde, ihn als meinen Ehemann anzusehen.«

Nora schnaubte unfein. »Du bist dazu erzogen worden, ihn zu hassen. Sie wollten aus dir genau so eine kleine Bestie machen wie Belinda, aber sie hatten keinen Erfolg, wie? Du haßt Nathan ganz und gar nicht?«

»Nein, ich hasse überhaupt niemanden.«

»All die Jahre hast du ihn in deinem Herzen bewahrt und ihn im stillen verteidigt, Sara, genauso wie du deine Mutter immer verteidigt hast, wenn du konntest. Du hast dir zwar die ganzen Verleumdungen über Nathan angehört, aber sie haben deine Einstellung zu ihm nicht ändern können.«

»Sie waren überzeugt, daß ich ihn verabscheue«, gestand Sara. »Ich habe immer so getan, als wäre ich einer Meinung mit ihnen, damit sie mich in Ruhe lassen. Onkel Henry war der Schlimmste, aber jetzt kennt er die Wahrheit. Als ich ihm in dieser Spelunke gegenüberstand und deinen Ehering an seinem kleinen Finger sah, war ich so wütend. Ich habe ihm damit gedroht, daß ihm Nathan seine Sünden vergelten würde, und außerdem habe ich so getan, als würden Nathan und ich schon seit langem im besten Einvernehmen sein.«

»Das war vielleicht nicht einmal eine echte Lüge«, sagte Nora. »Ich glaube, daß Nathan sogar Rache üben würde, wenn jemand Hand an *mich* legt. Und weißt du auch, warum er das tun würde?«

»Weil er dich für eine liebe und aufrichtige Frau hält«, mutmaßte Sara.

Nora verdrehte die Augen. »Nein, Liebes, ich bezweifle, daß er dergleichen überhaupt bemerken würde. Er gibt nur acht auf mich, weil er weiß, wie sehr du an mir hängst. Nathan gehört zu der Sorte von Männern, die alle Menschen, die zu ihnen gehören, beschützen.«

»Aber, Nora …«

»Ich möchte dir nur klarmachen, daß er alles tun würde, um dich vor Schaden zu bewahren.«

»Du bist eine Träumerin, Nora.«

Das Gespräch wurde jäh unterbrochen, als Matthew die Kajüte betrat. Er schenkte Nora ein breites Lächeln und wedelte mit der Hand. »Ihr solltet Euch jetzt ausruhen«, sagte er.

Sara gab ihrer Tante einen Gutenachtkuß und ging zu ihrer Kajüte, in der schon die Badewanne bereit stand. Sie räkelte sich in der Wanne, bis das Wasser kalt wurde, dann zog sie ihr weißes Nachthemd und den dazu passenden Morgenrock an und setzte sich aufs Bett, um sich das Haar zu bürsten. So fand Nathan sie vor, als er in die Kajüte kam.

Zwei jüngere Männer folgten ihm; sie nickten Sara zu, bevor sie die Badewanne hochhoben und wegbrachten. Sara hielt sich schamhaft den Morgenrock zu, bis sie den Raum verlassen hatten und fuhr dann fort, sich mit ihrem Haar zu beschäftigen.

Nathan schloß die Tür und verriegelte sie. Er sprach kein einziges Wort, und das war auch nicht nötig. Ein Blick in sein Gesicht sagte Sara alles, was sie wissen mußte. Dieser Mann war wild entschlossen und bestimmt nicht mehr bereit, ihr irgendwelche Vergünstigungen zuzugestehen. Als sie begriff, daß ihr nun kein Aufschub mehr gewährt würde, überfiel sie ein unkontrollierbares Zittern.

Nathan hatte offensichtlich auch gebadet, sein Haar war noch naß und klebte an seinem Nacken. Sara starrte seinen bloßen Oberkörper an, während sie weiterhin die Bürste durch ihre Locken zog und angestrengt nachdachte, worüber sie in Gottes Namen sprechen könnte, um die Spannung in ihrem Inneren ein wenig zu lösen.

Nathan hielt den Blick auf sie geheftet, während er einen Sessel zurechtrückte und Platz nahm, um sich langsam die Stiefel und Strümpfe auszuziehen. Als er aufstand, um die Hose aufzuknöpfen, schloß Sara die Augen.

Er lächelte über ihre Verlegenheit, die ihn jedoch keineswegs davon abhielt, das zu tun, was er sich vorgenommen hatte. Er streifte die restlichen Kleidungsstücke ab und warf sie auf den Sessel.

»Sara?«

Sie hielt die Augen fest geschlossen, als sie antwortete: »Ja, Nathan?«

»Zieh dich aus«, sagte er so sanft, wie es ihm möglich war, um ihr die Angst ein wenig zu nehmen.Für ihn bestand kein Zweifel daran, daß sie sich ängstigte. Sie zerrte die Haarbürste so vehement durch ihre Strähnen, als ob sie es darauf anlegen würde, höllische Kopfschmerzen zu bekommen, und wenn sie nicht damit aufhörte, so fürchtete er, würde sie sich noch selbst einen Schlag versetzen, der sie bewußtlos zu Boden schickte.

Sein weicher Tonfall besänftigte sie ganz und gar nicht. »Über dieses Thema haben wir schon ausführlich diskutiert, Nathan«, sagte sie, während die Bürste gegen ihre Schläfe prallte. »Ich habe dir gesagt, daß ich meine Kleider anbehalte.«

Sie versuchte, ihre Stimme hart und entschlossen klingen zu lassen – der Erfolg war kläglich, und sie erschrak selbst über das Beben in ihrem heiseren Flüstern.

»Also gut«, seufzte Nathan.

Seine Zustimmung beruhigte sie ein wenig, und sie hörte auf, ihr Haar zu traktieren. Sie war nicht in der Lage, ihn anzusehen, als sie aufstand und einen weiten Bogen um ihn machte, um den Raum zu durchqueren. Nachdem sie die Bürste weggelegt hatte, holte sie tief Luft und drehte sich um. Sie hatte sich fest vorgenommen, ihm nicht zu zeigen, daß seine Nacktheit sie in Verlegenheit brachte. Sie war eine Frau, rief sie sich ins Gedächtnis, und kein unschuldiges dummes Ding.

Das Problem war nur, daß sie tatsächlich so unschuldig war, wie man nur sein konnte. Sie hatte in ihrem ganzen Leben noch nie einen nackten Mann zu Gesicht bekommen. Grundgütiger Himmel, machte er sie nervös! Ich bin jetzt eine Ehefrau und kein Kind mehr, machte sie sich erneut Mut, und es gibt absolut keinen Grund, befangen zu sein. Sie riskierte einen kurzen Blick auf ihren Mann, und alle Vorsätze, die Sache gelassen hinzunehmen, zerrannen im Nu. Nathan hantierte an der Luke in der Decke herum, um sie zu schließen, und hatte sich halb von ihr abgewendet, aber sie konnte genug von seiner Anatomie erkennen, um das Atmen zu vergessen.

Dieser Mann bestand überhaupt nur aus bronzefarbenen Muskeln und Stahl. In diesem Moment erkannte sie, daß sein Hinterteil so sonnengebräunt war wie der Rest seines Körpers, und sie überlegte, wie er das wohl zuwege gebracht haben könnte. Sie hätte ihn natürlich nie danach gefragt, obwohl es sie wirklich interessierte. Vielleicht, wenn sie zwanzig oder dreißig Jahre verheiratet waren, konnte sie es wagen, dieses Thema anzuschneiden. Und möglicherweise war sie dann sogar in der Lage, darüber zu lachen, daß sie vor dieser Nacht so viel Pein durchlitten hatte.

Im Augenblick allerdings war ihr gar nicht zum Lachen zumute. Sie beobachtete, wie Nathan eine Kerze anzündete und das weiche Licht seine Haut vergoldete. Sie war erleichtert, daß er ihr den Rücken zukehrte.

Würde er ihr die Gelegenheit geben, sich an diese enorme Größe zu gewöhnen? Wie sollte das überhaupt funktionieren? fragte sie sich erschrocken. Der Mann war ja so groß wie ein Baum!

Sara stöhnte leise, als sie sich klarwurde, wie kindisch sie sich verhielt, und sie nahm sich wieder vor, ihm auf keinen Fall zu zeigen, wie verängstigt sie war. Sie wandte ihr Gesicht ab, so daß er nicht sehen konnte, wie ihr die Hitze in die Wangen stieg, und fragte: »Gehen wir jetzt zu Bett?«

Sie war sehr zufrieden mit sich, weil sie diese Frage in einem ausgesprochenen weltgewandten Tonfall gestellt hatte.

Nathan war ganz anderer Meinung. Er fand, daß ihre Stimme klang, als ob sie ein Pfund Nägel verschluckt hätte, so verzweifelt schien sie bemüht, ihre Angst zu überwinden. Die Frage allerdings war, wie sie das bewerkstelligen wollte. Er stöhnte und drehte sich ihr zu, um sie in die Arme zu nehmen. Sie war kurz davor, die Flucht zu ergreifen, aber er bekam ihre Schulter zu fassen und hielt sie fest.

Als sie ihn ansah, lächelte er. Sara war wie versteinert und starrte ihm, ohne mit der Wimper zu zucken, in die Augen. Nathan war sicher, daß sie ihren Blick nicht einmal dann gesenkt hätte, wenn eine Schlange über ihre Füße gekrochen wäre.

»Bist du so aufgeregt, weil ich nackt bin?« fragte er, entschlossen, das Problem direkt anzupacken.

»Was bringt dich auf diesen Gedanken?«

Seine Hand wanderte zu ihrem Hals, und er fühlte, wie ihr Puls unter seinen Fingerspitzen flatterte. »Du magst es doch, wenn ich dich küsse, Sara?«

»Ja«, gestand Sara ein. »Das gefällt mir.«

Sie bemerkte seinen selbstgefälligen Blick und fügte, um ihn gleich von vorneherein zu warnen, hinzu: »Aber ich bin sicher, daß ich die anderen Dinge widerwärtig finde.«

Ihm schien ihre Offenheit gar nichts auszumachen. Er neigte den Kopf und drückte ihr einen Kuß auf die Stirn und dann auf die Nasenspitze. Seine Lippen strichen nur einen flüchtigen Augenblick über die ihren.

»Ich finde alles schön«, murmelte er mit rauher Stimme.

Auf dieses Eingeständnis hatte sie keine passende Erwiderung parat, deshalb hielt sie den Mund – im wahrsten Sinne des Wortes. Sie preßte ihre Lippen fester zusammen, als sein Mund sie bedeckte.

Sie war so leidenschaftlich wie eine Statue, aber das schreckte Nathan keineswegs ab. Er seufzte und verstärkte langsam den Griff an ihrem Nacken. Als sie den Schmerz kaum mehr ertragen konnte, öffnete sie den Mund, um ihn zurechtzuweisen, aber sie vergaß ihr Vorhaben im Nu, als seine Zunge die ihre berührte.

Das Eis in ihrem Inneren begann zu schmelzen, und Nathan lockerte den Griff. Sein Daumen kreiste träge über die Haut an ihrem Hals. Nathan hatte alle Mühe, sich zurückzuhalten, als Sara näher zu ihm rückte und die Arme um seinen Hals legte.

Ihre leisen Seufzer des Entzückens mischten sich mit seinem begehrlichen Stöhnen, und Nathan setzte seine behutsame Attacke fort. Der Kuß dauerte lange und war alles andere als unschuldig. Sein Mund glitt immer wieder hungrig über ihre Lippen, und seine Zunge schürte eine seltsame Glut in ihr.

Der Kuß schien endlos lange zu dauern, und Sara, die unerfahren in solchen Dingen und deshalb hilflos war, gab ihre Scheu ebenso rasch auf wie ihren Widerstand. Nathan gelang es mit Mühe, sein eigenes Begehren zu bezähmen, aber als ihre Finger durch sein noch feuchtes Haar fuhren und er die federleichte Berührung in seinem Nacken spürte, drohte ihn das Feuer, das in ihm tobte, zu ersticken.

Er vergaß alle Behutsamkeit – er hatte ihre Schranken durchbrochen, und das machte ihn ungeduldig. Sara protestierte mit einem leisen Stöhnen, als er ihre Hände umfaßte und sich aus ihrer Umarmung löste, obwohl sein Mund nicht aufhörte, sie zu liebkosen – aber das war nicht genug. Sie wollte ihm so nahe wie möglich sein und von seiner Wärme eingehüllt werden. Er hielt ihre Hände jedoch mit seiner Linken fest und bewegte seine Rechte über ihren Morgenmantel. Sie verstand überhaupt nicht, was er von ihr wollte, aber sie war nicht mehr in der Lage, auch nur einen Gedanken auf dieses Problem zu verschwenden – sein Mund und die wundervollen Dinge, die er tat, beschäftigten sie viel zu sehr, und diese seltsamen Gefühle, die sie zu überwältigen drohten, blockierten ihr Denkvermögen.

»Jetzt kannst du die Arme wieder um mich legen«, flüsterte Nathan, nachdem er den Kuß beendet hatte. Er betrachtete lächelnd ihr Gesicht. Du lieber Himmel, sie war so ohne Falschheit, und ihre verzückte Miene verbarg nichts von ihrer Leidenschaft und ihrer Verwirrung. Nathan war nie einer Frau begegnet, die so offen und hingebungsvoll war.

Er erschrak ein wenig, als ihm bewußt wurde, wie verzweifelt er sich wünschte, ihr Freude zu bereiten, und gleichzeitig vermittelte ihm ihr offenkundiges Vertrauen das Gefühl, daß er die ganze Welt erobern könnte.

Aber zunächst einmal mußte er sie erobern. »Hab keine Angst«, raunte er mit tief heiserer Stimme und strich mit dem Handrücken über ihre Wange. Ein Lächeln huschte über seine Lippen, als sie ihr Gesicht instinktiv so drehte, daß er mit der Liebkosung fortfahren konnte.

»Ich versuche ja, keine Angst zu haben«, flüsterte sie zurück. »Alles ist ein bißchen leichter, seit ich weiß, daß du auf meine Gefühle Rücksicht nimmst.«

»Wann bist du denn zu dieser Auffassung gelangt?« fragte er und wunderte sich, daß ihre Augen plötzlich aufblitzten. Irgend etwas schien sie zu erheitern.

Nathan seufzte ausgiebig, dann entschied er, daß jetzt nicht der richtige Zeitpunkt war, um ihr zu offenbaren, daß sie seit einigen Minuten nackt war. Das würde sie ohnehin früh genug herausfinden.

»Ich bin nicht sehr geduldig, Sara, besonders nicht, wenn ich etwas so sehr will wie dich.«

Er legte den Arm um ihre Taille und zog sie an sich. Haut berührte Haut, und Saras Augen wurden kugelrund, aber bevor sie sich darüber klarwerden konnte, ob sie das Gefühl mochte oder nicht, nahm sein Mund ihre Lippen in Besitz.

Seine Küsse waren wirklich atemberaubend, und Sara machte es ihm leicht. Ihre Zunge spielte mit der seinen, und Nathan ächzte. Sie vermutete, daß dieser Laut Wohlbehagen bekundete, und wurde mutiger.

Der Kuß war wild und leidenschaftlich, und als Nathan hörte, daß Sara leise wimmerte, wußte er, daß er sein Ziel erreichen würde. Guter Gott, dieses leise Stöhnen, das ihm zeigte, daß sie für ihn bereit war, bereitete ihm fast körperliche Schmerzen, und seine Ungeduld war kaum mehr zu zügeln.

Sie klammerte sich an seine Schultern, und ihr seidenweicher Busen strich sanft über seine Brust. Er hob sie hoch, drückte ihr Becken an seine Männlichkeit und erstickte ihr Keuchen mit einem weiteren langen Kuß.

Sara schwanden alle Sinne – die Empfindungen, die sie wie eine Sturmflut überschwemmten, waren so überwältigend, daß sie alle Bedenken vergaß. Natürlich wußte sie, daß er sie ausgezogen hatte, und eigentlich hätte sie ihn tadeln müssen, weil er sein Versprechen gebrochen und ihre Schwäche ausgenutzt hatte. Aber das alles war jetzt unwichtig.

Sara hatte keine Ahnung, wie sie zum Bett gekommen war,

und Nathan riß die Überdecke zur Seite und küßte sie immer weiter, während er sie behutsam auf die Laken legte. Er ließ ihr keine Zeit, ihre Blößen zu bedecken und legte sich auf sie. Seine angenehme Wärme hüllte sie von Kopf bis Fuß ein …

Es war zuviel – zu früh. Sara fühlte sich wie in einer Falle, und ihr wurde bewußt, daß sie auf Gedeih und Verderb ausgeliefert war. Sie wünschte sich verzweifelt, daß sich ihre Angst verflüchtigen würde und daß sie ihn nicht enttäuschte.

Der Nebel der Leidenschaft, der sie bis jetzt eingehüllt hatte, lichtete sich im nächsten Augenblick. Sie wollte es nicht tun.

Aber sie mochte seine Küsse – lieber Himmel, sie hatte schreckliche Angst.

Sie preßte die Lippen zusammen, um den Schrei, der sich in ihrer Kehle bildete, zurückzuhalten.

Sein Knie schoben sich zwischen ihre Knie, um sie ein wenig zu spreizen, aber diese Vertraulichkeit wollte sie ihm auf gar keinen Fall gestatten. Sie wand sich und stemmte ihre Hände gegen seine Schultern, und sofort gab er seine Versuche auf, stützte sich auf die Ellbogen und knabberte sanft an ihrem Hals. Oh, das mochte sie. Sein Atem strich warm und leicht über ihr Ohr, und sie bebte. Leise flüsterte er, daß sie ihm grenzenlose Freude bereitete und wie sehr er sie begehrte. Er gestand ihr, daß ihn ihre Schönheit überwältigte, und als er endete, war er sicher, daß sie sich nicht mehr wehren würde.

Er irrte sich. Sobald er von neuem versuchte, ihre Schenkel ein wenig zu öffnen, wurde sie stocksteif. Er knirschte mit den Zähnen vor Enttäuschung.

Ihre zarte Haut, die er an seiner spürte, brachte ihn an den Rand des Wahnsinns, und er hatte die größte Mühe, seine Beherrschung nicht zu verlieren. Aber sie war noch nicht bereit. Jedesmal, wenn er die Hand ausstreckte, um ihre Brust zu berühren, wurde sie starr, und allmählich verwandelte sich sein Begehren in eine Qual.

Es konnte nur noch ein paar Minuten dauern, bis er die Kontrolle über sich verlor, und er wollte ihr keine Schmerzen bereiten. Er wünschte sich verzweifelt, in sie dringen zu können, aber sie mußte ihn bereitwillig aufnehmen.

Sara war alles andere als bereitwillig. Sie stemmte ihre Hände gegen seine Brust in dem Bemühen, ihn von sich zu stoßen.

Widerwillig beschloß er, ihr ein wenig Ruhe zu gönnen, und rollte sich auf die Seite. Er mußte ein bißchen Abstand zwischen sie und sich bringen, um nicht vollkommen die Beherrschung zu verlieren und gewaltsam in sie zu dringen.

In einigen Minuten hatte er bestimmt wieder Gewalt über seine Empfindungen, dachte er. Und wenn sich sein Herzschlag beruhigt hatte, wenn das Atmen nicht mehr so weh tat und sich der stechende Schmerz in seinen Lenden gelegt hatte, dann würde er einen neuen Versuch wagen.

Einem Mädchen die Unschuld zu rauben war eine verdammt harte Arbeit, dachte er, und da er keinerlei Erfahrung hatte, wie man eine Frau umwarb oder wie man mit einer Jungfrau umging, fühlte er sich einfach überfordert.

Wenn er als alter Mann an diese qualvolle Nacht zurückdenken würde, könnte er vielleicht darüber lachen, aber im Moment war er beileibe nicht in heiterer Stimmung. Am liebsten hätte er seine Braut gepackt und geschüttelt, bis ihr Verstand normal funktionierte, während er sich zur gleichen Zeit wünschte, daß sie sich nicht vor ihm fürchtete.

Sara zitterte am ganzen Leib. Sobald Nathan von ihr abgerückt war, hatte sie sich befreit gefühlt, und jetzt sehnte sie sich auf einmal wieder nach seinen Küssen.

Als sie Nathans Miene gewahrte, erschrak sie zu Tode. Er sah aus, als ob er Lust hätte, sie anzubrüllen. Sie atmete tief durch und drehte sich so, daß sie ihn direkt ansehen konnte. »Nathan?«

Er antwortete nicht. Er hatte die Augen geschlossen und preßte die Kiefer fest zusammen.

»Du bist mir doch nicht böse?«

»Nein.«

Sie glaubte ihm nicht, trotzdem streckte sie die Hand aus, um seine Brust zu berühren.

Er zuckte zurück, als ob ihre Finger glühende Eisen wären. »Möchtest du es nicht mehr tun?« fragte sie. »Begehrst du mich nicht mehr?«

Sie nicht mehr begehren? Am liebsten hätte er ihre Hand gepackt und ihr gezeigt, wie sehr er sie begehrte. Aber er tat es nicht, das hätte ihr bestimmt Todesängste eingejagt.

»Sara, laß mir eine Minute Zeit«, bat er mit abgehackter Stimme. »Ich fürchte …« Er beendete seine Erklärung nicht, weil er ihr hätte sagen müssen, daß er sie nicht berühren konnte, ohne sie sofort zu nehmen. Diese Eröffnung hätte sie nur noch mehr in Alarmbereitshaft versetzt, deshalb schwieg er lieber.

»Du brauchst dich nicht zu fürchten«, wisperte sie.

Er konnte nicht glauben, was er da hörte. Er öffnete die Augen. Sie konnte doch nicht im Ernst annehmen … der mitleidige Glanz in ihren Augen sagte ihm, daß sie tatsächlich meinte, er hätte Angst.

»Um Gottes Willen, Sara, ich habe keine Angst.«

Ihre Fingerspitzen wanderten leicht über seine Brust, und er hielt ihre Hand fest, bevor sie seinen Bauch erreichte. »Hör auf damit«, befahl er.

»Du hast doch Erfahrung mit Frauen, oder nicht?«

Seine Antwort war ein Grunzen.

Sie lächelte. »Du magst es doch, wenn ich dich küsse, Nathan?«

Großer Gott, diese Frage hatte er ihr vor kaum einer Viertelstunde gestellt, als er ihr die Angst nehmen wollte! Er hätte Tränen gelacht, wenn die Qual in diesem Augenblick auch nur ein wenig erträglicher gewesen wäre. Diese Frau behandelte ihn so, als ob er die Jungfrau wäre …

Gerade als er beginnen wollte, ihr den Kopf zurechtzusetzen, rutschte sie ein wenig näher zu ihm. »Magst du es?« beharrte sie.

»Ja, natürlich.«

»Dann küß mich, bitte.«

»Sara, küssen ist nicht das einzige, was ich tun möchte. Ich möchte dich berühren … überall.«

Er erwartete, daß sie sich wieder von ihm zurückzog. Zum Teufel, er wünschte, er könnte Geduld für diese Torheiten aufbringen. Seine Nerven lagen bloß, und er konnte an nichts anderes denken als daran, wie sie sich anfühlen würde, wenn er sie in Besitz nahm.

Er rührte sich nicht von der Stelle, und auch sie blieb reglos liegen. Sie sahen sich lange in die Augen, und Nathan war neugierig, was sie wohl als nächstes tun würde, während sie darauf wartete, daß er sein Werk vollendete.

Es dauerte nicht lange, bis Sara unruhig wurde. Er strich ganz leicht über ihre Brust, und diese Berührung zauberte flatternde Schmetterlinge in ihren Bauch und machte sie mutiger. Sie streichelte mit ihren Zehen seine Beine und beugte sich langsam vor.

»Ich hasse es, wie in einer Falle gefangen zu sein«, flüsterte sie zwischen ihren federleichten Küssen. »Aber jetzt fühle ich mich frei,Nathan. Bitte hör jetzt nicht auf. Für mich ist das alles zu neu – wirklich.«

Sie stöhnte und küßte ihn so, wie sie sich wünschte, von ihm geküßt zu werden. Nathan erwiderte ihren Kuß mit wilder Leidenschaft und hielt nicht einmal inne, als sie auf den Rücken rollte und ihn über sich ziehen wollte. Nathan widerstand ihrer Forderung und drückte einen Kuß in das Tal zwischen ihren Brüsten. Seine Lippen umspielten zuerst die eine, dann die andere Brustspitze, bis sie hart wurden. als Sara dem süßen Ansturm nicht länger standhalten konnte, griff sie in sein Haar und zog ihn fester an sich.

Sie fühlte sich, als ob glühende Lava durch ihre Adern fließen würde, als er ihre Brustspitze in den Mund nahm und sanft daran saugte. Sie wölbte sich ihm in dem Verlangen nach mehr entgegen.

Ein heißer Knoten bildete sich in ihrer Magengrube, und sie murmelte: »Nathan, bitte.« Sie wußte nicht einmal, worum sie ihn bitten wollte, sie wußte nur, daß er diese wundervollen Gefühle in ihr hervorrief.

Er wandte sich der anderen Brust zu, während er seine Hand

zwischen ihre Schenkel gleiten ließ. Sie drängte sich noch näher an ihn und keuchte.

Nathan stützte sich auf einen Ellenbogen, um ihre Miene zu ergründen, aber sie versteckte ihr Gesicht unter seiner Achsel.

»Ich mag es, wie du reagierst«, flüsterte er. »Hast du es gern, wenn ich dich berühre?«

Er kannte die Antwort schon. Er konnte fühlen, wie bereit sie war. Er rieb ihre geheimste Stelle, bis sie feucht wurde, dann drang er vorsichtig mit einem Finger ein.

Sie strich über seinen Rücken und grub ihre Fingernägel in sein Gesäß. »Nathan«, flüsterte sie. »Mach das nicht. Es tut weh. O Gott, nein, bitte hör nicht auf.«

Nathan verstand kaum, was sie sagte, weil er vor Sehnsucht nach ihr fast verging.

Er erstickte ihren halbherzigen Protest und ihre Widersprüche mit einem Kuß und glitt über sie. Sie unternahm keinen Versuch mehr, ihre Beine zusammenzupressen – im Gegenteil, sie drängte sich ihm entgegen und genoß es – seine Härte an ihren Schenkeln zu spüren.

Nathan wickelte eine ihrer Haarsträhnen um seine Hand, um ihren Kopf für einen weiteren Kuß ruhig zu halten. Guter Gott, er würde noch verrückt, wenn sie nicht aufhörte, ihr Becken an seiner Härte zu reiben. Er konnte nicht mehr behutsam vorgehen, und sie wollte das auch gar nicht. Ihre Nägel gruben sich immer tiefer in sein Fleisch, und sie stieß kleine Seufzer des Entzückens aus, und er kannte nichts, was ihm mehr Freude bereitet hätte.

Er drang langsam in sie ein und hielt inne, als er die dünne Barriere spürte, und hob den Kopf, um ihr in die Augen sehen zu könne.

»Leg deine Beine um meine Hüften«, bat er mit rauher Stimme.

Als sie gehorchte, brummte er zufrieden und zögerte erneut, weiter vorzudringen.

»Sieh mich an, Sara.«

Sie öffnete die Augen und hielt seinem Blick stand.

»Du gehörst jetzt zu mir – für immer.«

Ihre Augen waren trüb vor Erregung, und sie hob die Hände, um sie auf seine Wangen zu legen.

»Ich habe immer zu dir gehört, Nathan. Immer.«

Sein Mund senkte sich auf den ihren, während er mit einer raschen Bewegung in sie stieß. Er wollte ihr den Schmerz, den sie empfinden mußte, so leicht wie möglich machen.

»Pst, Liebes«, flüsterte er, als sie einen Schrei ausstoßen wollte. Ihre enge Hitze umschloß ihn, und er murmelte: »Gütiger Himmel, das ist wundervoll.«

»Nein, es ist überhaupt nicht wundervoll«, rief sie und versuchte, sich zu winden, um die Qual zu lindern, aber er hielt ihre Schenkel fest und machte jede Bewegung unmöglich.

»Gleich fühlt es sich besser an«, sagte er atemlos. Sein Kopf lag auf ihrer Schulter, und er knabberte an ihrer Haut und liebkoste sie mit der Zunge. Diese zarte Berührung ließ sie alle Pein vergessen.

»Stoß mich nicht von dir, Sara. Jetzt höre ich nicht auf. Ich kann es nicht mehr«, sagte er mit harscher Stimme.

Seine Zunge spielte mit ihrem Ohrläppchen. Sie rührte sich nicht mehr und wimmerte leise vor Entzücken.

»Der Schmerz hält nicht lange an«, raunte er. »Ich verspreche es dir.«

Sie traute seiner Zärtlichkeit mehr als seinem Versprechen, trotzdem hoffte sie, daß er recht hatte. Es tat noch immer weh, aber nach einer Minute ließ das Brennen nach. Als er sich bewegte, brandete der Schmerz sofort wieder hoch.

»Wenn du stillhältst, tut es nicht so weh«, erklärte sie leise.

Er brummte ungehalten.

»Ist alles in Ordnung, Nathan?«

»Ja«, log er, um sie zu beschwichtigen. Sie war so ahnungslos, daß sie nicht wissen konnte, wie verzweifelt er sich danach sehnte, sich zu bewegen. »Ich halte ganz still.«

Ihre Hände fuhren durch sein Haar und strichen über seinen Nacken. Die Hitze, die sein Inneres verbrannte, war unerträglich, und er litt Höllenqualen, weil er sich zurückhalten mußte.

Sie konnte nicht aufhören, seine Haut zu streicheln. »Nathan, küß mich.«

Er zog sich ein wenig zurück, um ihre Lippen mit den seinen zu bedecken und stieß dann langsam wieder vor.

»Du hast dich bewegt!« schrie sie.

Statt einer Erklärung küßte er sie. Als er wieder versuchte, zurückzugleiten, bohrte sie ihre Fingernägel tief in seine harten Schenkel, um ihn festzuhalten. Er ignorierte ihren Protest und schürte die Hitze in ihr. Seine Hand glitt zwischen ihre verschlungenen Körper, und sein Daumen rieb ihre empfindlichste Stelle, bis sie in einer Flutwelle der Leidenschaft ertrank.

Ihr Kopf fiel auf die Kissen, während ihre Hände von ihm abließen. Sie drängte ihm ihre Hüfte entgegen und begann instinktiv, sich im gleichen Rhythmus wie er zu bewegen.

Nathan beantwortete ihr Begehren mit kräftigen Stößen, und sie verloren sich in einem uralten Ritual.

Beide strebten dem Höhepunkt entgegen, und Nathan konnte einen Schrei nicht unterdrücken, als er sich in sie ergoß.

Sein Kopf sank auf ihre Schulter, und er fühlte, daß Sara kurz vor der Erfüllung stand. Er stieß immer wieder zu, bis er spürte, daß ihre Muskeln unkontrollierbar zuckten.

Sie schrie … seinen Namen.

Seine Ohren dröhnte, und er sank über ihr zusammen und unterdrückte mit seinem Gewicht ihr Zittern.

Sie blieben lange reglos liegen. Nathan war zu befriedigt, um sich zu rühren, und Sara war zu erschöpft.

Guter Gott, sie hatte sich ihm wirklich ohne Bedenken hingegeben, und es hatte ihr so sehr gefallen, daß sie nicht einmal gemerkt hatte, wie sie die Kontrolle über sich verloren hatte. Es war umwerfend gewesen. Warum in Gottes Namen hatte ihr nie jemand erzählt, wie wundervoll die Liebe sein konnte?

Nathans Herz schlug im gleichen Rhythmus wie das ihre, und sie seufzte glücklich. Jetzt war sie unwiderruflich seine Frau.

»Du kannst mich jetzt nicht mehr Braut nennen«, flüsterte sie an seinem Nacken und berührte seine Haut mit der Zungenspitze. Er schmeckte salzig und männlich – und wunderbar.

»Bin ich dir zu schwer?« fragte er schläfrig.

Als sie ihm gestand, daß er tatsächlich zu schwer war, rollte er sofort auf den Rücken.

Sie war ganz und gar nicht erfreut, daß er so weit von ihr weg war. Sie wünschte sich, daß er sie in seinen Armen hielt und ihr sagte, was für eine wundervolle Frau sie war. Außerdem wollte sie wieder seine Küsse spüren.

Ihre Wünsche blieben unerfüllt. Nathan schloß die Augen, und nach kurzer Zeit sah er aus, als ob er in tiefen Schlaf versunken wäre.

Sie hatte keine Ahnung, welchen erbitterten Kampf Nathan genau in diesem Augenblick in seinem Inneren ausfocht. Er versuchte verzweifelt zu verstehen, was mit ihm geschehen war. Nie zuvor hatte er so vollkommen die Kontrolle über sich verloren. Sie mußte ihn verhext haben. Er war so durcheinander und fühlte sich so verdammt verletzlich, daß er glaubte, durch die Hölle zu gehen.

Sara drehte sich zur Seite. »Nathan?« wisperte sie leise.

»Was ist?«

»Küß mich noch einmal.«

»Schlaf jetzt.«

»Dann gib mir bitte einen Gutenachtkuß.«

»Nein.«

»Warum nicht?«

»Ich möchte dich nicht noch einmal küssen, weil du zu zart und verwundbar bist«, erklärte er und starrte unverwandt an die Decke.

Sie setze sich auf ihn und spürte ein unbekanntes Unbehagen zwischen ihren Schenkeln. Er hatte recht, offenbar war sie wirklich sehr verwundbar. Aber das war ihr im Moment vollkommen gleichgültig. Das einzige, was sie wollte, war ein Kuß.

»Du selbst hast mich so verwundbar gemacht«, eröffnete sie ihm und stieß seine Schulter an. »Darf ich dich daran erinnern, daß ich dich ausdrücklich gebeten habe, dich nicht zu bewegen.«

»Du hast dich zuerst bewegt, Sara. Das wirst du bestimmt noch wissen«, grollte er.

Eine intensive Röte überzog ihre Wangen, aber sie faßte sich dennoch ein Herz. Er hatte seine Behauptung nicht allzu überzeugend ausgesprochen. Sie schmiegte sich an ihn und wünschte, er würde den Arm um sie legen. »Nathan, ist es nicht wichtiger, nachher genauso zärtlich zu sein wie während der … Sache?«

Worüber sprach sie überhaupt? »Schlaf jetzt«, forderte er sie zum zweitenmal auf. Er zog die Decke über sie beide und schloß wieder die Augen.

Sara legte den Arm auf seinen Oberkörper. Sie war müde und enttäuscht, und genau das sagte sie ihm auch.

Nathan lachte. »Sara, ich weiß, daß du gekommen bist.«

»Das meine ich doch gar nicht«, flüsterte sie und wartete darauf, daß er sie um eine Erklärung bat. Als er eisern schwieg, setzte sie von neuem an:

»Nathan?«

»Zur Hölle, was ist jetzt wieder?«

»Bitte sprich nicht in diesem Ton mit mir.«

»Sara …«, begann er warnend.

Aber sie fiel ihm ins Wort. »Wenn du mit anderen Frauen zusammen warst … was hast du dann … danach gemacht?«

Worauf, in Gottes Namen, wollte sie hinaus? »Ich bin gegangen.« erwiderte er knapp.

»Läßt du mich auch allein?«

»Sara, dies ist mein Bett, und jetzt schlaf.«

Jetzt riß ihr der Geduldsfaden. »Nicht bevor ich dir genau erklärt habe, was sich gehört«, entgegnete sie heftig. »Wenn ein Mann … diese Sache zu Ende gebracht hat, dann muß er seiner Frau sagen, wie wundervoll sie ist – und außerdem hält er sie in seinen Armen, bis sie eingeschlafen ist – und länger.«

Er konnte ein Lächeln nicht unterdrücken. Sie erzählte die verrücktesten Dinge und klang dabei wie ein Feldwebel.

»Diese Sache nennt man Sich-Lieben, Sara, und woher willst du so genau wissen, was sich gehört? Kannst du dich noch erinnern, daß du vor kaum einer Stunde noch vollkommen unschuldig warst?«

»Ich weiß es eben einfach«, versetzte sie.

»Sara?«

»Ja?«

»Schrei mich nie wieder an.«

Er warf ihr einen Blick zu. Zum Teufel, sie sah aus, als ob sie gleich weinen würde, und er war ganz und gar nicht in der Verfassung, Tränen zu sehen. Gott, sie war so empfindlich … und wunderschön. Ihr Mund schimmerte verlockend rosig und war von seinen Küssen ein wenig geschwollen.

Er streckte die Hände nach ihr aus und zog sie in seine Arme. Nachdem er ihren Kopf auf seine Schulter gebettet und ihr einen Kuß auf den Scheitel gedrückt hatte, murmelte er: »Du bist eine wundervolle Frau. Und jetzt schlaf.«

Das hatte nun wirklich nicht so geklungen, als ob er es ehrlich gemeint hätte, aber darüber machte sie sich im Moment keine Gedanken. Er hielt sie fest und strich ihr über den Rücken. Sie war stolz auf ihren kleinen Erfolg, schmiegte sich an ihn und schloß die Augen.

Sie hatte den Kopf unter sein Kinn geschoben und schien endlich eingeschlafen zu sein. Jedesmal wenn Nathan die Erinnerung an das Liebeserlebnis mit ihr quälte, dachte er schnell an etwas anderes. Er war nicht bereit, seine Gefühle die Oberhand gewinnen zu lassen, und außerdem war er zu selbstbeherrscht, als daß er einer Frau erlaubt hätte, ihm nahe zu sein.

Kurz bevor er einschlief, hörte er, wie sie seinen Namen flüsterte. Er drückte sie ein wenig, um ihr klarzumachen, daß sie schweigen sollte, aber sie wiederholte seinen Namen.

»Ja?« fragte er und gähnte absichtlich laut.

»Weißt du, wie man dieses Sich-Festhalten und Aneinander-Schmiegen nennt?«

Sie würde ihn bestimmt nicht in Ruhe lassen, bis sie ihm

dargelegt hatte, woran sie dachte. Er drückte sie noch einmal und gab nach. »Nein, Sara. Wie nennt man es denn?«

»Sich-Ehren.«

Er ächzte, und sie verzog die Lippen zu einem Lächeln.

»Es ist ein guter Anfang, findest du nicht?«

Sein Schnarchen war die einzige Antwort. Sara machte es nichts aus, daß er mitten in ihrer glühenden Eröffnung eingeschlafen war. Sie würde ihm morgen alles noch einmal ganz genau erklären.

Sie dachte sich hundert Möglichkeiten aus, wie sie Nathan klarmachen konnte, was für ein Glück er hatte, weil sie seine Frau war. Sie paßte perfekt zu ihm, obwohl er sich dessen noch nicht bewußt war. Mit Geduld und Verständnis würde sie es schon schaffen, daß er merkte, wie sehr er sie liebte, daran zweifelte sie nicht.

Sie war seine Frau, seine Liebe, und ihre Ehe war in jeder Beziehung erfüllt. Sie waren durch einen heiligen Bund zusammengebunden, und Sara war entschlossen, ihr Ehegelübde einzuhalten.

Sara schlief in Nathans Armen ein. Der nächste Tag war ihr erster Tag als Nathans Frau, und es würde ein himmlischer Tag werden.

6

Es war ein höllischer Tag.

Nathan verließ gerade die Kajüte, als sie aufwachte. Er öffnete die Klappe zum Schornstein, und Sonnenschein und frische Luft fluteten ins Zimmer. Es war sehr viel wärmer als am Tag zuvor. Nachdem Sara sich gewaschen und ein königsblaues Kleid mit weißen Leinenbordüren angezogen hatte, machte sie sich auf die Suche nach ihrem Mann. Sie wollte ihn fragen, wo die frische Bettwäsche aufbewahrt wurde, weil sie die Laken wechseln wollte. Außerdem sehnte sie sich nach einem Kuß.

Sara hatte gerade das Deck erreicht, als sie den Schrei eines Mannes vernahm. Sie eilte weiter, um herauszufinden, was den Tumult verursacht hatte, und stolperte beinahe über einen Mann, der ausgestreckt auf den Planken lag. Der ältere Mann war offensichtlich gefallen und hatte das Bewußtsein verloren.

Der rosafarbene Sonnenschirm, den Sara am Tag zuvor vergeblich gesucht hatte, klemmte zwischen seinen Füßen. Jimbo kniete sich neben ihn und tätschelte sein Gesicht, um ihn wieder zu sich zu bringen.

In der nächsten Sekunde versammelte sich eine Menschenmenge um den niedergestreckten Mann, und jeder konnte mit einer Methode aufwarten, wie Jimbo ihn wieder auf die Beine bringen könnte.

»Was, zur Hölle, ist passiert?«

Nathans donnernde Stimme ertönte hinter Sara, aber sie drehte sich nicht um, als sie ihm antwortete: »Ich glaube, er ist über irgendetwas gestolpert.«

»Das war nicht irgend etwas, Mylady«, berichtigte ein Matrose und deutete auf die Planken. »Das war Euer Sonnenschirm.«

Sara fühlte sich gezwungen, die Verantwortung auf sich zu nehmen. »Ja, es war mein Sonnenschirm«, bestätigte sie. »Der Unfall ist nur durch meine Schuld geschehen. Wird er wieder zu sich kommen, Jimbo? Ich bedaure dieses Unglück wirklich sehr. Ich …«

Jimbo sah sie mitleidig an. »Ihr solltet Euch nicht allzu viele Sorgen machen, Lady Sara, und die Männer wissen, daß es ein Unfall war.«

Sara warf einen Blick auf die Seemänner. Die meisten nickten und lächelten. »Ihr braucht Euch nicht zu ängstigen, Mylady. Iwan wird in kürzester Zeit wieder ganz der Alte sein.«

Ein Mann mit einem orangeroten Vollbart nickte. »Grämt Euch nicht, er ist nur auf den Hinterkopf gefallen.«

»Murray«, rief Jimbo. »Hol einen Eimer Wasser, das bringt ihn zu sich.«

»Ob Iwan wohl in der Lage ist, für unser Abendessen zu sorgen?« fragte ein Mann, den die anderen Chester nannten, und funkelte Sara finster an.

Sie funkelte zurück, weil sie seinen offensichtlichen Egoismus nur mißbilligen konnte. »Ist Euch Euer Magen wichtiger als die Gesundheit Eures Freundes?« fragte sie und ließ ihm keine Zeit für eine Antwort. Sie fiel neben dem Verletzten auf die Knie und rüttelte an seiner Schulter. Der Mann rührte sich nicht, und sein Mund stand weit offen.

»Mein Gott, Jimbo, habe ich ihn umgebracht?« flüsterte sie.

»Natürlich nicht«, beschwichtigte Jimbo. »Ihr könnt doch sehen, daß er noch atmet, Sara. Er wird, wenn er aufwacht, nur einen hübschen Brummschädel haben, das ist alles.«

Nathan zog Sara auf die Füße und zerrte sie von der Menge weg. Sie wollte den Verletzten nicht verlassen. »Ich bin für den Vorfall verantwortlich«, sagte sie und ließ Iwan nicht aus den Augen, aber trotzdem bemerkte sie das Nicken der anderen. Die Hitze schoß ihr in die Wangen. »Es war ein Unfall«, rief sie.

Niemand widersprach ihr, und das tröstete sie ein wenig. »Ich muß mich um Iwan kümmern. Sobald er zu sich kommt, werde ich ihm sagen, wie leid mir das alles tut.«

»Er wird kaum in der Stimmung sein, dir zuzuhören«, gab Nathan zu bedenken.

»Ja«, stimmte Lester zu. »Iwan der Schreckliche gehört nicht zu den Leuten, die so schnell vergeben und vergessen. Er ist ein richtiger Griesgram, stimmt's, Walt?«

Ein schlanker Mann mit dunkelbraunen Augen bekräftigte: »Er ist mehr als das, Lester. Er kann sogar tobsüchtig werden.«

»Ist Iwan der einzige Koch an Bord?« wollte Sara wissen.

Nathan nickte.

»Warum nennt man Iwan den Schrecklichen, ist er wirklich so jähzornig, wie die Männer sagen?«

Nathan gönnte ihr kaum einen Blick, als er sagte: »Sie mögen sein Essen nicht.« Er gab einem seiner Männer ein Zeichen, dem Koch dein Eimer Wasser über den Kopf zu schütten. Iwan kam spuckend und prustend zu sich.

Nathan nickte nur und ging.

Sara konnte nicht fassen, daß er sie ohne ein Wort stehen ließ, und war gekränkt. Sie drehte sich zu Iwan um und wartete, während sie die Hände ineinander verkrampfte, auf die Gelegenheit, ihn um Vergebung zu bitten. Im stillen schwor sie sich, gleich danach Nathan aufzusuchen und ihm eine weitere Lektion im guten Benehmen zu erteilen.

Sobald sich Iwan aufrichtete, kniete sich Sara neben ihn. »Ich flehe Euch an, verzeiht mir, Sir, daß ich dieses Unglück verursacht habe. Ihr seid über meinen Sonnenschirm gestolpert, aber ich bin sicher, wenn Ihr aufgepaßt hättet, wohin Ihr Eure Füße setzt, dann hättet Ihr ihn bemerkt. Trotzdem bitte ich Euch um Vergebung.«

Iwan massierte seinen Schädel und betrachtete eingehend die hübsche Frau, die einen Teil der Schuld daran, daß er sich beinahe den Hals gebrochen hätte, auf ihn abwälzen wollte. Ihre bekümmerte Miene und die Tatsache, daß sie die Frau des Captains war, erstickte jede mögliche scharfe Erwiderung, die ihm unter anderen Umständen eingefallen wären, im Keim.

»Es war ja nicht so schlimm«, murmelte er statt dessen. »Und Ihr habt es bestimmt nicht mit Absicht getan.«

Sein leichter schottischer Akzent gefiel Sara, sie fand seinen Tonfall sehr melodisch. »Natürlich nicht, Sir. Seid Ihr kräftig genug, aufzustehen? Ich helfe Euch?«

Sein argwöhnischer Gesichtsausdruck machte Sara eindeutig klar, daß er ihre Unterstützung nicht in Anspruch nehmen wollte. Jimbo zerrte den Koch auf die Beine, aber sobald er den Schotten losließ, begann der zu schwanken. Sara kniete noch immer neben ihm und griff in dem Augenblick nach ihrem Sonnenschirm, in dem ein anderer Matrose herbeistürzte, um Iwan zu stürzen. Der arme Iwan befand sich plötzlich in einem wilden Kampf mit verschiedenen Kräften. Sein Oberkörper wurde von seinem Freund zur Seite gezogen, während der Sonnenschirm ihm gleichzeitig die Beine wegriß. Iwan mußte seine Niederlage eingestehen, als er mit dem Hinterteil zuerst auf die Planken aufschlug.

»Haut ab, alle miteinander«, brüllte er. Seine Stimme klang ganz und gar nicht mehr melodiös. »Heute abend gibt es keine Suppe, Männer. Ich hab' mir fast den Schädel gespalten und jetzt auch noch den Arsch aufgeschlagen. Verflucht will ich sein, wenn ich nicht auf der Stelle ins Bett gehe.«

»Halte deine Zunge in Zaum, Iwan«, befahl Jimbo.

»Ja«, schrie ein Matrose. »Schließlich ist eine Lady anwesend.«

Jimbo hob Saras Sonnenschirm auf und reichte ihn ihr. Er drehte sich um, um die Szene zu verlassen, aber die nächsten Worte ließen ihn mitten im Schritt innehalten.

»Ich werde die Suppe für die Männer kochen.«

»Nein, das werdet Ihr nicht tun«, widersprach Jimbo mit einer barschen Stimme, die keinen Protest zuließ. »Ihr seid die Frau des Captains, und Ihr werdet auf keinen Fall solche niedrigen Arbeiten verrichten.«

Da sie eine Auseinandersetzung mit Jimbo in Gegenwart der anderen Männer scheute, schwieg sie, bis er gegangen war.

»Ich bereite eine gute Suppe für alle zu«, verkündete Sara noch einmal. »Iwan, würdet Ihr Euch besser fühlen, wenn Ihr Euch für den Rest des Tages ausruhen könntet? Das ist das mindeste, was ich für Euch tun kann, um Euch für den Unfall zu entschädigen.«

Iwans Laune schien sich bei dieser Aussicht ein wenig aufzuhellen. »Habt Ihr überhaupt schon einmal eine Suppe gekocht?« wollte er wissen. Er war sich selbst noch nicht ganz im klaren, ob er lachen oder sie mit einem düsteren Blick bedenken sollte.

Da sie alle so erwartungsvoll anstarrten, beschloß Sara, zu einer Lüge Zuflucht zu nehmen. Es konnte doch nicht so schwer sein, eine Suppe zustandezubringen. »Oh, natürlich, schon oft«, prahlte sie. »Ich habe unserem Koch häufig geholfen, ganze Menüs zuzubereiten.«

»Warum beschäftigt sich eine so feine Lady wie Ihr mit solchen Arbeiten?« fragte Chester.

»Ich habe mich oft … gelangweilt, und ich habe mir damit die Zeit vertrieben«, erwiderte sie.

Die Männer machten den Eindruck, als ob sie ihrer Lüge Glauben schenken würden, und Sara wandte sich zufrieden ab.

»Seid Ihr in der Lage, mich in Eure Küche zu begleiten, Iwan? Ich würde gerne sofort anfangen. Eine gute Suppe muß einige Stunden auf dem Herd stehen«, fügte sie hinzu und hoffte, daß sie damit recht hatte.

Iwan protestierte nicht, als sie seinen Arm ergriff. Er rieb sich mit der anderen Hand noch immer den Hinterkopf. »Man nennt eine Küche, die sich auf einem Schiff befindet, Kombüse und nicht Küche«, erklärte er und rief, als sie vorauseilte: »Langsam, nicht so schnell, Mädchen. Ich sehe noch immer alles doppelt.«

Sie passierten einen dunklen Korridor nach dem anderen, bis Sara sich überhaupt nicht mehr auskannte. Iwan hatte natürlich keine Schwierigkeiten, den Weg zu seinem Heiligtum zu finden. Als sie angekommen waren, kramte Iwan zwei Kerzen hervor, steckte sie in dafür vorgesehene Glaszylinder und zündete sie an. Dan ließ er sich auf einem Hocker, der an der Wand stand, nieder.

Der kleine Raum wurde von einem riesigen Ofen, um den man herumgehen konnte, beherrscht. Sara hatte so ein Ungetüm in ihrem ganzen Leben noch nicht gesehen, und das sprach sie auch laut aus.

Iwan schüttelte den Kopf. »Das ist kein Ofen, sondern ein Kombüsenherd. Auf der anderen Seite befindet sich eine Feuerstelle, über der ich Fleisch am Spieß brate. Seht Ihr die vier großen Kupfertöpfe, die von der Decke über dem Feuer hängen? Ich koche immer alle vier, wenn ich Rindfleischsuppe koche. Hier ist das Fleisch – einige Stücke sind schlecht geworden. Ich habe die Teile, die verdorben sind, schon weggeschnitten, das andere hab' ich ins Wasser gelegt, das gerade angefangen hat zu sieden, als ich zu Chester hinaufgegangen bin, um mit ihm zu reden. Es ist ein bißchen stickig hier drin. Ich brauche frische Luft«, verkündete er abrupt und stand auf.

Iwan deutete auf das verdorbene Fleisch auf dem Tisch, um ihr zu sagen, daß er es, sobald er sich besser fühlte, über Bord schmeißen wollte, aber als sein Schädel plötzlich zu pochen begann, vergaß er alles, was er sagen wollte.

»Es ist nicht mehr viel zu tun«, murmelte er benommen. »Ihr müßt nur noch das Gemüse in die Töpfe geben und das ganze ein wenig würzen. Aber das wißt Ihr natürlich. Möchtet Ihr, daß ich bleibe, bis Ihr Euch in meiner Kombüse besser auskennt?«

»Nein«, sagte Sara. »Ihr solltet zu Matthew gehen und ihm Eure Beule zeigen. Vielleicht hat er eine Medizin, die Eure Schmerzen lindert.«

»Die hat er bestimmt, Mädchen«, brummte Iwan. »Er soll mir einen halben Liter Rum geben, dann weiß ich wenigstens, warum mir der Schädel brummt.«

Sobald der Koch gegangen war, machte sich Sara an die Arbeit. Sei hatte sich vorgenommen, die beste Suppe zu kochen, die die Mannschaft je gegessen hatte. Sie nahm das Fleisch vom Tisch und legte noch ein Stück in jeden Topf, dann streute sie großzügig ein paar Gewürze, die sie in der Kammer nebenan gefunden hatte, in das siedende Wasser. In einer Flasche befanden sich zerstoßene braune Blätter, und Sara rümpfte die Nase, als sie sie öffnete. Das Kraut roch für ihren Geschmack ein wenig beißend, und deshalb gab sie nur eine Prise davon in jeden Topf.

Sara verbrachte den Rest des Vormittags und einen Teil des Nachmittags in der Kombüse. Sie fand es ein bißchen befremdlich, daß kein Mensch zu ihr kam und nach ihr sah, dabei dachte sie natürlich besonders an Nathan.

»Dieser Mann hat mir heute noch nicht einmal in anständiger Form einen guten Morgen gewünscht«, murmelte sie verdrossen. Sie wischte sich mit dem Handtuch, das sie sich um die Taille geschlungen hatte, die Stirn ab und strich ein paar feuchte Haarsträhnen zurück.

»Wer hat dir keinen guten Morgen gewünscht?«

Sara erkannte sofort Nathans tiefe Stimme.

Sie drehte sich zur Tür, in der er stand, und blitzte ihn verärgert an. »Du.«

»Was hast du hier unten zu suchen?«

»Ich koche. Und was tust du hier?«

»Ich habe dich gesucht.«

Es war heiß in der Kombüse, und Sara war sicher, daß der kleine Schwächeanfall, den sie erlitt, als sie Nathan ansah, nur auf die schlechte Luft zurückzuführen war.

»Hast du schon jemals zuvor eine Suppe gekocht?« wollte er wissen.

Sara stellte sich direkt vor ihren Mann und gestand: »Nein. Ich hatte keine Ahnung, wie man das macht, aber jetzt weiß ich es. Es ist gar nicht so schwierig.«

»Sara …«

»Die Mannschaft macht mich für Iwans Sturz verantwortlich, und ich mußte etwas tun, um sie zu beschwichtigen. Ich möchte, daß meine Bediensteten mich mögen.«

»Deine Bediensteten?«

Sie nickte. »Du hast kein Haus und keine Diener, aber du besitzt dieses Schiff. Also sind die Mitglieder deiner Mannschaft gleichzeitig meine Bediensteten, und wenn sie von meiner Suppe gekostet haben, werden sie mich ein wenig mögen.«

»Spielt es für dich überhaupt eine Rolle, ob sie dich mögen oder nicht?« fragte er und trat auf sie zu. Zur Hölle, er sehnte sich nach ihr wie ein Säufer nach einem Schnaps. Warum, verdammt noch mal, mußte sie auch so süß und hübsch aussehen?

Ihr Gesicht war von der Hitze in der Kombüse gerötet, und ihr Haar war feucht. Er hob seine Hand und strich ihr ein vorwitziges Löckchen aus dem Gesicht und war selbst mehr erstaunt über die plötzliche Berührung als sie.

»Nathan, jeder Mensch möchte, daß man ihn gernhat.«

»Ich möchte das nicht.«

Sie warf ihm einen mißbilligenden Blick zu, aber das hielt ihn nicht davon ab, noch einen Schritt auf sie zuzugehen und sich so dicht vor sie zu stellen, daß seine Schenkel ihre Hüfte berührten.

»Sara?«

»Ja?«

»Hast du noch Schmerzen von … letzter Nacht?«

Die Röte in ihrem Gesicht verstärkte sich augenblicklich, und sie konnte ihm nicht in die Augen sehen, als sie antwortete. Statt dessen heftete sie ihren Blick auf sein Schlüsselbein und hauchte: »Es hat letzte Nacht weh getan.«

Er hob ihr Gesicht mit dem Daumen an. »Danach habe ich dich nicht gefragt«, entgegnete er sanft.

»Was möchtest du denn wissen?«

Sie wirkte ein wenig erschöpft, und Nathan war sicher, daß ihr frische Luft guttun würde. Auf keinen Fall wollte er riskieren, daß sie in Ohnmacht fiel. »Ich möchte wissen, ob du jetzt Schmerzen hast.«

»Nein, mir geht es gut.«

Sie sahen sich eine lange Weile in die Augen, und Sara vermutete, daß er sie küssen wollte, aber ganz sicher war sie sich nicht.

»Nathan, du hast mir nicht einmal in anständiger Form einen guten Morgen gewünscht.«

Sie legte die Hand auf seine Brust, schloß die Augen und wartete.

»Was, zum Teufel, soll das heißen – in anständiger Form?« Er wußte genau, was sie von ihm erwartete, aber er wollte wissen, was sie als nächstes tun würde.

Sara öffnete die Lider und funkelte ihn an. »Ich denke, daß du mich küssen müßtest.«

»Warum?« fragte er, um sie noch ein wenig mehr zu reizen.

»Tu es einfach«, forderte sie erbost.

Bevor er noch eine so unangenehme Frage stellen konnte, nahm sie sein Gesicht zwischen ihre Hände und zog seinen Kopf zu sich. »Oh, gib dir keine Mühe«, flüsterte sie. »Ich tue es selbst.«

Er leistete keine Widerstand, aber er übernahm auch nicht die Führung. Sara haucht einen scheuen Kuß auf seine Lippen und neigte sich gleich wieder zurück. »Es wäre vermutlich schöner, wenn du meinen Kuß erwidern würdest.«

Ihre Stimme war leise und klang so weich, wie sich ihr Körper, der sich an seinen schmiegte, anfühlte. Kein Mann konnte einer solchen Versuchung widerstehen, auch Nathan nicht. Er beugte sich vor, und seine Lippen glitten sachte über ihren Mund. Sie schmolz in seinen Armen, und wieder einmal war Nathan von ihrer Hingabe überwältigt. Seine Zunge spielte mit der ihren, und er konnte ein zufriedenes Brummen nicht unterdrücken.

Als er sich zurückziehen wollte, sank sie gegen ihn, und er schlang die Arme um ihre Taille und hielt sie fest. Sie schmeckte wie Rosenwasser und Zimt.

»Wer hat dir beigebracht, so zu küssen?« fragte er mit rauher Stimme. Diese Frage war töricht, das wußte er selbst – schließlich war sie gestern noch vollkommen unberührt gewesen –, aber irgend etwas zwang ihn, sich danach zu erkundigen.

»Du hast es mir beigebracht«, hauchte sie matt.

»Hast du vor mir noch nie jemanden geküßt?«

Sie schüttelte den Kopf. »Wenn du es nicht magst, wie ich …«, stammelte sie unglücklich.

»Ich mag es.«

Das brachte sie zum Schweigen.

Plötzlich entfernte er sich von ihr, ging zu den Kerzen und blies die Flämmchen aus. Dann nahm er Saras Hand und führte sie auf den Flur.

»Nathan, ich kann die Kombüse nicht verlassen«, protestierte sie.

»Du solltest dich ein bißchen ausruhen.«

»Wie bitte? Ich lege mich nie tagsüber hin.«

»Heute wirst du es tun.«

»Aber was wird aus meiner guten Suppe?«

»Zum Teufel mit deiner verdammten Suppe. Sara, ich möchte nicht, daß du noch einmal kochst.«

Sie blitzte seinen breiten Rücken wütend an. Großer Gott, dieser Mann war ein Tyrann. »Ich habe dir schon erklärt, warum ich diese Pflicht übernommen habe«, fauchte sie.

»Glaubst du wirklich, daß du die Achtung der Seeleute mit dieser Brühe gewinnen kannst?«

Wenn er nicht so schnell laufen würde, dachte sie, könnte ich ihm in den Hintern treten. »Das ist keine Brühe«, rief sie statt dessen.

Er hatte keine Lust, mit ihr zu streiten, und zerrte sie wortlos den weiten Weg bis zu ihrer Kajüte hinter sich her. Sara war überrascht, als er ihr in den Raum folgte und die Tür von innen verriegelte.

»Dreh dich um, Sara.«

Sie gab ihm mit einem zornigen Blick zu verstehen, was sie von seiner herrischen Art hielt, tat aber dennoch, was er verlangte. Es gelang ihm, die Knöpfe ihres Kleides wesentlich schneller zu öffnen als das letzte Mal. »Ich habe dir schon einmal gesagt, daß ich mich tagsüber nie hinlege«, erinnerte sie ihn.

Nathan ließ sich dadurch nicht stören und setzte sein Werk fort, bis das Kleid auf ihre Füße fiel. Sie hatte immer noch nicht begriffen, daß er auf etwas ganz anderes aus war als darauf, daß sie sich ausruhte. Er zog sie bis zum Hemd aus, aber als er ihr den dünnen Stoff von den Schultern streifen wollte, stieß sie seine Hand beiseite.

Nathan betrachtete sie eine volle Minute. Ihre Figur war einfach perfekt, sie hatte feste Brüste, eine schmale Taille und wundervoll lange, wohlgeformte Beine.

Sein durchdringender Blick bereitete ihr großes Unbehagen, und Sara zog die Träger ihres Hemdes zurecht, um wenigstens ihre Brüste ein bißchen mehr zu bedecken – ihre Bemühungen waren nur wenig erfolgreich.

Ihre Verlegenheit löste sich sofort in Luft auf, als sie beobachtete, wie Nathan sein Hemd aufknöpfte. Sie verfolgte seine Bewegungen mit großem Interesse und fragte: »Willst du dich auch ausruhen?«

»Ich schlafe tagsüber nie.«

Er schleuderte sein Hemd zur Seite, lehnte sich an die Tür und zog seine Stiefel aus. Sara wich ein Stück zurück.

»Warum ziehst du dich um?«

Er lächelte schief: »Ich ziehe mich nicht um.«

»Aber du möchtest doch nicht …«

Er sah sie nicht an, als er brummte: »Doch, ich möchte.«

»Nein.«

Er ging auf sie zu und legte die Hände auf ihre Hüften. »Nein?«

Sara schüttelte den Kopf.

»Warum, zum Teufel?«

»Es ist hellichter Tag«, sprudelte sie entsetzt hervor.

»Verdammt, Sara, du hast doch nicht immer noch Angst davor, oder? Gütiger Gott, ich glaube nicht, daß ich diese Qual noch einmal durchstehen kann.«

Sie war außer sich. »Qual? Für dich ist es eine *Qual*, wenn du mich liebst?«

Er konnte nicht dulden, daß sie seine Frage unbeantwortet ließ. »Hast du Angst?« wiederholte er.

Er sah aus, als ob er ihre Antwort fürchten würde, und Sara erkannte blitzschnell, daß es eine Möglichkeit für sie gab, ungeschoren davonzukommen, aber sie verwarf die Idee ebenso schnell, wie sie ihr gekommen war. Sie wollte ihn nicht anlügen.

»Ich habe mich letzte Nacht nicht gefürchtet«, erklärte sie seelenruhig und verschränkte die Arme vor der Brust. »*Du* hast dich gefürchtet.«

Er seufzte abgrundtief – auf diese Bemerkung hatte er keine Erwiderung parat. »Du hast gesagt, daß du keine Schmerzen mehr hast«, erinnerte er sie und drängte sie in Richtung Bett.

»Ich bin nicht mehr wund … an dieser Stelle«, flüsterte sie. »Aber wir beide wissen, daß ich es wieder sein werde, wenn du … diese Sache machst.«

Er lächelte sie amüsiert an. »Wäre das denn so unerträglich?«

Ein dicker heißer Kloß bildete sich in ihrem Magen. Dieser Mann mußte nichts anderes tun als sie in seiner speziellen Weise anzusehen,und schon verlor sie die Fassung.

»Wirst du … möchtest du dich wieder … bewegen?«

Er verkniff sich das Lachen. Sie sah so bekümmert aus, und

er wollte nicht den Eindruck erwecken, daß er sich über ihre Gefühle lustig machte, aber andererseits wollte er auch nicht lügen. »Ja«, bekannte er langsam. »Ich möchte mich wieder bewegen.«

»Also gut, dann werden wir nichts weiter tun, als uns auszuruhen und ein wenig schlafen.«

Diese Frau hatte wirklich noch eine Menge zu lernen, dachte Nathan, und er nahm sich vor, ihr später zu erklären, daß sie die Pflicht hatte, ihm zu Willen zu sein und seinen Forderungen nachzukommen. Er legte den Arm um ihre Schulter und führte sie zu der Falltür, die sie als Schornsteinklappe bezeichnet hatte. Er ließ sie nicht los, als er die Luke schloß und in der Kajüte augenblicklich Dunkelheit herrschte.

Nathan hielt inne, um sie zu küssen – dieser wilde lange Kuß überzeugte Sara davon, daß ihr Mann um keinen Deut nachgeben und zielsicher sein Vorhaben zu Ende bringen würde.

Als er sich umdrehte, um die Kerzen anzuzünden, hielt sie seine Hand fest.

»Bitte nicht«, flüsterte sie.

»Aber ich möchte dich sehen, wenn du ...«

Er brach ab, als er fühlte, wie ihre Hand unter seinen Hosenbund glitt. Ihre Hände zitterten heftig, aber es gelang ihr, seine Hose aufzuknöpfen. Ihre Fingerspitzen strichen über seinen harten Bauch, und sein rauher Atem sagte ihr, daß er die Berührung genoß. Das machte ihr Mut. Sie schmiegte ihre Wange an seine Brust und schob ihre Hand langsam weiter nach unten. »Wobei möchtest du mich sehen, Nathan?«

Er hatte alle Mühe, sich auf das, was sie sagte, zu konzentrieren. Ihre Finger wanderten langsam bis zu seiner Leiste. Nathan schloß die Augen in süßem Entzücken.

»Wenn du den Höhepunkt erreichst«, murmelte er heiser. »Guter Gott, Sara, berühre mich!«

Sein Körper war angespannt und hart, und Sara lächelte. Sie hatte ja keine Ahnung gehabt, daß ihn eine bloße Berührung so erregen konnte. Sie zog seine Breeches noch ein wenig weiter herunter. »Ich berühre dich ja, Nathan«, hauchte sie.

Er konnte die süße Folter nicht länger ertragen. Er ergriff ihre Hand und legte sie dorthin, wo er ihre Zärtlichkeit am meisten brauchte.

Sie wollte ihn streicheln, aber er ließ das nicht zu und stammelte atemlos: »Nicht … halt ihn nur fest … drück ein bißchen … O Gott, Sara, hör auf.«

Er hörte sich an, als ob er schreckliche Schmerzen erleiden würde, und Sara zog ihre Hand weg. »Tue ich dir weh?« wisperte sie.

Er küßte sie, und Sara schlang die Arme um seinen Nacken und preßte sich fest an ihn. Als seine Lippen zu ihrem Hals wanderten und feuchte kleine Küsse auf ihre Ohrläppchen hauchten, versuchte sie erneut seine harte Männlichkeit zu liebkosen.

Er hielt ihre Hand auf und legte sie auf seine Taille. Er stöhnte. »Es ist zu früh. Ich verliere sonst die Beherrschung«, raunte er. »Es ist für mich unerträglich.«

Sie drückte einen Kuß auf seinen Hals. »Ich werde dich nie mehr dort berühren, Nathan, wenn du mir versprichst, dich nicht mehr zu bewegen, wenn du mich liebst.«

Er lachte. »Du wirst dir wünschen, daß ich mich bewege.«

Er drehte Sara herum und drückte seine Brust an ihren Rücken. »Soll ich dir etwas verraten, Sara?«

»Was?«

»Ich habe beschlossen, dich dazu zu bringen,daß du sogar darum bittest.«

Er hielt sein Wort. Als sie das Bett erreicht hatten und er zwischen ihren Schenkeln kniete, flehte Sara ihn an, die süße Qual zu beenden.

Das Feuer der Leidenschaft verzehrte sie, und als Nathan in sie drang, spürte sie nicht den Hauch eines Schmerzes.

Sie war so eng, so heiß, und es machte ihn grenzenlos glücklich, sie langsam zu erobern. Er war sehr bemüht, behutsam vorzugehen, da er wußte, wie empfindlich sie war, und er rührte sich nicht, bis sie sich krümmte und ihm gleich darauf ihre Hüfte entgegenhob.

Sie fand ihre Erfüllung vor ihm, und als er spürte, wie sie in höchster Ekstase zuckte, konnte er sich nicht mehr zurückhalten. Er hatte die ganze Zeit kein einziges Wort gesprochen – sie hatte nicht aufgehört, vor sich hinzuplappern – sinnlose zärtliche Worte.

Als er schließlich über ihr zusammensank und nach einiger Zeit wieder klar denken konnte, registrierte er, daß sie weinte.

»Lieber Gott, Sara, habe ich dir weh getan?«

»Nur ein bißchen«, gestand sie scheu.

Er sah ihr in die Augen. »Warum weinst du?«

»Ich weiß es selbst nicht«, schluchzte sie, »es war so… überwältigend, ich habe …«

Er unterbrach ihre Erklärung mit einem Kuß, und als er ihr das nächste Mal in die Augen sah, lächelte er, weil sie wieder diesen versonnenen Gesichtsausdruck hatte.

Diese Frau berührte sein Herz – die plötzliche Erkenntnis war bestürzend. Der Pfiff des Bootsmanns, der den Wachwechsel ankündigte, klang in seinen Ohren wie eine eindringliche Warnung. Es war gefährlich, sich zu sehr von einer Frau umgarnen zu lasen, und es war ebenso idiotisch wie unverantwortlich. Ihm war bewußt, daß er um so verwundbarer wurde, je mehr er sich um seine Frau sorgte, und wenn er eines aus seinen früheren Eskapaden gelernt hatte, dann war es die Notwendigkeit, sich vor starken Gefühlen zu schützen.

Die Liebe zu ihr konnte ihn zerstören.

»Nathan, warum siehst du mich so böse an?«

Er gab keine Antwort, stand statt dessen auf, zog sich an und verließ die Kajüte. Er schloß die Tür leise hinter sich.

Sara war so konsterniert über sein Benehmen, daß sie lange Zeit nicht in der Lage war, irgendwelche Maßnahmen zu ergreifen. Ihr Mann war regelrecht aus der Kajüte geflohen, und es hatte fast so ausgesehen, als wäre eine Horde von Dämonen hinter ihm her gewesen.

Hatte ihm das Liebeserlebnis so wenig bedeutet, daß er es

gar nicht erwarten konnte, von ihr wegzukommen? Sara vergoß bittere Tränen. Wie sehr sehnte sie sich danach, ein gutes Wort von ihm zu hören – aber er behandelte sie, als ob sie nur dazu da wäre, seine Leidenschaft zu stillen. Bestimmt hatte er sie im nächsten Augenblick schon vergessen, und Sara vermutete, daß eine Dirne besser behandelt wurde als sie. Die bekam wenigstens ein paar Shillinge, wenn sie ihre Gunst verteilte.

Sara hatte nicht mal einen unfreundlichen Abschiedsgruß erhalten.

Als ihre Tränen versiegt waren, ließ Sara ihre Wut und Enttäuschung am Bett aus. Sie ballte die Hände zu Fäusten und trommelte auf Nathans Kopfkissen ein. Die Vorstellung, sie könnte ihren Mann ebenso traktieren, bereitete ihr eine seltsame Genugtuung. Schon im nächsten Augenblick brach sie wieder in Tränen aus und preßte das Kissen an ihren Busen. Nathans wundervoller Duft haftete noch an dem Kissen.

Es dauerte nicht lange, bis sie sich selbst Vorwürfe machte, weil sie sich so gehenließ. Sie schleuderte das Kissen von sich und machte sich daran, die Kajüte in Ordnung zu bringen.

Sie verbrachte den Rest des Nachmittags in der Kajüte, und als sie alles aufgeräumt und ihr königsblaues Kleid wieder angezogen hatte, setzte sie sich in einen Sessel und nahm ihren Zeichenblock zur Hand. Sie fertigte eine Skizze von dem Schiff und hoffte, sich so von den quälenden Gedanken an Nathan befreien zu können.

Matthew unterbrach ihr verzweifeltes Bemühen, sich abzulenken, als er an die Tür klopfte und sie fragte, ob sie ihr Dinner mit der ersten oder mit der zweiten Wache nehmen wollte. Sie antwortete, daß sie vorhatte, mit ihrer Tante zu essen.

Sara war neugierig, was die Männer zu ihrer Suppe sagten, die so gut gerochen hatte, nachdem sie die verschiedenen Gewürze hineingerührt hatte, und die bestimmt ziemlich kräftig geworden war, nachdem sie so lange gekocht hatte.

Es war nur noch eine Frage der Zeit, bis die Männer zu ihr kamen, um ihr ihren Dank auszusprechen. Sie bürstete ihr Haar und zog sich um, damit sie ihnen einen herzlichen Empfang bereiten konnte.

Die Mannschaft würde sie bald in ihr Herz schließen, und daß sie für sie gekocht hatte, machte ohne Zweifel Eindruck auf die Männer. Noch bevor die Nacht hereinbrach, waren sicherlich alle überzeugt, daß sie ihre Wertschätzung verdiente.

7

Als die Nacht hereinbrach, hegte die Mannschaft den Verdacht, daß Sara einen Mordanschlag auf sie verüben wollte.

Die Wache wechselte um sechs Uhr, und nur ein paar Minuten später stürmte der Teil der Crew, der seinen Dienst beendet hatte, in die Kombüse, um sich das Abendessen zu holen. Die Männer hatten tagsüber schwer gearbeitet und die Decks geschrubbt, die Kajüten geputzt, die Segel geflickt und die Kanonen gereinigt. Sie waren alle müde und hatten so entsetzlichen Hunger, daß die meisten gleich zwei Schüsseln von der würzig riechenden Suppe vertilgten.

Unglücklicherweise wurde ihnen erst schlecht, nachdem auch die zweite Wache ihren Anteil an dem Gebräu zu sich genommen hatte.

Sara hatte keine Ahnung davon, daß die Männer krank waren, und allmählich wurde sie ungeduldig, weil sich kein Mensch bei ihr blicken ließ, um ihr für die wunderbare Verköstigung zu danken.

Als ein hartes Klopfen an ihrer Tür ertönte, sprang sie freudig auf, um den Besucher hereinzulassen. Jimbo stand vor der Tür, und sein finsterer Blick ließ ihr das Lächeln auf den Lippen gefrieren.

»Guten Abend, Jimbo«, begann sie vorsichtig. »Ist etwas vorgefallen? Ihr seht nicht besonders glücklich aus.«

»Habt Ihr schon von der Suppe gegessen, Lady Sara?« fragte er knapp.

Offensichtlich war er beunruhigt, und Sara dachte fieberhaft nach, was wohl geschehen sein konnte, bevor sie antwortete: »Ich wollte mein Dinner zusammen mit Nora einnehmen… Jimbo, was hat dieses entsetzliche Geräusch zu bedeuten?«

Sie spähte auf den Korridor, aber sie konnte nicht ausmachen, woher der Lärm kam.

»Das sind die Männer.«

»Die Männer?«

Plötzlich stand Nathan an Jimbos Seite. Sara stockte der Atem, als sie sein wutverzerrtes Gesicht sah, und wich ein paar Schritte zurück.

»Was ist passiert, Nathan?« fragte sie in panischer Angst. »Ist etwas mit Nora? Geht es ihr gut?«

»Nora ist wohlauf«, warf Jimbo ein.

Nathan machte Jimbo ein Zeichen, daß er verschwinden sollte und ging mit langen Schritten in die Kajüte. Sara versuchte eine so große Distanz wie möglich zu ihm zu halten, als sie bemerkte, daß er die Kiefer eisern zusammengepreßt hatte. Das war ein schlechtes Zeichen.

»Nathan, hat dich irgend etwas aufgeregt?« flüsterte sie schwach. Er nickte.

Sie war fest entschlossen, mehr aus ihm herauszukriegen. »Bist du mir böse?«

Er nickte wieder und versetzte der Tür einen Tritt, um sie zu schließen.

»Warum?« bohrte sie weiter und versuchte verzweifelt, ihre Angst nicht zu zeigen.

»Die Suppe.« Nathans Stimme klang tief und beherrscht und zornig.

Seine Antwort brachte sie mehr durcheinander, als daß sie ihr Angst einjagte. »Hat sie den Männern nicht geschmeckt?«

»Du hast das nicht absichtlich getan?«

Da sie sich nicht vorstellen konnte, worauf diese seltsame Frage abzielte, schwieg sie. Nathan betrachtete ihre verwirrte Miene, schloß die Augen und zählte bis zehn, bevor er hinzufügte: »Du hast also nicht vorsätzlich versucht, meine Männer umzubringen?«

Sie schnappte nach Luft. »Natürlich habe ich nicht versucht, sie umzubringen. Wie kommst du überhaupt auf diesen abscheulichen Gedanken? Die Männer gehören doch jetzt zu meinen Bediensteten, und ich würde nie etwas tun, was ihnen Schaden zufügen könnte. Wenn ihnen meine Suppe nicht geschmeckt hat, dann tut es mir leid. Ich hatte ja keine Ahnung, daß sie so heikel mit dem Essen sind.«

»Heikel mit dem Essen?« brüllte er. »Zwanzig von meinen Männern hängen über der Reling und vergiften die Fische mit der verdammten Suppe, die du ihnen gekocht hast. Weitere zehn krümmen sich vor Schmerzen in ihren Hängematten. Noch sind sie nicht tot, aber zur Hölle, sie wünschen sich, daß ihr letztes Stündchen möglichst rasch kommt.«

Sara war fassungslos. »Ich verstehe kein Wort«, rief sie. »Willst du mir damit sagen, daß die Suppe verdorben war? Die Männer sind meinetwegen krank geworden? O Gott, ich muß sofort zu ihnen und ihnen helfen.«

Er packte sie an den Schultern, als sie an ihm vorbeilaufen wollte, und hielt sie fest.

»Du willst ihnen helfen? Sara, sie brennen darauf, dich über Bord zu werfen.«

»Das würden sie nie tun. Ich bin ihre Herrin.«

Am liebsten hätte er geschrien, aber als er merkte, daß sie es schon tat, atmete er tief durch und murmelte: »Sie täten nichts lieber, als dich zu ertränken, zum Teufel.« Nathan zerrte sie zum Bett und stieß sie auf die Decke.

»Und jetzt, meine Liebe, wirst du mir haarklein erzählen, wie du die verdammte Suppe zubereitet und was du alles hineingeschüttet hast.«

Sie brach in Tränen aus, und Nathan erfuhr erst zwanzig Minuten später, was die höllische Magenverstimmung ausgelöst hatte. Sara konnte ihm keine Informationen geben, die Hand und Fuß gehabt hätten, und da er mit ihren unzusammenhängenden Erklärungen, die immer wieder von heftigem Schluchzen unterbrochen wurden, so gut wie nichts anfangen konnte, wandte er sich an Iwan. Iwan erinnerte sich an das verdorbene Fleisch, das er auf den Tisch gelegt hatte, und seltsamerweise erinnerte er sich auch daran, Sara nichts davon gesagt zu haben, daß es schlecht gewesen war.

Nathan sperrte Sara in die Kajüte ein, um zu verhindern, daß sie noch mehr Unheil anrichtete. Sie raste vor Zorn, weil er ihr nicht erlaubte, zu den Männern zu gehen und ihren Fehler wiedergutzumachen.

In dieser Nacht kam er nicht in ihr Bett, da er und die anderen gesunden Männer die nächsten Wachen übernehmen mußten. Das freilich wußte Sara nicht – sie war der festen Überzeugung, daß er so wütend war, daß er nicht neben ihr schlafen wollte. Sie bezweifelte ernsthaft, ob sie je wieder den Mut aufbringen konnte, der Mannschaft unter die Augen zu treten. Wie, um alles in der Welt, konnte sie ihnen klarmachen, daß sie nicht absichtlich versucht hatte, sie zu vergiften? Sie mußte nicht lange nachdenken, bis sich ihr Kummer in Ärger verwandelte. Wie konnten sie nur annehmen, daß ihre Herrin so verbrecherische Anschläge verübte? Hielten sie sie tatsächlich für so schändlich, daß sie glaubten, sie wollte ihnen Schmerzen zufügen? Sara nahm sich vor, eines Tages, wenn sie das Vertrauen der Männer zurückgewonnen hatte, ein ernstes Wörtchen über ihre Neigung, voreilige Urteile zu fällen, zu sprechen.

Auch Nathan schien sich Zeit zu lassen, ihr ihren Irrtum zu vergeben.Er kam erst am Morgen in die Kajüte, schmiß sich wortlos aufs Bett und schlief den ganzen Vormittag durch. Sara konnte es nicht lange ertragen, in einem Raum gefangen zu sein, und Nathans Schnarchen ging ihr entsetzlich auf die Nerven. Um halb eins schlüpfte sie durch die Tür und ging an Deck. Heute hatte sie einen blauen Sonnenschirm bei sich – sie öffnete ihn und machte sich für einen kleinen Spaziergang bereit.

Es war die erniedrigendste Erfahrung, die sie im Leben gemacht hatte. Jeder Matrose, dem sie begegnete, drehte ihr augenblicklich den Rücken zu. Trotzdem erkannte sie, daß viele eine unnatürlich graue Gesichtsfarbe hatten und ihr finstere Blicke zuwarfen. Die Tränen schossen ihr in die Augen, als sie die Treppe zum Oberdeck erreicht hatte. Sie achtete kaum darauf, wohin sie ging; sie wollte nur so schnell wie möglich die düsteren Mienen hinter sich lassen.

Das Oberdeck war voll von Masten und Tauen, und es gab kaum Platz, spazierenzugehen. Sara kauerte sich neben das kleinste Segel in eine Ecke und legte den geöffneten Schirm zwischen zwei dicken Tauen ab.

Sie war sich nicht bewußt, wie lange sie dort saß und über einen Plan nachdachte, wie sie die Mitglieder der Mannschaft wieder für sich gewinnen konnte. Ihre Arme und ihr Gesicht nahmen rasch eine leicht rötliche Färbung an. Da es sich für eine Dame nicht schickte, einen sonnengebräunten Teint zu haben, beschloß Sara, wieder nach unten zu gehen und ihrer Tante einen Besuch abzustatten.

Sie freute sich darauf, mit jemandem reden zu können, der sie gernhatte. Nora würde sie nicht für ihren Irrtum tadeln, und ein freundliches Gespräch war genau das, war Sara jetzt brauchte.

Sie stand auf und griff nach ihrem Sonnenschirm, nur um im nächsten Moment festzustellen, daß sich die dünnen Speichen in den Seilen verfangen hatten.

Sara brauchte gut fünf Minuten, um die Knoten in den Seilen und Tauen zu lösen und ihren Sonnenschirm teilweise freizubekommen. Der Wind frischte auf, und das erschwerte das Unterfangen erheblich. Das Flattern der Segel war laut genug, um Saras ärgerliches Gemurmel zu übertönen. Sie gab ihre Bemühungen auf, als der dünne Stoff des Sonnenschirms zerriß. Sie wollte Matthew oder Jimbo bitten, ihr zu helfen.

Sara ließ ihren Schirm liegen und machte sich auf den Weg. Der Ruck war so heftig, daß sie an die Reling geschleudert wurde. Chester fing sie gerade noch in letzter Sekunde auf. Sie drehten sich um, weil sie die Quelle des Lärms erkunden wollten – gerade rechtzeitig, um zu beobachten, wie einer der Masten auf einen größeren prallte.

Chester rannte los und rief laut um Hilfe, als er die Treppe erreicht hatte. Im Nu herrschte ein totales Chaos, und Sara entschied sich, den umherlaufenden Männern lieber aus dem Weg zu gehen. Sie wartete, bis die Männer an ihr vorbeigerannt kamen, und ging zu Noras Kajüte. Matthew verließ gerade den Raum, als Sara ankam.

»Guten Tag, Matthew«, grüßte sie freundlich und machte einen Knicks. »Ich bleibe nur ein paar Minuten, um zu fragen, wie es meiner Tante heute geht. Ich verspreche, daß ich sie nicht ermüde.«

Matthew grinste. »Ich glaube Euch, aber trotzdem komme ich in einer halben Stunde wieder, um nach Nora zu sehen.«

In diesem Augenblick schwankte das Schiff wieder heftig von einer Seite zur anderen. Sara klammerte sich an den Türknauf, um nicht von den Beinen gerissen zu werden. »Gütiger Himmel, der Wind ist heute ziemlich stark, nicht wahr?«

Matthew war schon längst auf der Treppe und schrie: »Das war nicht der Wind.«

Sara schloß in dem Moment die Tür von Noras Kajüte hinter sich, in dem Nathan auf den Korridor stürmte.

Nora saß wieder aufrecht, gestützt von mehreren Kissen, im Bett, und Sara fand, daß sie erholt aussah.

»Deine Wangen haben wieder Farbe, Nora, und deine blauen Flecken verblassen allmählich. Es wird nicht sehr lange dauern, bis du mit mir an Deck herumwandern kannst.«

»Ja, ich fühle mich besser«, erwiderte Nora. »Und wie geht es dir?«

»Oh, ganz gut«, behauptete sie und setzte sich auf die Bettkante, bevor sie die Hand ihrer Tante ergriff.

Nora runzelte die Stirn. »Ich habe von deinen Kochkünsten gehört, Kind, und ich bin sicher, daß es dir nicht gutgeht.«

»Ich habe nichts von der Suppe gegessen«, brach es aus Sara hervor. »Aber ich fühle mich schrecklich, weil all die Männer so furchtbar krank geworden sind. Das wollte ich wirklich nicht.«

»Das weiß ich doch, Kind« beschwichtigte Nora. »Und ich

habe auch mit Matthew darüber gesprochen. Ich habe ihm klargemacht, daß du nicht einmal im Traum an so etwas Böses denken würdest und ganz sicher nicht mit Absicht etwas Ungenießbares in die Suppe getan hast.«

Sara seufzte. »Ist es nicht scheußlich, daß mir meine Bediensteten so etwas zutrauen?«

»Was ist mit Nathan?« fragte Nora. »Hat er dir Vorwürfe gemacht?«

Sara zuckte mit den Schultern. »Er war natürlich ein wenig böse, aber ich glaube nicht, daß er mir zutraut, daß ich seine Männer vergiften wollte. Er hat nichts von der Suppe gegessen – vielleicht bringt er auch nur deshalb mehr Verständnis auf. Auf jeden Fall ist mir das gleichgültig – ich habe mir vorgenommen, mich nicht mehr darum zu kümmern, was er denkt. Ich bin wirklich böse mit ihm, und zwar sehr«, fügte sie hinzu, als sie sah, daß ihre Tante lächelte. »Er behandelt mich ganz und gar nicht gut.«

Nora hatte keine Gelegenheit, etwas auf diese dramatische Eröffnung zu entgegnen, da Sara ausrief: »Oh, das hätte ich nie sagen dürfen. Nathan ist mein Mann, und ich sollte immer zu ihm halten. Ich schäme mich …«

»Hat er dir etwas angetan?« unterbrach Nora den Redeschwall.

»Nein, natürlich nicht. Es ist nur diese Sache …«

Eine lange Zeit verstrich, in der Nora nur vermuten konnte, was ihre Nichte ihr zu erklären versuchte.

Als Sara heftig errötete, argwöhnte Nora, daß sie Probleme mit der intimen Seite der Ehe hatte. »War er nicht zärtlich?«

Sara senkte den Blick. »Er war sehr zärtlich.«

»Aber?«

»Danach war er so abweisend … nach dem zweiten Mal ist er sogar gleich aufgestanden und weggegangen. Er hat kein einziges liebes Wort für mich gehabt – er hat überhaupt nichts gesagt. Einer Dirne hätte er sicher mehr Aufmerksamkeit entgegengebracht.«

Nora war viel zu erleichtert über die Tatsache, daß Nathan

behutsam vorgegangen war, um seiner Gedankenlosigkeit allzu viel Bedeutung zuzumessen. »Hast du denn liebe Worte zu ihm gesagt?« fragte sie.

»Nein.«

»Mir scheint, daß Nathan gar nicht weiß, was du dir wünschst und wie sehr du sein Lob brauchst.«

»Ich brauche kein Lob«, erwiderte Sara verärgert. »Ich hätte nur gern ein wenig mehr… O Himmel, das ist ja gar nicht wahr! Ich wünsche mir sein Lob. Ich kann mir selbst nicht erklären, warum… Nora. Spürst du auch, daß das Boot auf eine Seite driftet? Ich frage mich wirklich, warum Nathan das nicht in Ordnung bringt.«

Nora brauchte einen Augenblick, um Saras Gedankensprung nachzuvollziehen, dann meinte sie: »Ja, ich glaube, es neigt sich ein wenig zur Seite, aber hast du nicht gesagt, daß der Wind heute ziemlich rauh ist?«

»Das Schiff scheint gar nicht mehr weiterzufahren. Ich hoffe nur, daß wir nicht untergehen – ich habe nie schwimmen gelernt. Aber das ist gar nicht so wichtig – Nathan würde mich nie ertrinken lassen.«

Nora lächelte. »Davon bist du überzeugt, nicht wahr?«

Sara war erstaunt über diese Behauptung. »Natürlich, ich bin doch seine Frau, und er hat versprochen, mich zu beschützen.«

»Und darauf vertraust du felsenfest?«

»Selbstverständlich.«

Das Schiff stand tatsächlich still, und die Wellen klatschten an den Bug. Sara bemerkte, daß Nora sehr erschrocken war, als sie ihre Hand ergriff. Sara streichelte sie und sagte: »Nathan ist der Captain auf diesem Schiff, Nora, und er würde nie zulassen, daß wir ins Meer fallen. Er weiß, was er unternehmen muß. Mach dir keine Sorgen, Nora.«

Plötzlich zerriß ein donnerndes Brüllen die Luft – jemand schrie nach Sara. Sara verzog das Gesicht. »Siehst du, was ich meine, Nora? Wenn Nathan meinen Namen ausspricht, dann schreit er. Ich frage mich wirklich, was ihn jetzt wieder auf die

Palme gebracht hat. Dieser Mann scheint zum Jähzorn zu neigen. Ob ich wohl je mit ihm zurechtkomme?«

»Sieh nach, was er will«, schlug Nora vor. »Laß dich durch seine laute Stimme nicht einschüchtern. Ich habe dir schon einmal gesagt, daß er einen guten Kern hat.«

»Ich weiß«, seufzte Sara. Sie stand auf und glättete ihr Kleid.

»Schau hinter die grimmige Fassade, und du findest einen guten Mann.«

»Ich werd's versuchen, Nora.«

Sie drückte Nora einen Kuß auf die Wange, lief auf den Flur und prallte frontal gegen Jimbo. Der große Mann reagierte schnell und hielt sie fest, um sie vor einem Sturz zu bewahren. »Kommt mit mir«, befahl er.

Er bugsierte sie zu den Stufen, die in den Frachtraum führten, aber sie wehrte sich. »Nathan hat nach mir gerufen, Jimbo. Ich muß zu ihm gehen – ist er an Deck?«

»Ich weiß zwar, wo er ist«, brummte Jimbo. »Aber er braucht ein paar Minuten, um sich zu beruhigen, Sara. Ihr könnt Euch solange hier unten verstecken …«

»Ich verstecke mich nicht vor meinem Mann«, fiel Sara ihm ins Wort.

»Verdammt richtig, das wirst du nicht tun!«

Sara machte einen Satz, als Nathans donnernde Stimme direkt hinter ihr ertönte. Sie drehte sich um und tat ihr Bestes, um ein Lächeln auf ihr Gesicht zu zwingen. Immerhin stand einer ihrer Bediensteten neben ihr, und das Personal sollte nie etwas von den Familienstreitigkeiten mitbekommen. Die zornige Miene ihres Mannes löschte jedoch alle Überlegungen in dieser Richtung aus. Sie achtete nicht mehr auf Jimbo, der sie beobachtete, und funkelte Nathan wütend an. »Um Himmels willen, Nathan, mußt du dich so an mich anschleichen und mich zu Tode erschrecken?«

»Sara«, flüsterte Jimbo. »Ich würde …«

Sie ignorierte den Seemann. »Und da ich dein schlechtes Benehmen schon einmal zur Sprache gebracht habe, möchte ich dir auch noch sagen, daß mich dein Gebrüll krank macht. Wenn du mit mir reden möchtest, dann kannst du ebensogut in einem zivilisierten Ton reden.«

Jimbo rückte näher zu ihr, und plötzlich tauchte Matthew aus dem Schatten auf und bezog Posten auf der anderen Seite. Sara war erstaunt, als ihr klar wurde, daß die beiden Männer tatsächlich versuchten, ihr beizustehen.

»Nathan würde mir nie etwas antun«, erklärte sie. »Es kann sein, daß er es gerne täte, aber er würde trotzdem nie Hand an mich legen, auch wenn er noch so wütend ist.«

»Er sieht aus, als ob er Euch umbringen wollte«, stellte Jimbo leise fest. Trotzdem grinste er breit über Saras Schlauheit. Sie ist zwar eine verdrehte Person, dachte er, aber nicht auf den Kopf gefallen.

»Er sieht immer so aus, als ob er jemanden umbringen wollte«, flüsterte Sara zurück. Sie verschränkte die Arme vor der Brust und war bemüht, streng und nicht ängstlich zu wirken.

Nathan hatte bis jetzt noch kein einziges Wort von sich gegeben, aber seine Blicke brannten Löcher in ihre Haut. Er schien wirklich Lust zu haben, sie zu erwürgen.

Schau hinter die Fassade, hatte Nora gesagt, aber dieses Kunststück gelang Sara nicht. Sie brachte es nicht einmal fertig, seinem Blick länger als einen Herzschlag standzuhalten. »Also gut«, hauchte sie, als sie die bedrohliche Spannung nicht mehr ertragen konnte. »Hat noch jemand von der Suppe gegessen? Bist du deshalb in einer so miserablen Verfassung?«

Die Muskeln an seinen Wangen spannten sich an, und Sara wurde sofort klar, daß sie diese Frage besser nicht gestellt hätte. Es war nicht besonders günstig, ihn an die Umstände zu erinnern, die sie am Tage zuvor verursacht hatte. Während sie das dachte, fiel ihr Blick auf den Sonnenschirm in seiner Hand.

Nathans rechtes Augenlid zuckte zweimal. Gütiger Himmel, dank der Ungeschicklichkeit dieser naiven Frau war er in echte Bedrängnis geraten. Er konnte sich selbst nicht mehr trauen, wenn er ihr gegenüberstand. Er streckte die Hand aus und drängte Sara in die Kajüte, dann schleuderte er die Tür zu und warf sich dagegen.

Sara ging zielstrebig zum Schreibtisch auf der anderen Seite, lehnte sich dagegen und bemühte sich um eine unbekümmerte Haltung. »Nathan, es ist nicht zu übersehen, daß du dich über irgend etwas aufregst«, begann sie. »Hast du vor, mir zu erzählen, was dich so erbost, oder möchtest du weiterhin nur herumstehen und mich anstarren? Guter Gott, du strapazierst meine Geduld.«

»*Ich* strapaziere *deine* Geduld?« Sie wagte nicht, das zu bestätigen.

»Kommt dir das bekannt vor?« fragte er donnernd und hielt ihr den Sonnenschirm entgegen.

Sie betrachtete den Schirm und entdeckte, daß er zerbrochen war.

»Hast du meinen schönen Sonnenschirm kaputtgemacht?« fragte sie empört?

Sein Augenlid zuckte wieder. »Ich habe gar nichts getan. Dieses verdammte Ding ist zerbrochen, *als* der erste Mast umgestürzt ist. Hast du die Taue gelöst?«

»Hör bitte auf, mich anzuschreien«, protestierte sie. »Ich kann keinen klaren Gedanken fassen, wenn du so brüllst.«

»Antworte mir.«

»Ich habe ein paar Knoten aufgemacht, Nathan, aber ich hatte einen guten Grund dafür. Dieser Sonnenschirm war sehr teuer«, fügte sie hinzu und deutete auf die Fragmente in seiner Hand. »Er hatte sich in den Seilen verfangen, und ich habe nur versucht … Nathan, was passiert, wenn die Taue nicht verknotet sind?«

»Wir haben zwei Segel verloren.«

Sie konnte es nicht fassen. »Was haben wir?«

»Zwei Segel sind zerfetzt.«

»Und deshalb regst du dich so auf? Mein lieber Mann, du hast doch noch sechs andere auf diesem Boot. Sicher …«

»Schiff«, tobte er. »Es ist ein Schiff und kein Boot.«

Es war besser, ihn ein wenig zu besänftigen, deshalb meinte sie: »Ich wollte ja Schiff sagen.«

»Hast du noch mehr von diesen Dingern?«

»Diese Dinger sind Sonnenschirme«, erklärte sie geduldig. »Ja, ich habe drei.«

»Gib sie mir.«

»Was hast du mit ihnen vor?«

Sie lief zu ihrem Schrankkoffer, als Nathan Anstalten machte, selbst nach den Schirmen zu suchen. »Ich kann mir wirklich nicht vorstellen, wozu du Sonnenschirme brauchen solltest«, flüsterte sie.

»Ich schmeiße sie ins Meer. Wenn wir Glück haben, spießen sich ein paar Haifische daran auf.«

»Du kannst meine Sonnenschirme nicht ins Meer werfen. Sie passen genau zu meinen Kleidern, Nathan. Sie wurden extra angefertigt … Es wäre wirklich eine Verschwendung. Du kannst das nicht tun.« Sie beendete ihre Tirade mit einem leisen Wimmern.

»Zur Hölle, natürlich kann ich.«

Er brüllte nicht mehr, und darüber hätte sie eigentlich glücklich sein müssen, aber sie war es nicht. Für ihren Geschmack war er immer noch zu brutal. »Du solltest mir zuerst erklären, warum du meine Sonnenschirme wegwerfen willst, vielleicht gebe ich sie dir dann.«

Sie sah, daß die anderen Schirme auf dem Boden des Schrankkoffers lagen, und nahm sie an sich. Als sie sich zu Nathan umdrehte, preßte sie sie fest an ihre Brust.

»Diese verdammten Dinger richten nur Unheil an.«

Ihre ungläubige Miene sprach Bände. »Wie könnten Sonnenschirme Unheil anrichten?«

Sie sah ihn an, als ob er endgültig den Verstand verloren hätte. Er schüttelte den Kopf. »Der erste hat meine Männer außer Gefecht gesetzt, Sara«, erinnerte er sie ruhig.

»Er hat nur Iwan für kurze Zeit außer Gefecht gesetzt«, korrigierte sie ihn.

»Und das war der Grund dafür, daß du diese verdammte

Suppe gekocht hast, die die Hälfte meiner Mannschaft vergiftet hat«, ergänzte er.

Damit hatte er genau den wunden Punkt getroffen, und Sara war ehrlich empört, daß er die Sprache wieder darauf gebracht hatte.

»Der zweite Sonnenschirm hat mein Schiff fahruntüchtig gemacht«, fuhr Nathan fort. »Hast du nicht bemerkt, daß wir keine Fahrt mehr machen? Wir mußten Anker werfen, damit wir den Schaden reparieren können. Und genau aus diesem Grund werde ich all deine verdammten Sonnenschirme im Meer versenken.«

»Nathan, ich finde es entsetzlich, daß ich diese Mißgeschicke verursacht habe, aber du tust so, als ob ich es mit Absicht getan hätte.«

»Hast du es absichtlich getan?«

Wenn er ihr den Hintern versohlt hätte, hätte sie nicht wütender sein können. »Nein«, rief sie. »Du bist wirklich sehr beleidigend.«

Am liebsten hätte er ihr gründlich den Kopf zurechtgesetzt, aber genau in diesem Moment fing sie an zu schluchzen.

»Hör auf mit der Heulerei«, forderte er.

Sie weinte nicht nur weiter, sondern warf sich auch noch an seine Brust. Zum Teufel, er war doch derjenige gewesen, der sie zum Weinen gebracht hatte, dachte er, und sie müßte eigentlich böse mit ihm sein.

Nathan hatte nicht die geringste Ahnung, was er mit ihr anfangen sollte. Die Sonnenschirme waren um seine Füße verstreut, und Sara klammerte sich an ihn und weinte sein Hemd naß. Er legte die Arme um sie und hielt sie fest, während er zu begreifen versuchte, warum in Gottes Namen er sich wünschte, sie zu trösten.

Diese Frau hätte beinahe sein Schiff versenkt.

Er küßte sie.

Sie schmiegte den Kopf an seine Schulter und hörte auf zu weinen. »Wissen die Männer, daß ich das Schiff kaputtgemacht habe?«

»Du hast es nicht kaputtgemacht«, murmelte er. Gütiger Himmel, sie klang so erbarmungswürdig.

»Aber denken die Männer, daß ich ...«

»Sara, wir können den Schaden in ein paar Tagen reparieren«, behauptete er. Es war eine Lüge – sie brauchten mindestens eine Woche, aber er beschönigte die Wahrheit ein wenig, um ihren Kummer zu lindern.

Jetzt war ihm endgültig klar, daß er nicht mehr bei Verstand war. Seine Frau hatte, seit sie an Bord gekommen war, nur Chaos gestiftet... Er küßte sie auf den Scheitel und strich ihr über den Rücken.

Sie lehnte sich an ihn. »Nathan?«

»Ja?«

»Wissen meine Bediensteten, daß ich an dem Mißgeschick schuld bin?«

Er warf einen verzweifelten Blick zur Decke – ihre Bediensteten ... »Ja, sie wissen es!«

»Hast du es ihnen gesagt?«

Er schloß die Augen. Offensichtlich argwöhnte sie, daß er sich ihr gegenüber nicht loyal verhalten hatte. »Nein, das habe ich nicht getan, Sara. Sie haben den Sonnenschirm gesehen.«

»Ich möchte so gern, daß sie mich respektieren.«

»Oh, sie haben sogar großen Respekt vor dir«, eröffnete er belustigt.

Sie hörte das Lachen in seiner Stimme und schöpfte ein wenig Hoffnung, die sofort zunichte gemacht wurde, als Nathan hinzusetzte: »Sie erwarten, daß du als nächstes die Pest über sie bringst.«

Sie war fest davon überzeugt, daß er sie nur necken wollte.

»Die glauben bestimmt nicht so einen Unsinn«, erwiderte sei.

»O doch, das tun sie. Sie schließen sogar Wetten ab. Manche denken, daß du zuerst die Pocken heraufbeschwörst und dann die Pest, andere glauben ...«

Sie stieß ihn von sich. »Das meinst du doch nicht im Ernst, oder?«

Er nickte nur. »Sie sind überzeugt, daß ein Fluch auf dir lastet.«

»Wie kannst du nur so schreckliche Dinge sagen?«

Er hob die Achseln. »Die Männer sind abergläubisch, Sara.«

»Denken sie so, weil ich eine Frau bin?« wollte sie wissen. »Ich habe gehört, daß Seeleute glauben, eine Frau an Bord würde Unglück bringen. Aber ich halte das für kompletten Unsinn.«

»Nein, nein«, widersprach er. »Meine Männer sind daran gewöhnt, eine Frau an Bord zu haben. Meine Schwester Jade war lange Zeit auf diesem Schiff.«

»Aber warum ...«

»Du bist so anders als Jade, und das haben sie ziemlich schnell gemerkt.«

Plötzlich schoß Sara ein Gedanke durch den Kopf. »Nathan, ich werde den Männern helfen, das Schiff zu reparieren«, sprudelte sie hervor. »Ja, das ist genau das Richtige, dann werden sie merken, daß ich nicht vorsätzlich ...«

»Gott möge uns davor bewahren«, stöhnte er.

»Dann sag mir, wie ich ihr Vertrauen wiedererlangen kann.«

»Ich kann wirklich nicht begreifen, warum du so davon besessen bist, die Männer für dich zu gewinnen. Das ist doch völlig sinnlos.«

»Ich bin ihre Herrin, und sie müssen mich respektieren, wenn ich sie führen will.«

Er seufzte abgrundtief und schüttelte den Kopf. »Du solltest dich jetzt lieber ins Bett begeben und dort bleiben, bis ich zurückkomme.«

»Warum?«

»Stell keine Fragen, bleib einfach nur in dieser Kajüte.«

Sie neigte den Kopf, um ihre Zustimmung auszudrücken. »Ich werde die Kajüte nur verlassen, wenn ich Nora einen Besuch mache, gut?«

»Ich habe doch gesagt ...«

»Bitte, es wird ein langer Nachmittag, Nathan. Du bist vermutlich so beschäftigt, daß du erst in ein paar Stunden nach Hause kommst. Letzte Nacht bist du gar nicht zu Bett gegangen. Ich habe versucht, wach zu bleiben, aber ich war einfach zu müde.«

Er lächelte, weil sie die Kajüte als ihr Zuhause bezeichnet hatte und nickte. »Du wirst heute nacht auf mich warten, egal wie spät ich komme.«

»Fängst du schon wieder an zu schreien?«

»Nein.«

»Also gut«, versprach sie. »Ich werde auf dich warten.«

»Verdammt, Sara, ich habe dich nicht darum gebeten, ich habe es dir befohlen«, versetzte er.

Er packte sie und hielt ihre Schultern mit eisernem Griff fest. Das war alles andere als eine Liebkosung, und Sara stieß seine Hände weg. Aber gleich darauf schlang sie die Arme um seine Taille.

»Nathan?«, hauchte sie.

Als Nathan hörte, daß ihre Stimme zitterte, ließ er die Hände sinken. Vielleicht hatte sie Angst, daß er ihr etwas antun könnte. Gerade als er zu einer Erklärung ansetzen wollte, daß er, gleichgültig wie sehr sie ihn reizte, niemals die Hand gegen sie erheben würde, stellte sich Sara auf die Zehenspitzen und küßte ihn. Er war so überrascht, daß ihm die Worte im Hals steckenblieben.

»Ich war sehr böse auf dich, als du die Kajüte, gleich nachdem wir so intim gewesen waren, verlassen hast«, bekannte sie schüchtern.

Ein Lächeln verzog seine Mundwinkel. »Warum?«

»Weil eine Frau danach gern hören möchte, daß sie …«

»Ihren Mann zufriedengestellt hat?«

»Nein«, erwiderte sie. »Du darfst dich nicht über mich lustig machen, Nathan. Bitte behandle das, was zwischen uns geschehen ist, nicht so … sachlich. Es war wunderschön.«

Ein unkontrollierbares Beben durchlief seinen Körper bei dieser glühenden Rede. Sie meinte tatsächlich, was sie sagte, und öffnete ihm dabei ihr Herz. Und er spürte, daß ihm das außerordentlich gut gefiel. »Ja, es war wunderschön«, sagte er. »Und ich wollte mich nicht über dich lustig machen. Ich verstehe nur nicht, was du von mir erwartest.«

»Ich möchte nur hören, daß ...«

Sie konnte nicht weitersprechen.

»... daß du eine wunderbare Frau bist?«

Sie nickte. »Ich habe auch einen Fehler gemacht« räumte sie ein. »Ich hätte dir ein paar Komplimente machen müssen.«

»Warum?«

Sie sah ihn verwirrt an, und das machte wiederum ihn ganz konfus. »Weil ein Mann solche Sachen genauso gern hört wie eine Frau.«

»Ich nicht.«

»O doch, du auch.«

Er fand, daß er genügend Zeit mit dieser seltsamen Unterhaltung verschwendet hatte, bückte sich und hob die Sonnenschirme auf.

»Kann ich sie zurückhaben?« flehte Sara. »Ich werde sie selbst vernichten. Ich möchte nicht, daß meine Bediensteten sehen, wie du sie über Bord wirfst. Das wäre mir zu peinlich.«

Er erklärte sich widerstrebend damit einverstanden, aber auch nur, weil er glaubte, daß sie keinen Schaden anrichten konnte, wenn sie und diese Dinger in der Kajüte blieben. Aber um ganz sicherzugehen, nahm er ihr noch ein Versprechen ab.

»Die Sonnenschirme werden diese Kajüte nicht verlassen?«

»Nein.«

»Und du wirst sie vernichten?«

»Ja.«

Das stellte ihn für den Augenblick zufrieden, und er spürte, daß er ein wenig ruhiger wurde. Als er die Kajüte verließ, war er überzeugt, daß seine Frau keine Möglichkeit hatte, etwas zu ruinieren. Außerdem, dachte er, was konnte sie noch Schlimmeres anstellen?

8

Sie steckte sein Schiff in Brand.

Alle hatten sich in Sicherheit gewiegt, da volle acht Tage und Nächte kein einziges Mißgeschick passiert war. Die Männer waren zwar argwöhnisch, wenn Sara in der Nähe war, aber sie warfen ihr keine so finsteren Blicke mehr zu. Einige pfiffen sogar wieder Melodien während ihrer Arbeit. Nur Chester, der ungläubige Thomas, schlug immer noch jedesmal das Kreuzzeichen, wenn er Sara begegnete.

Lady Sara tat so, als würde sie keine Notiz davon nehmen. Als die Segel geflickt und der Mast aufgerichtet war, nahmen sie wieder Fahrt auf. Bis zu der Insel, auf der Nora ihren Wohnsitz hatte, würden sie nur noch etwa acht Tage brauchen. Die Sonne brannte so sehr, daß die Hitze an den Nachmittagen nahezu unerträglich war, aber dafür waren die Nächte so kalt, daß man mehrere Decken brauchte, um sich zu wärmen.

Alles schien normal und ohne Schwierigkeiten zu verlaufen. Nathan sollte als erster merken, daß dieser friedliche Zustand nicht von Dauer war. Am späten Freitagabend unterhielt er sich mit Matthew und Jimbo darüber, wie die Kanonen für die auf den nächsten Tag angesetzte Gefechtsübung ausgerichtet werden sollten. Danach plauderten sie noch ein wenig über die Besatzung und das Schiff.

Die drei Männer standen direkt neben der Falltür, durch die man in Nathans Kajüte gelangen konnte, deshalb senkte Jimbo die Stimme, als er sagte: »Die Männer fangen langsam an, den Unsinn, daß auf dieser Frau ein Fluch liegt, zu vergessen.« Er spähte über seine Schulter, als ob er sich dadurch vergewissern könnte, daß Sara das Gespräch nicht mithören konnte, dann fuhr er fort: »Nur Chester erzählt überall herum, daß immer drei Unglücke hintereinander passieren, wenn der Fluch nicht gebannt wird. Ich denke, es ist das Beste, wenn wir Sara weiterhin im Auge behalten, bis …«

»Jimbo, niemand würde es wagen, die Frau des Captains auch nur anzurühren« fiel Matthew ihm ins Wort.

»Ich habe ja auch nicht behauptet, daß das jemand vorhat«, entgegnete Jimbo. »Ich will nur nicht, daß die Männer ihre Gefühle verletzen; sie scheint ziemlich zartbesaitet zu sein.«

»Wußtest du, daß sie uns alle als ihre Bediensteten ansieht?« fragte Matthew. Plötzlich breitete sich ein Grinsen auf seinem Gesicht aus. »Sie scheint dich ja ganz schön um den Finger gewickelt zu haben, wenn du solche Rücksicht auf ihre Gefühle nimmst.«

Er wollte eigentlich dieses Thema noch ein wenig mehr vertiefen, aber der stechende Geruch nach Rauch hielt ihn davon ab. »Kann es sein, daß es hier nach Feuer riecht?« fragte er. Nathan bemerkte vor den beiden anderen, daß dünne Rauchfahnen durch die Ritzen der Falltür drangen. Er hätte »Feuer« schreien müssen, um die Männer auf die Gefahr aufmerksam zu machen, aber er tat es nicht. Statt dessen brüllte er den Namen seiner Frau mit so qualvoller Stimme, daß es den anderen fast die Eingeweide zerfetzt hätte.

Er riß die Falltür auf, und augenblicklich hüllte eine dicke schwarze Rauchwolke die drei Männer ein und raubte ihnen die Sicht. Nathan schrie wieder nach Sara.

Matthew brüllte: »Feuer«, und Jimbo lief los, um Eimer zu holen. Während er noch rannte, rief er einige Männer zusammen, die die Eimer mit Meerwasser füllen sollten. Matthew hatte alle Mühe, Nathan davon abzuhalten, durch die Falltür in seine Kajüte zu springen.

»Du weißt nicht, wie groß der Schaden ist«, schrie er. »Nimm lieber die Treppe, Junge …«

Matthews Stimme brach ab, als Nathan zur Treppe stürmte und unter Deck verschwand.

Die Kajüte war so voller Qualm, daß Nathan nicht die Hand vor seinen Augen sehen konnte. Er tastete sich durch den Raum zum Bett, um Sara wegzubringen.

Dort war sie nicht. Seine Lunge brannte, als er die Kajüte durchsuchte. Er stolperte zur Falltür, um die Wassereimer entgegenzunehmen, die Jimbo ihm reichte, damit er die Flammen löschen konnte.

Die Gefahr war rasch gebannt. Der Gedanke, wie knapp sie dem Untergang entronnen waren, brachte alle Männer zum Zittern, und Nathan hatte große Mühe, seinen Herzschlag zu beruhigen. Die Angst, daß seiner Frau etwas passiert sein könnte, raubte ihm fast den Verstand. Aber sie war nicht in der Kajüte, sie war nicht im Qualm erstickt. Sie war nicht tot. Noch nicht.

Matthew und Jimbo standen neben Nathan in einer Ecke der Kajüte, um den Schaden zu begutachten.

Einige verkohlte Planken unter dem dickbäuchigen Behälter waren durchgebrochen und im Frachtraum gelandet. Dort klaffte jetzt ein großes Loch im Fußboden. Zwei Wände waren schwarz und über und über mit Ruß bedeckt.

Die Verwüstung schien Nathan nicht so sehr zu beeindrucken – er war offensichtlich von etwas ganz anderem mehr als nur fasziniert. Sein starrer Blick war auf die Überreste von Saras Sonnenschirmen gerichtet, die noch immer auf dem verbogenen Gitter, mit dem der Behälter abgedeckt war, glühten.

Matthew stieß Jimbo an. »Dachte sie etwa, daß das ein Kamin ist?« flüsterte er und massierte seinen Unterkiefer, während er über die Möglichkeit nachdachte.

»Ich vermute, du könntest recht haben«, seufzte Jimbo.

»Wenn sie hier geschlafen hätte, wäre sie im Rauch erstickt«, krächzte Nathan.

»Aber, Junge«, begann Jimbo im guten Glauben, daß Nathan daran dachte, was seiner Frau hätte passieren können. »Sara ist nichts geschehen, und das allein ist wichtig. Mir scheint, deine Stimmung ist so schwarz wie die verkohlten Wände, aber im Grunde hast du dir das alles selbst zuzuschreiben«, fügte er mit einem knappen Nicken hinzu.

Nathan warf ihm einen mörderischen Blick zu, der Jimbo jedoch keineswegs so beeindruckte, daß er den Mund hielt. »Ich habe gehört, daß Sara die Falltür als Schornstein bezeichnet hat und mußte darüber lachen. Ich war sicher, daß du ihren Irrtum aufgeklärt hättest.«

»Ich fürchte, er hat es nicht getan«, lautete Matthews Kommentar.

Jimbos kurze Ansprache hatte dazu beigetragen, Nathan zu beschwichtigen. Seine Stimme überschlug sich fast, als er brüllte: »Sie hat mein Schiff in Brand gesteckt!«

»Sie hat nicht gewußt, was sie anrichtet«, verteidigte Matthew sie.

Nathan hörte ihm gar nicht zu. »Sie hat mein Schiff in Brand gesteckt«, wiederholte er noch einmal mit ebenso donnernder Stimme.

»Wir haben dich schon beim erstenmal ganz gut verstanden, Junge«, meinte Jimbo begütigend. »Jetzt beruhige dich und denk über die Ursache des Zwischenfalls nach.«

»Vermutlich braucht er noch ein paar Minuten, bis er überhaupt einen klaren Gedanken fassen kann, Jimbo«, sagte Matthew. »Der Junge war schon immer ein Hitzkopf, und Sara hat das Feuer angezündet – das kann niemand leugnen.«

Die beiden Männer wandten sich zum Gehen um, da sie Nathan Gelegenheit zum Überlegen geben wollten, aber Nathans strenger Befehl ließ sie mitten in der Bewegung innehalten.

»Bringt sie zu mir. Jetzt gleich.«

Jimbo gab Matthew ein Zeichen, dort zu bleiben, wo er war, und machte sich auf den Weg. Er fand Sara an Noras Bett vor und teilte ihr, ohne sie vorzuwarnen, mit, daß ihr Mann sie zu sprechen wünschte.

Sara eilte in ihre Kajüte. Als sie das Wasser auf dem Boden sah, riß sie die Augen weit auf, und sie schnappte hörbar nach Luft, als ihr Blick das klaffende Loch im Boden erfaßte.

»Mein Gott, was ist geschehen?«

Nathan sah sie an. »Es hat gebrannt.«

Die Erkenntnis traf sie wie ein Blitzschlag. »Gebrannt?« wiederholte sie mit einem heiseren Flüstern. »Meinst du das Feuer im Kamin, Nathan?«

Ohne zu antworten, ging er langsam auf sie zu und blieb so dicht vor ihr stehen, daß er ihr leicht den Hals hätte umdrehen können.

Sie sah ihn nicht an, und das half ihr ein wenig. Sie traktierte ihre Unterlippe mit den Zähnen, bevor sie anfing wie Espenlaub zu zittern. Nathan konnte nur vermuten, daß sie erst in diesem Moment begriff, was für ein Irrtum ihr unterlaufen war. Wie so oft war seine Vermutung falsch.

»Ich hätte den Kamin nicht unbeaufsichtigt brennen lassen sollen«, flüsterte sie tonlos. »Ist ein Funke …?«

Er schüttelte den Kopf.

Ihre ängstliche Miene kühlte seinen Zorn um ein paar Grad ab. Verdammt, sie fürchtet sich vor mir, dachte er überflüssigerweise. Angesichts der Umstände war das nur natürlich, aber Nathan brachte es dazu, etwas weniger rigoros vorzugehen.

»Sara?« fragte er mit der mildesten Stimme, die er zustande brachte.

Sie zuckte zusammen bei dem furchteinflößenden Tonfall und zwang sich eisern, nicht die Flucht zu ergreifen. »Ja, Nathan?« erwiderte sie zaghaft und hielt den Blick gesenkt.

»Sieh mich an.«

Sie gehorchte, und die Tränen in ihren Augen schwemmten seinen restlichen Ärger weg. Er stöhnte gequält, bevor er ihr eröffnete:

»Es ist kein Kamin«, und die Kajüte verließ.

Sara sah ihm lange nach, dann drehte sie sich zu Jimbo und Matthew um.

»Hat er gerade behauptet, daß der Kamin *kein* Kamin ist?«

Die beiden Männer nickten gleichzeitig.

Sie ließ die Schultern hängen. »Er sieht aber aus wie ein Kamin.«

»Trotzdem ist es keiner«, meinte Matthew und stieß Jimbo in die Seite. »Erklär du's ihr.«

Jimbo machte ihr klar, daß die Metallteile und der Behälter zwar zu einem Brennofen gehörten, aber kein funktionsfähiger Kamin seien. Die Stücke hatte Nathan erworben, um den Ofen im Büro der Emerald Shipping Company reparieren zu können. Er hatte nur vergessen, sie von Bord zu bringen, aber, so meinte Jimbo vielsagend, er würde das nächste Mal ganz sicher daran denken, sie fortzuschaffen.

Matthew fügte noch hinzu, daß die Falltür in der Decke kein Schornstein, sondern lediglich eine Luke sei, die dazu diente, daß frische Luft und Licht in die Kajüte kommen konnten.

Saras Gesicht schien während der Ausführungen der Männer selbst Feuer gefangen zu haben. Zum Schluß dankte sie ihnen stockend für ihre Geduld und kam sich wie eine komplette Idiotin vor. »Ich hätte die gesamte Mannschaft umbringen können«, hauchte sie schließlich.

»Ja, das hättet Ihr«, bestätigte Matthew.

Endlich brach sie in Tränen aus und brachte damit die beiden Männer in die größte Verlegenheit. Jimbo sah Matthew an, den von einer Sekunde zur anderen väterliche Gefühle überkamen. Er nahm Sara in die Arme und tätschelte ihr den Rücken.

»Es ist ja alles nicht so schlimm«, versuchte Jimbo sie zu besänftigen. »Ihr konntet das ja nicht wissen.«

»Sogar ein Trottel hätte es gemerkt«, schluchzte sie.

Die beiden nickten sich insgeheim zu. Dann sagte Matthew: »Ich hätte auch gedacht, daß es ein Kamin ist, wenn ich …«

Weiter kam er nicht, da ihm keine passende Lüge einfiel.

Jimbo kam ihm zu Hilfe. »Jedem, der sich nicht auf Schiffen auskennt, hätte dieser Irrtum unterlaufen können.

Nathan stand in der Tür und traute seinen Ohren nicht. Jimbo und Matthew, die beiden kaltblütigsten Piraten, mit denen er es je zu tun gehabt hatte, benahmen sich wie zwei sanftmütige Kindermädchen. Er hätte gelacht, wenn sein Blick nicht wieder auf die verkohlten Wände und das Loch gefallen wäre.

»Wenn du damit fertig bist, den Rücken meiner Frau blau zu schlagen, Matthew, dann könntest du ein paar Männer damit beauftragen, die Messe sauberzumachen.«

Dann wandte er sich an Jimbo: »Du solltest nachsehen, ob die Planken, die in den Frachtraum gefallen sind, noch zu gebrauchen sind, und den Fußboden reparieren, Jimbo. Wenn du die Hände nicht von meiner Frau nimmst, Matthew, werde ich …«

Die Drohung blieb unausgesprochen, dafür ging Nathan auf

Sara zu und sagte: »Wenn jemand meine Frau tröstet, dann bin ich es.«

Jimbo und Matthew grinsten, als Nathan Sara in die Arme nahm, und verließen den Raum.

Nathan hielt Sara fest, bis er vollkommen ratlos fragte: »Gütiger Himmel, bist du nicht bald fertig mit dem Weinen?«

Sie wischte ihr Gesicht an seinem Hemd ab und rückte ein Stück von ihm weg. »Ich versuche ja, nicht zu weinen, aber manchmal kann ich einfach nicht anders.«

»Das habe ich schon bemerkt.«

Er hob sie hoch und trug sie zum Bett. Jetzt endlich war er ruhig genug, um ihr einen Vortrag über die schlimmste Angst eines jeden Seemanns zu halten: Feuer. Er durchmaß, während er ruhig und sachlich sprach, den Raum mit großen Schritten und hatte dabei die Hände auf den Rücken gelegt.

Erst als er zum Ende kam, schrie er, und Sara wagte nicht, ihn darauf aufmerksam zu machen. Die Adern an seinen Schläfen waren beachtlich angeschwollen, und sie schloß daraus, daß ihr Mann seinen Zorn noch nicht überwunden hatte.

Sie beobachtete ihn genau, als er auf und ab lief, brüllte und schimpfte, und in diesen Minuten, in denen er ganz er selbst war, wurde ihr klar, wie sehr sie ihn liebte. Er war, ohne daß er es wußte, sehr nett zu ihr. Er verfluchte sich selbst, Jimbo und Matthew, weil es niemand von ihnen für nötig befunden hatte, sie über das Leben auf einem Schiff aufzuklären, und haderte sogar mit Gott, weil er das Feuer über sie gebracht hatte.

Am liebsten hätte sie sich in seine Arme geworfen und ihm gesagt, daß sie ihn, was immer auch passierte, bis in alle Ewigkeit lieben würde. Sie fühlte plötzlich eine grenzenlose Zufriedenheit – fast so, als wäre sie all die Jahre auf einer Reise gewesen und jetzt endlich nach Hause gekommen.

Nathan hatte ihr eine Frage gestellt und wartete auf eine Antwort. Er sah sie irritiert an, weil sie offensichtlich während seinen Ausführungen geträumt hatte. Sara achtete nicht darauf. Sie war sicher, daß er sich eines Tages an sie gewöhne und sie so nehmen würde, wie sie war. Sie hatte sich ja auch schon an seine Fehler und an seinen finsteren Blick gewöhnt. Und, Nora hatte recht gehabt, hinter der grimmigen Fassade steckte wirklich ein guter, freundlicher Mann.

Nathan wiederholte seine Frage, und Sara versprach ihm, daß sie nichts mehr auf diesem Schiff anrühren würde, bis sie in den Hafen eingelaufen waren.

Nathan war zufrieden. Nachdem er die Kajüte verlassen hatte, machte sich Sara sofort an die Arbeit. Sie verbrachte einige Stunden damit, die Wände und den Boden zu schrubben und wechselte die Bettwäsche. Als sie fertig war, wusch sie sich und zog sich für die Nacht um. Sie war zwar erschöpft, aber trotzdem fest entschlossen, aufzubleiben und auf ihren Mann zu warten, weil sie in seinen Armen einschlafen wollte.

Sie kramte ihren Skizzenblock hervor, setzte sich an den Tisch und begann, ihren Mann zu porträtieren. Das Papier ist viel zu klein für ihn, überlegte sie und lächelte selbst über den Gedanken. Er war nur ein Mann. Ihr Mann. Als sie fertig war, mußte sie zugeben, daß das Bild ziemliche Ähnlichkeit mit Nathan hatte.

Er hatte die Haltung eines Wikingers, und das lange Haar fiel ihm bis auf die Schultern. Sogar der finstere Blick und das Stirnrunzeln waren ihr gelungen, und sie wünschte, sie hätte Farben zur Hand, um die lebhaften grünen Augen und das kastanienbraune Haar kolorieren zu können.

Es war schon nach Mitternacht, als Nathan zu ihr kam. Sara saß im Sessel und schlief tief und fest. Sie hatte sich zusammengerollt wie ein kleines Kätzchen, und ihre Locken bedeckten ihr Gesicht fast ganz.

Er stand lange da und betrachtete sie. Guter Gott, es fühlte sich so richtig an, sie in der Nähe zu haben. Er begriff selbst nicht, warum er so zufrieden war, aber er wußte sehr genau, daß diese Empfindung gefährlich war. Zur Hölle, er konnte es nicht zulassen, daß ihm eine Frau mehr bedeutete als ein Gepäckstück. Sie war nur ein Mittel zum Zweck, und das war alles.

Nathan öffnete die Falltür, um den Rauchgeruch zu vertreiben, zog sich aus, wusch sich und ging zum Tisch. Er entdeckte den Skizzenblock, und plötzlich wurde er neugierig und schlug ihn auf. Sie hatte etwa zwölf Zeichnungen gemacht – nur von ihm. Er wußte nicht, was er davon halten sollte. Sie hatte ihn bemerkenswert gut getroffen, aber die letzte Skizze zeigte ihn mit einem freundlichen Lächeln.

Sara war wirklich eine hoffnungslose Romantikerin. Die alte Frau hatte ihm erzählt, daß ihre Nichte die meiste Zeit den Kopf in den Wolken hatte, und Nathan wußte nun, daß das keine Übertreibung gewesen war. Seine Frau war eine törichte Träumerin.

Eine Zeichnung betrachtete er besonders lange. Sara hatte ihn, am Ruder stehend, mit nacktem Oberkörper, gezeichnet. Er beobachtete offenbar den Sonnenuntergang und war im Halbprofil zu sehen.

Auf seinem Rücken befanden sich keinerlei Narben. Hatte sie sie vergessen oder sich bewußt entschieden, sie nicht in die Skizze aufzunehmen? Nach einer Weile kam Nathan zu dem Schluß, daß es die Sache nicht wert war, länger darüber nachzudenken. Verdammt, er hatte diese Narbe, und Sara sollte sie besser akzeptieren. Er hatte den Gedanken kaum zu Ende gebracht, als er sich auch schon wegen seiner lächerlichen Reaktion Vorwürfe machte. Er hob Sara in seine Arme, trug sie zum Bett und legte sich neben sie.

Sofort schmiegte sie sich an ihn und murmelte: »Nathan?«

»Was ist?«

Er ließ seine Stimme so schroff wie möglich klingen, um ihr klarzumachen, daß er keine Lust auf eine Unterhaltung hatte. Seine Botschaft kam nicht an. Sie rutschte noch näher zu ihm und legte eine Hand auf seine Brust. Ihre Finger spielten mit dem dichten Haar, bis er seine Hand auf die ihre legte.

»Hör auf damit«, wies er sie an.

Sie legte ihren Kopf auf seine Schulter. »Kannst du mir sagen, warum es mir so schwer fällt, mich an das Leben auf einem Schiff zu gewöhnen?«

Er antwortete mit einem so vehementen Achselzucken, daß

sie an die Wand geschleudert worden wäre, wenn er sie nicht festgehalten hätte.

»Denkst du, es könnte daran liegen, daß ich es noch nicht gewöhnt bin, ein Schiff zu führen?«

Er verdrehte die Augen. »Kein Mensch erwartet von dir, daß du mein Schiff führst. Das tue ich selbst.«

»Aber als deine Frau sollte ich dir …«

»Schlaf jetzt.«

Sie küßte ihn auf den Hals. »Ich kann dich viel besser unterstützen, wenn wir erst an Land sind, Nathan. Ich kann einen großen Haushalt führen und …«

»Um Himmels willen, Sara, du mußt nicht noch einmal all deine Fähigkeiten aufzählen!«

Als sie endlich ruhig war, dachte Nathan erfreut, daß sie allmählich lernte, ihm zu gehorchen. Sie gab sich offenbar tatsächlich Mühe einzuschlafen.

»Nathan?«

Er hätte es besser wissen müssen. Nathan seufzte. Sie würde keine Ruhe geben, bis sie alles, was sie wollte, gesagt hatte.

»Was ist jetzt schon wieder?«

»Du hast vergessen, mir einen Gutenachtkuß zu geben.«

Nathan wußte, daß er nie zum Schlafen kommen würde, wenn er nicht nachgab. Sie war wirklich eine Nervensäge und starrköpfig wie ein Maulesel, und das waren nur zwei von einer ganzen Reihe von schlechten Eigenschaften.

Er gab ihr einen schnellen, harten Kuß, nur damit sie keinen Grund mehr hatte, ihn zu quälen. Verdammt, sie schmeckte so gut, dachte er und küßte sie noch einmal, und dieser Kuß war alles andere als schnell und hart. Sie preßte sich an ihn; das war zuviel für Nathan – sie war so weich und wundervoll. Sie leistete wenig Widerstand, als er sie aufforderte, ihr Nachthemd auszuziehen, und die Kerzen anzündete. Sie flehte ihn an, sie wieder zu löschen, aber er erklärte ihr, daß er sie ansehen wolle. Sie wurde feuerrot und zog die Decke bis zum Kinn hinauf.

Er schleuderte die Decke beiseite und versuchte sein Bestes, sie ihre Schüchternheit vergessen zu lassen. In kürzester Zeit hatte sie ihre Schamhaftigkeit so sehr abgelegt, daß sie ihn überall mit ihren Händen und mit ihrem Mund liebkoste. Er ließ sie gewähren, bis er nahe daran war, die Beherrschung zu verlieren.

Großer Gott, sie war die hingebungsvollste Frau, die er je berührt hatte, und sie zeigte ihm so offen ihre Empfindungen. Das beunruhigte ihn. Ihre süße Verführung wurde für ihn beinahe zur Qual, und als er sich zwischen ihre seidenweichen Schenkel drängte, flehte sie ihn an, ganz nah zu ihr zu kommen.

Er wollte langsam und vorsichtig vorgehen, aber sie ließ ihn all seine Vorsätze vergessen, indem sie ganz leicht ihre Schenkel zusammenpreßte und leise wimmerte vor Entzücken.

Er ergoß sich im selben Moment in sie, in dem sie die Erfüllung fand, und er drückte sie fest an sich, um ihr Schaudern mit seinem eigenen zu dämpfen.

Nach einer Weile versuchte er, sich von ihr zu lösen, aber sie ließ es nicht zu und schlang ihre Arme fest um seine Taille. Er hätte ihren Widerstand leicht überwinden können, aber er beschloß, noch ein paar Minuten zu verharren, bis sie sich ein wenig beruhigt hatte. Ihr Herzschlag war ebenso heftig wie der seine.

Er fühlte, daß seine Schulter naß war, und wußte, daß sie wieder weinte. Er lächelte. Sara vergoß nach der Liebe immer Tränen, und wenn sie den Höhepunkt erreichte, schrie sie – seinen Namen. Sie hatte ihm erklärt, daß sie bei solchen Gelegenheiten nur Freudentränen vergoß, weil sie niemals zuvor so viel Wonne empfunden hatte.

Genau wie er, das mußte er sich eingestehen, und zum zweitenmal in dieser Nacht war er über seine Empfindungen äußerst beunruhigt.

»Ich liebe dich, Nathan.«

Er erschrak zu Tode und zuckte zusammen, als ob ihn ein Peitschenhieb getroffen hätte. Von einer Sekunde zur anderen verwandelte sich sein entspannter Körper zu kaltem Stahl. Er rollte auf seine Seite des Bettes, und Sara starrte seinen Rücken an.

Sie wartete darauf, daß er ihr auch seine Liebe gestehen würde. Lange Minuten vergingen, bis sie erkannte, daß er nicht vorhatte, überhaupt etwas zu sagen, und als sein Schnarchen ertönte, gab sie sich endgültig geschlagen.

Sie hätte gern geweint, aber sie tat es nicht, und es war ein kleiner Sieg für sie, wenigstens in diesem Punkt stark bleiben zu können. Sie versuchte, sich auf Dinge zu konzentrieren, die ihr Freude machten.

Immerhin hatte er die Kajüte nicht verlassen, und dafür sollte sie ihm dankbar sein, dachte sie. In Wahrheit empfand sie keine übermäßige Dankbarkeit.

Ihre Zähne fingen an zu klappern. Sie holte die Decken, und als sie sich und Nathan zugedeckt hatte, lagen sie Rücken an Rücken im Bett.

Sie fühlte sich einsam und war verletzt, und das alles durch seine Schuld. Er war die Ursache dafür, daß sie in so einer erbärmlichen Verfassung war. Sie wurde sich in diesem Augenblick klar, daß sie ihn hassen würde, wenn es nicht ihre Pflicht gewesen wäre, ihn zu lieben. Du lieber Himmel, er war so kaltherzig und halsstarrig. Er mußte doch wissen, wie sehr sie es brauchte, zärtliche Worte zu hören, trotzdem weigerte er sich, sie auszusprechen.

Er liebte sie doch, oder nicht? Sara dachte lange über ihren Kummer nach, und plötzlich drehte sich Nathan um und zog sie in seine Arme. Er murmelte im Schlaf, als er sie an seine Brust drückte. Sein Kinn berührte ihr Haar, und plötzlich machte es ihr gar nichts mehr aus, daß er vergessen hatte, ihr seine Liebe zu gestehen.

Sie schloß die Augen und versuchte zu schlafen. Nathan liebte sie. Sein Verstand hatte nur Schwierigkeiten, das zu begreifen, was sein Herz längst wußte.

Mit der Zeit würde er es selbst merken, aber warum nur war er so anders als andere Ehemänner?

»Ich liebe dich, Nathan«, flüsterte sie.

Seine Stimme klang schläfrig, aber sehr sanft, als er murmelte: »Ich weiß, Kleines, ich weiß.«

Er schnarchte schon wieder, bevor sie den Mut aufbrachte, ihn zu fragen, ob ihm diese glühende Erkenntnis denn gar nichts bedeutete.

Sie konnte nicht schlafen und verbrachte mindestens eine Stunde damit, darüber nachzudenken, wie sie Nathan dazu bringen konnte, sein Glück zu erkennen.

Bei Nathan ging die Liebe sicher nicht durch den Magen. Nach der unseligen Geschichte mit der Suppe würde er nie mehr etwas zu sich nehmen, was sie zubereitet hatte.

Er war eine sehr mißtrauische Natur.

Zu guter Letzt setzte sich ein Plan in ihrem Kopf fest: Sie konnte Nathans Herz gewinnen, wenn sie von seiner Mannschaft verehrt und geschätzt wurde. Dann mußte Nathan merken, was für eine wunderbare Frau sie war. Es konnte nicht besonders schwierig sein, die Männer davon zu überzeugen, daß sie eine gutherzige und aufrichtige Herrin war. Natürlich waren sie abergläubisch, aber sie waren Männer, und freundliche Worte und gute Taten hatten noch jeden Mann überzeugt. Sie war sicher, ihre Loyalität gewinnen zu können.

Sie würde bestimmt eine Methode finden, die Wertschätzung der Männer in einer Woche zu erlangen.

9

Am Ende der Woche hatten alle eine Knoblauchzehe an ihren Halsketten befestigt, um das Unheil, das Lady Sara anhaftete, von sich abzuwenden.

Sieben Tage hatte Sara sich fast verausgabt in dem Bemühen, das Vertrauen der Männer zu gewinnen. Als sie herausfand, warum die ganze Besatzung diese stinkenden Talismane trug, war sie so empört, daß sie ihre Versuche aufgab.

Sie hastete auch nicht mehr in ihre Kajüte, wenn die Seemänner sie anstarrten, sondern beschloß, sie gar nicht mehr zur Kenntnis zu nehmen. Sie wollte ihnen auf keinen Fall zeigen, wie erbost sie über ihr Verhalten war, und versuchte die Fassung zu bewahren und ihre Tränen zurückzuhalten.

Nur Nora und Nathan kannten ihre wahren Gefühle, da Sara beiden erzählt hatte, wie verletzt sie war. Nathan tat sein Bestes, die Schwierigkeiten zu übersehen, und Nora tat ihr Bestes, ihre Nichte zu trösten.

Das größte Problem war, daß die Mitglieder der Crew Sara für jeden kleinen Zwischenfall verantwortlich machten, ohne erst darüber nachzudenken, was ihn tatsächlich verursacht haben könnte. Sie waren überzeugt, daß auf dieser Frau ein Fluch lastete, und nichts konnte diesen Glauben erschüttern. Als Chester eine Warze an seiner Hand entdeckte, schrieb er augenblicklich Sara die Schuld für die Entstellung zu, und erinnerte sich daran, daß seine Hand Sara aus Versehen berührt hatte, als er an ihr vorbeigegangen war.

Wie konnte sie ihnen nur diese idiotischen Vorstellungen ausreden? Mit dieser Frage quälte Sara ihren Mann mindestens zweimal am Tag, und seine Antworten halfen ihr um keinen Deut weiter. Entweder murrte er nur – und das war für Sara ein Zeichen, daß er selbst sehr verstört war –, oder er zuckte mit den Achseln, was Sara ein Beweis zu sein schien, daß er ihrer mißlichen Lage vollkommen gleichgültig gegenüberstand. Er war so mitfühlend wie ein Ziegenbock, und immer, wenn er ihr seine verschrobenen Ansichten über ihr Problem dargelegt hatte, gab Sara ihm einen Kuß, um ihm zu zeigen, daß sie ganz anders als er war.

Am Montag konnte Sara sich beim besten Willen nicht mehr vorstellen, daß ihr Leben noch freudloser und jämmerlicher sein konnte. Die Piraten, die das Schiff am Dienstag angriffen, belehrten sie eines besseren.

Der Tag begann friedlich und sonnig, und Matthew begleitete Nora bei einem Spaziergang an Deck. Nora hatte sich bei Matthew eingehängt, und die beiden tuschelten und kicherten wie Kinder. Matthew und Nora waren sich in den letzten Wochen nähergekommen, und Sara fiel auf, daß Matthew ebenso verliebt war wie Nora. Er lächelte in letzter

Zeit ziemlich oft, und Nora errötete häufig wie ein junges Mädchen.

Als Sara an Deck kam, gesellte sich Jimbo zu ihr. Niemals konnte sie allein irgendwohin gehen, und Sara vermutete, daß Jimbo sie vor der feindseligen Besatzung beschützen wollte. Jimbo schüttelte jedoch den Kopf, als Sara eine Bemerkung in dieser Richtung fallen ließ.

»Dieser Umstand spielt nur eine kleine Rolle«, erklärte er. »Die Wahrheit ist, daß der Captain vermeiden möchte, daß noch etwas passiert, Sara. Deshalb seid Ihr Tag und Nacht in Begleitung eines Bewachers.«

»Oh, das ist wirklich beschämend!« rief sie dramatisch aus. Jimbo war um eine ernste Miene bemüht. Er wollte nicht den Eindruck vermitteln, daß er Sara auslachte und beschwichtigte sie: »Na, na, so schlimm ist es doch gar nicht. Ihr braucht deswegen nicht zu verzweifeln.«

Sara versuchte sich schnell zu fassen, trotzdem schoß ihr die Hitze ins Gesicht. »So ist das also? Mir sind ein paar kleine Mißgeschicke passiert, und die gesamte Mannschaft hält mich für eine Hexe, und mein eigener Mann sieht mich als Gefahr für sein Eigentum an. Jimbo, ich muß Euch doch nicht daran erinnern, daß nichts Außergewöhnliches geschehen ist bis auf das Feuer, und das war schon vor sieben Tagen. Sicher werden die Männer bald wieder zu Verstand kommen.«

»Nichts Außergewöhnliches?« wiederholte Jimbo. »Das kann nicht Euer Ernst sein, Sara. Habt Ihr Duttons Sturz vergessen?« Mußte er unbedingt dieses unglückliche Ereignis zur Sprache bringen? Sara warf ihm einen mißbilligenden Blick zu. »Er ist ja nicht ertrunken, Jimbo.«

Jimbo verdrehte die Augen. »Nein, aber er war nahe dran.«

»Ich habe mich bei ihm entschuldigt.«

»Ja, das habt Ihr getan«, räumte Jimbo ein. »Aber was ist mit Kently und Taylor?«

»Wer sind Kently und Taylor?« fragte Sara mit gespielter Unwissenheit.

»Die beiden, die vor zwei Tagen in dem Waffenöl, das Ihr

auf den Planken ausgeschüttet habt, ausgerutscht sind. Sie sind besinnungslos gewesen«, erinnerte er sie.

»Dafür könnt Ihr mich nicht verantwortlich machen«, wehrte sie sich.

»Ich kann nicht?« fragte er und war neugierig, wie sie sich herausreden würde. »Habt Ihr den Eimer mit der Schmiere umgestoßen oder nicht?«

»Ja«, gab sie zu, »aber ich war gerade dabei, einen Lappen zu holen, um das Öl wegzuputzen, als sie an mir vorbeiliefen. Wenn sie es nicht so eilig gehabt hätten, vor mir zu flüchten, hätte ich sie warnen und ihnen sagen können, daß die Planken rutschig waren. Ihr seht also, daß nur ihr idiotischer Aberglaube an dem Unfall schuld ist.«

Der Warnruf, daß ein Schiff in Sicht war, beendete die Diskussion. Innerhalb eines Wimpernschlages wimmelte das Deck von Männern , die auf ihre Posten rannten.

Sara verstand nicht, was diesen Tumult verursacht haben könnte, und bevor Jimbo ihr alles erklären konnte, brüllte Nathan ihren Namen.

»Nathan, ich habe überhaupt nichts getan«, jammerte sie, als er direkt auf sie zusteuerte. »Was immer geschehen ist, ich schwöre dir, daß ich nichts damit zu tun habe.«

Diese heftige Verteidigung ließ Nathan innehalten. Er lächelte sogar, bevor er ihre Hand ergriff und sie zu ihrer Kajüte zerrte.

»Ich weiß doch, daß du dafür nicht verantwortlich bist, Sara, aber die Männer könnten meinen, daß du ein Unheil heraufbeschworen hast.«

»Was für ein Unheil ist es diesmal?« fragte sie matt.

»Wir scheinen ungebetene Gäste zu bekommen, Sara.«

»Ungebetene Gäste?« hauchte sie, als sie die Kajüte erreichten. Nathan öffnete die Tür, aber es war offensichtlich, daß er nicht vorhatte, lange zu bleiben.

»Piraten«, erklärte er knapp.

Sara wurde kreidebleich.

»Wage nicht, jetzt ohnmächtig zu werden«, befahl Nathan,

streckte aber für den Fall, daß sie ihm nicht gehorchte, die Arme aus, um sie aufzufangen.

Sie stieß seine Hände weg. »Ich falle nicht in Ohnmacht«, behauptete sie. »Ich bin wütend, Nathan, nicht ängstlich. Verdammt will ich sein, wenn ich zulasse, daß meine Bediensteten glauben, ich hätte Piraten angelockt. Verjage sie, Nathan. Ich bin nicht in der Verfassung, noch mehr Aufregungen durchzustehen.«

Nathan wußte, daß es ein Gefecht geben würde, aber er war nicht bereit, dieses Wissen an seine Frau weiterzugeben. Er machte sich Vorwürfe, daß er für diese Reise nicht den Schnellsegler genommen hatte, den die Bastarde niemals hätten einholen können. Die *Seahawk* war zu schwerfällig und lag zu tief im Wasser, um den Piraten davonzusegeln.

»Versprich mir, daß du auf dich acht gibst«, bat Sara.

Er ignorierte ihre Bitte. »Matthew hat Nora heruntergebracht. Bleib hier, bis er zu dir kommt.«

Nach dieser Anweisung drehte er sich um und ging zur Tür. Sara lief ihm nach und zwang ihn stehenzubleiben, indem sie seine Taille umarmte. Nathan wandte sich ihr zu und hielt ihre Hände fest. »Grundgütiger Himmel, Sara, dies ist wirklich der falsche Zeitpunkt, um einen Abschiedskuß zu feilschen«, grollte er.

Sie wollte ihm gerade erklären, daß sie ihn nicht deswegen aufgehalten hatte, als er sie mit einem schnellen Kuß überraschte.

Als er sie von sich schob, lächelte sie. »Nathan, dies ist nicht der richtige Zeitpunkt romantisch zu werden. Du hast einen Angriff zu befürchten und solltest dich darum kümmern.«

»Warum hast du mich zurückgehalten?« wollte er wissen.

»Ich wollte dir nur das Versprechen abnehmen, daß du vorsichtig sein wirst.«

»Sara, du legst es darauf an, mich in den Wahnsinn zu treiben. Du tust das alles nur, um mich um meinen Verstand zu bringen, stimmt's?«

Diese lächerliche Frage beantwortete sie erst gar nicht.

»Versprich es mir, Nathan: Ich lasse dich sonst nicht gehen. Ich liebe dich und würde krank vor Sorge werden, wenn du mir nicht dein Wort gibst.«

»Gut«, erwiderte er gedehnt. »Ich bin vorsichtig. Bist du jetzt glücklich?«

»Ja, ich danke dir«, sagte sie und lief in die Kajüte zurück, um sich auf die Schlacht vorzubereiten. Sie durchsuchte den Schreibtisch nach Waffen. Wenn die Piraten das Schiff tatsächlich entern sollten, würde Sara ihren Mann auf jede nur erdenkliche Weise unterstützen.

Sie fand zwei geladene Pistolen und einen rasiermesserscharfen Dolch in einer Schublade. Sara versteckte den Dolch im Ärmel ihres Kleides, stopfte die Pistolen in ihr blaues Retikül und wickelte, gerade als Matthew hereinkam, die Bänder des Täschchens um ihr Handgelenk.

Ein lautes Donnern ertönte in der Ferne.

»War das eine von ihren Kanonen oder unsere?« fragte Sara mit zitternder Stimme.

»Es war eine von ihren«, entgegnete Matthew. »Aber sie haben ihr Ziel verfehlt, sie sind noch zu weit weg, um uns Schaden zufügen zu können. Deshalb feuern wir auch noch nicht zurück. Kommt mit mir, Sara. Ich habe Nora auch schon in den unteren Frachtraum gebracht. Hier könnt Ihr nicht bleiben.«

Sara erhob keine Einwände, da sie vermutete, daß Nathan befohlen hatte, sie in Sicherheit zu bringen, aber sie kam sich vor wie ein erbärmlicher Feigling.

Auf der Treppe war es stockfinster, aber als sie um eine scharfe Ecke bogen, wies ihnen das schwache Leuchten einer Kerze den Weg zu der Stelle, wo Nora geduldig wartete.

Saras Tante saß auf einer Holzkiste und hatte ihre hellrote Stola um ihre Schultern gelegt. Sie sah keineswegs so aus, als ob sie Angst hätte. »In Kürze erleben wir ein Abenteuer, Sara«, verkündete sie. »Matthew, Lieber, sei vorsichtig.«

Matthew nickte. »Es wäre vielleicht ein Abenteuer, wenn wir nicht eine so wertvolle Fracht an Bord hätten.«

»Was für eine wertvolle Fracht?« fragte Sara.

»Ich denke, er meint dich und mich, Liebes«, erklärte Nora.

»Ja«, bestätigte Matthew und fügte, als er sich zum Gehen wandte, hinzu: »Wir müssen uns diesmal verteidigen, statt selbst anzugreifen. Das ist etwas ganz Neues für die Crew.« Sara verstand nicht, was er meinte, aber Nora lächelte wissend.

»Was hatte diese Bemerkung zu bedeuten, Nora?« fragte sie.

Nora war kurz davor, Sara über den Sachverhalt aufzuklären, überlegte es sich aber dann doch anders. Sara war ein so unschuldiges Kind und sah alles entweder als nur gut oder als nur böse an. Irgendwann würde auch sie einmal begreifen, daß das Leben nicht so einfach war, dann war sie vielleicht in der Lage zu akzeptieren, daß Nathan mehr war, als er im Moment zu sein schien. Nora hoffte inständig, daß sie Sara beistehen konnte, wenn sie erfuhr, daß sie mit Pagan verheiratet war.

»Ich vermute, daß die Besatzung rücksichtsloser kämpfen würde, wenn wir nicht an Bord wären«, sagte Nora.

»Aber das ergibt doch überhaupt keinen Sinn«, rief Sara.

Das wußte Nora auch, aber sie wollte nicht weiter darüber sprechen. »Wird hier die Munition aufbewahrt?« fragte sie.

»Ich glaube schon. Ob die Fässer wohl mit Pulver gefüllt sind?«

»Vermutlich«, meinte Nora. »Wir müssen auf die Kerze aufpassen. Wenn hier ein Feuer ausbricht ... wir müssen daran denken, sie auszublasen, wenn Matthew uns wieder abholt.«

Plötzlich lief ein Ruck durch das Schiff, als ob es auf einen Felsen aufgefahren wäre. »Glaubst du, daß sie uns getroffen haben?« flüsterte Sara.

»Es scheint so.«

»Nathan sollte diese Angelegenheit lieber schnell beenden. Meine Nerven halten eine solche Aufregung nicht mehr aus. Nora, du bist Matthew in den letzten Tagen ziemlich nahgekommen, stimmt's?«

Nora kicherte. »Du hast wirklich die günstigste Zeit gewählt, mich das zu fragen.«

»Ich wollte dich nur ein wenig ablenken«, verteidigte sich Sara.

»Das scheint mir eine gute Idee zu sein. Du hast recht, Sara, Matthew und ich sind Freunde geworden. Er ist ein sehr verständnisvoller und freundlicher Mann. Ich hatte schon ganz vergessen, was für eine Erleichterung es ist, wenn man seine Gedanken und Sorgen einem fürsorglichen Menschen anvertrauen kann.«

»Ich bin auch fürsorglich, Tante Nora.«

»Ja, Liebes, das weiß ich, aber das ist nicht dasselbe. Du wirst verstehen, was ich meine, wenn du Nathan besser kennengelernt hast.«

»Ich fürchte, das wird nie geschehen«, seufzte Sara. »Vertraut dir Matthew auch seine Gedanken an?«

»O ja, oft.«

»Spricht er mit dir über Nathan?«

»Manchmal, aber ich habe versprochen, nicht darüber zu reden.«

»Aber das mußt du«, protestierte Sara. »Ich bin deine Nichte, und alles, was du erfahren hast, könnte mir ein wenig weiterhelfen. Du vertraust mir doch, Nora?«

Nora überlegte lange, bevor sie sagte: »Matthew hat mir alles über Nathans Vater erzählt. Bist du dem Earl of Wakersfield je begegnet, Sara?«

Sara schüttelte den Kopf. »Es heißt, daß er gestorben ist, als Nathan noch ein Junge war. Ich habe gehört, daß er ziemlich streitsüchtig war.«

»Ja, das war er, und er war ein Verräter. Er hat sein Land betrogen. Ja, das ist die Wahrheit« versicherte Nora, als Sara zu einer Erwiderung ansetzen wollte. »Es ist eine schreckliche Geschichte, Kind. Er hat mit anderen Verrätern gemeinsame Sache gemacht, und sie dachten, sie könnten die Regierung stürzen. Die drei Männer nannten sich selbst Tribunal, und sie trieben ziemlich lange ihr Unwesen. Nach einiger Zeit wurde sich Nathans Vater klar, was er angerichtet hatte, und sein schlechtes Gewissen hat ihn umgebracht, bevor die Wahrheit ans Tageslicht kam.«

Sara war fassungslos. »Armer Nathan, er muß sich entsetzlich geschämt haben.«

»O nein«, meinte Nora. »Offiziell wurde erklärt, daß der Earl bei einem Unfall mit der Kutsche ums Leben gekommen ist, und seine Machenschaften wurden geheimgehalten. Ich erzähle dir das nur, weil deine Familie davon erfahren und deine Ehe deshalb für ungültig erklären lassen könnte.«

»Oh, dafür ist es zu spät.«

»Sara, wenn du das glaubst, dann bist du wirklich naiv. Die Umstände, unter denen deine Ehe zustande gekommen ist, sind sehr ungewöhnlich, und der König …«

»... war verrückt«, ergänzte Sara leise.

»Und du warst gerade erst vier Jahre alt«, fügte Nora hinzu.

»Aber jetzt leben wir als Mann und Frau zusammen, und ich kann mir nicht vorstellen, daß es der Prinzregent wagen würde…«

»Er kann tun, was immer er will«, warf Nora ein.

»Nora, du brauchst dir keine Gedanken darüber zu machen. Ich werde bestimmt niemandem erzählen, was Nathans Vater getan hat, und meine Eltern werden nie etwas davon erfahren. Ich werde nicht einmal Nathan sagen, daß ich etwas davon weiß, bevor er mir nicht ganz und gar vertraut.«

Das beschwichtigte Noras Bedenken. »Ich habe auch herausgefunden, wie die Narben auf Nathans Rücken zustandegekommen sind.«

»Ich vermute, daß ihn jemand ausgepeitscht hat«, wisperte Sara.

»Es war keine Peitsche. Die Haut an seinem Rücken ist verbrannt, Kind.«

Sara drehte sich fast der Magen um. »Hat man ihm das mit Absicht angetan?«

»Ich glaube schon, aber ganz sicher bin ich nicht. Eine Frau namens Ariah war in den Vorfall verwickelt. Nathan hat sie in einem Hafen im Fernen Osten kennengelernt.«

»Was hat Nathan mit ihr zu tun?«

»Ich weiß es nicht genau, aber sie war eine unmoralische Person, und sie hat Nathan umgarnt.«

Sara zog scharf die Luft ein. »Willst du damit sagen, daß er mit dieser Person … intim gewesen ist?«

Nora tätschelte Saras Hand. »Nathan hat sich nur wie jeder junge Mann die Hörner abgestoßen. Du hast keinen Grund, deswegen in Panik zu geraten.«

»Glaubst du, daß er sie geliebt hat?«

»Natürlich nicht. Er hat immer gewußt, daß er zu dir gehört, und er hätte sich nie gestattet, sich in eine andere Frau zu verlieben. Ich wette, daß er Ariah zum Schluß richtiggehend gehaßt hat. Matthew hat mir erzählt, daß sie Nathan nur ausgenutzt hat, um ihre anderen Liebhaber gegeneinander auszuspielen. Ariah muß eine Meisterin ihres Fachs gewesen sein, deshalb glaube ich, daß Nathan wegen ihrer Ränke viel gelitten hat. Er ist sogar ins Gefängnis gekommen – ihretwegen. Gott sei Dank gab es in ihrem Heimatland eine kleine Revolution, und er konnte entkommen. Dabei hat es eine Feuersbrunst gegeben. Kurz danach hat er Jimbo und Matthew kennengelernt, und sie haben ihn sozusagen unter ihre Fittiche genommen.«

»Nathan muß sehr jung gewesen sein«, sagte Sara mit zitternder Stimme, »sonst hätte ihn diese schreckliche Frau nicht betrügen können. Wahrscheinlich hat er sie doch geliebt, Nora.« Sara seufzte. »Natürlich würde ich mir wünschen, daß sie nicht … intim miteinander gewesen sind, aber selbst wenn … er war mir nicht wirklich untreu, schließlich waren wir damals noch nicht so verheiratet wie heute. Weißt du, Nora, allmählich verstehe ich alles ein wenig besser.«

»Was verstehst du besser?«

»Wir haben nie darüber gesprochen, Nora, aber Nathan bemüht sich verzweifelt, seine Gefühle nicht zu zeigen. Nach dieser scheußlichen Erfahrung könnte er doch allen Frauen mißtrauen, und ich kann ihn dafür nicht einmal verurteilen.«

»Sara, das Ereignis liegt schon viele Jahre zurück, und Nathan ist jetzt ein erwachsener Mann. Ich bin sicher, daß er das schlimme Erlebnis längst überwunden hat.«

Sara schüttelte den Kopf. »Wie kannst du dir dann sein seltsames Verhalten erklären? Nathan erschrickt jedesmal, wenn ich ihm sage, daß ich ihn liebe, und dann wendet er sich von mir ab. Er sagt nie, daß er mich mag, und ich bin überzeugt, daß er alle Frauen haßt – nur mich nicht, natürlich.«

Nora lächelte. »Dich nicht?«

»Ich glaube, daß er mich liebt, aber er weiß es noch nicht.«

»Du mußt ihm Zeit lassen, Liebes. Männer sind in solchen Dingen immer sehr schwerfällig und störrisch.«

Dem konnte Sara aus vollem Herzen zustimmen. »Wenn ich dieser Ariah je begegnen sollte, werde ich ...«

»Du könntest ihr tatsächlich einmal begegnen«, fiel Nora ihr ins Wort. »Sie hat die letzten Jahre in London verbracht, und Matthew meint, daß sie auf der Suche nach einem Liebhaber ist, der sie aushält.«

»Weiß Nathan, daß sie in England ist?«

»Das könnte ich mir gut vorstellen.«

Der Kampflärm brandete auf und machte jede weitere Unterhaltung unmöglich.

Nach zwanzig oder dreißig Minuten senkte sich plötzlich eine tödliche Stille über das Schiff.

»Wenn ich wenigstens sehen könnte, was geschehen ist, würde ich mir nicht so viele Sorgen machen«, flüsterte Nora.

Sara griff die Idee sofort auf. »Ich schleiche mich zu den Kajüten und sehe nach, ob alles in Ordnung ist.«

Nora unternahm vehemente Versuche, ihrer Nichte dieses Vorhaben auszureden, aber ihre Tirade wurde jäh unterbrochen, als sich die Luke über der Treppe öffnete. Die beiden Frauen beteten stumm zu Gott, daß Matthew gleich auf sie zukommen möge, um sie abzuholen. Aber als niemand ihre Namen rief, mußten sie sich auf die schreckliche Möglichkeit gefaßt machen, daß der Feind das Schiff eingenommen haben könnte. Sara gab ihrer Tante ein Zeichen, sich in eine Ecke zu drücken, und blies die Kerze aus. Dann tastete sie sich zur Treppe und wartete auf die Gelegenheit, sich auf den Feind zu stürzen. Sie fürchtete sich zu Tode, aber das konnte sie nicht aufhalten, und ihre Hauptsorge galt Nathan. Wenn die Piraten das Schiff geentert hatten – war ihr Mann dann noch am Leben? Vor ihrem geistigen Auge sah sie ihn in einer riesigen Blutlache liegen, aber sie zwang sich, nicht an so schreckliche Dinge zu denken. Sie konnte ihrem Mann nicht helfen, wenn sie ihrer Phantasie freien Lauf ließ.

Durch die geöffnete Luke fiel fahles Licht, und Sara konnte zwei Männer mit hellen Kopftüchern erkennen. Der erste ging an der Luke vorbei, aber der zweite nicht. Er fluchte laut, als er durch die Öffnung fiel und die Treppe hinunterpolterte. Er landete genau zwischen zwei Balken und strampelte mit den Beinen in der Luft herum, während seine Arme und sein Oberkörper in dem Spalt eingeklemmt waren.

»Was zur Hölle ist passiert?« knurrte der erste Mann, drehte sich um und schaute durch die Luke. »Du hast dich wohl selbst in eine Falle bugsiert, wie?« kicherte er, als er seinen Freund zappeln sah. Er kam die Treppe herunter, um ihn zu befreien und den einen Balken zur Seite zu schieben, hielt aber inne, als eine leichte Brise sein Gesicht streifte.

Der Feind machte Anstalten, sich umzudrehen. Sara reagierte blitzschnell und zog ihm den Kolben der Pistole über den Schädel. Sie entschuldigte sich pflichtschuldig, als der Mann auf dem Boden zusammenbrach.

Er hatte nicht einmal geschrien, dafür schrie sie um so lauter. Aber als sie sah, daß er noch atmete, beruhigte sie sich. Sie hob ihren Rocksaum ein wenig an und hüpfte mit einem graziösen Sprung über den bewußtlosen Mann, um zu ihrem zweiten Opfer zu gelangen.

Der häßliche Kerl schielte sie erstaunt an, und das ersparte ihm einiges. Wenn er sie nicht so angestarrt hätte, wäre sie vermutlich in der Lage gewesen, ihn mit einem Hieb auszuschalten, aber so hatte sie nicht das Herz dazu. Außerdem saß der Schurke schon in einer Klemme, aus der er sich nicht allein befreien konnte, seine mißliche Lage erregte ihr Mitleid, und deshalb riß sie nur einen Streifen von ihrem Unterrock ab, knüllte den Stoff zusammen und stopfte ihn dem Piraten in den Mund, damit er nicht um Hilfe schreien konnte. Nora eilte herbei und half ihr, seine Füße zu fesseln. Nora machte den Eindruck, als ob sie sehr zufrieden wäre, weil sie den Feind unschädlich gemacht hatten, und Sara hatte den Verdacht, daß ihre Tante den Ernst der Lage nicht richtig begriff. Wenn die beiden Kerle schon bis zum Munitionslager vorgedrungen waren, dann befanden sich bestimmt noch andere Piraten an Bord.

»Schau, Liebes, dort sind Seile. Sollte ich den anderen Gentleman nicht lieber auch fesseln?«

Sara nickte. »Ja, das ist eine glänzende Idee. Er könnte jeden Moment zu sich kommen. Du kannst ihm auch einen Knebel in den Mund stecken. Mein Unterrock ist ohnehin schon ruiniert.«

Sara riß noch einen Streifen ab und reichte ihn ihrer Tante. Dann versuchte sie, Nora eine der Pistolen in die Hand zu drücken, aber die alte Dame lehnte ab.

»Du könntest beide Pistolen brauchen, wenn du Nathan und Matthew retten willst, Liebes.«

»Du solltest mir nicht zuviel zutrauen, Nora«, flüsterte Sara. »Ich bin mir nicht sicher, ob ich überhaupt jemanden retten kann.«

»Mach dich auf den Weg«, befahl Nora. »Du hast das Überraschungsmoment auf deiner Seite, Sara. Ich warte hier, bis du die Angelegenheit geregelt hast.«

Sara hätte ihre Tante gern zum Abschied umarmt, aber sie fürchtete, daß sich bei einer ungeschickten Bewegung ein Schuß aus einer der Pistolen lösen könnte.

Sara betete zu allen Heiligen, während sie zu dem Korridor ging, an dem sich die Kajüten befanden. Sie spähte gerade durch ihre Kajütentür, als sie Schritte auf der Treppe und Männerstimmen hörte. Sie huschte in die Messe und drückte sich in die Ecke hinter der zusammengefalteten Trennwand.

Jimbo stolperte als erster die Treppe herunter. Sara konnte ihn durch ein Loch in der Trennwand genau sehen. Ein großer Schnitt zog sich über seine Stirn, und sein Gesicht war blutüberströmt. Er konnte sich das Blut nicht einmal abwischen, da seine Hände auf dem Rücken gefesselt waren. Drei Piraten waren bei ihm.

Als Sara die Wunde sah, vergaß sie ihre Angst und empfand nur noch grenzenlosen Zorn.

Jimbo schaute über die Schulter zur Treppe, und in diesem Moment trat Nathan in Saras Blickfeld. Auch ihm hatte man die Hände auf den Rücken gebunden. Sara war so erleichtert und dankbar, ihn lebend zu sehen, daß sie gleichzeitig zitterte und lächelte. Wie so oft machte ihr Mann den Eindruck, als ob er sich maßlos langweilen würde.

Sie beobachtete, daß er Jimbo kaum merklich zunickte, und Jimbo drehte den Kopf zur Trennwand.

Sara vermutete, daß Nathan sie bemerkt hatte, und sah an sich herunter. Der Saum ihres Kleides war an der Trennwand hängengeblieben und von der anderen Seite zu sehen. Sie korrigierte ihre Nachlässigkeit sofort.

»Schafft sie in die Kajüte«, befahl eine gemeine Stimme.

Einer der Schurken versetzte Nathan einen Stoß, der ihn zum Stolpern brachte. Nathan drehte sich nach dem Sturz geschickt um und fiel direkt neben der Trennwand auf die Knie und dann auf die Seite. Seine Hand war nur ein paar Zentimeter von ihrem Fuß entfernt.

»Da kommt Banger mit dem Rum«, verkündete ein anderer Pirat. »Wir können ja einen trinken und uns überlegen, wie wir sie umbringen wollen. Perry, muß der Captain als erster oder als letzter dran glauben?«

Sara nutzte die Gelegenheit und schob Nathan eine der Pistolen in die Hand. Da er diesen neugewonnenen Vorteil, den sie ihm geboten hatte, nicht sofort nutzte, gab sie ihm einen kleinen Schubs.

Er zeigte keinerlei Reaktion auf ihre Aufforderung. Sie wartete noch eine volle Minute, und als er das Feuer immer noch nicht eröffnet hatte, erinnerte sie sich plötzlich daran, daß seine Hände gefesselt waren. In der nächsten Sekunde fiel ihr auch der Dolch in ihrem Ärmel wieder ein, und sie machte sich sofort ans Werk. Sie ritzte ihm zweimal die Hand auf, bis Nathan die Sache selbst in die Hand nahm und die schon gelockerten Seile vollends durchschnitt.

Obwohl die Befreiungsaktion nicht lange gedauert hatte, kam es Sara vor, als ob eine Ewigkeit vergangen wäre.

»Wo ist unser Captain?« brüllte eine Stimme. »Ich will endlich meinen Rum.«

Sara schloß daraus, daß die Halunken auf ihren Anführer warteten, bevor sie ihr mörderisches Saufgelage begannen.

Warum schritt Nathan nicht zur Tat? Seine Hände waren frei, aber er tat noch so, als wäre er gefesselt. Er hielt die Klinge des Dolches zwischen den Fingern und schien nur auf eine günstige Gelegenheit zu warten, ihn auf ein Ziel zu schleudern. Die Pistole in seiner anderen Hand war auf den Boden gerichtet.

Er sah kampfbereit aus, aber er wartete immer noch. Nach einiger Zeit drückte er Sara fester an die Wand und wollte ihr damit offensichtlich zu verstehen geben, daß sie bleiben sollte, wo sie war.

Als ob ich in der Stimmung wäre, irgendwohin zu spazieren, dachte Sara erbost, aber gleich darauf meldete sich ihre Angst wieder. Guter Gott, warum unternahm ihr Mann nicht endlich etwas? Wartete er etwa darauf, daß sich die Anzahl der Piraten verdoppelte? Sara faßte den Entschluß, ihm ihrerseits eine kleine Botschaft zu übermitteln. Sie rückte näher zu ihm und zwickte ihn in sein Hinterteil.

Er rührte sich nicht, und sie zwickte ihn noch einmal, zog aber ihre Hand schnell zurück, als sie hörte, daß noch jemand die Treppe herunterkam. Offenbar war es der Anführer der Piraten, da ein Mann zu ihm sagte, es sei höchste Zeit, daß er endlich auftauchte. Alle seien darauf aus, einen kräftigen Schluck Rum zu trinken, bevor sie ihr Werk vollendeten.

Einer der Piraten öffnete die Tür zu ihrer Kajüte und ging hinein. Nur einen Moment später stürmte er wieder auf den Korridor. Dieser gemeine Schuft hatte doch tatsächlich eines ihrer Kleider in seinen schmutzigen Händen, noch dazu das hellblaue, das sie am meisten mochte!

Sie schwor sich, dieses Kleid nie wieder zu tragen.

»Captain, wir haben eine Frau an Bord«, verkündete der ekelhafte Kerl.

Der Anführer stand mit dem Rücken zu Sara, so daß sie sein

Gesicht nicht sehen konnte – dafür war sie dankbar. Seine Größe war schon angsteinflößend genug.

Als der Piratencaptain ein lautes gemeines Wiehern ausstieß, schauderte Sara so, als ob unzählige Käfer über ihre Haut krabbeln würden.

»Sucht das Weibsstück«, befahl er. »Wenn ich mit ihr fertig bin, könnt ihr sie haben.«

»Captain«, protestierte ein anderer Schurke, »sie ist tot, bevor wir an die Reihe kommen.«

Rauhes Gelächter folgte der Bemerkung. Sara hatte gute Lust zu weinen, und außerdem hatte sie genug. Sie kniff Nathan zum drittenmal und stupste ihn an.

Endlich kam er ihrer Aufforderung nach. Er schoß wie ein Blitz auf die beiden Männer zu, die vor der Kajütentür standen, und gleichzeitig warf er den Dolch. Die Klinge fand ihr Ziel und traf einen der Schurken, der sich an der Treppe aufhielt, genau zwischen die Augen. Ein Pistolenschuß streckte einen anderen Piraten nieder.

Nathan rammte seine Schulter in die Männer, die die Tür blockierten und durch die Wucht der Attacke in die Kajüte geschleudert wurde. Nathan folgte ihnen und beendete den Kampf, indem er die Köpfe der beiden gegeneinanderschlug.

Jimbo stürmte mit dem Kopf voran auf den Anführer der Piraten zu. Seine Hände waren noch immer gefesselt, und deshalb brachte er mit seinem Angriff den Gegner nur aus dem Gleichgewicht. Der Piratencaptain war schnell wieder auf den Beinen und umklammerte Jimbos Hals, dann schleuderte er ihn auf den Boden und versetzte ihm einen Tritt. Glücklicherweise war der Captain mehr damit beschäftigt, seine Pistole aus der Tasche zu ziehen, als seinen Tritt gezielt zu plazieren.

Nathan kam genau in dem Augenblick auf den Flur, in dem der Anführer die Pistole hob und zischte: »Du stirbst einen langsamen und qualvollen Tod.«

Sara war viel zu aufgebracht, um Angst zu empfinden. Sie umrundete die Trennwand und schlich leise weiter, bis sie dicht hinter dem Schurken stand. Dann preßte sie den Kauf der Pistole an seinen Schädel und flüsterte: »Und du stirbst schnell und schmerzlos.«

Der Anführer spürte den kalten Pistolenlauf und wurde stocksteif. Sara war sehr zufrieden über diese Reaktion, und Nathan schien ähnliche Empfindungen zu haben. Er lächelte sie an. Sie lächelte zurück. Die Dinge standen also doch nicht so schlecht, wie sie gedacht hatte. Aber im Augenblick hatte sie ein anderes Problem. Sie wußte nicht, ob sie fähig war, einen Mann zu erschießen. Dies war eine Feuerprobe, und sie nahm sich vor, sie zu bestehen. Das Leben ihres Mannes hing von ihrer Beherztheit ab.

»Nathan?« rief sie. »Würdest du es vorziehen, daß ich die Kugel in seinen Hinterkopf jage, oder soll ich diesmal in den Nacken schießen?«

Der Bluff wirkte wunderbar. »Diesmal?« stammelte ihr Opfer.

Leider war das noch nicht genug. Der Schuft hatte seine Waffe immer noch auf Nathan gerichtet.

»Ja, diesmal, du Dummkopf«, fauchte Sara und versuchte ihre Stimme so gemein wie möglich klingen zu lassen. Das gelang ihr erstaunlich gut.

»Was würdest du vorziehen?« fragte Nathan zurück.

Er lehnte lässig am Türrahmen und wirkte sehr entspannt.

»Den Nacken«, erwiderte Sara. »Kannst du dich nicht mehr daran erinnern, wie mühsam es war, die Schweinerei vom letztenmal wegzuputzen? Die Flecken sind eine ganze Woche lang nicht rausgegangen. Na ja, dieser Schurke scheint wenigstens kein so großes Hirn zu haben. Oh, du entscheidest, und ich gehorche.«

Der Piratencaptain ließ seine Hand sinken, und die Pistole polterte zu Boden. Sara war siegessicher, aber noch bevor Nathan sich auf ihn stürzen konnte, wirbelte der Schurke herum. Seine Faust traf Saras linke Wange, als er mit einer ungeschickten Bewegung versuchte, ihr die Pistole aus der Hand zu schlagen.

Sara hörte Saras Brüllen, taumelte zurück und stolperte

dabei über Jimbos große Füße. Prompt löste sich ein Schuß aus der Pistole. Dem lauten Knall folgte ein Jaulen, und Saras Feind schlug die Hände vors Gesicht.

Er schien lange zu brauchen, bis er zu Boden sank. Saras letzter Gedanke, ehe die Schwärze sie einhüllte, war schauderhaft. Gütiger Gott, sie hatte dem Schurken ins Gesicht geschossen. Als Sara einige Zeit später zu sich kam, lag sie im Bett. Matthew preßte einen kalten Lappen auf ihre linke Wange, und Jimbo fächelte ihr mit einer Seekarte von Nathans Schreibtisch Luft zu.

Ihr Mann war nicht da. Sobald Sara diese Tatsache registriert hatte, schleuderte sie die Decke zur Seite und versuchte aufzustehen.

Jimbo drückte sie in die Kissen zurück. »Bleibt liegen, Sara. Ihr habt einen ordentlichen Hieb abgekriegt, und Eure Wange ist ziemlich angeschwollen.«

»Wo ist Nathan?« fragte sie. »Ich möchte ihn sehen.«

Bevor Jimbo antworten konnte, saß er auf dem Bett. Sara riß Matthew den feuchten Lappen aus der Hand und begann Jimbos Stirn damit abzuwischen.

»Diese kleine Frau ist fürchterlich, wenn sie in Rage gerät, stimmt's, Matthew?« brummte Jimbo so griesgrämig, wie er konnte. »Hört auf, an mir herumzuwischen.«

Sara achtete nicht auf sein Gerede. »Matthew, glaubt Ihr, daß er in Ordnung ist? Der Schnitt scheint nicht besonders tief zu sein, aber vielleicht …«

»Ihm geht's gut«, behauptete Matthew.

Sara nickte und beschäftigte sich wieder mit ihrem eigenen Kummer. »Ein Mann sollte seine Frau trösten, wenn sie niedergeschlagen worden ist«, verkündete sie. »Jeder Mensch, der auch nur einen Funken Verstand hat, weiß das. Matthew, geht und holt Nathan. Bei Gott, er wird mich trösten, oder ich …«

»Sara«, fiel Matthew ihr ins Wort. »Euer Mann ist der Captain dieses Schiffes, und er hat ein paar wichtige Dinge zu erledigen. Außerdem würde Euch seine Gesellschaft jetzt nicht besonders gefallen. Der Junge hat eine mörderische Wut.«

»Weil die Piraten sein Schiff geentert haben?«

»Weil dieser Bastard Euch geschlagen hat, Sara«, brummte Jimbo. »Ihr wart besinnungslos nach dem Hieb, und deshalb konntet Ihr sein Gesicht nicht sehen. Und das ist auch gut so, denn diesen Anblick würdet Ihr Euer Leben lang nicht vergessen. Ich habe ihn nie zuvor so außer sich erlebt.«

»Das ist wunderbar«, flüsterte Sara.

Die beiden Seemänner tauschten verblüffte Blicke aus. In dieser Sekunde fiel Sara wieder ein, daß sie eine Todsünde begangen hatte.

»O Gott«, schrie sie auf, »ich habe den Mann ins Gesicht geschossen. Ich bin zum Fegefeuer verdammt.«

»Ihr habt das Leben Eures Mannes gerettet«, gab Jimbo zu bedenken. »Ihr werdet nicht in der Hölle schmoren, Sara.«

»Er wird für den Rest seines Lebens … häßlich sein«, hauchte sie.

»Sara, er war schon immer häßlich«, meinte Matthew.

»Ich wünschte, Ihr hättet den Bastard umgebracht«, sagte Jimbo. »Aber Ihr habt ihm leider nur die Nase …«

»Mein Gott, ich habe seine Nase getroffen?«

»Jimbo, du machst alles nur noch schlimmer«, raunte Matthew.

»Habe ich dem armen Mann die ganze Nase weggeschossen?«

»Armer Mann?« schnaubte Jimbo. »Dieser Kerl ist ein Teufel. Wißt Ihr, was er mit Euch getan hätte, wenn …?«

»Der Bastard hat seine Nase noch«, sagte Matthew schnell und funkelte seinen Freund finster an. »Hör auf, sie noch mehr aufzuregen«, zischte er und wandte sich Sara wieder zu. »Ihr habt ihm ein kleines Loch beigebracht.«

»Ihr habt uns alle gerettet«, erklärte Jimbo.

Diese Bemerkung hellte ihre Stimmung beträchtlich auf. »Ich habe alle gerettet?«

Die beiden Männer nickten.

»Womit genau beschäftigt sich Nathan gerade?«

»Mit Rache«, erwiderte Jimbo. »Auge um Auge, Sara. Sie wollten uns alle umbringen …«

Lady Sara schnappte entsetzt nach Luft und rannte aus der Kajüte. Jimbo und Matthew setzten ihr nach.

Nathan stand am Ruder. Die Piraten, die versucht hatten, auf ihr eigenes Schiff zu kommen, waren an der Reling angekettet. Die Besatzung der *Seahawk* stand um Nathan herum.

Sara eilte an die Seite ihres Mannes und berührte seinen Arm, um seine Aufmerksamkeit auf sich zu ziehen. Sie hatte keinen Erfolg. Er hielt seinen Blick starr auf den Anführer der Piraten gerichtet, der nur wenige Meter von ihm entfernt an der Reling stand.

Als Sara den Mann sah, trat sie instinktiv einen Schritt näher an ihn heran. Der Mann drückte einen Lumpen an seine Nase. Sie wollte ihm gern sagen, daß es ihr leid tat, daß sie ihn verletzt hatte. Aber ebenso gern wollte sie ihm erklären, daß das alles seine eigene Schuld gewesen war. Der Schuß wäre nie losgegangen, wenn er sie nicht niedergeschlagen hätte.

Offenbar ahnte Nathan, was sie sich vorgenommen hatte. Er ergriff ihren Arm und hielt sie zurück.

»Geh nach unten«, befahl er ruhig, aber mit einem drohenden Unterton.

»Nicht, bevor du mir sagst, was du mit ihnen vorhast«, entgegnete sie.

Nathan hätte vielleicht die Bedenken seiner Frau, er könnte zu streng vorgehen, zerstreuen können, wenn er sie in diesem Moment nicht angesehen hätte. Ihre geschwollene Wange schürte seinen Zorn bis zur Weißglut.

»Wir werden sie töten.«

Er wandte sich seiner Mannschaft zu, bevor er Sara erneut anwies: »Geh hinunter, wir sind in einigen Minuten fertig.«

Sie ging nirgendwohin, sondern verschränkte die Arme vor der Brust und baute sich vor ihm auf. »Du wirst sie nicht töten.«

Mit diesem knappen Kommando gewann sie endlich die Aufmerksamkeit ihres Mannes – und sie zog seinen Zorn auf sich. Er sah sie an, als ob sie sein erstes Opfer wäre.

»Zur Hölle, natürlich werde ich«, knurrte er.

Einige Männer murmelten Zustimmung, und Sara war

schon drauf und dran, ihre Forderung zu wiederholen, aber Nathan nahm ihr allen Wind aus den Segeln, als er ihre Wange sanft berührte. Er beugte sich leicht zu ihr und flüsterte: »Er hat dich verletzt, Sara. Ich muß ihn töten.«

Für Nathan war alles klar und eindeutig, und er war sicher, daß es vernünftig gewesen war, ihr die Gründe für seinen Entschluß darzulegen.

Sie begriff gar nichts und sah ihn ungläubig an.

»Willst du damit sagen, daß du jeden töten willst, der mich je geschlagen hat?«

Er beachtete den Tadel in ihrer Stimme nicht und brummte: »Verdammt richtig.«

»Dann mußt du die Hälfte meiner Familie umbringen«, brach es aus ihr heraus.

Gütiger Himmel, das hätte sie nie sagen dürfen. Sein Blick wurde noch wütender, aber seine Stimme klang überraschend weich, als er sagte: »Du nennst mir die Namen, Sara, und ich verspreche dir, daß ich mich darum kümmere. Kein Mensch rührt etwas an, was mir gehört.«

»Ja, Mylady«, rief Chester. »Wir beabsichtigen, jeden einzelnen von diesen verfluchten Kerlen umzubringen. Das ist unser gutes Recht.«

Sara blitzte den Seemann an. »Nathan ist euer Captain. Er ist der einzige, der so wichtige Entscheidungen fällt.« Sie wandte sich an ihren Mann. »Ich bin deine Frau, Nathan, und ich denke, daß ich das Recht habe, deine Beschlüsse zu beeinflussen.«

»Nein.«

Oh, was für ein Dickschädel er ist, dachte sie. »Nein?« schrie sie. »Wenn du sie tötest, bist du um keinen Deut besser als sie. Du wirst zum Gesetzlosen, Nathan, und da ich deine Frau bin, werde ich dann genauso wie du.«

»Aber, Mylady, wir *sind* Gesetzlose«, warf Iwan der Schreckliche ein.

»Natürlich sind wir das nicht«, konterte sie. »Wir sind alle gesetzestreue und ergebene Untertanen der Krone.«

Saras Pein linderte Nathans Wut ein wenig. Er legte den Arm um ihre Schulter und sagte: »Sara, ich lasse abstimmen, was wir mit den Piraten machen sollen. Meine Männer sollen die Entscheidung fällen.«

Er war auf ihren Widerspruch vorbereitet und war deshalb völlig verblüfft, als sie nickte.

Er drehte sich zu seinen Männern um und rief: »Wer ist für Gnade?«

Sara unterbrach ihn: »Wenn du erlaubst, Nathan ...«

»Was ist?« brummte Nathan.

»Ich habe meinen Bediensteten noch etwas zu sagen, bevor sie ihre Stimme abgeben.«

»Zum Teufel.«

»Nathan, habe ich alle gerettet oder nicht?«

Diese Frage machte ihn vorsichtig, und Sara nutzte ihren Vorteil. »Jimbo hat gesagt, daß ich alle gerettet habe und jetzt möchte ich von dir dasselbe hören.«

»Ich hatte einen Plan«, begann Nathan unsicher, »Aber ... zur Hölle, ja, du hast es getan.« Er seufzte. »Bist du jetzt zufrieden?«

Sie nickte.

»Dann geh nach unten.«

»Noch nicht«, erwiderte sie und drehte sich mit einem Lächeln zu ihren Bediensteten um. Sie bemerkte bekümmert, daß die Männer allmählich ungeduldig wurden, aber sie ließ sich dennoch nicht von ihrem Vorhaben abbringen.

»Ihr wißt alle, daß ich Nathans Fesseln gelöst habe«, rief sie und merkte selbst, daß diese Aussage nicht nur wie Prahlerei klang, sondern auch ihren Mann als unfähigen Captain aussehen ließ. »Natürlich hätte er sich auch allein ... befreien können, wenn ich ihm nicht geholfen hätte, und er hatte ja einen Plan ...«

»Sara«, warf Nathan warnend ein.

Sie straffte die Schultern und beschloß, zum Kern der Sache zu kommen. »Ich habe auf den Anführer geschossen, und ich möchte euch bitten, ihm keinen weiteren Schaden zuzufügen.

Er muß für den Rest seines Lebens mit einer Narbe auf der Nase herumlaufen, und das ist Strafe genug.«

»Das ist viel zu wenig«, schrie ein Mann. »Die Kugel ist glatt durch ein Nasenloch gegangen.«

»Sie hätte ihm den Schädel von der Schulter blasen sollen«, brüllte ein anderer.

»Genau, und vorher hätte sie ihm die Augen ausschießen müssen«, setzte ein dritter hinzu.

Mein Gott, sie sind ein blutrünstiger Haufen, dachte Sara und holte tief Luft. Sie deutete auf den Piratencaptain: »Der Mann hat genug zu leiden.«

»Ja, Sara«, stimmte Matthew zu. »Er wird jedesmal an Euch denken, wenn er sich die Nase putzen will.«

Rauhes Gelächter brandete auf, dann trat Chester einen Schritt vor. »Er wird bald an gar nichts mehr denken. Keiner von ihnen. Sie sind schon jetzt nicht mehr als Fischfutter, wenn die Abstimmung so ausgeht, wie ich denke.

Sein heftiger Tonfall beunruhigte Sara, und sie lehnte sich leicht gegen die Brust ihres Mannes. Nathan konnte ihr Gesicht nicht sehen, aber er wußte, daß sie sich fürchtete. Ohne nachzudenken, schlang er einen Arm um ihren Hals, und sie legte das Kinn auf sein Handgelenk. Seine Berührung vertrieb ihre Angst, und sie fragte Chester: »Ist Euch diese Boshaftigkeit angeboren, Sir?«

Chester fiel keine passende Antwort ein, und er zuckte mit den Schultern.

»Also gut«, rief Sara. »Stimmt ab.« Sie stieß Nathans Arm beiseite und trat einen Schritt vor. »Ihr solltet nur eines bedenken«, fuhr sie hastig fort, als schon einige die Hände hoben. »Ich wäre enttäuscht, wenn ihr für den Tod der Männer stimmt. Wirklich sehr enttäuscht«, wiederholte sie dramatisch. »Wenn ihr euch entschließen könntet, die Männer über Bord zu werfen und zu ihrem Schiff schwimmen zu lassen, würdet ihr mir eine große Freude bereiten. Ich hoffe, daß alle verstanden haben, was ich meine.«

Sie behielt ihr Publikum so lange im Auge, bis alle Männer nickten.

»Ist das alles?« fragte Nathan ungläubig. »Mehr wolltest du ihnen nicht sagen?«

»Nein, Nathan, ihr könnt jetzt abstimmen, aber ich denke, du solltest dich der Stimme enthalten.«

»Warum?«

»Weil du nicht in der Lage bist, richtig über alles nachzudenken.«

Er sah sie verständnislos an, und sie erklärte: »Nathan, du bist immer noch wütend, weil ... deine liebe Frau niedergeschlagen worden ist.«

»Meine liebe Frau?«

Sie warf ihm einen mißbilligenden Blick zu. »Ich.«

Gütiger Gott, diese Person brachte ihn wirklich noch an den Rand des Wahnsinns. »Zur Hölle, ich weiß genau, wer meine Frau ist«, knurrte er.

Sara raffte ihre Röcke und ging zur Treppe.

»Bleib in der Kajüte, bis wir hier fertig sind«, befahl Nathan.

Sie spürte, daß die Blicke aller auf sie gerichtet waren, und die Männer warteten offensichtlich, daß sie verschwand, damit sie ihr schändliches Werk vollbringen konnten.

Sara fühlte sich kein bißchen schuldig für das, was sie vorhatte, weil ihre Motive rein wie frischgefallener Schnee waren. Sie konnte nicht zulassen, daß ihre Bediensteten zu Mördern wurden, auch wenn die Piraten noch so gräßlich und brutal gewesen waren. Und eines Tages würden sie ihr bestimmt dankbar sein, daß sie die grausame Tat verhindert hatte.

»Nathan«, sagte sie freundlich. »Ich werde nicht in der Kajüte warten, aber laßt mich bitte sofort wissen, was die Abstimmung ergeben hat. Ich würde gerne erfahren, ob ihr mich enttäuscht habt oder nicht.«

Nathan schüttelte den Kopf über diese verrückte Aufforderung. Er ahnte, daß sie etwas ausheckte, konnte sich aber nicht vorstellen, was für Möglichkeiten sie noch haben könnte, die Meinung seiner Männer zu beeinflussen.

»Wo werden wir Euch finden, Mylady?« wollte Jimbo wissen.

Sara beobachtete die Gesichter der Männer, während sie verkündete: »Ich warte in der Kombüse.«

Die Männer erschraken zu Tode, nur Nathan grinste.

»Ich wünschte, ich müßte keine solchen Methoden anwenden, Männer«, sagte Sara, »aber ihr laßt mir keine andere Wahl. Das Abstimmungsergebnis sollte mich besser nicht enttäuschen.«

Nur wenige verstanden noch immer nicht, was sie andeutete. Chester gehörte zu den wenigen. »Was macht Ihr in der Kombüse, Mylady?« fragte er.

Ihre Antwort kam prompt. »Suppe.«

10

Das Ergebnis der Abstimmung war einstimmig. Keiner wollte, daß Sara enttäuscht war. Die Piraten wurden über Bord geworfen, damit sie zu ihrem Schiff zurückschwimmen konnten.

Trotzdem hatte Nathan das letzte Wort. Er gab den Befehl, zwei Kanonen feuerbereit zu machen und beobachtete mit großer Genugtuung, wie die Kugeln in den Rumpf des Piratenschiffs schlugen. Als Sara wissen wollte, was der Lärm zu bedeuten hatte, behauptete er, seine Männer hätten nur das restliche Pulver aus den Kanonen holen müssen.

Die *Seahawk* war schwer beschädigt. Zum Glück befanden sich die meisten Lecks über der Wasserlinie, und genau die Segel, die durch Saras Ungeschicklichkeit mit ihrem Sonnenschirm schon einmal in Mitleidenschaft gezogen worden waren, waren wieder zerfetzt.

Die Besatzung machte sich daran, die Schäden so gut wie möglich zu reparieren. Sie waren so vergnügt bei ihrer Arbeit wie schon lange nicht mehr, und alle hatten ihre Knoblauchzehen weggeworfen. Sie wiegten sich in Sicherheit, da sie glaubten, daß der Fluch endlich gebannt war.

Ihre Herrin hatte ihre Haut gerettet, und sogar Chester lobte Sara mißmutig für diese Tat.

Sara begleitet Matthew nach der Abstimmung zum Frachtraum, um Nora zu holen, und als sie die geöffnete Falltür sah, erinnerte sie sich an ihre beiden Gefangenen. Die Piraten wurden an Deck geschleppt, und da Sara außer Reichweite war, rammte Nathan seine Fäuste in die Magengruben der Schurken, bevor er sie über die Reling ins Meer beförderte.

Sara erzählte ihrer Tante freudig, was sich ereignet hatte, und Nora hörte begeistert zu. Sie bewunderte ihre Nichte für ihren Mut und ihre Geschicklichkeit »Ich kann dich nicht in dem Glauben lassen, daß ich übermäßig mutig gewesen bin«, erwiderte Sara. Sie stand mit ihrer Tante im Flur, weil sie gerade gezeigt hatte, wo sie sich während der Befreiungsaktion versteckt gehalten hatte. »Ich hatte die ganze Zeit schreckliche Angst«, gestand sie.

»Das ist doch überhaupt nicht wichtig«, meinte Nora. »Du hast deinem Mann sehr geholfen, und das ist das einzige, was zählt.«

»Kannst du dir vorstellen, daß Nathan nicht ein einziges Wort des Lobes für mich übrighatte?« fragte Sara nachdenklich. »Das fällt mir erst jetzt richtig auf. Glaubst du …?«

»Ich vermute, daß er noch keine Zeit gefunden hat, dir zu danken, Sara … aber ich bezweifle, daß er es tut, wenn er Zeit dazu hat. Er ist ein wenig …«

»Störrisch?«

Nora lächelte. »Nein, Liebes, nicht störrisch, sondern stolz.«

Sara dachte, daß er wohl beide Eigenschaften in sich vereinte. Obwohl die ganze Aufregung überstanden war, zitterten ihre Hände. Eine leichte Übelkeit überkam sie, und ihre Wangen pochten schmerzhaft. Sie wollte Nora nicht beunruhigen und ließ sich deshalb nichts anmerken.

»Hast du das Gerede über Nathans Schwester gehört?« erkundigte sich Nora.

Sara hatte nichts dergleichen gehört, aber sie täuschte ihre Tante, um etwas darüber zu erfahren. »Jade war lange Herrin auf diesem Schiff, und die Männer sind ihr sehr ergeben«, sagte sie.

»Sie vergleichen euch beide miteinander, und ich fürchte, daß dich ihre Kommentare verletzen, Kind«, sagte Nora.

»Welche Kommentare meinst du?« fragte Sara. »Ich habe so viele gehört.«

Nora faßte sich ein Herz. »Oh, daß du so viel weinst. Jade hat nie geweint. Sie hat ihre Gefühle niemandem offenbart, zumindest behauptet Matthew das. Sie war sehr kühn und tapfer. Ich habe viele Geschichten über das, was sie und ihre Männer zustande gebracht haben, gehört.« Nora wedelte mit der Hand. »Ich bringe die Sprache nicht auf Jade, um dir zu verstehen zu geben, daß dich die Männer geringer schätzen, Sara – im Gegenteil. Heute hast du ihre Herzen erobert und dir ihre Loyalität gesichert. Sie werden in Zukunft keine Vergleiche mehr anstellen, darauf gehe ich jede Wette ein. Sie haben begriffen, daß du genau so tollkühn und beherzt wie Jade bist.«

Sara machte sich auf den Weg zu ihrer Kajüte. »Nora, ich glaube, ich muß ich ein wenig ausruhen«, flüsterte sie matt. »Die Aufregungen haben mich ziemlich mitgenommen.«

»Du siehst blaß aus, Kind. Es war ein schrecklicher Vormittag, nicht? Ich lege mich auch ein wenig hin.«

Sobald Sara die Kajüte betreten hatte, fiel ihr Blick auf das hellblaue Kleid, das noch immer auf dem Boden lag, und sie erinnerte sich daran, daß es der widerwärtige Schurke in seinen Händen gehalten hatte. All die groben Worte, die gesagt worden waren, fielen ihr wieder ein.

Erst jetzt begriff sie, was genau geschehen war, und bei der Vorstellung, wie alles hätte ausgehen können, drehte sich ihr der Magen um. »Du darfst nicht daran denken«, beschwor sie sich halblaut.

Nathan hätte getötet werden können.

Sara zog sich aus und versuchte sich voll auf das zu konzentrieren, was sie tat, aber dann fiel ihr Blick erneut auf das hellblaue Kleid, und sie konnte die Erinnerung nicht verdrängen. Sie beschloß, irgend etwas zu tun, was sie ablenken würde, und begann die Kajüte aufzuräumen. Nachdem sie damit fertig war, wusch sie sich. Als sie in den Spiegel sah, erschrak sie über den Bluterguß auf ihrer Wange, und sie durchlebte noch einmal all die Schrecken des Vormittags. Wie könnte sie jemals ohne Nathan leben? Was wäre geschehen, wenn sie die Pistolen und den Dolch nicht an sich genommen hätte oder bei Nora im Frachtraum geblieben wäre?

»Lieber Gott«, flüsterte sie. »Das ist alles nur ein Hohn. Ich bin so ein Feigling.« Sie starrte in den Spiegel. »Ein häßlicher Feigling.«

»Was hast du da gesagt?«

Nathan hatte den Raum lautlos betreten, und Sara zuckte zusammen, als seine Stimme ertönte. Sie drehte sich um und versuchte, die linke Seite ihres Gesichts mit ihrem Haar zu verdecken.

Tränen füllten ihre Augen. Sie beugte den Kopf, damit Nathan sie nicht sehen konnte, und ging zum Bett. »Ich muß ein wenig schlafen«, hauchte sie mit erstickter Stimme. »Ich bin sehr erschöpft.«

Nathan verstellte ihr den Weg. »Laß mich deine Wange sehen«, befahl er.

Sara hielt den Kopf gesenkt, und alles, was er zu Gesicht bekam, war ihr Scheitel. Er spürte, daß sie zitterte. »Hast du Schmerzen, Sara?« fragte er behutsam.

Sara schüttelte den Kopf, ohne ihn anzusehen.

»Warum weinst du dann?«

Mit bebender Stimme erwiderte sie: »Ich weine ja gar nicht.«

Nathan war sehr beunruhigt. Er schlang die Arme um sie und zog sie an sich. Was, zum Teufel, ging jetzt wieder in ihrem Kopf vor? Sara war immer so offen und durchschaubar gewesen, und sie hatte ihn stets wissen lassen, was sie dachte. Sobald sie ein Problem beschäftigt hatte, hatte sie drauflos geplappert und ihm keine Ruhe gelassen, bis er ganz genau wußte, was ihr durch den Kopf ging. Verdammt noch mal, er würde auch jetzt herausbekommen, was mit ihr los war.

»Ich möchte mich ausruhen, Nathan«, murmelte sie.

»Du wirst mir erst erzählen, was dich quält«, forderte er.

Sie brach in Tränen aus und warf sich an seine Brust.

»Du weinst also nicht?« fragte er erbittert.

Sie nickte. »Jade hat nie geweint«, schluchzte sie.

»Was hast du gesagt?«

Sie wiederholte es nicht, sondern versuchte statt dessen, von ihm wegzukommen. Nathan ließ das nicht zu. Er hielt sie mit einem Arm fest und hob ihr Kinn an. Dann strich er ihr sanft das Haar aus dem Gesicht.

Seine Miene verzog sich in mörderischer Wut, als er die dunkle verfärbte Schwellung auf ihrer Wange sah. »Ich hätte den Bastard umbringen sollen«, brummte er.

»Ich bin ein Feigling«, brach es aus Sara hervor, und als sie seinen ungläubigen Blick wahrnahm, nickte sie heftig. »Es ist wahr, Nathan. Ich habe es bis heute nicht gemerkt, aber jetzt weiß ich über mich Bescheid. Ich bin überhaupt nicht wie Jade; die Männer haben recht, ich kann ihr nicht das Wasser reichen.«

Er war so fassungslos über dieses seltsame Bekenntnis, daß er gar nicht merkte, wie sie sich aus seinem Griff befreite. Sie lief zum Bett, setzte sich auf die Kante und starrte auf ihren Schoß.

Diese Frau würde er in seinem ganzen Leben nicht verstehen, dachte Nathan kopfschüttelnd.

Sara zog wieder ein paar Haarsträhnen über ihre linke Wange – sie schämte sich so sehr wegen des blauen Flecks, aber das war nicht ihr einziger Kummer. »Ich bin nicht nur ein Feigling, Nathan. Ich bin auch noch häßlich. Jade hat grüne Augen, und die Männer sagen, daß ihr Haar rot wie Feuer ist. Jimbo meint, daß sie wunderschön ist.«

»Warum zum Teufel sprichst du dauernd von meiner Schwester?« fragte Nathan und bereute augenblicklich seinen barschen Ton. Eigentlich wollte er Sara beruhigen und sie nicht noch mehr in Verwirrung stürzen, deshalb fügte er sanfter hinzu: »Du bist kein Feigling.«

Sie bedachte ihn mit einem düsteren Blick. »Warum zittern dann meine Hände und weshalb fühle ich mich so elend? Ich habe sogar jetzt noch Angst, und ich kann an gar nichts anderes mehr denken als daran, was dir alles hätte zustoßen können.«

»Was hätte mir denn zustoßen können?« erkundigte er sich erstaunt. »Sara, du warst doch in größerer Gefahr.«

»Du hättest ums Leben kommen können«, antwortete sie, als ob sie seine letzten Worte nicht verstanden hätte.

»Aber ich bin doch nicht tot.«

Sie fing wieder an zu schluchzen, und er seufzte erschöpft. Diese Angelegenheit würde mehr Zeit in Anspruch nehmen, dachte er. Sara brauchte offensichtlich mehr als nur eine kurze Antwort. Sie brauchte seine Nähe.

Und er brauchte ihre Nähe ebenso. Nathan zog sich aus, aber als er seine Hose aufknöpfte, hielt er plötzlich inne. Wenn er Sara jetzt zeigte, was er sich am meisten wünschte, würde ihr Problem ungelöst bleiben.

Sara stand auf, als Nathan sich setzte. Sie beobachtete, wie Nathan es sich gemütlich machte. Er lehnte den Oberkörper an die Wand am Kopfende des Bettes und streckte ein Bein aus, während er das andere abwinkelte. Er nahm ihre Hand und zog sie auf seinen Schoß. Sie hatte ihm den Rücken zugewandt und legte den Kopf an seine Schulter, dann rutschte sie ein wenig hin und her, bis sie richtig bequem saß. Bei dieser Bewegung knirschte er mit den Zähnen – seine Frau hatte keine Ahnung, wie aufreizend sie sein konnte, und sie merkte nicht einmal, wie schnell sie seine Sehnsucht wecken konnte.

»Du solltest dein Gesicht nicht vor mir verstecken«, raunte er und strich ihre Locken nach hinten. Dann neigte er den Kopf und küßte sie auf den Nacken. Sara schloß die Augen und hob den Kopf ein bißchen, damit er besseren Zugang hatte.

»Nathan? Hast du gesehen, wie schnell sich der Mann zu mir umgedreht hat? Wenn sich der Schuß nicht gelöst hätte, wäre ich nicht in der Lage gewesen, mich zu verteidigen. Ich bin überhaupt nicht stark.«

»Du brauchst nicht stark zu sein, um dich zu verteidigen«, erwiderte er.

Das konnte er doch nicht ernst meinen. »Ich habe Duggan

einen Fausthieb versetzt, ja, aber danach hat meine Hand ziemlich lange weh getan. Es war ein armseliger Schlag. Doch man muß stark sein, wenn …«

»Wer ist Duggan?«

»Der Mann, der mit Onkel Henry in der Spelunke war und an meine Droschke gekommen ist.«

Nathan erinnerte sich und lächelte, als er daran dachte, wie die kleine weißbehandschuhte Faust durch das Fenster geschnellt war. »Du hattest das Überraschungsmoment auf deiner Seite, aber du hattest deine Faust nicht richtig geschlossen.«

Er nahm ihre Hand und zeigte ihr, was er meinte. »Du darfst den Daumen nicht unter die anderen Finger klemmen, sonst brichst du ihn dir. Leg ihn an die Seite und drück ihn an den Zeigefinger. Die Schlagkraft sitzt da«, erklärte er weiter und rieb über ihre Fingerknöchel. »Setz deinen ganzen Körper ein, wenn du zuschlägst.«

Sara nickte verständig.

»Du solltest wissen, wie du dich selbst verteidigen kannst«, murmelte er. »Paß auf, ich werde es dir beibringen.«

Bis zu diesem Moment hatte sie sich eigentlich ganz sicher in Nathans Gegenwart gefühlt, jetzt wurde sie stutzig. »Willst du mich denn nicht verteidigen, wenn mich jemand angreift?« fragte sie.

Er stöhnte. »Ich bin nicht immer in deiner Nähe, Sara.« Er versuchte, so geduldig wie möglich zu bleiben. »Am wichtigsten ist, wohin du schlägst, erst dann ist die Wucht entscheidend. Der empfindlichste Körperteil eines Mannes liegt unter der Gürtellinie …«

»Nathan, ich kann nicht glauben, daß du …«

Ihre Verlegenheit war nicht zu überhören, und Nathan seufzte entrüstet. »Sara, es ist wirklich lächerlich, daß du dich schämst. Ich bin dein Mann, und wir sollten über alles miteinander reden können.«

»Ich glaube nicht, daß ich einen Mann … dorthin schlagen kann.«

»Zum Teufel, natürlich kannst du«, versetzte er. »Verdammt, Sara, du wirst lernen, dich selbst zu verteidigen, weil ich nicht will, daß dir ein Leid geschieht.«

Gütiger Himmel, dieser Mann war wirklich kompliziert, und er zwang sie zu Dingen, die sie sicherlich nicht fertigbrachte. »Und wenn ich einen Mann nicht in diese ... Stelle boxen kann? Feiglinge verteidigen sich nicht selbst«, schluchzte Sara. »Und ich habe dir doch gerade bewiesen, daß ich ein Feigling bin.«

Nathan verbiß sich das Lachen und erkundigte sich: »Warum hältst du dich eigentlich für feige?«

»Das hab' ich dir doch schon erklärt«, rief sie. »Meine Hände zittern, und ich kann nicht daran denken, was beinahe passiert wäre, sonst gerate ich in Panik. Ich kann nicht einmal dieses Kleid ansehen, ohne daß mir übel wird.«

»Welches Kleid?« wollte er wissen.

Sie deutete auf den Boden. »Dieses Kleid. Einer von den Schuften hat es in den Händen gehabt. Am liebsten würde ich es über Bord werfen. Ich ziehe es bestimmt nie wieder an.«

»Ich werde mich darum kümmern«, beschwichtigte Nathan. »Mach jetzt die Augen zu, dann mußt du das alles nicht mehr sehen.« »Nathan, du denkst, daß ich mich wie eine dumme Gans benehme, stimmt's?«

Er liebkoste ihren Hals und flüsterte: »Ich glaube, daß du nur die Nachwirkungen der Ereignisse spürst. Deine Reaktionen sind nur natürlich, und es heißt noch lange nicht, daß du ein Feigling bist, weil deine Hände zittern.«

Sie bemühte sich, sich auf das zu konzentrieren, was er sagte, aber Nathan machte das nahezu unmöglich. Seine Zunge spielte mit ihren Ohrläppchen, und sein warmer Atem, der über ihre Haut strich, verursachte, daß ihr Zittern allmählich nachließ. Sie fühlte sich schläfrig.

»Hattest du jemals ... Nachwirkungen?« fragte sie kaum hörbar.

Seine Hand glitt über die Seide ihres Hemdes und blieb auf ihrer Brust liegen. »Ja.« antwortete er knapp.

»Und was hast du dagegen getan?«

»Ich habe einen Weg gefunden, sie zu überwinden«, sagte er und streifte die Hemdträger über Saras Schultern.

Sara fühlte sich wohl, seufzte zufrieden und schloß die Augen. Nathan setzte seine sanfte Attacke fort und streichelte ihre Hüfte, ehe er sich der zarten Haut an ihren Schenkeln annahm und das Feuer in Sara langsam schürte. Er wußte genau, wieviel Druck er anwenden und wo er sie berühren mußte, um sie in Ekstase zu bringen. Sie stöhnte matt, als seine Finger in sie drangen.

»Laß mich, Liebes«, flüsterte er, als sie versuchte, ihn zurückzuhalten. »Wehr dich nicht dagegen.«

Er drückte sie an sich und fuhr mit seiner süßen Tortur unerbittlich fort. Sara konnte bald an nichts anders als an ihre Erfüllung denken.

Der Höhepunkt war erschütternd und ließ Sara kraftlos zurück. Sie sank an die Brust ihres Mannes und schloß die Augen.

Als sich ihr Herzschlag beruhigt hatte und sie über das Geschehene nachdenken konnte, schämte sie sich schrecklich. Nathan hatte ihr Hemd bis zur Taille heruntergezogen und streichelte sacht ihre Brüste.

»Ich habe nicht gewußt, daß … daß es so … ohne dich möglich ist«, stammelte sie und brach ab.

»Ich war doch bei dir«, flüsterte er. »Meine Finger …«

Sie richtete sich auf und kniete sich vor ihn. Guter Gott, sie war so bezaubernd. Sie streifte das Hemd vollends ab und ließ Nathan dabei nicht aus den Augen. Plötzlich wurde ihr klar, daß sie ihn noch einmal wollte.

Sie beugte sich vor, bis ihr Busen seine Brust berührte, aber er hielt sie sacht zurück, damit er seine Hose ausziehen konnte. Danach kniete Sara zwischen Nathans kraftvollen Beinen und betrachtete lange sein Gesicht, bevor sie ihn sacht berührte. Sein Ächzen zeigte ihr, daß er ihre Kühnheit willkommen hieß.

Er vergrub seine Hand in ihr Haar und zog sie an sich. »Das ist dein Weg, die Nachwirkungen zu überwinden«, murmelte er, ehe sein Mund den ihren bedeckte und eine mögliche Antwort erstickte.

Sie verbrachten zwei wundervolle Stunden miteinander, bis Nathan aufstand, um die Reparaturarbeiten am Schiff zu überwachen. Sara seufzte immer wieder, während sie sich anzog und ihre Zeichenkohle und den Skizzenblock an sich nahm. Sie wollte an Deck gehen und in der Nachmittagssonne ein wenig zeichnen. In kürzester Zeit war sie von Männern umringt, die sich von ihr zeichnen lassen wollten. Sara war glücklich, ihnen einen Gefallen tun zu können, und noch glücklicher, als sie ihre Zeichenkunststücke lobten. Die Seemänner waren sogar enttäuscht, als Sara aufhören mußte, weil sie kein Papier mehr hatte. Nathan hatte sich auf dem Oberdeck um die zerrissenen Segel gekümmert, und als er zum Ruder zurückging, entdeckte er seine Frau. Sie saß auf einer Holzbank, und etwa fünfzehn Männer hatten sich zu ihren Füßen niedergelassen und lauschten offenbar interessiert ihren Worten.

Nathan ging ein bißchen näher heran, um hören zu können, worüber sie sprachen.

Chester sagte: »Soll das heißen, daß Ihr erst vier Jahre alt wart, als Ihr den Captain geheiratet habt?«

»Das hat sie uns doch schon erklärt, Chester«, beschwerte sich Kently. »Der verrückte König hat die Trauung angeordnet.«

»Habt Ihr Euch jemals gefragt, warum der König die Fehde zwischen den beiden Familien schlichten wollte?« erkundigte sich Iwan.

»Er wollte Frieden stiften«, erwiderte Sara.

»Was hat eigentlich diesen Zwist verursacht?« wollte ein anderer wissen.

»Wahrscheinlich kann sich niemand mehr daran erinnern,« mutmaßte Chester.

»Oh, ich weiß, was die Streitigkeiten ausgelöst hat«, antwortete Sara. »Alles fing mit einem goldenen Kreuz an.«

Nathan lehnte sich an einen Pfosten und schüttelte lächelnd den Kopf. Diesen Unsinn konnte sie doch nicht für bare Münze nehmen! Oh, doch, dachte er gleich darauf, die Geschichte war so phantastisch, daß sie sie sicher glaubte.

»Erzählt uns von dem goldenen Kreuz«, forderte Chester.

»Im frühen Mittelalter waren die Winchesters und die St. James befreundet, und ihre Ländereien grenzten aneinander. Man sagt sogar, daß ein St. James und ein Winchester gemeinsam am Hof des Königs aufwuchsen. Die beiden Barone entschlossen sich, an einem Kreuzzug teilzunehmen, um die Welt vom Unglauben zu befreien, und segelten zu einem entfernten Hafen. Einer von den beiden rettete bei dieser Fahrt dem Herrscher eines exotischen Landes das Leben und erhielt zum Dank dafür ein riesiges Kreuz aus purem Gold. Ja«, betonte sie, als die Männer sie beeindruckt ansahen, »es war mit großen Edelsteinen verziert, und die Rubine und Diamanten funkelten prächtig.«

»Wie groß war das Kreuz?« fragte Matthew.

»So groß wie ein erwachsener Mann«, entgegnete Sara.

»Aber was ist dann geschehen?« wollte Chester wissen. Er war begierig darauf, das Ende der Geschichte zu hören und ärgerte sich über die Unterbrechungen.

»Die beiden Barone kehrten nach England zurück. Eines Tages war das Kreuz plötzlich verschwunden. Der Winchester erzählte allen, daß er das Kreuz geschenkt bekommen hatte und beschuldigte St. James, es gestohlen zu haben. Der St. James berichtete genau dieselbe Geschichte, nur behauptete er, daß ihm das Kreuz überreicht worden war.«

»Ist es jemals wieder gefunden worden?« fragte Kently.

Sara schüttelte den Kopf. »Die beiden mächtigen Barone bekriegten sich, und viele Menschen vermuteten, daß das Kreuz niemals existiert hatte und die Geschichte nur erfunden worden war, um diesen Krieg zu rechtfertigen. Man unterstellte den einstigen Freunden, daß sie nur auf die Ländereien des jeweils anderen aus waren. Ich glaube aber, daß es das Kreuz wirklich gegeben hat.«

»Warum?« bohrte Chester weiter.

»Als der St. James auf dem Totenbett lag, flüsterte er die Worte: ›Such deinen Schatz im Himmel‹.«

Sara nickte und fügte hinzu: »Kein Mann lügt, wenn er seinem Schöpfer gegenübersteht. Gleich nachdem er diesen Satz ausgesprochen hatte, schloß er die Augen und hauchte sein Leben aus.«

Sie legte ihre Hand auf den Busen und senkte den Kopf.

Einer der Männer fragte: »Ihr glaubt diese Geschichte doch nicht, oder?«

»Oh doch, und eines Tages wird Nathan das Kreuz für mich finden«, behauptete Sara.

Nathan lächelte. Seine Frau war eine hoffnungslose Träumerin, und mit einemmal wurde ihm bewußt, daß ihm das gefiel.

»Es scheint fast so, als ob der Captain erst in den Himmel kommen müßte, um es zu finden«, meinte Chester.

»O nein«, rief Sara. »Der Baron war sehr listig, und ich bin sicher, daß sein letzter Satz der Schlüssel zu seinem Geheimnis war.«

Plötzlich frischte der Wind auf, und die heftigen Böen schreckten die Seemänner auf. Sara machte sich auf den Weg in ihre Kajüte, um ihre Zeichenkohle aufzuräumen. Den Rest des Tages verbrachte sie mit ihrer Tante, bis sie müde wurde und zu Bett ging.

Eine Stunde später begannen die Krämpfe. Sara wußte, daß ihre monatlichen Beschwerden bevorstanden, aber heftige Schmerzen hatte sie noch nie gehabt. Noch dazu sorgte sie sich, daß Nathan die Ursache ihrer Beschwerden herausfinden könnte – und das wäre ihr schrecklich peinlich. Obwohl es in der Kajüte warm war, fror sie entsetzlich, und ihre Zähne klapperten.

Sie zog ihr dickes weißes Nachthemd an, kroch ins Bett und hüllte sich in drei Decken. Sie fand keine Erleichterung, wie sie sich auch hinlegte. Ihr Rücken fühlte sich an, als ob er in zwei Hälften zerbrochen wäre, und als die Qual unerträglich wurde, wimmerte sie leise.

Nathan kam erst nach dem Wachwechsel in die Kajüte. Normalerweise ließ Sara immer eine Kerze brennen, wenn er noch nicht da war, aber heute war es stockfinster in dem Raum.

Er hörte, wie sie ächzte, und lief zum Bett, nachdem er mit fliegenden Händen zwei Kerzen angezündet hatte. Sie war nicht zu sehen, weil sie die Decken über den Kopf gezogen hatte. »Sara?« rief er erschrocken, und als sie nicht antwortete, riß er die Decke von ihr.

Der kalte Angstschweiß trat ihm auf die Stirn, als er ihr aschfahles Gesicht sah. Sara verkroch sich wieder unter den Decken. »Sara, um Gottes willen, was ist passiert?«

»Geh weg, Nathan«, jammerte sie. »Ich fühle mich nicht gut.«

Sie klang, als ob sie dem Tod nahe wäre, und Nathan machte sich ernsthafte Sorgen. »Was ist los mit dir?« fragte er heiser. »Tut deine Wange weh? Verdammt, ich hätte den Bastard doch umbringen sollen.«

»Es ist nicht mein Gesicht«, schluchzte sie.

»Hast du Fieber«, hakte er nach und zog wieder die Decke weg.

Gütiger Himmel, sie konnte ihm doch nicht erklären, in was für einem Zustand sie sich befand. Sie schämte sich. Sie stöhnte und wandte sich von ihm ab. Sie hatte die Knie angezogen, und sie wiegte sich hin und her, um den Schmerz im Rücken zu lindern. »Ich möchte nicht darüber sprechen«, hauchte sie. «Bitte geh.«

Er dachte nicht daran, ihrer Aufforderung Folge zu leisten, statt dessen legte er die Hand auf ihre Stirn. Sie war kalt und feucht. »Du hast kein Fieber«, stellte er fest. »Sara, habe ich dir heute nachmittag weh getan? Ich weiß, ich war ein bißchen … stürmisch, aber …«

»Nein, das ist es nicht«, brachte sie hervor.

»Bist du sicher?« fragte er zaghaft.

Sara war gerührt über seine Besorgnis. »Ich bin sicher«, sagte sie. »Du hast das Unwohlsein nicht verursacht. Ich möchte nur ein wenig allein sein, morgen geht's mir bestimmt besser.« Ein neuer Krampf beanspruchte ihre volle

Aufmerksamkeit, und sie stöhnte: »Laß mich in Frieden sterben.«

»Den Teufel werd' ich tun«, knurrte er, kurz bevor ihm ein düsterer Gedanke durch den Kopf schoß. »Du hast doch in der Kombüse nichts gegessen, was du gekocht hast?«

»Nein, ich habe keine Magenbeschwerden.«

»Was zur Hölle fehlt dir dann?«

»Ich bin … nicht rein.«

Was in Gottes Namen sollte das nun wieder heißen? »Du bist krank, weil du nicht rein bist? Sara, ich habe noch nie von einer so verrückten Krankheit gehört. Würdest du dich besser fühlen, wenn ich dir ein Bad zubereiten lasse?«

Sie hätte ihn am liebsten angeschrien, aber die Anstrengung hätte ihre Schmerzen nur noch verschlimmert. »Nathan, es ist eine Frauensache«, flüsterte sie statt dessen.

»Eine was?«

Gütiger Himmel, er zwang sie wirklich, das Unsägliche auszusprechen. »Ich habe meine Periode«, schrie sie. »Oh, es tut so weh«, klagte sie gleich darauf. »In manchen Monaten ist es schlimmer als in anderen.«

»Du hast deine Periode …?«

»Ich bin nicht schwanger«, sprudelte sie im gleichen Moment hervor. »Bitte geh jetzt. Wenn Gott mir gnädig ist, sterbe ich in ein paar Minuten … wenn nicht vor Schmerzen, dann vor Scham.«

Er war so erleichtert, daß sie nicht an einer lebensbedrohlichen Krankheit litt, daß er befreit aufatmete und ihre Schultern tätschelte. Verdammt, er war so ungeschickt und kam sich so nutzlos vor in diesem Augenblick.

»Kann ich irgend etwas tun, um die Schmerzen erträglicher zu machen?« fragte er. »Brauchst du etwas?«

»Ich brauche meine Mutter«, jammerte sie. »Oh, geh weg. Nathan, du kannst mir nicht helfen.«

Sie zog die Decke wieder über ihren Kopf und stöhnte erbärmlich. Nathan mußte sich entschlossen haben, sie tatsächlich allein zu lassen, dachte sie, als sie hörte, wie die Tür geschlossen wurde. Wie konnte er sie nur in dieser Qual so sehr im Stich lassen? Sie hatte ihn angelogen, sie brauchte nicht ihre Mutter, sondern seine Umarmung, aber dieser uneinsichtige Mann war nicht einmal in der Lage zu ahnen, was ihr am meisten helfen könnte.

Nathan ging schnurstracks zu Noras Kajüte und hielt sich nicht einmal damit auf, erst anzuklopfen.

In dem Moment, in dem er die Tür aufriß, brüllte Matthew: »Wer ist da?«

Nathan grinste. Der alte Seebär lag in Noras Bett.

»Ich muß mit Nora sprechen«, verkündete er.

Saras Tante schreckte aus tiefen Schlaf und schnappte nach Luft, ehe sie die Zudecke bis zu ihrem Kinn zerrte.

Ihr Gesicht war so rot wie ein gekochter Hummer.

Nathan ging mit auf dem Rücken gefalteten Händen zum Bett und starrte eisern auf den Boden.

»Sara ist krank«, erklärte er, bevor Nora auch nur ein Wort herausbrachte.

Noras Verlegenheit löste sich bei dieser Ankündigung augenblicklich in Luft auf.

»Ich muß zu ihr«, krächzte sie und richtete sich auf.

»Wißt Ihr, was ihr fehlt?«

»Soll ich nach ihr sehen?« schaltete sich Matthew ein und war schon dabei, aufzustehen.

Nathan schüttelte den Kopf und räusperte sich. »Es ist… eine Frauensache.«

»Was heißt ›eine Frauensache‹?« fragte Matthew perplex. Nora verstand sofort und tätschelte, ohne Nathan aus den Augen zu verlieren, seinen Hand. »Hat sie arge Schmerzen?« Nathan nickte. »Entsetzliche, Madam. Sagt mir, wie ich ihr helfen kann«, forderte er sie im Kommandoton auf.

»Ein großer Brandy hilft manchmal«, meinte Nora. »Ein liebes Wort könnte auch nicht schaden, Nathan. Ich kann mich erinnern, daß ich in dieser Zeit immer sehr gefühlsbetont war.«

»Ist das alles?« fragte Nathan. »Mein Gott, Nora, sie hat

furchtbare Schmerzen! Ich glaube, so eine Qual könnte ich nicht einmal überstehen!«

Nur mit äußerster Anstrengung konnte Nora ein Lächeln unterdrücken. Nathan sah aus, als ob er jemandem dem Kragen umdrehen wollte. »Habt Ihr sie gefragt, was ihr helfen könnte?«

»Sie möchte ihre Mutter bei sich haben.«

»Was könnte das schon helfen«, meinte Matthew brummig.

Nora erklärte energisch: »Sie braucht nur ihren Mann, Nathan, sie möchte, daß sie jemand tröstet und ihr den Rücken massiert.« Die letzten Worte mußte Nora schreien, denn Nathan stürmte schon aus der Kajüte.

Sobald er die Tür hinter sich geschlossen hatte, fragte Nora: »Glaubst du, daß er Sara von uns erzählt?«

»Nein, Liebes, er wird kein Wort darüber verlieren«, beruhigte Matthew sie.

»Es gefällt mir gar nicht, Sara zu täuschen, aber sie würde es bestimmt nicht verstehen …«

»Pst, Liebes«, beschwichtigte Matthew und nahm Nora in die Arme. »Mit der Zeit wird sie auch mehr Verständnis aufbringen.«

Dem mußte Nora zustimmen. »Nathan ist sehr fürsorglich. Es wird nicht mehr lange dauern, bis ihm klar wird, daß er Sara liebt.«

»Selbst wenn er sie mag, Nora, würde er ernste Gefühle nie zulassen«, entgegnete Matthew. »Der Junge hat schon vor langer Zeit gelernt, sich gegen alle Empfindungen zu wappnen.«

»Unsinn«, schnaubte Nora. »Bei einer gewöhnlichen Frau mag ihm das vielleicht gelingen, aber du hast sicher schon selbst gemerkt, daß meine Nichte anders als andere Frauen ist. Sie ist genau das, was Nathan braucht. Sie ist fest davon überzeugt, daß ihr Mann sie liebt und daß es nicht mehr lange dauert, bis er es selbst merkt. Wir werden sehen.«

Sara hatte keine Ahnung, daß sie Gegenstand einer so vertraulichen Unterhaltung war. Sie war so damit beschäftigt, sich selbst zu bemitleiden, daß sie nicht einmal hörte, wie Nathan ins Zimmer kam.

»Sara, trink das, es wird dir helfen«, sagte er und umfaßte ihre Schulter.

Sie blinzelte, sah das Glas in seiner Hand und schüttelte den Kopf.

»Es ist Brandy«, erklärte er.

»Ich möchte nicht«, hauchte sie.

»Trink das.«

»Ich müßte mich übergeben.«

Er stellte hastig das Glas auf den Schreibtisch und schlüpfte unter die Decke an ihre Seite.

Sara preßte sich an die Wand und flehte ihren Schöpfer inbrünstig an, sie von dieser Peinlichkeit durch einen raschen Tod zu befreien. Gleichzeitig hegte sie die Hoffnung, daß der liebe Gott anderweitig beschäftigt war und ihre Bitte nicht erhörte. Sie war vollkommen durcheinander, weil sie selbst nicht wußte, was sie wollte.

Sie glaubte, die Schmerzen nicht mehr ertragen zu können, als Nathan vorsichtig ihre Taille umfaßte und langsam und sanft über ihr Kreuz strich. Die zarte Berührung war himmlisch, und der Schmerz ließ sofort nach. Sara schloß die Augen und kuschelte sich an ihren Mann, um seine Körperwärme zu spüren.

Sie registrierte kaum, daß das Schiff heftig hin und her schwankte. Nathan hingegen merkte es sehr wohl. Sein Magen war in Aufruhr, und er verwünschte sich, weil er das Abendessen trotz des rauhen Seegangs nicht hatte ausfallen lassen. Es konnte nicht mehr lange dauern, bis sich sein Gesicht grün verfärbte.

Er massierte lange schweigend Saras Rücken und bemühte sich, nicht auf die rollenden Bewegungen des Schiffes zu achten. Aber sein Magen spielte nicht mit.

»Du kannst jetzt aufhören«, flüsterte Sara. »Ich fühle mich schon viel besser, danke.«

Nathan gehorchte und machte Anstalten aufzustehen, aber ihre nächste Aufforderung hielt ihn zurück.

»Bitte halt mich, Nathan, mir ist so kalt. Es ist sehr kühl heute nacht, nicht wahr?«

Ihm war so heiß, als ob er in der Hölle schmoren würde, und sein Gesicht war mit Schweißperlen bedeckt. Trotzdem tat er, was sie von ihm verlangte, und in wenigen Minuten fühlte sie sich nicht mehr so kalt an.

Als er meinte, daß sie eingeschlafen war, erhob er sich vorsichtig, aber er hatte wieder keine Chance, das Bett zu verlassen.

»Nathan, was ist, wenn ich unfruchtbar bin?« wisperte Sara.

»Dann bist du unfruchtbar.«

»Ist das alles, was du dazu zu sagen hast? Wir könnten dann keine Kinder haben.«

Er verdrehte die Augen. Gütiger Gott, sie klang so, als ob sie gleich wieder losheulen würde. »Du kannst unmöglich jetzt schon wissen, ob du unfruchtbar bist oder nicht.«

»Aber wenn ich es bin?« beharrte sie.

»Sara, was soll ich dazu sagen?« fragte er mit unverhohlener Ungeduld. Sein Magen rebellierte wieder, und nicht einmal tiefe Atemzüge beruhigten ihn. Er schob die Decken beiseite und versuchte zum drittenmal aufzustehen.

»Wirst du dann immer noch mit mir verheiratet sein wollen«, fragte sie. »Wir bekommen weder die Ländereien noch das Geld, wenn wir nicht rechtzeitig ein Kind ...«

»Ich weiß sehr genau, was in unserem Ehevertrag steht«, zischte er. »Wenn wir die Ländereien nicht bekommen, werden wir uns mit dem, was mir mein Vater hinterlassen hat, begnügen. Jetzt hör auf, mich mit deinen Fragen zu quälen und schlaf. Ich bin bald zurück.«

»Du hast mir noch keine Antwort gegeben«, beschwerte sie sich. »Würdest du mit einer unfruchtbaren Frau verheiratet sein wollen?«

»Großer Gott ...«

»Würdest du es wollen oder nicht?«

Er grunzte nur, aber Sara war überzeugt, daß dieser Laut als Zustimmung zu deuten war. Sie drehte sich zu ihm und drückte einen Kuß auf seinen Nacken. Die Kerzen brannten noch immer, und als sie einen Blick auf seine Wange warf, sah sie, daß sein Gesicht grau wie Asche war.

Sie begriff schnell. Das Schiff tanzte wie ein Ball im Wasser und schwankte so heftig, daß der Brandy über den Glasrand schwappte. Nathan schloß die Augen und verzog das Gesicht.

Er war seekrank, und Sara hatte Mitleid mit ihm, aber diese Empfindung erstarrte sofort zu Eis, als er murmelte: »Ich wäre mit gar niemandem verheiratet, wenn es diesen verdammten Vertrag nicht gäbe. Versuch jetzt zu schlafen.«

Er schwang die Beine aus dem Bett, nachdem er seinen Standpunkt klargemacht hatte.

Sara raste vor Zorn. Wie konnte er es wagen, ihr gegenüber einen solchen Ton anzuschlagen? Sie fühlte sich mindestens genauso elend wie er – wenn nicht noch elender. Sie dachte nicht mehr an seine sanfte Fürsorge und beschloß, ihm eine Lektion zu erteilen, die er nicht mehr so schnell vergessen würde.

»Es tut mir wirklich leid, daß ich dich so lange von deinen Pflichten abgehalten habe«, begann sie zuckersüß. »Mir geht es schon sehr viel besser, Nathan. Ich danke dir. Auch meine Übelkeit ist weg. Ich vermute, ich hätte den Fisch heute abend besser stehen lassen sollen, aber er hat wundervoll geschmeckt, besonders nachdem ich ein bißchen Schokoladensauce darüber geträufelt hatte. Hast du je auf diese Weise gesüßten Fisch gegessen?«

Er schien es sehr eilig zu haben, in seine Hose zu kommen, und Sara lächelte. »Normalerweise verwende ich ja Zucker«, fuhr sie fort, »aber heute wollte ich etwas Neues ausprobieren. Oh, Iwan hat versprochen, uns Austern zuzubereiten, wenn wir anlegen. Ich liebe Austern, du nicht? Es ist ein herrliches Gefühl, wenn sie einem die Kehle hinuntergleiten … Nathan, gibst du mir keinen Abschiedskuß?«

Die Tür schlug zu, und Sara kicherte zufrieden. Ihre schändliche Attacke hatte gewirkt. Es war wirklich höchste Zeit, daß sie ihrem Mann zeigte, was er an ihr hatte.

»Das geschieht diesem störrischen Kerl ganz recht«, murmelte sie, zupfte die Decken zurecht und war schon im nächsten Moment eingeschlafen.

Nathan verbrachte fast die ganze Nacht damit, über der Reling zu hängen. Er hatte sich dorthin zurückgezogen, wo ihn keiner seiner Männer sehen konnte.

Die Sonne ging schon auf, als er in die Kajüte zurückkam. Er fühlte sich wie ein ausgewrungener Lappen und brach regelrecht im Bett zusammen. Sara wurde von der Erschütterung geweckt und rutschte näher an ihren Mann heran.

Er schnarchte sofort, so daß sie kein Gespräch mit ihm beginnen konnte. Sie küßte seine Wange, die in dem fahlen Licht weiß schimmerte. »Ich liebe dich«, flüsterte sie, »mit all deinen Fehlern, Nathan. Es tut mir leid, daß ich deine Übelkeit noch angestachelt habe und daß du von der Seekrankheit geplagt bist.« Dieses Bekenntnis erleichterte sie, zumal sie wußte, daß ihr Mann fest schlief und nichts davon gehört hatte. Sie seufzte. »Du solltest dir wirklich eine andere Beschäftigung suchen, mein Lieber, die Seefahrt scheint dir nicht zu liegen.« Nach diesen Worten rollte sie sich auf die Seite.

Nathan öffnete langsam die Augen und starrte sie an. Sie schien wieder zu schlafen und sah so friedlich wie ein Engel aus. Am liebsten hätte er sie auf der Stelle erwürgt. Seine Frau hatte seinen schwachen Punkt herausgefunden und ihr Wissen schamlos ausgenutzt, um ihn zu bestrafen.

Plötzlich mußte er lächeln. Die kleine Sara war gar nicht so unschuldig, wie er immer gedacht hatte. Sie hatte nur ihre eigenen Waffen benutzt, um sich für seine Bemerkung, daß er mit niemandem verheiratet sein wollte, zu rächen.

Sie waren noch zwei Tagesreisen von Noras Zuhause entfernt und Nathan dachte wieder einmal, daß der Rest der Fahrt ohne besondere Vorkommnisse vonstatten gehen könnte.

Er hätte es besser wissen müssen.

Am späten Abend des einundzwanzigsten dieses Monats funkelten unzählige Sterne am Himmel, und der Wind stand günstig, so daß sie gut vorankamen. Man hätte ein Glas mit Rum auf die Reling stellen können, und es wäre nicht heruntergefallen, so ruhig war die See.

Nathan stand neben Jimbo am Ruder und unterhielt sich mit ihm über die Zukunft der Emerald Shipping Company.

Jimbo brach das Gespräch jäh ab, als Sara auf sie zustürmte. Sie trug nur ein Nachthemd und ihren Morgenmantel. Nathan stand mit dem Rücken zu ihr, und da sie barfuß war, hörte er nicht, wie sie näher kam.

»Nathan, ich muß mit dir sprechen«, schrie sie. »Wir haben ein schreckliches Problem, und du mußt die Sache in Ordnung bringen.«

Nathan drehte sich nach ihr um und wurde starr vor Schreck, als er die Pistole in ihrer Hand sah. Sie zielte direkt unter seine Gürtellinie.

Sara schien sehr aufgebracht zu sein. Ihr Haar hing ihr in wilden Locken auf die Schultern, und ihre Wangen glänzten.

Als Nathan ihren Aufzug bemerkte, fragte er: »Warum stolzierst du im Nachthemd auf dem Deck herum?«

Diese Zurechtweisung gab ihr den Rest. »Ich stolziere nicht«, begann sie, schüttelte aber gleich darauf den Kopf. »Jetzt ist nicht der richtige Zeitpunkt, um über meine Kleidung zu diskutieren. Wir haben ein sehr ernstes Problem, Nathan.«

Sie wandte sich Jimbo zu. Ihr Knicks wirkte ein wenig unbeholfen, da sie bemüht war, die Pistole nicht fallen zu lassen. »Vergebt mir meinen unschicklichen Aufzug, Jimbo, aber ich bin so aufgeregt, daß ich ganz vergessen habe, mich umzuziehen.«

Jimbo nickte vorsichtig, da sie die Pistole abwechselnd auf ihn und auf Nathan richtete. Er vermutete, daß sie nicht einmal wußte, wie bedrohlich diese Waffe wirkte.

»Was hat Euch denn so aus der Fassung gebracht?« forschte Jimbo nach.

»Was, zur Hölle, hast du mit der Pistole vor?« fragte Nathan zur gleichen Zeit.

»Ich möchte sie gebrauchen«, erklärte Sara vage.

»Lady Sara«, begann Jimbo, als er merkte, daß es Nathan die Sprache verschlagen hatte. »Beruhigt Euch und erzählt uns, warum Ihr so außer Euch seid. Junge«, fügte er leise hinzu, »nimm ihr die verdammte Pistole weg, bevor sie sich noch selbst erschießt.«

Nathan streckte die Hand aus, aber Sara wich zurück und versteckte die Pistole hinter ihrem Rücken.

»Ich wollte zu Nora gehen«, stieß sie hervor, »um ihr gute Nacht zu sagen.«

»Und?« hakte Nathan nach, als sie schwieg.

Sie starrte Jimbo lange an, bevor sie zu dem Entschluß kam, daß sie ihn einweihen konnte. Vorsichtshalber spähte sie noch einmal über die Schulter, um sicherzugehen, daß sie niemand belauschte.

»Sie war nicht allein«, sagte sie schließlich.

Ihr Mann zuckte gleichmütig mit den Achseln, und sie hätte ihn am liebsten erschossen.

»Matthew war bei ihr.« Sara nickte so heftig, als ob jemand an ihrer Aussage zweifeln würde.

»Und?« drängte Nathan.

»Sie waren im Bett.«

Sara fuchtelte mit der Pistole in der Luft herum und forderte: »Nathan, du mußt etwas unternehmen.«

»Was sollte ich deiner Meinung nach tun?« fragte er betont hilfsbereit und grinste.

Dieser Mann schien über ihre Eröffnung überhaupt nicht schockiert zu sein, dachte Sara erbost. Ihn schien gar nichts aus der Ruhe zu bringen … außer ihr natürlich. Sie brachte es offensichtlich ständig fertig, ihn wütend zu machen.

»Sie möchte, daß du Matthew dort wegholst«, warf Jimbo ein. »Hab' ich recht, Sara?«

Sie schüttelte den Kopf. »Es ist zu spät, die Stalltür zuzumachen. Die Kuh ist schon durchgebrannt.«

»Das verstehe ich nicht«, meinte Jimbo nachdenklich. »Was hat Eure Tante mit einer Kuh zu tun?«

»Er hat sie entehrt«, stellte sie, ohne auf Jimbo zu achten, fest.

»Sara, wenn du nicht willst, daß ich Matthew aus Noras Zimmer hole, was verlangst du dann von mir?« erkundigte sich Nathan.

»Du mußt die Sache in Ordnung bringen«, erklärte Sara. »Du wirst sie trauen. Komm mit, Nathan. Wir werden die Angelegenheit gleich regeln. Jimbo, Ihr könntet uns als Trauzeuge behilflich sein.«

»Das kann nicht dein Ernst sein.«

»Hör auf zu grinsen, Nathan. Mir ist es todernst. Du bist Captain auf diesem Schiff, und du kannst ein Paar rechtmäßig verheiraten.«

»Nein.«

»Lady Sara, Ihr habt wirklich die erstaunlichsten Ideen«, brummte Jimbo.

Es war nur allzu offensichtlich, daß keiner der beiden Sara ernst nahm, und das brachte sie noch mehr auf. »Ich bin für meine Tante verantwortlich«, zischte sie. »Matthew hat ihre Ehre besudelt, und er muß sie heiraten. Nathan, du weißt doch, daß das die einzige Lösung ist. Außerdem würde uns das eine weitere Sorge ersparen. Mein Onkel Henry müßte seine verbrecherischen Versuche, ihr Erbe an sich zu bringen, aufgeben, wenn sie wieder heiratet.«

»Nein«, sagte Nathan entschieden.

»Möchte Matthew Eure Tante überhaupt heiraten?« fragte Jimbo.

Sara funkelte den Seemann zornig an. »Es ist ganz egal, was er möchte oder nicht.«

»O nein«, widersprach Jimbo.

Sara wedelte zornig mit der Pistole herum und fauchte: »Ich sehe schon, daß ich von euch beiden keine Hilfe zu erwarten habe.«

Ehe die beiden Männer dieser Aussage zustimmen konnten, drehte sich Sara auf den bloßen Fersen um und strebte zielsicher der Treppe entgegen. »Ich mag Matthew«, murmelte sie dabei vor sich hin. »Es ist eine Schande.«

»Was habt Ihr vor, Lady Sara?« rief Jimbo ihr nach.

Sara wandte sich noch einmal um und behauptete fest: »Er wird Nora heiraten.«

Jimbo lachte über die Entschlossenheit, die sie zur Schau stellte. »Und wenn er sich weigert?«

»Dann werde ich auf ihn schießen. Ich möchte es wirklich nicht tun, aber wenn er sich nicht dazu bereit erklärt, erschieße ich ihn.«

Nathan war im selben Moment hinter ihr, umklammerte mit einem Arm ihre Taille und riß ihr die Pistole aus der Hand. »Du wirst auf keine Menschenseele schießen«, knurrte er.

Er reichte die Waffe an Jimbo weiter und zerrte Sara zur Kajüte.

»Rühr mich nicht an, Nathaniel«, kreischte sie und schubste ihn von sich, als er sie zum Bett bugsieren wollte.

»Nenn mich nie wieder ›Nathaniel‹. Ich kann das nicht leiden, und ich gerate in mörderische Wut, wenn ich diesen Namen höre.«

Das schien Sara nicht besonders zu erschrecken. »Wann, mein Lieber, bist du denn nicht in mörderischer Wut?« fragte sie.

»Reiz mich nicht noch mehr!«

»Schrei mich nicht an!«

Er atmete tief durch, um sich ein wenig zu beruhigen.

»Also gut«, sagte Sara lächelnd. »Ich werde dich nicht mehr Nathaniel nennen ... es sei denn, ich möchte, daß du in Rage gerätst. Sei lieber auf der Hut.«

Das war keine Erwiderung wert, befand Nathan und drängte Sara statt dessen zum Bett. »Wann ist diese verdammte Frauensache zu Ende?« wollte er wissen.

Wortlos streifte sie ihren Morgenmantel ab und faltete ihn bedächtig und sorgsam zusammen. »Du hast also nicht vor, etwas wegen Nora und Matthew zu unternehmen?«

»Nein«, entgegnete er. »Und du wirst dich auch zurückhalten. Das ganze ist allein ihre Sache, hast du mich verstanden?« Ehe er sich's versah, zog sie das Nachthemd über den Kopf und warf es aufs Bett. »Die verdammte Frauensache ist vorbei«, flüsterte sie scheu.

Sie versuchte so sehr gelassen und verführerisch zu wirken, aber die heftige Röte, die ihr in die Wangen schoß, machte alles zunichte, und Nathans Blick vermittelte ihr noch dazu das Gefühl, sich ausgesprochen ungeschickt angestellt zu haben. Sie seufzte abgrundtief und warf sich in seine Arme.

Er wartete auf ihren Kuß, und sie spannte ihn nicht lange auf die Folter. Sie legte die Arme um seinen Hals und zupfte an seinem langen Haar, bis er den Kopf neigte und ihr seine Lippen darbot.

Und, gütiger Himmel, sie küßte ihn heiß und wild, so daß er seine reservierte Haltung im Nu aufgab und die Führung übernahm. Er vergrub die Hand in ihren Locken und drückte sie so fest an sich, daß er ihre weiche Brust auf der seinen spürte. Er ächzte, als seine Zunge eintauchte, und dieser Laut erregte Sara ebensosehr wie sein Kuß.

Er löste sich nach langer Zeit von ihr, um die Kleidung, die noch als Barriere zwischen ihnen war, von sich zu schleudern. Sie knabberte an seinem Hals, und ihn überliefen heiße Schauer. Er berührte sie an den Schultern und raunte heiser: »Du bist so schön, und ich …«

Er konnte den Gedanken nicht zu Ende führen, weil sie ihn alles vergessen ließ. Sie küßte jeden Zentimeter seiner Brust, und ihre Zunge spielte mit seinen Brustwarzen. Als er sie aufforderte, die Marter zu beenden, verdoppelte sie nur noch ihre Liebkosungen.

Er zwang sie, innezuhalten, indem er ihren Kopf fest an seine Brust drückte, und rang nach Atem. Ihre Finger umkreisten sanft seinen Nabel, und sie hauchte leise: »Du gibst mir das Gefühl, lebendig und stark zu sein, Nathan. Ich möchte dir so gern zeigen, wie sehr ich dich liebe.«

Er verstand, was sie meinte, als sie sich aus seinem Griff befreite und auf die Knie sank. Danach konnte sich Nathan an nicht mehr viel erinnern. Seine zierliche Frau hatte sich in eine lodernde Flamme der Leidenschaft verwandelt. Sie war heißer als die Sonne und verbrannte ihn mit ihren weichen Lippen, ihrer federleichten Zunge und ihrer unglaublich erregenden

Berührung. Er konnte die bezaubernde Verführung nicht lange ertragen und hob sie in seine Arme. Sie schlang die Beine um seine Taille, und sie versanken in einen tiefen, versengenden Kuß.

»Guter Gott, Sara, ich hoffe, daß du bereit für mich bist«, raunte er mit tiefer Stimme. »Ich kann nicht länger warten. Ich muß dich ganz nah bei mir haben. Jetzt. Ich verspreche, langsam und vorsichtig zu sein.«

»Nathan, sag mir, daß du mich liebst«, bat sie leise. Er antwortete mit einem Kuß, der Sara alles andere vergessen ließ. Seine Hände umfaßten ihre Hüften, und er drang langsam in die feuchte Höhle vor.

Saras Kopf fiel nach hinten, und sie wimmerte: »Bitte, Nathan, schnell.«

»Erst möchte ich dich noch mehr reizen, so wie du es getan hast«, murmelte er.

Sie drückte ihn sanft, und er stöhnte und ließ sie vorsichtig aufs Bett sinken. Seine Hände bedeckten ihre Wangen, als er kleine Küsse auf ihre Stirn und ihre Nasenspitze hauchte. »Du schmeckst so gut«, flüsterte er und liebkoste ihren Hals und ihr Ohrläppchen.

Sara konnte die quälende Pein nicht mehr ertragen, zog die Knie an und wölbte sich ihm entgegen. Sein Widerstand brach augenblicklich, und er versank in den himmlischsten Wonnen. Er wünschte sich, daß er sie für immer und ewig so halten könnte, aber die Hitze seiner Leidenschaft tobte so sehr zwischen ihnen, daß sie unaufhaltsam auf stürmischen Wogen dem Höhepunkt zustrebten. Sara schrie seinen Namen, und ihre Erfüllung riß die letzte Barriere ein. Nathan ergoß sich heiß und befreit in sie. Sein tiefes Brummen übertönte ihren hämmernden Herzschlag. Er sank erschöpft über ihr zusammen und schmiegte sein Gesicht an ihren Hals.

Sara konnte nicht aufhören zu weinen.

Als Nathan langsam wieder zu sich kam, argwöhnte er, daß es nicht mehr lange dauern würde, bis Sara ihm mit ihren Bitten nach zärtlichen Worten auf die Nerven fiel.

Er wollte ihr nicht weh tun, aber er hatte auch keine Lust zu lügen, und im finstersten Winkel seines Bewußtseins keimte Angst auf. Er fragte sich beunruhigt, ob er jemals fähig war, ihr das zu geben, was sie sich so sehr wünschte. Nathan war bis jetzt immer Sieger geblieben, wenn es darum ging, daß Menschen verletzt wurden – darin hatte er genügend Erfahrung –, aber er hatte nie gelernt, jemanden zu lieben. Allein der Gedanke daran bereitete ihm die Hölle auf Erden, und er war, verdammt noch mal, nicht bereit, verletzlich und angreifbar zu werden. Sara spürte, daß er sich innerlich zurückzog, und wußte, was auf sie zukam: Er würde in kürzester Zeit versuchen, sie allein zu lassen. Diesmal hätte sie es nicht ertragen können, und wenn er es wagte, die Kajüte zu verlassen, würde sie ihm nachlaufen, das schwor sie sich.

Wie konnte er in einem Augenblick so zärtlich und wundervoll sein, und im nächsten zu einer eisigen Statue werden? Was in Gottes Namen ging in seinem Kopf bloß vor?

»Nathan, ich liebe dich«, hauchte sie.

»Ich weiß«, murmelte er.

»Und?« insistierte sie.

Er stieß einen tiefen Seufzer aus. »Sara, du mußt mich nicht lieben – das war nie eine Voraussetzung für diese Ehe.« Er war sicher, daß ihr einleuchtete, was er damit sagen wollte und daß er ihr den wahren Sachverhalt und seine Denkweise freundlich klargemacht hatte.

Sara versuchte ihn aus dem Bett zu stoßen. »Du bist der unmöglichste Mann, den ich je getroffen habe. Hör mir gut zu, Nathan, ich habe dir etwas zu sagen …«

»Wie könnte ich dir nicht zuhören, Sara?« versetzte er. »Du kreischt ja wie eine Sirene.«

Das war ein Punkt für ihn, dachte sie widerstrebend. Sie hatte geschrien. Jetzt drehte sie sich auf den Rücken, zog die Decke über sich und starrte an die Decke. »Gott ist mein Zeuge, du enttäuschst mich immer wieder.«

»Zur Hölle, das tue ich nicht«, konterte er und blies die Kerze aus. Gleich darauf zog er Sara unsanft in seine Arme.

»Ich hatte den Eindruck, daß ich dich jedesmal sehr zufriedengestellt habe.«

Das hatte sie nicht gemeint, aber sein Tonfall brachte sie dazu, sich nicht mit ihm darüber zu streiten.

11

An dem Tag, an dem sie vor der karibischen Insel vor Anker gingen, erfuhr Sara, daß ihr Mann mehr als nur zwei Titel hatte. Er war nicht nur der Marquis of St. James und der Earl of Wakersfield.

Er war auch Pagan.

Sie war so niedergeschlagen, daß sie aufs Bett sank.

Sie hatte das Gespräch wirklich nicht belauschen wollen, aber die beiden Seemänner hatten direkt neben der geöffneten Falltür über ihrer Kajüte gestanden und ziemlich laut geredet.Erst als ihre Stimmen leiser geworden waren, hatte Sara die Ohren gespitzt.

Erst hatte sie ihre Zweifel gehabt, aber als Matthew zu den beiden stieß und sagte, daß die Beute von ihrem letzten Ausflug aufgeteilt würde, wurde sie unsicher.

Im Grunde erschrak sie eher, als daß Entsetzen sie packte. Ihre einzige Angst galt Nathan, und jedesmal, wenn sie daran dachte, was er bei seinen Piratenabenteuern riskierte, wurde ihr übel. Ein düsterer Gedanke jagte den anderen. Sie sah ihn vor sich, wie er auf eine Strafgaleere geführt wurde, aber sie zwang sich immer wieder, diese Schreckensvorstellung zu verdrängen.

Trotz allem, was sie gehört hatte, war sie nicht gänzlich überzeugt von der schrecklichen Wahrheit, bis Chester die Bemerkung fallenließ, daß er verdammt froh sei, die Tage als Pirat hinter sich lassen zu können. Die meisten von ihnen, so fügte er hinzu, seien ohnehin reif für ein ruhiges Familienleben, und dafür hätten sie ja jetzt alle genügend Gewinn bei den Beutefahrten gemacht.

Sara war so erleichtert, daß sie in Tränen ausbrach. Sie mußte sich keine Sorgen mehr um Nathans Sicherheit machen; er war von allein zur Vernunft gekommen. Sie konnte den Gedanken an ein Leben ohne ihn nicht ertragen – sie liebte ihn schon so lange, und ohne seine Temperamentsausbrüche und die erfüllenden Liebesnächte wäre ihr Dasein öde und leer.

Trotzdem fürchtete sie noch, daß ihm etwas zustoßen könnte. Auf seinen Kopf war eine immens hohe Belohnung ausgesetzt, und es konnte gut möglich sein, daß einer seiner Männer ihn verriet, weil er begierig auf das Geld war. Diesen Gedanken verwarf sie aber gleich wieder, als ihr einfiel, wie ergeben und treu jeder einzelne seiner Besatzung war.

Aber es war ohnehin egal, was in Zukunft geschah – sie würde standhaft an der Seite ihres Mannes bleiben und ihn so gut wie möglich gegen alle Bedrohungen verteidigen.

Ob wohl Matthew Nora anvertraut hatte, womit er sein Leben verbracht hatte? Und hatte er ihr erzählt, daß Nathan und der gefürchtete Pagan ein und dieselbe Person waren? Sara nahm sich vor, ihre Tante nie danach zu fragen, denn sie wollte mit niemandem auch nur ein Sterbenswörtchen darüber reden.

Nathans Geheimnis war bei ihr so sicher aufgehoben wie in einem Grab.

Als Nathan zu Sara kam, um sie abzuholen, saß sie auf dem Bett und starrte ins Leere. In der Kajüte war es heiß wie bei einer Feuersbrunst, aber Sara zitterte am ganzen Leib. Er befürchtete sofort, daß ihr etwas fehlte, zumal ihr Gesicht weiß wie die Wand war und sie – ganz gegen ihre sonstige Gewohnheit – kein Wort sagte.

Sein Verdacht wurde bestätigt, als sie schweigend in das Ruderboot stieg, das sie zum Pier brachte. Sie hatte die Hände im Schoß gefaltet und schien sich nicht im geringsten für ihre Umgebung zu interessieren.

Nora hatte direkt neben Sara Platz genommen und plauderte munter drauflos. Sie tupfte ihre Stirn mit einem Taschentuch ab und versuchte, sich mit einem Fächer Kühlung zu verschaffen. »Es braucht ein oder zwei Tage, bis man sich an die Hitze gewöhnt«, sagte sie und fuhr ohne Unterbrechung fort:

»Nathan, in der Nähe meines Hauses gibt es einen wunderschönen Wasserfall, der in ein Becken stürzt, das glänzend zum Schwimmen geeignet ist. Dort müßt Ihr mit Sara hingehen und ihr das Schwimmen beibringen.«, Sie wandte sich an ihre Nichte und stupste sie an. »Wär' das nicht schön?«

»Verzeih«, murmelte Sara. »Ich habe nicht zugehört.«

»Sara, wovon träumst du?« wollte Nora wissen.

»Ich habe nicht geträumt«, erwiderte Sara und starrte Nathan mit gerunzelter Stirn an.

Nathan wußte immer noch nicht, was er von ihrem Benehmen halten sollte und sagte: »Sie fühlt sich nicht wohl.«

»Mir geht es ausgezeichnet«, widersprach Sara spitz.

Noras Miene drückte Erstaunen aus. »Macht dir die Hitze zu schaffen?«

»Nein«, seufzte Sara. »Ich habe nur nachgedacht über einige … Dinge.«

»Über spezielle Dinge?« bohrte Nora weiter.

Sara ließ Nathan noch immer nicht aus den Augen, und er hob eine Augenbraue, als sie ihrer Tante keine Antwort gab.

Nora unterbrach das Blickduell mit ihrer nächsten Bemerkung. »Ich dachte, daß du die Gelegenheit, schwimmen zu lernen, nutzen solltest.«

Nathan bot sich sofort an: »Ich werde es dir beibringen.«

»Danke für dein Angebot, aber ich denke, es ist gar nicht nötig, daß ich schwimmen lerne.«

»Natürlich ist es nötig«, erwiderte er. »Du wirst es lernen, bevor wir nach England zurücksegeln.«

»Ich möchte aber nicht«, beharrte sie. »Und es besteht wirklich keine Notwendigkeit.«

»Verdammt, was willst du damit sagen? Natürlich ist es wichtig, daß du schwimmen kannst. Ich möchte mir keine Sorgen machen müssen, daß du ertrinkst.« Nathan geriet schon wieder in Rage, aber Sara blieb ganz ruhig und sagte: »Du würdest mich nie ertrinken lassen.«

»Zum Teufel, natürlich nicht, aber was ist, wenn ich nicht bei dir bin?«

Sie warf ihm einen mißbilligenden Blick zu. »Dann gehe ich einfach nicht ins Wasser.«

Er holte tief Luft. »Sara, es könnte einen Unfall geben, bei dem du ins Wasser fällst.«

Sara wandte sich an ihre Tante. »Jetzt hörst du einmal, wie er mich anschreit – so geht das die ganze Zeit.«

»Bitte zieh mich nicht in diese Diskussion, Kind«, wehrte Nora ab. »Ich werde keine Partei ergreifen.«

Der Rest der Fahrt verlief schweigend, und als sie an Land gingen, war Sara endlich bereit, einen Blick auf ihre Umgebung zu werfen. »O Nora«, flüsterte sie ergriffen. »Es ist noch ... grüner, als ich es in Erinnerung habe.«

Das tropische Paradies leuchtete in allen Farben des Regenbogens, und die helle Sonne machte die Landschaft noch bunter und lebensfroher.

Holzhäuser, die in zarten Pastellfarben gestrichen waren, klebten an den sanften Hügeln, und überall waren Blumen und blühende Sträucher. Sara wünschte, sie hätte Stifte und einen Zeichenblock bei der Hand, um diese zauberhafte Szenerie festzuhalten.

Nathan war an ihrer Seite und betrachtete sie. Saras versonnene und unschuldige Miene raubte ihm den Atem, und als er Tränen in ihren Augen glitzern sah, fragte er besorgt: »Was ist los mit dir?«

Sie konnte den Blick nicht von den Hügeln abwenden und flüsterte nur: »Ist es nicht wunderschön?«

»Was ist wunderschön?«

»Die Schöpfung Gottes«, entgegnete sie leise. »Sieh nur, welches Licht die Sonne auf die Hügel zaubert. O Nathan, es ist wirklich atemberaubend.«

Nathan hielt den Blick fest auf seine Frau gerichtet, und eine sanfte Wärme berührte sein Herz und seine Seele. Ehe er selbst wußte, was er tat, berührte er ganz sachte ihren Hals und zeichnete die Linie ihres Kinns nach.

»Du bist atemberaubend«, hörte er sich selbst flüstern. »Du siehst nur das Schöne im Leben.«

Sara war verblüfft über dieses gefühlvolle Bekenntnis und fragte: »Tatsächlich?«

Der Zauber war verflogen, bevor sie mit den Augen zwinkern konnte, und Nathan forderte sie barsch auf, nicht herumzutrödeln.

Sie fragte sich ernsthaft, ob sie jemals in der Lage sein würde, ihn und seine Stimmungsschwankungen zu verstehen. Sie ging an Noras Seite über den hölzernen Steg, der zur Straße führte.

»Sara, Liebes, du ziehst ja die Stirn kraus, quält dich die Hitze?«

»Nein«, antwortete sie. »Ich habe nur darüber nachgedacht, wie kompliziert mein Mann ist. Nora, er möchte tatsächlich, daß ich selbständiger werde. Erst durch Nathan habe ich gemerkt, wie abhängig ich von anderen bin. Ich dachte immer, daß es seine Pflicht ist, für mich zu sorgen, aber vielleicht habe ich mich geirrt. Ich glaube, er würde mich mehr schätzen, wenn ich mich selbst verteidigen könnte.«

»Er ist bestimmt sehr stolz auf dich, weil du so große Fortschritte in diese Richtung machst«, meinte Nora. »Möchtest du wirklich von der Gnade eines Mannes abhängig sein? Denk an deine Mutter, Sara. Sie ist mit einem Mann verheiratet, der nicht halb so fürsorglich ist wie Nathan.«

Das gab Sara einiges zu denken – sie hatte nie in ihrem Leben die Möglichkeit in Betracht gezogen, daß Nathan ein so grausamer Mann wie ihr Vater sein könnte, aber was könnte sie in ihrer jetzigen Verfassung schon tun, wenn er sich als brutal und uneinsichtig erweisen würde?

Nora tätschelte die Hand ihrer Nichte. »Überleg dir alles einmal genau, mein Liebes, und runzle nicht so die Stirn, sonst bekommst du noch Kopfschmerzen. Kind, ist heute nicht ein wundervoller Tag?«

Einige Männer, die ihnen entgegengekommen waren, starrten

Sara an, und Nathan warf ihnen finstere Blicke zu. Ihr lüsternes Interesse erweckte seinen Zorn, und als einer der Burschen einen anerkennenden Pfiff ausstieße rammte er seine Faust in das Gesicht des unverschämten Lümmels. Die Wucht seines Schlages beförderte den Bastard geradewegs ins Hafenbecken.

Als Sara das Wasser klatschen hörte, sah sie zurück, aber sie ahnte nicht, was geschehen war, da sie gleichzeitig ihrer Tante zuhörte. Sie erkannte nur, daß Nathan sie anlächelte und lächelte zurück, bevor sie sich wieder umdrehte.

»Junge, gehst du nicht ein bißchen zu weit?« Jimbo grinste. »Sie ist doch nur eine Frau.«

»Dieses Mädchen weiß nicht einmal, wie anziehend sie ist«, knurrte Nathan. »Zur Hölle, sie würde nicht so gehen, wenn sie bemerken würde, wie diese Kerle nach ihr gieren.«

»Wie geht sie denn?« hakte Jimbo nach.

»Du weißt verdammt gut, worüber ich spreche. Ihre Hüften ...«

Er führte den Gedanken nicht zu Ende, statt dessen berichtigte er: »Sie ist nicht nur eine Frau, Jimbo, sie ist *meine* Frau.«

Jimbo wechselte tunlichst das Thema, da Nathan schon aufgebracht genug schien. »Ich kann schon jetzt, nach dem ersten Blick sagen, daß wir uns hier nicht alle Ersatzteile, die wir zur endgültigen Reparatur des Schiffes brauchen, beschaffen können.«

Jimbo hatte recht. Nathan schickte seine Frau mit Nora und Matthew zu Noras Haus und machte sich mit Jimbo auf den Weg in das kleine Dorf. Nathan brauchte nicht lange, um herauszufinden, daß er einige Dinge nur in einem größeren Hafen bekommen konnte, der etwa zwei Tagesreisen entfernt lag.

Er wußte, daß seine Frau nicht einverstanden sein würde, wenn er abreiste, und deshalb nahm er sich vor, sie sofort mit seinem Entschluß vertraut zu machen und die Diskussion so schnell wie möglich hinter sich zu bringen.

Er erlebte eine kleine Überraschung, als er Noras Haus sah. Es war ungefähr dreimal so groß, wie er es sich vorgestellt hatte, und zweistöckig. Die Veranda, die um das ganze, blaßrosa gestrichene Haus herumführte, hatte ein weißes Holzgeländer.

Sara saß auf einem Schaukelstuhl in der Nähe der Eingangstür, als Nathan die Treppe heraufkam und ohne Begrüßung verkündete: »Ich werde morgen mit der Hälfte meiner Mannschaft absegeln.«

»Ach ja?« lautete Saras ganzer Kommentar.

Sie bemühte sich, sich nichts anmerken zu lassen, aber sie war sofort in Panik. Gütiger Gott, unternahm er etwa wieder einen Beutezug? Nora hatte ihr erzählt, daß sich auf einer der Nachbarinseln ein Piratenstandort befand. Vielleicht wollte Nathan ja seine früheren Kampfgefährten treffen und noch einmal ein letztes Abenteuer erleben?

Sie atmete tief durch, um sich zu fassen, als Nathan erklärte: »Wir müssen zu einem größeren Hafen segeln, um einige Ersatzteile für die *Seahawk* zu kaufen.«

Sara glaubte kein Wort. Nora lebte in einem Fischerdorf, und hier würde es doch in Gottes Namen sicherlich jedes Ersatzteil geben, das ein Seemann brauchte. Trotz ihres Zweifels verriet sie mit keinem Wimpernschlag, was sie vermutete. Wenn Nathan eines Tages bereit war, mit ihr über sein Leben als Pagan zu sprechen, konnte sie ihm von ihren Ängsten erzählen – vorher wollte sie nichts preisgeben. »Ach ja?« murmelte sie wieder.

Nathan konnte gar nicht fassen, daß er ohne Streitereien davonkam. Saras plötzliche Einsichtigkeit beunruhigte ihn mehr als ihr Widerspruchsgeist, und schon den ganzen Tag über hatte sie sich so merkwürdig verhalten.

Er lehnte sich an das Geländer und wartete auf eine klarere Aussage, aber Sara stand auf und ging ins Haus.

Er holte sie in der Halle ein. »Ich bin nicht lange weg«, sagte er.

Sie ließ sich von ihm nicht aufhalten und hatte gerade den ersten Stock erreicht, als er ihre Schultern umfaßte. »Sara, was ist in dich gefahren?«

»Nora hat uns das zweite Zimmer auf der linken Seite zugewiesen, Nathan. Ich habe nur wenige Sachen vom Schiff mitgebracht, aber vielleicht könntest du ein paar Männer bitten, mir meinen Schrankkoffer zu bringen.«

»Sara, du wirst nicht lange hierbleiben müssen«, erwiderte Nathan.

»Ach ja?«

Und wenn du ums Leben kommst, was dann? hätte sie am liebsten geschrien. Würde es überhaupt jemand für nötig befinden, sie in einem solchen Fall zu benachrichtigen?

Großer Gott, es war zu schrecklich, um auch nur darüber nachzudenken.

Sara schüttelte seine Hände ab und setzte ihren Weg fort. Nathan folgte ihr.

Von ihrem Schlafzimmer aus hatte man einen wunderschönen Blick über das Meer, und das gleichmäßige Rollen der Wellen, die an die Felsen brandeten, wirkte beruhigend. Ein großes Bett, über dem eine hübsche bunte Decke lag, stand zwischen den Fenstern, und ein großer grüner Samtsessel befand sich neben dem Kleiderschrank. Die Tapeten waren in derselben Farbe gehalten wie der Sessel. Sara lief geschäftig zum Schrank und räumte ihre Kleider ein, während Nathan ihr dabei zusah.

»Sara, irgend etwas ist mit dir geschehen, und ich möchte wissen, was los ist.«

»Nichts ist los«, entgegnete sie mit bebender Stimme.

Verdammt, schwor sich Nathan im stillen, ich werde dieses Zimmer nicht verlassen, ehe sie mir nicht gesagt hat, was vorgefallen ist.

»Ich wünsche dir eine gute Fahrt, Nathan. Auf Wiedersehen.«

»Ich segle nicht vor morgen ab.«

»Ach ja?«

»Würdest du endlich aufhören, ›ach ja‹ zu sagen?« brüllte er. »Verdammt, Sara, ich möchte nicht, daß du so kühl zu mir bist, ich kann das zur Hölle nicht leiden.«

»Sie drehte sich zu ihm um und blitzte ihn wütend an. »Nathan, ich habe dich schon unzählige Male gebeten, in meiner Gegenwart nicht so entsetzlich zu fluchen, weil *ich* das nicht leiden kann. Aber hast du damit aufgehört?«

»Das ist nicht dasselbe«, entgegnete er erfreut, daß sie endlich wieder ihr Temperament zeigte.

Sara verstand nicht, warum er eine so fröhliche Miene zur Schau trug – dieser Mann war wirklich unbegreiflich, er hatte offensichtlich zu viele Tage in der heißen Sonne verbracht.

Sie schmiedete einen Plan und sagte: »Deine Flüche scheinen dir große Genugtuung zu bereiten, deshalb habe ich mich entschlossen, auch so sündige Worte zu benutzen. Ich möchte herausfinden, ob es dir gefällt, wenn ich eine genauso gewöhnliche Sprache spreche wie du.«

Sein Gelächter füllte den Raum, und als er sich beruhigt hatte, sagte er: »Die einzigen drastischen Wörter, die du kennst, sind ›verdammt‹ und ›zur Hölle‹, Sara, weil ich mich in deiner Gegenwart mit dem Fluchen immer sehr zurückgehalten habe.«

Sie schüttelte den Kopf. »Wenn du mit deiner Mannschaft sprichst, sagst du noch ganz andre Dinge, und ich habe auch den Männern manchmal zugehört.«

Er lachte wieder. Der Gedanke, daß dieses zierliche Persönchen fluchen konnte wie ein Seemann, erheiterte ihn wirklich, und er konnte sich nicht vorstellen, daß sie auch nur ein derbes Wort benutzte. Das lag nicht in ihrer Natur.

Matthew beendete die Diskussion, indem er vom Flur aus verkündete: »Nora erwartet euch beide im Salon!«

»Geh schon vor«, sagte Sara. »Ich bin gleich hier fertig, dann komme ich nach.«

Nathan ärgerte sich über die Störung, aber er ging zur Tür. Sara bemühte sich wie so oft, das letzte Wort zu haben, und rief ihm mit zuckersüßer Stimme nach: »Nathan, dieser Nachmittag ist verdammt heiß, nicht wahr?«

»Verdammt richtig«, bestätigte Nathan und ging.

Er war fest entschlossen, Sara nicht zu zeigen, daß er es verabscheute, wenn sie wie eine gewöhnliche Dirne sprach. Aber solange sie sich nur in einem Gespräch mit ihm solche Dinge erlaubte, war es nicht so schlimm, und er wußte sehr genau, daß sie sich nicht trauen würde, in Gesellschaft zu fluchen.

Er hatte nur ein paar Minuten später die Gelegenheit, sich vom Gegenteil zu überzeugen.

Neben Nora, die auf einem Brokatsofa Platz genommen hatte, saß ein Besucher. Matthew stand am Fenster, und Nathan nickte ihm kurz zu, bevor er auf Nora zusteuerte.

»Nathan, mein Lieber, ich möchte Euch Reverend Oscar Pickering vorstellen.« Sie drehte sich zu ihrem Gast um und setzte hinzu: »Der Mann meiner Nichte ist der Marquis von St. James.«

Fast hätte Nathan laut gelacht. Die Gelegenheit war zu gut, um sie ungenutzt verstreichen zu lassen. »Ihr seid ein Mann der Kirche?« fragte er lächelnd.

Nora hatte Nathan noch nie so leutselig erlebt. Er wirkte sogar äußerst zuvorkommend, als er dem Reverend die Hand schüttelte, obwohl sie befürchtet hatte, daß er genauso mißmutig wie Matthew reagieren würde.

Sara betrat den Salon, gerade als sich Nathan in einem der Sessel, die dem Sofa gegenüberstanden, niederließ. Er streckte seine langen Beine aus und grinste wie ein Einfaltspinsel.

»Oscar ist gerade zum Statthalter des Ortes ernannt worden«, erklärte Nora.

»Kennt Ihr Oscar schon lange?« fragte Nathan, bevor er Sara in der Tür sah.

»Nein, wir sind uns gerade zum erstenmal begegnet, aber ich habe Eure Tante gebeten, mich mit dem Vornamen anzusprechen«, antwortete Mr. Pickering an Noras Stelle.

Sara ging auf ihn zu und machte artig einen Knicks. Der neue Statthalter war ein dürrer Mann mit runden Brillengläsern. Er trug eine gestärkte weiße Krawatte zu seinem schwarzen Jackett und Breeches. Seine ganze Erscheinung wirkte ziemlich streng. Er betrachtete Sara herablassend durch seine glitzernden Brillengläser, bevor er Nathan einen raschen geringschätzigen Blick zuwarf.

Sara konnte den Mann auf Anhieb nicht leiden.

»Mein Liebes«, begann Nora. »Darf ich dir …?«

Nathan unterbrach sie schnell. »Sein Name ist Oscar, Sara, und er ist der neue Statthalter der Ortschaft.« Er verschwieg absichtlich, daß der Mann auch Reverend war.

»Oscar, diese hübsche junge Lady ist meine Nichte und Nathans Frau – Lady Sara.«

Pickering nickte nur und deutete auf den Sessel neben dem von Nathan. »Ich bin erfreut, Euch kennenzulernen, Lady Sara.«

Sara lächelte pflichtschuldig. Die Brille drückte offenbar seine Nase platt, dachte Sara, als sie seine schrille nasale Stimme hörte.

»Ich hätte eine Nachricht geschickt, um meinen Besuch anzukündigen«, sagte Pickering, »aber ich komme täglich während eines Spaziergangs hier vorbei und konnte nicht widerstehen, als ich die Betriebsamkeit im Haus bemerkte. Meine Neugier hat gesiegt. Ich habe einige finstere Gestalten auf Eurer Veranda gesehen, Lady Nora, und wollte Euren Bediensteten die Anweisung geben, sie zu verjagen. Man sollte sich nicht mit solchem Gesindel abgeben.«

Pickering warf Matthew bei seiner letzten Bemerkung einen bedeutsamen Blick zu. Sara war ehrlich empört über das schlechte Benehmen des Mannes. Er hatte es nicht einmal für nötig befunden, bei der Begrüßung aufzustehen. Dieser Kerl war ein Flegel.

Um ihre Entrüstung zu verbergen, nahm Sara einen Fächer vom Tisch, klappte ihn auf und fächelte sich Luft zu.

»Niemand wird hier verjagt«, ließ sich Nathan vernehmen.

»Die Männer gehören zur Schiffsbesatzung des Marquis«, versuchte Nora zu vermitteln.

Sara stand auf und gesellte sich zu Matthew, um ihm zu zeigen, daß sie zu ihm stand. Matthew drückte seinen Dank mit einer knappen Handbewegung aus.

In diesem Augenblick begann Nathan sein Spiel. »Meine Frau hat sich sehr über die Hitze beschwert«, sagte er mit einem teuflischen Grinsen und heftete seinen Blick auf Sara. »Wie hast du dich ausgedrückt, meine Liebe?«

»Ich erinnere mich nicht mehr«, stammelte sie. Aber die zufriedene Miene ihres Mannes weckte ihren Widerspruchsgeist. »Oh, natürlich, jetzt fällt es mir wieder ein. Ich sagte, daß es heute verdammt heiß ist. Findet Ihr das nicht auch, Mr. Pickering?«

Die Brille rutschte auf Mr. Pickerings Nasenspitze, und er schielte sie verblüfft an. Nathan und Matthew waren offensichtlich aufs höchste erstaunt.

Sara setzte ein unschuldiges Lächeln auf und fuhr unbeirrt fort: »Die verfluchte Hitze verursacht mir immer höllische Kopfschmerzen.«

Ihr lieber Mann funkelte sie an, aber das genügte Sara noch nicht. In diesem Moment ritt sie tatsächlich der Teufel. Trotzdem betete sie, daß Nora später verstehen würde, warum sie sich so schändlich benahm. Sie stöhnte ausgiebig und lehnte sich an den Fenstersims. »Heute ist ein richtig beschissener Tag.«

Nathan sprang aus dem Sessel und fragte, als ob er sie nicht verstanden hätte: »Was hast du gesagt?«

Sie war glücklich, ihm einen Gefallen tun zu können und wiederholte: »Heute ist ein richtig beschissener Tag.«

»Genug!« brüllte Nathan.

Matthew ließ sich auf einen Stuhl sinken, und Nora kaschierte ihr Lachen mit einem Hustenanfall. Mr. Pickering sprang auf die Füße und durchquerte den Raum mit langen Schritten, während er das Büchlein, das er bei sich hatte, immer wieder in seine Handfläche klatschen ließ.

»Oh, müßt Ihr uns schon verlassen, Mr. Pickering?« fragte Sara und versteckte ihr lächelndes Gesicht hinter dem Fächer.

»Ich muß leider«, stotterte der Besucher.

»Seid Ihr in Eile?« begann Sara und strebte hinter ihm der Halle zu. »Ihr rennt, als ob Euch jemand einen Tritt in den ...«

Sie hatte keine Chance, das Wort auszusprechen, da Nathan seine große Hand gerade noch rechtzeitig auf ihren Mund preßte. Sie stieß seine Hand weg. »Ich wollte nur Rücken sagen.«

»Sara, was in Gottes Namen ist in dich gefahren?« rief Nora.

»Bitte, vergib mir, Tante. Ich hoffe, ich habe dich nicht zu sehr verärgert, Nora. Nathan mag anscheinend eine so derbe Sprache, und ich wollte ihm nur gefällig sein«, gestand sie. »Aber vielleicht hätte ich mehr Rücksicht auf den Statthalter nehmen müssen, und wenn du möchtest, laufe ich ihm nach und bitte ihn um Verzeihung.«

Nora schüttelte den Kopf. »Ich kann ihn nicht ausstehen.«

Die beiden Damen nahmen keinerlei Notiz von Nathan, der direkt vor ihnen stand. Sara war sich zwar bewußt, daß er sich jeden Moment auf sie stürzen könnte, aber sie verdrängte ihre Angst und räusperte sich, ehe sie sich erkundigte: »Warum hat Mr. Pickering ein Buch in der Hand gehabt? Hast du ihm etwas zu lesen geliehen, Tante Nora? Ich bezweifle, daß du es je wiederbekommen wirst; er sieht nicht gerade vertrauenswürdig aus.«

»Es war nicht einfach ein Buch«, berichtigte Nora. »Es war seine Bibel. Gütiger Himmel, ich hätte dir das wirklich früher erklären müssen.«

»Was hättest du mir erklären müssen?« fragte Sara. »Du willst doch nicht behaupten, daß dieser überhebliche Kerl ständig eine Bibel mit sich herumträgt. Wenn das keine Heuchelei ist ...«

»Sara, die meisten Geistlichen haben ihre Bibel immer bei sich.«

Sara begriff nur langsam. »Ein Geistlicher? Nora, du hast doch gesagt, daß er der neue Statthalter ist!«

»Ja, Liebes, das ist er auch, aber er ist gleichzeitig Reverend in unserer Kirche. Er wollte uns zur Sonntagsmesse einladen.«

»Oh mein Gott«, stöhnte Sara und schloß die Augen.

Lange Zeit sagte niemand ein Wort – Nathan musterte seine Frau, Sara wurde immer röter im Gesicht, und Nora hatte größte Mühe, nicht laut loszulachen.

Matthew brach das Schweigen. »Macht Euch keine Sorgen, Lady Sara, er ist ein richtiger Scheißkerl.«

»Hüte deine Zunge«, schnaubte Nathan ihn an und schob Sara in Richtung Sofa.

»Ich kann mir gut vorstellen, welches Thema er für seine Sonntagspredigt auswählt«, kicherte Nora und wischte sich die Lachtränen von den Wagen. »O Gott, ich wäre fast gestorben, als du …«

»Ich kann daran überhaupt nichts lustig finden«, schimpfte Nathan.

»Hast du es gewußt?« hauchte Sara.

»Was gewußt?« fragte Nathan unschuldig.

»Daß Pickering Geistlicher ist?«

Er nickte langsam.

»Es ist alles deine Schuld«, schrie Sara. »Ich hätte mich nie so ungezogen benommen, wenn du mich nicht dazu gereizt hättest. Verstehst du jetzt wenigstens, warum ich möchte, daß du mit dieser Flucherei aufhörst?«

Nathan legte den Arm um ihre Schulter. »Nora, ich möchte mich für das Schandmaul meiner Frau entschuldigen. Könntet Ihr mir jetzt bitte erklären, wie man zu dem Wasserfall gelangt? Sara wird heute ihre erste Schwimmlektion bekommen, und wenn sie auch nur ein unartiges Wort sagt, lasse ich sie ertrinken, das schwöre ich.«

Nora beschrieb den Weg.

»Es ist zu heiß zum Schwimmen«, widersprach Sara. »Und ich habe auch nichts, was ich dafür anziehen könnte.«

Nathan ließ sich nicht von seinem Entschluß abbringen, und Sara erkannte widerwillig, daß alle ihre Bemühungen, ihn umzustimmen, vergeblich waren.

Schließlich machten sie sich in der glühenden Hitze auf den Weg zum Hügel, und als sie auf dem Gipfel ankamen, stieß Sara einen Entzückungsschrei aus. Sie befanden sich inmitten eines blühenden und grünenden Paradieses, und nur die Angst vor Reptilien schmälerte Saras Wohlbehagen.

»Sollte ich wegen der Schlangen nicht vorsichtig sein?«

fragte sie leise, als Nathan einen großen Ast aus dem Weg räumte.

»Nein, ich passe schon auf«, erwiderte er.

»Und was ist, wenn dich eine Schlange beißt?«

»Dann beiße ich zurück.«

Sara mußte lachen. »Dazu wärst du tatsächlich imstande.«

Als sie um die nächste Ecke bogen, blieb Sara abrupt stehen und schnappte nach Luft. »O Nathan, hier ist es wunderschön.«

Nathan mußte ihr recht geben, als er den glitzernden Wasserfall betrachtete, der von einem Felsen stürzte.

»Zieh deine Kleider aus, Sara. Ich prüfe inzwischen, wie tief das Wasser in dem Teich ist.«

Er gab ihr keine Zeit zu protestieren, sondern ließ sich auf einem großen Stein nieder und zog seine Stiefel aus.

Sara tauchte eine Hand ins Wasser und war überrascht, daß es ziemlich warm war.

»Ich setze mich nur auf einen Stein und laß' meine Füße ins Wasser hängen«, sagte sie.

»Zieh dich aus, Sara.«

Bevor Sara einen neuerlichen Disput beginnen konnte, verschwand Nathan hinter dem glänzenden Wasservorhang und tauchte in den Teich.

Sara legte die Kleider ihres Mannes sorgfältig zusammen und zog sich selbst bis auf ihr dünnes Hemd aus. Dann setze sie sich ans Ufer und ließ das erfrischende Wasser über ihre Füße laufen. Plötzlich umfaßte Nathan ihre Knöchel und zog sie ins Wasser. Das kühle Naß fühlte sich so wundervoll an, daß Sara ganz vergaß zu protestieren. Das Wasser reichte Nathan bis zur Brust, und die Tropfen funkelten auf seiner bronzefarbenen Haut. Er nahm seine Frau vorsichtig in die Arme und zog sie an sich. Sie schlang die Arme und Beine um ihn und legte ihr Gesicht an seine Schulter.

»Du bist sehr vertrauensselig«, flüsterte er. »Versuche lieber erst mal, ob du hier stehen kannst.«

Sie gehorchte. Das Wasser reichte ihr bis zum Mund, und

wenn sie den Kopf ein wenig zurücklegte, konnte sie ohne Schwierigkeiten Luft holen.

»Oh, das ist wunderschön«, rief sie.

Nathan hatte Mühe, sich auf den Schwimmunterricht zu konzentrieren, als er ihren weichen Körper in dem glasklaren Wasser sah. Das hauchdünnne Hemd schmiegte sich an ihre Brüste, und das einzige, woran er noch denken konnte, war, diesem Körper ganz nah zu sein.

Zum Teufel, dachte er, dieser Frau gelang es immer wieder, ihn aus der Fassung zu bringen. »Also los«, sagte er barsch. »Als erstes lernst du, dich auf dem Wasser treiben zu lassen.«

Sara war erstaunt über seine ernste Miene und vermutete, daß er damit ihren Widerstand im Keim ersticken wollte, deshalb fügte sie sich.

»Laß mich los, Sara«, forderte er.

Sie gehorchte und sank sofort unter die Oberfläche, als sie den Halt verlor. Sie tauchte prustend wieder auf, und Nathan umfaßte ihre Taille und befahl ihr, sich auf den Rücken zu legen.

In kürzester Zeit konnte sich Sara ohne seine Hilfe über Wasser halten, und Nathan freute sich, daß sie so schnell lernte. »Für heute ist es genug«, meinte Sara schließlich und hielt sich an seinem Arm fest, damit er sie zum Ufer führen konnte. Nathan drückte sie an sich und strich ihr das nasse Haar aus dem Gesicht. Ihre zarten Brüste rieben sich an seiner Haut, und Nathan, den der dünne Stoff störte, streifte die schmalen Träger über Saras Schultern. Sara bemerkte erst, als ihr das Hemd bis zur Taille glitt, was ihr Mann vorhatte. Sie öffnete den Mund, um Einwände zu erheben, aber Nathan brachte sie mit einem langen Kuß zum Schweigen. Saras Knie gaben nach, als seine Zunge in ihren Mund tauchte. Sie legte die Arme um seinen Hals und hielt ihn fest.

»Nathan, wir können doch nicht …«, wisperte Sara, als sie wieder zu Atem kam.

»O doch«, murmelte Nathan leise und legte ihre Beine um seine Hüften, ehe er sie noch leidenschaftlicher küßte. Fast wären beide untergegangen, aber sie kümmerten sich kaum darum, und als sich die Leidenschaft in einer glühenden Explosion entlud, waren beide grenzenlos glücklich.

Nathan trug seine Frau ans Ufer und setze sich neben sie. Die Sonne brannte heiß, aber Sara bemerkte es gar nicht.

Sie lehnte sich an einen Felsen und schloß zufrieden die Augen. Nathan küßte sie auf die Stirn und hinters Ohr.

»Die Liebe mit dir ist zauberhaft, Nathan«, flüsterte sie.

Nathan stützte sich auf einen Ellenbogen, und seine Finger umkreisten sanft ihre Brustspitze. Er lächelte, als er sah, daß sie eine Gänsehaut bekam.

Sara hatte sich in ihrem ganzen Leben noch nie so wohl gefühlt. Der Felsen wärmte ihren Rücken, und die zarte Berührung ihres Mannes jagte kleine Schauer durch ihren Körper. Bevor sie selbst wußte, wie ihr geschah, drängte sie sich wieder an ihn, als er ihre Brüste mit seiner Zunge und seinen Lippen liebkoste. Seine Hände glitten über ihren Bauch bis zum Nabel, und Sara hielt die Luft an. Dann streichelte er ihre geheimste Stelle, und als seine Finger in sie drangen, stieß Sara einen kleinen Schrei aus.

Sie wurde plötzlich verlegen und versuchte, seine Hand beiseite zu stoßen, aber er gab ihr keine Chance und beugte sich statt dessen vor, um sie mit dem Mund zu liebkosen. Sara krümmte und wand sich und wünschte, daß dieser Augenblick nie vorübergehen möge.

Nathan konnte sein Begehren nicht mehr bezähmen und tauchte tief in sie ein. Gemeinsam strebten sie einem befreienden Höhepunkt entgegen, und als sie die Erlösung fanden, waren beide atemlos.

Sara war zu matt, um sich zu bewegen, und auch Nathan hatte Mühe, sich auf die Ellenbogen zu stützen.

Als er ihre verträumte Miene sah, lächelte er und sagte: »Wenn wir jetzt ins Wasser fielen, würden wir beide ertrinken.«

Sie legte einen Finger auf seinen Mund. »Du würdest es nie zulassen, daß mir ein Leid geschieht. Mußt du wirklich morgen wieder in See stechen?«

»Ja.«

»Ich verstehe.«

Guter Gott, sie klang so verloren! »Was genau verstehst du?« fragte er, während er ihr Kinn küßte. Als sie nicht antwortete, fuhr er fort: »Wirst du mich vermissen, Sara?«

»Ja, Nathan.«

»Dann komm doch mit.«

Saras Augen wurden kugelrund vor Staunen. »Du würdest mich mitnehmen?« stammelte sie. »Heißt das, daß du nicht …? Oh, ich habe voreilige Schlüsse gezogen – du hast alles hinter dir gelassen?«

»Sara, wovon sprichst du überhaupt?«

Sie zog seinen Kopf an sich und küßte ihn. »Ich bin so froh, daß du mich mitnehmen willst, aber ich muß dich nicht begleiten. Es ist nur gut zu wissen, daß du …«

»Hör auf, in Rätseln zu sprechen. Was geht eigentlich in deinem Kopf vor? Du warst heute den ganzen Tag schon so merkwürdig.«

»Ich habe befürchtet, daß du nicht mehr zu mir zurückkommst«, gestand Sara. Das war natürlich gelogen, aber das konnte Nathan, der sich offensichtlich über ihre Besorgtheit freute, nicht wissen.

»Ich würde dich nie hier zurücklassen, Sara. Aber du hast dich schon seltsam betragen, bevor du von meiner Abreise erfahren hast. Was bedrückt dich?«

»Ich dachte dran, daß ich mich bald von Nora verabschieden muß. Sie wird mir fehlen, Nathan.«

Er musterte sie aufmerksam, um herauszufinden, ob sie die Wahrheit sagte. Sie lächelte ihn an und erklärte, daß sie bereit sei, noch einmal ins Wasser zu gehen. »Ich kann mich noch immer nicht richtig an der Oberfläche treiben lassen.«

Sie verbrachten fast den ganzen Nachmittag im Wasser, und als sie sich auf den Nachhauseweg machten, war Saras zarte Haut verbrannt. Ihr Gesicht war sogar schon so rot wie der Sonnenuntergang.

Nora empfing sie vor der Küchentür. »Matthew, Jimbo und

ich wollten gerade dinieren … gütiger Himmel, Sara, du bist ja krebsrot. O Kind, du wirst dich heute nacht schrecklich quälen. Was hast du dir nur dabei gedacht?«

»Ich habe gar nicht auf die Sonne geachtet«, gestand Sara. »Es war ein so schöner Nachmittag.«

»Was habt ihr getan? Seid ihr die ganze Zeit geschwommen?«

»Nein«, antwortete Nathan, als seine Frau ihn ansah. »Wir haben …«

»Wir haben uns auf der Wasseroberfläche treiben lassen«, sprudelte Sara hervor. »Ich brauche nur eine Minute, Nora. Ich ziehe mich schnell um und komme dann zum Dinner. Ihr hättet nicht auf uns warten sollen.« rief sie und lief die Treppe hinauf.

Sie war nicht in der Lage, das Essen mit den anderen einzunehmen. Als Nathan ihr half, das Kleid auszuziehen, schrie sie vor Schmerzen, und Nora brachte ihr eine grüne Salbe, mit der sie die wunden Stellen einreiben sollte. Sara litt Höllenqualen, als Nathan die stinkende Paste auf ihrem Rücken verteilte. Glücklicherweise hatte sie sonst nur noch im Gesicht Sonnenbrand, so daß sie auf dem Bauch schlafen konnte. Als sie von Schüttelfrösten heimgesucht wurde, drängte sie sich an ihren Mann.

An nächsten Tag ließ Nathan nicht eine einzige rüde Bemerkung fallen, als er Sara zum Abschied einen Kuß auf ihr Gesicht, das mit der grünen Salbe bedeckt war, drückte.

Reverend Pickering kam zwei Tage später erneut zu Besuch und zeigte sich ausgesprochen zugänglich, als Sara sich für ihr Benehmen entschuldigte und ihm erklärte, warum sie sich einer so vulgären Sprache bedient hatte.

Pickering deutete an,daß am folgenden Morgen ein Schiff in Richtung England in See stechen sollte, und Sara setzte sich sofort an den Schreibtisch ihrer Tankte, um einen Brief an ihre Mutter zu schreiben. Pickering nahm das Schreiben, in dem Sara von ihren Abenteuern berichtet hatte, an sich, um es dem Captain auszuhändigen.

Als Nathan zurückkam, war Sara so froh, daß sie in Tränen

ausbrach. Sie verbrachten wundervolle und friedliche Tage und Nächte miteinander, und Sara konnte ihr Glück kaum fassen. Mit Nathan verheiratet zu sein, war das Paradies für sie, und nichts konnte ihre Liebe zerstören – gar nichts. Sie wünschte, jeder könnte so viel Freude erleben wie sie, und das sprach sie auch eines Abends aus, als sie mit Nora und Matthew auf der Veranda saß und auf Nathan wartete.

»Ich glaube, Matthew und ich, wir wissen genau, was du meinst«, sagte Nora. »Man muß nicht jung sein, um zu lieben, Sara ... Matthew, möchtest du einen Brandy?«

»Ich hole ihn«, bot Sara sich an.

»Bitte bleib, Kind.« Nora stand auf und machte sich auf den Weg ins Haus. »Dein Sonnenbrand ist noch nicht ganz verheilt, du solltest dich noch ein wenig schonen. Leiste inzwischen Matthew Gesellschaft, ich komme gleich wieder.«

Sobald sich die Tür hinter Nora geschlossen hatte, bekannte Matthew leise: »Sie ist zu gut für mich, Sara, aber ich werde mich durch nichts mehr abhalten lassen. Sobald ich meine Angelegenheiten in England geregelt habe, komme ich hierher, um an der Seite Eurer Tante meinen Lebensabend zu genießen. Wie denkt Ihr darüber?«

Sara klatschte in die Hände. »O Matthew, das sind ja wundervolle Neuigkeiten. Wir müssen die Hochzeit planen, bevor wir nach England abreisen. Ich möchte auf jeden Fall bei der Feier dabeisein.«

Ein Schatten huschte über Matthews Gesicht. »Sara, eigentlich habe ich nicht daran gedacht zu heiraten.«

Sara sprang auf die Füße. »Ihr solltet aber besser daran denken, Matthew, sonst werdet Ihr niemals hierher zurückkommen. Eine leidenschaftliche Nacht ist eine Sache, aber ein Leben in Sünde ist etwas ganz anderes. Ihr solltet an Noras Ruf denken.«

Der Seemann erhob sich langsam und starrte über das Meer. »Ich denke ja an Noras Ruf. Sie kann mich nicht heiraten, weil sie etwas Besseres als mich verdient. Ich bin ihrer nicht wert.«

»Ihr seid der Beste für Nora, und wagt ja nicht, Euch selbst so zu erniedrigen.«

»Sara, ich habe ein … bewegtes Leben geführt«, stammelte Matthew.

Sara tat das mit einem Schulterzucken ab. »Noras erster Mann war ein Pferdeknecht, und sie war sehr glücklich mit ihrem Johnny. Sie hat mir anvertraut, daß Ihr ein sehr gutherziger Mann seid, Matthew, und ich weiß, daß Ihr sie liebt. Wenn Ihr Nora heiratet, würde das eine Menge Probleme lösen. Onkel Henry würde ihr nicht mehr wegen der Erbschaft nachstellen, wenn er wüßte, daß sie einen Beschützer hat, und ich wäre sehr stolz, Euch Onkel nennen zu können.«

Matthew war gerührt und seufzte. Nach einer Weile des Nachdenkens meinte er: »Also gut, ich frage Nora. Aber Ihr müßt mir versprechen, daß Ihr es ohne weitere Diskussionen akzeptiert, wenn Nora nein sagt.«

Sara umarmte Matthew und drückte ihn an sich. »Sie wird bestimmt nicht nein sagen.«

»Sara, was zur Hölle tust du da? Matthew, nimm sofort die Hände von meiner Frau!«

Weder Sara noch Matthew kümmerten sich um Nathans Aufforderung. Erst nachdem Sara einen Kuß auf Matthews Wange plaziert hatte, löste sie die Umarmung und ging auf ihren Mann zu.

»Nathan, wir sollten besser hinaufgehen, Matthew möchte bestimmt mit Nora allein sein.«

Sie drängte ihn ins Haus und die Treppe hinauf.

»Ich erkläre dir alles, wenn wir in unserem Zimmer sind.«

Am nächsten Morgen erfuhren sie, daß Nora eingewilligt hatte, Matthews Frau zu werden und daß die Hochzeit vor Matthews Abreise nach England stattfinden sollte. Er wollte nicht, daß Nora ihn begleitete, da er befürchtete, daß Henry Winchester wieder eine Gemeinheit planen könnte.

Die Trauung fand am folgenden Sonntag statt, und Sara segnete die schlichte Zeremonie mit einer Tränenflut. Nathan war hauptsächlich damit beschäftigt, ihre Wangen zu trocknen, und staunte über seine gefühlvolle Frau.

Er hörte, wie sie Matthew von Herzen wünschte, daß seine Ehe ebenso glücklich werden möge wie ihre eigene.

Nathan lachte – seine Frau war wirklich eine hoffnungslose Träumerin … lächerlich romantisch … weichherzig … unschuldig und … perfekt.

12

Mehr als eine Schlange wartete darauf, in Saras Paradies dringen zu können.

Die Schiffsreise nach London verlief ereignislos. Iwan nahm Sara unter seine Fittiche und versuchte, ihr die Grundlagen der Kochkunst beizubringen, aber Sara war gänzlich unbegabt. Die Männer lobten zwar ihre Erzeugnisse, aber im Grunde war so gut wie alles ungenießbar, und das meiste endete als Fischfutter – in aller Heimlichkeit natürlich, da niemand Sara kränken wollte. Chester wurde Saras glühendster Bewunderer und verteidigte sie gegen alle Unbilden.

Nathan beobachtete jede Bewegung seiner Frau, und in kürzester Zeit mußte er sich eingestehen, wie angenehm und erfreulich ihre Gesellschaft war und wie sehr er ihr Lachen mochte.

Als sie in London ankamen, brachte er Sara sofort in das Büro der Emerald Shipping Company, um sie mit Colin bekanntzumachen.

Es war ein wunderschöner sonniger Vormittag, als sie sich durch die Menschenmenge im Hafen drängten. Nathan bat Sara, seinen Freund nicht auf seine Beinverletzung anzusprechen, da er auf solche Bemerkungen ziemlich empfindlich reagierte.

»Er hinkt? Was ist dem armen Mann passiert?« fragte Sara.

»Er ist einem Hai zu nahe gekommen.«

»Gütiger Himmel!« rief Sara. »Er hat Glück, daß er noch am Leben ist.«

»Ja«, nickte Nathan. »Versprich mir, daß du kein Wort darüber verlierst.«

»Wie kommst du überhaupt darauf, daß ich seine Behinderung erwähnen könnte? Nathan, ich weiß sehr genau, was sich gehört. Schäm dich, daß du mir so etwas zutraust.«

»Du hast geschrien wie am Spieß, als du meinen Rücken gesehen hast«, erinnerte er sie.

»Um Himmels willen, das war doch ganz etwas anderes!«

»Wieso?« fragte er verständnislos.

Sie hob die Schultern. »Weil ich dich liebe«, gestand sie und wurde rot.

Verdammt, es gefiel ihm von Mal zu Mal besser, wenn sie von ihrer Liebe zu ihm sprach ... Er versuchte den bedrückenden Gedanken abzuschütteln und sagte: »Du wirst hoffentlich Colin nicht wegen seines Leidens in Verlegenheit bringen.«

Sie nickte, aber sie konnte sich nicht verkneifen, ihm zu sagen, wie beleidigend er war.

Er küßte sie, nur um den Frieden wiederherzustellen, auf den Mund. Sie öffnete ihre Lippen, und der Kuß wurde wilder, als Nathan geplant hatte. Sie merkten nicht einmal, daß die Passanten stehenblieben und sie neugierig anstarrten.

Jimbo und Matthew, die ihnen in einiger Entfernung gefolgt waren, blieben auch stehen, und Jimbo schnaubte:

»Verdammt, Junge, jetzt ist wirklich nicht der richtige Zeitpunkt, mit deiner Frau herumzutändeln. Wir sollten uns um unsere Geschäfte kümmern.«

Nathan löste sich widerstrebend von Sara, und sie sank matt gegen ihn, aber als sie die vielen Menschen sah, die sie beobachteten, verflog der Zauber der Leidenschaft rasch.

»Du vergißt dich«, flüsterte sie Nathan zu.

»Da bin ich nicht der einzige«, gab er zurück.

Sie ignorierte diese Wahrheit. »Ich möchte deinen Kompagnon kennenlernen und wäre dir dankbar, wenn du mich nicht aufhalten würdest.«

Sie drehte ihm den Rücken zu, ehe ihm eine passende Antwort einfiel.

Nathan grinste und fragte: »Begleitet ihr uns?«

Die beiden Männer nickten, und Sara hängte sich bei Jimbo und Matthew ein. »Ihr müßt mich unterstützen, wenn ich Nathans Freund kennenlerne. Ich fürchte mich ein wenig – er muß schon ein besonderer Mann sein, wenn er mit Nathan auskommt. Gehen wir.«

Nathan hatte gerade noch Zeit, dem Trio aus dem Weg zu gehen, als sie losgingen, und folgte ihnen mit düsterer Miene.

Er hörte, wie Sara sagte: »Was immer auch geschieht, erwähnt bitte nicht Colins Hinken. Er ist sehr empfindlich, was sein Leiden betrifft. Nathan hat mich netterweise darauf aufmerksam gemacht. Er scheint sehr besorgt zu sein, daß jemand seinen Freund verletzen könnte. Wenn er mir nur auch so viel Rücksicht entgegenbringen würde, wäre ich wirklich äußerst dankbar.«

»Hör auf, mich zu ärgern«, brummte Nathan und schob Jimbo beiseite. Er ergriff Saras Arm und zerrte sie weiter.

Sara war ehrlich entrüstet und beschloß, ihrem Mann später ihre Meinung zu sagen und ihm den Kopf zurechtzusetzen. Colin saß am Schreibtisch und war mit Schreibarbeiten beschäftigt. Sobald Sara und Nathan das Büro betraten, stand er auf.

Nathans Freund sah ausgesprochen gut aus, und Sara merkte sofort, daß er sehr charmant war. Sie musterte ihn lange, bis ihr klar wurde, daß das nicht gerade höflich war. Dann machte sie einen scheuen Knicks.

»Also darf ich doch noch die Braut kennenlernen«, sagte Colin. »Aus der Nähe betrachtete seid Ihr noch schöner, Lady Sara.« Nach diesem Kompliment ging er auf sie zu und küßte ihr formvollendet die Hand.

Sie war sehr beeindruckt von seinen Manieren.

Nathan hingegen ganz und gar nicht. »Gütiger Gott, Colin, du mußt dich nicht so anstrengen, es bewirkt doch nichts bei ihr.«

»O doch«, widersprach Sara.

»Es wirkt sogar auf mich«, gluckste Jimbo im Hintergrund. »Ich habe den Delphin noch nie so galant erlebt.« Er stieß Matthew in die Rippen. »Du?«

»Kann ich nicht behaupten«, erwiderte Matthew.

Colin hielt immer noch Saras Hand fest, und sie hatte nichts dagegen. Nathan war das offensichtlich alles andere als recht.

»Nimm deine Hände weg, Colin«, warnte er.

»Nicht, bis du mich nicht offiziell vorgestellt hast.« Er zwinkerte Sara zu und lachte, als sie errötete.

Nathans Frau war nicht nur schön, sondern regelrecht bezaubernd. War sich Nathan überhaupt bewußt, was für ein Glück er hatte?

Nathan stöhnte, lehnte sich an den Fenstersims und verschränkte die Arme vor der Brust. »Sara, das ist Colin, das ist Sara. Jetzt laß sie los, Colin, bevor ich dir das Gesicht einschlage.«

Sara erschrak, aber Colin lachte. »Ich frage mich wirklich, warum du dich so aufregst«, meinte er.

»Nathan regt sich über alles auf, Sir«, schaltete sich Sara ein. »Er mag gar nichts.«

»Mag er wenigstens Euch?«

Sie nickte. »O ja, er mag mich wirklich«, behauptete sie ernst und versuchte, ihre Hand zurückzuziehen, aber Colin hielt sie noch immer fest. »Sir, ist es Eure Absicht, Nathan in Wut zu versetzen?«

Er nickte.

»Dann haben wir schon etwas gemeinsam«, sagte Sara. »Ich bringe ihn ständig in Rage.«

Colin ließ endlich ihre Hand los und lachte schallend.

Sara faltete vorsichtshalber die Hände auf dem Rücken und wunderte sich, daß Colin sich so sehr über ihre Bemerkung, die sie ganz ernst gemeint hatte, amüsierte.

Nathan bemerkte ihre Geste und lächelte zum erstenmal.

Seine Fröhlichkeit verflog sofort, als Colin geheimnisvoll

sagte: »Du hättest dich beeilen sollen, Nathan. Früher wäre besser gewesen.«

»Laß das, Colin«, warnte Nathan. Er wußte genau, daß das eine Anspielung darauf war, daß er gezögert hatte, seine Braut zu sich zu holen.

»Sir, sind wir uns schon einmal begegnet?« wollte Sara wissen. »Eure Bemerkung, daß ich aus der Nähe …«

Colin schüttelte den Kopf. »Ich habe Euch einmal flüchtig gesehen, aber ich hatte nicht die Gelegenheit, Eure Bekanntschaft zu machen. Ich war dabei, nachzuprüfen, ob ein bestimmter Gegenstand durch ein Fenster paßt.«

»Ich kann das gar nicht komisch finden, Colin«, brummte Nathan. Colin grinste breit, beschloß aber, seinen Freund im Moment nicht noch mehr gegen sich aufzubringen.

»Lady Sara«, sagte er statt dessen. »Möchtet Ihr nicht Platz nehmen und mir von Eurer Reise erzählen?«

»Das ist keine besonders lustige Geschichte, Delphin«, warf Jimbo ein. »Ein Mißgeschick jagte das andere.«

Sara blitzte ihn an. »Es war eine wundervolle Reise«, behauptete sie fest. »Jimbo, es ist überhaupt nichts Schlimmes passiert. Es ist wirklich unhöflich von Euch, so etwas zu sagen.«

»Es ist nichts Schlimmes passiert?« hakte Matthew nach und grinste. »Der Feind hat uns auf Schritt und Tritt verfolgt.«

»Was für ein Feind?« fragte Sara. »Oh, Ihr müßt die Piraten meinen.«

»Das war nur ein winziger Teil unseres Unglücks«, bemerkte Matthew.

Sara wandte sich an Colin. »Die Piraten haben uns angegriffen, aber wir haben sie zurückgeschlagen. Der Rest der Fahrt war friedlich, meinst du nicht, Nathan?«

Colin konnte dem Gespräch nicht mehr folgen. »Wovon sprecht ihr eigentlich?«

»Saras Sonnenschirme waren unsere mächtigsten Feinde«, erklärte Matthew, aber bevor er fortfahren konnte, fiel Sara ihm ins Wort, um sich selbst eine Peinlichkeit zu ersparen. Nathan half ihr, als er ihre Unsicherheit bemerkte, und Colin ließ das Thema fallen. Er würde später, wenn er mit Nathan allein war, ohnehin alles erfahren.

Er nahm einige Papiere vom Schreibtisch und deponierte sie auf dem Aktenschrank, dann kehrte er zu seinem Sessel zurück.

Sara beobachtete ihn aufmerksam, aber sie konnte beim besten Willen nicht feststellen, daß er hinkte.

»Nathan, Colin hat gar kein ...«

»Sara!«

»Bitte schrei mich nicht in Gegenwart deines Partners an!« forderte sie.

»Was ist los?« erkundigte sich Colin.

Sara ordnete die Falten in ihrem Kleid und lächelte Colin an. »Ich kann mir gar nicht vorstellen, daß Ihr Nathans Freund seid. Ihr scheint ganz anders zu sein als er.«

»Ich bin der zivilisiertere von uns beiden«, entgegnete Colin lachend. »Findet Ihr nicht?«

»Ich wage nicht, Euch zuzustimmen, da das meinem Mann gegenüber äußerst unfair wäre.« Sie warf Nathan einen freundlichen Blick zu. »Aber Ihr solltet registrieren, daß ich es auch nicht abstreite, Sir.«

Colin registrierte noch eine Menge mehr. Nathan ließ seine Frau nicht aus den Augen, die so seltsam glitzerten, wie Colin es noch nie zuvor gesehen hatte.

»Sara, bitte nennt mich Colin oder Delphin wie die Männer.«

Ein listiger Ausdruck trat auf sein Gesicht, als er Nathan ansah. »Darf ich Sara zu Euch sagen, oder hat Nathan Euch einen speziellen Namen geben, den ich auch benutzen darf?«

Nathan fand die Frage lächerlich, und er war ganz und gar nicht damit einverstanden, wie Colin seiner Frau schmeichelte. Natürlich vertraute er Colin, aber trotzdem würde er ihm nie und nimmer erlauben, Sara zu nahe zu kommen. Plötzlich ging ihm auf, daß er eifersüchtig war – es war wirklich zum Verrücktwerden, dachte er.

»Colin, ich nenne sie ›meine Frau‹«, stellte er klar. »Das kannst *du* nicht.«

Colin beugte sich vor. »nein, das kann ich leider nicht«, stimmte er zu, und Nathan merkte, daß sein Freund nur ein Spiel spielte. Colin wollte herausfinden, wie eng die Beziehung zwischen ihm und Sara war.

Nathan sah Colin bedeutsam an und schüttelte kaum merklich den Kopf. Er hoffte, daß sein Freund die Bitte, das Thema fallenzulassen, verstanden hatte.

»Oh, Nathan hat einen speziellen Namen für mich«, meinte Sara. »Und Ihr dürft ihn sicher auch benutzen, Colin.«

Colin sah sie fragend an. »Was ist das für ein Name?«

»Verdammt, Sara«, sagte Sara schlicht. »Nathan fängt jeden zweiten Satz, den er an mich richtet, mit ›verdammt, Sara‹ an. Stimmt es nicht, Lieber? Colin könnte doch auch …«

Wie aufs Stichwort brummte Nathan: »Verdammt, Sara, reiz mich nicht …«

Er mußte selber lachen, und Sara und Colin fielen ein.

Matthew beendete das fröhliche Geplauder, indem er aufs Geschäft zu sprechen kam, und Sara lauschte Colin aufmerksam, als er berichtete, was sich während Nathans Abwesenheit ereignet hatte. Sie lächelte, als Colin verkündete, daß er fünf Verträge abgeschlossen hatte.

»Nathan, heißt das, wir sind reich …«

»Nein, wir sind nicht reich, Sara.«

Sara wirkte niedergeschlagen.

»Wir werden erst alle reich sein, wenn du …«

»Ich kenne meine Pflichten«, rief Sara schnell. »Du mußt mich nicht vor meinen Bediensteten darauf hinweisen.« Nathan lächelte, aber Colin schüttelte den Kopf. »Ich kann dem nicht mehr folgen«, gestand er. »Welche Pflicht könnte Sara erfüllen, um uns alle reich zu machen?«

Sara wurde feuerrot, und Colin schloß daraus, daß es sich um eine persönliche Sache handelte. Er erinnerte sich an den Ehevertrag und ahnte den Grund für Saras Verlegenheit:

»Um Himmels willen«, knurrte Matthew. »Hört auf mit dem

Unsinn. Ich muß gehen, um einige Angelegenheiten zu erledigen, um Ende der Woche verschwinden zu können.«

»Was hast du vor?« wollte Colin wissen.

»Matthew, habt Ihr Colin noch gar nichts von Nora erzählt?« rief Sara erstaunt.

»Wer ist Nora?«

Sara war glücklich, Colin alles haarklein erzählen zu können und merkte gar nicht, daß sie auch einige persönliche Dinge preisgegeben hatte, als sie zum Ende kam.»Ich kann Euch nicht mehr sagen, Colin, aber alles hatte ein Happy-End, und durch die Hochzeit wurde der gute Ruf meiner Tante gewahrt.«

Nathan stand während Saras Bericht am Fenster und beobachtete eine schwarze Kutsche, die von fünf Reitern begleitet wurde. Sie blieb an der gegenüberliegenden Straßenseite stehen. Er machte seinen Freund darauf aufmerksam, und Colin erkannte das Wappen der Winchesters an der Seitentür. Er nickte Nathan zu und schenkte Sara wieder seine ganze Aufmerksamkeit.

Nathan, Jimbo und Matthew verließen so leise den Raum, daß Sara es im Eifer des Gefechts gar nicht einmal bemerkte. Zum Schluß nahm sie Colin das Versprechen ab, nichts, was sie ihm von ihrer Tante erzählt hatte, an andere weiterzugeben, dann sah sie sich im Raum um.

»Wie gefällt Euch unser Büro?« fragte Colin schnell.

»Ich möchte Euch nicht kränken, Colin, aber alles wirkt ein wenig karg. Es könnte sehr hübsch sein, wenn wir die Wände frisch streichen und schöne Vorhänge aussuchen. Ich würde diese Aufgabe sehr gern übernehmen. Ein zartes Rosa könnte gut passen, meint Ihr nicht?«

»Nein«, sagte er so heiter, wie es ihm möglich war.

Sara wurde unbehaglich zumute, als Colin seine Schreibtischschublade öffnete und eine Pistole herausnahm. »Rosa ist eine Farbe für Frauen«, sagte Colin beiläufig. »Wir sind Männer und bevorzugen dunkle, häßliche Farben.«

Seine fröhliche Miene zeigte Sara, daß er scherzte, aber

wenn sie ihn nicht gekannt hätte, hätte sie vermuten müssen, daß er sich vorgenommen hatte, sie zu erschießen.

Wo war Nathan? Sara stand auf und ging zum Fenster neben der Tür. Sie sah Nathan, Jimbo und Matthew vor einer schwarzen Kutsche stehen. Jimbo verdeckte mit seiner massigen Gestalt das Wappen an seiner Seite.

»Mit wem sprechen sie wohl, Colin?«

»Setzt Euch, Sara, und wartet hier, bis Nathan zurückkommt.«

Sie wollte seiner Bitte gerade Folge leisten, als Jimbo einen Schritt zur Seite trat und sie das Wappen entdeckte. »Das ist die Kutsche meines Vaters«, rief sie erstaunt. »Woher, um Gottes willen, konnte er wissen, daß wir wieder in London sind?«

Colin konnte ihr keine Antwort mehr geben, da sie schon aus dem Büro stürmte. Er schob die Pistole in seine Tasche und lief ihr nach.

Sara zwang sich, langsam zu gehen, aber ihr Magen flatterte plötzlich. Sie hoffte inbrünstig, daß ihr Vater und Nathan sich einig waren – aber was hatten all die Männer hier zu suchen?

»Mach dir keine unnötigen Sorgen«, flüsterte sie sich selbst zu und raffte die Röcke, um die Straße zu überqueren, als ihr Vater aus der Kutsche stieg.

Der Earl of Winchester wurde von vielen Menschen als vornehmer Mann angesehen. Er hatte volles silberfarbenes Haar, und er war eher kräftig als dick und sehr groß. Seine Augen hatten die gleiche haselnußbraune Farbe wie die von Sara, aber das war auch die einzige Ähnlichkeit. Seine Adlernase fiel jedem sofort auf, und seine Lippen, die er die meiste Zeit fest zusammenpreßte, waren so schmal, daß sie fast nicht zu sehen waren.

Sara hatte keine Angst vor ihrem Vater, aber er beunruhigte sie, weil sie nie voraussehen konnte, wie er reagierte. Sara verbarg ihre Besorgnis und eilte pflichtschuldig auf ihren Vater zu, um ihn zu umarmen. Nathan beobachtete, daß der Earl bei der Berührung stocksteif wurde.

»Ich bin überrascht, dich zu sehen, Vater«, begann Sara und trat zurück, um Nathans Arme zu ergreifen. »Wie hast du von unserer Ankunft erfahren?«

»Ich habe Männer im Hafen postiert, die mir Bescheid geben sollten, sobald die *Seahawk* einläuft, Sara. Jetzt komm nach Hause, wo du hingehörst.«

Der ärgerliche Unterton in seiner Stimme erschreckte Sara, und sie rückte ein wenig näher zu Nathan.

»Nach Hause? Aber Vater, ich bin Nathans Frau und ich bin dort zu Hause, wo er zu Hause ist. Sicher hast du bemerkt …«

Sie brach ab, als sich die Kutschentür öffnete und ihre ältere Schwester Belinda ausstieg.

Gütiger Himmel, Sara war selbst schockiert, daß sie gar nicht erfreut war, sie zu sehen. Belinda lächelte, und das war immer ein schlechtes Zeichen. Sie war nur dann glücklich, wenn sie jemandem Schaden zufügen konnte.

Sara stellte fest, daß Belinda während ihrer Abwesenheit beträchtlich zugenommen hatte und daß das goldfarbene Kleid ziemlich spannte. Belinda war früher ein ausgesprochen hübsches Kind gewesen, und alle Männer der Familie hatten sie vergöttert. Mit ihrem goldblonden Haar, den himmelblauen Augen und den Grübchen in den Wangen hatte sie jeden bezaubert, aber als sie älter geworden war, waren ihre Wangen so rund geworden, daß die Grübchen nicht mehr zu sehen waren, und ihr Haar nahm eine mausgraue Farbe an. Der Liebling der Winchesters war zu einer unansehnlichen Person geworden, und Belinda stopfte aus Enttäuschung darüber immer mehr in sich hinein.

Sara hingegen hatte als Kind eher linkisch und ungeschickt gewirkt, und niemand außer ihrer Mutter und der Kinderschwester hatten ihr Beachtung geschenkt.

Es war eine Sünde, seine eigene Schwester nicht zu mögen, und allein aus diesem Grund versuchte Sara, Belinda freundliche Gefühle entgegenzubringen und ihren grausamen Wesenszug zu entschuldigen. Sara nahm hauptsächlich Belindas gute Seiten zur Kenntnis, und deshalb fiel es ihr nicht allzu schwer, sie einigermaßen herzlich zu begrüßen. »Belinda, wie schön, dich wiederzusehen.«

Belinda starrte Nathan unverschämt an, während sie erwiderte: »Ich bin froh, daß du endlich wieder zu Hause bist, Sara.«

»Ist Mutter auch hier?« fragte Sara.

»Deine Mutter ist dort, wo sie hingehört – zu Hause«, entgegnete der Earl of Winchester barsch. »Steig in die Kutsche, Tochter. Ich möchte keinen Ärger, aber ich bin auf alles vorbereitet. Du kommst mit uns, und niemand wird erfahren, daß du mit diesem Marquis zusammen warst, wenn wir ...«

»O Papa«, unterbrach ihn Belinda, »du weißt, daß das nicht wahr ist. Alle Welt weiß schon davon. Wir haben doch so viel Mitleid ertragen müssen, nachdem Sara verschwunden war.«

»Schweig!« brüllte der Earl. »Du wagst es, mir zu widersprechen?«

Sara bewegte sich so schnell, daß Nathan sie nicht zurückhalten konnte. Sie drängte sich zwischen ihren Vater und Belinda und verteidigte ihre Schwester: »Belinda wollte dir bestimmt nicht widersprechen.«

»Ich dulde keine Frechheiten«, brummte der Earl. »Genausowenig wie dein undankbares Verhalten, Tochter«, fügte er hinzu und bedachte Sara mit einem zornigen Blick. »Niemand wird ein Wort über dein schändliches Betragen verlieren, aber wenn es doch zu einem Skandal kommt, werde ich auch damit fertig.«

Sara war ehrlich entsetzt. »Was für ein Skandal, Vater?« fragte sie. »Nathan und ich, wir haben nichts getan, worüber man klatschen könnte. Wir sind verheiratet, und das ist durch einen Vertrag besiegelt.«

»Erwähne nie wieder in meiner Gegenwart diesen vermaledeiten Vertrag, Tochter. Jetzt steig in die Kutsche, oder muß ich meinen Männern erst befehlen, ihre Waffen zu ziehen?«

Saras Magenflattern wurde immer stärker. Zum erstenmal in ihrem Leben war sie gezwungen, ihrem Vater die Stirn zu bieten. Natürlich hatte sie ihm oft die Meinung gesagt, aber immer nur, um ihre Mutter oder ihre Schwester zu verteidigen.

Sie wich langsam zurück, bis sie wieder neben Nathan stand. »Es tut mir leid, dich zu enttäuschen, Vater, aber ich kann dich nicht begleiten. Mein Platz ist an der Seite meines Mannes.«

Der Earl war außer sich. Seine Tochter hatte ihn mit diesem offenen Widerspruch vor mehreren Zeugen zu Tode beleidigt. Er holte aus, um sie zu schlagen, aber Nathan war schneller. Er umklammerte das Handgelenk des Earl und drückte zu, als ob er ihm die Knochen brechen wollte.

Sara hielt ihn mit einer Berührung zurück, und Nathan ließ sofort los und legte den Arm um die Schultern seiner Frau. Er fühlte, wie sie zitterte, und das machte ihn noch wütender.

»Sara geht nirgendwohin, alter Mann«, stellte Nathan mit tiefer Stimme fest.

Diese abschlägige Antwort war offensichtlich das Signal für die Männer des Earls. Sie zogen ihre Pistolen und richteten sie auf Nathan.

Sara keuchte – sie konnte nicht glauben, daß so etwas wirklich geschah. Sie versuchte, sich schützend vor ihren Mann zu stellen, aber das ließ er nicht zu. Er hielt den Blick starr auf Saras Vater gerichtet, während er sie an seine Seite drückte. Er lächelte, und Sara war über diese Reaktion vollkommen verblüfft. Er mußte doch begreifen, daß die Situation äußerst bedrohlich war. »Nathaniel«, flüsterte sie und benutzte absichtlich den Namen, der ihn – wie er selbst gesagt hatte – in mörderische Wut versetzte. »Du hast keine Pistole.«

Nathan sah sie an. Er wußte mehr als seine Frau.

Die Vorteile lagen auf seiner Seite. Vor ein paar Minuten waren acht seiner Männer neben der Kutsche aufgetaucht und hatten sich hinter Sara aufgereiht. Sie waren bewaffnet und bereit zu kämpfen.

Saras Vater hatte bemerkt, was im Gange war, und der Ausdruck in seinen Augen verriet Nathan, daß er nicht den Mut hatte, sich einem direkten Kampf zu stellen.

»Vater, befiehl deinen Männern, ihre Waffen wegzustecken«, forderte Sara mit bebender Stimme. »Du erreichst nichts, wenn du Nathan oder mich verletzt.«

Der Earl of Winchester reagierte nicht.

»Ich lasse es nicht zu, daß du meinem Mann etwas antust«, schrie Sara. »Ich liebe ihn.«

»Er wird ihm nichts tun«, rief Colin. »Ich jage ihm eine Kugel in den Kopf, wenn er es versucht.«

Sara drehte sich um. die Verwandlung, die in Colin vorgegangen war, raubte ihr fast den Atem. Er stand ganz ruhig da und lächelte, aber seine Augen waren kalt wie Eiskristalle. Es bestand kein Zweifel daran, daß er seine Drohung, ohne mit der Wimper zu zucken, ausführen würde.

Der Earl entdeckte das auch und gab seinen Männern ein Zeichen, ihre Waffen wegzustecken, aber er hatte es noch nicht aufgegeben und versuchte, sein Ziel auf andere Weise zu erreichen. »Belinda, erzähl deiner Schwester von ihrer Mutter. Wenn Sara schon nicht mit uns kommen will, soll sie wenigstens die Wahrheit erfahren.«

»Sara, du mußt nach Hause kommen«, begann Belinda. »Mutter ist todkrank, deshalb ist sie nicht mit uns hergekommen.«

»Sie sehnt sich danach, dich noch einmal zu sehen«, bekräftigte der Earl. »Nach allem, was du ihr angetan hast, ist es mir ein Rätsel, warum sie es sich so sehr wünscht.«

Sara schüttelte den Kopf. »Mutter ist nicht krank. Das ist nur ein gemeiner Trick, mich von Nathan wegzulocken.«

»Ich würde deine Mutter nie für solche Zwecke benutzen«, erwiderte ihr Vater entrüstet.

Nathan beobachtete, wie der Earl Belinda in die Seite stieß, und wußte, daß die Szene vorher abgesprochen worden war. Er hoffte nur, daß seine Frau schlau genug war, alles zu durchschauen.

Belinda trat einen Schritt vor. »Mama wurde krank, kurz nachdem du uns verlassen hast, Sara. Sie hat sich solche Sachen gemacht, daß du ertrinkst oder von … Piraten umgebracht wirst.«

»Aber Belinda, Mutter hat …«, sie hielt inne.

Vielleicht wußte ihr Vater nichts von dem Brief, den sie hinterlassen hatte, bevor sie Nora befreit hatte. »Ich habe Mutter einen langen Brief geschrieben, als Nathan und ich unser Ziel erreicht hatten. Mutter hat ihn sicher schon erhalten.«

»Wir haben deine beiden Briefe erhalten«, meinte der Earl.

Sara wollte ihm klarmachen, daß sie nur einen Brief abgeschickt hatte, aber ihr Vater fuhr rasch fort: »Ich war sehr erfreut über die Informationen, die du mir dadurch gegeben hast, Tochter, die Angelegenheit ist noch nicht geklärt, und deshalb müssen wir diskret vorgehen.«

Sara hatte keine Ahnung, wovon er sprach. »Was meinst du?«

Ihr Vater schüttelte den Kopf. »Nach mich nicht zum Narren, Tochter. Deine Mutter wartet auf dich.«

Sara wandte sich an Nathan. »Erlaubst du, daß ich meine Mutter besuche? Ich mache mir große Sorgen um sie.«

»Später.«

Sara drehte sich wieder ihrem Vater zu: »Bitte richte Mutter aus, daß wir sie besuchen, sobald Nathan seine Geschäfte erledigt hat.«

Eigentlich hatte der Earl of Winchester geplant, Sara wegzubringen, bevor er sein Vorhaben ausführte. Er haßte offene Auseinandersetzungen. Es war immer günstiger, das Überraschungsmoment auf seiner Seite zu haben und kein allzu großes Risiko eingehen zu müssen. Aber bei der Weigerung des Marquis, Sara gehen zu lassen, verlor er die Geduld.

»Der Prinzregent hat neue Informationen«, brüllte der Earl. »Es kann nicht mehr lange dauern, bis diese Ehe annuliert wird, da er annimmt, daß der Marquis den Vertrag verletzt hat.«

»Was zur Hölle erzählt Ihr da?« wollte Nathan wissen. »Ich habe den Vertrag nicht verletzt, und die Ehe ist bereits vollzogen. Es ist zu spät.«

Das Gesicht des Earls lief dunkelrot an. Sara hatte ihn noch nie so wütend erlebt.

»Sara, weißt du, wovon dein Vater spricht?« fragte Nathan.

Sie schüttelte den Kopf.

»Dies ist eine vertrauliche Unterhaltung«, verkündete der Earl und bedeutete seinen Männern, sich zu entfernen. »Wartet an der Straßenkreuzung.« Dann wandte er sich an Nathan. »Schickt Eure Männer weg, wenn Ihr nicht wollt, daß sie mithören, was ich Euch zu sagen habe.«

»Sie bleiben.«

»Vater, bitte laß mich alles erklären«, flehte Belinda und lächelte in freudiger Erwartung. »Sara hat uns geschrieben, sonst hätten wir nie davon erfahren.«

»Was hättet ihr nie erfahren?« fragte Sara.

Belinda seufzte. »O Sara, tu doch nicht so unschuldig. Du hast uns doch alles über die Verfehlungen von Nathans Vater berichtet.«

»Nein!« schrie Sara. »Belinda, warum ...?«

»Sara, du hast uns endlich reinen Wein eingeschenkt«, fuhr Belinda unbeirrt fort. »Papa hat ein paar Männer engagiert, die Genaueres herausgefunden haben. Wenn wir die Einzelheiten vorlegen, wird alle Welt erfahren, daß der Vater deines Mannes ein Verräter war.«

Der Earl schnaubte angewidert. »Habt Ihr gedacht, Ihr könntet diesen Schmutz unter den Teppich kehren? Mein Gott, Euer Vater hat beinahe die Regierung gestürzt, und seine Sünden lasten jetzt auf Euren Schultern. Wenn ich mit Euch fertig bin, seid Ihr vollkommen am Boden, St. James.«

»Vater, hör auf mit diesen Drohungen. Du kannst das doch nicht ernst meinen«, rief Sara.

Der Earl ignorierte die Bitte. »Glaubt Ihr ernsthaft, der Prinzregent würde meine Tochter zwingen, ihr Leben mit einem Verbrecher zu verbringen?«

In Nathan loderte grenzenloser Zorn. Wie hatte dieser Bastard von der Vergangenheit seines Vaters erfahren? Und, guter Gott, wie würde Jade reagieren, wenn die Affäre publik würde?

Als ob der Earl Nathans Gedanken gelesen hätte, sagte er: »Denkt an Eure Schwester. Lady Jade ist mit dem Earl of Cainewood verheiratet, und sie ist ein Liebling der Gesellschaft, aber das wird sich rasch ändern. Die Schande wird Eure Schwester zur Außenseiterin oder noch schlimmerem machen.«

Sara verlor fast die Fassung, als ihr klar wurde, was Belinda und ihr Vater vorhatten. Sie wollten Nathan glauben machen, daß sie ihn durch ihren Brief verraten hatte. Aber das machte doch keinen Sinn. Wie konnten sie sicher sein, daß sie etwas von dieser Affäre erfahren hatte?

»Ich möchte wirklich wissen, woher ihr derlei Informationen habt«, sagte sie. »Ich habe …«

»Du hast uns davon berichtet«, sagte Belinda schnell. »Du brauchst nicht mehr zu lügen, Sara. Papa hat deine Ausführungen genau ausgeführt. Um Himmels willen, Sara, du solltest dich glücklich schätzen, bald bist du frei und kannst einen Gentleman heiraten, der deiner wert ist. Das sagst du doch auch, nicht wahr, Papa?«

Der Earl nickte. »Der Duke of Coughtonshire hat schon um deine Hand angehalten.«

Tränen strömten über Saras Wange. Sie hätte im Leben nie daran geglaubt, daß ihre Familie sie so grausam und gemein hintergehen würde. »Belinda, bitte tu mir das nicht an«, schluchzte sie.

Nathan sagte kein Wort, und als er den Arm von Saras Schultern nahm, glaubte der Earl, das Spiel gewonnen zu haben.Er hatte schon oft gehört, daß der Marquis ein zynischer und nüchterner Mann war und jetzt wußte er, daß die Gerüchte nicht übertrieben waren.

Sara wünschte sich so sehr, daß ihr Mann ihr glauben würde, aber aus seiner Miene konnte sie nichts erkennen.

»Nathan, glaubst du etwa, daß ich etwas über den Verrat deines Vaters in meinem Brief erwähnt habe?«

»Wußtest du davon?« fragte Nathan zurück.

»Ja«, gestand sie. »Nora hat mir davon erzählt.«

Er rückte von ihr ab, und Sara hätte nicht mehr leiden können, wenn er sie geschlagen hätte. »Nathan, du kannst doch nicht annehmen, daß ich dich verraten habe!«

»Warum sollte er das nicht annehmen?« meldete sich Colin

zu Wort. »Die Dinge sprechen gegen Euch. Das Geheimnis wurde lange gewahrt, bis Ihr ...«

»Ihr haltet mich für schuldig, Colin?« rief Sara.

Er zuckte mit den Achseln. »Ich weiß nicht, ob man Euch trauen kann.«

Sara schüttelte den Kopf. »Nathan, du mußt doch wissen, daß ich dich nie verraten würde.«

»Steig in die Kutsche«, befahl der Earl erneut.

Sara wirbelte zu ihm herum. »Ich habe mich wie eine Närrin benommen, Vater, als ich immer wieder Entschuldigungen für dein schändliches Verhalten gesucht habe. Du bist um keinen Deut besser als deine Brüder. Du schickst Henry nur immer vor, damit du dir die Hände nicht selbst schmutzig machen mußt. O Gott, ich möchte dich nie wieder sehen.« Sie holte tief Luft und fügte hinzu. »Ich bin nicht mehr deine Tochter.«

Nach dieser kleinen Ansprache drehte sich Sara um und überquerte die Straße. Colin versuchte, sie zurückzuhalten, aber sie stieß ihn beiseite und stürmte in das Büro.

Der Earl of Winchester gab noch nicht auf und versuchte, ihr zu folgen, aber Nathan verstellte ihm den Weg. Diese Bedrohung genügte, um den Earl in die Flucht zu schlagen.

Als seine Kutsche abgefahren war, ergriffen Matthew und Jimbo sofort Saras Partei. Sie waren beide sicher, daß Sara Nathan nicht hintergangen hatte.

Nathan hörte seinen Freunden gar nicht zu und ging ohne ein Wort davon.

»Wohin gehst du?« rief Matthew ihm nach, ohne eine Antwort zu erhalten.

Sara war der Verzweiflung nahe. Was für eine Närrin sie doch gewesen war. Nathan hatte sie nie geliebt, sonst hätte er ihr glauben müssen. Der Schmerz war so groß, daß sie beinahe verging. Sie dachte über die Gemeinheiten ihrer Familie nach und weinte bitterlich. Plötzlich fiel ihr Jade ein, und sie faßte einen Entschluß. Sie trocknete ihre Tränen und verließ unbemerkt das Büro. An der nächsten Straßenecke fand sie eine Droschke.

»Zum Stadthaus des Earl of Cainewood«, wies sie den Kutscher an.

Nathan rechnete fest damit, daß Sara im Büro auf ihn wartete, aber bevor er mit ihr sprach, mußte er seinen Zorn überwinden. Guter Gott, es war unvorstellbar, was Sara in ihrer Familie alles hatte erleiden müssen in ihren jungen Jahren.

Jimbo, der ihm nachgelaufen war, bekniete ihn, mit Sara zu sprechen und die Sache klarzustellen.

Nathan nickte und machte sich auf den Rückweg.

Er brauchte nicht lange, um herauszufinden, daß seine Frau nicht hier war. Panische Angst machte sich in ihm breit, wenn er daran dachte, was einer wehrlosen Frau in diesem Teil der Stadt zustoßen konnte. Er mußte sie finden.

Sie brauchte ihn.

13

Sara weinte, bis die Kutsche vor einem Backsteinhaus anhielt. Dann wischte sie sich die Tränen von den Wangen und bat den Kutscher mit erstickter Stimme, auf sie zu warten. »Ich brauche nur ein paar Minuten«, versprach sie, »und ich werde Euch den doppelte Fahrpreis zahlen, wenn Ihr wartet und mich zu meinem nächsten Ziel bringt.«

Der Kutscher tippte an seinen Hut und versicherte: »Ich bleibe hier, bis Ihr wiederkommt, Madam.«

Sara eilte die Vordertreppe hinauf und betätigte den Türklopfer. Sie mußte rasch in das Haus gelangen, da sie fürchtete, von ihren Verwandten entdeckt zu werden oder den Mut zu verlieren, bevor sie ihr Vorhaben ausgeführt hatte.

Die Tür öffnete sich, und ein großer hochnäsig wirkender Mann mit tiefen Krähenfüßen in den Augenwinkeln tauchte vor Sara auf. Obwohl seine Erscheinung ziemlich unheimlich war, verrieten seine blitzenden dunklen Augen, daß er nichts Böses im Sinn hatte.

»Was kann ich für Euch tun, Madam?« fragte der Butler hochmütig.

»Ich muß Lady Jade sofort sprechen, Sir«, erwiderte Sara, während sie über ihre Schulter spähte, um sich zu vergewissern, daß sie niemand beobachtete. »Bitte, laßt mich ein.«

Der Butler trat einen Schritt beiseite, und Sara beeilte sich, in die Halle zu gelangen. Sie bat ihn, die Tür zu schließen und zu verriegeln.

»Ich hoffe inständig, daß Eure Herrin zu Hause ist«, sagte sie dann, »sonst wüßte ich nicht mehr, was ich tun soll.« Schon bei der Vorstellung, daß sich Jade außer Haus aufhalten könnte, brannten wieder die Tränen in ihren Augen.

»Lady Jane ist hier«, erklärte der Butler.

»Gott sei Dank.«

Ein Lächeln huschte über das Gesicht des älteren Mannes.

»Ja, Madam, ich habe Gott auch schon oft gedankt, daß er sie uns geschickt hat.« Dann fuhr er lebhafter fort: »Wen darf ich melden?«

»Lady Sara«, platzte sie heraus, und ergriff die Hand des Butlers. »Und bitte beeilt Euch, Sir, sonst verliere ich den Mut, ihr gegenüberzutreten.«

Der Butler wurde allmählich neugierig. Die arme, unglückliche Frau drückte seine Hand so fest, daß sie ihm fast die Knochen brach. »Ich würde mich gern beeilen, Lady Sara, wenn Ihr nur meine Hand loslassen würdet.«

Sara, der erst jetzt auffiel, daß sie ihn festhielt, gehorchte sofort und stammelte: »Ich bin ziemlich durcheinander, bitte verzeiht mir mein schlechtes Benehmen.«

»Natürlich, Mylady. Könnt Ihr mir Euren Nachnamen verraten?«

Diese Frage brachte sie endgültig aus der Fassung und sie brach augenblicklich in Tränen aus. »Ich bin als Lady Sara Winchester geboren«, schluchzte sie. »Aber dann wurde ich Lady St. James – ich fürchte, mein Name wird sich bald wieder ändern. Ich vermute, man wird mich Dirne nennen. Alle Welt glaubt wahrscheinlich, daß ich in Sünde gelebt habe, Sir, aber das stimmt nicht.« Sie hielt inne, um sich die Tränen mit dem Taschentuch, das der Butler ihr gereicht hatte, abzuwischen, dann fügte sie bitter hinzu: »Vermutlich wäre es das beste, wenn Ihr mich Dirne nennen würdet, damit ich mich daran gewöhne.«

Als der Butler langsam zurückwich, wurde Sara bewußt, daß sie sich wie eine Närrin benahm. Er mußte ja annehmen, daß sie den Verstand verloren hatte!

Der Earl of Cainewood war gerade rechtzeitig aus der Bibliothek gekommen, um zu hören, wie Sterns, der Butler, Sara nach ihrem vollen Namen gefragt hatte. Die verworrene Antwort weckte seine Aufmerksamkeit.

Sara gab dem Butler das naßgeweinte Taschentuch zurück und murmelte: »Ich hätte nicht herkommen sollen. Ich werde Eurer Herrin eine Nachricht zukommen lassen. Lady Jade ist bestimmt zu beschäftigt, um mich zu empfangen.«

»Halt Sie auf, Sterns«, rief der Earl

»Wie Ihr wünscht«, erwiderte der Butler und legte die Hand auf Saras Schulter. »Und jetzt, Mylord?« erkundigte er sich.

»Dreh sie um.«

Sterns brauchte keine Gewalt anzuwenden – Sara wandte sich um und sagte: »Seit Ihr Lady Jades Gatte?«

»Darf ich Euch den Earl of Cainewood vorstellen, Mylady?« schaltete sich der Butler ein, und Sara vollführte gewohnheitsmäßig einen Knicks. »Mylord, das ist Lady Sara Dirne.«

Sara hätte beinahe der Schlag getroffen, und Sterns konnte sie gerade noch im letzten Augenblick festhalten, bevor sie zu Boden sank. »Das war doch nur ein Scherz, Mylady. Es ist mir einfach so herausgerutscht.«

Jades Mann kam lächelnd auf sie zu. Das half ihr ein wenig. »Ich bin Caine«, sagte er.

»Und ich bin Nathans Frau«, stammelte sie noch immer verlegen.

»Das habe ich mir schon gedacht, als ich bemerkte, wie verstört Ihr seid. Willkommen in unserer Familie, Sara.«

Er drückte ihre Hand. »Meine Frau ist schon begierig darauf, Euch kennenzulernen. Sterns, würdest du bitte Jade holen? Sara kommt in den Salon. Wir können uns ein wenig unterhalten, während wir auf meine Frau warten.«

»Aber Sir, ich bin nicht gekommen, um einen Anstandsbesuch zu machen«, sagte Sara. »Wenn Ihr erfahrt, weshalb ich hier bin, werdet Ihr mich aus Eurem Haus werfen lassen.«

»Schämt Euch, daß Ihr unsere Gastfreundschaft so gering schätzt«, erwiderte er. »Wir sind jetzt eine Familie, Sara. Bitte nennt mich Caine.«

»Wir werden nicht lange zu einer Familie gehören«, flüsterte Sara.

»Bitte fangt nicht wieder an zu weinen. So schlimm kann die Sache doch gar nicht sein. Seid Ihr gekommen, um über Nathan zu sprechen? Was hat er getan?«

»Er hat überhaupt nichts getan«, schluchzte Sara. »Außerdem würde ich mich nie über meinen Mann beschweren – das wäre doch fast so etwas wie Verrat.«

»Ist denn Treue etwas so Wichtiges für Euch?« fragte Caine.

Sie nickte, und ihre Stirn umwölkte sich. »Man sollte auch Vertrauen zu seinem Ehegatten haben«, murmelte sie. »Manche bringen das aber nicht fertig – andere schon.«

Caine war sich nicht im klaren, worüber sie sprach, trotzdem fragte er: »Habt Ihr Vertrauen zu ihm?«

»Nicht mehr, er hat mich eines Besseren belehrt.«

Caine hatte immer noch keine Ahnung, was sie damit ausdrücken wollte, als sie erklärte: »Ich bin nicht hier, um über Nathan zu sprechen. Unsere Ehe wird ohnehin bald gelöst, das werdet Ihr verstehen, wenn ich Euch alles erklärt habe.«

Caine mußte sich anstrengen, um ein Lächeln zu verbergen, diese Frau sprach wirklich in Rätseln. Um ihr weiterzuhelfen, sagte er: »Nathan kann sehr schwierig sein.«

»Das kann er, Caine«, rief eine Frauenstimme.

Caine und Sara drehten sich zu Jade um, die in diesem Moment den Raum betrat.

Sara hatte noch nie eine schönere Frau als Jade gesehen und

kam sich in ihrer Gegenwart richtig unscheinbar vor. Jade hatte wundervolles tizianrotes Haar und dieselben lebhaften grünen Augen wie Nathan.

Sara zwang sich dazu, Jade nicht anzustarren und sandte gleichzeitig ein Stoßgebet zum Himmel, daß sie nicht das gleiche aufbrausende Temperament wie ihr Bruder Nathan besaß. »Ich habe entsetzliche Neuigkeiten für Euch«, sprudelte Sara schließlich hervor.

»Wir haben schon erfahren, daß Ihr mit Nathan verheiratet seid«, erwiderte Caine gedehnt. »Es kann nichts Entsetzlicheres für Euch geben als das, und Ihr habt unser ganzes Mitgefühl.«

»Caine, du bist abscheulich«, rief Jade und strahlte ihren Mann an. »Caine mag meinen Bruder sehr«, erklärte sie Sara, »aber er würde es nie zugeben.«

Jade kam näher und küßte Sara auf die Wange. »Ihr seid ganz anders, als ich es erwartet hätte, und das freut mich. Aber wo bleiben nur meine Manieren? Ich bin glücklich, Euch kennenzulernen, Sara. Wo ist Nathan? Will er Euch hier abholen?«

Sara schüttelte den Kopf und ließ sich in den nächststehenden Sessel sinken. »Ich möchte ihn nie wieder sehen«, hauchte sie. »Oh, ich weiß gar nicht, wo ich anfangen soll.«

Jade und Caine wechselten einen Blick, und Caines Lippen formten das Wort »Ehekrach«. Jade nickte, bevor sie sich auf das Sofa setzte und mit der Hand auf das Polster neben sich klopfte. Caine kam ihrer Aufforderung sofort nach.

»Was auch immer Nathan getan hat, Sara, ich bin sicher, daß Ihr die Angelegenheit klären könnt«, sagte Caine.

»Mein Mann und ich haben während der ersten Zeit unserer Ehe auch ständig gestritten«, fügte Jade hinzu.

Sara sah sie verständnislos an. »Ich möchte mich ja gar nicht über meine Ehe beklagen und auch nicht über Nathan. Ich bin hergekommen, um Euch zu warnen, damit Ihr Euch auf den bevorstehenden Skandal vorbereiten könnt.«

Caine beugte sich vor. »Auf was für einen Skandal?«

»Ich sollte wohl am besten alles von Anfang an erzählen,

damit Ihr mich versteht.« Sara faltete die Hände. »Kennt Ihr die Bedingungen, die in dem Ehevertrag, der Nathan und mich aneinander bindet, festgelegt sind?«

Als Jade und Caine verneinten, seufzte Sara und begann zu erzählen: »König George, Gott schütze seinen umnachteten Geist, hatte sich entschlossen, die Fehde zwischen den St. James und den Winchesters zu beenden. Deshalb fand er, daß Nathan und ich heiraten sollten, und als Anreiz hat er uns ein Vermögen und Ländereien versprochen, die genau zwischen den Besitztümern der St. James und der Winchester liegen. Das Land ist sehr fruchtbar und wird von Quellen bewässert, die auch den verfeindeten Familien zur Verfügung stehen. Das heißt, daß jeder, der das Land besitzt, die anderen in den Ruin treiben könnte, wenn er die Wasserzufuhr blockiert. Laut Vertrag wurden Nathan die Ländereien zugesprochen, wenn er mich als seine Frau akzeptiert und wenn wir im ersten Jahr einen Erben in die Welt setzen.«

Caine traute seinen Ohren kaum und fragte: »Wie alt wart Ihr, als der Vertrag zustandekam?«

»Vier Jahre alt. Mein Vater hat ihn an meiner Stelle unterschrieben. Nathan war vierzehn.«

»Aber das ist doch absurd«, sagte Caine. »So etwas kann doch nicht rechtmäßig sein.«

»Die Dekrete des Königs sind immer rechtmäßig und bindend. Der Bischof hat der Zeremonie beigewohnt und die Ehe gesegnet.«

Sara starrte in ihren Schoß. Der leichte Teil ihrer Erklärungen lag hinter ihr, und jetzt mußte sie ihren ganzen Mut zusammenraffen, um fortzufahren: »Wenn ich von dem Vertrag zurücktrete, bekommt Nathan alles, und wenn er die Bedingungen nicht erfüllt, wird es mir zugesprochen – oder meiner Familie. Der König hat wirklich ein listiges Spiel mit uns getrieben.«

»Ihr und Nathan wart seine Schachfiguren«, stimmte Caine zu.

»Ich denke, daß der König gute Gründe hatte; er schien regelrecht davon besessen gewesen zu sein, die Zwistigkeiten aus der Welt zu schaffen, und vermutlich hatte er nur unser Bestes im Sinn.«

Caine war anderer Meinung, aber er behielt sie für sich. »Verzeiht, ich habe Euch unterbrochen, bitte fahrt fort, damit Ihr Euch ein wenig beruhigen könnt.«

»Nathan hat mich vor drei Monaten zu sich geholt, und wir sind sofort in See gestochen. Erst heute sind wir wieder in London eingetroffen, und mein Vater hat uns schon erwartet. – Er wollte, daß ich nach Hause komme – er hat eine Möglichkeit gefunden, den Vertrag für ungültig erklären zu lassen und gleichzeitig die versprochenen Vergünstigungen an sich zu bringen.«

»Aber wie könnte das gehen?« fragte Jade.

»Er hat etwas Schreckliches über Euren Vater in Erfahrung gebracht«, flüsterte Sara. Ein kurzer Blick auf Jade genügte ihr, um zu erkennen, daß sie erschrak. »Wußtet Ihr über die Machenschaften Eures Vaters Bescheid?«

Jade schwieg, und Caines Miene war von einer Sekunde zur anderen ernst geworden.

»Was genau hat Euer Vater herausgefunden?«

»Daß der Earl of Wakersfield sein Land verraten hat.«

Caine legte den Arm um die Schultern seiner Frau, um sie zu beruhigen.

»Es tut mir so leid«, fuhr Sara stockend fort, »daß ich darüber sprechen muß. Aber Ihr dürft Euren Vater nicht verdammen, kein Mensch kennt die Umstände, die ihn zu dieser Handlungsweise gezwungen haben.«

Jades Gesicht war aschfahl geworden, und Sara fühlte sich noch elender als zuvor.

»Es mußte früher oder später ans Licht kommen«, sagte Caine.

»Ihr wußtet also davon?« fragte Sara noch einmal.

Jade nickte. »Nathan und ich, wir haben schon vor langer Zeit alles erfahren. Aber wir waren sicher, daß das Geheimnis für immer gewahrt bleiben würde. Wie hat Euer Vater herausgefunden, was geschehen ist?«

»Nathan glaubt, daß mir jemand das Geheimnis verraten hat und daß ich es an meinen Vater weitergegeben habe«, gestand Sara.

»Wußtet Ihr davon?« wollte Jade wissen.

»Dieselbe Frage hat mir Euer Bruder auch gestellt«, bekannte Sara mit schmerzlicher Stimme. »Ich hätte ihn fast angelogen, weil er mich so eingeschüchtert hat.«

»Wußtet Ihr davon?« wiederholte Jade. »Und wenn, wie habt Ihr es erfahren?«

Sara straffte ihre Schultern. »Ja, ich kannte das Geheimnis um Euren Vater, Jade, aber ich kann nicht preisgeben, wer es mir erzählt hat. Ich möchte keinen Vertrauensbruch begehen.«

»Vertrauensbruch?« rief Jade, und sie wäre aufgesprungen, wenn ihr Mann sie nicht zurückgehalten hätte. »Daß Ihr Euer Wissen an Eure Familie weitergegeben habt, das nenne ich einen Vertrauensbruch. Wie konntet Ihr nur?«

Sara versuchte nicht einmal, sich zu verteidigen. Wenn ihr Mann sie verdächtigte, warum sollte es seine Schwester dann nicht tun?

Sie stand auf und zwang sich, Jade anzusehen. »Ich habe es als meine Pflicht angesehen, Euch zu warnen«, sagte sie tonlos. »Ich würde mich gerne für meine Familie entschuldigen, aber ich habe mich von ihr losgesagt, und es würde Euch sowieso nicht weiterhelfen. Habt Dank, daß Ihr mich angehört habt.«

Sie ging in die Halle, und Caine rief ihr nach: »Wohin geht Ihr?« Er versuchte aufzustehen, aber seine Frau hielt ihn zurück.

»Ich möchte mich zuerst vergewissern, ob meine Mutter wohlauf ist, dann gehe ich nach Hause.« Nach diesen Worten verließ Sara das Haus.

»Soviel dazu, daß sie sich von ihrer Familie losgesagt hat«, murmelte Jade. »Ich möchte sie nie wieder sehen. O Gott, wir müssen Nathan finden – er ist bestimmt mehr als wütend.«

Caines Miene verfinsterte sich zusehends. »Ich kann wirklich nicht glauben, was du mir da klarmachen willst«, sagte er. »Du wirst doch nicht im Ernst annehmen, daß sich Nathan darüber aufregt, daß er in einen Skandal verwickelt wird. Die St. James werden schon lange von der Gesellschaft gemieden, das weißt du doch. Um Himmels Willen, denk doch mal nach. Du hast auch nie etwas darauf gegeben, was andere denken. Warum hast du deine Haltung so plötzlich geändert?«

»Es ist mir immer noch gleichgültig, was andere – außer dir – von mir halten. Ich spreche über Saras Vertrauensbruch. Sie hat meinen Bruder verraten, und deshalb glaube ich, daß Nathan in Rage ist.«

»Du hältst die kleine Sara also für eine Verräterin?«

Diese Frage gab Jade zu denken. Sie wollte schon nicken, überlegte es sich aber dann anders. »Nathan meint offenbar, daß sie sich schuldig gemacht hat. Sie hat doch selbst gesagt, daß er es glaubt.«

»Nein«, widersprach Caine. »Sie hat nur gesagt, daß er dieselbe Frage gestellt hat wie du. Jade, du kannst nicht wissen, was dein Bruder denkt, wenn du nicht mit ihm darüber sprichst. Verdammt, Jade, ich hätte vermutet, daß du besonnener bist.«

Jades Augen wurden riesengroß. »O Caine, ich habe tatsächlich die arme Sara auf Anhieb verurteilt«, rief sie reumütig. »Sie hat sich aber auch mit keinem Wort verteidigt.«

»Warum sollte sie?«

»Sie hat behauptet, daß sie nach Hause geht. Eine Frau, die sich von ihrer Familie lossagen will ... Du denkst, daß sie unschuldig ist, nicht wahr?«

»Ich habe nur meine eigenen Schlüsse gezogen. Sara liebt Nathan, das sieht man auf den ersten Blick. Hätte sie es je für nötig befunden, mit uns über die Angelegenheit zu sprechen, wenn sie sich keine Sorgen um deinen Bruder machen würde? Jade, ich werde ihr nachgehen.«

»Ihr seid zu spät, Mylord«, rief Sterns von der Halle aus. »Die Droschke ist schon abgefahren.«

»Warum hast du sie nicht zurückgehalten?« fragte Caine, während er zur Tür eilte.

»Ich war zu beschäftigt, um zu lauschen«, gestand der Butler. »Ich wußte nicht, daß Ihr sie nicht gehen lasen wolltet, Sir.

Ich hoffe, es macht Euch nichts aus, daß ich Eurer Schwägerin ein paar Shilling gegeben habe. Sie hatte keinen Penny bei sich, um die Kutsche zu bezahlen.«

Ein heftiges Pochen unterbrach Sterns, und bevor er die Tür öffnen konnte, flog sie auf und Nathan stürmte in die Halle. Es gab nur wenige Männer, die Sterns einschüchtern konnten – Nathan gehörte zu den wenigen, und deshalb ging der Butler ihm sofort aus dem Weg.

Nathan begrüßte die beiden Männer mit einem knappen Nicken. »Wo ist meine Schwester?«

»Schön, dich zu sehen, Nathan«, meinte Caine. »Was führt dich zu uns? Möchtest du dein Patenkind sehen? Olivia schläft, aber deine laute Stimme weckt sie sicher.«

»Ich habe keine Zeit für Plaudereien«, entgegnete Nathan.

In diesem Augenblick fing die kleine Olivia an zu brüllen, und Sterns lief die Treppe hinauf, um sie wieder in den Schlaf zu wiegen.

Caine wollte Nathan schon den Kopf zurechtsetzen, weil er den Säugling geweckt hatte, aber als er die Miene seines Schwagers sah, hielt er sich zurück. Einen solchen Ausdruck hatte er noch nie bei Nathan gesehen – es schien fast, als hätte er Angst.

»Jade ist im Salon«, sagte Caine.

Seine Schwester sprang auf, als Nathan den Salon betrat.

»O Nathan, dem Himmel sei Dank, daß du hier bist.«

Nathan ging auf Jade zu und befahl knapp: »Setz dich!«

Sie tat es sofort, und Nathan verschränkte die Hände auf dem Rücken. »die Winchesters haben alles über Vaters Vergangenheit herausgefunden, und es kann nicht mehr lange dauern, bis du das zu spüren bekommst. Hast du verstanden?«

Sobald sie nickte, drehte sich Nathan auf dem Absatz um, um das Haus zu verlassen.

»Warte!« rief Jade. »Nathan, ich muß mit dir sprechen.«

»Ich habe keine Zeit, ich muß meine Frau suchen.«

Er war schon an der Tür, ehe Caine sagen konnte: »Deine hübsche Frau war gerade hier.«

»Sara war hier?«

»Um Gottes willen, Nathan, mußt du immer so brüllen? Komm wieder in den Salon.«

»Was hat meine Frau hier gemacht, und warum habt Ihr sie weggehen lassen? Verdammt, wohin ist sie gegangen?«

»Setz dich erst mal, Nathan«, schlug Caine vor. »Deiner Frau wird schon kein Leid geschehen. Erzähl uns lieber, wie die Winchesters hinter das Geheimnis deines Vaters gekommen sein könnten.«

Nathan zuckte mißmutig mit den Achseln.

»Glaubst du, daß Sara ihrer Familie davon berichtet hat?«

»Vielleicht hat sie es getan«, sagte Nathan.

Caine geriet fast außer sich über Nathans Haltung.

»Mein lieber Schwager, kennst du Sara so wenig? Man sieht doch sofort ...«

»Ich verurteile sie ja gar nicht deswegen, Caine, ich bin nur ärgerlich, weil sie mir nicht einmal gesagt hat, daß sie einen Brief an ihre Familie geschrieben hat.«

Jetzt wurde Jade auch wütend. »Glaubst du wirklich, daß sie dazu fähig ist, Nathan? Meinst du, weil sie eine Winchester ist, brauchst du kein Vertrauen zu ihr zu haben?«

Caine schnaubte. »Jetzt wird mir manches klar. Wenn Nathan seiner Frau wegen ihrer Herkunft nicht über den Weg traut, ist es kein Wunder, daß sie ihm ebensowenig vertraut.«

Nathan wurde immer unbehaglicher zumute. Seine Familie zwang ihn dazu, sich seine innersten Gefühle, die er so lange unter Verschluß gehalten hatte, einzugestehen.

»Natürlich hat Sara Vertrauen zu mir«, murmelte er. »Und wie ich vorhin schon gesagt habe – ich verdamme sie nicht.«

»Was ist, wenn sie sich gar nichts hat zuschulden kommen lassen? Nathan, hast du schon einmal über diese Möglichkeit und darüber, was das bedeuten könnte, nachgedacht?«

»Was meinst du damit?« fragte Nathan verständnislos.

»Wenn du dich irrst in bezug auf Saras Rolle bei dem Spiel der Winchesters, dann existieren noch Akten über die Machenschaften deines Vaters. Jemand muß die Papiere im Ministerium durchwühlt haben. Nathan, deine, meine und Colins Akten befinden sich auch im Ministerium. Wir sind alle in Gefahr, wenn derjenige, der die Sache über deinen Vater herausgefunden hat, auch über unsere Geheimdiensttätigkeit Bescheid weiß.«

»Caine, du mußt so schnell wie möglich die Wahrheit herausfinden«, flüsterte Jade entsetzt.

»Verdammt richtig«, versetzte Caine. »Sara hat gesagt, daß sie nach Hause geht«, berichtete er Nathan. »Es klang irgendwie merkwürdig – sie wollte nach ihrer Mutter sehen und dann nach Hause gehen.«

»Außerdem hat sie noch behauptet, sie wolle sich von ihrer Familie lossagen«, warf Jade ein. »Ich habe fast das Gefühl, daß sie dich auch damit gemeint hat.«

Ihr Bruder war schon auf dem Weg in die Halle. »Ich werde sie finden, und wenn ich im Winchester-Haus das Oberste zuunterst kehren muß.«

»Ich komme mit dir«, verkündete Caine. »Wahrscheinlich erwartet dich mehr als ein Winchester.

»Ich brauche keine Hilfe«, versetzte Nathan.

»Mich kümmert nicht, ob du Hilfe brauchst oder nicht. Du bekommst sie einfach.«

»Verdammt«, fluchte Nathan. »Ich schlage meine Schlachten allein.«

Caine ließ sich nicht von seinem Entschluß abbringen.

»Die größere Schlacht mußt du allein ausfechten, Nathan, aber gegen die Winchesters stehe ich dir bei.«

»Wovon zur Hölle sprichst du, Caine? Was nennst du ›die größere Schlacht‹?«

Caine grinste. »Es wird ein ziemlicher Kampf, wenn du deine Frau zurückgewinnen willst.«

Nathan befiel eine seltsame Unruhe.

Er kehrte im Winchester-Haus nicht das Oberste zuunterst, aber er brach mehrere Türen auf. Caine hielt in der Halle Wache, während Nathan methodisch das ganze Haus durchsuchte. Das Glück war auf seiner Seite – weder der Earl noch

Belinda waren zu Hause. Sie suchten vermutlich London nach Sara ab. Dafür begegnete er Saras Mutter. Die zerbrechlich wirkende, grauhaarige Frau stand neben dem Kamin im Salon und beobachtete, ohne ein Wort zu sagen, wie Nathan jeden Winkel durchsuchte.

Lady Victoria Winchester hätte Nathan viel Mühe ersparen können, wenn sie ihm erzählt hätte, daß Sara ihr einen kurzen Besuch gemacht und das Haus bereits wieder verlassen hatte, aber der Marquis of St. James schien sie so einzuschüchtern, daß sie sowohl den Mut als auch die Stimme verlor.

Caine und Nathan zogen sich schon zurück, als Saras Mutter schließlich herausbrachte: »Sara war hier, aber sie ist vor etwa zwanzig Minuten wieder gegangen.«

Nathan ging zu ihr zurück. »Hat sie Euch gesagt, wohin sie geht?«, fragte er so sanft wie möglich. Als sie zurückwich, fügte er hinzu: »Ich habe nicht vor, Euch etwas anzutun, Madam. Ich mache mir Sorgen um Sara, und ich muß sie so schnell wie möglich finden.«

Seine freundliche Stimme half der älteren Lady, ihre Fassung wiederzugewinnen. »Warum wollt Ihr sie finden? Sie hat mir anvertraut, daß Ihr nicht sehr fürsorglich seid, Sir.«

»Mir hat sie in den letzten Wochen genau das Gegenteil versichert, Madam«, gab Nathan zurück.

Saras Mutter schüttelte langsam den Kopf. Sie sah ihrer Schwester Nora sehr ähnlich, aber wo bei Nora Lebensfreude vorherrschte, erkannte man bei Victoria Angst und Kummer.

»Ihr wollt Sara nur wiederfinden, um die Vergünstigungen des Königs nicht zu verlieren«, flüsterte sie matt. »Meine Sara ist entschlossen, Euch die Möglichkeit zu geben, diese Geschenke entgegenzunehmen, aber sie möchte nichts mehr mit Euch zu tun haben.« Tränen rannen über ihre Wangen. »Ihr habt mein unschuldiges Kind sehr verletzt, Sir. Sie hat Euch, seit sie ein Kind war, grenzenloses Vertrauen entgegengebracht. Ihr habt sie ebenso getäuscht, wie ich sie getäuscht habe.«

»Sara spricht nur Gutes über Euch, Madam«, tröstete Nathan sie. »Sie würde nie annehmen, daß Ihr sie getäuscht habt.«

Ich habe Sara oft ›meine kleine Friedensstifterin‹ genannt, wenn sie mich vor meinem Mann Winston oder vor Henry in Schutz genommen hat. Sie verdient es, selbst Friede und Freude zu finden. Sie wird nicht zurückkommen, Sir, wir alle haben sie grenzenlos enttäuscht.«

»Madam, wo kann ich sie finden?«

»Ihr macht Euch wirklich Sorgen um sie?«

Nathan nickte. »Natürlich, und sie braucht mich.«

Lady Victoria lächelte. »Vielleicht braucht Ihr sie ebenso nötig. Sie hat gesagt, daß sie nach Hause gehen möchte, da sie noch ein paar Kleinigkeiten zu erledigen hätte, bevor sie London verläßt.«

»Zur Hölle, Nathan«, warf Caine ein. »Was könnte sie ›Zuhause‹ nennen – du hast doch kein Haus mehr.«

Nathan drehte sich zu Saras Mutter um und sagte: »Habt Dank für Eure Hilfe. Ich werde Euch eine Nachricht zukommen lassen, wenn wir Sara gefunden haben.«

Die beiden Männer waren schon an der Tür, als Saras Mutter ihnen mit schwacher Stimme nachrief: »Sein Name ist Grant. Luther Grant.«

Beide drehten sich um, und Nathan fragte: »Wen meint Ihr?«

»Den Mann, der die Akten über Euren Vater gefunden hat, mein Mann hat ihn dafür bezahlt. Mehr habe ich leider nicht in Erfahrung gebracht. Hilft Euch das weiter?«

Nathan war sprachlos, aber Caine nickte. »Danke, Madam. Das erspart uns viel Zeit.«

»Bitte, verachtet mich nicht«, flehte sie und schloß die Tür, bevor die beiden Männer noch etwas sagen konnten.

»Sie hat schreckliche Angst vor ihrem Mann«, stellte Caine fest, und Nathan nickte. Er war mit seinen Gedanken ganz woanders.

»Wo sollen wir sie suchen, Caine? Mein Gott, wenn ihr irgend ein Leid geschieht, dann weiß ich nicht, was ich tue. Ich bin es so gewöhnt, sie um mich zu haben …«

Caine erkannte, daß Nathan der Wahrheit schon ziemlich

nahe kam und fragte sich, wann sein störrischer Schwager vor sich selbst zugeben würde, daß er Sara liebte.

»Wir werden sie finden«, sagte er. »Vielleicht sollten wir erst zum Hafen gehen – Colin könnte etwas erfahren haben, oder einer der Männer hat sie gesehen.«

Nathan schöpfte neue Hoffnung.

Als sie den Hafen erreichten, ging gerade die Sonne unter, und die Straßen waren in orangefarbenes Licht getaucht. Im Büro der Emerald Shipping Company brannten Kerzen. Als Nathan und Caine eintraten, sprang Colin so schnell auf die Füße, daß ein stechender Schmerz in seinem verletzten Bein tobte.

»Hat jemand Sara gesehen?« fragte Caine seinen Bruder.

Colin nickte. Schweißperlen standen auf seiner Stirn, und er atmete tief durch, um den Schmerz zu überwinden. »Sara war hier.«

»Und, zur Hölle, wo ist sie jetzt?« wollte Caine wissen.

»Sie hat gebeten, nach Hause gebracht zu werden. Jimbo und Matthew haben sie an Bord der *Seahawk* gebracht.«

Caine stöhnte. »Sie bezeichnet die *Seahawk* als ihr Zuhause?«

Nathan fiel ein Stein vom Herzen. Er war so erleichtert, Sara in Sicherheit zu wissen, daß ihm der kalte Schweiß ausbrach. »Es ist das einzige Heim, was wir beide hatten«, murmelte er.

14

Nathan mußte sich selbst vergewissern, ob es Sara gut ging, das war die einzige Möglichkeit, seinen hämmernden Herzschlag zu beruhigen. Ohne ein Abschiedswort machte er sich auf den Weg und ruderte zur *Seahawk*. Er war sehr überrascht, als er sah, daß ein großer Teil seiner Besatzung an Bord war – normalerweise verbrachten sie die erste Nacht an Land in einer Spelunke.

Ein paar Männer standen Wache auf den Decks, andere saßen in der Messe oder lagen in den Hängematten. Alle hatten ihre Messer in Griffweite, und Nathan argwöhnte, daß sie sich vorgenommen hatten, ihre Herrin gegen jeden Angreifer zu verteidigen.

Die Tür zur Kajüte war nicht verschlossen. Als Nathan eintrat, fiel sein Blick sofort auf Sara. Sie schlief tief und fest und preßte ein Kissen an ihre Brust. Zwei brennende Kerzen in Glaszylindern standen auf dem Schreibtisch, und der Schein der flackernden Flammen malte tanzende Schatten auf Saras zartes Gesicht.

Nathan schloß leise die Tür ab und lehnte sich dagegen. Er hatte solche Sehnsucht nach ihr gehabt, daß er sie lange betrachtete, während sich der Knoten in seiner Brust löste.

Ab und zu schluchzte sie, und Nathan ahnte, daß sie sich in den Schlaf geweint hatte. Dieses Wissen verursachte ihm furchtbare Schuldgefühle.

Er konnte sich ein Leben ohne sie nicht mehr vorstellen – guter Gott, er liebte sie, und die Erkenntnis tat nicht halb so weh, wie er immer befürchtet hatte.

Caine hatte recht gehabt; Sara hätte nie etwas getan, was ihm geschadet hätte. Was für ein Narr war er doch gewesen! Wie hatte er nur so blind sein können? Sara war nicht sein Feind, sondern sie hielt eisern zu ihm. Ihre Liebe verlieh ihm grenzenlose Kraft, und gemeinsam konnten sie jeder Herausforderung begegnen – gleichgültig, ob Gefahr von den Winchesters oder den St. James drohte. Solange Sara an seiner Seite war, war er unbesiegbar. Der Gedanke, daß er sie nie mehr anschreien oder zurechtweisen dürfte, war zu überwältigend.

Nathan wandte den Blick von seiner Frau und sah sich um.

Sara hatte die Kajüte zu ihrem Heim gemacht. Überall lagen ihre Sachen verstreut, und sie hatte sogar ein paar Wäschestücke gewaschen und auf einer Leine, die sie von Wand zu Wand gespannt hatte, aufgehängt.

Er mußte den feuchten Kleidungsstücken ausweichen, als er

sich auszog und fieberhaft überlegte, wie er die richtigen Worte finden konnte, um ihr zu sagen, wie leid ihm alles tat. Er hatte in seinem ganzen Leben noch nie jemanden um Vergebung gebeten, aber er war entschlossen, es jetzt zu tun.

Er stieß an die Wäscheleine, und eines von Saras seidenen Hemden fiel auf den Boden. Als Nathan es wieder aufhängen wollte, sah er, was seine Frau als Wäscheleine benutzt hatte: »Du mißbrauchst meine Peitsche als Wäscheleine?«

Er hatte wirklich nicht schreien wollen – es war einfach über ihn gekommen, aber nicht einmal seine donnernde Stimme konnte Sara aufwecken. Sie murmelte im Schlaf und drehte sich auf den Bauch.

In kürzester Zeit hatte sich Nathan wieder beruhigt, und er war sogar in der Lage, über die Situation leise zu lachen. Morgen, so nahm er sich vor, nachdem er mit ihr über die Gefahr einer Feuersbrunst, wenn sie nachts die Kerzen brennen ließ, geredet hatte, würde er die Sprache auf die seltsame Wäscheleine bringen und sie bitten, seine Sachen nicht zu mißbrauchen. Er legte sich vorsichtig neben Sara und nahm sie sacht in seine Arme.

Er fand erst bei Sonnenaufgang Schlaf, und als er ein paar Stunden später erwachte, drehte er sich um, um seine Frau an sich zu ziehen.

Sie war nicht da. Ihre Kleider waren auch weg. Nathan zog sich an und ging an Deck, um sie zu suchen.

Als erster begegnete ihm Matthew. »Wo ist Sara?« fragte Nathan.

Der Seemann deutete zum Pier. »Colin war hier, um einige Papiere zu bringen. Er hat sie zurückgerudert.«

»Warum, zum Teufel, habt ihr mich nicht geweckt?«

»Sara hat uns nicht erlaubt, dich zu stören. Sie sagte, daß du wie ein Toter schläfst.«

»Das war sehr ... rücksichtsvoll von ihr«, murmelte Nathan.

Matthew schüttelte den Kopf. »Wenn du mich fragst, dann wollte sie dir eher aus dem Weg gehen. Außerdem haben wir ihr gestern ganz schön zugesetzt. Wir haben sie gehen lassen, weil wir alle ein schlechtes Gewissen haben.«

»Was meinst du damit?«

»Jimbo hat ihr eine richtige Standpauke gehalten und ihr klargemacht, wie gefährlich London für eine Frau sein kann, die sich allein in die Stadt wagt. Als Jimbo fertig war, ist Colin in die Bresche gesprungen und hat ihr noch einmal dasselbe erzählt. Dann Chester … Iwan und zum Schluß alle anderen. Ich hab' so etwas noch nie erlebt.«

Nathan versuchte, sich die Szene vorzustellen und lächelte. »Die Männer sind ganz schön besorgt um sie, stimmt's?« Er wollte sich schon auf den Weg machen, um seiner Frau zu folgen, hielt aber noch einmal inne. »Matthew, wie hat sich Sara heute morgen gefühlt?«

Der Seemann musterte Nathan eingehend. »Sie hat nicht geweint, wenn du das meinst. Aber sie hat einen erbarmungswürdigen Eindruck gemacht, würde ich sagen – verdammt erbarmungswürdig.«

»Was, zur Hölle, soll das heißen?«

»Sie ist am Boden zerstört«, brummte Matthew. »Du hast ihr das Herz gebrochen.«

Plötzlich sah Nathan Saras Mutter vor sich. Sie war eine zerstörte und erbarmungswürdige Frau – dazu hatte ihr Mann Winston sie gemacht. Guter Gott, war er auch so schlecht wie dieser Bastard?

Dieser Gedanke erschreckte ihn. Matthew, der seinen Captain aufmerksam beobachtete, staunte – er hatte noch nie einen so verletzlichen Ausdruck an ihm gesehen.

»Was, zum Teufel, soll ich tun?« fragte Nathan.

»Du hast ihr das Herz gebrochen, du mußt es auch wieder kitten«, entgegnete Matthew.

Nathan schüttelte den Kopf. »Ich bezweifle, daß sie mir noch ein einziges Wort glaubt, und ich könnte es ihr nicht einmal übelnehmen.«

»Traust du ihr so wenig zu?«

Nathan schwieg, und Matthew fuhr fort:

»Sie liebt dich seit vielen Jahren, Nathan, und sie kann nicht von einem Tag zum anderen damit aufhören, auch wenn du dich noch so schlecht verhältst. Du mußt sie nur spüren lassen, daß du ihr vertraust. Wenn du auf eine Blume trittst, tötest du sie. Saras Herz ist wie eine Blume, Junge. Du hast sie verletzt und mußt ihr jetzt zeigen, wie sehr du dich um sie sorgst, sonst verlierst du sie sicher. Sie hat mich gefragt, ob sie mich zurück zu Nora begleiten kann.«

»Sie wird mich nicht verlassen.«

»Du brauchst nicht zu brüllen, Junge, ich verstehe dich auch so ganz gut.« Matthew lächelte. »Sie glaubt im grunde ja auch, daß du sie nicht gehen läßt.«

»Dann hat sie also gemerkt, daß ich sie ...« Nathan fühlte sich plötzlich wie ein unerfahrener Schuljunge, »...mag?«

»Das hat sie nicht gemerkt«, schnaubte Matthew. »Sie ist überzeugt, daß du nur auf die Ländereien und das Vermögen aus bist. Sie nennt sich selbst ein zusätzliches Gepäckstück, das du mit dir schleppen mußt, um an die Vergünstigungen des Königs heranzukommen.«

Nathan wußte, daß er zu Beginn so gedacht hatte, aber Sara bedeutete ihm inzwischen wesentlich mehr. Und er lief Gefahr, sie zu verlieren. Er hatte ihr das Herz gebrochen, und, bei Gott, er wußte nicht, wie er es wieder kitten konnte.

Er brauchte Hilfe von jemandem, der sich mit Frauen auskannte.

Nathan wies Matthew an, das Kommando auf der *Seahawk* zu übernehmen und machte sich auf den Weg zu seiner Schwester. Er wußte, daß Sara bei Jimbo und Colin in Sicherheit war, und wollte ihr erst unter die Augen treten, wenn er wüßte, was er ihr sagen sollte.

Jade öffnete selbst die Tür. »Wie hast du so schnell davon erfahren?« fragte Jade verblüfft, als ihr Bruder an ihr vorbei in die Halle lief.

»Ich muß mit Caine sprechen«, verkündete Nathan, ohne auf ihre Bemerkung zu achten. »Verdammt, er ist doch nicht ausgegangen, oder?«

»Er ist im Arbeitszimmer«, erwiderte Jade. »Nathan, ich habe dich noch nie in solcher Verfassung gesehen. Machst du dir Sorgen um Sara – es geht ihr gut. Ich habe sie gerade im Gästezimmer untergebracht.«

Nathan blieb abrupt stehen. »Sie ist hier? Wie …«

»Colin hat sie hergebracht. Nathan, bitte schrei nicht so, die kleine Olivia …«

»Verzeih«, flüsterte er und strebte Caines Arbeitszimmer zu.

Caine saß an seinem Schreibtisch und las Zeitung. Nathan hielt sich nicht mit Anklopfen an, stürmte in den Raum und schloß die Tür mit dem Stiefelabsatz.

»Ich muß mit dir reden.«

Caine ließ sich Zeit, um seinem Schwager die Gelegenheit zu geben, sich zu beruhigen. Er machte ihm ein Zeichen, Platz zu nehmen. »Möchtest du einen Brandy? Du siehst aus, als ob du einen brauchen könntest.«

Nathan schlug sein Angebot aus und setzte sich auch nicht.

Caine lehnte sich zurück und betrachtete seinen Schwager, der immer noch schwieg. Allmählich verlor er die Geduld. »Du wolltest mit mir sprechen?« drängte er.

»Es ist … schwierig.«

»Das habe ich schon vermutet«, erwiderte Caine. »Verdammt, willst du dich nicht setzen? Es macht mich ganz nervös, wenn du auf und ab läufst.«

Nathan blieb sofort stehen und baute sich vor Caines Schreibtisch auf.

»Ich brauche deine Hilfe.«

»Gut, Nathan. Ich helfe dir, so gut ich kann, aber erzähl mir erst, was du von mir erwartest.«

Nathan ging wieder zum Fenster und starte hinaus, während er die Hände auf dem Rücken verschränkte. »Ich glaube, daß Sara das Vertrauen zu mir verloren hat.«

Caine fand das stark untertrieben, aber er rief trotzdem: »Dann hilf ihr, es zurückzugewinnen.«

»Aber wie?«

»Liebst du sie, Nathan?«

»Ich mag sie«, antwortete er. »Ich habe bemerkt, daß sie nicht mein Feind, sondern mein Partner ist und mir nicht schaden will.«

Caine verdrehte die Augen. »Colin ist dein Partner, Nathan. Sara ist deine Frau.« Als Nathan schwieg, fuhr er fort: »Möchtest du den Rest deines Lebens mit Sara verbringen? Oder ist sie nur das einzige Mittel für dich, an die Vergünstigungen des Königs heranzukommen?«

»Ich kann mir ein Leben ohne sie nicht mehr vorstellen«, gestand Nathan.

»Dann ist sie sicher ein bißchen mehr als ein Partner, meinst du nicht?«

Die beiden Männer schwiegen einen Augenblick.

»Ich habe keine Ahnung ...«, begann Nathan schließlich. »Gefühle sind so verwirrend. Ich habe alles kaputtgemacht, Caine.«

»Liebt sie dich?«

»Natürlich«, erwiderte Nathan prompt. »Sie hat es mir zumindest gesagt.« Er seufzte. »Matthew hatte recht. Die ganze Zeit über hat mir Sara rückhaltlos ihre Liebe geschenkt, und ich habe sie wie eine Blume zertrampelt.«

Caine verbiß sich ein Lächeln. »Wie eine Blume, Nathan? Guter Gott, du wirst ja noch zum Poeten!«

Nathan achtete gar nicht auf ihn. »Sie glaubt, daß sie nur ein Gepäckstück ist ... Sie ist so zart, sie hat einen Besseren als mich verdient, aber ich will verdammt sein, wenn ich zulasse, daß ein anderer sie anrührt. Ich muß es kitten ... ich bin darauf herumgetrampelt ...«

Caine schnitt ihm das Wort ab. »Ich weiß, wie auf einer Blume.«

»Auf ihrem Herzen, verdammt«, brummte Nathan. »Versteh doch, um Gottes willen.«

»Was hast du also vor?« wollte Caine wissen.

Nathan straffte die Schultern. »Ich werde ihr Vertrauen zurückgewinnen.«

»Das ist eine blendende Idee«, Caine grinste. »Erzähl mir, wie du das anstellen willst.«

»Ich werde ihr zeigen … Zur Hölle, warum habe ich nicht schon früher daran gedacht? Es ist alles ganz einfach, aber ich brauche deine Hilfe.«

»Ich habe dir ja versprochen, dir beizustehen.«

»Erst mußt du mir einen Rat geben, Caine. Du kennst dich doch mit Frauen aus …« Plötzlich hielt Nathan inne und schüttelte den Kopf. »Du mußt mir helfen, mit Luther Grant fertig zu werden«, verkündete er unvermittelt.

»Gütiger Himmel, Nathan, hör mit diesen verrückten Gedankensprüngen auf. Du hast mich um Rat gefragt in bezug auf Frauen, und jetzt …«

»Grant muß uns alles erzählen«, beharrte Nathan.

Caine beugte sich vor. »Ich hab' schon nach der Ratte Ausschau gehalten, Nathan. Er wird bekommen, was ihm zusteht.«

»Er könnte auf der Flucht sein«, gab Nathan zu bedenken. »Mach dir keine Sorgen, wir finden ihn früh genug.«

»Er muß uns erzählen, was für eine Rolle er in den Spiel übernommen hat, bevor der Ball bei den Farnmounts stattfindet. Bis dahin sind es nur noch zwei Tage.«

»Wir haben ihn bestimmt schnell aufgespürt«, versprach Caine. »Aber warum ist der Ball bei Farnmounts so wichtig für dich?«

»Alle Welt wird sich dort treffen – deshalb.«

»Du bist die ganzen Jahre nicht dort gewesen.«

»Aber dieses Jahr werde ich hingehen.«

Caine nickte. Er verstand zwar noch nicht, was Nathan genau vorhatte, aber ihm wurde klar, daß er seinen Schwager nicht bedrängen durfte. Er würde ihm sowieso alles erklären, wenn es soweit war.

Nathan dachte über seinen Plan nach und fragte plötzlich: »Der Prinzregent besucht den Ball gewöhnlich auch, nicht wahr?«

Caines Augen bekamen einen seltsamen Glanz, als er zustimmte. »Ja, und außerdem alle Winchesters.«

»Ich bin nicht an allen Winchesters interessiert – nur an Winston.«

»Glaubst du, daß er die Gelegenheit nutzen wird, um zu verbreiten, was dein Vater getan hat? Zur Hölle, ja«, rief Caine. »Das wäre für ihn genau der richtige Zeitpunkt.«

»Könntest du ein Treffen mit Sir Richards vereinbaren? Ich möchte ihn so früh wie möglich in alles einweihen.«

»Der Direktor des Kriegsministeriums weiß schon Bescheid über Grant. Ich habe heute morgen mit ihm gesprochen. Er müßte eigentlich mit dem Bastard jede Minute zusammentreffen.«

»Wenn er sich nicht aus dem Staub gemacht hat.«

»Er hat keinen Grund anzunehmen, daß wir ihm auf den Fersen sind, Nathan. Mach dir keine Sorgen um Grant, erzähl mir lieber von deinem Plan.«

Nathan nickte und machte Caine mit seinem Vorhaben vertraut. Als er endete, lächelte Caine. »Wenn das Glück auf deiner Seite ist, Nathan, können wir das Treffen für morgen nachmittag arrangieren.«

»Ja«, stimmte sein Schwager zu. »Aber jetzt zu Sara. Jemand soll ein Auge auf sie haben, bis wir die Angelegenheit geklärt haben. Ich möchte nicht, daß die Winchesters sie aufspüren und belästigen. Wenn ihr irgendein Leid geschieht, Caine, dann weiß ich nicht …«

»Jimbo ist in der Küche, er wird auf sie aufpassen, und Jade und ich sind ja auch noch da.«

»Ich möchte dich noch um einen weiteren Gefallen bitten, Caine.«

»Ja?«

»Ich habe gehört, daß du Jade mit diesen lächerlichen Kosenamen ansprichst.«

»Jade mag das«, murmelte Caine beschämt.

»Genau das meine ich ja. Sara würde das auch mögen.«

Caine betrachtete seinen Schwager mit einem ungläubigen Blick. »Du möchtest, daß ich Sara mit denselben Kosenamen anspreche wie meine Frau?«

»Natürlich nicht«, fauchte Nathan. »Ich möchte, daß du sie für mich auf einen Zettel schreibst und die Liste auf dem Schreibtisch hinterläßt.«

Caine wagte nicht zu lachen. Die Vorstellung, daß Nathan die Liste zu Rate zog, während er um Saras Gunst warb, war mehr als komisch.

»Ich schreib' die Namen auf«, versprach Caine grinsend.

15

Sara verbrachte den Nachmittag im Gästezimmer. Sie saß in einem Sessel am Fenster und versuchte in einem Buch zu lesen, das Jade ihr gegeben hatte, aber sie konnte sich nicht auf den Roman konzentrieren. Sie betrachtete statt dessen den Blumengarten, der sich hinter dem Haus befand und dachte unaufhörlich an Nathan.

Ob er sie wohl liebte? Diese Frage stellte sie sich immer wieder, aber sie fand keine Antwort darauf.

Sie hatte entsetzliche Angst vor der Zukunft, aber trotzdem hatte sie sich vorgenommen, den Ehevertrag nicht zu brechen, um Nathan die Vergünstigungen des Königs zu sichern, ohne daß ihre Familie Zugriff dazu hatte. Nur der Skandal, den ihr Vater heraufbeschwören wollte, machte ihr große Sorgen. Würde der Prinzregent nicht alle Versprechungen des Königs brechen, wenn er von den Machenschaften des alten Earl of Wakersfield erfuhr?

Das durfte Sara nicht zulassen. Ihr Vater hatte üble Methoden angewandt, um Nathan zu übervorteilen, und sie war entschlossen, einen Weg zu finden, die Angelegenheit zu regeln.

Auf keinen Fall wollte sie mit einem Mann zusammenleben, der sie nicht liebte, deshalb mußte sie ein Abkommen mit Nathan schließen. Wenn sie mit ihrer Unterschrift besiegelte, daß sie auf alle Vergünstigungen des Königs verzichtete, mußte Nathan ihr zugestehen, daß sie mit Matthew zu Nora zurückkehrte. Aber sie mußte den Prinzregenten davon überzeugen, daß die Ländereien und das Vermögen ihrem Mann tatsächlich zustanden. Deshalb schrieb sie eine kurze Nachricht an den Prinzregenten, in der sie um eine Audienz für den folgenden Nachmittag bat. Sie versiegelte den Umschlag und wollte gerade Sterns bitten, ihn überstellen zu lassen, als Caine zu ihr kam. Er wollte sie zum Dinner abholen. Sara lehnte höflich ab, da sie keinen Hunger hatte, aber Caine ließ sich damit nicht abspeisen und schob sie durch den Korridor in Richtung Eßzimmer.

Jimbo wartete in der Halle. Sara händigte ihm den Brief aus und bat ihn, den Umschlag abzugeben, aber Caine nahm ihn schnell an sich und sagte: »Ich schicke einen meiner Diener. Jimbo, begleite Lady Sara ins Eßzimmer. Ich komme gleich nach.« Sobald Jimbo und Sara verschwunden waren, öffnete Caine den Umschlag und las den Brief. Dann steckte er ihn in seine Tasche und folgte den anderen ins Speisezimmer.

Jimbo saß neben Sara, und Jade hatte gegenüber von ihr Platz genommen. Caine ließ sich am Kopfende nieder und klingelte den Dienern, zum Zeichen, daß sie die Speisen bringen konnten.

»Vermutlich war es ziemlich unhöflich von mir, daß ich die Adresse auf Eurem Brief gelesen habe, Sara. Ich wußte gar nicht, daß Ihr den Prinzregenten kennt«, begann Caine.

»Oh, ich kenne ihn gar nicht persönlich«, versicherte Sara schnell. »Ich mag ihn nicht einmal ...« Sie hielt inne und wurde rot. »Ich bitte um Vergebung, ich sollte besser nicht immer sagen, was ich denke. Ich habe ihn um eine Unterredung gebeten und hoffe, daß er mich morgen nachmittag empfängt.«

»Warum?« fragte Jade verblüfft. »Sara, der Prinzregent ist sicher auf der Seite Eures Vaters.«

»Ich hoffe, daß Ihr Euch irrt, Jade.«

Caine schüttelte den Kopf. »Ich fürchte, daß meine Frau recht hat, Sara. Als der Prinzregent bekanntgemacht hat, daß er sich von seiner Frau Caroline scheiden lassen wollte, war Euer Vater einer der wenigen, der ihn unterstützt hat.«

»Aber er würde doch bestimmt persönliche Ansichten in den Hintergrund stellen, um zu einer gerechten und sachlichen Entscheidung zu kommen, oder nicht?«

Ihre Unbedarftheit war zugleich erfrischend und erschreckend, dachte Caine, und er wollte nicht, daß sie enttäuscht wurde. »Nein«, sagte er. »Seine eigenen Belange sind ihm stets am wichtigsten. Er wechselt seine Minister aus, wenn sich seine Ansichten ändern, und er gibt Versprechen, die er niemals halten. Es tut mir leid, wenn das verräterisch klingt, aber Ihr solltet wirklich nicht auf ihn zählen. Nathan wird die Angelegenheit regeln, und alles, was Ihr tun könnt, ist ihm beizustehen, wenn er Eurem Vater gegenübertritt.«

Sie schüttelte den Kopf. »Nathan hat mir beigebracht, mich selbst zu verteidigen, und jetzt werde ich nicht dulden, daß er meine Kämpfe aussteht. Das wäre falsch, Caine. Ich sollte selbst genügend Kraft haben, mit allem fertig zu werden, verdammt noch mal.« Sara schlug sich mit der Hand vor den Mund. »Verzeiht meine gewöhnliche Ausdrucksweise«, flüsterte sie.

Ein ungemütliches Schweigen folgte Saras kleiner Ansprache, und Jimbo war bemüht, die Peinlichkeit mit lustigen Anekdoten zu überbrücken.

Als sie das Dessert verzehrt hatten, fragte Jade: »Habt Ihr unsere kleine Tochter schon kennengelernt, Sara?« Sie wollte Sara noch nicht in ihr Zimmer gehen lassen und Zeit gewinnen, da sie die Sprache auf Nathan bringen wollte.

Sara lächelte. »Ich habe Eure Tochter bis jetzt nur gehört, aber Sterns hat mir versprochen, daß ich sie heute abend einmal auf den Arm nehmen darf.«

»Olivia ist so ein hübsches Kind«, sagte Jade. »Sie ist sehr freundlich und klug. Caine und ich staunen immer wieder über sie.«

Jade lobte ihre drei Monate alte Tochter in den höchsten Tönen, und Caine nickte zu ihren Aussagen.

»Olivia kann sich glücklich schätzen, solche Eltern zu haben«, meinte Sara.

»Nathan wird auch einmal ein wunderbarer Vater«, behauptete Jade.

Sara schwieg.

»Meinst du nicht auch, Caine?«

»Er müßte nur lernen, nicht immer so laut zu brüllen«, erwiderte Caine. Jade versetzte ihm einen kleinen Tritt unter dem Tisch und lächelte Sara an.

»Nathan hat viele wundervolle Eigenschaften«, stellte sie fest.

Sara wollte nicht über Nathan sprechen, aber sie fürchtete, ihre Gastgeber zu brüskieren, wenn sie kein Interesse zeigte, deshalb fragte sie: »Oh? Und was sind das für Eigenschaften?«

Jade öffnete schon den Mund, um zu antworten, besann sich dann aber anders und wandte sich an Caine. »Erzähl du Sara etwas von Nathan.«

»Der Junge hat Mut«, platzte Jimbo heraus und grinste verlegen.

Sara schwieg, und Caine spürte, daß sie mit dieser Methode niemals ihre Zunge lösen würden. Er legte seine Hand auf die seiner Frau und zwinkerte ihr verschwörerisch zu. »Nathan ist der störrischste Mann, den ich je kennengelernt habe«, verkündete er.

»Er ist vielleicht ein wenig halsstarrig«, stimmte Sara sofort zu, »aber das ist sicher keine Sünde.« Sie heftete ihren Blick auf Jade. »Euer Bruder erinnert mich an eine wunderschöne Bronzestatue. Er sieht sehr gut aus, aber sein Herz ist kalt wie Marmor.«

Jade lächelte. »Ich würde ihn nicht als wunderschön bezeichnen.«

»Sara kann ihn wohl auch kaum schön finden«, sagte Caine und drückte die Hand seiner Frau, ehe er fortfuhr: »Er ist ein häßlicher Bastard, das kann jeder sehen, und sein Rücken ist über und über mit Narben bedeckt.«

Sara schnappte nach Luft, aber Caine grinste unbeirrt. Möglicherweise brachten sie Sara doch dazu, ihre Gefühle preiszugeben.

»Das hat ihm eine Frau angetan«, rief Sara. »Und die gleiche Frau hat sein Herz verwundet.«

Sie warf ihre Serviette auf den Tisch und sprang auf. »Nathan ist nicht häßlich, Sir. Ich finde es ungeheuerlich, daß ihn sein eigener Schwager so beleidigt. Entschuldigt mich bitte, ich möchte in mein Zimmer gehen.«

Jimbo funkelte Caine wütend an und folgte Sara, um sicherzugehen, daß sie das Haus nicht verließ.

»Caine, du hast sie schwer getroffen und solltest dich bei ihr entschuldigen«, meinte Jade.

In diesem Augenblick stürmte Jimbo wieder in den Raum.

»Sara beschäftigt sich gerade mit dem Kind«, sagte er. »Caine, sag mir bitte, warum du mir diesen Brief aus der Hand gerissen hast. Du willst ihn nicht abschicken, stimmt's?«

»Der Brief ist in meiner Tasche«, erklärte Caine. »Ich hab' ihn ihr weggenommen, weil ich ihn lesen wollte.«

»Caine, das ist indiskret … was steht drin?« rief Jade.

»Genau, was Sara gesagt hat. Sie hat um eine Unterredung gebeten, weil sie über den Ehevertrag sprechen will.«

»Ich vermute, daß der Junge schon einen Plan geschmiedet hat«, brummte Jimbo.

»Ja.« Caine stand auf. »Ich habe noch ein paar Dinge zu tun und muß mit Sir Richards sprechen. Jade, ich komme heute spät nach Hause.«

Zum erstenmal seit langem dachte Sara nicht an Nathan, als sie die kleine Olivia in den Armen hielt. Sie war so ein hübsches Kind – in einer Sekunde lächelte sie bezaubernd, und in der anderen schrie sie wie am Spieß.

Sterns stand an Saras Seite und paßte auf, daß seinem kleinen Liebling nichts passierte.

»Ich fürchte, die Kleine hat ihre laute Stimme von ihrem Onkel Nathan geerbt«, sagte Sterns mit einem Lächeln und nahm Olivia wieder an sich. »Sollen wir nach deiner Mama suchen, mein kleiner Engel?« flüsterte er.

Sara zögerte, in ihr Zimmer zu gehen. Sie fühlte sich entsetzlich einsam, und sie wußte, daß ihr Kummer sie wieder überwältigen würde.

Sie ging früh zu Bett und schlief, erschöpft vom vielen Weinen und Grübeln, ein. Am Morgen erinnerte sie sich vage daran, daß sie sich an ihren Mann geschmiegt hatte, und sie fühlte, als sie die Augen öffnete, daß das Bett auf der einen Seite von seiner Körperwärme noch ganz warm war. Er war offensichtlich zu wütend auf sie gewesen, um sie zu wecken. Er glaubte immer noch, daß sie ihn verraten hatte.

Dieser Gedanke ärgerte sie, und als sie ihr Bad beendet hatte, war sie richtig in Rage.

Sie saß den ganzen Vormittag in ihrem Zimmer und wartete auf die Einladung des Prinzregenten; sie nahm kein Mittagessen und verbrachte die meiste Zeit des Nachmittags damit, in ihrem Zimmer auf und ab zu gehen und über nächste Schritte nachzudenken. Sie war sehr böse, daß der Prinzregent ihre dringende Anfrage ignoriert hatte, und sie mußte Caine recht geben. Er war wirklich nur an seinen eigenen Angelegenheiten interessiert.

Caines Klopfen riß sie aus ihren düsteren Gedanken. »Sara, wir müssen ausgehen«, sagte er, nachdem er die Tür geöffnet hatte.

»Wohin gehen wir?« Sie nahm ihre weißen Handschuhe und machte sich schon bereit, aber dann blieb sie plötzlich stehen. »Ich sollte nicht weggehen«, sagte sie. »Vielleicht schickt mir der Prinzregent doch noch eine Nachricht.«

»Ihr müßt mit mir kommen«, forderte Caine. »Ich habe keine Zeit, Euch alles zu erklären. Nathan möchte Euch im Kriegsministerium in einer halben Stunde treffen.«

»Warum?«

»Das wird Euch Nathan erklären.«

»Wer kommt sonst noch hin, und warum ausgerechnet im Kriegsministerium?«

Caine beantwortete ruhig ihre Fragen und führte sie zur Kutsche. Sara nahm ihm gegenüber Platz, und er versuchte eine lockere Unterhaltung zu führen, gab aber auf, als Sara immer einsilbiger wurde.

Das Kriegsministerium war in einem großen häßlichen Steingebäude untergebracht, und im Treppenhaus herrschte ein muffiger Geruch. Caine führte Sara in den ersten Stock und erklärte: »Das Treffen findet im Büro von Sir Richards statt. Ihr werdet ihn mögen, Sara, er ist ein ehrlicher Mann.«

»Ich bin sicher, daß ich ihn mag«, erwiderte sie, nur um höflich zu sein. »Aber wer ist Sir Richards, Caine, und warum möchte er uns sprechen?«

»Richards ist der Leiter des Ministeriums.« Er öffnete eine Tür zu einem großen Büro und gab Sara ein Zeichen, ihm zu folgen.

Ein kleiner dicker Mann mit grauem Haar und Hakennase stand hinter dem Schreibtisch, und als er von den Papieren aufsah, konnte Sara seine unnatürlich rote Gesichtsfarbe sehen. Er ging auf seine Besucher zu und sagte lächelnd: »Wir sind bereit, Lady Sara, es ist mir eine große Freude, Euch kennenzulernen.«

Er war wirklich ein reizender Gentleman, dachte sie.

Er verbeugte sich formvollendet vor Sara und nahm ihre Hand in die seine. »Ihr müßt wirklich eine Lady sein, daß es Euch gelungen ist, unseren Nathan einzufangen.«

»Sie hat ihn nicht eingefangen«, berichtigte Caine, während ein Lächeln seine Mundwinkel umspielte. »*Er* hat *sie* eingefangen.«

»Ich fürchte, Ihr irrt Euch beide«, flüsterte Sara. »König George hat sowohl Nathan als auch mich eingefangen. Nathan hatte gar keine andere Wahl, aber ich würde gern eine Möglichkeit finden ...«

Caine ließ sie nicht aussprechen. »Ja, ja. Ihr möchtet sicher Nathan sehen. Wo ist er?« fragte er Sir Richards.

»Er wartet auf die Papiere«, erklärte Sir Richards. »Aber er wird bald hier sein. Macht Euch keine Sorgen, mein Lieber, alles ist ganz gesetzlich.«

Sara hatte keine Ahnung, worum es eigentlich ging, aber sie

wollte nicht den Eindruck erwecken, daß sie kein Interesse hatte. »Ich weiß überhaupt nicht, warum ...«

Sie hielt inne, als sich eine Seitentür öffnete und Nathan den Raum betrat. Sie konnte sich gar nicht mehr daran erinnern, was sie sagen wollte, und ihre Brust wurde so eng, daß sie schmerzte. Erst nach einer Weile bemerkte sie, daß sie den Atem angehalten hatte.

Nathan begrüßte sie nicht einmal und steuerte schnurstracks den Schreibtisch an, um zwei Papiere auf einen Stapel zu legen. Dann ging er zum Fenster und sah seine Frau an.

Sie konnte den Blick nicht von ihm wenden. Er war ein ungehobelter, starrköpfiger Mann, der ungefähr so gute Manieren hatte wie ein Stachelschwein, dachte sie.

Ein Klopfen ertönte, und ein junger Mann in einer schwarzen Uniform steckte den Kopf durch die Tür. »Sir Richards, die Kutsche des Prinzregenten ist vorgefahren«, kündigte er an.

Sara fixierte noch immer ihren Mann – er schien weder erstaunt noch besonders beunruhigt darüber zu sein, daß der Prinzregent in diesem Moment die Treppe heraufkam. Er lehnte lässig an der Wand und hielt Saras Blick stand. Sir Richards und Caine unterhielten sich leise.

Wenn er nicht mit ihr sprach, bei Gott, dann würde sie ... Er machte ihr mit dem gekrümmten Zeigefinger ein Zeichen. Sie konnte es nicht fassen, daß er es wagte, so überheblich zu sein. Erst mußte es in der Hölle schneien, bevor sie seiner Aufforderung Folge leistete, schwor sie sich in dem Augenblick, in dem sie den ersten Schritt in seine Richtung machte. Sie blieb direkt vor ihm stehen.

Sie betete zu Gott, daß sie die Tränen zurückhalten konnte, aber Nathan machte es ihr wirklich schwer. Er sah so verdammt zufrieden aus. Natürlich, sagte sie sich im stillen, er brauchte ja auch nur mit dem Finger zu schnippen, und schon tat sie, was er von ihr verlangte.

Sie drehte sich weg von ihm, aber er hielt sie zurück und legte den Arm um ihre Schultern.

»Du wirst Vertrauen zu mir haben, Sara. Hast du mich verstanden?« flüsterte er in ihr Ohr.

Sie war so überrascht von diesem Befehl, daß sie tief Luft holen mußte. Dann musterte sie ihn eingehend, um herauszufinden, ob er sich über sie lustig machte – mit einemmal empfand sie großen Zorn. Was bildete sich dieser Mann überhaupt ein? Ihre Augen füllten sich mit Tränen, und sie wünschte nur noch, den Raum verlassen zu können, ehe sie sich noch mehr erniedrigte.

Nathan umfaßte ihr Kinn und zwang sie, ihn anzusehen.

»Du liebst mich doch, verdammt.«

Das konnte sie nicht abstreiten, und deshalb sagte sie lieber gar nichts.

»Und weißt du, warum du mich liebst?«

»Nein. Ich schwöre bei Gott, Nathan, daß ich nicht die leiseste Ahnung habe, warum ich dich liebe« antwortete sie so schroff wie möglich.

Ihm machte diese Erwiderung offenbar nichts aus. »Du liebst mich, weil ich alles habe, was du dir von einem Ehemann wünschst.«

Eine Träne rann über ihre Wange, und Nathan fing sie mit dem Daumen auf.

»Wagst du es, dich über mich lustig zu machen, indem du mir meine eigenen Worte im Mund umdrehst? Liebe kann auch zerstört werden, sie ist zerbrechlich und …«

Er schüttelte den Kopf. »Deine Liebe kann nicht zerstört werden, Sara. Und genau das schätze ich so sehr an dir. Ich mache mich nicht über dich lustig.«

»Das spielt ohnehin keine Rolle mehr«, flüsterte sie. »Ich weiß, daß du mich nicht liebst, und ich habe mich damit abgefunden. Ich verurteile dich nicht deswegen – du hast mich nie im Zweifel gelassen.«

Er konnte fast nicht mitansehen, wie sehr sie sich quälte. Gütiger Himmel, er wünschte, sie wären allein, und er könnte sie in die Arme nehmen und ihr zeigen, wie sehr er sie liebte. »Wir werden später noch darüber sprechen«, sagte er. »Für den

Augenblick fordere ich dich nur auf, keine Anstalten zu machen, mich zu verlassen.«

Sie verstand gar nichts mehr.

Nathan schenkte dem Prinzregenten, der in diesem Moment eintrat, seine volle Aufmerksamkeit, und Sara rückte von ihm ab und verbeugte sich, wie es sich für einen loyalen Untertan gehörte. Die Männer taten es ihr gleich.

Der Prinzregent, der älteste Sohn König Georges, war mittelgroß und dunkel. Sein Auftreten wirkte sehr arrogant, als er die Herren begrüßte und zu Sara, die in einen tiefen Knicks sank, sagte: »Lady Sara, es ist mir eine Freude, Euch zu sehen.«

»Danke, Mylord«, erwiderte sie. »Es ist mir eine Ehre, daß Ihr mir die Audienz gewährt.«

Der Prinzregent war verwirrt über diesen Kommentar, nickte aber trotzdem und nahm hinter Sir Richards Schreibtisch Platz. Seine beiden Begleiter postierten sich hinter ihm. Caine befürchtete, daß Sara noch eine Bemerkung über ihren Brief fallen ließ, und trat an ihre Seite. »Sara, ich habe Eure Nachricht nicht an den Prinzregenten abgeschickt, sie ist noch in meiner Tasche«, flüsterte er.

»Warum habt Ihr das getan? Habt Ihr vergessen, den Umschlag Eurem Diener zu geben?« wisperte sie zurück.

»Nein. Der Brief hätte Nathans Pläne durchkreuzt.«

Zum Glück hatte Sir Richards ein Gespräch mit dem Prinzregenten angefangen, so daß niemand auf sie und Caine achtete.

»Dann hat also Nathan dieses Treffen arrangiert?« fragte Sara.

Caine nickte. »Ihr solltet Euch besser setzen, Sara. Vermutlich wird's ein bißchen turbulent. Haltet die Daumen.«

Nathan nahm auf der gepolsterten Bank vor dem Fenster Platz und zog Sara blitzschnell neben sich. Sie rutschte so weit von ihm weg, daß sie ihn nicht berührte, weil sie eine solche Unschicklichkeit in Gegenwart des Prinzen nicht wagte. Nathan war anderer Meinung; er umfaßte ihre Schulter und drückte seine Frau an sich.

»Ich bin bereit zu beginnen«, verkündete der Prinzregent.

Sir Richards gab dem schwarzuniformierten Mann, der inzwischen am Eingang Aufstellung genommen hatte, ein Zeichen, die Tür zu öffnen, und Saras Vater kam herein.

Sobald sie ihren Vater sah, rückte Sara näher zu Nathan, und er schlang den Arm um ihre Taille.

Der Earl of Winchester verbeugte sich vor dem Prinzregenten und runzelte die Stirn, als er die anderen Anwesenden musterte.

»Setzt Euch, Winston«, befahl der Prinzregent. »Ich möchte diese Angelegenheit rasch hinter mich bringen.«

Der Earl ließ sich auf einem Stuhl, der vor dem Schreibtisch stand, nieder und beugte sich vor. »Habt Ihr die Unterlagen, die ich Euch geschickt habe, durchgesehen, Mylord?«

»Ja«, antwortete der Prinzregent. »Winston, kennt Ihr den Leiter des Kriegsministeriums?«

Winston drehte sich zu Sir Richards um und nickte knapp. »Wir sind uns schon ein- oder zweimal begegnet. Darf ich fragen, warum er hier ist? Die Angelegenheit hat nichts mit dem Ministerium zu tun. Wir sprechen nur über einen Vertrag, der nicht eingehalten wurde.«

»Ihr irrt Euch«, entgegnete Sir Richards mit eisiger Stimme. »Sowohl der Prinzregent als auch ich haben sehr großes Interesse daran, wie Ihr zu den Informationen über den Earl of Wakersfield gelangt seid. Würde es Euch etwas ausmachen, uns einzuweihen?«

»Ich bin verpflichtet, meine Informanten zu schützen«, sagte Winston und warf Sara einen Blick zu, ehe er sich wieder dem Prinzregenten zuwandte. »Es ist auch nicht wichtig, Mylord. Sicher seid Ihr nach der Durchsicht der Unterlagen zu der Überzeugung gelangt, daß es meiner Tochter nicht zuzumuten ist, mit dem Sohn eines Verräters zusammenzuleben. Sie würde von der Gesellschaft geächtet werden. Ich bitte daher, Sara von dem Abkommen zu entbinden und ihr für die erlittene Schmach die Vergünstigungen des Königs als Entschädigung zuzugestehen.«

»Ich fürchte, ich muß darauf bestehen, daß Ihr uns verratet, wer Euch die Informationen über den Earl of Wakersfield zugespielt hat«, beharrte Sir Richards.

Winston sah den Prinzregenten bittend an. »Ich möchte diese Frage nicht beantworten.«

»Ich glaube, Ihr müßt«, erwiderte der Prinzregent.

Winstons Schultern sanken herab. »Meine Tochter«, platzte er heraus. »Sara hat uns alles in einem Brief geschrieben.«

Sara sagte kein Wort, während ihr Vater eine Entschuldigung nach der anderen für seine Tochter anführte. Ihr Blick fiel auf einen der Begleiter des Prinzregenten, der die Seitentür öffnete und einen kleinen dünnen Mann, der einen schwarzen Umhang in den Händen hielt, einließ.

»Wer ist dieser Mann?« rief Winston erschrocken. »Was hat er bei der Unterredung zu suchen?« Sein Versuch, sich reinzuwaschen, war armselig.

»Das ist Luther Grant«, erklärte Sir Richards gedehnt. »Ihr habt ihn sicher schon kennengelernt, Winchester. Er ist in unserem Ministerium beschäftigt und so vertrauenswürdig, daß ihm die Pflicht zufiel, die Staatsgeheimnisse von England unter Verschluß zu halten.« Sir Richards Stimme wurde immer schneidender. »Luther wird ab jetzt die Aufgabe zukommen, seine eigene Zelle im Gefängnis von Newgate zu bewachen.«

»Das Spiel ist aus, Winchester«, schaltete sich Caine ein. »Grant hat gestanden, daß Ihr ihm Geld gegeben habt, weil er Euch Akten zugespielt hat.«

Winston hatte seinen Hochmut noch nicht verloren »Wen schert es, wie ich an die Informationen gekommen bin? Das einzige, was zählt …«

»Oh«, unterbrach ihn Sir Richards, »uns schert das sehr wohl. Ihr habt jemanden zum Hochverrat verleitet.«

»Steht darauf nicht die Todesstrafe?« fragte der Prinzregent.

»Ja«, sagte Sir Richards.

Winston zitterte vor Wut. »Ich habe der Krone immer die

Treue gehalten«, zischte er und starrte den Prinzregenten an. »Ich stand immer auf Eurer Seite und habe Euch gegen andere verteidigt. Wollt Ihr mir meine Treue so vergelten?«

»Ihr wagt es, so despektierlich mit Eurem Prinzregenten zu sprechen?« erwiderte der Prinzregent entrüstet.

Winston bemerkte, daß ihm die Felle davonschwammen. »Vergebt mir, Mylord, aber ich versuche verzweifelt, meine Tochter vor einem Leben mit dem Marquis of St. James zu bewahren. Er ist ihrer nicht wert.«

Der Prinzregent holte tief Luft, um sich zu beruhigen.

»Ich kann Euch nicht zustimmen. Obwohl mich die Angelegenheiten des Kriegsministeriums aufs äußerste langweilen, habe ich mir die Mühe gemacht, mich mit den Akten über den Marquis und über seinen Vater auseinanderzusetzen. Der Marquis ist nicht für die Verfehlungen seines Vaters verantwortlich zu machen. Kein Sohn darf für die Schuld, die sein Vater auf sich geladen hat, büßen.«

Seine Stimme wurde eine Oktave höher, als er hinzufügte: »Wenn das der Fall wäre, müßte ich selbst wegen des Gesundheitszustandes meines Vaters zur Rechenschaft gezogen werden.«

»Niemand macht Euch verantwortlich für die Krankheit König Georges«, versicherte Winston.

Der Prinzregent nickte. »Ebensowenig wie jemand den Marquis of St. James für die Fehler seines Vaters verantwortlich macht«, erwiderte er matt. »Er hat seine Loyalität der Krone gegenüber in gleichem Maße wie der Earl of Cainewood unter Beweis gestellt. Er hat England mutig und ehrenhaft verteidigt, das geht eindeutig aus seiner Akte hervor. Diese Männer sind Helden, Winston.«

Es herrschte lange Schweigen, bis der Prinzregent erneut das Wort ergriff. »Sir Richards möchte vermeiden, daß Einzelheiten aus den Akten publik werden, und ich beuge mich seiner Weisheit. Aber ich werde es nicht versäumen, diesen tapferen Männern meine Dankbarkeit zu beweisen.« Er wandte sich an

Sir Richards. »Wenn Winston uns versichert, daß er kein Wort über den Vater des Marquis verliert, können wir davon absehen, ihn hinter Schloß und Riegel zu bringen.«

Sir Richards gab vor, über den Vorschlag nachzudenken, und sagte nach einer Weile: »Ich würde es vorziehen, ihn hängen zu sehen, aber ich beuge mich Eurer Entscheidung, Mylord.«

Der Prinzregent nickte und musterte Winston prüfend. »Mir ist bewußt, daß Ihr einige Mitwisser habt, Winston. Es ist Eure Pflicht, dafür zu sorgen, daß jedermann Schweigen bewahrt. Falls mir auch nur das kleinste Gerücht über eine Indiskretion zu Ohren kommt, werdet Ihr wegen Hochverrats vor Gericht gestellt. Habe ich mich klar ausgedrückt?«

Winston nickte. Er war zu wütend, um auch nur ein Wort herauszubringen.

Saras Kehle war wie zugeschnürt, und sie spürte, daß ihr übel wurde. »Kann ich bitte ein Glas Wasser haben?« flüsterte sie Nathan zu. Er nickte, machte Caine ein Zeichen und verließ den Raum, um das Gewünschte zu holen.

Der Earl stand auf und fragte den Prinzregenten mit bebender Stimme: »Durch wen habt Ihr von Luther Grant erfahren?«

Eure Frau hat es uns verraten, daß sie ihrer Tochter helfen wollte. Winston, Ihr hattet vor, Eure eigene Tochter ins Verderben zu stürzen. Geht mir aus den Augen. Ich kann Euren Anblick nicht ertragen.«

Der Earl of Winchester machte eine Verbeugung und warf seiner Tochter einen kurzen Blick zu, bevor er den Raum verließ.

Sara hatte sein Gesicht noch nie in ihrem Leben so wutverzerrt gesehen, und sie hatte entsetzliche Angst um ihre Mutter, die diesen Zorn zu spüren bekommen würde.

Gütiger Himmel, ich muß sofort zu ihr, dachte sie.

»Würdet Ihr mich bitte entschuldigen«, rief sie und hastete aus dem Raum. Sir Richards und der Prinzregent sahen ihr verwundert nach, standen dann ebenfalls auf und erreichten die Tür, als Nathan mit Caine hereinkam.

»Wo ist Sara?« fragte Nathan sofort, nachdem der Prinzregent sich verabschiedet hatte.

»Sie ist offenbar zum Waschraum gegangen, vielleicht fühlt sie sich nicht gut«, entgegnete Sir Richards und sank in seinen Schreibtischsessel. »Die Sache ist besser ausgegangen, als ich gehofft hatte«, sagte er.

Die drei Männer unterhielten sich noch über die Angelegenheit, bis Nathan unruhig wurde, weil Sara schon über eine Viertelstunde weg war.

»Wo zur Hölle ist dieser Waschraum? Vielleicht braucht Sara Hilfe.«

Sir Richards beschrieb ihm den Weg. »Lady Sara sah aus, als ob sie schreckliche Angst hätte«, sagte er, nachdem Nathan die Tür hinter sich geschlossen hatte. »Ihre entsetzte Miene, als der Prinzregent andeutete, daß ihre Mutter den Namen von Luther Grant weitergegeben hatte ...«

»Der Prinzregent hat ihre Mutter erwähnt?« hakte Caine alarmiert nach.

»Ja, kurz nachdem Ihr mit Nathan den Raum verlassen habt, hat er Winston gesagt, daß Lady Victoria den Namen seines Informanten preisgegeben hat, um ihrer Tochter zu helfen.«

»Sara ist nicht im Waschraum«, brüllte Nathan auf den Flur. Caine stürmte ohne ein Wort aus dem Raum und zerrte Nathan mit sich auf die Treppe hinunter, während er ihm kurz erzählte, was vorgefallen war.

Als sie auf die Straße kamen, raste gerade eine Kutsche vorbei, und Nathan nutzte die Gelegenheit. Er rannte in die Straßenmitte und ergriff die Zügel der beiden Pferde, während er gleichzeitig seine Schultern in die Flanken der Tiere drückte. Caine half ihm, und das Gefährt kam quietschend zum Stillstand.

Der Kutscher stürzte vom Bock und schrie um Hilfe. Sein Fahrgast steckte den Kopf aus dem Fenster, um nachzusehen, was geschehen war. Bevor der Mann einen klaren Gedanken fassen konnte, hatte Nathan ihn schon aus der

Kutsche gezerrt, und Caine, Nathan und Sir Richards sprangen in das Gefährt.

Die Fahrt zum Haus ihrer Eltern war für Sara nicht halb so aufregend wie für ihren Mann. Sie war sicher, daß ihr Vater zuerst zu Onkel Henry fahren würde und daß sie genügend Zeit hatte, mit ihrer Mutter zu sprechen.

Als die Droschke vor dem Haus ihrer Eltern hielt, bat Sara den Kutscher, auf sie zu warten, und lief die Stufen zum Eingang hinauf.

Ein neuer Butler öffnete ihr die Tür und sagte, daß sowohl Lady Victoria als auch Lady Belinda das Haus vor einiger Zeit verlassen hätten.

Sara glaubte ihm kein Wort und drängte sich an ihm vorbei, um selbst im Haus nachzusehen. In den Schlafzimmern war niemand, und Sara war zunächst erleichtert. Aber nur Sekunden später wurde ihr klar, daß sie ihre Mutter finden mußte, ehe ihr Vater oder Henry zu ihr gelangen konnten. Vielleicht wußte einer der Diener, wo sie sich aufhielt.

Als sie die Halle erreichte, flog die Haustür auf, und Henry stolzierte ins Haus. Er sah Sara sofort, und sein höhnisches Grinsen verursachte ihr Übelkeit.

Sie raffte all ihren Mut zusammen und sagte: »Vater ist mit seinem Kummer sofort zu dir gelaufen. Ich wußte, daß er das tun würde. Er glaubt, daß er besonders schlau ist, wenn er seinen betrunkenen Bruder bittet, die schmutzige Arbeit für ihn zu erledigen.«

Henrys Augen verengten sich zu Schlitzen. »Deine Mutter sollte sich lieber die Zunge abbeißen, ehe sie ihren Mann noch einmal verrät. Sara, geh mir aus dem Weg, ich habe ein Wörtchen mit deiner Mutter zu reden.«

Sara schüttelte den Kopf. »Du wirst nicht mit ihr sprechen«, schrie sie. »Mutter wird England verlassen und nie wieder zurückkommen.«

Henry hielt sich zurück, er erinnerte sich noch zu gut an die

Behandlung, die Saras Mann ihm in der Taverne hatte angedeihen lassen.

»Geh lieber zu dem Halunken, den du deinen Mann nennst«, zischte er und brüllte gleich darauf: »Victoria! Kommt sofort her!«

»Mutter ist nicht hier. Und jetzt verschwinde.«

Henry ging auf die Treppe zu, aber er hielt abrupt inne, als er den Regenschirm in der Ecke stehen sah. Er war zu wütend, um die Konsequenzen zu bedenken. Diesem Mädchen mußte jemand eine Lektion erteilen, dachte er und griff nach dem Schirm mit der Eisenspitze.

Nur ein gut plazierter Schlag ...

16

Sie war verdammt nah daran, ihn umzubringen.

Gequälte Schreie hallten über die Straße. Die Kutsche hatte noch nicht richtig gehalten, als Nathan schon auf das Pflaster sprang und auf die Außentreppe zuhielt. Die gotterbärmlichen Schreie machten ihn verrückt vor Angst – so verrückt, daß er nicht einmal merkte, daß eine Männerstimme diesen Höllenlärm verursachte. Nathan hielt sich gar nicht erst damit auf, die Tür zu öffnen, sondern brach einfach durch. Der Rahmen fiel auf seine Schulter und landete mit einem dumpfen Schlag auf Henry Winchesters Kopf. Das Holzbrett dämpfte das schrille Kreischen.

Nathan war vollkommen unvorbereitet auf den Anblick, der sich ihm bot. Er war so verblüfft, daß er wie angewurzelt stehenblieb und Caine und Sir Richards mit voller Wucht auf ihn prallten. Caine stöhnte laut und hatte ebenso wie Sir Richards Mühe, sein Gleichgewicht wiederzuerlangen. Sie taumelten zur Seite, um einen Blick auf das werfen zu können, was Nathan so gefangennahm.

Es war nicht leicht, die Situation mit einem Blick zu überschauen: Henry Winchester lag gekrümmt auf dem Boden inmitten der großen Halle. Seine Hände waren auf sein Geschlecht gepreßt, und er rang nach Atem. Als er sich in Schmerzen wand, bemerkten Sir Richards und Caine, daß Blut aus seiner Nase strömte.

Nathan starrte auf Sara. Sie stand am Fuß der Treppe und wirkte gefaßt, war wunderschön und ... vollkommen unversehrt.

Der Bastard hatte ihr nichts anhaben können. Sie war unverletzt – Nathan fiel es schwer, diese Tatsache zu begreifen, und er wußte, daß sich sein Herzschlag und sein Atem erst beruhigen würden, wenn er aus ihrem Mund gehört hatte, daß ihr nichts geschehen war.

»Sara?« krächzte er mit so belegter Stimme, daß er fürchtete, Henry Winchesters Heulen würde sie übertönen. Er versuchte es noch einmal. »Sara, bist du in Ordnung? Hat er dich verletzt?«

Die Seelenqual, die aus Nathans Stimme sprach, gab Sara den Rest. Tränen schossen in ihre Augen ... Er sah so verletzlich aus ... so voller Liebe!

Du liebst mich, wollte sie schreien, aber sie tat es nicht, da sie wie durch einen Nebel vernahm, daß noch andere Personen anwesend waren. Instinktiv machte sie einen Knicks, als sie Sir Richards und Caine erkannte.

Caine grinste. Sir Richards hingegen versuchte mühsam, die Fassung wiederzuerlangen, und als es ihm gelang, fragte er nervös: »Was geht hier vor?«

»Verdammt, Sara, antworte mir«, brachte Nathan zur selben Zeit hervor. »Hat er dir etwas angetan?«

»Nein, Nathan, mir fehlt nichts. Danke, daß du dich danach erkundigst.« Sie betrachtete ihren Onkel. »Henry ist vielleicht ein bißchen unpäßlich.«

Sir Richards kniete sich neben Henry und hievte die Reste der Tür von seiner Brust. »So könnte man es auch ausdrücken, Lady Sara«, sagte er und bedachte Henry mit einem finsteren Blick. »Um Himmels willen, Mann, hört auf zu heulen. Hat Euch der Türrahmen so zugerichtet?«

Caine hatte die Situation bereits erfaßt. Sara rieb ihren Handrücken, und Henry umklammerte seine Geschlechtsteile.

»Onkel Henry war schon unpäßlich, bevor ihn das Brett traf«, erklärte Sara schlicht und lächelte Nathan zu.

Nathan hatte sich noch immer nicht so weit beruhigt, daß er diese Anspielung verstand. Warum nur sah seine Frau so selbstzufrieden aus? Hatte sie gar nicht wahrgenommen, in welcher Gefahr sie gewesen war? Zum Teufel, seine Nerven lagen bloß, und diese Person lächelte!

Als sie langsam auf ihn zukam, wollte er sie nur noch in die Arme nehmen und nie wieder loslassen.

Sir Richards sah immer noch verständnislos von einem zum anderen. »Lady Sara, würdet Ihr bitte meine Neugier befriedigen?« forderte er. »Was ist geschehen?«

Sie konnte ihm unmöglich erklären, was sie getan hatte – er wäre entsetzt über ihr undamenhaftes Benehmen gewesen.

Nathan hingegen wäre bestimmt nicht entsetzt – im Gegenteil, er wäre stolz auf sie.

»Onkel Henry ist über einen Regenschirm gestolpert«, erklärte sie, noch immer lächelnd.

Endlich löste sich Nathan aus seiner Erstarrung und sah sich um.

Sara schlang den Arm um seine Taille. »Mir ist nichts passiert, Nathan, flüsterte sie. »Er wollte mich angreifen, aber ich war schneller. Ich habe mich exakt an deine Anweisungen gehalten, und alles war genauso, wie du es mir gesagt hast. Onkel Henry war sehr überrascht, daß eine Frau ihn auf diese Weise abwehrt.«

Nathan war nahe dran, Henry den Kragen umzudrehen, aber als alle gleichzeitig auf ihn einredeten, um ihn von seinem Vorhaben abzubringen, besann er sich.

Henry hatte nur noch eines im Sinn: Er wollte so schnell wie möglich weg. Er kam taumelnd auf die Füße und schlich, während sich die anderen noch über sein Schicksal unterhielten, zur Tür. Nathan nutzte die Gelegenheit. Er rammte seine

Faust in Henrys Magengrube, und der arme alte Mann wand sich erneut auf dem Boden und keuchte.

Als sie das Haus verließen, fragte Sir Richards: »Nathan, sind die Papiere zur Unterschrift fertig?«

»Sie liegen auf Eurem Schreibtisch. Würdet Ihr sie bitte heute abend zum Ball der Farnmounts mitbringen? Sara und ich, wir werden dort sein.«

»Darf ich fragen, wovon ihr sprecht?« warf Sara ein.

»Nein.«

Die barsche Antwort reizte ihren Widerspruchsgeist.

»Ich möchte heute abend nicht ausgehen, ich habe wichtige Dinge mit dir zu besprechen, Nathan.«

Er schüttelte den Kopf. »Du wirst mir vertrauen, Sara«, brummte er.

Sie schnappte entgeistert nach Luft. »Nach allem, was du mir angetan und zu mir gesagt hast ...«

Sie hielt inne, als er sie in die Kutsche hob und ihr gegenüber Platz nahm.

Die Kutsche rollte an, und Sara betrachtete ihren Mann, der schweigend aus dem Fenster starrte.

»Nathan, hast du dir Sorgen um mich gemacht?«

»Zur Hölle, ja, ich habe mir Sorgen um dich gemacht.«

Sie lächelte. »Es würde mir sehr gefallen, wenn du mir einen Kuß geben würdest.«

»Ich würde alles kaputtmachen, wenn ich dich jetzt küsse.«

»Das verstehe ich nicht, Nathan.«

»Erzähl mir lieber genau, was mit Henry passiert ist«, forderte er unvermittelt.

Sie seufzte. »Ich habe ihn geschlagen ... auf diese Stelle.«

Ein Lächeln huschte über sein Gesicht. »Hast du dich daran erinnert, wie man eine richtige Faust macht?«

Sie nickte und flüsterte: »Ich wußte, daß du stolz auf mich bist. Die meisten Gentlemen wären entsetzt.«

Er zog sie grob auf seinen Schoß. »Ich bin nicht wie die meisten«, raunte er und erstickte jede Erwiderung mit einem leidenschaftlichen Kuß. Er konnte nicht genug von ihr bekommen und hielt sie fest an sich gepreßt.

Als er wieder zu Atem kam, sagte er mit rauher Stimme: »Ich wußte, daß ich nicht mehr aufhören kann, wenn ich dich küsse.«

Mit Mühe gewann er wieder die Kontrolle über sich, bevor die Kutsche vor dem Haus seiner Schwester hielt.

Jade lächelte, als das Paar in die Halle kam und Nathan seine Frau in ihr Zimmer brachte.

Sara machte sich mit versonnener Miene daran, ihr Kleid aufzuknöpfen, aber als die Tür hinter ihr ins Schloß fiel, hielt sie erschrocken inne und wirbelte herum.

Nathan war weg. Sie war so schockiert, daß sie lange Zeit nichts unternahm. Dann stieß sie einen Schrei aus, riß die Tür auf und stürmte wie ein Wirbelwind in die Halle.

Jade fing sie auf. »Nathan ist gerade gegangen. Er bittet Euch, um acht Uhr für den Ball bereit zu sein. Ich werde Euch eins von meinen Kleidern leihen. Euer Schrankkoffer befindet sich ja noch auf der *Seahawk.*«

Sara schüttelte den Kopf. »Euer Bruder ist ein ungehobelter, starrköpfiger, überheblicher ...«

»Und Ihr liebt ihn.«

Saras Schultern sackten herab. »Ja, ich liebe ihn. Ich glaube sogar, daß er mich auch liebt. Oh, ich weiß nicht mehr, was ich denken soll«, flüsterte sie unter Tränen. »Ich wünsche es mir so sehr, daß er mich liebt.«

Jade nahm Saras Hand und führte sie zu dem großen Kleiderschrank in ihrem Schlafzimmer.

Zwei Stunden später saßen Caine und Jade in der Halle und warteten geduldig auf Sara, während Jimbo nervös auf und ab lief.

Jade trug ein dunkelgrünes Seidenkleid mit einem Spitzenbesatz an den Ärmeln. Der Ausschnitt war nicht allzu tief, aber trotzdem hatte Caine einen düsteren Blick darauf geworfen, ehe er seiner Frau ein Kompliment über ihr Aussehen gemacht hatte.

Jimbo erklärte ihnen wohl zum zehntenmal, daß sie Sara während des Balls auf keinen Fall aus den Augen lassen dürften, als Sara die Treppe herunterschwebte. Er hielt mitten im Wort inne und stieß einen Pfiff aus. »Nathan sieht rot, wenn er Euch zu Gesicht bekommt, Sara.«

Jade und Caine konnten dem nur zustimmen. Sara sah bezaubernd aus. Ihr Haar fiel in sanften Wellen auf ihre Schultern, und das elfenbeinfarbene Kleid war so weit ausgeschnitten, daß man das Tal zwischen ihren Brüsten sehen konnte.

Caine hatte noch nie ein so aufreizendes Kleid gesehen, und das sagte er auch. »Nathan wird fuchsteufelswild«, brummte er.

»Gut«, erwiderte seine Frau.

»Jade, Liebes, ich bin mir nicht sicher, ob das eine so gute Idee ist. Jeder Mann, der den Ball besucht, wird Sara mit den Blicken verschlingen, wenn nicht Schlimmeres. Nathan hat bestimmt viel zu tun, um sie abzuwimmeln.«

Jimbo wandte sich an Sara. »Wahrscheinlich wird Euer Mann seine Hände um Euren hübschen Hals legen und Euch auf der Stelle erwürgen.«

»Ich hole ihr einen Umhang«, erbot sich Caine und stand auf.

»Unsinn!« Jade hielt ihn zurück.

Die Diskussion über das skandalöse Kleid beschäftigte sie auf dem ganzen Weg zu den Farnmounts, die außerhalb von London wohnten.

Als sie vor dem riesigen Gebäude anhielten, bedachte Jade ihre Schwägerin mit einem besorgten Blick. »Euer Gesicht ist ein wenig gerötet. Fühlt Ihr Euch nicht gut?«

»Es geht ihr bestens«, brummte Caine.

Sara ging es alles andere als bestens. Sie machte sich grauenvolle Sorgen. »Alle Winchesters werden da sein«, sprudelte sie hervor. »Ich habe Angst um Nathan. Jimbo, ich wünschte, Ihr würdet mit ins Haus kommen. Caine und Nathan könnten Eure Hilfe brauchen.«

»Dem Jungen wird schon nichts passieren«, beruhigte Jimbo sie und versprach, neben der Kutsche zu warten.

Ein Butler, der vor dem Ballsaal Aufstellung genommen hatte, nahm die Einladungskarten der Neuankömmlinge entgegen. Gerade als die Musikkapelle die ersten Takte eines Walzers intonierte, betätigte er die Glocke, die neben ihm auf dem Tisch stand und verkündete: »Der Earl of Cainewood und seine Gemahlin Lady Jade. Lady Sara St. James.«

Er hätte genausogut »Feuer« schreien können – die Wirkung wäre dieselbe gewesen. Ein lautes Murmeln erhob sich in der Menge, und alle liefen durcheinander, um einen Blick auf Sara werfen zu können.

Sara überblickte mit hocherhobenem Kopf die Menge, als Caine ihre Hand ergriff und Jade sie auf der anderen Seite flankierte.

»Sara, meine Liebe, habt Ihr gemerkt, daß sich die Winchesters auf der rechten und die St. James auf der linken Seite des Ballsaals versammelt haben? Man könnte fast meinen, daß die beiden Familien nicht miteinander auskämen«, sagte Jade im Plauderton.

Sara lächelte über den Scherz ihrer Schwägerin und erwiderte in demselben Tonfall: »Die Gerüchte besagen, daß sie sich nicht gut leiden können!«

»Ich denke, wir sollten in der Mitte Posten beziehen, um zu zeigen, daß wir unparteiisch sind«, meinte Caine lachend.

Die nächste Stunde war eine harte Prüfung für Sara. Ihr Vater hatte ihr durch einen abweisenden Blick zu verstehen gegeben, daß er nichts mehr mit ihr zu tun haben wollte, und als Sara ihre Verwandten mit einem Kopfnicken begrüßen wollte, drehten ihr alle den Rücken zu.

Dunnford St. James, das gefürchtete Familienoberhaupt, hatte die Szene beobachtet und ging direkt auf Sara zu. »Ist das Nathans Frau?« fragte er mit lauter Stimme.

»Ihr wißt sehr genau, wer sie ist«, antwortete Caine.

»Lady Sara, habt Ihr Dunnford St. James schon kennengelernt?«

Sara knickste höflich und sagte: »Ich freue mich, Eure Bekanntschaft zu machen.«

Dunnford sah sie verwundert an. »Macht Ihr Witze?«

»Ich bitte um Verzeihung, Sir«, murmelte Sara verwirrt.

»Sie hat Manieren, Dunnford«, erklärte Caine. »Das ist ungewöhnlich für eine St. James, nicht wahr?«

Die Augen des älteren Mannes blitzten. »Sie *wird* erst eine St. James und sie muß ihren Mut unter Beweis stellen, ehe ich sie in unserer Familie willkommen heiße.«

Sara trat einen Schritt auf ihn zu, und das überraschte ihn mehr als ihr Knicks. Er war es gewöhnt, daß sich Frauen im Hintergrund hielten.

»Und wie soll ich Eurer Meinung nach meinen Mut beweisen? Soll ich einen Eurer Brüder erschießen, um meine Anerkennung zu gewinnen?«

Dunnford grinste. »Ihr habt davon gehört, daß mein Bruder und ich eine Meinungsverschiedenheit hatten?« Und unvermittelt stellte er die Frage, die Sara am meisten beschäftigte: »Wo ist Nathan? Ich muß mit ihm sprechen.«

»Er wird in ein paar Minuten hier sein« entgegnete Caine.

Dunnford nickte und machte sich auf den Weg zum Speisesaal, wo ihn seine Frau erwartete.

»Der Marquis of St. James«, verkündete der Butler an der Tür, nachdem er die Glocke betätigt hatte.

Plötzlich wurde es mucksmäuschenstill im Saal, und alle – auch Sara – drehten sich zum Eingang um. Ihr Herz machte bei Nathans Anblick einen Satz. Er hatte noch nie so gut ausgesehen. Sein langes Haar war im Nacken zusammengebunden, und seine schwarzes Jackett und die dazu passende Hose saßen wie angegossen.

Sara ging instinktiv auf ihn zu.

Nathan entdeckte seine Frau sofort. Sie sah hinreißend aus – so zart, so schön … und so verdammt nackt. Er kam seiner Frau langsam entgegen. Sobald er den Fuß der Treppe erreicht hatte, rückten die Winchesters vor, und die St. James reagierten in gleicher Weise.

Nathan hatte nur Augen für Sara, aber er brachte kein Wort heraus, als sie vor ihm stehenblieb.

Alles wird gut, dachte er und korrigierte sich im selben Moment: Nein, es muß perfekt werden für Sara. Er würde sie in die Bibliothek führen und mit ihr die Papiere unterschreiben und dann …

»Ich liebe dich, Sara.«

Ihre Augen füllten sich mit Tränen, als sie stammelte: »Ich hätte nie erwartet… warum ausgerechnet jetzt?… Oh, ich liebe dich auch.«

Nathans Gesicht wurde aschfahl, und sie hatte Mitleid mit ihm. Es mußte ihn die größte Überwindung seines Lebens gekostet haben, diese Worte auszusprechen.

»Ich weiß schon lange, daß du mich liebst, Nathan …«

»Warum hast du mir das nicht gesagt?« flüsterte er. »Verdammt, Sara, ich bin durch die Hölle gegangen.«

Ihre Augen wurden kugelrund, als ihr die Röte ins Gesicht schoß. »*Du* bist durch die Hölle gegangen? Du bist doch derjenige, der *mir* mißtraut und sein Herz verschlossen hat.«

Er schüttelte den Kopf und grinste: »Willst du mich heiraten, Sara?« fragte er, beugte den Kopf und küßte sie auf die Stirn. »Ich würde mich sogar auf die Knie vor dir werfen, wenn du es wünschst. Bitte heirate mich.«

Sara war überwältigt. Nathan mußte bei diesen Worten Höllenqualen durchmachen, und dafür liebte sie ihn um so mehr. »Nathan, wir sind schon verheiratet«, hauchte sie.

Ihr Publikum war vollkommen befangen von dem romantischen Schauspiel, das die beiden Liebenden boten, und die Frauen tupften sich mit den Taschentüchern ihrer Männer die Tränen aus den Augen.

Nathan hatte vollkommen vergessen, daß er mitten in einer Menschenmenge stand; er wollte nur noch seine Pläne in die Tat umsetzen und Sara nach Hause bringen.

»Ich möchte, daß du mit mir in die Bibliothek gehst«, sagte er, »und ein Papier unterschreibst, daß du die Bedingungen des Ehevertrages nicht erfüllst.«

»Natürlich, Nathan«, erwiderte sie.

Ihre Zustimmung überraschte ihn – sie hatte ihm die ganze Zeit über grenzenloses Vertrauen entgegengebracht.

»Mein Gott, Sara, ich liebe dich so sehr… es tut richtig weh.«

Sie nickte. »Ich sehe es dir an.«

»Wenn du deine Unterschrift geleistet hast«, erklärte er, »werde ich dasselbe tun.«

»Warum?« wollte sie wissen.

Ich werde den Vertrag genauso brechen wie du, ich möchte die Ländereien und das Vermögen nicht haben. Ich habe das schönste Geschenk, das es auf Erden gibt, schon erhalten.«

Sie begann zu weinen, und er zog sie in seine Arme und küßte sie.

Trotz allem erfüllte sich Nathans Hoffnung, diesen Abend für Sara zu einem romantischen und liebevollen Ereignis zu machen, nicht ganz.

Die St. James hingegen genossen die weiteren Ereignisse in vollen Zügen. Für alle anderen wurde der Ball zu einem Alptraum.

Als Nathan seine Frau in Richtung Bibliothek führte, blieb sie plötzlich stehen. »Nathan, du brauchst nicht auf die Vergünstigungen des Königs zu verzichten, ich weiß auch so, daß du mich liebst.« Als sie die entschlossene Miene ihres Mannes und sein Kopfschütteln sah, drehte sie sich zu den St. James um und schrie: »Onkel Dunnford, Nathan möchte auf die Ländereien und das Vermögen, das der König ihm ausgesetzt hat, verzichten.«

»Zur Hölle, Sara, warum tust du das?« zischte Nathan.

Sie drehte sich zu ihm um und lachte: »Ich bin dabei, eine echte St. James zu werden.«

Die St. James bildeten eine Schlachtreihe und rückten wie ein Mann vor. Nathan zog sein Jackett aus und hängte es Sara über die Schultern. »Wenn du noch einmal ein so skandalöses Kleid trägst, reiße ich es dir vom Leib«, flüsterte er, als er sich kampfbereit machte.

»Nathan, denk daran, wie man eine richtige Faust macht, damit du dir nicht den Daumen brichst«, rief sie ihm nach.

Diese Nacht vergaß bestimmt niemand so schnell, und die Schlägerei würde noch monatelang für Gesprächsstoff in den Londoner Salons sorgen, dessen war sich Sara sicher.

Sobald der Kampf überstanden war, hob Nathan sie in seine Arme und trug sie zur Kutsche. Sie fuhren in Jades Stadthaus, und Nathan konnte es ebensowenig wie Sara erwarten, ihr seine Liebe zu zeigen.

Als sie entspannt und erschöpft in dem großen Bett lagen, zog Nathan die Nachttischschublade auf, nahm ein Blatt Papier heraus und hielt es Sara unter die Nase.

»Such dir aus, was du am liebsten magst«, sagte er.

Sie entschied sich für »Liebling«, »Engel« und »mein Liebes« und reichte Nathan die Liste mit den Kosenamen zurück. Nathan versprach, sich alles genau zu merken und küßte sie.

Sara löste sich aus seiner Umarmung. »Nathan, erzählst du mir etwas von deiner Vergangenheit?«

Er sah sie argwöhnisch an. »Vielleicht später, in fünf oder zehn Jahren wirst du alles von mir wissen.«

Sara kuschelte sich in seine Arme und lächelte.

»Ich liebe dich, Sara«, flüsterte er ihr ins Ohr.

»Ich liebe dich auch, Pagan.«